Benito Pérez Galdós

Episodios nacionales IV
Las tormentas del 48

Barcelona **2024**
Linkgua-ediciones.com

Créditos

Título original: Episodios nacionales IV. Las tormentas del 48.

© 2024, Red ediciones S.L.

e-mail: info@Linkgua-ediciones.com

Diseño de cubierta: Michel Mallard.

ISBN tapa dura: 978-84-1126-396-2.
ISBN rústica: 978-84-9007-310-0.
ISBN ebook: 978-84-9007-226-4.

Sumario

Brevísima presentación

La obra

Las tormentas del 48 es la primera novela de la cuarta serie de los *Episodios Nacionales* de Benito Pérez Galdós.

Entramos en esta nueva serie de los episodios galdosianos de la mano de un nuevo protagonista, José García Fajardo, un hombre de provincias educado en Roma que asciende socialmente en el Madrid del Partido Moderado, en el año 1848. El joven es de gran simpatía y de buen vivir, pero también es un sujeto de dudosa reputación moral. El autor nos irá mostrando a través de sus memorias el impacto que las convulsiones políticas europeas y la aparición de las nuevas ideas socialistas tienen en la España de Isabel II. Los grandes movimientos sociales y revolucionarios que agitan Europa, en España se traducen en una revuelta militar encabezada por el dictador Narváez, partidario de la mano dura. Y con el ascenso de una burguesía cuyos miembros se han enriquecido al rebufo de la desamortización de Mendizábal, es decir, con la especulación y el favoritismo, y no con el trabajo.

«En el caso de nuestro protagonista, su afición al juego y la diversión ha terminado llevándolo a una situación económicamente insostenible, circunstancia de la que saldrá a través de un matrimonio que no solo le enriquecerá sino que, previsiblemente, le dará incluso un título nobiliario.»

I

Vive Dios, que no dejo pasar este día sin poner la primera piedra del grande edificio de mis Memorias... Españoles nacidos y por nacer: sabed que de algún tiempo acá me acosa la idea de conservar empapelados, con los fáciles ingredientes de tinta y pluma, los públicos acaecimientos y los privados casos que me interesen, toda impresión de lo que veo y oigo, y hasta las propias melancolías o las fugaces dulzuras que en la soledad balancean mi alma; sabed asimismo que, a la hora presente, idea tan saludable pasa del pensar al hacer. Antes que mi voluntad desmaye, que harto sé cuán fácilmente baja de la clara firmeza a la vaguedad perezosa, agarro el primer pedazo de papel que a mano encuentro, tiro de pluma y escribo: «Hoy 13 de octubre de 1847, tomo tierra en esta playa de Vinaroz, orilla del Mediterráneo, después de una angustiosa y larga travesía en la urca *Pepeta*, ¡mala peste para Neptuno y Eolo!, desde el puerto de Ostia, en los Estados del Papa...»

Y al son burlesco de los gavilanes que rasguean sobre el papel, me río de mi pueril vanidad. ¿Vivirán estos apuntes más que la mano que los escribe? Por sí o por no, y contando con que ha de saltar, andando los tiempos, un erudito rebuscador o prendero de papeles inútiles que coja estos míos, les sacuda el polvo, los lea y los aderece para servirlos en el festín de la general lectura, he de poner cuidado en que no se me escape cosa de interés, en alumbrarme y guiarme con la luz de la verdad, y en dar amenidad gustosa y picante a lo que refiera; que sin un buen condimento son estos manjares tan indigestos como desabridos.

¿Posteridad dijiste? No me vuelvo atrás; y para que la tal señora no se consuma la figura investigando mi nombre, calidad, estado y demás circunstancias, me apresuro a decirle que soy José García Fajardo, que vengo de Italia, que ya iré contando cómo y por qué fui y a qué motivos obedeció mi vuelta, muy desgraciada y lastimosa por cierto, pues llego exánime, calado hasta los huesos, con menos ropa de la que embarqué conmigo, y más desazones, calambres y mataduras. Peor suerte tuvo la caja de libros que me acompañaba, pues por venir sobre cubierta se divirtieron con ella las inquietas aguas, metiéndose a revolver y esponjar lo que las mal unidas tablas contenían, y el estropicio fue tan grande, que los filósofos, historiadores y poetas llegaron como si hubieran venido a nado... Pero, en fin, con vida estoy en este posadón, que no es de los peores, y lo primero que hemos hecho mis libros y yo es ponernos a secar... ¡Oh rigor de los hados! Los tomos de la *Storia d'ogni Letteratura*, del abate Andrés, y el *Primato degli italiani*, de Gioberti, están caladitos hasta las costuras del lomo: mejor han librado Gibbon, Ugo Fóscolo, Pellico, Cesare Balbo y Cesare Cantú, con gran parte de sus hojas en remojo. Helvecio se puede torcer, y Condillac se ha reblandecido... De mí puedo decir que me voy confortando con caldos sustanciosos y con unos guisotes de pescado muy parecidos a la *Zuppa alla marinara* que sirven en los bodegones de la costa romana.

15 de octubre. Advierto que la fisgona Posteridad, volviendo hacia atrás la cabeza, me interroga con sus ojos penetrantes, y yo le contesto: «Se me olvidó deciros, gran señora, que tres días antes de abandonar el italiano suelo cumplí años veintidós; que mi rostro y talle, según dicen, antes me restan que me suman edad, y que mis padres me criaron con la risueña ilusión de ver en mí una gloria de la Iglesia.» Cómo disloque por natural torcedura de mi espíritu la vocación irreflexiva de mis primeros años, y cómo desengañé cruelmente a mis buenos padres, no puedo referirlo mientras no me oree, me desentumezca y me despabile.

San Mateo, *19 de octubre*. Ayer, no repuesto aún del quebranto de huesos ni del romadizo que me dejó la mojadura, aproveché la salida de un tartanero y acá me vine en busca de mejor vehículo que me lleve a Teruel, desde donde fácilmente podré trasladarme a la ilustrísima ciudad de Sigüenza. Allí rodó *mi cuna*, si no de marfil y oro, de honrados mimbres con mecedoras de castaño, y allí reside desde los comienzos del siglo mi familia, cuyo fundamento y solar figuran en los anales de la histórica villa de Atienza... Adivino la curiosidad de *i posteri* por conocer los móviles que me sacaron de mi casa dos años ha, llevándome casi niño a tierras distantes, y allá van mis noticias. Sepan que, apenas entrado en la edad de los primeros estudios, diome el Cielo luces tan tempranas, que mi precocidad fue confusión de los maestros antes que orgullo y esperanza de mi familia, pues declarándome *fenómeno*, creyeron mis padres que yo viviría poco, y maldecían mi ciencia como sugestión de espíritus maléficos. Pero al fin profesores y familia convinieron en que yo era un prodigio, con más intervención de las potencias celestes que de las demoníacas, y solo se pensó en equilibrarme con buenas magras y un cuidado exquisito de mi nutrición. Ello es que a los catorce y a los dieciséis años ostentaba yo variados conocimientos en Humanidades y en Historia, y a los diecinueve era más filósofo que los primeros que en el Seminario de San Bartolomé gozaban de esta denominación. Devoré cuantos libros atesoraban aquellas henchidas bibliotecas y otros muchos que por conductos diferentes a mí llegaron; poseía el don de una memoria tan holgada, que en ella, como en inmenso archivo, cabía cuanto yo quisiera meter; poseía también la facultad de vaciarla, sacando de mis depósitos con fácil y seductora elocuencia todo lo que entraba por las lecturas, y lo mucho que daba de sí mi propio caletre. Antes de cumplir los cuatro lustros, mis adelantos eran tales, que los maestros y yo reconocimos haber llegado al *summum* del conocimiento posible en cátedras de Sigüenza, y que ni yo ni ellos podíamos saber más.

En esto, un eclesiástico de espléndida fama como teólogo y canonista, don Matías de Rebollo, primo de mi madre, protegido de Don José del Castillo y Ayenza (que como asesor de la Embajada le llevó a Roma, dejándole después en la Rota), recaló un verano por Sigüenza, y no bien hizo mi descubrimiento, propuso a mis padres llevarme consigo a la llamada Ciudad Eterna, para que en ella diese la última mano a mis estudios y recibiera las órdenes sagradas. Por su posición y valimiento en la Corte Pontificia podía el buen señor dirigirme en la carrera sacerdotal y empujarme hacia gloriosos destinos... Mi juvenil ciencia, que a todos deslumbraba, y la dulzura de mi trato inspiraron a don Matías un ansia muy viva de cuidarme y protegerme; y a las dudas de mis padres, que no querían separarse de mí, contestaba con la brutal afirmación de llevarme aunque fuera entre alguaciles. Por fin, mi madre, que era quien más extremaba la fuerza centrípeta por ser yo el Benjamín de la familia, cedió tras largas disputas que de lo familiar subían a lo teológico, y sublimado su amor hasta el sacrificio, entregome al reverendo canonista, pidiendo a Dios los necesarios años de vida (que no habían de ser muchos) para verme volver con mitra y capelo.

Ved aquí el porqué de mi partida para Italia. Sabed también que me instalé en Roma en septiembre del 45, bajo el pontificado de Gregorio XVI, el cual al año siguiente pasó a mejor vida, y que aposentado en la propia casa de mi protector, fui atacado de malaria y estuve a dos dedos de la muerte; que restablecido concurrí a las cátedras de la *Sapienza* y a otros centros de enseñanza, disponiéndome para la tonsura. De lo que en el transcurso del 46 hice, y de lo que no hice; de lo que me ocurrió por sentencia de los hados, y de lo que mi voluntad o irresistibles instintos determinaron, hablaré otro día, pues para ello necesito prepararme de sinceridad y aun de valor... ¿Debo decirlo, debo callarlo? ¿Qué cualidad preferís en el historiador de sí mismo: la melindrosa reserva o la honrada indiscreción?

23 de octubre. Molido y hambriento llego a Teruel. Uno de mis compañeros de suplicio, que con sus donosas ocurrencias amenizó el molesto viaje en la galera, me decía, cuando avistamos la ciudad, que se comería las momias de los amantes si se las sirvieran puestas en adobo con un buen moje picante y alioli... En la posada, un arrumbado catre es para mis pobres huesos mejor que la cama de un rey, y la olla con más oveja que vaca, manjar digno de los dioses. Mientras como y descanso, no se aparta de mi mente el compromiso en que estoy de referir los graves motivos de mi regreso a la patria. Ello es un tanto delicado; pero resuelto a perpetuar la verdad de mi vida para enseñanza y escarmiento de los venideros, lo diré todo, encerrando la vergüenza con la izquierda mano, mientras la derecha escribe; y por fin, las precauciones que tomo para que nadie me lea hasta después de mi muerte (que Dios dilate luengos años), quitan terreno a la vergüenza y se lo dan a la sinceridad, la cual debe producirse tan desahogadamente, que, más que Memorias, sean estas páginas Confesiones.

Al relato de mi salida de Roma precederán noticias del tiempo que allí estuve. Algo y aun algos hay en esta parte de mi existencia que merece ser conocido. Mi protector era demostración viva de la flexibilidad de los castellanos en tierras extranjeras; adaptábase maravillosamente a los usos romanos, reblandeciendo la tosquedad austera del carácter español para que como cera tomase las formas de una nación y raza tan distintas de la nuestra. Desde que le vi en Roma, don Matías me parecía otro, y su habla y sus dichos, sus maneras y hasta sus andares, no eran los del clérigo seguntino austero y grave, con menos gracia que marrullería, siempre dentro del correcto formulario de nuestra encogida sociedad eclesiástica. Desde que desembarcamos en Civitavecchia, tomó los aires del *prete* romano y la desenvoltura graciosa de un palaciego vaticanista. La severidad de que blasonaba en España, cayó de su rostro como una careta sofocante, y le vi respirando bondad, indulgencia, y preconizando en la práctica toda la libertad y toda la alegría compatibles con la virtud. Espléndida era su mesa, y extensísimo el espacio de sus amistades y relaciones, comprendidas algunas damas elegantes que frecuentaban su trato sin el menor detrimento de la honestidad. Digo esto para explicar que no aprisionara mi juventud en la estrechez de las obligaciones escolares, ni me encerrara en conventos o seminarios de rigurosa clausura. Confiado en la sensatez que mi apocamiento le revelaba, y creyéndome exento de pasiones incompatibles con mi vocación, me instaló en su propio domicilio, fijándome horas para concurrir a las cátedras de la *Sapienza*, horas para leer y estudiar en casa, y dejándome lo restante del día en el franco uso de mi libertad. Debo indicar que ésta consistía en andar y rodear por Roma con dos muchachos de mi edad, de familia ilustre, que tenían por ayo a un modenés llamado Cicerovacchio, personaje mestizo de laico y clérigo, árcade, mediano poeta, buen arqueólogo, reminiscencia interesante de los abates del siglo anterior.

Que fue para mí gratísima tal compañía, y muy provechosas aquellas deambulaciones por la grande y poética Roma, no hay para qué decirlo. A los tres meses de fatigar mis piernas corriendo de uno en otro monumento y de ruina en ruina, y al través de tantas maravillas enteras o despedazadas, ya conocía la ciudad de las siete colinas como mi propia casa, y fui brillante discípulo del buen Cicerovacchio en antigüedades paganas y papales, y casi su maestro en el conocimiento topográfico de la *magna urbs*, desde la plaza del Popolo a la vía Apia, y desde San Pedro a San Juan de Letrán. El *Campo Vaccino* fue para mí libro sabido de memoria, y los museos del Vaticano y Capitolio estamparon en mi mente la infinita variedad de sus bellezas. A los seis meses hablaba yo italiano lo mismo que mi lengua natal; los pensamientos se me salían del caletre vestidos ya de las galas del *bel parlare*, y metidos Maquiavelo y Dante, Leopardi y Manzoni dentro de mi cerebro, me enseñaban a componer verso y prosa, figurándome yo que no era más que una trompa o caramillo por donde aquellas sublimes voces hablaban.

No quiso Dios que me durase mucho esta dulce vida, y sentenciándome tal vez a ser contrastado por pruebas dolorosas, convirtió la tolerancia de mi protector en severidades y desconfianzas, que poniendo brusco término a mi libertad iniciaron el incierto, novísimo rumbo de mi existencia, como diré cuando tenga ocasión y espacio en las pausas de este camino. Y por esta noche, ¡oh Posteridad que atenta me escuchas!, no tendrás una palabra más, que me caigo de sueño, y con tu licencia me voy al camastro.

II

Molina de Aragón, *27 de octubre*. Vedme aquí alojado y asistido a cuerpo de rey, en casa de unos primos de mi padre, los Ximénez de Corduente, labradores ricos, hechos a la vida oscura y fácil de estos tristes pueblos, con las orejas enteramente insensibles a todo mundanal ruido. Para obsequiarme a sus anchas, hácenme comer cinco veces más de lo que soporta mi estomago, y como no valen protestas ni excusas contra tan desmedido agasajo, me resigno a reventar una de estas noches. Adiós Memorias, adiós Confesiones mías: ya no podré continuaros: mi fin se acerca. Muero de la enfermedad contraria al hambre... Luego, estos azarantes primos de mis pecados, curioseando de continuo en derredor de mí, me privan del sosiego necesario para escribir. Pongo punto... Quédese para mejor ocasión, si escapo con vida de estos atracones.

Anguita, 29. Aquí paso la noche, y en la soledad de mi alojamiento angosto y frío, me dedico a escribir lo que me dejé en los tinteros de Molina. Y ahora que estoy, por la gracia de Dios, a nueve leguas largas de los Ximénez de Corduente, y no pueden refitolear lo que escribo, voy a vengarme de los hartazgos con que me pusieron al borde de la apoplejía, y en la libertad de mis Confidencias declaro y afirmo que no hay mayores brutos en toda la redondez de la Alcarria, si alcarreña es la tierra de Molina. Respecto a los padres atenuaré la calificación, consignando que por sus prendas morales se les puede perdonar su estolidez; pero en cuanto a los hijos, no retiro nada de lo dicho: nunca he visto señoritos de pueblo más arrimados a la cola de la barbarie, ni gaznápiros más enfadosos con sus alardes de fuerza fruta y su desprecio de toda ilustración. Y no tomen esto a mala parte los demás chicos de Molina, que allí los hay tan listos y cortesanos como los mejores de cualquiera otra ciudad. Solo contra mis primos va esta flagelación, porque son ellos raro ejemplo de incultura en su patria. Ni una chispa de conocimientos ha penetrado en tan duras molleras, y alardean de ignorantes, orgullosos de poder tirar del arado en competencia con las pujantes mulas. Mirábanme como a un bicho raro, y viendo la mezquindad de mi equipaje al volver de Italia, zaherían mi saber de latín y griego. Ellos son ricos, yo pobre. No les envidio; deme Dios todas las desdichas antes que convertirme en mojón con figura humana, y príveme de todos los bienes materiales conservándome el pensamiento y la palabra que me distinguen de las bestias...

Y sigo con mi historia. ¿Queréis saber por qué me retiró su confianza don Matías? Ved aquí las causas diferentes de mi desgracia: la inclinación vivísima que a las cosas paganas sentía yo sin cuidarme de disimularla; mis preferencias de poesía y arte, manifestadas con un calor y desparpajo enteramente nuevos en mí; la soltura de modales y flexibilidad de ideas que repentinamente adquirí, como se coge una enfermedad epidémica o se inicia un cambio fisiológico en las evoluciones de la edad; mi despego de los estudios teológicos, exegéticos y patrológicos, en los cuales mi entendimiento desmentía ya su anterior capacidad; la insistencia con que volvía los cien ojos de mi atención a historiadores y filósofos vitandos, y aun a poetas que mi protector creía sensuales, frívolos y de poco fuste, pues él, por una aberración muy propia de la monomanía humanista, no quería más que clásicos latinos, sin poner pero a los que más cultivaron la sensualidad. Presumo yo que en esta displicencia del bondadoso don Matías no tenía poca parte su grande amigo y mecenas el embajador de España, don José del Castillo, el cual nunca se mostró benévolo conmigo, y opinaba por que se me sometiera a un régimen más riguroso, resueltamente eclesiástico.

Si no me quería bien don José del Castillo y Ayenza, yo le pagaba en la moneda de mi antipatía. Aquel señor chiquitín y enteco, desapacible y regañón, consumado helenista, mas tan celoso guardador de su conocimiento que a nadie quería transmitirlo, no fue entonces ni después santo de mi devoción. Cuando llegué a Roma, examinome de poetas griegos, y hallándome no mal instruido, pero poco fuerte en la lengua, me indicó los ejercicios que debía practicar, se jactó de la constancia de sus estudios y me cantó el *versate mane*; mas no añadió aquel día ni después ninguna advertencia o nuevo examen por donde yo le debiera gratitud de discípulo o maestro. Tengo por seguro que él fue quien sugirió a don Matías la idea de encerrarme, porque mi buen paisano no veía más que por los ojos del traductor de Anacreonte, ni apartarse sabía de la órbita de pensamientos que su amigo le trazaba. Ningún día dejaba Rebollo de meter sus narices en el *Palazzo di Spagna*, y ambos se entretenían en dirigir con el cocinero guisos españoles, o en chismorrear de cuanto en el Vaticano y Quirinal ocurría. En aquellas merendonas y comistrajes de arroz con mariscos, nació sin duda la resolución de mi encierro, para lo cual se escogió el colegio de San Apolinar, regido por los frailes del inmediato convento de San Agustín. Entre uno y otro instituto, próximos a la plaza Navona, corre la torcida *via Pinellari*, de interesante memoria para el que esto escribe.

Duro fue el paso de la relativa libertad a la prisión, y mis ojos, habituados a la plena luz, penosamente se acomodaban a la oscuridad de tan estrecha vida, con disciplina entre militar y frailesca. Debo declarar que los agustinos no eran tiranos en el régimen escolar ni en el trato de los alumnos, y entre ellos los había tan ilustrados como bondadosos. Gracias a esto, mi pobre alma pudo entrar por los caminos de la resignación. Pero mi mayor consuelo fue la amistad que desde los primeros días contraje y estreché con dos mozuelos de mi edad, reducidos a la sujeción del colegio con un fin penitenciario. Llamábase el uno Della Genga, perteneciente a la ilustre familia de León XII, antecesor del que entonces regía la Iglesia; el otro, Fornasari, milanés, de una familia de ricos mercaderes. Ambos eran muy despiertos y de gentil presencia. Della Genga sentía inclinación ardiente a la política y a la poesía, dos artes que allí no rabiaban de verse juntas, y con sutil ingenio daba romántico esplendor a las ideas subversivas; Fornasari, revolucionario en música, nos repetía los alientos vigorosos de Verdi y sus guerreras estrofas, que hacían estremecer los muros viejos, como las trompetas de Jericó. Su aspiración era dedicarse a cantante de ópera, y creía poseer una voz de bajo de las más cavernosas. Pero su familia le quería clérigo, y le sentenció al internado como expiación de travesuras graves. Fogoso y sanguíneo, el milanés contrastaba con nuestro compañero y conmigo, pues ambos éramos de complexión delicada, nerviosa y fina. Della Genga tenía semejanza con Bellini y con Silvio Pellico.

Si yo había entrado en San Apolinar con fama de inteligente y aplicado, no tardé en adquirirla de negligente y díscolo, mereciendo no pocas admoniciones de los maestros y del Rector. No había fuerza humana que me hiciera mirar con interés el estudio de la Escolástica y de la Teología, y aunque a veces, cediendo a la obligación, intentaba encasillar estos conocimientos en mi magín, salían ellos bufando, aterrados de lo que encontraban allí. Fue que, impensadamente, había yo hecho en mi cerebro una limpia o despejo total, repoblándolo con las ideas que Roma y mis nuevas lecturas me sugirieron. Ya no tomaba tanto gusto de las Humanidades puras, ni encerraba la belleza poética dentro de los áureos linderos del griego y del latín; ya la filosofía que aprendí en Sigüenza se me salía del entendimiento en jirones deshilachados, y no sabía yo cómo podría recogerla y apelmazarla en las cavidades donde estuvo; ya las nociones primarias de la sociedad y de la política, de la vida y de los afectos, ante mí yacían rotas y olvidadas, como los juguetes que nos divierten cuando niños, y de hombres nos enfadan por la ridiculez de sus formas groseras.

Los tres que nos habíamos unido en estrecho pandillaje ofensivo y defensivo leíamos a escondidas libros vitandos, y los comentábamos en nuestras horas de recreo. Della Genga introdujo de contrabando las *Ideas sobre la Historia de la humanidad*, de Herder, y Fornasari guardaba bajo llave, entre su ropa, el libro de Pierre Leroux *De l'humanité, de son Principe et de son avenir*. Con grandes embarazos leíamos trozos de ambas obras, que cada cual explicaba luego a los dos compañeros. El hábito de la ocultación, del misterio, nos llevó a sigilosas prácticas inspiradas en el masonismo, y no tardamos en inventar signos y fórmulas con las cuales nos entendíamos, burlando la curiosidad de nuestros compañeros. Estaban de moda entonces la masonería y el carbonarismo, y Fornasari, que era el mismo demonio y se había instruido no sé cómo en los ritos y garatusas de aquellas sectas, estableció entre nosotros un remedo de ellas, poniéndonos al tanto de los sistemas y artes de la conspiración. Nos teníamos por representantes de la *Joven Italia* dentro de aquellos muros, y con infantil inocencia creíamos que nuestra misión no había de ser enteramente ilusoria.

Don Matías, que en los comienzos de mi encierro me visitaba con frecuencia, reprendiéndome por mi desaplicación, iba después muy de tarde en tarde, y la última vez que le vi me sorprendió por la demacración de su rostro y por el ningún caso que hacía de mis estudios. Otra particularidad muy extraña en él me causó pena y asombro: habíame hablado siempre mi buen protector en castellano neto, sin que empañara la majestad del idioma con extranjero vocablo. Pues aquel día mascullaba un italiano callejero que era verdadera irrisión en su limpia boca española, y cortando a menudo el rápido discurso cual si su entendimiento trepidara con interrupciones rítmicas y la memoria se le escapara, decía: «*Ho perso il boccino*», y esto lo repetía sin cesar, dando vueltas por la sala-locutorio con una inquietud impropia de su grave carácter. Despidiose bruscamente sonriendo, y en la puerta me saludó con la mano como a los niños, y se fue agitando las dos junto a su cráneo, sin dejar el estribillo *ho perso il boccino...* (se me va la cabeza).

Grandemente me alarmó la extraordinaria novedad en las maneras y lenguaje de mi protector, y en ello pensé algunos días, hasta que absorbieron mi atención sucesos que a mí y a mis caros compañeros nos afectaban profundamente. La imposición de un fuerte castigo al bravo Fornasari fue parte a que nos declarásemos en rebeldía franca. Mientras nuestro amigo gemía en estrecho calabozo, discurríamos Della Genga y yo las fechorías más audaces, sin otros móviles que el escándalo y la venganza; y por fin, adoptando y desechando diferentes planes sediciosos, concluimos por escoger el más humano y atrevido; sacar de su prisión a Fornasari y escaparnos los tres, aventura novelesca cuyos peligros nos ocultaba el entusiasmo que nos poseía y la jactanciosa confianza en nosotros mismos. Lo que de fuerza física nos faltaba lo suplía la astucia, y en aquel trance me revelé yo de revolucionario y violador de cárceles, porque todo lo urdí con admirable precisión y picardía, ayudado del claro juicio de mi compañero. La suerte nos favoreció, y la Naturaleza coadyuvó al éxito de la empresa, desatando aquella noche sobre Roma una tempestad que nos hizo dueños de los tejados, pues ni aun los gatos se atrevían a andar por ellos. Amparados de la oscuridad y del ruido con que los furiosos elementos asustaban a todos los moradores de San Apolinar, violentamos la prisión de Fornasari; provistos de sogas escalamos las techumbres, y envalentonados por la libertad que de fuera nos llamaba, así como por el miedo que de dentro nos expelía, saltamos al techo de las capillas bajas, de allí a la sacristía y baptisterio anexo, y por fin a la *via Pinellari*, donde ni alma viviente podía vernos, pues hasta los búhos se guarecían en sus covachas, y el viento y la lluvia eran encubridores de nuestra juvenil empresa.

Ya teníamos concertado refugiarnos en el Trastévere y plantar allí nuestros reales, por ser aquel arrabal propicio al escondite, y además muy del caso para el vivir económico a que nos obligaba la flaqueza de nuestro peculio. Della Genga tenía algún oro, yo un poco de plata, y Fornasari piezas de cobre. Reunidos en común acervo los tres metales y nombrado yo tesorero, nos aposentamos cerca de la Puerta de San Pancracio en una casa modestísima, donde fuimos recibidos con desconfianza por no llevar más ropa que la puesta. En el aprieto de nuestra fuga, que no nos permitía ninguna clase de impedimenta, harto hicimos con procuramos el vestido seglar que había de cubrir nuestras carnes al despojarnos de la sotana. Fue primera y necesaria diligencia, apenas instalados, comprar algunas camisas, para que viesen nuestras *locandieras* que no éramos descamisados; pero no nos valió este alarde de dignidad, porque la desconfianza patronil no disminuyó, y en cambio creció nuestro miedo al reparar que nos habíamos metido en una cueva de ladrones y desalmada gentuza de ambos sexos. Salimos de allí con nuestras ansias, y rodando por la gran ciudad dimos con nuestros cuerpos en un casucho situado en la *Bocca della Verità*, donde hallamos acomodo entre gente pobrísima.

Indudablemente, nuestro destino nos llevaba a situaciones arriesgadas, pues sin pensarlo nos habíamos ido a vivir en el cráter de un volcán: debajo de nuestro aposento, en lugar oscuro y soterrado, había una logia. Lejos de contrariarnos esta peligrosa vecindad, fue para los tres motivo de contento, y Della Genga, que era tan antojadizo como tenaz, no paró hasta procurarnos entrada en aquel antro, donde podíamos satisfacer nuestro candoroso anhelo de masonismo. Lo que allí vi y escuché no correspondió al concepto que de los sectarios habíamos formado los tres en nuestras íntimas conversaciones. Mi desilusión fue, sin duda, mayor que la de mis amigos. Fornasari largó una noche un discurso lleno de hinchados disparates; pero su espléndida voz triunfó de los desvaríos de su lógica, y le aplaudieron a rabiar.

Hubiera yo querido que durante el día nos ocupáramos en algo que nos trajese medios de sustento, y que destináramos las noches a cosas distintas del vagar por calles y plazuelas, o del servir de coro trágico en la logia; pero la desmayada voluntad de Della Genga no me ayudaba en mis iniciativas, y el otro parecía encontrar en la profesión masónica el ideal de sus ambiciones. En esto sobrevino la muerte del papa Gregorio XVI, motivo de grande emoción en Roma, y en nuestra pequeñez no pudimos sustraernos al torbellino de opiniones y conjeturas referentes a la incógnita del sucesor. Durante muchos días no hablábamos de otra cosa, y cada cual tomaba partido por este o el otro candidato: ¿Sería elegido Lambruschini? ¿Seríalo Gizzi? A tontas y a locas, y sin ningún conocimiento en que fundar mi presunción, yo *patrocinaba* a Mastai Ferretti: era mi candidato, y lo defendía contra toda otra probabilidad, cual si hubiera recibido secretas confidencias del Espíritu santo. Della Genga apostaba por Lambruschini, amigo de la familia y hechura de León XII; Fornasari, oficiando de cónclave unipersonal, votaba por Gizzi, que gozaba opinión de liberal con ribetes de masónico, como había demostrado en su gobierno de la Legación de Forli. Iba más lejos Fornasari, asegurando que Gizzi tomaría el nombre de Gregorio XVII. De mi candidato Mastai se burlaban mis compañeros, declarando el uno que Austria no le quería, y que Francia y Bélgica apoyaban resueltamente a Gizzi. En estas disputas llegaron los perros... quiero decir los criados de Della Genga, a punto que entrábamos en la *trattoria* de la plaza Cenci, a dos pasos del *Ghetto*, y ayudados de polizontes cogieron al prófugo caballerito, y poco menos que a viva fuerza se le llevaron. Escapamos Fornasari y yo corriendo como exhalaciones.

¡Cuán triste fue la pérdida, o digamos salvación, de nuestro amigo! Aquella noche, viéndonos sin su compañía en el sucio camaranchón, lloramos como si se nos hubiera muerto un hermano. Y a la noche siguiente, hallándome yo dolorido de todo el cuerpo, salió Fornasari a comprar en la tienda cercana algunas fruslerías para nuestra nutrición, que de manjares, ¡ay!, muy pobres nos sustentábamos. Le esperé toda la noche, y no pareció... Para no cansar: ésta es la hora en que no he vuelto a verle; ni volvió, ni he sabido más de mi desgraciado amigo. Digo desgraciado, por no saber qué decir. Pasados tres días de ansiedad e inanición, salí de mi tugurio, no con intento de buscar al perdido, sino de alejarme de aquellos lugares, en que de continuo turbaba mis oídos runrún de polizontes.

Amparado de la callada noche, me fui hacia Monte Testaccio, donde tuve la suerte de encontrar un alfarero que quiso admitirme, sin más estipendio que la comida, a las faenas de su industria, aplicándome a dar vueltas a la rueda del artefacto con que amasaba la arcilla. El primer día, ¡cosa más rara!, me agradó el continuo revolver de noria, que a pensar me estimulaba. Pero pronto hube de cansarme de aquel método de raciocinio, y como el pienso no era bueno ni me daba el necesario vigor para sostener mis funciones de caballería pensante, me despedí. La vagancia, la mendicidad, el dormir en bancos al raso o bajo pórticos del Campo Vaccino, el comer lo que me daban en porterías de hospicios o conventos, fueron mis modos de existencia en aquellos tristes días. Harto ya de sufrir ayuno de buenos alimentos, y cubierto de andrajos, llegué al límite en que mi dignidad se reconciliaba con mis angustiosas necesidades físicas. Viendo en mí la dramática situación del *Hijo Pródigo*, me decidí a volver a la casa de mi buen don Matías. Costome no pocas ansiedades el resolverlo, y tan pronto caminaba hacia allá, como retrocedía, con terror de merecidas reprimendas... Por fin cerré los ojos, y llena el alma de contrición y humildad, llamé a la puerta de mi salvación, en la plaza de *San Lorenzo in Lucina*. Abrió un criado vestido de luto, que no me conoció: tan lastimosa era mi facha. Insistí en que no era yo un pobre desconocido que imploraba limosna: mi voz reveló lo que ocultaban mis harapos. Al fámulo se unió la cocinera, y con fúnebre dúo de *requiem* me dijeron que mi protector había muerto. ¡Oh súbita pena, oh inanición cruel!... Mi turbada naturaleza no supo separar el noble sentimiento del brutal instinto, y llorando me abalancé a la comida que me ofrecieron.

III

Sigüenza, *noviembre*. Al amanecer de hoy, bajando de Barbatona, vi a la gran Sigüenza que me abría sus brazos para recibirme. ¡Oh alegría del ambiente patrio, oh encanto de las cosas inherentes a nuestra cuna! Vi la catedral de almenadas torres; vi San Bartolomé, y el apiñado caserío formando un rimero chato de tejas, en cuya cima se alza el alcázar; vi los negrillos que empezaban a desnudarse, y los chopos escuetos con todo el follaje amarillo; vi en torno el paño pardo de las tierras onduladas, como capas puestas al Sol; vi, por fin, a mi padre que a recibirme salía con cara doble, mejor dicho, partida en dos, media cara severa, la otra media cariñosa. Salté del coche para abrazarle, y una vez en tierra, hice mi entrada a pie, llegando a la calle de Travesaña, donde está mi casa, con mediano séquito de amigos, y de pobres de ambos sexos, ciegos, mancos y cojos, que sabedores de mi llegada querían darme la bienvenida... La severidad de más cuidado para mí, que era la de mi padre, se disolvió en tiernas palabras. Verdad que de mis horrendas travesuras en Roma no le habían contado sino parte mínima. Seguía, pues, creyendo con fe ciega en mi glorioso destino eclesiástico, y suponía que, al regresar a la patria, almacenadas traía en mi cerebro todas las bibliotecas de Italia. Mi hermano Ramón fue quien más displicente y jaquecoso estuvo conmigo, anunciándome que si no me determinaba a recibir las órdenes en España, aspirando a un curato de aldea, o cuando más a una media ración en aquella Santa Catedral, la familia tendría que abandonarme, dejándome correr por los caminos más de mi gusto, ora fuesen derechos, ora torcidos... De todo esto hablaré más oportunamente, pues anhelo proseguir lo que dejé pendiente de mi romana historia.

Pego la rota hebra diciendo que el mayordomo de mi tío, Cristóbal Ruiz, español italianizado que había sido fámulo en Monserrat, me informó de la dolencia y muerte del bendito Rebollo. Había sido un lamentable desarreglo de la mente, motivado, según colegí de las medias palabras de Ruiz al tratar este punto, por agrias discordias con otros clérigos de la Rota. De mis desvaríos en San Apolinar y de mi escandalosa fuga y vagancia no dieron al buen señor conocimiento, pues ya había perdido el suyo, y desprovisto de memoria y de juicio, su vocabulario quedó reducido al *ho perso il boccino*, que estuvo repitiendo hasta el instante de su muerte. Quién se cuidó de participar a mi familia, con el fallecimiento de Rebollo, mis atroces barrabasadas, es cosa que no he sabido con certeza; pero, si no me engaña el corazón, el encargado de esta diligencia fue un secretario del embajador Don José del Castillo. Díjome también Cristóbal Ruiz que una radical divergencia en la manera de apreciar no sé qué asunto de derecho canónico había turbado profundamente la cordial amistad entre el representante de España y su protegido, llevando a éste al remate de su delirio. Cuando apenas se había iniciado la dolencia, hizo don Matías testamento, nombrando ejecutor de sus disposiciones a otro de sus mejores amigos, monseñor Jacobo Antonelli, segundo tesorero, o como si dijéramos, secretario de Hacienda, persona muy bien mirada en la Corte Pontificia por su talento político y su mundana ciencia. Al tal sujeto habría yo de presentarme; pues, según Ruiz, debía tener instrucciones de Rebollo referentes al cuidado de mis estudios y a la paternal tutela que conmigo ejercía.

Vacilando entre la vergüenza de presentarme a Monseñor y el estímulo de poner fin a mi desamparo, pasaron algunos días que no fueron malos para mí, pues me hallaba asistido de ropa, casa y alimento, y además libre, con toda Roma por mía, para pasar el tiempo en amena vagancia, reanudando mis amistades de artista y de arqueólogo con tantas grandezas muertas y vivas. Los ruidosos acontecimientos de aquellos días de junio me arrastraban a vivir en la calle, siempre con la esperanza de tropezar con mis perdidos camaradas Fornasari y Della Genga. Mientras duró el Cónclave que debía darnos nuevo Papa, me confundí con las multitudes que aguardaban ansiosas en Monte Cavallo. En la noche del 16 al 17, corrió la voz de que había sido elegido Mastai, lo que fue para mí motivo de grandísimo contento, porque el Espíritu santo me daba la razón contra mis amigos. Al día siguiente, vi al cardenal camarlengo monseñor Riario Sforza salir al balcón del Quirinal, pronunciando con viva emoción el *Papam habemus*. ¡Y era Mastai Ferretti, mi candidato, el mío, *qui sibi imposuit nomen Pium IX*! A las aclamaciones de la multitud uní todo el griterío de que eran capaces mis pulmones, y cuando el nuevo Pontífice salió a dar al pueblo romano su primera bendición, creí volverme loco de entusiasmo y alegría. Si mil años viviera, no se borraría de mi alma la impresión de aquellos solemnes instantes, ni tampoco la del 21 en San Pedro, inolvidable día de la coronación. Imposible que dé yo idea del cariño que despertó el nuevo Papa. Toda Roma le amaba, y yo, con íntima efusión que no sabía explicarme, le amaba también y le tenía por mío, sin dejar de ver en él el amor de todos, creyendo cifradas en su persona la felicidad de Roma y de Italia.

Decidido a presentarme al famoso Antonelli, pues algún término había de tener mi vagabunda interinidad, vi aplazada de un día para otro la audiencia que solicité. Monseñor fue nombrado ministro de Hacienda, después cardenal. Los negocios de Estado y las atenciones sociales alejaban de su grandeza mi pequeñez. Por fin, una tarde de julio me llamó a su casa, y fui temblando de esperanza y emoción. Recibiome en su biblioteca, y se mostró desde el primer momento tan afectuoso que ganó mi confianza, haciéndome desear que llegase una feliz ocasión de confiarle todos mis secretos. Era un hombre alto y moreno, de mirada fulminante, de rasgada y fiera boca con carrera de dientes correctísimos, que ostentaban su blancura dando gracia singular a la palabra. El rayo de sus ojos de tal modo me confundía, que no acertaba yo a mirarle cuando me miraba. Sujetome a un interrogatorio prolijo, y con tal arte y gancho tan sutil hacía sus preguntas, que le referí todas mis maldades, sintiéndome muy aliviado cuando no quedó en mi conciencia ninguna fealdad oculta. A mi sinceridad correspondió Su Eminencia poniendo en su admonición un cierto aroma de tolerancia, que del fondo de su pensamiento a la superficie de sus palabras severas trascendía.

Díjome, entre otras cosas que procurase fortalecer mi quebrantada vocación religiosa, redoblando mis estudios, aislándome del mundo y reedificando mi ser moral con meditaciones. Insistí yo en manifestarle que me sería muy difícil sostener mi vocación; pero que aplicaría a tan grande intento toda mi voluntad, sometiéndome a cuantos planes de conducta me señalara y sistemas educativos se sirviera proponerme. No me acobardaban los estudios penosos; pero el internado y la disciplina cuartelesca de los principales centros de enseñanza no se avenían con mi natural inquieto, ni con las osadas independencias que me habían nacido en Roma, como si al pisar aquella tierra me salieran alas. Sin duda le convencí, ino era flojo triunfo!, porque me propuso hacer conmigo esta prueba: durante un año emprendería yo formidables estudios, conforme a un plan superior acomodado a mi primitiva vocación, y sin someterme a la esclavitud del internado. Enumerando el programa de mis tareas, señalome el *Colegio Romano* para las ciencias eclesiásticas, la *Sapienza* para la Jurisprudencia y Filosofía, y para las lenguas sabias el colegio de la *Propaganda*, regido a la sazón por el portentoso políglota Mezzofanti. En todo convine yo, con expresiones de reconocimiento, y éste subió de punto cuando el cardenal me manifestó que cuidaría de alojarme, si no en su propia casa, junto a personas de su familiaridad o servidumbre, en lo cual no hacía nada extraordinario, pues don Matías había dejado caudal suficiente para ésta como para otras sagradas atenciones. Encantado le oí, y mayor fue mi entusiasmo cuando al despedirme me ordenó volver tres días después.

En la segunda entrevista, disponiéndose Su Eminencia a partir para Castel Gandolfo, recreo estival del Papa, me indicó que fuese a pasar las vacaciones a su quinta de Albano, donde hallaría dispuesta una estancia. Me encargaba del arreglo de su biblioteca, que tenía en gran desorden: innumerables libros sin catalogar, y todos los que fueron de don Matías metidos en cajas, esperando ser clasificados por materias y puestos en los estantes. No me dio tiempo ni a expresarle mi gratitud, porque el coche le aguardaba a la puerta. Salió para Castel Gandolfo, y yo al siguiente día para Albano, gozoso, con ilusiones frescas y ganas de vivir, creyendo que la vida es buena y que en ella hay siempre algo nuevo que ver y descubrir.

La residencia del cardenal en Albano es arreglo de una incendiada *villa* de los Colonnas, recompuesta modestamente. Elegantísima puerta del Renacimiento se da de bofetadas con ventanas vulgares. Restos de soberbia escalinata son el ingreso de la biblioteca, y en las cocinas hay un friso con bajorrelieves. La misma confusión o engarce de riquezas muertas con vivas pobrezas se advierte en el jardín, donde permanece un trozo en setos vivos de ciprés lindando con plantíos nuevos y cuadros de hortaliza. Hermosa es por todo extremo la situación del edificio, al sur de la ciudad, no lejos de la nueva vía Apia. Desde la ventana de mi aposento veía yo el sepulcro de los Horacios y Curiacios, y los montes Albanos y los pueblecitos de Ariccia y Genzano... Tal era el desorden de la biblioteca, que empleé todo el verano en remediarlo; y absorto en faena tan grata para mí, se me iba el tiempo sin sentirlo, en dulce concordia con los habitantes de la casa, que me asistían cariñosamente y me tenían por suyo. Siete mujeres había en la villa, y aunque viejas en su mayor parte (dos eran niñas de catorce a quince años), gustábame su cordial trato. Entendí que eran familias de la servidumbre jubilada del cardenal, que conservaba los criados aun en el período de su decadencia inútil. Todo aquel mujerío y dos hombres, el uno jardinero, cochero el otro, ambos con traza de bandidos, procedían de Terracina, el país de Antonelli. Las dos *ragazze*, una de las cuales era bonitilla, la otra jorobada, me ayudaban juguetonas y alegres en mis tareas de bibliófilo, y al caer de la tarde nos íbamos a dar una vuelta por las orillas del lago Albano, o emprendíamos despacito y charlando la ascensión al monte Cavo para gozar la vista de todo el territorio albano y del mar, incomparable belleza de suelo y cielo, ante la cual acompañado me sentía de los antiguos dioses.

Terminadas las vacaciones, volví a Roma con cuatro de aquellas mujeronas y la corcovadita, y empecé mis estudios, instalado en el piso alto del palacio de Su Eminencia, en el Borgo-Vecchio. Comenzó para mí una vida monótona y de adelantos eficaces en mis conocimientos. Los estudios de lenguas orientales en la *Propaganda* me cautivaban; tanto allí como en la *Sapienza* hice amistades excelentes, y un día de diciembre tuve la inefable sorpresa de encontrarme a Della Genga, que me abrazó casi llorando. Sus padres, convencidos al fin de que a la naturaleza varonil del chico se ajustaba mal la sotana, dedicáronle a la jurisprudencia y al foro. Estaba mi hombre contento y orgulloso de su moderada libertad. Restablecida nuestra fraternal concordia, juntos estudiábamos y juntos nos permitíamos algún esparcimiento propio de la juventud. Debo declarar con toda franqueza que Della Genga me corrompió un tantico, y empañó la pureza de mi moral en aquellos días, comunicándome eficazmente, hasta cierto punto, su innata afición a la mitad más amable del género humano. Acúsome de esto, afirmando en descargo mío que mis debilidades no pasaron de la medida discreta. Y para que todo sea sinceridad, añadiré que no tuvo poca parte en mi comedimiento mi escasez de dineros, la cual vino a ser un feliz arbitrio de la Providencia para preservarme de chocar contra escollos, o de ser arrastrado en vertiginosos remolinos.

IV

Majora canamus. Igualábame Della Genga en la admiración al nuevo Pontífice y en creerle como enviado del Cielo para devolver a Italia su grandeza, y dar a los pueblos fecundas y libres instituciones. Toda Roma creía lo mismo. Mastai Ferretti sería como un pastor de todas las naciones, que sabría conducirlas por el camino del bien eterno y de la terrestre felicidad. Cuantas disposiciones tomaba el santo padre eran motivo de festejos, y las iluminaciones con que fue celebrada la amnistía repetíanse luego por motivos de menos trascendencia. Siempre que a la calle salía Pío IX, se arremolinaba la multitud junto a su carruaje, y los vivas y aclamaciones, repitiéndose en ondas, conmovían a toda la ciudad. Por cualquier suceso dichoso, y a veces sin venir a cuento, se improvisaban procesiones y cabalgatas, y las sociedades que habían sido secretas y ya se habían hecho públicas, salían con sus abigarrados pendones entonando himnos. Pasado algún tiempo de esta patriótica efervescencia, el entusiasmo empezó a degenerar en delirio, y las demostraciones en vocerío y alborotos.

Era Della Genga devotísimo de las ideas de Gioberti, y yo no le iba en zaga. Habíamos leído y releído el *Primato degli italiani*, y soñábamos con la redención de Italia y su gloriosa unidad bajo la sacra bandera del Vicario de Cristo. Esto pensaba yo, y con inquebrantable fe pensándolo sigo y me creo portador de tan saludables ideas a mi querida patria. Pío IX, que en sus virtudes preclaras, en su poderoso entendimiento y hasta en su rostro plácido y expresivo, conquistador de voluntades, trae el sello de una misión divina, efectuará la restauración civil de la península itálica, inmensa obra que no ha podido ser realidad por no haberse empleado en ella el ligamento de las creencias comunes, de la enseñanza católica. Roma será, pues, la metrópoli de la Italia moral, y cabeza de la política, y creará un pueblo robusto, tan grande por la fuerza como por la fe. El báculo de San Pedro guiará en esta conquista a los italianos, enseñando a la Europa entera el camino de la fecunda libertad. De esta idea y de sus infinitas derivaciones hablábamos mi amigo y yo a todas horas, siempre que nuestra malicia o la frivolidad propia de muchachos no nos llevaban a conversaciones menos elevadas.

Y escribíamos sobre el mismo tema político sendas parrafadas ampulosas, que nos leíamos *ore alterno* buscando el aplauso, y éste fácilmente coronaba nuestras lucubraciones. Por cierto que un día (pienso que por febrero de este año) mi orgullo me sugirió la idea de mostrar al cardenal una enfática disertación que escribí sobre el magno asunto de la época, con el título de *Risorgimento dell'Italia una e libera*, y quedándose con mi mamotreto para leerlo en el primer rato que tuviera libre, a los ocho días me llamó para decirme que no estaba mal pensado ni escrito; pero que no robase tiempo a mis estudios para meterme a divagar sobre lo que ya habían tratado las mejores plumas italianas. Comprendiendo que ni mi discurso ni la materia de él eran de su agrado, salí de la presencia del grande hombre un tanto corrido.

Bien entrada ya la primavera, un ataquillo de malaria, que me cogió debilitado, interrumpió en mal hora mis estudios y hube de guardar cama, presentándose la calentura tan insidiosa que ni alivio ni recargo sentí en todo un mes. Por fin, el cardenal me mandó a Subiacco, acompañado de la jorobadita y de una de las vejanconas. El puro aire de los montes Albanos me restableció en otro mes de régimen severo y de mental descanso; pero no pude asistir a exámenes ni pensar en nueva campaña escolar hasta el otoño próximo, lo que sentí de veras, porque en la *Propaganda* me iba encariñando con el hebreo y sánscrito, y en la *Sapienza* figuraba entre los más lúcidos estudiantes de Patrología y de Lugares teológicos, sin olvidar la Jurisprudencia, Concilios, etc.

Y heme de nuevo, apenas apuntaron los calores de julio, en la placentera residencia de Albano, libre y bien atendido, compartiendo mis horas entre los paseos por las alamedas que conducen a Castel Gandolfo, o por la nueva vía Apia, y el trajín de la biblioteca, que me recibió como un viejo amigo brindándome con todo el embeleso de sus mil libros interesantes, apetitosos, llenos de erudición los unos, de amenidad los otros. ¡Oh soledad dichosa, oh dulce presidio!

De un verano a otro, había cambiado el personal de la villa, pues dos ancianos murieron, otros dos se habían ido a Terracina, y en su lugar hallé un matrimonio de edad avanzada y dos mozas muy guapas: una de ellas, a poco de estar yo allí, fue conducida a Frascati, donde veraneaba el cardenal con una noble familia polaca. La que en casa quedó no era jovenzuela, sino propiamente mujer y aun mujerona, de más que mediana talla, esbelta, gran figura, tipo romano de lo más selecto, cabello y ojos negros, la tez caldeada, con tono de barro cocido. Su trato pareciome un poco salvaje, como recién cogida con lazo en los campos de Terracina; vestía poco, despreciando las modas y prefiriendo los trajes de su pueblo. ¿Era casada o viuda? Nunca lo supe, pues de sus palabras a veces se colegía que el esposo había fenecido en la plenitud de sus hazañas bandoleras, a veces que se había marchado a Buenos Aires. Esta doble versión podía explicarse por el hecho de que no fuese un marido, sino dos los que ya contaba en su martirologio. No insistí yo mucho en inquirirlo, pues noté en la buena moza marcada repugnancia de los estudios biográficos. Llamábanla Bárbara o Barberina, nombre que le cuadraba maravillosamente, porque leía muy mal y apenas sabía escribir; mas con su natural despejo disimulaba tan graciosamente la ignorancia, que valía más su conversación que la de veinte sabios. Gustaba yo de charlar con ella, mas que por la rudeza de sus dichos, por verle los blanquísimos dientes que al sonreír mostraba, y admirar el encendido color de su rostro iluminado por la elocuencia de mujer burlona.

Pero no se crea que las burlas, a que tan aficionada era, escondían un carácter avieso y malicioso, no. Era muy buena la salvaje Barberina, y a mí me tomó decididamente bajo su amparo y protección, y me cuidaba como a hermano. Viéndome tan endeblucho, se desvivía por reparar mi quebrantado organismo, dándome calditos o infusiones entre horas, y haciéndome el plato en las comidas con propósito de llenarme el buche de cosas sustanciosas y bien digeribles. Guardaba en sus bolsillos golosinas para obsequiarme, de sorpresa, cuando paseábamos junto al lago con la jorobadita y otras muchachas, y atendía también singularmente a mi descanso nocturno, evitando todo ruido en la *villa*, y alejando de mi aposento la caterva de gatos y perros que en la casa tenían su albergue.

Agradecido a tantas bondades, se me ocurrió la felicísima idea de pagarle sus beneficios con otros no menos valiosos. Cualquiera, por egoísta que fuese, habría pensado lo mismo, ¿verdad? Ella cuidaba de mi corporal existencia, dándome salud y robustez; pues yo cuidaría de embellecer su espíritu, dándole el jugo de la ilustración, de que se alimentan los seres escogidos, *etc...* En fin, que si ella me nutría, yo la educaba, le devolvía sus obsequios perfeccionándola en la lectura y enseñándola a escribir correctamente. Cuánto se holgó Barberina de mi plan de recíproca beneficencia, no hay por qué decirlo. Al punto empezamos la campaña, brindándonos a ello el tiempo que en aquel apacible retiro nos sobraba, y el sosiego de la retirada y fresca biblioteca. La hice leer *I Promessi Sposi*, y advirtiendo su predilección por lo que más hería su sensibilidad, nos metimos con los poetas, prefiriendo los modernos, para huir del estorbo de los arcaísmos. Con tal cariño tomó estas lecturas, que al fin se me hizo largo el espacio de sus lecciones. Y yo no volvía de mi sorpresa viendo que todo lo comprendía, que ninguna delicadeza de sentimiento, ni alegórica ficción, ni gallardía de estilo se le escapaba. Y cuando nos poníamos a comentar, ¡qué claro juicio en aquella salvaje! Lloraba con las ternezas religiosas de Manzoni, se entusiasmaba con el fiero nacionalismo de Monti y de Alfieri, y Leopardi la dejaba no pocas veces silenciosa y cejijunta.

Menos afortunado era el maestro en la escritura, porque los dedos de la cerril discípula no conservaban la flexibilidad y sutileza de su virgen entendimiento. Gustábame guiar aquella dura y fuerte mano, tan bien modelada que parecía la mano de Minerva o de Ceres. Pero los adelantos no correspondían a los esfuerzos de ella, acompañados de hociquitos y muecas con sus carnosos labios, ni a la paciencia y esmero que yo ponía en mis lecciones. Acababan éstas con los dedos de ambos manchados de tinta, y con la exclamación de ella lamentando su torpeza. Hecha su mano al rastrillo, al bielgo, a la pala y a otros rústicos instrumentos, se avenía mal con la pluma. Por consolar a mi educanda, decíale yo que trocaría mi buen manejo de escritura por la fuerza y la paz que da la vida del campo, y que un labrador inteligente es el primero de los sabios, que con el arado escribe en la tierra el gran libro de la felicidad humana. Pero estas pedanterías no la curaban de su desconsuelo, y a la siguiente lección volvía con más empeño a la faena.

Corriendo con lenta placidez los días, Barberina progresaba en la instrucción, y ambos en la confianza mutua, sin el menor detrimento de la honestidad. Pedíame ella que le hablase de mi familia y de mi pueblo, y que le contara cuanto de mi infancia recordaba. De la suya y de su parentela, así como de su matrimonio, nada me contaba ella, creyendo, sin duda, que su historia no podía interesarme. Cada día se inquietaba más por mi salud, y a sus cuidados del orden doméstico añadía discretas exhortaciones referentes a la vida moral. En sus sermones me incitaba a la pureza de costumbres, y afeaba mi ardorosa afición a las cosas paganas. De tiempo en tiempo hacía yo veloces escapadas a Roma, volviendo con algunos libros o cualquier objeto, cuya compra, según yo decía, me precisaba. Recibíame Barberina, al regreso, con dolorida severidad, afirmando que mi salud y aun mi decoro estaban en peligro, si no me penetraba del respeto que debemos a nosotros mismos y a la sociedad. Más sutil moralista no he visto nunca. No pude menos de rendirme a tan sabios consejos, bendiciendo la boca que me amonestaba y declarando que a cuanto me ordenase había de someterme. Todo el afán de mi amiga era preservarme de los peligros que en el mundo cercan a una juventud delicada, y yo, considerando la inmensa valía de esta tutela, me abrasaba en admiración y reconocimiento.

No disminuía con esto nuestra afición a las lecturas, y si ella leía por ejercitarse, hacíalo yo por darle el modelo de la entonación y por entretenerla y deleitarla con útiles pasatiempos. Observé que las cosas serias la interesaban más que las jocosas, y las humanas, construidas con elementos de verdad, más que las imaginativas. Después del *Jacopo Ortis* y de las *Prisiones*, leí parte de la *Eloísa* de Rousseau, y de aquí saltamos a las *Confesiones*, cuyos primeros capítulos fueron el encanto de Barberina. Burla burlando llegamos a la presentación de Juan Jacobo en la casa de Madame Warens, al carácter y figura de ésta, a la maternal protección que dispensó al joven ginebrino, y por fin, al ingenioso arbitrio de la dama para preservar a su amiguito de los riesgos que corre un jovenzuelo impresionable si se le deja solo ante el torbellino del mundo y las asechanzas del vicio. Admirable nos pareció a entrambos aquel pasaje, que Barberina alabó con vivos encarecimientos... Mi amor a la verdad me obliga a terminar este relato repitiendo el famosísimo *quel giorno più non vi leggemmo avanti*.

V

Alegría insensata y sombríos temores alternaban en mi alma desde aquel día. ¡Amor, conciencia, cuán desacordes vais comúnmente en la vida humana! Amargaban la dulzura de mi juvenil triunfo sobresaltos y presentimientos tristísimos, y mi felicidad en ellos se disolvía como la sal en el agua. Perseguíame el espectro del cardenal pronunciando la acusación y cruel sentencia que yo merecía, y en mis sueños me visitaba, y despierto le sentía próximo a mí. Seguramente no tendría yo valor para poner mi rostro pecador ante el de Su Eminencia. El temido rayo de sus ojos me haría caer exánime; me faltaría valor aun para pedirle perdón de mi vergonzoso ultraje a la ley de hospitalidad.

Algún alivio me dio la noticia, por la propia Barberina comunicada, de que el cardenal no parecería en mucho tiempo por Albano, ni aun de paso para Castel Gandolfo. Desde Frascati, deteniéndose en Roma solo una noche, había pasado a Rímini, sin duda con una misión secreta de Su Santidad para el Embajador de Austria que allí veraneaba. Calculando mis huéspedes la duración de la ausencia por el equipo y servidumbre que Antonelli llevaba, presumían que iría también a Viena. No obstante estas seguridades de respiro, yo no tenía sosiego, y pedía fervorosamente a Dios que complicase los asuntos diplomáticos de la Santa Sede en términos tales, que mi protector tuviese que ir también a San Petersburgo, y de allí a Pekín, atravesando toda el Asia en camello, en elefante, o en otro vehículo animal de los más lentos.

Por aquellos días empezaron a tomar mal cariz las cosas políticas. La popularidad del Papa era ya molesta, tirando a la confianza irrespetuosa: los entusiasmos de la plebe, dirigida por las Sociedades o Círculos, no eran ya simples alborotos, sino motines en toda regla. Las concesiones de Su Santidad al espíritu moderno les parecían poco, y ya pedían la Luna, la Osa mayor y el Zodíaco entero. El clamor de reformas era tan intenso, que el adorado Mastai Ferretti se veía compelido a dar gusto al pueblo nombrando un Ministerio laico. Gustaba yo de la inquietud, porque no solo veía en ella la palpitación generatriz del ideal de Gioberti, tomando carne y forma de cosa real, sino porque el tumulto y todo aquel revolver de las ondas sociales me parecían a mí muy propios para que en ellos se escondiera mi delito y quedase ignorado, impune. *¡Ahi, come mal mi governasti, amore!*

Mas un día, *¡corpo di Baco!*, anunciaron que el cardenal estaba de vuelta en Roma, y ya no hubo para mí tranquilidad. Pasó por mi mente la idea de fugarme: comuniqué este pensamiento a Barberina, la cual me dijo que había pensado lo mismo. Propúsome que nos fuéramos a España... ¡A buena parte!, dije yo. De escapar, a Nápoles para plantarnos en Egipto, o a Génova para emigrar calladitos a Buenos Aires, donde pondríamos café, una tienda de bebidas... No, mejor un colegio, en el cual yo abriría cátedra *de omni re scibile*. Felizmente, ninguno de estos disparates prendió en mi mente, y la irresolución, que en normales casos suele perdernos, en aquél fue mi salvación... Mientras discutíamos mi amada y yo si nos estableceríamos en Corfú o en Alejandría, vino un recado de Antonelli, llamándome con urgencia. ¡Ay!... ¡ay!

Se me olvidó apuntar que el matrimonio anciano que regía la casa mirábame ya como cosa perdida. Días antes, notaba yo en sus rostros cólera, menosprecio, amenaza: cuando me vieron llamado a la presencia del amo, su actitud era compasiva, como la de los curiosos que asisten al paso del condenado a muerte, camino de la horca o de la guillotina. Y en efecto, en mí se determinaba la insensibilidad del reo en la capilla momentos antes del suplicio. Salí de la casa sin poder ver a Bárbara; creí que se había encerrado en su habitación. Quise subir, y no me dejaron. «¡Barberina!», grité desde abajo, y nadie me respondió... Partí con el corazón despedazado, mordiendo mi pañuelo. Luego me dijo el cochero que aquella madrugada, la buena moza, obedeciendo órdenes terminantes del cardenal y guardando el mayor secreto, había partido para Terracina... A pie, sola... Y no había miedo de que se desviara de su ruta, ni que desobedeciera la terrible y concisa orden. Protesté, lloré, rugí, y el cochero, con filosófico humor y flemático desdén, me dijo: «¡Ah, signore!, questo e peggio che l'Inquisizione. Ma, non dubiti, la sconteranno sti pretacci, figli di cani». Hablamos de política. Pronto comprendí que estaba el hombre cogido por las sociedades secretas.

«Un hombre, solo hay un hombre que pueda traernos la revolución.

—¿Y quién es ese hombre?

—Mazzini...»

Mi pena no me dejó espacio para sostener la conversación. ¿Qué me importaban a mí Mazzini y toda la turbamulta de las logias?

Llegué al palacio del cardenal con la esperanza de que sus ocupaciones no le permitirían acordarse de mí, de que no podría recibirme, de que tendría yo que aguardar horas, días quizás... Quedeme aterrado al ver que el portero, como si me esperase, me mandó pasar en cuanto bajé del coche, y luego un ujier, sin darme descanso ni respiro, me introdujo en la biblioteca, donde vi a Su Eminencia despachando con un secretario. Yo apenas respiraba: yo pensaba en Dios, como el espía, víctima de la ley de guerra, que es conducido ante el pelotón que ha de fusilarle. Más atento al despacho que a mí, el grande hombre no se dignó mirarme. Un cuarto de hora, que hubo de parecerme un cuarto de siglo, duró mi ansiedad; y cuando el secretario, recogiendo papeles, a marchar se disponía, yo, paralizado y mudo en el centro de la pieza, extrañaba que no me vendasen los ojos para el trance fatal.

No vi la mirada de Antonelli cuando me mandó acercarme, porque yo no podía levantar del suelo mi vista. El tono de su voz no me pareció demasiado duro. Me atreví a mirarle, y hallé en su rostro un desdén compasivo, no la cólera de Júpiter que yo esperaba. La angustia que me oprimía tuvo el primer alivio cuando Su Eminencia me preguntó por mi salud, aunque debía yo creer que era pura fórmula. Como le contestase, por decir algo, que no me encontraba bien, díjome que me propondría un remedio eficaz para la completa reparación de mi organismo. Nueva sorpresa mía con su poquito de pavor. ¿Cuál era este remedio? No tardó en decírmelo: el regreso a España. Los aires natales me serían muy provechosos. Con más miedo que finura contesté que me parecía muy bien. *Ed egli à me*: «Hijo mío, bien a la vista está que tus esfuerzos para conservar la vocación religiosa son inútiles. La Naturaleza manda en ti como señora absoluta, y no sabes cultivar el espíritu robusto que debe sojuzgarla...» Admirado de tanta sabiduría, nada supe contestar. Pareciome que aquello de sojuzgar la Naturaleza era también fórmula, y que Su Eminencia echaba mano de los tópicos que solo sirven para aleccionar a la infancia, sin tener más que un valor pedagógico semejante al de las palmetas. *Poi ricommincio*: «Tus facultades prodigiosas se pierden en la distracción. Tal vez has errado la vía, y debes buscar otra en que la distracción misma no sea un impedimento, sino un estímulo. Para brillar en artes o ciencias no es necesario ser benedictino. La tutela que me delegó el buen don Matías, yo la devuelvo a tus padres, que la ejercerán con más fruto que yo. En Italia te pierdes: gánate en España, donde empezarás por hacer efectiva tu vocación de marido... Tu familia te procurará un buen matrimonio.»

Pausa. Conmovido pronuncié al fin vagas expresiones de aquiescencia. Y como indicase que me prepararía para el regreso a mi tierra, dijo el cardenal: «De aquí a la noche, recogerás cuanto necesites llevar contigo, libros y ropa; al amanecer saldrás de Ostia en un barco que se da a la vela para la costa valenciana.» Dejome atónito esta conminación que no admitía réplica, y con un gesto manifesté mi conformidad. Ya sabía yo con quién me las había y cómo las gastaba el caballero. Al despedirme, solo me dijo: «En la política de tu país puedes abrirte camino ancho, que allá tienes dos especies de hombres afortunados: los tontos y los que se pasan de listos. Procura tú ser de los últimos.» La sustanciosa frase me hizo sonreír, y besándole la mano, salí para disponerme a cumplir mi sentencia. Ya no le vi más. Comí, llené de libros una caja y un cofrecillo, de ropa un baúl, y me entregué al mayordomo, encargado por Su Eminencia de ponerme en camino. La sentencia se cumplió *manu militari*, porque un agente de policía fue quien me condujo a Ostia, a poco de anochecido, no soltándome de su férrea mano hasta dejarme a bordo de la urca, libre y quito de todo gasto, bien amonestado el patrón para que pusiese cien ojos en mí mientras el barco no se diese a la vela.

¡Adiós, Italia; adiós, Roma, corazón del Paganismo, cabeza de la Iglesia; adiós, Barberina, ara de mi primera ofrenda al tirano Dios! Así como los antiguos ponían sus muertos en las constelaciones, yo quiero darte luminosa eternidad en el firmamento... Durante las noches de mi largo viaje, he clavado de continuo mis ojos *nelle vaghe stelle dell'Orsa.*

VI

Sigüenza, *noviembre.* Quedamos en que bauticé con el nombre de *Barberina* la estrella más brillante de la Osa mayor, la que los astrónomos, según creo, llaman *Mizar*, y con esto puse final punto a mi historia de Albano...

Cosas y personas mueren, y la Historia es encadenamiento de vidas y sucesos, imagen de la Naturaleza, que de los despojos de una existencia hace otras, y se alimenta de la propia muerte. El continuo engendrar de unos hechos en el vientre de otros es la Historia, hija del Ayer, hermana del Hoy y madre del Mañana. Todos los hombres hacen historia inédita; todo el que vive va creando ideales volúmenes que ni se estampan ni aun se escriben. Digno será del lauro de Clío quien deje marcado de alguna manera el rastro de su existencia al pasar por el mundo, como los caracoles que van soltando sobre las piedras un hilo de baba, con que imprimen su lento andar. Eso haré yo, caracol que aún tengo largo camino por delante; y no me digan que la huella babosa que dejo no merece ser mirada por los venideros. Respondo que todo ejemplo de vida contiene enseñanza para los que vienen detrás, ya sea por fas, ya por nefas, y útil es toda noticia del vivir de un hombre, ya ofrezca en sus relatos la diafanidad de los hechos virtuosos, ya la negrura de los feos y abominables, porque los primeros son imagen consoladora que enseñe a los malos el rostro de la perfección para imitarlo; los otros, imagen terrorífica que señale a los buenos las muecas y visajes del pecado para que huyan de parecérsele. Habiendo aquí, como habrá seguramente, enseñanza para diferentes gustos, no me arrepiento del propósito de mis Memorias o Confesiones, y allá voy ahora con mi cuerpo y mi juventud y mi buen ingenio por el anchuroso campo de la vida española.

Ya es ocasión de que os hable de mi familia. Propietario de flacas tierras en este término es, mi padre: poséelas mi madre de más valor en Atienza; pero reunidos ambos patrimonios no bastaron para el sostén de familia tan numerosa, por lo cual mi señor padre ha tenido que arrimarse a la política y a la Iglesia, y tiempo ha que desempeña la Contaduría de esta Subalterna, y es además habilitado del Clero. Gran administrador de lo suyo y de lo ajeno ha sido siempre Don José García, y en su honradez, que la opinión ha consagrado como artículo de fe, nunca puso el menor celaje la malicia. La vida metódica y sin afanes, la paz de la conciencia, el ejercicio saludable, le conservan entero y enjuto, sin achaques de los que a su edad pocos se libran, aunque es algo aprensivo, y tan friolero que anda de capa todo el año, de agosto a julio.

Mi madre es una santa, que hoy vive petrificada en los sentimientos elementales y en las ideas de su juventud, creyendo a pie juntillas que la inmovilidad es la forma visible de la razón. La palabra progreso carece para ella de sentido, y si en modas no ha querido pasar del año 23, cuando vinieron con Angulema los chales de crespón, rayados, en lo demás que atañe a la vida general no quiere entender de nada: ni discute novedades, ni comprende constituciones, ni se cura de opinar conforme a estas o las otras ideas, firme en su inquebrantable dogmatismo religioso que a lo social y político extiende... «Así lo encontramos y así lo hemos de dejar», es su fórmula, que a todo aplica, creyendo firmemente que el mundo, por muchos tumbos que dé, vuelve siempre a lo que ella vio, conoció y sintió en su florida mocedad. Completan el retrato la dulzura y placidez de un rostro angelical, que aún parece más divino con su copete de cabellos blancos, y el mirar confiado y sereno, reflejo de un alma en que moran todas las virtudes cristianas y domésticas sin sombra de maldad. Nueve hijos nacimos de esta ejemplar señora: vivimos siete, con quienes harán conocimiento mis lectores, que algo hay en ellos digno de la posteridad. A mí me tuvo mi madre en edad extemporánea, cuando ya nadie esperaba fruto de ella, y por esto el más joven de mis hermanos me lleva ocho años. Y como coincidieran con mi tardío nacimiento una aurora boreal, un cometa, con más otros terrestres acontecimientos, formidable crecida del Henares, y la aparición de una espléndida luz que en las noches oscuras se paseaba por el tejado y torres de la catedral, dio en creer la gente que aquellos inauditos fenómenos anunciaban mi venida al mundo como prodigioso niño, llamado a revolver toda la tierra. Mi madre se reía de estos disparates; pero confiaba siempre en que su Benjamín no habría de ser un hombre vulgar.

Mi hermano Agustín, el primogénito, que ya cumplió los cuarenta, casó en Madrid, y allá disfruta de un buen empleo arrimado a los hombres de la *moderación*. Mi hermano Vicente casó con una rica labradora de Brihuega, viuda, y está hecho un bienaventurado patán, con cinco hijos y labranza de doce pares de mulas; Gregorio, que estudió en Madrid la carrera de abogado, también anda por allá, buscándose un acomodo en las Sociedades mineras o de seguros; y Ramón, que es el más joven, no se ha separado de mis padres, y disfruta un sueldecito en la Subalterna. De mis hermanas, la mayor, Librada, que ahora tiene treinta y ocho años, casó en Atienza con un primo mío, ganadero de buen acomodo y propietario de dos molinos harineros y de una fábrica de curtidos; la segunda, Catalina, que ya rebasa de los treinta, profesó en el convento de la Concepción Francisca de Guadalajara, no recuerdo en qué fecha (solo sé que a mí me tenían aún vestidito de corto), y luego pasó a La Latina de Madrid, donde ahora se encuentra. He aquí mi familia, mis sagrados vínculos con la Humanidad.

Vivimos en la calle de Travesaña, angosta y feísima, pero muy importante, porque en ella, según dicen aquí ampulosamente, *está todo el comercio*. La casa es de mi padre, tan antigua, que la tengo por del tiempo de la guerra de los Turdetanos con Roma, cuando Catón el Censor puso sitio a esta noble ciudad. A pesar de las restauraciones hechas en ella, mi vivienda natal, en la cual no hay techo que no se alcance con la mano, se pierde en la noche de los tiempos; y a pesar de todo, como en ella vi la primera luz, paréceme la más cómoda y bonita del mundo. En los bajos hay un alquilado para botica, la cual creo yo que radica en aquel sitio desde que vino a España el primer boticario, traído quizás por Protógenes, obispo fundador de nuestra diócesis. Ahora la regenta un tal Cuevas, hombre muy entendido en su oficio, y es centro de reunión o mentidero de cuantos en el pueblo discurren con más o menos tino de la cosa pública.

Seis o siete sujetos calificados clavan allí sus posaderas en sendas sillas toda la tarde y a prima noche, entre ellos mi padre; don José Verdún, coronel retirado; el juez señor Zamorano, el canónigo de esta Catedral don Jacinto de Albentós, que entró aquí con Cabrera el año 36, mandando una partida de escopeteros, bien ajeno entonces de que se le recompensaría su hazaña con esta prebenda, y otros que no cito por no transmitir vanos nombres a la posteridad. Cada cual lleva su periódico, que lee o comenta: mi padre saca *El Faro*, que goza opinión de sensato; el canónigo desenvaina *La Iglesia* y *El Lábaro*, ambos de su cuerda; el coronel esgrime el *Clamor*, órgano del Progreso; otro tremola *El Heraldo*, y Cuevas, en fin, enarbola *El Tío Carcoma*, satírico y desvergonzado, pues algo hay que dar también a la risa y al honrado esparcimiento. Predomina en la botica el tinte moderado, y contra una mayoría formidable luchan gallardamente los dos únicos progresistas, el coronel y el boticario. De entre las ruidosas peloteras que allí se arman salen airadas voces aclamando el nombre sonoro del primate a quien cada cual debe su destino, y si el uno pone sobre su cabeza a Bravo Murillo, el otro no deja que toquen ni al pelo de la ropa de Seijas Lozano, de Pidal o de Bahamonde.

Allí me enteré de sucesos que ignoraba, y que, siendo ínfimos en la esfera total del humano vivir, parecían grandes a los pobres enanos que de ellos se ocupaban. Supe que habían caído los *Puritanos*, y pues yo no conocía más *Puritanos* que los de Bellini, pedí informes de tales sujetos, sabiendo al fin que eran como una cofradía que dentro de la *moderada* comunidad alardeaba de pureza. Supe asimismo que el Rey y la reina andaban desavenidos, él haciendo solitaria vida en El Pardo, ella en Madrid gozando de la cariñosa popularidad que había sabido ganarse con su gracia y desenfado; y supe que los narvaístas andaban locos por volver al Gobierno, y que los progresistas, alentados por Bullwer, embajador inglés, hacían sus pinitos por colarse en Palacio. Todo ello me importaba un bledo, como la caída del Ministerio Salamanca, sucesor de los Puritanos, para dar entrada al temido y ensalzado don Ramón, que, según mi padre, es el único que entiende este complejo tinglado del gobierno de España.

Sigüenza, *25 de noviembre*. La comidilla de esta tarde en la botica ha sido la reconciliación del Rey y la reina. Vaya, picaruelos, se os perdona, pero no volváis a poneros moños, que perturban la tranquilidad de estos reinos. ¡Ay qué cosas han dicho los tertulios, Santa Librada bendita! Que si costó más trabajo reconciliar a los Reyes que casarlos... que Serrano y Narváez se entendieron, retirándose el primero a la Capitanía general de Granada, y cogiendo el otro las riendas del poder... que ello es juego de rabadanes, y cambalache gitanesco... ¡Dios mío, cómo ponen a Serrano mi boticario y mi coronel por haber abdicado sin dejar el mango de la sartén en manos progresistas! Los motes menos injuriosos que le cuelgan son los de Judas y Don Opas. En cambio los otros échanle en cara el abuso de su poder y su falta de discreción, tacto y delicadeza. Y yo le digo al tal: «Si me viera en tu caso, haría las cosas mejor, y si no pudiera escribir la Historia de España con la mano derecha, sabría educar y adestrar mi mano zurda.»

27 de noviembre. Esta tarde fui yo quien hizo el gasto contándoles las magnificencias del rito en la Corte Papal, describiéndoles con la facundia pintoresca que me permitían mis conocimientos de las cosas romanas, los restos maravillosos del Paganismo, el esplendor de San Pedro, de Santa María mayor y de San Juan de Letrán, el lujo y señorío de los cardenales, la opulencia artística de los Museos, las mil estatuas, fuentes y obeliscos, y no necesito decir que me oían con la boca abierta, suspensos de mi voz, y que alabaron en coro mi feliz retentiva. Mayor éxito, si cabe, tuve cuando de las cosas me llevó a las ideas el curso de mi fácil palabra, y les expliqué la misión que Dios confiere al sucesor de San Pedro en la segunda mitad del siglo que corre. *Sursum corda*, y álcense unidos el dogma cristiano y la libertad de los pueblos. Para redimir a Italia y hacerla una y fuerte, se constituirá una federación bajo el patrocinio del Soberano Pontificio, y un sabio Estatuto, en que se amalgamen y compenetren los católicos principios con las reformas liberales, dará la felicidad a los italianos, ofreciendo a las demás naciones europeas una norma política, invariable y sagrada por traer la sanción de la Iglesia.

La polvareda que levantó en el farmacéutico senado de este novísimo *punto de vista*, como decía el juez, fue tremenda. Ya el señor Zamorano tenía de ello noticia por haber leído párrafos de un artículo de Balmes en la revista *El Pensamiento de la Nación*. Para los demás, el asunto era enteramente virgen. Cuevas y el coronel acogieron la misión papal con benevolencia, afirmando que, pues las ideas de Cristo eran francamente liberales, su Vicario en la tierra debía pastorear a las naciones enarbolando en su báculo la bandera del Progreso. Oír esto el canónigo y soltar la risa estúpida, grosera y provocativa, fue todo uno. «¡Vaya, que será linda cosa un Papa progresista!... ¡La Iglesia dando el brazo a los hijos de la Viuda!... ¡Cristo entre masones... Ja, ja, ja... y la Santísima Virgen bordando banderas liberales como *la* Mariana Pineda!...» Así desembuchaba sus salvajes burlas el sacerdote bizarro que había entrado en Sigüenza once años antes, *viribus et armis*, asolando el país y llevándose cincuenta mil reales como botín de guerra. Y luego siguió: «¡Pero este Pepito, qué ruedas de molino se trae de Roma para comulgarnos! Listo eres, hijo; pero no afiles tanto, que te vemos la intención chancera. A Roma fuiste con ínfulas de sabio, que debía tragarse el mundo, y nos vuelves acá con juegos de cubilete para embaucar a estos pobres patanes. No nos creas más tontos de lo que somos, y si vas a Madrid llévate allá los chismes de titiritero, y ponte en las plazas a predicar toda esa monserga del Papa liberal y de la Iglesia metida con los ateos. Aquí somos brutos, y no entendemos de fililíes romanos ni de obeliscos, ni de cardenales que visten capita corta y calzón a la rodilla; pero tenemos los sesos en su sitio, y debajo del paño pardo guardamos el discernimiento español, que da quince y raya a todo lo de extranjis.»

Respondí que no intentaba yo convencerle, porque él era como Dios le había hecho, un clérigo de caballería, de los que defienden el dogma a sablazo limpio. Contradiciéndole le puse tan desaforado y nervioso, que no hacía más que morder el cigarro, echar salivazos en el corro, y dar resoplidos como un flatulento a quien se le atraviesan en el buche los gases. Intervino Cuevas en la contienda con sus opiniones emolientes, y mi padre sacó todo el espíritu de conciliación que comúnmente usa, asegurando que no hay que tomar a chacota mis ideas, pues vengo yo de donde las guisan; que él no da ni quita liberalismo al Papa, pero que si éste se liberaliza, habrá de ser siempre *moderado*. Con esto y con llegar la hora en que a cada cual le llamaban las sopas de ajo de la cena, terminó la gran disputa. Era el desvaído rumor con que llegaba a mi rústico pueblo la grave cuestión que entonces inquietaba a todos los pensadores de Italia.

30 de noviembre. He aquí que mi hermano Agustín, el gallito de la familia, que desde Madrid dirige nuestros asuntos encaramado en su posición política, comunicó por carta felices nuevas de su valimiento en el Ministerio de la Gobernación, gracias al amparo que le dispensa el nuevo ministro don Luis Sartorius. Extranjero en mi patria, era la primera vez que oía yo tal nombre. Púsome en autos mi padre refiriéndome que este Sartorius es un mozo andaluz tan agudo y con tal don de simpatía que se lleva de calle a la gente joven. Ha brillado en el periodismo; plumeando en las columnas de *El Heraldo* se hizo fácilmente un nombre, y... periodista te vean mis ojos, que ministro como tenerlo en la mano. Con solo este breve informe me fue muy simpático el tal Sartorius, y me entraron ganas de conocerle. Añadía mi hermano en la carta que era llegada la ocasión de colocarme, toda vez que no había para mí, después del desengaño de mi viaje a Italia, mejor arrimo que el de la Administración Pública, sin perjuicio de aplicarme a cualquier carrerita de las que en Madrid están abiertas para todo muchacho que tenga alguna sal en el caletre. Quedó, pues, determinado que para no perder tan dichosa coyuntura partiese yo a la Corte sin dilación, llevándome toda la balumba de mis libros, los cuales habían de ser mi mejor ornamento, y mi garantía más segura de que no se me volvieran humo las esperanzas cortesanas.

1.º de diciembre. Mi buena y santa madre, mientras estibaba con delicado esmero en el baúl mi provisión de ropa, añadiendo no pocas prendas, obra reciente de sus hábiles manos, me dio estos consejos que así demostraban su cariño como su bendita inocencia: «Hijo mío, vas a un pueblo muy grande, donde todo cuidado será poco para precaverte de los peligros que te cercaran. Mas tú eres bueno, y tu alma paréceme que está cerrada a piedra y barro para las malas tentaciones. Pero Madrid no es Roma; en la ciudad que llaman Eterna, creo yo que no habrás visto más que ejemplos de virtud y buenas costumbres, pues otra cosa no puede ser viviendo entre tantísimo sacerdote y personas consagradas al servicio de Dios. Madrid no es lo mismo, y los ejemplos que allí encuentres serán de corrupción y escándalo, así en mujeres como en hombres. Te recomiendo y encargo, hijo mío, que contra las innumerables incitaciones al pecado que has de sentir, ver y escuchar, te fortalezcas con el temor de Dios y con el recuerdo de las virtudes que habrás observado siempre en tu familia. Y no insisto sobre punto tan delicado, pues, como dijo el otro, "peor es meneallo"... Yo confío en tu buen juicio y en la limpieza de tus pensamientos.» Respondile muy conmovido que ya cavilaba yo en la manera de sortear esos peligros, pues conocía bastante la sociedad para distinguir el bien del mal; y que el refrán *a Roma por todo* quiere decir que allá van los hombres a enterarse de cuanto en lo humano existe, y a doctorarse en la ciencia del mundo como en todas las ciencias.

«Bien, hijo mío —dijo entonces mi madre con dulce conformidad—. Pero hay otro peligro en el cual quiero que fijes tu atención, y es que en Madrid abundan los envidiosos; y como tú despuntas por una capacidad y sabidurías tan extraordinarias, no dejarán de caer sobre ti las malas voluntades y peores lenguas para cerrarte los caminos de la gloria. Mucho cuidado con esto, Pepe mío. No hagas alardes de ciencia, y tus razones te acrediten más de modesto que de jactancioso, para que la envidia tenga menos abrazaderas por donde cogerte... Verdad que casi está de más este consejo, pues de Roma has vuelto ocultando tu ciencia más que ostentándola sin ton ni son, como hacías cuando fuiste. Ya no te pones a recitar la retahíla de cánones y decretales; ya no hablas de la *Summa* de Santo Tomás ni de lo que escribieron Aristóteles y Belarmino; ya no nos hablas en griego para mayor claridad; y como no puedo pensar que sabes ahora menos, pienso que eres más precavido y mejor guardador de tu ciencia, a fin de no dar resquemores a la envidia y vivir en paz con tanto majadero.

—Algo hay de eso, señora madre —repliqué yo—; pero el principal motivo de mi reserva del saber es que ahora sé mucho más que antes, y cuanto más se sabe más se ignora, y más miedo tenemos de incurrir en el error que de continuo nos acecha. Estudiando y aprendiendo he llegado a medir la extensión de lo que aún no ha entrado en mi entendimiento, y sabiendo cada día más voy hacia el término a que llegó el gran filósofo que dijo: "Solo sé que no sé nada." Vea usted por qué parece que sé menos sabiendo más. No compare usted, señora madre, la ciencia de un niño con la de un hombre.»

Muy complacida de mi explicación, añadió este último consejo, dándome a entender con su sonrisa que lo estimaba por muy práctico: «No te cuides, hijo de mi alma, de lucirte entre los necios, cuyo aplauso para nada ha de servirte, ni de enseñar a los ignorantes, ni de desasnar a los torpes. Para divertir y admirar a cuatro gansos no has estado tú quemándote las cejas desde que eras tamaño así. Toda Sigüenza sabe que prontitud como la tuya para el conocimiento no se ha visto jamás, pues aún estabas mamando y las primeras voces que dabas rompiendo a hablar parecía que eran en latín... Digo que te contengas, y que guardes toda tu ciencia para las buenas ocasiones, desembuchándola como un torrente cuando te halles en presencia de personas que sepan apreciarla, pongo por caso, el señor De Sartorius, que dicen es tan sagaz y tan buen catador de los talentos. Tengo por indudable que le deslumbrarás, y el hombre no sabrá qué hacer contigo... Para mí, y como si lo estuviera viendo, es seguro que te pondrá en alguna de las grandes bibliotecas que hay allá, o en la mismísima *Gaceta*, para que escribas todo lo que se ordena, manda y dispone, y hasta lo que la reina le dice a las Cortes, o a otros Reyes, o al mismo Papa.»

Encantado de su *sancta simplicitas* y estimando ésta como un bien muy grande, corona de las virtudes de mi madre en su patriarcal vejez, corroboré aquellas ideas, y para fortalecer su inocencia hermosa me fingí convencido de que Madrid y Sartorius me subirían a los cuernos de la Luna. Lloraba la pobrecita oyéndome, y yo, traspasado de pena, hice mental juramento de conservar siempre a mi madre en aquel ideal ensueño que aseguraba la felicidad de sus últimos días.

Partí aquella noche en el coche correo.

VII

14 de enero del 48. Carguen con Madrid y su vecindario todos los demonios, y permita Dios que sobre esta villa, emporio de la confusión y maestra de los enredos, caigan todas las plagas faraónicas y algunas más. Rayos arroje el Cielo contra Madrid, pestes la tierra, y queden pronto hechas polvo casas y personas. Hágase luego gigante el enano Manzanares, para que con revueltas aguas borre hasta el último vestigio de la capital, y quede el suelo de ésta convertido en inmenso charco donde se establezca un pueblo de ranas que cante noche y día el himno de la garrulería...

No tuvo la Villa y Corte mis simpatías cuando en ella entré: pareciome un hormiguero, sus calles, estrechas y sucias; su gente, bulliciosa, entrometida y charlatana; los señores, ignorantes; el pueblo, desmandado; las casas, feísimas y con olor de pobreza. Pero no proviene de esto el odio que hoy siento, sino de positivas desdichas que en esta Babilonia de cuarta clase me ocurrieron a poco de mi llegada. Dos familias, la de mi hermano Agustín y la de mi hermano Gregorio, se disputaron desde el primer momento la honra de albergarme, y ésta tiraba de mí por un brazo, aquélla por otro, y en poco estuvo que me descuartizaran. De una parte a otra iban mis baúles y maletas. Por la mañana se decidía que mi casa fuera la de Gregorio; por la tarde venía la mujer de Agustín, cargaba con mi ropa, y era forzoso meterlo todo a puñados en los baúles. Tres días estuve de mazo en calabazo, comiendo en una casa, cenando en otra, y a lo mejor me hallaba sin corbata, que se había quedado allá, o me faltaba la levita, el sombrero, los guantes... Y cuando tras tantas fatigas, triunfante Gregorio, me vi definitivamente instalado en casa de éste, ¡oh inmensa desventura!, eché de ver que en los trasiegos de mi persona y de mis cosas entre una y otra vivienda, se había perdido el manuscrito de mis *Memorias*, todo lo que escribí desde Vinaroz a Sigüenza, mi vida en Italia... ¿Hay mayor desdicha, ni más estúpido contratiempo? En vano lo he buscado en las dos casas, preguntando a los aturdidos amos y a las cerriles criadas. Nadie lo ha visto, nadie da razón de aquellas hojas en que vertí la verdad de mis sentimientos y los secretos más graves... Y la idea de que mis apuntes hayan ido a parar a indiscretas manos me vuelve loco. ¡Escriba usted confesiones con el fin de deleitar e instruir a la juventud, ponga usted en ellas toda su alma, para que caigan en manos de un zafio que haga de ellas chacota, o de una maritornes que las emplee para encender la lumbre!

Aunque las diversas personas a quienes pregunté por mis papeles me negaban con notoria ingenuidad haberlos visto, yo sospechaba de mi cuñada, la mujer de Agustín, sin que pudiera decir en qué fundaba mi sospecha, pues con la mayor serenidad me ayudaba a buscar el tesoro perdido y lamentábase con desconsuelo verdadero o falso de la inutilidad de mis investigaciones. Y hoy, cuando ya he perdido la esperanza de recobrar mi tesoro, persisto en creer que ella lo guarda como un feliz hallazgo, sin duda con la idea de variar los nombres de personas, alterar algún incidente y publicarlo como novela de su invención. Porque ha de saberse que mi cuñada Sofía es lo que llamamos politicómona, con sus perfiles de literata, pues aunque alardea modestamente de no escribir, presume de buen gusto y promulga juicios sentenciosos sobre toda obra poética o narrativa que cae en sus manos. Comúnmente le sorbe los sesos la batalladora política más que las pacíficas letras, y toda la mañana la veis en su cuarto, con bata encarnada y una cofia en la cabeza, devorando periódicos. ¡Y la casa sin barrer! ¡Y la señora no se peina hasta media tarde!

Permitid que me ensañe en ella, pues le tengo odio y mala voluntad desde que se me metió en la cabeza que es ladrona de mi manuscrito. Si mi hermano la supera en discreción, ella le gana en edad; no tiene hijos, pero sí un bigotillo con más lozano vello que el que a su sexo corresponde. Por las mañanas, a la hora en que se halla en todo el furor de su loco entretenimiento, las greñas se le salen por debajo de la cofia, las uñas guardan todavía luto y las manos le huelen a tinta de periódico; su gordura fofa se escapa por uno y otro lado, evadiéndose del presidio de un destartalado corsé, cuyas ballenas no son más que un andamiaje en ruinas.

Y también digo que a zalamera y engañadora no le gana nadie. Se precia de quererme mucho y de tratarme como a un hijo. Me riñe con suavidad cariñosa, si es menester, y me colma de elogios cuando a su parecer lo merezco. Ella fue quien me notificó, a los ocho días de mi llegada, mi nombramiento para una plaza en la *Gaceta*. Éste era el *veni vidi vici*, y pocos podrían alabarse de tanta prontitud en el logro de sus esperanzas. «Como ahora no se nos niega nada —me dijo azotándome la cara con el número de *El Clamor*—, te hemos sacado ese destinito con ocho mil reales, que no es mal principio de carrera. Luego se verá. Me ha dicho Agustín que no tendrás nada que hacer en la *Gaceta*, y que te recomendará al director para que te perdone la asistencia a la oficina los más de los días.» A ella y a mi hermano di las gracias, añadiendo que no me conformo con tan denigrante ociosidad; que pediría trabajo, si no me lo diesen, para devolver a la Nación en honrado servicio la pitanza modesta que pone en mi boca. Y éste no fue ciertamente un vano propósito, pues al tomar posesión de mi destino hube de protestar contra la holganza, a lo que me contestó el director, hombre amabilísimo, y el más zalamero, creo yo, que existe en el mundo: «Ya sé por su hermano que es usted un prodigio de talento y erudición. Sería imperdonable que por exigirle a usted la debida puntualidad en esta oficina, le apartara yo de sus profundos estudios, privándole de consagrar las más de sus horas a revolver libros y compulsar códices en las bibliotecas públicas.» Creía, en conciencia, servir al Estado y al país declarándome vagabundo erudito. Afortunadamente, la *Gaceta* tenía personal de sobra, y muchos iban allí a escribir comedias o a componer sonetos de pie forzado. No insistí. ¡Delicioso jefe, fantástica oficina, sabrosa y dulce nómina!

12 de enero. En cuanto llegó a Sigüenza la noticia de mi nombramiento, me escribió mi buena madre vertiendo en las cláusulas de su epístola todo el cariño y la inocencia de su alma seráfica. Conocía yo la magnitud de su alborozo por el temblor de su nada correcta escritura. Todo había resultado tal como ella lo pensara: llegar yo un viernes a Madrid, y al siguiente viernes, ¡pum!, el destino. Estas brevas no caen más que para los hombres escogidos, en cuyas molleras ha puesto el divino Criador toda su sal y pimienta... Ya le había contado a ella un pajarito que el señor Sartorius me recibió poco menos que con palio, y que yo me puse muy colorado con las alabanzas que tanto el señor ministro como los otros señores presentes habían echado por aquellas bocas... «Nadie me ha dicho esto —añadía con candorosa persuasión—, pero lo sé. No puede haber sucedido de otro modo... Al mandarte a la *Gaceta*, claro es que se ha fijado Su Excelencia en que el desempeño de aquellas plazas exige las cabezas mejores, y allá vas tú para poner en buena consonancia de frase todo lo del Procomún y demás cosas que en tales hojas se estampan. Ya, ya saben esos señores a qué árbol se arriman... Te recomiendo, hijo mío, que no trabajes demasiado. Ya estoy viendo que muchos de tus compañeros se aliviarán de su faena recargando la tuya, fiados en que para tu entendimiento grandísimo son juguete de chico las dificultades que a ellos les agobian. No seas tan bonachón como sueles, ni tengas lástima de holgazanes y torpes, que de esos se compone, según me dicen, la turbamulta de las oficinas... Por aquí se corre que has empezado a escribir una magnífica obra sobre el *Papado y...* No sé qué otras cosas, la cual no tendrá menos de quince tomos. Date prisa, no vaya yo a morirme sin poder leer aunque sea solo el título. Dime si es verdad esto, y cuántos pliegos llevas escritos ya... Adiós, Pepe mío: cuídate mucho, abrígate, y que en esos trajines no se te olvide la obligación de tus oraciones de mañana y noche. Siempre que puedas, oye misa toditos los días. Yo no ceso de pedir al Señor que te ilumine y no te deje de su mano. Recibe todos los pensamientos, el alma toda, y la bendición de tu madre. *Librada.*»

En mi contestación, todas las ternezas me parecieron pocas, y poniendo especial cuidado en no ajar sus ilusiones, le dije cuanto pudiera conservarla en aquel sonrosado cielo donde su espíritu encontraba la felicidad. Su vida era un dulce sueño. Antes muriera yo que despertarla.

28 de enero. Dejo pasar muchas noches sin añadir una línea a la Segunda Parte de mis Memorias, porque el desconsuelo de haber perdido la Primera enfría mis entusiasmos de cronista y biógrafo, llenándome de crueles dudas respecto al futuro destino de lo que escribo. ¿Quién me asegura que mis confidencias salvarán el largo espacio que desde la hora presente de mi vida se extiende hasta el reino oscuro de lo que llamamos Posteridad, la vida y sucesos de los que aún no han nacido o están todavía mamando? Para que estos renglones lleguen a su destino, hago firme propósito de resguardarlos de curiosas miradas, y de trazarles un caminito subterráneo por donde lleguen salvos a manos de un discreto historiador del próximo siglo, que los acoja, los ordene y utilice de ellos lo que bien le parezca.

Voy a contarte ahora, oh tú, mi futuro compilador, la vida y milagros de mi hermano Gregorio, con quien vivo, y verás que, si por el talle y rostro se distingue de mi hermano Agustín, mayor diferencia has de encontrar entre uno y otro por los hábitos, gustos y ambiciones. El primogénito es alto, airoso, elegante, de seductor trato, y cifra toda su existencia presente y futura en la política; Gregorio es de mediana estatura, achaparrado, de mal color, aunque de complexión recia; y desengañado de la poca sustancia que se saca del trajín de la cosa pública, adulando a poderosos sin ningún valor, o sentando plaza en el bullicioso escuadrón de majaderos o malvados, ha querido llevar su existencia por mejores rumbos.

Si diferentes son mis buenos hermanos, mayor desemejanza hay entre sus respectivas mujeres, pues la de Gregorio no es politicastra, ni bigotuda, ni gordinflona, sino muy bella y elegante, aunque, dicho sea en secreto, un poquito retocada con sutiles afeites; sabe cumplir con su casa y con la sociedad, gobernando muy bien la primera, y atendiendo a las buenas relaciones, tan necesarias al género de vida que hoy lleva su activo esposo. Si Sofía estanca a su marido en la charca pantanosa del politiqueo, Segismunda dirige los pasos del suyo por caminos penosos y difíciles, pero de sólido piso, y que pueden conducir a las zonas más fructíferas de la existencia. A poco de tratar a esta segunda cuñada mía, la tuve por mujer de entendimiento y de voluntad firme. En vez de afligirse ante las necesidades, busca medios seguros de atender a ellas, y mirando al porvenir tanto como al presente, fijo el pensamiento en sus dos hijos y en los que aún pudiera tener, lanza valerosa y cruelmente a su marido a un trabajo rudo, no de gabinete, sino de actividad febril, mañana, tarde y noche, por las anchuras y estrecheces de Madrid.

Y ella por su lado y en su femenil esfera, trabaja también ayudando al hombre, suavizándole asperezas o allanándole obstáculos. Viste bien, recibe y paga visitas, aparenta holgada posición, no deja traslucir al exterior las ascéticas economías que practica en su vivienda. Sonríe cuando por dentro le andan terribles procesiones; en su pintado rostro bonito se revela la mujer audaz y codiciosa que desea la buena vida para sí y para los suyos, y sabiendo dónde lo hay, pone en juego todos los recursos para traerlo a casa. Anda el pobre Gregorio todo el día como un azacán, y a marcadas horas recibe mucha gente en su despacho: señores y aun damas entran y salen sin cesar. Algunos días veo traslucir el contento tras de la fatiga: los negocios van bien, y el hombre saca de su cansancio nuevas fuerzas para seguir en tan terrible zarandeo. Ama tiernamente a su mujer, que ha sido, según puedo colegir, su musa, su Minerva, y ella también le ama, viéndole realizar con gallardo tesón cuantos pensamientos ha sabido sugerirle.

Una tarde que estaba yo en el comedor jugando con los chiquillos, Segismunda se lamentaba de que Gregorio no hubiera tenido aquel día un rato libre para comer con sosiego. «Pero no hay más remedio —me dijo—, y en este vértigo hemos de vivir hasta que llegue el descanso. Seremos ricos, Pepe, tú lo has de ver, y nuestra posición desahogada la debemos a nosotros mismos, es decir, Gregorio me la debe a mí... Te contaré: al año de casarme vi yo bien clarito que lo de la política es una guasa indecente. Tres meses o seis con un mezquino sueldo, y luego cesantías largas, angustiosas. "Esto no puede ser, me dije yo, y buen tonto será el que lo sufra". Gregorio no tenía las necesarias agallas para lanzarse a los negocios; yo discurría por él; concluimos por discurrir los dos, y al fin, el hombre se penetró bien de mis ideas, y... ¡a trabajar!... ¡Qué comienzos tan penosos, hijo! Yo me consumía, y Gregorio se despernaba. Pero al fin empezó la suerte a ponerse a nuestro lado. Cuando él quería achicarse, yo me engrandecía, haciendo papeles superiores a nuestros medios. Esto precisamente, la figuración bien sostenida, nos acrecentaba la buena suerte, y al fin, ya ves... vamos prosperando, y ya no hay desaliento, sino esperanza: los asuntos marchan a pedir de boca...»

Aquí cerró el pico. Más poderosa mi discreción que mi curiosidad, no me atreví a pedirle explicación clara de tan estupenda granjería.

VIII

6 de febrero. Debo consagrar una de estas hojas, o un par de ellas, a las reuniones que da cada martes y cada viernes mi cuñada Sofía, bajo un régimen de confianza que excluye toda etiqueta enfadosa, y que tiene por norma: amenidad, buen gusto y versificación. Suelen concurrir los compañeros de oficina de mi hermano, con señora y niñas el que las tiene. De hombres importantes no he visto a ninguno de los que hoy dan que hacer a la fama. Ni Pastor Díaz, ni Donoso, ni González Brabo, han pisado hasta hoy aquellos salones. De literatos he visto a Rubí, solo una noche, y varias a Navarrete, a Larrañaga, Antonio Flores, Ariza y el gracioso Villergas. Con arte y rigores de corsé consigue Sofía meter en cintura su deslavazado cuerpo y tener a raya las exuberancias que por las mañanas hemos visto salidas de madre. Esto, y el esmerado lavatorio de sus manos y pescuezo, y la compostura de la carátula, con algún retoque de colorete y abundantes polvos, le dan cierta dignidad majestuosa, que ella sabe realzar con su trato fino y amable. Es justo decir que en sociedad tiene Sofía el tacto de olvidar sus mañas de marisabidilla, evitando así la ridiculez que caería seguramente sobre ella. Limítase a exigir de los jóvenes concurrentes que lean versos tristes o declamen alguna llorona leyenda en prosa sobre asunto caballeresco. Alaba desmesuradamente toda poesía de moco y baba, o narración *fatídica*, vaticinando a sus autores que eclipsarán las glorias de Zorrilla o de *Tula* (con este familiar laconismo suele designar a la señora Avellaneda), y luego toca la vez a las señoritas de piano y solfa: rara es la noche que no tenemos *Fantasía sobre motivos...* y Cavatina de *Beatrice di Tenda* o de *María di Rudenz*.

Pero nada me divierte tanto a mí como el *rincón de personas serias* que dignifica la tertulia de mi hermano, cotarro que tiene su asiento en un gabinetillo próximo a la sala, y del cual son figuras principales don José del Milagro, Ferrer del Río, don Gabino Tejado, un muchacho muy listo llamado Santa Ana, un viejo de la tanda del año 23, llamado Muñoz; un don Basilio Andrés de la Caña, a quien solemos llamar *el sesudo* por la gravedad de sus juicios, y otros cuyos nombres no recuerdo ahora. Ante aquel discreto senado quiere Agustín hacer gala de suficiencia, y de hallarse muy al tanto de las ideas que en la actualidad *agitan a los pensadores europeos*, y como la *idea del día* es el liberalismo papal y la filosofía histórica de Gioberti y de Balbo, viene a mí por las tardes, un poquito antes de comer, a pedirme que en cuatro palotadas le dé una *tintura* de estas sabias doctrinas. No me cuesta trabajo complacerle. Llega la hora de la tertulia y cae mi hermano en el corro de las personas serias como un pedrisco de erudición. La lección que le di, y que lleva pegada con saliva, se produce en deshilvanados conceptos que van saliendo en tropel de la memoria, como avecillas prisioneras a las que se abre la jaula.

Sin dejar meter baza a nadie, Agustín desembucha: «Según expone Gioberti en su *Primato*, el redentor, el jefe, el príncipe de la nación italiana, en la esfera del pensamiento, debe ser el Papa, cabeza visible de la Iglesia católica...» «Tengan ustedes por cierto que se formará una confederación o liga de todos los pueblos y soberanos de Italia bajo la presidencia del gran Pío IX.» Y recordando luego, no sin fatigas, lo más intrincado y sutil de la lección, dice: «Contra dos *elementos* tiene que luchar Gioberti para implantar su *tesis*. El primero es el filosofismo que niega la revelación cristiana, y por eso veis que truena contra Descartes y toda la tropa de filósofos alemanes. El segundo *elemento* enemigo es la intransigencia de los que niegan la libertad, la ciencia y el progreso humano, y por eso le veis revolverse contra los jesuitas. Entre la filosofía racionalista y la intolerancia inquisitorial está el término prudente y conciliador en que ha de fundarse la sana doctrina de la Libertad por el Pontificado, término que *nuestro autor* explana admirablemente en su *Introducción al estudio de la filosofía...*» Y cuando a mi hermano se le acaba la cuerda, van entrando en juego los demás, cada cual con su *tesis*, y oímos opiniones muy originales. Ninguno me hace tanta gracia como el *sesudo*, que luce su marrullero escepticismo cerrando las discusiones, al fin de la tertulia, con esta frase: «Y por último, señores, que lo veamos, que lo veamos... Yo voy más allá que Santo Tomás, y digo: ¿Papa liberal? Cuando lo vea... No lo creeré.»

8 de febrero. Palabras sueltas que al vuelo cogí de un reservado coloquio entre Agustín y el *sesudo*, algo más que oí en el café de los *Dos Amigos*, arrojaron súbita y esplendente luz sobre la misteriosa granjería del hermano con quien vivo. Yo no sabía nada, y todo de improviso lo supe, penetrando con mirada sintética en la negra y pavorosa mina que explota Gregorio. Allí le ve mi pensamiento arrancando en mal alumbradas cavernas el rico filón, bajo el látigo de su esposa inflexible, y me tiemblan las carnes sintiéndome tan cerca de la región de dolor y tinieblas. Consisten estos negocios en agenciar préstamos con usura, sencillísimo y elemental arbitrio en todo país pobre, donde se disputan la vida dos fuerzas negativas: la holganza y la vanidad.

Al desilusionarse de la política, ocupose mi bendito hermano en la colocación de pequeñas cantidades a rédito subidísimo; no tardó en tomar el gusto a la carne, y poniéndose en relación con personas adineradas, trabajó en los préstamos con tal celo, finura de trato, y con tan escrupulosa puntualidad y honradez, relativa si se quiere, que en corto tiempo tuvo una clientela formidable de necesitados, y otra no menos fuerte de poderosos que sin quemarse las pestañas querían aumentar su peculio... En la red que Gregorio tiende han venido a caer propietarios y labradores de poco seso, señoritos de familia ilustre, que liquidan el pasado histórico entregando sus vestigios a una mesocracia insaciable; industriales y mercaderes demasiado atrevidos, viudas y huérfanos predestinados a la mendicidad, y otros infelices a quienes habría que calificar entre la necedad y la locura, o en ambas a la vez.

A la fecha en que esto escribo, y trayendo a la memoria dichos y hechos del que antes no comprendía y ahora sí, tengo por cierto que mi hermano, sin dejar el manejo de capitales de incógnitos vampiros, opera también con dinero propio, ganado en tres años de jugadas pingües. Ahora me explico el sentido de un diálogo breve, a medias palabras, que oí a Segismunda y Gregorio a los pocos días de mi llegada. Mi hermano, cuyo corazón y buenos sentimientos no han acabado de atrofiarse, suele tener reblandecimientos de la voluntad, remusguillos de compasión. Si le dejara su mujer, alguna de sus víctimas le vería desmayar en el rigor usurario. Pero así como el intrépido caudillo, al ver los primeros síntomas de cobardía o desmoralización en el soldado, cae sobre él y a empujones o sablazos le endereza, le vigoriza y le restituye a la disciplina y al honor, del mismo modo la fiera Segismunda, de acerado temple, cae sobre el tímido logrero, y con iracundas voces le pone ante la vista el porvenir de sus niños nacidos y por nacer, engendrados y por engendrar; le pinta con brillantes colores el desquiciamiento que puede sobrevenir en la familia con tales flaquezas, y asienta dos grandes principios: que la suprema caridad es la que sobre nosotros mismos ejercemos, y que el verdadero prójimo es la familia; todos los demás prójimos son fraudulentos, apócrifos y mixtificados.

Mutatis mutandis, acabó diciéndole: «¿A qué vienen esas blanduras sabiendo que nadie las tendría contigo si en igual caso te vieras? Bueno que se dé una limosna o se haga un favor; pero siempre que no nos perjudiquemos, porque si ahora te enterneces, todos querrán lo mismo, y adiós tu negocio y nuestro porvenir. Ya te he dicho que el mundo que habitamos es como un gran campo de batalla, en que todos luchan por el pan, por la vida. Entre tantos que aquí combatimos, hay cobardes y menguados de una parte, valientes de otra. Aquéllos se contentan con un pedazo de pan: dignos de la victoria son los que van tras el pan de hoy y el de mañana, tras el bienestar, las comodidades y todo lo que constituye el decoro de nuestra existencia. El tesón ennoblece; la sensiblería degrada. ¿Qué vale más, comer o ser comido? Hay que optar entre estos dos papeles: el del cocinero, o el del pobre animal que cae en la cazuela.» Esto dijo, y yo, sin variar a sus ideas ni un ápice, condimento la frase para quitarle su bárbara crudeza.

Esta tarde se reprodujo la cuestión que acabo de referir, y los términos del diálogo fueron aún más vivos. Oí desde mi cuarto el rumor de la disputa, y pasado un gran rato, cuando me llamaron a la mesa, vi a Segismunda que acababa de engalanarse para ir al teatro después de la comida; contemplé su belleza y la expresión dura de su rostro, que parecía verdaderamente trágico cuando mostraba de perfil sus líneas helénicas; me pareció una euménide, o la propia cabeza de Medusa con serpientes por cabellos.

16 de febrero. Ved aquí la lista de mis amigos: Bruno Carrasco, más joven que yo, aficionadísimo a Historia y Literatura, que encuentra en mí una viviente enciclopedia, y no me deja a Sol ni a sombra; Donato Sarmiento, sobrino de mi cuñada Sofía, buen chico, ávido siempre de pasatiempos y muy descuidado en el estudio; Pascual Uhagón, bilbaíno, que estudia para ingeniero; un hermano de Segismunda, que se llama Leovigildo (en esa familia todos llevan nombres germánicos); un Bringas, un Pez, un Caballero, un Trujillo, un Arnáiz, un Moreno Isla, un Trastamara, un Aransis, y otros que irán saliendo en el curso de estas Memorias. Inmensamente vario es el jardín de mis amistades, y yo me trato con muchachos de todas las jerarquías. La confusión de clases, característica de España, tiene su principal fundamento en la fraternidad de las generaciones tiernas. Amigos tengo de familias del comercio, de familias vinculadas en la Administración Pública, de familias aristocráticas. Ricos y pobres alternan conmigo, y tontos y discretos; jóvenes estudiosos, de gran porvenir, y zotes que no sirven para nada. En mis preferencias no brilla una lógica sana: es común verme a distancia de los chicos aplicados, que como yo devoraron muchos libros; algunos que presumen de sabios porque ganaron laureles en las aulas, me son antipáticos; otros que hacen vida irregular y nocturna, con gracioso desenfado de galanes de comedia, me atraen y seducen; los hay reservaditos y juiciosos, aspirantes a empleados o catedráticos, que a mí se me sientan en la boca del estómago. Me agradan más los que brillan con luces naturales que los que las han adquirido en forzados estudios, y ejercen mayor influencia sobre mí los aristócratas, a quienes me gusta imitar, seducido por el no sé qué de sus modales y de su conducta.

Gracias a Segismunda, que con toda su dureza de euménide es una gran administradora y cuida de vestirme y engalanarme dignamente, poseo un fraquecito azul con botón dorado, obra de un buen sastre, y todas las demás prendas accesorias. Hablando con la Posteridad, que está tan lejos y no puede ni contradecirme ni burlarse de mí, me atrevo a consignar que mi figura es buena, que no desagrado al bello sexo... que algunos me toman por diplomático, y otros me lo llaman en broma sin saber que la cuchufleta encierra un elogio. Mis amigos me cuentan maravillas de los bailes de máscaras en Villahermosa, y yo, que no he podido asistir a ninguno por carecer de ropa elegante, ahora que la tengo no veo las santas horas de meter mis narices en aquella diversión, pues entiendo que el juego de máscaras es cifra de la poesía social.

IX

18 de febrero. ¡Ay, ay, ay!... Esto no es quejido lastimero, sino el lenguaje del asombro y confusión que desde anoche llevo en mi alma, sin que haya podido atenuarlos con el sueño matutino ni con el paseo de la tarde. ¿Estoy demente, o qué me pasa? De veras digo que si llevaran rótulo los capítulos o tratados de estas Confesiones, el presente debía ser encabezado así: *De la singular y nunca imaginada aventura que le salió al caballero Fajardo en el baile de Villahermosa con el inaudito encuentro de una misteriosa máscara.*

Las diez serían cuando Aransis, Donato, Bringas y yo subíamos por la escalera de Villahermosa, que, con tener espacio y anchuras grandes, le venía muy corta al tropel de personas, con careta o sin ella, que intentábamos franquearla. En la puerta que abría paso a la antesala y guardarropa, las apreturas de la multitud impaciente producían gemidos de asfixia, alguna imprecación seca, y desperfectos de ropa, principalmente en las delgadas telas de algunos disfraces. Entramos al fin: nos despedimos de nuestros abrigos con cierta desconfianza de volver a ponérnoslos, y nos lanzamos en el barullo ardiente, revoltijo de mil colores, ondulaciones de cuerpos que parecen nadar en el líquido tibio y perfumado de una redoma... Tal fue mi aturdimiento en los primeros instantes, que tardé en sentirme gozoso. Se me iba la cabeza, no sabía para dónde volverme: mis amigos se reían de verme tan provinciano, y me llevaban de un lado para otro, señalándome las máscaras bonitas, las extravagantes, las que tenían cariz y sello aristocráticos. A la media hora de navegar en aquel océano, ya recobré la serenidad; había vencido el mareo: era un mediano navegante y me permitía dirigir la palabra a las mascaritas que junto a mí pasaban, o respondía sin cortedad a cuantas bromas venían dirigidas al grupo de mis amigos, reforzado con otros que allí se nos unieron.

Fuera de Aransis y Trujillo, que iban a tiro hecho, en amorosa connivencia con determinada mascarita, novia, *compromiso*, o sabe Dios qué, todos los de la partida íbamos a lo que saltara; algunos, con esperanzas de fáciles conquistas, cegados por la vanidad; los más, sin otro móvil que pasar agradablemente el tiempo, recogiendo una dulce impresión, alguna hoja desprendida de la flor del misterio. Y era yo ciertamente de los que menos podían esperar, porque escasos eran mis conocimientos en la Corte, y además carecía del arranque necesario para lanzarme en busca de la aventura si ésta no quería venir a mí. A medida que pasaba el tiempo sin la emergencia de *un encuentro fatal*, principio del enredo de amores (ilusión corriente en todo mozalbete), iba creciendo mi timidez hasta llegar a una sosería que a mí mismo me daba de cara. A las doce empecé a creer que me aburría; a las doce y media confesé y reconocí mi soberano aburrimiento; y cerca de la una declaré que aquel inmenso hastío era incompatible con mi dignidad de caballero. Mi persona y mi facha, tan semejantes a las de un diplomático, naufragaban en un mar de ridiculez. Esto pensaba al filo de la una, y ya encariñándome iba con la resolución de marcharme, cuando el Cielo, que hasta en los bailes de máscaras cuida de organizar las tangencias de cosas y personas para que la armónica ley se cumpla, me puso ante dos máscaras... Mejor será decir que el Cielo las trajo hacia mí, pues yo estaba quieto y como alelado, y ellas avanzaban con paso vivo, cual si me hubieran buscado y en aquel punto me encontraran.

Vestían traje popular italiano las dos mujeres, desiguales en estatura y empaque, y la más alta de ellas clavó en mí sus ojos... Al través de los agujeros de la careta los vi, negros, fulgurantes, y temblé... No me quedó gota de sangre en las venas cuando la máscara, tocándome en el hombro, no por cierto con suavidad, me dijo: «*Sono Barberina*...» Y sin darme tiempo a expresar mi admiración, me soltó una retahíla de apóstrofes italianos, de los que suelen usar las mujeres del pueblo en casos de pasión o de ira, dejándome absolutamente confuso, lelo y turulato.

¡Barberina! En el barullo mental a que me llevó tan gran sorpresa, vi en aquella mujer a la propia Barberina de Albano... La seguí como un loco.

Su estatura y talle, el aire, el andamento eran los mismos... ¡Pues digo, los ojos...! La voz, aun con el disimulo de timbre que se imponen las máscaras, también me parecía la suya... En italiano le hablé sin poder obtener más que la repetición de los dicterios, y cruelísimas apreciaciones de mi conducta. *Siete un povero pazzo... Vi sprezzo... bruto villaco... Avete obeditto al geloso pretaccio come un eunuco, come un cane... Non sapete aprezzare l'amore d'una donna passionata...*

Debió de durar poco en mí la persuasión de que me hablaba la Barberina de mi albanesa historia; pero duró, sí, un espacio de tiempo que ahora no puedo precisar, y mientras subsistió aquel engaño, díjele cuantas necedades se me ocurrieron en son de disculpa, y mezclando las explicaciones con el galanteo. Observé la autenticidad del traje de *ciociara*: podía jurar que era el mismo que Barberina guardaba en su arca y que se puso un día para que yo lo viese. En cambio, el vestido de la acompañante a la legua revelaba la confección casera y carnavalesca, hecho con retazos mal cortados y peor zurcidos para una noche. También advertí que la segunda máscara, con todas las trazas de criada o confidente, no pronunciaba una sílaba en lengua italiana. Barberina, que así tengo que llamarla, me permitió que la acompañase a dar una vuelta por los salones; pero se negó resueltamente a bailar. Yo no merecía, según ella, más que odio y desprecio. No me perdonaba mi abandono, y había venido a España con el solo propósito de vengarse. Fuérame, pues, preparando yo a recibir el golpe súbito de la más terrible *vendetta* que en dramas y novelas se ha visto.

Cuando a este punto de nuestro coloquio llegaba mi mascarita, ya se había disipado en mi mente el primer engaño, y la claridad envolvía mi aventura. Tan Barberina era ella como yo el Papa; era, sí, una dama o mujer... No, no, dama sin duda, a cuyas manos por ignorados senderos había llegado el manuscrito de mis Confesiones de Italia. Lo había leído y quería embromarme con gracia. Díjele así: «Máscara de mis pecados, si no quieres que yo me vuelva loco, abandona la farsa ingeniosa de hacerte pasar por Barberina, y dime cómo y cuándo llegó a tu poder un manuscrito mío en que digo y cuento... lo que sabes. Dos fines aparecen en mi existencia desde esta noche feliz amarte con pasión, con locura, con frenesí, y recobrar mis papeles. Te diré todo lo que ordenan los poetas: eres ya el ángel de mis sueños; muéstrame tu faz para que pueda adorar tu belleza.» Rompió en sonoras risas, diciéndome en italiano inseguro que yo era tonto, y que así como soñaba con una belleza que no existía, soñaba también con un libro que no había sabido escribir.

«Ya es inútil que sostengas la farsa —le dije—. Ni tú eres romana, ni sabes de aquella lengua más que algunos dicharachos comunes. Tu linda boca te ha vendido dejando escapar frases en el castellano más correcto. Seamos amigos. ¿No quieres mi amor? Pues recíbelo como amistad, y descúbrete, o, sin descubrirte, dime dónde y en qué lugar debo recoger mi manuscrito.»

Riendo con más gana, repitió dos o tres veces la frase morbosa del buen don Matías, que me hizo un efecto terrible pronunciada en medio de la febril alegría del baile: *Ho perso il boccino*. Por fin, reducirla pude a que me hablara en castellano. Y oí de sus labios estas palabras dulces, afectuosas, como reprimenda de hermana mayor: «Eres un chiquillo inocente, y corres en el mundo inmenso peligro si no caes en manos piadosas que te guíen.»

—«Pues sean esas manos las tuyas, máscara... ¿Quieres que te llame *huri*? Te llamaré mi ideal, mi sueño o el oriente de mi dicha.

—No empalagues con merengues poéticos.

—¿Te gusta la prosa?

—Sí, la prosa correcta y clara.

—Pues te amo, ¿es esto claro? Quítate la careta, y a renglón seguido... te propondré casarme contigo.

—¡Ay, qué prisita! ¿Y si yo no aceptara?

—Al romper el alba me pegaría un tiro.

—Eso no.

—¿Para qué quiero vivir?

—Pues para seguir escribiendo las *Confesiones*.

—Dame la *Primera Parte*.

—No la tengo.

—Eso no es verdad.

—Cortada en pedacitos, fue convertida en papel para tirabuzones.

—Pues dame los papeles con pelo y todo, que si es tuyo me parecerá cabello de ángel.

—No, que empalaga...

—Tú tienes las *Confesiones*: devuélvemelas.

—No me da la gana.

—Te recompensaré poniéndote a ti en la *Segunda Parte*.

—Si tú me conocieras, yo te tendría miedo; pero soy un arcano para ti. Escribe todo lo que quieras de una máscara vestida de *ciociara*.

—Tú no eres italiana, pero has estado en Roma. Tú eres amiga de mi cuñada Sofía, de mi cuñada Segismunda.

—Sonsaca, sonsaca, pobre tonto.

—Tú eres persona principal...

—Principal con entresuelo: de modo que soy más alta de lo que creías.

—Yo he de conocerte. Revolveré la tierra por descubrirte, porque, ya lo habrás conocido, ardo... Ardo en amoroso incendio.

—No veo más que el humo.

—Yo me muero si ese maldito antifaz continúa ocultándome el Sol.

—Más vale así: podría deslumbrarte.

—No veo más que tus ojos... Déjame que los mire: en el fondo de esas pupilas negras como la noche, veo mi escritura, veo mis *Confesiones.* Tú me has leído. Divinos ojos, a vosotros pertenecí por algunos instantes, y mientras me leías, yo me paseaba por el alma que está tras de vosotros.

—Entraste en el alma como el burro que se mete en un jardín...

—Me comí una flor... ¿No lo habías notado? ¿No echaste de menos alguna?

—Donde hay tantas, ¿qué significa una de menos?... Dime: ¿qué estimas por lo mejor de tus Memorias?

—Lo de... *Juan Jacobo fu il libro e chi lo scrisse.*

—No: lo más bonito es aquel pasaje tierno... Cuando el cardenal te manda embarcar, escoltadito por la policía.

—La policía me empujó hacia España, y una mujer enmascarada me atraía, como el imán al acero.

—El imán era yo. Benditos seamos los imanes.

—Ya que no enseñas tu rostro ni me das el manuscrito, ¿querrás decirme la primera letra de tu nombre?

—Es la I... Imán.

—Puede que en broma me hayas dicho la verdad. ¿De veras empieza con *P*.

—Pero ahora me acuerdo: es con *h*... Hi...

—No será Higinia.

—Hombre, ¿y porque fuera Higinia habías de perder la ilusión?

—Ya que no quieres enseñarme toda la cara, descúbreme siquiera un poco de la barbilla... El piquito de la boca... Me está diciendo el corazón que debajito de él tienes un lunar.

—El lunar no está sino encimita. Pero no lo verás, a fe de Higinia.

—Pero ¿de veras es tu nombre?

—Sí, hombre; y para más señas te diré que soy de Puentedeume.

—Esa no cuela: tu acento es de purísima tierra castellana.

—Porque me he criado en Tordehúmos.

—¡Ay qué mentira más gorda!... En fin, he llegado al último paroxismo de la desesperación. Sultana, yo te amo.

—Abencerraje, tu frenesí no llega a embriagarme. No toques más la guzla, y lárgate de mi lado.

—Serás responsable de mi fin tétrico... Dame siquiera una esperanza. ¿Vendrás al baile del Domingo?

—Vendré con otro disfraz para que no me conozcas.

—¿Te veré en sociedad; sabré de ti? ¿No quedará pendiente esta noche un hilo, por donde yo pueda...?»

Ya iba a contestarme cuando avanzó hacia nuestro grupo una máscara procerosa, cubierta más que vestida con dominó negro guarnecido de picos verdes, horrorosa estantigua que hubo de parecerme funcionario de la Inquisición o del mismo Infierno cuando la vi gesticular ante mi desconocida y hablarle en tono displicente como de superior a inferior. «Sí, sí —dijo la que llamaré Barberina mientras no pueda darle otro nombre—: son las dos. ¡Qué tarde, Dios mío! Vámonos.» Y el inexorable tagarote, que con descompuestos modos cortaba rudamente la interesante ansiedad de mi aventura, se permitió apartarme con un gesto poco urbano. Por los ademanes le entendía yo más que por las voces, pues hablaba una endemoniada lengua de mí jamás comprendida. ¡Vascuence, Señor! La confusión de idiomas dominante en mi aventura, bien pudo hacerme creer que estaba en la torre de Babel. Y otra cosa me confundía más. Aquel desaforado vestiglo que me arrebataba mi ilusión, ¿era criado, mayordomo, amigo o qué demonios era? Obedeciéronle las mascaritas, y sin volver la cabeza para mirarme, rompieron por entre la muchedumbre.

«¿Qué haces que no la sigues, tonto?» —me dijo Arnáiz, que en la última parte de mi aventura había cortejado a la máscara chica. Y viéndome como lelo, me sacudió con fuerte brazo. Estalló mi voluntad, lanzándome por el camino que ellas seguían, y me abrí paso a codazo limpio, guiado por la cabezota del vestiglo, que entre mil cabezas fluctuaba de salón en salón. «Se nos escaparán —dijo Arnáiz—, porque ellas no se detienen en el guardarropa y nosotros sí. Tendrán criados en la escalera que les darán los abrigos.»

—Salgamos sin abrigos —dije sin apartar mi vista de la cabezota, que más parecía boya arrastrada por la resaca. Así lo hicimos, y al precipitarnos por la escalera, observamos que otro mascarón ponía sendos chales de cachemira sobre los hombros de nuestras damas, pues por tales sin ninguna duda las teníamos ya. En la calle nos escurrimos en su seguimiento, mientras iban en buca del coche, situado muy lejos, más allá del portal de Medinaceli. Las vimos subir a un carruaje anticuado, alquilón, de los más feos que nos han transmitido las generaciones pasadas, del cual tiraban dos caballotes angulosos, pero de bastante poder, que arrancaron veloces desempedrando el suelo por la calle del Prado arriba. Buscó Arnáiz un simón con idea de salir dando caza al armatoste; mas no lo halló tan pronto como fuera preciso. Emprender a la carrera la cacería habría sido inútil locura... Y en esto, un polizonte se cuadró delante de nosotros y en tono socarrón nos dijo: «Caballeritos, vuélvanse al baile, y busquen allí otro enredo, que lo que es éste se les ha destripado.» Pareciole a Arnáiz juicioso el consejo; a mí no, y en poco estuvo que lo contestara con un par de mojicones.

Volvimos a Villahermosa, donde vi que la diversión llegaba al período vertiginoso y candente: sentime agobiado por infinita tristeza, sin voluntad, sin resolución, y me entregué a un loco devaneo, arrastrado por mis alegres amigotes. Bailé, di vueltas como una peonza, perdí toda formalidad y discreción, salieron de mi boca cuantas garrulerías vanas pueden imaginarse. Para remate de fiesta, caímos a la hora última en el *ambigú*, y allí, prestándome a la imitación de lo que veía, metí en mi cuerpo todo el *champagne* que me ofrecieron, y me puse tan perdido, que renació en mí la erudición que con el tráfago vital se había ido desvaneciendo. Improvisé versos sáficos, imitando los de Anacreonte; canté el Amor en prosa poética, y el vino y los placeres; hablé en latín y en griego, y recité casi todo el *Ultimo canto di Saffo*, de Leopardi:*Placida notte, e verecondo raggio-della cadente Luna...* Añadiendo en diversidad de lenguas extravagantes desatinos, que mis amigos aplaudían a rabiar. De día entré en mi casa, más triste que loco, y más enfermo que borracho.

X

26 de febrero. Señora Posteridad, mi amiga y dueño: La turbación de mi ánimo en estos días me ha privado del gusto de escribir a usted. Ya comprenderá que no estoy para bromas después de la que me dio la máscara de negros ojos, y que bastante ocupación han tenido mis sesos devanándose a todas las horas para desentrañar aquel arcano, sin haber logrado hasta la presente la claridad que ansío... Más de una vez he preguntado a mi cuñada Sofía si conoce a una dama llamada Higinia, y a todo el ardid capcioso con que trato de descubrir su pensamiento contesta con risotadas. La única adquisición que he podido hacer en esta mi contienda con lo desconocido es la certidumbre de que fue Sofía quien me robó mis *Confesiones*. No me lo ha dicho claramente; pero su familiar risa picaresca me declara el delito, al cual parece dar el carácter de travesura inocente.

Hoy está fuera de sí con las noticias que corren de una revolución en Francia. Cree Sofía que si las terribles nuevas se confirman, tendremos aquí grave trapatiesta, y cuando le digo yo que de ello me holgara mucho, se pone hecha un basilisco. «¿Te parece bien que ahora, por seguir aquí el ejemplo de Francia, se nos cuelen en el poder los progresistas, que después de tantos años de oposición deben de traer hambre atrasada? Pues como levanten la cabeza Olózaga y *Don Juan y Medio*, Sancho y Madoz, con toda la taifa nueva de los *democratistas*, ya podemos recoger los bártulos... Bien dije yo que con este idilio del *Papa liberal* se habían trastornado los caletres de los políticos españoles. Vino Espartero de Inglaterra, y no supo don Ramón qué hacer para festejarle. A Olózaga le levantan el destierro, y hasta le dan indulto al pícaro Godoy. ¿Qué resulta de estas blanduras? Que los progresistas no agradecen el favor, y que al calorcillo de tanta liberalidad la gusanera carlista o montemolinista revive, y ya tenemos a nuestras tropas dando caza a los Tristanys, a Tintoret de Igualada y al Tuerto de la Ratera... Todo ello es por haber tomado en serio ese poema católico y político del Papado al frente del liberalismo, y de la unidad de Italia, que en rigor nos importa un comino... Pues ahora, si se confirma el topetazo que anuncian de *allende el Pirineo*, no sé por dónde van a salir nuestros *hombres públicos*... Las últimas noticias comunicadas por las torres telegráficas son que en París está el trono patas arriba, y que Luis Felipe salió con las manos en la cabeza...»

Respondí yo, para hacerla rabiar, que de todo lo que en Francia sucedía me alegraba, y que vería con gusto que, no ya los progresistas, sino los *demócratas* (que así se dice y no *democratistas*), cogieran la sartén por el mango; que me quitaran mi destino, y que a los vagos como Agustín y otros les dejaran cesantes; que se decretara el socialismo y el comunismo y los falansterios, con lo cual quedábamos todos de un color, en el seno de la más perfecta igualdad. Quimerista y disputadora por naturaleza, tomaba muy a pechos mis desahogos, y queriendo defender la razón, el justo medio y el buen sentido, despotricaba más disparatadamente que yo. Sorprendidos por mi hemano en agria querella, suspendimos las hostilidades para oír las nuevas que traía. Éstas no podían ser peores. En Francia se había proclamado la República o andaban en ello. «Pero ¿qué hace Odilon Barrot? —decía mi cuñada, roja como un tomate—. Si nos saldrá también *grilla*, como Guizot y *ese* Thiers...» La cara de Agustín revelaba una gran consternación. ¿Qué iba a pasar aquí? Ya estaba viendo el tricornio del duque entrando por la Puerta de Alcalá. ¡Y que vendría el hombre con pocas ganas de gresca!... Sería forzoso apechugar de nuevo con la Milicia Nacional y soportar los desmanes de *las turbas*. «Ya en Francia no se dice las *turbas* —indicó Sofía—, sino las *masas*, nombre nuevo del populacho, y me parece que también por acá vamos a tener *masas*, que es lo único que nos faltaba.» Dejéles comentando a su antojo los sucesos de París, y a mi casa me vine, donde encontré una carta de mi madre, que abrí con presteza para saborear el consuelo que siempre me trae el vivir ilusorio de la santa señora. Ved aquí el sabroso mentir de las estrellas:

«Pero ¿tan engolfado estás, hijo mío, en tu ciencia y en la lectura de impresos y manuscritos, y tan metido en el trajín de archivos y bibliotecas, que no te queda un rato para llegarte al convento de la Concepción Francisca, por otro nombre *La Latina*, y visitar a tu querida hermana, a quien no has visto desde que estás en la Corte? Aquí supiste que mi reverenda hija fue a las *Concepcionistas Calzadas* de Talavera acompañando a una señora monja enferma, de notable virtud y santidad, a quien recetaron los doctores aquellos aires. De Talavera pasó Catalina a Torrelaguna, siempre en compañía de la venerada religiosa, y ya la fienes en Madrid. No te disculpes con que no lo sabías, pues tu hermana me escribe que con mucho interés preguntó a Sofía por ti cuando ésta la visitó en el convento. Discúlpate con tus atracones de lectura, y te perdonaré, sí, te perdono, con tal que al recibo de ésta des de mano a los cánones y a las historias de romanos y griegos, y te vayas corriendo a ver a Catalina.

»El pajarito que me cuenta tus pasos me dice que renegaste de toda diversión en los malditos carnavales, huyendo del barullo de las llamadas máscaras, y prefiriendo el goce de tus libros a ese torbellino indecente de bailes y comilonas. Pequen otros todo lo que quieran emborrachándose y dando bromas, y consérvate tú en tu celestial pureza, dedicado a las ciencias de Dios. Sé también que si algún tiempo has robado a los estudios, ha sido para consagrarlo a devotos ejercicios en la iglesia... Lo sé, y no venga tu modestia diciéndome que no... No se me cocerá el pan hasta que me digas que has visto a tu hermana y me cuentes lo que habéis hablado, que ello ha de ser muy sustancioso y tocante a las cosas de tejas arriba. Porque por estas bajezas, hijo mío, todo es vanidad, mentira, y afanes inútiles que no conducen más que a la perdición. Me imagino que tratará de encaminarte por los senderos que pisabas cuando eras niño. Vuelve, vuelve, Pepe querido, a esos divinos campos. Haz caso de tu hermana que ya está en salvo, y quiere verte salvado con ella... Me figuro también que por Catalina trabarás conocimiento con esa bendita monja, su compañera, de quien la fama refiere tales maravillas que hasta se susurra ya que hace alguno que otro milagro. Los hará muy sonados cuando menos se piense. Dará gusto oíros a los dos platicando de cosas divinas, pues la santidad y la ciencia frente a frente ya tendrán qué decirse. ¡Lástima que no pudieran escribirse por máquina o cosa tal vuestros coloquios, que ello habría de ser de gran enseñanza y edificación!

»Quedamos en que cuando recibas ésta, cogerás al instante tu sombrero y te irás al convento de La Latina, que entiendo está en la calle de Toledo, bajando a mano derecha, y en la portería llamarás, preguntando por Sor Catalina de los Desposorios, la cual debe de estar consumida por verte, y pedirá todos los días al Señor que encamine tus pasos hacia la Concepción Francisca. Espero tu carta dándome cuenta de la visita, y contenta de tu virtud, gozosa de tu piedad y aplicación constante, te manda su bendición tu amante madre. —*Librada*.»

Mi primer impulso, bebiéndome las lágrimas que la carta me hizo derramar, fue coger la pluma, y responder a su soñador optimismo con el desengaño de la verdad... Hubiera yo dicho, vaciando de golpe mi oprimida conciencia: «Señora madre, para mí no hay ya más cánones que los ojos negros de la misteriosa hembra que en el baile se me apareció dándome el nombre de Barberina; para mí no hay más estudio que el intrincado enigma de esa mujer, su calidad, su nombre; saber si es tan hermosa como al través del antifaz la imagina mi amor, y si la lectura de mis Confesiones de Italia despertó en ella un sentimiento que me haría más dichoso que poseer los tesoros de ciencia encerrados en todas las Enciclopedias y Antologías del mundo... No piense mi madre que me seducen las muertas bellezas de los libros, goces ilusorios, que si fueron quizás verdaderos para quien los escribió, no lo son para quien los lee; busco mi ciencia en las páginas vivas, y en los textos que respiran y ríen y lloran, compilados en la gran biblioteca humana. Soy joven: no me pide el cuerpo una decrepitud prematura averiguando cosas que ya están averiguadas, o consumiéndome en medir y pesar la vida que otros tuvieron. Anhelo vivir...» Pero si yo le dijera esto... ¡pobre madre! No: malo es engañarla; peor sería darle muerte.

27 de febrero. Recogidos y alineados mis recuerdos, puestas en orden todas las piezas de la máquina cerebral para que no resulte desconcertado el grave relato de hoy, empiezo... Pero ¿por dónde empiezo? Naturalmente, por mi entrada en La Latina, por las palabras que dije a la tornera, la cual me mandó esperar un ratito... Yo no quitaba mis ojos de la reja, esperando a cada instante la conmovedora aparición del rostro de mi querida hermana.

¿La reconocería yo después de tanto tiempo? Habíanme dicho que de su singular belleza apenas quedaban reflejos pálidos. ¡Pobre Catalina! Yo niño y ella mujercita, había sido para mí la hermana predilecta, algo como una madre chica: yo la adoraba, y ella cifraba en mí todos sus amores. Tenía nueve años más que yo; me llevó mucho tiempo en brazos, y le serví de muñeca para sus juegos. Nunca he sabido por qué abrazó la vida religiosa. Ello fue determinación repentina, en pocos días tramitada. Más de una vez pregunté a mi madre por qué era monja Catalina, y me respondía lacónica y evasivamente que porque Dios así lo dispuso... En aquel plantón que precedió a la visita, mi memoria refrescaba los días pasados en que mi hermana vivía con nosotros en Sigüenza y en Atienza; después hice mental cálculo de su edad: debía de estar ya en los treinta y dos cumplidos.

El súbito descorrer de la cortina me sacó de mis remembranzas; temblé, vi el rostro de mi hermana desvaído en las tinieblas como la imagen de un ensueño. «Gracias a Dios, hombre —fue lo primero que dijo—; gracias a Dios que te dejas ver.» Se sentó junto a la reja, y llevándose a los ojos sus blancos dedos lloró un ratito. Dile las necesarias disculpas de mi tardanza, con no poca turbación, porque también a mí se me saltaron las lágrimas y no sabía qué decir. Serenados ambos, y hechos mis ojos a la oscuridad, observé a Catalina y no me parecía tan decaída su belleza como me habían dicho. Fuera del descuido de la dentadura, que afeaba un tanto la boca, no hallé su rostro descompuesto: su blancura era como el mármol, y sus negros ojos conservaban el encanto de otros tiempos. La voz se había hecho un poco gangosa y desapacible, por el hábito de hablar compungidamente. «Ya sé —dijo contestando a mis disculpas—, que te has lanzado al vivir como las mariposas a la luz; pero esto no hay que decírselo a madre, porque se moriría de pena. Como hermana mayor y como religiosa, yo tengo que advertirte los peligros que corres, Pepe. No trataré de renovar en ti una vocación que ya me parece ha volado para siempre; pero he de procurar que en ese remolino del mundo te trastornes lo menos posible, y que no te apartes demasiado de la ley de Dios...»

Le di gracias por su benevolencia, y luego prosiguió así: «Pero, hijo, has dado un cambiazo tan grande en tu carácter, que no conozco en ti al muchacho formalito, apocado y estudioso que dejé en casa cuando Dios me llamó a esta vida. Roma, que para otros es medicina y confortamiento del espíritu, para el tuyo ha debido de ser veneno, pues allí, como las serpientes mudan la piel, soltaste todas las virtudes y te vestiste de todos los vicios... Y sabe Dios hasta dónde llegaste, hermano, que el pajarito que a mí me cuenta todo, no me habrá dicho sino una parte de la verdad.

—¿Qué te ha contado ese pícaro? —pregunté viéndola venir—; porque ya no dudo de que andan por ahí gorriones que van de oreja en oreja desacreditándome...

—No, lo que es el mío no me engaña. Pienso que se habrá quedado corto en contarme tu libertinaje de Roma. No quiero decirte los azotes que yo te hubiera dado si te cojo en el momento de descolgarte, con aquel par de mequetrefes, de los techos de San Apolinar... Pues ¿qué te habría hecho si te veo entrar en la infernal caverna masónica?

—Querida hermana, tú has leído mis *Confesiones*...

—Yo no he leído nada. ¿Necesito yo leer para enterarme? Aquí sabemos todos los pasos buenos y malos de las personas que nos interesan.

—Entonces... ¿Sofía te ha contado...?

—Yo estoy aquí para interrogar, no para que me interrogues tú, mocoso, a quien he saltado en mis brazos, a quien he dado la papilla, y luego las sopitas...»

Y pegando su rostro a la reja interior, y ordenándome que a la de fuera me aproximase, me miró bien, y orgullosa y risueña me dijo: «Pues estás guapo de veras. En figura el cambiazo no es menos notorio que en lo demás... Bueno: siéntate y escúchame con atención. No quiero hablar del grandísimo pecado... ¡Jesús, Jesús! Fue tan horrible que mi boca no puede mentarlo. Pero ya tu conciencia sabe a qué pecado me refiero, al horrendo delito que no deberías recordar sin que se te cayera la cara de vergüenza.

—Se me cae la cara, sí... pero ¿cuándo y cómo has leído...?

—Cállate la boca, y déjame seguir. Digo que no quiero hablar de ese pecado, porque repugna a mi conciencia, porque mancha mi boca... Pero de su conocimiento y del horror que me causa partiré para la grande obra de tu redención; porque yo quiero redimirte, hermano querido, apartándote de los peligros que corre una naturaleza ya dañada y que se dañará más cada día; quiero formarte una vida nueva, como jaula segura de la que no puedas escaparte... ¿no me entiendes?

—Querida hermana, si pretendes llevarme a una vida para la que no siento inclinación, desde hoy te digo que pierdes el tiempo.

—No es vida eclesiástica la que te propongo, pues ni tú la mereces ya, ni la divinidad de esa vida corresponde a tu naturaleza impura. Quiero echar cadenas a tu libertad para que no acabes de perderte; pero la esclavitud que te preparo no es la esclavitud de perfección, aunque también has de ver en ella carácter sagrado.

—Por Dios, que ya te voy entendiendo, hermana. Has de decirme qué pajarito te ha traído esa idea.

—¡Ah!, un pajarito precioso...

—Ruiseñor tal vez.

—No; su belleza no consiste en el canto, sino en el color de sus plumas: es todo encarnado.

—Será entonces cardenal.

—Justo... y tú le conoces. A mí ha venido y habló en mi oreja, diciéndome lo que ya te había dicho a ti.

—A mí no me hablan nunca los pájaros.

—Sí, Pepe, sí... Hay en Roma un alto personaje, el hombre de confianza del Sumo Pontífice, un sabio y prudente ministro que, al verte huérfano de Don Matías, te amparó en su propia casa, y extendió sobre ti el manto de su noble protección. Cómo correspondiste a su hospitalidad y agasajos, mejor lo dirá tu conciencia que mi boca: no hablemos de eso... Pero recordarás que al despedirte para España con severidad dulce de gran señor, levísima pena de tu delito, te dijo estas o parecidas palabras: "Tienes vocación de marido... Que tu familia te procure un buen matrimonio". Consejo más sabio no ha salido de humana boca. Ese remedio, esa medicina recetada por el hombre más sabio de la Europa, yo te la proporcionaré. Déjame ser tu boticaria...»

No puedo seguir... Al reproducir en mi mente aquel coloquio interesante, mis nervios se disparan, y ved aquí los temblorosos garabatos que traza mi pluma... Intenso dolor de cabeza detiene el curso de la función mental, literaria... No puedo, no. Hasta mañana.

XI

¡Casarme! ¡Dios! Inaudita sorpresa... De cuanto en el mundo existe pensé que me hablaría mi hermana menos de matrimonio. ¡Casarme! ¿Y con quién? ¿Será con la incógnita dama del baile? Esta sospecha elevó al máximo grado el inmenso desvarío que la extraña declaración de Catalina produjo en mi mente. Bueno, Señor; que me la traigan, en su verídica forma y rostro, pues yo no puedo comprometerme a ser esposo de una máscara.

—Está bien —dije a mi hermana...—. ¿Y puedo saber con quién me caso?

—¿Quieres callarte, chiquillo? —replicó ella con infantil enojo—. Apenas se te habla de boda, ya estás pensando en melindres. Conténtate por ahora con saber que me ocupo en curarte, conforme a la receta del prudentísimo cardenal, y espera mis acuerdos con todo el recogimiento y la honestidad que el caso pide.

—Pero, hermana querida, ¿por qué has de ver malos pensamientos en este deseo mío, tan natural, tan humano, de saber qué persona...? ¿Acaso no lo sabes tú todavía?

—Lo sé; pero no quiero decírtelo... Empezarías a calentarte la cabeza, a mirar por el lado de la liviandad cosa tan grande y santa como el matrimonio. No me repliques: con lo que hoy te digo debe bastarte. Y ponte muy contento, Pepe... Da gracias a Dios por haberme inspirado esta idea de tu regeneración por la esclavitud.

Diciendo esto se levantó. Al verla yo en pie, lanzando sobre mí por los huecos de la doble reja su mirada fulgurante, fui asaltado de un pensamiento dulcísimo. Quise rechazarlo, y como un rayo atravesó de nuevo mi mente. Dios me lo perdone. Vi tal semejanza entre la mirada de Catalina al través de los hierros y la de la mascarita por los agujeros de su careta, que creí que monja y máscara eran una misma persona. Vuelvo a decir que me lo perdone Dios, porque sin duda tal pensamiento fue de los más ruines, y un agravio soez al decoro monástico de mi hermana, y a la Orden, y al mismo Jesucristo... No podía ser, no, y solo en la corrupción de mi entendimiento podía encontrar el germen de tan desatinada sospecha. No tardé en reflexionar, en comparar... Indudablemente, entre el lenguaje mundano y un si es no es desenvuelto de la máscara, y el acento quejumbroso, salmista y nasal de Catalina, no había la menor concomitancia... La única relación estaba en los ojos... ¿Pero eso qué?... ¡Locura, perversión de jovenzuelo que en nuestra sociedad se llena de malicias antes de ser hombre! Fuera, fuera, pensamiento vil.

Sin duda influyen en mí los desvaríos de la literatura corriente: en Italia como en España se ha puesto de moda introducir en dramas y novelas personajes monjiles, con desprecio de la dignidad religiosa, y ya vemos profesas y novicias que se dejan robar, o que se descuelgan de las rejas a la calle, ya otras no menos desatinadas que burlan la clausura para salir encubiertas a ver mundo, o a husmear, amparadas de la noche y de un buen tapujo, en las fiestas de Carnaval. Las aventuras de monjas, hoy tan del gusto de los poetas, pasan de la creación literaria a nuestro pensar y sentir en los casos de la vida real. Perdóneme Sor Catalina de los Desposorios que manchara su pureza arrojando sobre ella jirones de una literatura insana.

«¿En qué piensas? —me dijo la monja como riñéndome—. En vanidades del mundo, en corruptelas y vicios...

—No, hermana querida: pienso que antes de dar el *sí* a tu proyecto, necesito saber...

—¡Dale!... Por hoy, no se hable más del asunto. Déjalo que madure; espera y calla.

—Sí; pero...

—Que calles te digo y te mando. Volverás cuando yo te avise y hablaremos otro poquito... Ya no puedo entretenerme más; dentro de un instante llamarán a coro.

—En ese caso, debo retirarme.

—Aguarda un momento, que quiero hablarte de otras cosillas. Según parece, en París *han puesto* la República. Los demonios andan sueltos otra vez por allá: pronto veremos cómo asoman la oreja o el cuerno los diablejos de aquí. Cuidadito, Pepe, con meterte entre revolucionarios. Mira bien con quién andas... Y no creas que con callarte y disimular tus locuras, no las voy a saber. Aquí lo sabemos todo. No te trates con progresistas, que de ésos sacarás lo que el negro del sermón. Mantente a distancia de los que alborotan, y no te faltarán adelantos en tu carrera... Bien mirado, no porque haya República en Francia, hemos de tener aquí Progresismo, que en nuestra tierra sobran medios para poner un dique a la maldad. En Francia no hay religión, aquí sí; en Francia no hay hombres que expongan su vida por los Reyes, aquí los hay. Luego... En fin, que me llaman a coro. Otro día te lo explicaré mejor... Adiós, hermanito. Que seas sumiso y bueno. Escribiré a madre que has venido a verme, y se pondrá muy contenta la pobre... Retírate ya... El Señor te acompañe...»

Salí de La Latina con tanta confusión y alboroto en mi cabeza, que en todo el resto del día no fui dueño de mis pensamientos. Las alusiones al manuscrito, la propuesta de casorio, la sospecha de que mi hermana y la máscara no eran personas distintas, y, por fin, las vagas apreciaciones políticas que oí de sus labios al despedirme, tantas emociones y sorpresas en el breve espacio de una visita que apenas duró media hora, eran para volverme tarumba, si no tuviese yo un cerebro muy bien organizado, gracias a Dios. Por fin, al anochecer empecé a ver claro, y entendí que la protección de Sor Catalina de los Desposorios (¡vaya que el nombre tiene miga!) era de un carácter positivo, como fundada en el cariño fraternal. Debía yo, pues, esperar a que se fueran aclarando las nieblas que envolvían el pensamiento de mi bendita y muy amada hermana.

3 de marzo. Las noticias de Francia son cada día más interesantes, y en ellas palpita el drama político, tan del gusto de estos pueblos imaginativos y apasionados. La fuga del Rey, las escenas teatrales de la duquesa de Orleáns en las Cámaras, con sus niñitos de la mano; las barricadas, la proclamación de la República, llegan aquí como páginas epilogales del sangriento poema del 93. Es muy comentada, con evidente exaltación de la susceptibilidad española, la noticia de que la infanta Luisa Fernanda, duquesa de Montpensier, quedó abandonada en las Tullerías al huir toda la familia real: en aflictiva soledad estuvo la pobre niña un mediano rato, oyendo el rugido de las turbas, hasta que se salvó, nadie sabe cómo, pero ello fue por arte milagroso.

Con estas cosas, y lo que aquí se presume y teme, tenemos el cerebro de Sofía en espantosa ebullición: su voz no cesa de explanar las causas de la catástrofe, y la precisión en que estamos de poner una aduana de ideas en la frontera para que no pase acá la dolencia revolucionaria, ni se nos cuelen en España esas malditas utopías. «Aquí no queremos *utopías* —repite con un flujo de amplificación que acaba por ser insoportable—, pues bastante guerra nos han dado las que introdujeron los caballeros de la emigración.»

Lo único que la consuela del detestable cariz que toman los asuntos europeos es que al frente de la República francesa aparezca la interesante figura de un poeta, el dulce y tiernísimo Lamartine, que ahora debe aplicar al arte político las sonrosadas imágenes, las opalinas nieblas y los reflejos lacustres de sus admirables versos. Habla Sofía del poeta que hoy preside los destinos de Francia como si fuera uno de los más puntuales asistentes a su tertulia. Le alaba y glorifica, recita o manda recitar fragmentos traducidos de las *Meditaciones*, y pone los ojos en blanco cuando llega un pasaje de azucarada ternura o rosadas ensoñaciones. «Hay que reconocer —nos dijo anoche— que Francia nos lleva ventaja en lo de enaltecer a los hombres eminentes de la literatura. Miren qué pronto han puesto en la cumbre política a uno de sus primeros poetas. Aquí, por mucho que adelantemos, no se hará jamás otro tanto. Ni nos cabe en la cabeza que un día, al tener que cubrir la vacante de jefe del Estado, cojamos a Pepe Zorrilla y de golpe y porrazo lo nombremos presidente o como quiera llamársele. Lamartine al frente de la República francesa es como si aquí, hallándonos sin reina constitucional, nombrásemos a *Tula* para este cargo... Si cada cual estuviese en su sitio, ¿quién duda que Don Juan Nicasio Gallego sería arzobispo primado, y que otros ocuparían puestos altísimos correspondientes a su categoría?» Todos convinimos en que cuanto decía la ilustrada señora estaba muy puesto en razón.

6 de marzo. Escribo esta noche sin otro objeto que consignar la trastada que me ha hecho mi jefe, el nuevo director de *La Gaceta*, a quien aquí saco a la vergüenza pública para que la Posteridad le vitupere y maldiga. Apenas tomó posesión el tal de su altísimo cargo, le enteró la envidia de que su antecesor me había dispensado de ir a la oficina, con excepción de los días de la sacra nómina, y al punto mandó un recadito a mi hermano ordenando que me presentase en mi puesto, pues había pendiente gran balumba de trabajo que exigía las inmediatas funciones de todo el personal de la dependencia. Acudí al cumplimiento de mi deber, con la idea de que me encargarían alguna faena delicada, propia de mi grande erudición, como traducir discursos o memorias del italiano y del francés. Pero no fueron estas ramas del saber las que encomendó el jefe a mi cuidado, sino otras que no sé si clasificar en el orden de la Partida Doble o de la Estadística, ciencias que requieren entendimientos privilegiados para su cultivo. Pues, señor: todo el santo día me han tenido sacando el duplicado y triplicado de la nota de líneas compuestas por cada cajista, operación no exenta de aparato, porque las tales listas van en pliegos de marquilla de lo más fino, y se me exige un esmero y limpieza de trazos que me ponen en grande apuro. Mi inmediato jefe, que es uno de los mayores gaznápiros que comen el pienso de la Administración, no aprueba mis prolijos estados sin fruncimiento de cejas, prolongaciones de hocico y reparos necios por si eché un rasgo para abajo en vez de echarlo para arriba, o por si mis cincos parecen ochos, deformación que, de no sufrir ejemplar correctivo, traería la catástrofe de todo el mundo aritmético. Esta tarde apuró tanto mi paciencia aquel prototipo de la imbecilidad, que mi mano estuvo a muy poca distancia de su calva asquerosa, y poco faltó para que su nariz y toda su jeta se aplastaran contra el pupitre y los papeles que examinaba. Me contuve; pero salí de la oficina con la certidumbre de que si mañana se repite tan estúpido vilipendio, no sabré reprimirme. Dígolo porque de algún tiempo acá siento en mí estímulos de orgullo y extremado concepto de mi personalidad. No me rebajo fácilmente a nadie, y menos a un ínfimo, que solo es mi superior en el brutal escalafón administrativo... Las once dan, yo me duermo...

7 de marzo. ¿Sabes, oh Posteridad, que resultó lo que yo me temía? Pudo más la rabia de verme humillado que la paciencia y abnegación propias de un funcionario de corto sueldo, y viendo gesticular ante mí las patas delanteras de mi jefe, protesté en la más desabrida forma. Irguiose él sobre los cuartos traseros, y me dijo que inmediatamente daría parte al director de mi falta de respeto, y yo le contesté que lo mismo a él que a nuestro director me los pasaba por las narices; que yo no había nacido para hacer listines de imprenta, y que antes que a esto a barrer la casa me prestaría. Replicó entonces con grosería chabacana: «¡pues no tiene el hombre pocos humos!», y yo fui tan dueño de mí en aquel supremo instante que no le vacié el tintero en la calva, conforme a mi primera intención, y me contenté con decirle: «me voy, por no romperle a usted el alma, so mamarracho.» Cogiendo mi sombrero, salí por entre los compañeros, mudos de asombro.

Vedme aquí, pues, cesante, pues no tengo duda de que mi arrebato es motivo suficiente para que la señora Administración me ponga de patitas en la calle. Tendría que oír mi hermano Agustín y mi cuñada Sofía cuando se enteren del suceso. Pero no me importa. He dado gusto a mi dignidad ofendida, y no me pesa, no, esta arrogancia que el trato social de Madrid va despertando en mí. Sabed, *io posteri!*, que practico el *nosce te ipsum*; que por las noches, una vez cumplida la obligación de emborronar papel, examino mi interior, y hago cómputo y análisis de mis pensamientos y mis acciones. Pues bien: declaro que me siento altanero; atribuyo ese fenómeno al efecto del ambiente en que vivo, y a mi fácil asimilación de caracteres y costumbres. Cuando los años me den mayor experiencia haré la crítica de esta nueva evolución mía, ahondando bien en sus causas; hoy por hoy me limito a consignar el caso, y echo la culpa al tiempo, a la atmósfera, como hacemos comúnmente en el primer diagnóstico de nuestras dolencias. Añado a lo dicho que entre mis numerosos amigos, de varia educación, origen y clase, doy la preferencia a los aristócratas; siento que mi naturaleza se asemeja y adapta cada día más a la de los que nacieron en elevada cuna y enaltecen su voluntad sobre las voluntades ajenas. Nacido yo en esfera humilde, aunque no de las más bajas, ¿por qué me siento noble? Privado de bienes de fortuna, viviendo al amparo de mis hermanos con solo un triste sueldo para ropa y gastos menudos, ¿por qué me atrae y seduce la compañía de los ricos? No lo sé; pero como es así, así lo digo, sin comprender bien la razón de esta sinrazón.

Entre mis amigos, como dije en otra confesión, los hay de todas las categorías y para todos los gustos. Bringas y Arnáiz, ambos hijos de comerciantes, no me inspiran el mismo afecto; Caballero, hijo de un pastor, me da lecciones de cultura social; Donato es un tarambana muy divertido, pero que no ahondará en mi corazón; a Leovigildo, la peor cabeza de Madrid, desordenado y voluntarioso hasta lo increíble, le tengo yo mucho cariño. De los dos aristócratas que figuran en mi trinca, Trastamara no es santo de mi devoción; en cambio, Guillermo Aransis forma conmigo una pareja indisoluble. ¿Qué parentesco moral, étnico, fisiológico iguala nuestros gustos y unifica nuestros pensamientos? No entiendo este*gemelismo* (excusad la palabra), siendo él rico, yo pobre; él de raza histórica, yo de cepa plebeya. Verdad que físicamente tenemos gran semejanza, y mayor aún en el temperamento. Nos asimilamos el uno al otro con pasmosa rapidez. Absorbe él mis ideas apenas yo las expreso; me apropio yo sus modos elegantes apenas los indica. Naturalmente, dada la situación social de cada uno, no le arrastro yo a él, sino él a mí; Aransis me lleva a su esfera, sin que yo me dé cuenta de ello, por graduales movimientos, tirando de mí; me introduce en el campo de las aficiones, de los hábitos y, ¿por qué no decirlo? de los vicios aristocráticos. A mí nada me asusta en el medio de vida a que mi amigo me conduce: no me asusta la disipación, ni el convencionalismo, ni el vértigo de las alturas.

XII

12 de marzo. Llevado al mundo por Aransis, gracioso diablillo que no me deja de su mano, heme metido en casas de las clases alta y media, y en ellas me han salido conocimientos y relaciones que en mucho estimo y han de serme de no poca utilidad. Algunos días he pasado en grande aturdimiento, sin fijarme en nada, más deslumbrado que sorprendido, confundiendo cosas y personas... Pero el mundo nunca es un páramo, y si lo fuera, la juventud que va por él haría salir flores del suelo con solo pisarlo. Eso me ha pasado a mí. Sentíame yo un tantico aburrido andando sobre tan diferentes alfombras, cuando una noche, inopinadamente, en una casa de medio tono, modestita y al propio tiempo distinguidita, vi surgir ante mí flores risueñas y fragantes... Verde y con asa, dirán los que esto lean: ya tenemos enamorado al confesor de sí mismo. Poco a poco: necesito explicar...

¡Ay, Dios mío!... Se me olvidó un caso interesantísimo, cuya preterición podría traer grave oscuridad a este relato. No tengo más remedio que volver un poquito atrás con permiso de los que dentro del siglo me lean, y si por acaso no les pareciere bien retroceder conmigo, espérenme aquí, que pronto vuelvo.

¿No dije, al referir mi querella con el jefe de la oficina, que el cataclismo era inevitable, y que se decretarla una fuerte pena, quizás la cesantía? Pues así sucedió a los pocos días del dramático lance; pero ello fue muy distinto de como yo lo esperaba y temía. Excuso decir que no he vuelto a parecer por la *Gaceta*, y que me doy por expulsado ignominiosamente. Pues ved lo que pasó, y asombraos conmigo. Acababa yo de almorzar, cuando me anunciaron que un señor viejo deseaba verme. Aunque se me dijo que era de traza humilde y que sin duda venía con propósito mendicante, mandé que le pasaran a la sala. Imaginad mi sorpresa cuando me vi ante don Faustino Cuadrado, mi superior inmediato en la oficina, al cual ultrajé de palabra más que de obra. Mi estupefacción llegó a lo terrible cuando el desdichado sujeto, elevando hacia el techo sus trémulas palmas, exclamó con luctuoso acento: —¡Cesante!

Yo... —dije extrañando mucho que llorara para darme la noticia. Y él replicó:

—No: usted no... ¡Yo... yo... Cesante yo...

—Pues no lo entiendo, señor mío. Usted cumplió con su deber. Yo no creía compatible mi dignidad con el deber de usted... y...

—En buena lógica, a usted le correspondía el castigo. ¿A mí, por qué?... ¿Qué hice yo, desdichado de mí, que llevo veinte años con diez mil cochinos reales; yo, que fui de los que en las Cabezas de San Juan se unieron a Riego; yo que serví lealmente con seis mil al Gobierno del señor Zea Bermúdez; yo que en tiempo de la gobernadora retrocedí a cinco mil, y luego fue menester que por mí sacara el Cristo el señor de Istúriz para recobrar los seis?... yo que serví con Mendizábal, y juntos trabajamos en el decretito aquel de las campanas; yo, casado y con seis de familia, que por llevar a casa unos tristes garbanzos he apechugado con lo más contrario a mis convicciones, sirviendo con el mismo celo a Espartero y a Narváez, a González Brabo y a Olózaga, a los Puritanos y a los Ayacuchos y al demonio coronado; yo que en tantísimos años no he faltado un solo día a mi obligación, ni tengo la más insignificante nota desfavorable; yo que con nadie me meto; yo, Faustino Cuadrado, cesante... Cesante! ¿Y por qué, Señor, por qué? Sea usted imparcial, caballero, y diga, ante Dios y los hombres, si yo le he faltado...

—Yo falté a usted, lo reconozco —dije noblemente, sintiéndome confuso, lastimado por tanta injusticia—, y de todo corazón tengo que inclinarme ante su desgracia, y pedirle que me perdone aquel arrebato.

—¡Cesante... Mis hijos sin pan, yo trastornado, pues no sé a qué santo encomendarme, ni a quién volverme, ni en qué árbol ahorcarme!

—¿Está usted bien seguro de que la causa de su cesantía fue la cuestión aquella?

—¡Cristo me valga! Pues si el director, cuando me leyó la sentencia me lo dijo bien clarito: «Por haber faltado al respeto al señor de Fajardo...» Y luego me salió con que es usted un sabio... un sabio de reputación europea... que nos está escribiendo la Historia del Papado... ¡Pues por qué no me lo advirtió, rabo y uñas de Satanás! ¿Por qué al darme prisa para los listines, y encargarme que no le tuviera a usted ocioso, no me dijo: «Guarda que es podenco, guarda que es sabio, guarda que ha escrito la vida del santo padre, que para mí ha sido la vida de Judas Iscariote...?» La culpa la tiene el señor director, que no me puso en autos... Sin duda estaba tan enterado como yo de la dichosa sabiduría... Y se me figura que también a él le han acusado las cuarenta, porque cuando me dio el escopetazo, se rascaba la barba y decía: «Debieran los sabios llevar chapa en el sombrero, para que los conociese todo el mundo.»

Como yo afirmase con toda sinceridad que no se me alcanzaba de dónde podía venir el tremendo golpe, puso cara fatídica, y alzando el dedo índice cual si quisiera horadar el techo, repitió: «De arriba, señor de Fajardo, de arriba.

—Creo que padece usted una alucinación. Yo puedo asegurarle que a nadie he dicho nada, ni aun a mi hermano...

—¡De arriba, de arriba!... Imposible, señor de Fajardo, que usted no lo haya dicho. Por las once mil Vírgenes, haga memoria.

—De veras: nadie sabe que nos peleamos, que abandoné la oficina...

—Haga memoria, por los clavos de Cristo.

—Recordando estoy... Tan solo a una persona...

—¿Lo ve? ¡Cuando digo...!

—Tan solo lo he contado a mi hermana, a una hermana mía, monja.

—¿Monja? ¡Dios uno y trino, como si lo viera! ¿Conque monjita? ¿Y en qué convento?»

Cuando le dije que en La Latina, cayó el hombre desplomado en un sofá, y llevándose ambas manos a la cabeza, apoyados los codos en las rodillas, quedó un rato como estatua de la consternación, sin otra señal de vida que un mugido cadencioso. Confuso yo de verle en tan extraña actitud, no hacía más que contemplar su espaciosa calva granulosa, aquella calva sobre la cual, días antes, había pensado vaciar el tintero.

«Como si lo viera, como si lo viera... —murmuró incorporándose—. ¿No dije que de arriba, de muy arriba?... ¡Ay, que mundo, qué país!... ¿Verdad que es divertido nacer español?

—No es muy divertido que digamos, principalmente para los que no nacen ricos.

—O hijos de frailes... O hermanos de monjas.

—Pero ¿usted cree...?

—Señor de Fajardo —dijo entre suspiros—, viniendo de donde viene el rayo que me ha partido, ya no tengo compostura como no salga usted mismo en mi defensa. Pida a su señora hermana mi reposición.

—Sí que lo haré. Mi hermana es buena.

—Será una santa. Diga: ¿y tiene llagas?

—Hombre, no sé...

—¿Siquiera postemas?... En fin, bendita sea si me socorre. Para usted propio no necesita pedirle nada, pues a estas horas ya le habrán ascendido. Bueno es nacer de pie, caballerito; pero aún es mejor nacer a caballo. Y ya que va usted tan a gusto en el machito, lléveme a la grupa. Pido bien poco: la reposición, a no ser que usted y la reverenda monja, considerando que fui yo el ofendido, me consigan el ascenso a diez mil. No habría nada más justo.»

Dicho esto, se despidió el infeliz hombre, no sin arrancarme formal promesa de interceder en su favor. Le consolé y alenté con toda mi alma, y desde aquel punto y hora, la compasión me hizo su amigo y mi conciencia su protector, comprendiendo que no es el buen Cuadrado tan tonto como yo creía. Dejome aquella visita una impresión extraña, no sé si de asombro, no sé si de miedo... ¡Mi hermana... La Latina! Por hoy no digo más.

13 de marzo. Ya estoy aquí otra vez. Perdónenme el plantón los que no quisieron volver atrás conmigo. Quedamos, si no recuerdo mal, en que mis futuros leyentes podrían decir: «Ya tenemos enamorado al confesor de sí mismo.» Pues no hay aún motivo para suposición tan grave como la de que ardo en amores. Es tan solo una dulce ilusión, un regocijo estético. Y al emplear este calificativo, no vacilo en asegurar que las dos señoritas de Socobio, Virginia y Valeriana (a la que llaman Valeria), conocidas por mí en los salones, más bien sala y gabinetes de don Serafín de Socobio, no son prodigios de belleza. Nadie que las vea con ojos de crítica, encontrará en las diferentes partes de rostro y cuerpo la necesaria armonía y proporciones de que resulta la hermosura; pero también digo que todo el que las mire, las oiga y trate, sentirá un agrado que bien puede subir a los espacios del amor. Son delgaditas, muy derechas, torneaditas en donde es debido, esbeltas y flexibles. De cara se parecen y no se parecen. No sé qué las iguala, qué las distingue.

Por el sentimiento se meten Virginia y Valeria en el corazón de sus amigos; por su picardía decente y bien sazonada de ingenio los esclavizan y confunden. Yo paso junto a ellas mis ratos más divertidos, y las vuelvo locas con las mil niñerías chispeantes que les digo y cuento. Ambas son muy inteligentes; tienen alguna cultura y anhelan más. En justicia declaro que no las divierto yo a ellas menos que ellas a mí. Formamos un trío delicioso, en el cual no falta godeo de amores, sin formalidad por ahora. Si se me permite mostrarme en toda la fatuidad que voy adquiriendo, diré que las dos me quieren: a solas conmigo me pregunto: «¿Es verdadero amor lo que sienten por mí?» Y no pudiendo ser igual, con exacta medida, el efecto de una y otra, pregunto también: «¿Cuál de las dos me quiere más?»

No debiendo por hoy consagrar a la interesante pareja de señoritas desmedido lugar en mis Confesiones, paso a mejor asunto, que aún no he hablado sino de una parte mínima de las flores que van brotando en mi camino. Doy la preferencia a la que ahora os presento para que la admiréis como yo la admiro. Hará cinco noches que vi en casa de Socobio a una gallarda mujer de tez morena, pelo y ojos muy negros, el talle reducido al mínimo volumen, el seno al máximo, todo ello sin menoscabo de la buena armonía. La señora de Socobio me presentó a ella designándola como de la familia: era también esposa de un Socobio, y su nombre, Eufrasia, quedó grabado en mi memoria. Pero tan ceremoniosa estuvo conmigo, y encontré en ella tal desvío y reserva, siempre que intentaba yo pegar la hebra de una galante conversación, que me retiré a mis tiendas, reduciéndome a mirarla todo lo posible con un interés que no dependía exclusivamente de su belleza un tanto moruna. A la noche siguiente mis queridas niñas hablaron de la dama con más respeto que cariño. Supe que Eufrasia se había casado en Roma con un tío de ellas, don Saturnino del Socobio; mas no supieron o no quisieron decirme por qué casó en Italia y no en España. ¿Es por ventura italiana? A esta duda respondió Valeria diciéndome: «No, Pepito: es manchega.» Y agregó Virginia que el padre de Eufrasia es un progresistón de los que figuran en el grupo sensato de Mendizábal, Cortina, Infante y Madoz. Según esto, la mujer morena es hermana de mi íntimo amigo Bruno Carrasco.

Con estas y otras noticias que iban llegando a mi conocimiento, aumentaba el interés que por la manchega dama sentía yo, y éste subió de pronto anteanoche, viéndola menos esquiva y casi casi gustosa de mi conversación. Aprovechando la feliz coyuntura de encontrarnos lejos de la masa de tertuliantes, díjele que habiendo yo pasado en Roma días críticos de mi vida, gozaba mucho hablando de aquella gloriosa ciudad con cuantas personas la hubieran visitado.

Agregué a este exordio calurosa declaración de la amistad que tengo con su hermano, y protestas de lo mucho que le admiro por su bondad y talento, y no fue preciso más: entré, entramos en un diálogo vivo. «Ya me han dicho las niñas que estaba usted en Roma cuando la elección de Pío IX.» Y ella: «Sí, y aquéllos fueron para mí días muy felices.» Y yo: «Para mí no tanto.» Y ella: «Lo supongo: perdió usted a su protector, el señor don Matías de Rebollo.» Y yo, sin manifestar sorpresa de oírle nombrar a mi amigo: «Perdí mi sostén, mi guía, mi amparo.» Y ella: «Pero luego no le faltaron a usted amigos... y amigas...» Diciendo esto, se echó a reír de un modo tan franco, que me sentí como invitado a mayores franquezas. «Yo creí —le dije—, que se llamaba usted Higinia, y que era natural de Puentedeume.» «Cállese la boca —replicó—, y no me haga reír más, que ya estamos llamando la atención.»

Aproximáronse dos damas y hube de suspender mi indagatoria; pero media hora después, cuando volvíamos del comedor dándole yo el brazo, abordé la cuestión y me fui derecho al bulto, conforme a los sabios consejos y reglas de vida que me había dado Aransis. «Ya es inútil —le dije—, que usted finja más tiempo conmigo.

—Si yo no finjo, ni hay para qué. Trátase de una broma inocente, de la que no tengo por qué avergonzarme.

—Así, así me gusta...

—Pues sí, señor mío, yo soy la máscara. ¿Qué tal?

—Me volvió usted loco.»

Y como siguiera yo expresando con cierta exaltación mi deseo de mayores explicaciones, dejó de reír y gravemente me dijo: «No hablemos una palabra más de aquella tontería sin importancia. Aquí, hábleme usted de la función de anoche, de la nueva moda que ha venido para el peinado en *bandós*, o de política si le gusta; a mí no. Y de aquella broma, punto en boca. Si quiere usted saber más, lo sabrá en mi casa. Desde la semana próxima recibiré a los amigos los miércoles. Mi marido le invitará a usted. Debo advertirle que mis explicaciones serán breves, y que no ha de encontrar en ellas ni sombra de malicia, ni el menor asomo de aventura.» No tuve tiempo más que para decirle con cierta ansiedad: «Por Dios, no se olvide usted de advertir a su esposo...»

—Sí, sí... vendrá usted a casa, o, como ahora se dice, *será usted de los nuestros.*

XIII

14 de marzo. Sin aguardar a que me llamase mi hermana, he ido a verla; tanto me aprieta el afán de reparar la injusticia cometida con el pobre Cuadrado. Aunque la espera no fue larga, aburríame el plantón en la penumbra fría del locutorio, aspirando el singular tufo de convento, mezcla de olorcillos de humedad, de incienso, de ropas de lana en continuo uso. Para colmo de hastío, no había en la estancia ninguna obra de arte con que entretenerme, pues un San Francisco recibiendo la impresión de las llagas, pintura nefanda, con el lienzo podrido a trozos y el marco apolillado, más causaba miedo que admiración. Llegó Sor Catalina presurosa quejándose de que mi visita no anunciada la distraía de ocupaciones apremiantes; pedile perdón por la inoportunidad, y al punto explane el caso de Cuadrado y mi disgusto por la absurda situación en que nos veíamos: él, inocente, castigado; yo, culpable, impune.

Sin mostrarse sorprendida de que yo acudiese a ella para tal negocio, negó su influencia y puso muy en duda la posibilidad de servirme; pero bien se le conocía el discreto fingimiento, porque ni aguzaba las razones ni extremaba el sonsonete gangoso y aflautado. El argumento de más eficacia que esgrimí fue éste: Querida hermana, si tú no hallas la manera de reponer a Cuadrado en su destino, me presento yo al ministro, y le suplico que dé al otro mi plaza y a mí la cesantía. La abnegación gallarda de este propósito hizo efecto en Catalina, que muy satisfecha me dijo: «¡Cuánto me place ver tan al descubierto tu buen corazón! Así, así quiero yo a mi hermano. Si pudiera yo influir en que se quiten y den destinos, muy pronto quedaríais complacidos los dos. Pero... En fin, yo veré si puedo... No sé a quién podría recomendar...» Aplicando a estas formulillas hipócritas la clave monjil, las interpreté como un lenguaje parabólico para decirme que todo se arreglaría, y que la reparación del grave yerro corría de su cuenta.

Repetía yo con cierta pesadez mi petición para que quedara fija en su ánimo, cuando entró una señora en el locutorio. Catalina se alegró de verla. Era la tal pequeñita, ya entrada en años, vivaracha, de semblante risueño y simpático, y no se contentó con mirarme una vez, sino que en mí ponía sus ojos con fijeza, como si quisiera tomarme la filiación. «Es mi hermano», le dijo Catalina; y oyéndolo la viejecita me saludó muy afectuosa, obsequiándome con estas finuras: «Ya decía yo... la cara no miente. ¡Y qué guapo es! Sor Catalina, bien puede usted estar orgullosa... Ya, ya le conocía yo a usted, caballerito, por lo que cuenta la fama...» Dábale yo las gracias por su amabilidad, y ella, ocupándose más de mi hermana que de mí, introdujo por la reja estas palabritas: «Eufrasia no puede venir: tiene hoy la casa llena de mueblistas, tapiceros y doradores... Es tan grande el barullo que...» No acabó el concepto, porque aparecieron tras de los hierros otras monjas: vi que eran dos, y oí una gangosa y compungida voz que claramente dijo: «¡Oh, Cristeta... qué cara te vendes!» Mi hermana me indicó por señas que debía retirarme, y así lo hice: salí a la calle atando cabos, encasillando rostros y casos en mi memoria con el debido método, en previsión de acontecimientos futuros.

20 de marzo. Conforme al gracioso anuncio que oí de labios de su esposa, el señor don Saturnino del Socobio me invitó a sus reuniones, y con esto queda expresada la diligencia con que yo acudí a la casa de aquel buen señor, en la cual pude advertir que todo era nuevo, allegadizo, dispuesto por la mano inteligente de la dama moruna. Allí encontré mucha y buena gente, aunque no la mejor de Madrid, pues había un poquito de entredicho social contra el tal matrimonio, por lo que yo supe aquella misma noche y contaré después para la más ordenada composición de mi relato. Amable con todos la dueña de la casa, lo estuvo conmigo singularmente, más que por lo que me dijo, por lo que con cautelosas y bien medidas razones me dio a entender. He aquí la muestra: «Tengo que advertirle, señor mío, que procure no desentonar en sus opiniones políticas cuando tenga ocasión de manifestarlas. Hace poco le hablaban a usted mi marido y sus amigos del liberalismo de Pío IX... y, como es natural, lo condenaban... porque ésas son sus ideas. Cuando el señor de Conard dijo que el Papa actual es un *Robespierre con tiara*, y que preside las logias masónicas, usted se indignó, puso el grito en el Cielo y... ya recuerda lo demás. Pues es preciso que varíe de táctica, y que acomode sus opiniones a las de mi gente, si no quiere que con suavidad y finura le cierre yo las puertas de mi casa.»

Segunda muestra: «Óigame, Fajardo: no se le ocurra a usted elogiar otra vez al Paganismo. Siempre que se trate de griegos o romanos, llámelos *gentiles* o *idólatras*, como a usted le parezca, y póngalos que no haya por donde cogerlos. Volviendo a lo de la máscara, no pretenda saber más de lo que ya sabe. Yo fui al baile con el consentimiento de mi marido, sin más objeto que el inocentísimo de pasar un rato y ver la gente. No iba con propósito de ver a usted ni mucho menos. Que se le quite eso de la cabeza. Por mi hermano conocía yo personalmente a usted: una noche, en el Príncipe, hallándonos en un palco, me enseñó un grupo en que estaban varios de sus amigos, designándolos por sus nombres... Al encontrármele a usted en Villahermosa, perdido en el salón grande como un palomino atontado, me dije: "Ya tengo a quién dar una broma que ha de ser muy divertida". Y como el día antes había leído las *Confesiones*, ya ve... todavía me estoy riendo... Y no me pregunte más... Cierre el pico y tenga paciencia.»

Tercera muestra, la segunda noche, invitado a comer: «Otra vez tengo que reñirle. Por las llagas de Cristo, no hable usted mal de los que antes abominaron de la desamortización y ahora compran los bienes raíces que fueron de frailes y monjas. Mire usted que los amigos de casa adquieren todo lo que sale, y mi marido anda ahora en tratos con la Hacienda para quedarse con una gran finca que fue de los Jerónimos en la provincia de Cáceres. ¿Qué le importa a usted que compren o que no compren? Sea usted cauto y hágase al ambiente. Respecto a sus *Confesiones*, diré que Sofía las llevó a una monja de La Latina, que no debo nombrar. No se incomode usted con su cuñada, que el abuso de confianza no significa en ella más que una grande admiración hacia usted, y el deseo de que todos participen de esa admiración. La monjita que disfrutó esa historia por primerva vez después de Sofía, y que es algo literata y no muy intransigente con lo mundano, me la dio a leer a mí: somos grandes amigas, paisanas, y a sus buenos consejos debo yo el haber salido bien de ciertas borrascas que en su día sabrá. Pues de mis manos pasó el cartapacio a otras: no se asuste. A estas horas lo ha leído medio Madrid, y tiene usted una celebridad reservada, que no sale en papeles públicos, mas no por eso menos extendida. Direle que después de dar la vuelta, tornó el manuscrito al convento, y luego ha vuelto a salir. Estuvo en poder de Sartorius, que leyó un poquito, y por cierto lo alabó grandemente; de las manos de Sartorius pasó a perfumadas manos, y ahora está... Esto sí que no puedo decírselo.

—Me sumergirá usted en un mar de confusiones si no me lo dice.

—Pues está en una casa muy grande.

—En casa de Montijo.

—No: allí ya estuvo. Eugenia lo ha ponderado muchísimo. La casa donde ahora está es más grande.

—¿La de Altamira, la de Osuna?

—No: es mayor, mucho mayor.

—Ya.

—No me pregunte usted más.

—Dígame usted solo una cosa... El sexo de la persona que me ha leído en esa casa grande.

—¡Ah!, le habrán leído personas de ambos sexos.

—Quiero decir, la persona que pidió mi manuscrito.

—Mucho quiere usted saber. Cierre el pico y agradézcame las franquezas que tengo con usted. Si no corresponde a mi confianza con su discreción, no cuente ya conmigo para nada.»

¿Qué tal, señores de la Posteridad? ¿Tengo o no motivos para estar estos días nervioso, distraído, inquieto, como si en torno mío zumbarán avispas?

26 de marzo. Mi amigo Aransis, para quien no tengo secretos, me aconseja que no retrase el declararme a Eufrasia con las demostraciones más apasionadas, cuidando, eso sí, de hacerle comprender que sabré emplear la delicadeza más exquisita para no comprometerla. No necesitaba yo de estos estímulos para lanzarme, y en la primera ocasión propicia, el miércoles último, le mostré mi corazón lacerado y el trastorno inmenso que han traído a mi alma las gracias de su persona. Estimando más interesante que mi declaración la respuesta de la dama, doy aquí preferente lugar a los retazos más bonitos de la admirable tela que tejió con sus palabras:

«¿Querrá usted callar? Por Dios, Pepe, ¿se ha vuelto usted loco? Pues a mí no me enloquecerá usted, yo se lo aseguro, que por naturaleza tengo la cabeza bien firme, y además las desgracias me la han claveteado y endurecido. Calma, amigo mío; tenga calma y juicio. Aun cuando yo creyera que es verdad todo lo que usted acaba de decirme, tendría que darle un *no* como esta casa, o como otra casa más grande. Es usted un chiquillo, y yo, si en años le aventajo más de lo que parece, en experiencia, ¡ay!, lo que es en experiencia, Pepe, le doblo la edad, créame... No quisiera yo hablar de esto: usted me obliga a recordar mis amarguras... he vivido, he padecido lo que usted no puede imaginar... Sé lo que son los diferentes suplicios a que nos condena nuestra condición; conozco la esperanza hoy viva, mañana moribunda; conozco la ansiedad, la desesperación, la dignidad herida; conozco los ultrajes, la cólera propia y ajena; conozco todo... hasta la vergüenza...»

Llevose la mano al rostro. La pausa que entonces se produjo llenela yo con frases vacías, porque no se me ocurrieron otras. Luego siguió: «Yo he sido muy desgraciada. Me sería muy fácil demostrárselo contándole algunos pasos de mi vida; pero no hay para qué... Algo habrá quizás que usted sepa; algo que no ha de saber si yo no se lo cuento. Pero ni lo uno ni lo otro le contaré: no quiero entristecerme. He sido muy, muy, pero muy desgraciada. Ahora, válgame la verdad, ahora no tengo la felicidad, esa felicidad con que se sueña a los veinte años... ya ve usted qué cosas le digo... No tengo la felicidad; pero tengo el sosiego, la paz; y esta paz y este sosiego no los tiraré por la ventana... Sé lo que son pasiones de hombres, y como lo sé, no cambio por ninguna de ellas mi paz...»

Tomando enseguida un tonillo jovial, y antes de que yo desembuchara los conceptos que se me habían ocurrido, prosiguió: «Engolosinado usted, amigo mío, con su aventurilla de Italia y con alguna otra que habrá tenido por acá, de esas fáciles y para un rato, ha llegado a creer que todo el monte es orégano. Me coge usted vieja, si no de años, de picardía y conocimiento del mundo; me coge usted, se lo diré claro, muy escarmentada... Déjese usted de locuras, y seamos buenos amigos... y nadita más, Pepe... Una cosa en que yo le aventajo a usted, ¿a que no sabe lo que es? Pues es el don de conocer y apreciar lo muchísimo que vale la amistad. Y ésta tiene sus goces, sus incertidumbres; también sus penitas, dulzuras no digamos, que se avaloran más con la pureza... En fin, mi amigo, haga caso de mí, y no se le ocurra volver a decirme lo que me ha dicho. ¿Estamos en ello?

—Estaremos en ello y en todo lo que pueda sobrevenir —respondí—. Claro es que mi primera obligación con usted es la obediencia. Y yo le aseguro que no tendrá queja de mí... Pero advierta, mi dulce amiga y dueño, advierta que manda usted en mis actos, no en mi corazón.

—También en su corazón... ¡Pues no faltaría más sino que a ese loquillo le dejáramos hacer de las suyas! Es un niño, créame usted, y a los niños se les educa, se les guía, y también se les da una buena solfa cuando es menester.

—Niño será, como usted supone. El niño es comúnmente revoltoso, y aunque se le castigue, con sus gracias y zalamerías acaba por ser el amo de la casa. Todos le riñen si es travieso; todos tiemblan cuando le ven malito. Y la idea de que pueda morirse conturba más que el cataclismo universal. Este chiquillo que yo tengo en mi pecho pertenece a usted... No me le castigue, por Dios; déjele vivir a su gusto... Yo le respondo de que será obediente, juicioso, calladito... Vivirá en la adoración de usted...

—Déjese usted de adoraciones, por Dios.

—En la idolatría, en un culto mudo, escondido a todas las miradas...

—¿Catacumbas tenemos?

—Catacumbas.

—¡Ay, no!, que son muy tristes. Crea usted que he tomado aborrecimiento a todo lo que sea oscuridad, ocultación, misterio, vivir con el temor de que me descubran... Prefiero la vida en plena luz, con solo un bienestar tranquilo...

—Yo no le pido a usted que se meta bajo tierra, ni que viva en el misterio. El que andará escondido seré yo, porque así me lo impone la que ha venido a ser mi dueño absoluto. No le ocasionaré la menor inquietud. Amor y abnegación son hermanos gemelos... Tan difícil será que yo altere la paz de usted como dejar de amarla, porque mi amor es toda mi alma, y nada puedo contra él, como no se puede nada contra Dios. Es este amor mi suplicio y mi encanto, Eufrasia. Déjeme usted que en silencio me arregle yo en mi cenáculo escondido. Aquí tengo mi altar, y en el altar mi divinidad.

—¡Divinidad yo!... ¿Ahora salimos con eso?

—Divinidad, a quien adoro más porque ha sido mártir... porque ha padecido... Ahora me toca a mí el padecimiento.

—No le compadezco si se empeña en ser tonto.

—Así somos llamados los que adoramos un ideal, los que por ese ideal vivimos, los que por él estamos dispuestos a morir...

—¿Con que ideal?... ¿yo ideal?... No *me jaga uté reír, Joselito.*»

XIV

28 de marzo. Leído lo último que escribí, me han dado intenciones de borrarlo, pues si los conceptos de Eufrasia me resultan hermosos y sinceros, como producto inmediato de la realidad, los míos se me antojan artificiosos y de poco fuste, pues todo aquello de la divinidad, del ideal y del altarito pertenece al manoseado repertorio de los amantes que por primera vez en su vida abordan tan grave cuestión. Muy santo y muy bueno que con una inocente o novata de amor emplease yo tales pamplinas; pero con mujer que ha corrido ya temporales duros en el océano de la pasión, estimo que debí emplear otro lenguaje y método. Sea como quiera, no borraré nada del texto escrito, porque ante todo ha de prevalecer la verdad en estas *Confesiones*; y si estuve tonto, que tonto me vean los que han de leerme, y yo de ello me consuelo con la esperanza de ser en otra ocasión más agudo.

No creo frustrada mi conquista, por más que la moruna Eufrasia se mantiene en el firme terreno de la amistad, donde yo le propongo levantar una tienda para platicar juntos y solos sobre las inmensas dulzuras de ese sentimiento, que tanto ennoblece a los humanos. Ella no quiere nada de tienda, temerosa del recogimiento y soledad que este mueble trae consigo, y prefiere que no tengamos más abrigo que la anchura de la casa y del mundo, sin escondrijo, ni misterio, ni arrumacos de ninguna clase. A pesar de esto, voy creyendo que mi aventura no lleva mal giro. Por cierto que a la consolidación de mi creencia no contribuye poco la misma Eufrasia *sentando las bases*, como ahora se dice, de nuestro pacto de amistad, y va teniendo ésta tal extensión que se nos impone el secreto en diversidad de momentos y casos; amistad muy bonita y amena, con frecuentes consultas de una parte y otra, consejitos, protección moral y otras cosas dulces. Mejor que por mis referencias, lo comprenderán mis lectores por la fiel copia de algún fragmento de los sabios discursos que la dama me endilga:

«Ha seguido usted mis consejos, menos uno, y en él tengo que insistir. Es forzoso que en el teatro suprima usted el mirar constante con gemelos o sin ellos. Pero ¿no se hace cargo todavía de que no solo es inconveniente, sino de mal gusto? Tome ejemplo de mí, criatura, que todo lo veo sin parecer que miro nada. Sin clavarle los ojos, le he visto tan acaramelado que me daba risa... Ya notaría usted que la noche de *Borrascas del corazón* me puse en la cintura el ramito de verbenas, que son las flores más de su gusto, y lo hice para obtener de usted ahora la reducción de sus visitas a casa, que no deben pasar de tres por semana... Y a propósito de *Borrascas del corazón*: ¿le gusta a usted esa obra? A mí no: tanta melosidad me fastidia, como el arrope de mi tierra, que me empalaga, y además me sabe a botica... Pues siguiendo con mis advertencias, diré a usted que sí, sí, está muy bien que sea expresivo con mis sobrinas Virginia y Valeria; pero no tanto, caballerito, no tanto, porque son muy tiernas, demasiado sensibles, y podrían las chiquillas alborotarse más de la cuenta. Su madre es tonta y nada de esto ve: yo lo veo todo. No me cansaré de recomendarle que, al ser amable con ellas, no haga diferencia entre las dos y las iguale siempre en sus demostraciones, para que ninguna se crea con derecho a tenerle por novio. Mírelas como gemelas en su amistad, o como aquellas hermanas que estaban unidas por el estómago, por el costado, no sé por dónde. Así no habrá peligro.»

Para muestra basta lo copiado. Debo decir que el entredicho en que tiene la buena sociedad a Eufrasia no lleva trazas de concluir. A su casa no acuden señoras de alto copete, ni otras que, nacidas y criadas en las zonas medias, son extremadamente melindrosas en la moral casera y pública. Verdad que mi amiga se defiende valerosa, y con su talento, amabilidad y exquisito tacto va ganando cada día más voluntades y atrayendo gente; pero aún le falta mucho para llegar a la rehabilitación que anhela. El motivo de su aislamiento me lo explicó Ramón Navarrete, hombre de grande erudición social, y a la sazón mi segundo jefe en la *Gaceta*. Después del ruidoso tropiezo de la señorita de Carrasco, bajo el poder de Terry, aventura de que se enteró todo Madrid, anduvo la infeliz por senderos torcidos, amparándose contra la opinión en las tinieblas del incógnito. De su existencia en aquellos terribles días poco se sabe, algo se sospecha, y mucho quizás se miente. Y así como el río de su patria manchega se mete bajo tierra cuando le parece bien, y luego vuelve a salir a flor del suelo, del mismo modo, pasado algún tiempo en subterráneo curso, volvió afuera la dama y el mundo la vio llevada de la mano por un hombre benéfico, don Saturnino del Socobio.

Recatábase Eufrasia en aquel tiempo de toda relación social, y hasta de su propio padre y familia, y como su protector tuviese que emprender un largo viaje a Roma (que en negocio de capellanías y colaciones tenía no pocos entuertos que enderezar allá), pidiole ella el extremo favor de acompañarle, movida no tan solo del cariño, sino también del deseo de cuidarle y asistirle (que no carecía de achaques el buen señor); resistiose don Saturno temiendo el qué dirán de su familia, así en Madrid como en Italia; pero con su labia y embelecos de lo más fino salió adelante la hembra con su gusto, que algunos creyeron capricho y ganitas de ver mundo.

Roma fue para los dos dichosa tierra, porque don Saturno mejoró notablemente de sus alifafes, y ella se reconstituyó físicamente, y se puso tan lozana que daba gozo. Vieron y admiraron cuanto encierra la metrópoli del Paganismo y de la Cristiandad; él se esponjó y se hizo más sociable; ella aprendió un poco de italiano y de literatura dantesca y petrarquina. Por dicha de Eufrasia les precedió en el viaje a Roma Don Vicente de Socobio y Suazo, canónigo patrimonial de Vitoria, nombrado para ocupar la plaza vacante por defunción de mi protector don Matías de Rebollo, y una de las cosas en que puso el venerable varón más empeño fue reducir a buen orden cristiano las relaciones de don Saturno con la manchega. Ésta, que por casarse bebía los vientos, desplegó todo su talento y trastienda para cautivar el ánimo del clérigo, hombre sencillo y bondadoso que fácilmente vio en la buena moza una Hija Pródiga que en gran desolación tornaba al hogar paterno, y debía ser recibida y perdonada.

Conociendo a Eufrasia como la conozco, no necesito que nadie me cuente las sutiles artes que desplegaría su ingenio en aquella crítica ocasión de su vida. Sin duda, viendo que su señor y el don Vicente intimaban mucho con los padres del *Colegio Romano*, con los *Observantes* de *Santa María de Araceli*, con las monjas de *Santa Clara en Quirinal*, elevó al grado máximo de intensidad sus devociones, aficionándose al besuqueo de imágenes, aprendiéndose de memoria trozos de literatura mística, con todo lo demás que creía pertinente a la grande empresa de su redención. Resistíase Don Saturno a dar su consentimiento, atento siempre al qué dirán probable, y temiendo los escrúpulos de la familia más que los suyos propios. Pero don Vicente y otros clérigos que a la santa obra arrimaban el hombro, decíanle que por encima de la familia estaba el deber, y por encima de la Sociedad, Dios; que en Eufrasia eran infalibles las señales de arrepentimiento, y que por fin, su protector o cortejo que con llama inextinguible la amaba, debía santificar aquellos criminales lazos, y limpiar su conciencia y la de ella en las aguas purísimas del matrimonio.

Libre ya de pasiones y de juveniles devaneos, Eufrasia quería sobre todas las cosas humanas una posición, y en ello puso las dotes singulares de su espíritu. Como Dios, al fin y al cabo, protege a los tenaces y agudos contra los romos y debilitados de voluntad, la manchega vio colmadas sus ansias, y recibió franco pasaporte para el mundo moral. En la española iglesia de Santiago (plaza Navona), no lejos del esquinazo en que está la famosa efigie de *Pasquino*, se casaron Don Saturno y Eufrasia, precisamente en los días de mi segunda *villeggiattura* en Albano. *¡O tempora, o mores!* Naturalmente, la primera noticia del casorio levantó en la familia de Madrid gran polvareda, y cuando el matrimonio llegó acá, manteniendo en los primeros días una reserva parecida al incógnito, para sofocar hasta los más leves rumores de escándalo, no faltaron disgustos, rozamientos, y aun dicharachos ruines. Mas de todo ello fue triunfando poquito a poco la diplomacia de la manchega, que con sus astutas carantoñas pudo atraer uno tras otro a los enojados parientes, y hacerse querer de los que antes la aborrecían. Doña Cristeta, que había sido la más intransigente, olvidando su amistad con Doña Leandra, se rindió más pronto que ninguna a la sutil táctica de la dama moruna, recibiendo de ésta cantidad de preciosas reliquias, huesecillos de santos, acompañados del diploma que acreditaba su autenticidad, y sinfín de rosarios, medallas, indulgencias y demás cositas interesantes a los buenos corazones cristianos.

He referido sin ningún recelo lo que sé de la señora de Socobio, juntando las noticias que me dio Navarrete con las que yo por directo modo he sacado de la fuente histórica, y puedo escribirlo sin temor de que mis indiscreciones lastimen a nadie, pues estas páginas quedarán ocultas, y nadie ha de leerlas hasta que la señora y yo, y los demás que me veo precisado a citar, hayamos entregado nuestros huesos a la madre tierra.

30 de marzo. ¡Cómo está mi cabeza, señores! ¿Creerán que con la golosina de estas vanas crónicas mujeriles se me ha olvidado escribir que hace días tuvimos aquí una revolución? Ello fue de harta resonancia, pero de resultado nulo, como obra de unos locos, cuyos nombres oí y ya se me fueron de la memoria. Corren voces de que se repetirá: los progresistas exaltados y los demócratas no descansan, ávidos de ocupar las poltronas, y más que en los elementos revolucionarios de aquí, confían en el apoyo que les darán los de Francia. La novísima República establecida en aquel país tiene a nuestros moderados con el alma en un hilo. Por mi parte, declaro que no me quitan el sueño las políticas inquietudes, ni los problemas que, según dicen, señalarán el presente año como uno de los más agitados del siglo, porque he decretado mi absoluta independencia del organismo general, creando un sistemita planetario para mi exclusivo uso, y de él no me sacan atracciones públicas de ningún género. Y creed que no me interesa nada ya la cuestión del Papado liberal, en la que puse tanta vehemencia y gasté tanta saliva. Gioberti y Balbo en Italia, y aquí Balmes y Donoso Cortés, valen para mí, con todas sus retóricas elocuentes, tanto como un comino, y el buen Pío IX, a quien de veras quise y admiré, ya no me embarga el ánimo con el supuesto carácter de pastor de los pueblos y patrono de la regeneración itálica. Vivo ahora de mi propio jugo, y todas mis empresas son absolutamente mías, principio y fin de mis ideas y sentimientos. También digo que la Democracia que en forma de virgen en paños menores se nos aparece salvando el Pirineo, me encuentra insensible a sus encantos. Ya no me embelesan lecturas de Lamennais o Ledru Rollin, y me resigno a que la humanidad se regenere sin mi auxilio: ya iré a verla cuando esté regenerada, y a festejarla y aplaudirla. En tanto consagro mis horas a proporcionarme todos los gustos posibles, eliminando sinsabores y rehuyendo penas.

¿Queréis que os hable de los que para mí son capitales acontecimientos? Pues sabed que de la noche a la mañana me vi trasladado a la Secretaría de Gobernación con doce mil reales, sin que yo a ciencia cierta entendiese de dónde me había caído breva tan sustanciosa, pues mi hermano Agustín me declaró que no era cosa suya. En cambio, al pobre Cuadrado se le contentó con la promesa de reponerle, y volvió el hombre a mí afligidísimo, diciendo que ya se había proporcionado una pistola para poner fin a sus días si no se le daba pronto la debida reparación. Yo le consolé, y avivé sus esperanzas, socorriéndole de mi bolsillo para que mantuviera con sopas o potajes a la extenuada familia, mientras el remedio de su triste situación llegaba. Hablé nuevamente del caso a mi hermana, y la oí condolerse del pobre cesante con el registro más gangoso de su voz, para venir a parar en la negación de su influencia. «¿Qué más quisiera yo que enjugar todas las lágrimas que veo derramar? Pero, ¡ay!, no puedo hacer más que pedir a Dios que ilumine a los que dispensan esta clase de favores, y Dios me oirá, Pepe, Dios me oirá: con tanto fervor se lo pido.»

XV

1.º de abril. Las confesiones de hoy son un poco amargas; pero allá van para que todo, conducta y conciencia, quede guardado en el archivo de estas hojas.

Cierto que mi ascenso a doce mil es un felicísimo suceso que cualquiera, en caso normal, estimaría como don extraordinario de la Providencia, o premio gordo de Lotería. Pero en mi caso, por distintos conceptos irregular, ni los doce mil, ni el doble, si doble fuera mi estipendio, me bastan para la vida que me doy y el pie de disipación en que me he puesto. Ya se habrán maravillado los que leyeron las anteriores páginas de cómo logro sostenerme en una sociedad tan superior a mis escasos medios. Pero hasta hoy, lo digo sinceramente, no he caído en la cuenta de que voy andando a ciegas por los caminos más arduos de la vida; y lo peor es que no puedo retroceder, ni me siento con el suficiente brío de voluntad para detenerme, porque me atraen metas muy seductoras, y corro tras ideales muy lindos, que embriagan mi mente y adormecen mi razón. Hablo con desnuda verdad de este desequilibrio en que se desliza mi existencia, y afirmo que, aun hospedado y mantenido por mi hermano Gregorio, con el sueldo no tiene mi agitada vida para empezar. Sin contar más capítulo que el de ropa (y no sé dónde pararía si en otros capítulos o renglones me metiera), digo que necesitaré dos años de sueldo para pagar los trapos que en un solo mes he encargado a mi sastre, cuyo elogio se hace con decir que es el más caro de esta Corte. Incapaz de contener los estímulos de mi presunción, quiero surtirme de toda la rica variedad de levitas y fracs impuesta por la moda. En chalecos poseo maravillas, y París tiene poca inventiva para colmar mi gusto. De corbatas no hablemos. En perfumería y accesorios de tocador no me pongo tasa. Ahora, supla la fantasía del pío lector los innumerables motivos de dispendio inherentes a este lujo de vestir.

Añado que mis hermanos me riñen; que se asusta Sofía, vaticinándome que acabaré en un hospicio; que Gregorio pone el grito en el Cielo. Únicamente mi cuñada Segismunda, la Medusa que tiene culebras por cabellos, no extrema sus reparos, y aun se permite opinar con cierto dejo sibilino que yo, lanzándome locamente por las trochas y desfiladeros sociales, llegaré a los más envidiados puestos. El mundo, según ella, es de los atrevidos, no de los cuitados; es de los que corren, no de los que miden encogidamente sus pasos. Esta opinión me consuela de los achuchones que me da mi familia cuando entra en casa sombrero nuevo, antes de que su antecesor envejezca, o cuando a la puerta llama el oficial del sastre con rimeros de ropa elegantísima.

Añado también, aunque me cueste alguna vergüenza el declararlo, que hace dos meses me hizo probar mi amigo Aransis las emociones del juego, y que desde el punto y hora en que de aquel fuerte licor gusté, ya no he sabido vencer el anhelo de catarlo cada día, ya por la espera de una ganancia que engorde mi flaco bolsillo, ya por la simple maña de hacerle cosquillas a la fortuna, y ver si me sonríe placentera. No debo quejarme del azar, que me ha sido propicio más de una vez permitiéndome dar algunos toques a las apariencias de mi vida fastuosa. Solo en los últimos días me ha torcido el gesto la deidad voluble, y heme visto obligado a contraer deudas, algunas muy enfadosas. Pero espero y busco un glorioso desquite.

2 de abril. Sepa la Posteridad, y sépalo con satisfacción, que el desquite es un hecho. Mas no he podido sofocar el tumulto de mis deudas, porque si algunas reduje o rematé, me han nacido otras por inevitable exigencia de los compromisos sociales y de nuevas aventuras que sin saber cómo me salen de debajo de las piedras. Me consuela el ver que Aransis se halla en mayores apreturas, y en él son más aterradores los efectos por ser de superior gravedad las causas, pues mantiene caballos, disfruta coches, gasta bailarinas y figurantas del Circo, y se mermite otras formas de opulencia propias de un aristócrata. Días pasados, cuando después de hacerme horripilante descripción de sus ahogos, me anunció mi amigo su propósito de levantar un empréstito, echeme a temblar, y al temblor siguió sudor frío cuando me dijo que nadie como mi hermano podría encargarse de ello. Fue para mí como un tiro su indicación de que yo hablase a Gregorio... ¡Ay!, mucho quería yo a Guillermo, y por servirle y ayudarle aceptaría cualquier sacrificio; pero que no pusiese en mis labios semejante cáliz. Atento a mis razonadas excusas, y sin ofenderse por mi negativa, buscó entre sus conocidos otros amañadores de tales negocios, y al fin (el lunes lo supe casualmente) el empréstito de Guillermo ha venido a parar a mi casa. Hoy me dijo Gregorio con punzante burla: «¡Vaya con tu amiguito! ¡Dios tenga piedad de la casa de Aransis! Al paso que lleva ese mequetrefe, pronto empeñará los pararrayos... Y como los que le den dinero no cobrarán hasta que muera su abuelita la señora marquesa, que aún está de buen año, entienda Don Guillermo que le harán pagar caro el plantón.»

Informado por Aransis, día por día, de la marcha de su asunto, supe que tardaba en efectuarse más de lo que él quisiera... Surgían temores, dificultades; la cuantía del préstamo era objeto de meditaciones aritméticas por parte de los que habían de aflojar la mosca... En mi casa, sin hacer la menor pregunta a mi hermano ni a los dependientes, yo inquiría y olfateaba, con la mira de comunicar a Guillermo cuanto pudiese averiguar. Pero nada en limpio saqué de la contemplación de aquellas esfinges. Yo veía entrar y salir gente; pero iban a otros degüellos: unos salían conformes, cadavéricos otros y con el mal de San Vito. Oía yo el rechinar de dientes, y el estertor de las víctimas en el momento agónico; pero nada pude pescar que a los intereses de mi amigo se refiriese. Sin duda no se había encontrado el vampiro, y mi hermano y otros andaban en su busca y descubrimiento. Por fin, en estas oscuridades, vi aparecer súbitamente una luz, primero lívida, después resplandeciente, y ello fue en el salón de la dama moruna.

Aprovechó Eufrasia un oportuno ratito para decirme: «¿No sabe usted nada del empréstito de su amigo Aransis? Trabajillo ha costado a Gregorio encontrar quien cargue con ese mochuelo; pero al fin veo que... vamos, que parecieron los cuartos... No me pregunté quién los dará. Ni lo sé ni se lo diría aunque lo supiera, que esas cosas son muy reservadas. Lo que sí le digo y le ruego es que use usted de toda la influencia que tiene con su amigo para irle quitando de la cabeza esa vanidad estúpida, pues si no se enmienda, pronto dará en tierra con esa casa, un día tan poderosa, hoy resquebrajada y tambaleándose como los borrachos. Y todo lo que he dicho de Aransis, aplíqueselo usted, que también va por malos caminos, y no tiene casa grande que devorar. Modere usted a su amigo, y modérese a sí propio, si no quiere que yo le retire mi amistad, y le deje solo y desamparado en el mundo.

Contestele agradecido, agregando la promesa de sermonear a Guillermo y de sermonearme también a mí propio, aunque no era menester, porque ella lo hacía ya con notoria eficacia. Y la dama siguió así: Hágase cargo de lo que pasa en esta sociedad. La aristocracia, que no sabe administrar su riqueza, ni cuidar sus fincas, se va quedando en los huesos. Toda la carne viene a poder de los del estado llano, que cada día afilan más las uñas, y acabarán por ser poderosos... ¡Como que también están afanando lo que fue de frailes y monjas!... Claro que luego volverán las aguas a su nivel; los que vivan mucho verán cómo se forma una nueva aristocracia de la cepa de esos ricachos, y cómo recobrará el clero lo suyo, no sé por qué medios, pero ello ha de ser. El mundo da vueltas, y al cabo de cada una de ellas se encuentra donde antes estuvo. Por esto digo yo que andando hacia adelante, andamos hacia atrás.»

Oíala yo encantado de su donaire. A más de los saludables consejos, saqué en limpio de aquel coloquio dos cosas: la noticia de que es un hecho la estrangulación de Aransis, y la casi certidumbre de que el ejecutor es mi amigo don Saturnino del Socobio, el cual no pierde ripio cuando le cae un pájaro de esta calidad.

8 de abril. Consagro la confesión de esta noche, oh amigos venideros, al que se precia de serlo mío en la hora presente, el esposo de Eufrasia, por ésta comúnmente llamado Saturno. Comprenderéis esta preferencia cuando sepáis que anoche fue grandísimo estorbo para mi palique con la señora, llevándome a un apartado sitio de la sala para charlar conmigo... Vean primero el hombre. Aunque no ha llegado a los cincuenta, parece haber traspuesto esa línea, porque su naturaleza viene arruinada, de años atrás, por achaques de que se defiende hoy con un método riguroso impuesto por su mujer. De cuerpo menos que mediano, escaso de carnes y de pelo, fatigoso en el habla, todo su ser se condensa en la viveza de los ojos y en la movilidad de los brazos cuando pone el paño al púlpito. Gasta bigote recortado y triangular, lo que más le asemeja a Espartero que a Zumalacárregui, y unas cortas patillas cuyo trazado le he visto variar en pocos meses. Viste bien; come con grandes remilgos higiénicos, desechando hoy lo que ayer le gustaba; habla con elocuencia reposada y construcción castiza; discurre con tino, en su cuerda, esquivando la paradoja y la hipérbole; es en su trato cortés, en todo lo social correctísimo. Gusta de la política, y creería faltar a un deber profesional si no hiciera cada noche un resumen claro y juicioso, a su modo, de los sucesos del día. Habla despacio, y es de los que se escuchan. Conocedor yo de su debilidad por el éxito oratorio, pongo exquisito cuidado en escucharle también con todo mi oído, ya que no con toda mi alma. Oídle conmigo:

«¿Me preguntan si acepto el sistema parlamentario con todas sus consecuencias? Lo acepto como ensayo, sin asegurar que pueda caber dentro de ese molde la vida de la Nación. Es régimen de garantía siempre que en él se diga: "fiscalicemos". Pero es régimen de barullo cuando sea preciso decir: "gobernemos". Yo, ya lo saben todos mis amigos, no hago un misterio de mi procedencia, ni reniego de mis antecedentes. Tengo a gala el haber influido con Maroto para llevarle al convenio de Vergara. Serví honradamente a don Carlos... Fui bastante leal para decirle: "Señor, esto es imposible...". El 38, cuando la Corte y el ejército llegaron a las puertas de Madrid, tuve una fuerte agarrada con González Moreno, en Arganda, y me separé del partido para siempre. Mis hermanos luchaban en uno de los campos, yo en otro: vimos clara la inútil inhumanidad de semejante lucha, nos abrazamos, y aquí estoy... ¿No convienen ustedes conmigo en que los tiempos cambian, y en que su variar continuado trae la evolución?... Pues la evolución es como la conciencia de la sociedad. Yo evoluciono, luego existo.»

Mis noticias son que don Saturno fue el representante de la familia en el campo carlista, mientras otros acá la representaban, atentos al recíproco auxilio, y a mirar por todos cuando Marte decidiera entre Isabel y Carlos. Sé también que arrimado a los Socobios, que venían mangoneando en Gracia y Justicia desde el tiempo de Calomarde, don Saturno aumentó considerablemente su peculio, gestionando asuntos eclesiásticos. Heredó luego de su primera esposa un buen caudal. Arregladísimo en todo, menos en un aspecto muy importante de la vida humana, el hombre cuerdo y sesudo para los negocios y la política, para las relaciones varias del organismo social, no era un modelo en la vida doméstica, ni practicaba con rigor los buenos principios que rigen y gobiernan las costumbres. Mutilaba y subvertía la ley moral, dejando a salvo, con no poca sofistería, sus religiosas creencias. De él se ha dicho que es un valiente campeón católico que ha reformado el Catecismo, reduciendo a seis los pecados capitales.

Siguió diciendo: «¿Convienen ustedes conmigo en que es preciso transigir, amoldarse a las circunstancias, a los hechos? Lo digo sin rebozo. Yo acepto el parlamentarismo y el liberalismo siempre que se encierren dentro de los límites de la mayor moderación, poniendo por encima de todo el principio de autoridad y la fe religiosa. Sin estas dos grandes columnas no hay edificio social que se mantenga en pie... Alguien me ha dicho que debiera yo predicar con el ejemplo más que con la palabra: a eso respondo yo que no me tengo por hombre impecable. Al contrario: pecador he sido, y pecador reincidente. Lo reconozco, lo confieso. ¿Qué más quieren? Mi temperamento ha podido en otros días más que mi razón... Ésta y la edad me han traído la enmienda. A muchos conozco y conocemos todos que no podrán decir lo mismo. ¿Es verdad o no es verdad?»

Yo supe que a su definitiva enmienda le habían traído los alifafes más que la razón. Padecía don Saturno de sorderas periódicas, de inflamación de los oídos, de irritaciones gástricas, de dolores en la osamenta, gajes, ¡ay!, de sus formidables campañas... Su última pasión fue la hija de Don Bruno Carrasco, y si en ella gastó al principio lo que le restaba de salud y padeció ansiedades y disgustos, luego Dios le deparó en aquel mismo pecado su salvación, trayéndole por los trámites de ley a la honrada paz que ahora disfruta. Adelante.

Tres amigos fumadores escuchábamos con benevolencia de estómagos agradecidos las campanudas estolideces que Socobio nos endilgaba. Uno de aquéllos, de traza muy respetable, aparecía por vez primera en la tertulia, y desde que fui presentado a él por don Saturno puso en mí toda su atención. En los respiros que nos daba el orador (a quien afligían ciertas intermitencias del resuello), el señor de Emparán (que así se llamaba aquel sujeto) mirábame con fijeza inquisitiva y me hacía preguntas algo extrañas acerca de mis ocupaciones, de mis placeres, de mis estudios... ¡Estudios a mí! Aquel buen señor soñaba despierto: era quizás de los que me tenían por sabio, y quería obtener informes directos y personales de mi prodigiosa ciencia. Tentado estuve de devolverle curiosidad por curiosidad, preguntándole a mi vez: «¿Y usted quién es, en qué se ocupa? ¿A qué debo el honor de ese prolijo interés por mi humilde persona? ¿Qué idea le mueve a querer penetrar en el segundo fondo de mi existencia?» Pero mi buena crianza me libró de cometer tal grosería con un señor que me triplicaba la edad, y que al interrogarme disimulaba su impertinencia con la urbanidad más exquisita. De pronto, una frase del investigador arrojó alguna claridad sobre la confusión de mi mente. «señor de Fajardo —dijo—, con su señora hermana, sor Catalina de los Desposorios, sostenemos mi familia y yo amistad cariñosa, y aunque de tanto oír hablar de usted casi casi llegábamos a conocerle como si le hubiéramos tratado, he querido yo tener este careo, y no me pesa, no me pesa...»

Acercose más a nosotros el dueño de la casa, y dándome palmaditas dijo a su amigo: «Aquí le tiene usted, señor don Feliciano. Es buen chico, aunque un poquillo desordenado y calavera. Pero, si bien se le mira, en su fondo no hay malicia, y será lo que se quiera hacer de él.» ¡Y yo sin comprender lo que oía, ni atreverme a pedir categóricas explicaciones! Levantose el señor de Emparán para despedirse, y después de ofrecerme su casa y de rogarme que la honrara, me apretó la mano con fuerte sacudida, diciéndome: «Su señora hermana me ha indicado esta tarde que desea verle a usted pronto por allá... No tarde, don José, que, según yo pienso, tiene que decirle alguna cosa... que no es baladí; ciertamente no es baladí.»

Al verle salir acompañado de Socobio, empecé a descifrar el enigma y poco después lo vi completamente claro en los ojos negros de Eufrasia.

XVI

12 de abril. Hace días deserté de la casa y reunión de don Saturno, prefiriendo las de su hermano don Serafín. He querido probar el juego desdeñoso, y no sé por qué pienso que ha de marrarme. Allá lo veremos... Continúan las dos chiquillas Virginia y Valeria embelesándome con sus donaires, que ahora van trocando en agudísimas y a veces mortificantes burlas. Con tal confianza me tratan ya que hasta me tutean, sin que yo me atreva a rebajarles el tratamiento. Óigalas el que esto lea: «¡Ay, Pepito, qué lástima te tenemos!... Aunque ahora nos veas reír, puedes creer que por ti hemos llorado...» «Vaya, que no tienen mal fin tus picardías... Ya no más revoloteos, gavilancito. Ahora te ponen una calza como a los pollos, y te meten en un corral con las bardas muy altas, para que no puedas escabullirte...» «Esas bardas son la casa de los Emparanes. No te pongas afligido, Pepe, que la novia que te han buscado es tan buena que no te la mereces. A talento podrán ganarle otras, pero a hermosura no...» «Tiene una nariz muy mona, encorvadita sobre el labio como si quisiera averiguar lo que hay dentro de la boca...» «Y antes que ver los dientes, ve las encías. El talle, eso sí, es tan bien torneadito como el globo terráqueo, y lo mismo se redondea para los lados que de abajo arriba...» «Su habla es graciosa, sobre todo cuando tartamudea; pero esto no es todos los días, sino cuando hay viento de Toledo...» «Los ataques le suelen dar los días en que se saca ánima.» «¡Ay, Pepito, qué feliz vas a ser, con una esposa lánguida aunque no sin carnes, con una esposa que tendrás que mecer en tus brazos cuando se te desmaye! Pero tú te harás la cuenta de que no la cargas a ella, sino a sus talegas...» «Anda, pícaro, y qué bien rebozada en millones te la dan... Tajadas como ésa no pasan de otro modo.»

Yo me reía, queriendo seguir la broma. Oigan lo que les contesté: «¿Pero qué desatinos están ustedes diciendo ahí? ¿Y qué novia es esa que no conozco ni quiero conocer?... Yo no me caso más que con ustedes, con mis amiguitas Virginia y Valeria, con las dos, porque a las dos las quiero por igual, y ellas a mí me quieren lo mismo la una que la otra... Con las dos, con las dos, que ahora se reformará la ley de matrimonio, para que un hombre tenga dos mujeres.

—¡Ay, qué pillo, y qué poca vergüenza! ¡Vaya con las indecencias que dice! ¡Casarse con dos!

—Con una ya es mucho apechugar, cuanto más con dos.

—¡Si es un pilluelo de la calle! Si pudiéramos, le clavaríamos cada una un alfiler de los gordos para oírle chillar.

—Si le cogiéramos a solas, le daríamos una broma pesada: ofrecerle una yema llena de polvos de escribir, o echarle tinta del tintero en la taza de café.

—Nos vengaremos hablando pestes de él y sacándole los colores a la cara, ya que no podamos sacarle los ojos.»

Río yo y me distraigo con estas burlas donosas; pero la procesión me anda por dentro. Lo diré sin ninguna reserva: Eufrasia me trae loco, respondiendo a mi juego de desdenes con una frialdad y displicencia que revelan la perfección de su histrionismo. Anoche no pude cambiar con ella dos palabras: diome con la puerta de su mal humor en los hocicos. Ya ni amigo siquiera. Y esa dulce amistad me hace ahora más falta que nunca, pues necesito consultar con la morisca dama puntos delicadísimos de conducta y aun de conciencia. Su marido, en cambio, me asedia con oficiosas amabilidades y una protección que me enfada sobremanera. Hoy me le encontré en casa del general Fulgosio, y se permitió reñirme con tonillo paternal. «Es muy extraño, Pepe —me dijo—, que no haya usted visitado a los Emparanes... ¿Apostamos a que tampoco ha ido usted a ver a su señora hermana? Vaya pronto, que algo tendrá que decirle Sor Catalina de los Desposorios; y luego prepárese a ir a vistas... Cada día que pasa está usted más en falta. Hoy me ha dicho mi esposa que usted no sabe apreciar el bien que se le hace, y con ello viene a demostrar que no lo merece.»

Contesté con lugares comunes, sin pedir mayor claridad, porque la claridad en aquel asunto me causaba miedo, y llevé la conversación a la política, buscando los efectos emolientes y narcóticos. Don Saturno me dijo que si Narváez no mostraba más coraje, se le vendría encima todo el Progreso avanzado, con los demócratas, que conspiran descaradamente, protegidos por Bullwer, embajador de Inglaterra. «Yo no sé en qué está pensando lord

Palmerston, no lo sé, no lo sé...» Yo tampoco sabía en qué estaba pensando lord Palmerston, ni me importaba.

14 de abril. Continúo indiferente a lo que piense o deje de pensar lord Palmerston. Y eso que esta noche, en casa de Alvear, he sido presentado a Bullwer, ministro inglés, el cual no se ha cuidado de saber lo que opino de su cacareado metimiento en los asuntos de España. Me ha tomado por aristócrata, engañado de las apariencias, y de ello me huelgo muy mucho. Mañana iré por primera vez a casa de Montijo con Aransis. Anteanoche estuve en el Príncipe y vi dos actos de *La Rueda de la Fortuna...* Yo esperaba verla allí; pero no fue: *brillaba por su ausencia*, como dice Ramón Navarrete. A medida que avanza la estación, resplandece en los teatros de un modo fatídico el vacío de las señoras ausentes... He querido hacer una figura, y no me sale. Es que estoy tonto; así quiero hacerlo constar aquí, dejando correr desde la mente al papel el inagotable chorro de mis necedades; la tristeza que me consume agrava mi tontería y la hace insufrible. Soy un necio afligido y un fúnebre mentecato. Mas ahora caigo en que contra estado tan lastimoso hay un remedio, que es la divina sinceridad, medicina segura de las turbaciones del historiador. Salga, pues, de mi corazón ese bálsamo, y váyanse al demonio todos los reparos y las sofisterías del amor propio.

Sí, señores del venidero siglo: vedme restablecido en mi ser por la eficacia de las verdades que a revelaros voy. Mis murrias provienen del diferente y contrapuesto enfado que me causan dos hembras: la una, después de negarme su amor, resignada o convencida, no lo sé, me retira también la opaca dicha de su amistad; la otra se enciende en tan loca pasión por mí, y de tal modo me asedia y mortifica, que llega, ¡vive Dios!, a serme intolerable. Dos grandes anhelos llenan hoy mi alma: atar lazos de amor con la una, desatarlos con la otra. ¿Y esta otra quién es? Porque de ésta, si mal no recuerdo, no he dicho aún palabra, y ello ha sido por haber clasificado el presente enredillo entre los de puro pasatiempo, llamados a un facilísimo desenlace sin dejar rastro en la vida. Pero en su breve curso tomó inopinadamente tal vuelo, y dio margen a tales enojos míos, que es forzoso historiarlo... Pero ¿quién es?, dirán los señores y amigos cuando esto lean (ya habrá llovido para entonces). Pues una mujer del pueblo, una *demó-crata*, que así debo llamarla por ser de lo más selecto y fino dentro del tipo plebeyo. Llámase Antoñita, y pertenece a una familia de cordoneros subdividida hoy en diferentes tiendas y portales de calles próximas a la plaza mayor. Añado que es muy guapa y graciosa, el más delicado ejemplar de manola que puede imaginarse, y que tiene por esposo a un tal Trujillo, abominable truhán de Madrid, hijo de una honrada familia de comerciantes en peletería, hoy apartado de sus padres y de su mujer, viviendo en oscuros garitos y revolcándose en el más bajo cieno social.

Vino a mí la preciosa Antoñita por conquista de unas cuantas horas, realizada con jactancia y perfidia. Bringas la cortejaba y la tenía por suya; yo se la quité en los rápidos galanteos de una tarde. Cambió la esclava de dueño como si con unas cuantas monedas la comprara yo en un mercado de Oriente, y desde el primer instante se arrebató en tan loca pasión, que el cansancio mío hubo de venir más pronto de lo que pareciera justo, dadas la belleza y donaire de tal mujer. Era su amor tan absorbente que no dejaba respiro, y de un egoísmo tan bárbaro que en constante suplicio vivía por ella el objeto amado. Y no me han valido las ganas y la determinación de ruptura, pues apenas me separaba, venía la desolada mujer con tales asedios, persecuciones, súplicas y lloriqueos, que de nuevo me dejaba encadenar, compadecido de aquella violentísima fiebre, y de aquel amor inextinguible que para su defensa se amparaba del cielo y la tierra.

Y en otro orden muy distinto (todo se ha de decir), llévame Antoñita con el vértigo de su pasión a un cruel sacrificio, porque si ella no es en verdad un juguete caro, y sabe practicar el *contigo pan y cebolla*, en torno de ella viene contra mi peculio su insaciable familia, asediándome con brutalidad famélica. Un día es la pobre abuelita; otro la hermana perlática; sigue el primo que tiene taller de cordonería, y como padre de diez hijos se ve en fuertes apuros; arremete también contra mí la tía, que está medio ciega, y anda tras de que la operen; y por fin se presenta con infalible periodicidad el degradado esposo, que al despertar de sus borracheras viene a cobrar el alquiler, canon, peaje... O no sé cómo llamarlo. Estos repetidos golpes y socaliñas me traen a una situación pecuniaria de grande ahogo, porque no sé negarme al gemido del pobre, y aun cedo a las cobranzas de Sotero (que así se llama el vil marido), por evitar algún grave estropicio en la persona de Antoñita.

Quiero zafarme y no puedo, porque para ello tendría que obsequiar caballerosamente a toda la taifa postulante con una gorda suma de que no dispongo. Entre tanto, mis recursos bajan, mis deudas crecen como la espuma, y yo voy cayendo en sorda desesperación. Huyo de Antoñita, y ella va tras de mí; me la encuentro en la puerta de la Embajada inglesa cuando salgo, y su tétrica faz y ademanes de loca me infunden lástima; o bien me escribe lacrimosas cartas despidiéndose hasta el valle de *Josafaz*. Vienen a contarme que la han sorprendido encerrada en compañía de un braserillo de carbón, o tratando una pistola en casa del armero... En fin, no sigo, porque escribiendo esta desastrada historia me pongo malo, y huye de mí la alegría de vivir, que ha sido en días más venturosos mi sostén y mi encanto.

17 de abril. Esta noche os doy cuenta de un caso extraordinario. ¿Cómo y por qué conductos ha llegado este romántico sainete a conocimiento de la sin par Eufrasia? No lo sé, ni ella me lo ha dicho al arrojarme a la cara el caso de *Antoñita la cordonera* con todos sus incidentes y perfiles. Pues sí: ayer, después de largo paréntesis en nuestra amistad, hablamos largamente. Me la encontré en la calle, saliendo ella de San Ginés en compañía de su amiga Rafaela Milagro, ambas en pergenio de devociones, vestidas modestísimamente. Ignoro si venían de confesar, o de alguna Novena o Manifiesto. Las detuve un instante, y obtenido permiso para acompañarlas, fui con ellas a la casa de Rafaela, esposa de mi amigo don Federico Nieto, *alias Don Frenético*. La sequedad de la manchega, efectivo trasunto del hielo de su alma para conmigo, o un acabado modelo de simulación, me llevó a mayor abatimiento.

Hablamos extensamente delante de Rafaela, mejor dicho, habló la morisca dama todo lo que quiso, y yo la oí, defendiéndome en breves conceptos de las acusaciones que me dirigió, más en tono de maestro inflexible que de amiga. Díjome que, sabedora de mis desvaríos, había decidido privarme del apoyo de sus consejos; pero que a tal punto llegaban ya mis locuras, que a salvarme acudía, no por mí, sino por mi madre y hermanos, pues ya miraba próxima la catástrofe. Contome ce por be todo lo de Antonia y los ataques de su hambrienta familia, y me preguntó si había yo perdido en absoluto la vergüenza y el instinto de conservación. Como un pobre estudiante, cogido en graves deslices, le contesté que no son las rupturas de amores tan fáciles como ella supone, pues lo que en conversación de personas indiferentes se tiene por muy hacedero, en la realidad y en la situación particularísima de los interesados presenta dificultades y peligros enormes. A esto dijo que ella me propondría un plan de conducta enérgica, para conseguir en breve tiempo la liberación que me devolvería el honor y la paz. A no estar presente Rafaela, hubiérale espetado allí mismo nueva y más ardiente declaración de amor, echándole la culpa de mis desastres por causa del abandono en que me tiene.

Continuó la dama, en el resto del coloquio, tan frigorífica como en la primera parte: ni una sola vez vi la sonrisa en sus labios, ni en su faz morena el encendido tono que al acalorarse le daba singular encanto; sus negros ojos parecían haberse impuesto la obligación de atenuar la mirada con el amparo de sus admirables pestañas, y aquel rayo que herirme solía, a mí llegaba sin la acerada punta, tibio y ceniciento. Desdeñosa, siguió fustigándome: «Está usted de algún tiempo acá tan desatinado, que sin darse cuenta de ello, comete las mayores inconveniencias. Al demonio se le ocurre dejar en casa, para que yo las lea, esas novelas de los Balzaques, Suéses y Souliéses. Pero ¿está usted soñando? Ya creo haberle dicho que aunque traje de Roma licencia para leer obras prohibidas, no quiero hacer uso de ella, por conformarme con los gustos de mi esposo y no chocar con su familia y amigos. Yo no leo nada de eso, Pepe, bien lo sabe usted, pues en una casa como la mía no pueden entrar libros estimados como peligrosos por la moral depravada que encierran.»

Tomando en este punto la palabra Rafaelita *la Frenética*, que hasta entonces poco menos que muda había permanecido, me dijo: «Yo no tengo licencia; pero si la tuviese, tampoco la usaría, porque de esos libros no se saca más que barullo en la cabeza y cosquillas en el corazón... Cuando una llega a cierta edad y ha encontrado su oasis, buena tonta sería si no se sentara a la sombra de las palmeras de Dios, esperando allí a ver pasar las caravanas... A mí me gusta ver pasar las caravanas, y me alegro de no ir en ellas.

—¡Dichosa usted que tiene oasis! —le respondí—. Dígame dónde está el mío, si lo sabe, para irme corriendo a él.

—El oasis de usted yo sé dónde está —me dijo Eufrasia—, y usted también lo sabe; solo que, como es un pillo, se hace el distraído y el desmemoriado, porque le gusta más andar por el desierto, de Zeca en Meca... Comiendo dátiles podridos...

XVII

18 de abril. Muerto de sueño, no pude terminar anoche la sustanciosa conversación que tuvimos Eufrasia y yo en casa de Rafaela Milagro. Sigo en el punto en que la dejé, o sea, en lo de que yo me alimentaba con dátiles podridos a mi paso por el desierto. Nada quise responder sobre aquella supuesta putrefacción del fruto de las palmeras, y abordé valeroso el tema que mi amiga me proponía para seguir peleándonos. Precisamente, allí quería yo verla y escuchar lo que pensaba de un problema de mi vida sobre el cual no había querido darme opinión. No he necesitado decir que en la famosa noche de mi conocimiento con Emparán, relacioné las enigmáticas preguntas que éste me hizo con el plan casamentero de mi hermana sin consultar para nada mi voluntad, como si yo fuera un objeto insensible y de poco precio, que se regala, o de mucho precio y que se vende. Más sorprendido que indignado, y mirando por el lado de las burlas aquel mercantilismo matrimonial, corrí a llevarle el cuento a Eufrasia. Al punto advertí en sus ojos una gran estupefacción, después un rayo de cólera que me colmó de alegría. Sus palabras, pasada la impresión primera, y echados rápidamente los frenos del disimulo, no correspondieron al lenguaje anímico de los ojos.

—Está usted divertido —me dijo echándose a reír—. Quieren llevarle al matrimonio como se lleva al colegio un chiquillo mal criado para domarle. Es usted un ángel de Dios, Pepe. Deben de conocerle bien los que así disponen de su corazón y de su mano. Veo que usted lo toma a broma, y ello prueba una pachorra... tan fenomenal... vamos, que si la pachorra fuera motivo de canonización, ya estaría usted subidito en los altares con una vela a cada lado...» Por más que en mi respuesta me mostré irritadísimo ante aquel menosprecio que se hacía de mi voluntad, no logré que cambiara el tonillo sarcástico por otro más conforme con mis sentimientos. Repitió las burlas, llevándolas hasta un extremo que jamás vi en ella, y desde aquella noche levantó delante de mí el muro de hielo que mis atenciones y mi cariño no han podido escalar, ni menos romper, como he consignado en las confesiones de los últimos días.

Y ahora, planteada de nuevo la cuestión, le digo: «Estoy esperando, amiga mía, su pensamiento acerca de eso que llama mi oasis.» Y ella, más glacial que nunca: En otra ocasión pude reírme de que le quisieran a usted... para mejorar la yeguada de los Emparanes. Ahora, conociéndole mejor, veo que los que así disponen de usted, saben lo que se hacen. Y estará loco si no cierra los ojos y se presta... Al cruzamiento... Antes hoy que mañana. Si así no lo hace usted, está perdido. Nada, Pepe: ahora mismo escriba usted a Catalina dándole prisa para que lo arregle todo prontito. Le ha venido Dios a ver con esa boda. Ni usted merece más, ni podría esperar solución más acertada de los conflictos de su existencia... Más le digo: ¿quiere usted que volvamos a ser amigos?

—Es mi mayor anhelo.

—Pues vaya, Pepe, vaya pronto a esas vistas que le proponía mi marido; vea y examine el bien que Dios le ha deparado, y cuando usted salga de aquella casa, comuníqueme sus impresiones... Entonces, cuando yo me entere del estado de su ánimo, le indicaré la forma y manera más dignas de dar ese sí que tanto se desea.

—Déjese usted de síes y noes, que no tienen sentido común. ¿Será usted mi amiga, me aconsejará?

—Aconsejándole estoy ahora.

—¿De modo que usted cree...?

—Ya lo he dicho: cierre usted los ojos... y ¡adentro!

—Como quien toma una medicina muy amarga.

—Exactamente —dijo tapándose la boca con el libro de rezos para ocultarme su risa.

Creí observar que el muro de hielo, con aquel reír gracioso, se agrietaba; pero ella prontamente acudió a repararlo, revistiéndose de gravedad severa... Entraron otras dos señoras que también de la iglesia venían; tras ellas un sacerdote... Eufrasia me indicó que debía retirarme, y así lo hice, desdoblando lentamente, en el descenso por los escalones, mis inquietudes y tristezas.

29 de abril. Tanto tengo que referir esta noche que no sé por dónde empezar. Con las fatigas de estos días y la tardanza en recogerme (que casi con las primeras luces de la mañana entro en mi casa), me han faltado tiempo y gusto para escribir. Procuraré ganar lo perdido, y presentaros con el posible método y precisión los acontecimientos de este capítulo de mi historia. Lo primero que debo decir es que Sotero Trujillo, marido de Antonia, se personó un día en mi casa, proponiéndome un negocio, en el cual me daría participación si yo le anticipaba la cantidad necesaria para plantearlo. ¡Vaya una minita que era el tal negocio! Con él se ganaría el dinero a espuertas... *Tocante al secreto*, a nadie lo revelaría. Fue mi única contestación agarrarle por un brazo y llevármele como a rastras hacia la puerta. Ya fuera de ella, quiso el hombre revolverse contra mí; pero mi fuerza nerviosa, que a falta de la muscular me asiste en casos tales, pudo más que su impetuosa rabia... De un empujón bajó Sotero rodando el primer tramo de la escalera. Sangraba por frente y narices, escupía maldiciones, y si no intervienen los porteros que al escándalo acudieron, sigo tras él y le lanzo a nueva carrera por el segundo tramo. Hacia la calle le precipitaron los porteros y un polizonte, y no volví a saber de él en todo el día. Mi hermano y Segismunda me riñeron por el escándalo, echándome en cara que a casa llegasen tan ignominiosas visitas, por la desigual vida que yo llevo entre las personas más altas y las más bajas.

Siguió a este ruidoso acontecimiento, en la serie de aquel día, otro no inferior en importancia, pero sumamente grato para mí; y fue que aquella tarde, hallándome, diré que por casualidad, en mi oficina (a la cual yo no voy más que a fumar cigarrillos y a escribir mi correspondencia), tuve el honor de ser llamado por Sartorius a su despacho, y recibido por él con delicada llaneza. Su Excelencia había oído hablar de mí y deseaba conocerme. La rápida lectura de las primeras hojas de un manuscrito mío le había revelado disposiciones literarias no comunes, y como protector de las letras y de sus cultivadores, me incitaba bondadosamente a poner más atención en los trabajos de pluma que en el tumulto de la vida social elegante. Debía yo, pues, probar fortuna en el Teatro o en la Novela, género muy desmedrado entonces en España, y mejor aún en la historia nutrida y amena. Nos hacen mucha falta, según Sartorius, buenos escritores que aprendan y cultiven el arte de la amenidad, y nos libren de esas investigaciones pesadas y macizas sobre cosas de la Edad Media, que no hay cristiano que las trague; y convendría también que los de literatura entretenida abandonasen la cuerda sentimental, que ya empalaga, reanudando la tradición de la prosa humorística, española, expresión de la vida real...

Representa Sartorius cuarenta años; es de buena presencia, el rostro expresivo, el bigote corto y rubio, la mirada sagaz, modales y conversación de exquisita urbanidad. En él veo un raro ejemplo de aristócratas espontáneos, como yo, es decir, hombres que, sin haber nacido en dorada cuna, parecen destinados por Dios a ser fundamento de la nueva nobleza que ha de levantarse sobre las ruinas de la antigua... Terminó Su Excelencia con una indicación que fue signo de interés y simpatía por mi humilde persona. «A usted —me dijo—, le convendría entrar en la carrera diplomática, para la cual parece cortado, no solo por su ilustración y su conocimiento de lenguas extranjeras, sino por su buena figura. Podría ir de agregado a París o a Roma, y en ello habría para usted dos ventajas: la de abrirse una brillante carrera, y la de ausentarse de Madrid... que no le vendrá a usted mal, según entiendo.» Comprendí que mi hermano Agustín había sugerido al señor ministro la idea de echarme de aquí, como el único medio práctico de cortar de un tajo los innumerables enredos en que aprisionada está mi pobre existencia. Agradeciendo la noble intención, me despedí, no sin protestar en mi interior del destierro que me preparaban, pues la vida esta en que sufrimientos y goces se confunden con dramático enlace, me cautiva, me embriaga, y como los borrachos, amo el licor que endulza y alegra mis horas.

Observando un puntual orden cronológico, refiero que aquella noche fui a la tertulia de Montijo. Nada de extraordinario me ocurrió en el palacio de la plaza del Ángel, pues no lo fue que la menor de las hijas de la condesa, Eugenia, lindísima criatura, de una belleza espiritual cuando está seria, picaresca cuando ríe (y no escasea la risa), me dijese que, pues yo poseía el italiano, habláramos un ratito en esta lengua, que ella con mucho gusto estudia... Gramaticalmente la domina ya, y desea soltarse... Hablamos, no tanto como yo quisiera, y pude recrearme en la gracia, en el ingenio y donosura de esta sin par mujer; pero de mis ejercicios italianos hubieron de arrebatármela, con los españoles, Bermúdez de Castro y Roca de Togores, que andaban locos tras ella, pretendientes más tenaces cuanto menos favorecidos. Eugenia se divierte con ellos, como con otros, como conmigo, y a todos da cuerda, mas no esperanzas... En el rincón de los políticos presencié una viva disputa entre Borrego y Salamanca, del cual se dice que ha vuelto la espalda a Narváez y a la misma reina, lastimado del alevoso puntapié que aplicaron a su Ministerio, no más sólido que una estatua de escayola, como todo figurón que no tiene por ánima, dentro del yeso, una espada formidable. Aburriome la disputa, en la cual no se oían más que los comunes tópicos, y me fui al olor de las damas, que no pocas allí había de mi conocimiento, y algunas a quienes yo solía cortejar con la audacia propia de galanes españoles, maestros de dar formas finísimas a la grosería. Detúveme un mediano rato con la de Torrefirme, casi cuarentona, que me mostraba singular deferencia ya tocante en la inclinación, y como advirtiese yo aquella noche que la caída hacia mí se acentuaba locamente, excediendo en desnivel a la torre de Pisa, miné y destruí su cimiento todo lo que pude para que se derrumbase pronto, como en efecto... Pero de esto no debo decir más ahora.

Esclavo de la escrupulosa cronología, digo que a la mañana siguiente me despabilaron dos visitas harto funestas: el pobre Cuadrado, que iba al olor de socorros y esperanzas, y la prima de Antonia, prendera, que me dio la noticia de hallarse ésta enferma y poco menos que moribunda. Para recibir y contentar a los dos visitantes derroché tesoros de filosofía. Ni sorpresa ni alarma me causaron los suspiros y lamentos con que la prendera me llevó su embajada, porque ya estaba yo hecho a noticiones de aquel calibre y a las actitudes sentimentales; no obstante, sentí lástima de la cordonera, a quien no había visto en luengos días, y sospeché que padeciese hambre o que le dieran tormento los infinitos diablos que componen su familia. Con promesa de pasar por allá despedí a la llorona mensajera; a Cuadrado le di todo el contenido de mi bolsa, que no era mucho, y por consuelo le dije que ya había hablado de su asunto con el propio ministro. Esto no era verdad, porque en mi entrevista con Sartorius, de todo me acordé menos del infeliz cesante; pero al soltarle la fábula, hice mental propósito de enmendar pronto mi negligencia: «Váyase tranquilo, amigo Cuadrado, que no pasará esta semana sin que usted reciba la reposición: corre de mi cuenta.» Y él: «Como no se den prisa, puede que antes de reponerme esté todo el Gobierno en medio del arroyo. Oiga usted a los progresistas y entérese... Cuentan con la Inglaterra, que ha mandado ya para acá sin fin de cajas llenas de libras esterlinas...

—¿Usted las ha visto?

—¿Cómo he de verlas, si todavía no han llegado? Ahora vienen por la travesía de mar. Pero vendrán, y las veremos todos, que buena falta nos hace. Esto está perdido; en Castilla y Extremadura habrá mala cosecha, y como siga el *espadón*, tendremos hambre pública... Pues digo: cuentan con la Inglaterra; cuentan con diez o doce batallones... ya comprometidos, y cuentan con gente de mucho dinero, que no tengo por qué nombrar.»

Preguntele si conspiraba, y con viva efusión, iluminado el rostro por llamaradas de alegría, me contestó que sí. Conspiraba porque se lo pedía el cuerpo, porque el conspirar era olvido de las penas, venganza de la injusticia y fuente de risueñas esperanzas; conspiraba también por patriotismo, para que la Nación saliera pronto de tantas desventuras. Como no tenía ocupaciones de oficina ni de nada, se pasaba el día charlando de la conspiración con sus amigos viejos, o con los nuevos que en el campo democrático le habían salido. El rincón de un café, el cuchitril de una portería o las negras estancias de una mala imprenta eran sus logias, y cuando no se terciaba el arrimo a cualquier tertulia revolucionaria, satisfacía su anhelo en los corrillos de la Puerta del Sol, conventículo habitual de cesantes. Díjome que si sus hijos fueran mayores, a todos pondría un trabuquito en la mano para defender la primera barricada que se levante. Él y otro amigo no menos enamorado de las trifulcas, y que con ellas soñaba dormido y despierto, habían recorrido todo Madrid, barrio por barrio, estudiando sobre el terreno los puntos más estratégicos para emplazar barricadas, con el menor riesgo de sus defensores y mayor desamparo de la tropa que tomarlas quisiese. Las enfilaciones de las calles, la orientación de los edificios, todito lo tenían bien observado, medido y presupuesto para el caso muy próximo de *dar el grito* contra Narváez. No era puro platonismo y *ojalatería*, que también, según dio a entender, andaba en pasos de *pronunciar* a cabos y sargentos, sirviendo de auxiliar a otros dos, ya muy duchos en este arte. Despedile al fin, incitándole a perseverar en su trabajo, pues aunque yo creía firmemente que se le repondría, debíamos prepararnos para toda contingencia desfavorable, y si la gran injusticia no se remediaba, echar a rodar todo lo rodable, Gobierno, Constitución y el Trono mismo.

Comí con presteza y me eché a la calle, movido de la absoluta precisión de buscar dinero, pues el cesante había limpiado mis bolsillos: visité a tres usureros, arreglándome al fin con el más cruel y de más arrebatada fantasía para elevar hasta el cielo los intereses y remontar mis deudas. Me reparé de mi necesidad, y aunque me acosaban tristes presentimientos del abismo a que yo corría, bien pronto el torbellino vital, el encadenamiento rápido de las obligaciones con los goces, y de los apetitos con los nuevos deseos, las ambiciones soñadas sucediendo a las satisfechas, me volvían al normal abandono y a no pensar más que en el momento presente... Sigo contando.

Con dinero fresco, corrí a casa de Antonia, un piso tercero en la Plaza mayor, y mi sorpresa fue terrible ante el desastre que mis atónitos ojos contemplaron al entrar en la estancia. Trujillo, según me explicó la prendera, allí presente, había cargado con todos los muebles para empeñarlos o venderlos, no perdonando más que la cama en que Antonia yacía con altísima fiebre y angustias del ánimo, que se disiparon al verme. El miserable se había llevado hasta los clavos, haciendo tabla rasa de cortinas y alfombras, con lo que la casa se había convertido en nevera. Nada de esto me había dicho en mi casa Margarita, que así se llama la prima de Antonia, porque lo ignoraba: el villano despojo fue perpetrado de once a una por el Sotero y dos compinches. Mientras acudía yo a reanimar con palabras afectuosas a la pobre Antoñita, hizo la otra una visita de inspección a los aposentos interiores, y volvió con las manos en la cabeza, diciendo: «Han afanado también toda tu ropa, hija, no dejándote mas que cuatro pingos. ¡Habrá infames, habrá trastos!... En la salita queda un espejo chico, el lavabo viejo y unas mantas y almohadas... ¡Jesús, Jesús!...»

Sonriendo, y sin quitar de mí sus ojos, nos contó la enferma que al partir Sotero con el ajuar de la casa le dijo: «Ahí quedan unas cosas. No vayas a creer que te las dejo. Volveré por ellas esta tarde.»

Yo no tenía más arma que un bastón de estoque. Ya estaba yo viendo el hierro traspasando de parte a parte al ladrón si volvía mientras yo estuviese allí... Pero no había que perder el tiempo en quejas y apóstrofes vanos, pues Antoñita necesitaba con premura cuidados, alimento, medicinas. Llamada por la prendera una chiquilla de la vecindad que todos conocíamos, muy amable y vivaracha, de nombre Encarna, empezamos a reparar el gran desavío causado por aquellos bergantes, y acudiendo algunas vecinas, entró en la casa lo más necesario en aquel conflicto: caldo, pan, agua caliente, carbón, leche, velas... Bajando y subiendo Encarna con ratonil prontitud las escaleras, trajo de las tiendas próximas todo lo que el dinero podía facilitar de momento; y al ver el trajín que unos y otros traían, Anto- ñita reía y daba palmadas, no sé si delirando, o por efecto del extremado gozo que mi presencia le causaba, el cual parecía tener virtud bastante para sofocar las mayores tribulaciones. Procuré hacer a su lado la calma: dispuse que todo el mujerío se retirase al comedor y cocina, di a Margarita cuanto necesitaba para completar la provisión de lo más indispensable, ordené que fuese llamado un médico, y quedeme solo con la infeliz mujer, arropándola cuidadosamente para que no se enfriara, y sosegando su ánimo con dulces acentos de amistad y compasión. Pero si logré que guardara bien los brazos bajo el rebozo, no pude poner freno a su desmandada locuacidad.

XVIII

«¿Qué me importa que ese gandumbas indecente me haya llevado todo lo que había en casa, trebejos, trapos y chirimbolos, si te tengo a ti? Por la puerta por donde salieron los trastos entraste tú. Bendita sea la puerta. Estoy contenta; no me cambio por nadie... Bueno. Que Sotero se ha llevado lo que no era suyo, vaya bendito de Dios... pero si da en robarme también a mí, que soy lo menos suyo de todo lo que había en la casa... ¡ay!, si da en robarme, entonces sí que la hacemos buena... Ja, ja... No, *Chinito*, no me digas que me calle después de haber estado quince días o quince siglos sin verte... No, no: todo el palabreo que se me ha quedado dentro de la boca en tantos días, ahora tiene que salir... ¡Si estoy hablando como una fuente! ¿Callarme yo? Aunque quisiera, *Chinito*, no podría. Déjame que despotrique, y si me sube la calentura, que suba hasta el Cielo, y si por hablar he de morirme, muérame con la última palabra cogida en la boca como un cigarro puro... Ayer dije entre mí: "Voy a figurar que estoy mala, para forzarle a venir. Me meteré en la cama, y estaré un día sin comer para ponerme languiducha, y tomaré la yerba que dicen enciende calentura, para que el timo sea completo." Esto pensé, y de tanto pensarlo, *Chinito*, caí mala de verdad... Ayer vino Sotero y me contó que le habías echado por las escaleras... Hiciste mal en incomodarte, pues todo el negocio, es un suponer, no llevaba otra malicia que sacarte doce o catorce reales; y se habría ido tan contento... En venganza de ti y de mí, porque ayer le dije: "apártate, asqueroso, que tu olor a vinazo me tumba", ha venido hoy con dos granujas para desvalijarme... Es un pillo, un borracho, un gandul y un sinvergüenza; y si yo no le aborrezco todo lo que debiera, ¿sabes por qué es? Porque sé que te quiere... No, no te rías. Sotero te quiere. Me ha dicho que eres bueno, y que si alguien te tocara al pelo de la ropa, ya se vería con él... No es vengativo, ni picajoso; casi, casi es un poquito noble... No te rías. Como te le encuentres por ahí, no le temas, que nunca fue traicionero. Le sueltas un duro, y verás qué contento se pone...

»No callo, no me da la gana de callarme... Yo creo que estoy mala por el aquel de tantos días sin hablar, y es que se me han podrido dentro las palabras, y de la pudrición del vocablo ha venido esta calentura... Pues no me callo, que parloteando se me despeja la cabeza... Vuelvo a decirte, *Chinito*, que no me importa que Sotero se haya llevado los ajuares. Déjale que se remedie el pobre, y que mire por su vicio. ¿Y para qué quiero yo muebles, para qué nos hacen falta sillas, cómodas ni espejos, si ahora nos vamos tú y yo a vivir a un monte? Tú me lo has dicho cuando entraste a verme, y ya no puedes volverte atrás... ¿Que no me lo has dicho? ¡Ay, qué mentiroso!... No te hago caso. Quieres divertirte conmigo. Sí que me lo dijiste... Nos vamos a un monte... y pronto, mañana por la mañana, y viviremos en una choza, solitos... Ni tú verás más mujer que yo, ni yo veré más hombre que tú... Y que nos entren moscas. Nos vestiremos a lo salvaje con unos pedazos de pellejos en donde sea más preciso, y no tendremos que averiguar lo que es moda y lo que no es moda para vestirnos... Mira *Chinito*: no te vuelvas atrás, que me lo has dicho... tú me lo has dicho, y yo te pregunté que cuándo nos íbamos, y me respondiste que mañana... Bueno: pues ya que estamos conformes, sigo... Para nada necesitamos allí mesas de noche ni mesas de día, ni más batería de cocina que unos pucheritos... Sobre tres piedras pondré yo la olla con que guisaré nuestra comida. Iremos juntos a recoger leña, y cuando nos paseemos por el monte, no veremos más que algún conejo que pasa, y las maricas que volarán delante de nosotros, las abubillas, y algún lagarto que nos mire y se escurra... Pero no veremos lo que acá llaman personas, ni señores con frac, ni mujeres con zapatitos... Yo iré descalza y tú también, luciendo la bella patita, y por sombrero nuestras greñas, que nos peinaremos, yo a ti, tú a mí... ¡Cuánto me alegro de que Sotero se haya llevado los trastajos!... Así no veré más la cómoda, ni el lavabo, ni las rinconeras... Allá, nuestra choza, con paredes de piedra y techo de paja, es más bonita que todos estos cuartos segundos y terceros con entresuelo, y tantísima escalera que bajar y subir... Y nuestra choza no tendrá campanilla para llamar cuando entremos, porque visitas no habrá más que la de alguna comadreja, o quizás de algún galápago que entre despacito sin dar los buenos días. ¡Ay qué felicidad! Yo contigo, sin ver gente, sin tener celos de marquesas y condesas... Porque allá, ¿qué marquesas ha de haber? Ninguna: ¿verdad que no habrá ninguna?... Tampoco tendremos allá papeles públicos, ni libros, ni nada de eso, y así no se quemará mi *gitano* las cejas averiguando lo que piensan en Francia, o lo que guisan en Constantinopla... Y con esta vida, ¿cuánto viviremos? Yo creo que doscientos años, es un suponer, y nos moriremos el mismo día y a la misma hora: ¿verdad, *Chinito* mío? Y en esos doscientos o más años no nos aburriremos ni un solo ratito, porque tú mirarás mis ojos verdes, yo los tuyos garzos... ¡ay, qué bonitos!... y cuando se nos abran goteras en el tejado, tú subirás a componerlo mientras yo lavo nuestros camisolines y nuestras pieles en el arroyo que va corriendo al pie de la cabaña... Y otra cosa: allí, lejos de este mundo maldito, *desaprenderemos* todo lo que hemos aprendido, para que se nos olvide hasta el nombre de tanta miseria y tanta porquería... Y hasta el alma hemos de cambiar, sacando de nuestras cabezas un habla nueva, de poquitas palabras, lo preciso para decir cuánto nos queremos, y nombrar las tres o cuatro cosas que usamos; y esa habla pienso yo que ha de ser a modo de poesía, o al modo de música... ¿verdad, *gitano*, que tendrá cancamurria de canción o de verso?...»

Esta charla delirante, a la que ningún freno podían poner mis cariñosas incitaciones a la quietud y al mutismo, fue interrumpida por el médico, desconocido para mí, hombre tan pequeño que mis ojos turbados le vieron liliputiense, que no levantaba una cuarta del suelo. Era un viejecillo de acicalado rostro, el bigote a lo Espartero, pintado; su sonrisa mostraba una mala dentadura postiza; su cabeza forrada en un peluquín negro tirando a rucio; capita corta; las manos con guantes, de cuyos dedos sobraba la mitad. Suelo yo incurrir en la alucinación de que la realidad no engendra el arte, sino el arte la realidad. Vi en aquel mediquillo un ser creado por el prodigioso dibujante Alenza.

Con amable ademán, que inspiraba confianza, examinó a la enferma, interrogándonos sobre la iniciación de su malestar. Dio mejores explicaciones que yo la prima de Antonia, parroquiana antigua del doctorcillo, el cual era especialista en partos, y muy acreditado como tal entre las vecinas de aquel barrio. Ya llevaba Antonia cuatro días de indisposición, cayendo y levantándose. No se recataba del frío, y sin comer, ardiente su cabeza del cavilar continuo, lanzábase a la calle, ansiosa de buscarme las vueltas y de salirme al encuentro. Comía tarde alimentos fríos, indigestos; dormía de día, velaba de noche... Con el pecho al aire poníase a lavar la ropa en la cocina, frente a una ventana por donde entraba todo el frío que arroja sobre Madrid el Guadarrama... Total, que había cogido un dolor de costado, o un pasmo de todo el órgano de la respiración... Hecho el examen de pulso y lengua, nos dijo el doctor que era pronto para precisar el mal; mas por el momento había que poner a la enferma un vejigatorio en el vacío izquierdo, y arroparla y cuidar de que conservase el calor. Recetó una pócima que se le daría en determinados espacios de tiempo, y se despidió hasta la siguiente mañana. Acariciando las mejillas de Antonia, le dijo que por picaruela se veía en aquel mal paso; que a los hombres hay que dejarlos, y no correr tras ellos, pues mejor sistema que perseguirlos es hacerles rabiar huyendo de ellos; que él tenía de estas cosas no poca experiencia por haber sido muy galanteador y pizpireto en sus mocedades, y que también le habían perseguido casadas y aun doncellas; añadió luego que él tenía muy buena mano para las enfermas bonitas, y no se le moría ninguna, ninguna, siempre que hicieran con gracia y paciencia lo que él mandaba, y durante la enfermedad pensaran en el médico antes que en los novios o querindangos que las traían a mal traer... Al despedirse de mí en la puerta díjome que el mal parecía de cuidado, y que se presentaba con cariz de pulmonía del izquierdo... Al siguiente día nos lo diría claramente. Salió, y al verle yo coronar su cabeza con el desmedido sombrero que usaba, adquirió proporciones humanas su menguada estatura.

Después de la visita del médico, advertimos en Antonia sedación y tranquilidad. Hablaba menos y se conformaba con la prisión entre las sábanas, con tal que la dejara yo tener una de mis manos entre las suyas. A media noche, viéndola dormida, resolví marcharme, pues aquella mi larga ausencia de los amigos y de mis entretenimientos nocturnos ya pesaba en mi ánimo. Prometí a Margarita que antes de retirarme a mi casa volvería, y allí se quedó ella de guardiana y enfermera al cuidado de todo. No salí a la calle sin alguna inquietud, pensando en la posibilidad de tropezar con el bestia de Sotero a la vuelta de la primera esquina, y anduve cuidadoso, requiriendo mi bastón y la fácil salida del estoque, con el propósito de acometerle antes de ser acometido; pero por mi ventura y la suya, llegué a donde iba sin que fuese menester sacar el hierro de la caña, donde dormía su inutilidad como el otro duerme sus monas.

30 de abril. Por indiscutible derecho de lógica primacía, corresponde este lugar a la carta de mi madre, recibida hoy, y cuyos párrafos culminantes copiaré para mi vergüenza, y edificación de los que me leyeren: «Hijo mío, no sabré expresarte mi gozo al tener noticia de tu ascenso, que sin duda ha sido motivado por tus méritos hoy reconocidos y aclamados por grandes y chicos; y esta mi creencia quedó confirmada con lo que me escribió Agustinito de las ganas que el señor de Sartorius tenía de conocerte, y tanta era su curiosidad que no se le coció el pan hasta que te llamó a su bufete y estuvo platicando contigo larguísimo rato. ¡Vamos, que no se quedaría el buen señor poco asombrado de tu saber!... ¡Y cómo se le caería la baba!... ¡Ay!, a mí sí que se me cae, considerando que es hijo mío el que tanto da que hablar por su sabiduría y aplicación... De veras te digo que si no supiera yo cuán gran pecado es el orgullo, me llenaría de soberbia y vanagloria pensando en ti noche y día, y no hablando de otra cosa más que de tu superior inteligencia. Pero yo me contengo en mi entusiasmo, y doy gracias a Dios por el beneficio que me concede.

»Hijo de mi alma, por el pajarito que me cuenta todo, sé que vives muy retirado, y que eres Alejandro en puño por la moderación y el tino de tus gastos. Sírvate ahora el aumento de sueldo para que ahorres y vayas juntando

115

con qué hacerte dos trenes de ropita decente, negra por supuesto, que tú llamado estás a ser siempre persona grave, aun siendo joven, por la seriedad de tus estudios y tus modos reservaditos. Y como, según me asegura el pajarillo una y otra vez, huyes del trato de mujeres y mujeronas, y te pones colorado en cuanto te ves en presencia de alguna hembra, no hagas por quebrantar ese tu honesto y recomendable encogimiento, aunque algunos bergantes te ridiculicen. No te metas, pues, en gastos de chalecos vistosos, ni de corbatas de colorines, ni para nada tienes que usar pantalones claros ajustadicos, que eso, digan lo que quieran, es cosa fea, impropia de un varón digno... Presumo que de tu sueldo no ha de sobrarte gran cosa si, como te encargué, haces en las fiestas y días de santo regalillos delicados a Segismunda, con quien vives, y a Sofía, que tanto mira por ti. Con cajitas de dulces, algún juguete para los chiquillos de Gregorio, y para tus cuñadas cualquier alhajita de poco precio, jabón fino, paquetes de polvos o cosa tal, cumples, hijo. Pensando siempre en esto, y con la mira de que quedes bien, deseo ayudarte, y allá te mando con el ordinario de Molina ochenta reales, ahorrados por mí cuarto a cuarto, para que los emplees en algún esparcimiento decoroso, como ir a la función de teatro, un domingo, como el *Munuza*, que yo vi el año 23, o una comedia mora, como *El Delincuente honrado*, que tu padre y yo vimos en Guadalajara; por cierto que toda la función estuve llorando, creyendo que cuanto allí pasaba era verdad.

»Además de los ochenta reales en un doblón de a cuatro, dentro de un paquetito donde he metido la oración de Santa Librada y unos papeles de perfumería, mando un mediano lío con chorizos, de los que hicimos este año. Van envueltos en una lona cosida por mí con mucho esmero, y bien rotulado por tu hermano Ramón, como conocerás por la letra. Los chorizos son de calidad tan superior que no se hallará en Madrid género igual. Los mando por el ordinario de Molina, porque éste va más pronto que el de acá, que se duerme en las largas estancias de Alcalá y Meco. Vete al parador denominado del Peine, en la calle de las Postas, y pregunta por Quiterio... Me parece que tú le conoces. Te encargo que hagas este recado tú mismo, y que no te fíes de criados, no vayan a cambiarnos los chorizos por otros de los que se compran en las tiendas. Tú mismo recoges el dinero y el paquete grande, y ten mucho cuidado en repartir los chorizos por partes iguales entre las dos casas. No vayan a ponerte hocicos por si la una o la otra llevó menos parte.

»No me cuentas nada, picarillo, de la obra que sobre el Papado estás escribiendo. Si no me hubiera dicho el pajarito que llevas ya lo menos cuarenta capítulos, nada sabría de tu trabajo. Imagino que estarán los libreros y todo el personal de sabios esperando que sueltes el primer tomo para caer sobre él como lobos hambrientos. Tratarás del Papado completo, de la cruz a la fecha, empezando por San Pedro y no parando hasta el Santísimo Pío IX. Materia más interesante no puede haberla. No sabiendo yo qué leer en estas largas horas de la tarde y la noche, pedí a don Julián, chantre de la catedral y profesor del Seminario, que me trajera algún libro que yo comprendiese, y que conteniendo buena doctrina, tuviera también recreo para personas legas, y me trajo la *Historia de los Concilios*, que estoy leyendo con muchísimo gusto. Ya llevo lo menos treinta hojas, y todavía no he sentido cansancio, sino más bien un gran interés, admirando las virtudes de tantos santos padres y esperando a saber en qué para tan larga historia. Tú, que todo esto te lo sabes como el Padre nuestro, te reirás de mí. Me ha dicho don Julián que esa obra que estás plumeando será muy larga, y que tú lo has tomado tan a pechos que no se te queda por registrar ninguna biblioteca profana de las que hay en Madrid, y que en todas te metes, así en las públicas como en las privadas, pasando en ellas largas horas de la noche. Hijo querido, trabaja con calma y prudencia: no consumas tus facultades abusando de ellas; no te calientes el entendimiento; modera, hijo, modera, y pon en todo pulso y medida. No desoigas este consejo dictado por mi cariño; recíbelo, con la bendición de tu amante madre. *Librada.*»

XIX

31 de abril. La carta que anoche agregué a mis Confesiones removió en mi conciencia la turbación que en ella mora, unas veces adormilada, otras en profundo sueño. Pero los afanes de cada día, que en la mundana corriente van creciendo y encrespándose como un oleaje furioso, han ahogado aquel sentimiento trayéndome a inquietudes inmediatas y más positivas. Parte del día he pasado en la casa de Antonia disponiendo sustituir lo más indispensable del ajuar robado por Sotero, y en ello se me fue todo lo

117

que no hace mucho me entregó con enorme usura el prestamista. ¡Aciaga tarde la de hoy, en la cual he llegado a creer razonables los delirios de la cordonera, pues no habría para mí mejor solución que abrazar la vida de ermitaño, con ermitaña o sin ella, en un solitario y agreste yermo, comiendo raíces y vistiéndome de lampazos! Cuando vio la enferma que la casa se iba reparando de su desnudez, empezó a curarse de la manía del salvajismo, y aunque siempre tiraba al monte, no lo hacía con tanta vehemencia. A sus parientes míseros, que acudieron maldiciendo su suerte y bendiciendo mi caridad, tuve que socorrer hasta quedarme sin un maravedí. Por la calle mayor adelante, pensaba yo que no poseía en aquel momento más peculio que el dobloncito de mi madre, aún no recogido del ordinario, y antes que se me olvidara fui al parador, donde puntualmente me entregaron moneda y chorizos, todo lo cual llevé a mi casa con gran respeto, como si llevara el Viático, y después de partir con religiosa equidad entre las dos familias los embutidos, miré y acaricié y escondí mi doblón bajo llave, precaviendo de este modo la probable ignominia de ponerlo a una carta.

1.º de mayo. Con endiablado afán de probar suerte, por irresistible instinto de mejora, me pasé la noche dando tremendos estirones a las orejas de Jorge, mas con tan loco desacierto en cuanto apuntaba, que ni un instante me sonrió la fortuna. La terrible deidad me asestaba golpe tras golpe, como si fuese yo un excomulgado de la diabólica secta que tiene por biblia los naipes malditos. Concluí en el mayor desastre, debiendo a mis amigos sumas que mi abrasada mente imaginaba fabulosas. Para pagarlas érame forzoso pedir a la usura nuevos auxilios, que más bien serían dogales con que pronto habría yo de llegar a mi definitiva estrangulación. Abrasado mi cerebro, dormí con pesadillas parte de la mañana, y al despertar entráronme una carta de Sor Catalina en que me afea destempladamente, no sin razón, mi grosero descuido en la prometida visita a los Emparanes. ¡Dichosos Emparanes! No vacilo más, y vencida mi repugnancia, me dispongo a cumplir. Almuerzo tarde, me visto, espero la hora oficial de visitas de etiqueta, y tomo pausadamente el caminito de la plazuela de Navalón, leyendo en las rayas del embaldosado de las calles cifras misteriosas de mi destino.

La casa es antigua reformada, grandona, irregular, revocada de amarillo con rayas que figuran el ajuste de ilusorias piedras, la puerta de berroqueña con un escudo pintado de blanco, los balcones con palomillas de hierro, y en ellos las descoloridas palmas de Domingo de Ramos, con los trenzados en hilachas y los lazos ya desteñidos por la lluvia. En todo esto reparé antes de entrar, así como en el aspecto del portal, de una limpieza rara en Madrid. El portero, viejo y medio cegato, limpio también como la casa, ostentando chaleco rojo y gorra galonada, me acogió con marcado respeto, y oído mi nombre, díjome con el acento más satisfactorio que *los señores estaban*, y me franqueó la entrada de la escalera, lóbrega, sin más adorno que unos faroles de navío y cuadros viejos, cuyo asunto se pierde en la oscuridad de la ennegrecida tela.

Un portero de estrado, viejo también y con chaleco rojo, me introdujo en el salón, que examiné con rápido golpe de vista a la escasa luz que por los entornados huecos de los balcones entraba. Vi retratos de personajes del pasado siglo, consejeros de Castilla y de Indias, almirantes, generales, todos con el peluquín de ala de pichón, los rostros amarillos y sin relieve, detestables pinturas en su mayor parte; vi santos y frailes de diferentes Órdenes, de mano de Orbaneja; vi, por fin, retratos de Papas, en los cuales me fijé singularmente. Aquí, Mauro Capellari (Gregorio XVI), de aspecto achaparrado; allí, Della Genga (León XII), de noble rostro; a la otra parte, las finas facciones de Chiaramonti (Pío VII). Como pintura, estos retratos merecen el fuego, salvando sus espléndidos marcos. Mil otras obras de inferior y menguado arte vi en el salón: pinturas milagreras, relicarios con más riqueza que gusto, autógrafos de monjas en cuadros de plata, dos o tres arquetas de indudable mérito, y una disforme y amazacotada araña de cristal. Contrastaban con estas antiguallas los muebles construidos en estilo modernizante, los sillones y canapés de raso anaranjado, los chinescos jarrones, las consolas de caoba con adorno de bronce dorado, algún espejo de marco a la griega, y los candelabros encerrados en fanales. Movido de no sé qué fanatismo suspicaz, creí ver dentro de aquellos vidrios las velas verdes de la Inquisición. En todo reparé fugazmente, maravillándome así de la muchedumbre de objetos que respiraban devoción, como de la perfectísima limpieza que en lo antiguo y lo nuevo resplandecía, cual si muchas manos escrupulosas diariamente persiguieran el polvo, la mugre y toda suciedad por menuda que fuese.

No acabé mi examen, porque un criado me rogó que pasase al próximo gabinete, donde salió a mi encuentro el señor don Feliciano de Emparán con luengo levitón que rápidamente se abrochaba, como si acabara de ponérselo para recibirme; y estrechándome las manos muy afectuoso, me hizo sentar en un blando sofá, sobre el cual ostentaba su dulce rostro, en marco flamante de cornucopia, la imagen de Mastai Ferretti, a quien yo amaba desde que fue mi preferido y victorioso candidato a la sucesión de San Pedro. Daba yo a don Feliciano noticias de mi salud, que con muy vivo interés me pedía, cuando entró la señora de Emparán, doña Visitación de Baraona, en bata morada con encajes, y sus primeras palabras, después de oír mis cumplidos, fueron para redoblar las interrogaciones acerca de mi salud: «Ayer nos dijo Sor Catalina que ya estaba usted en plena convalecencia y podía salir a la calle.» Yo asentí, comprendiendo que mi hermana había disculpado la tardanza de mi visita con un inocente embuste. «Enseguida vendrá María Ignacia —añadió doña Visita—, que ya está concluyendo la lección de piano. La pobre no oculta su alegría, porque, a pesar del mal tiempo que tenemos, se va recobrando de sus alifafes nerviosos.»

Sobre estos alifafes hablábamos, declarando yo su escasa importancia en el organismo, cuando llegó otra señora mayor, Doña Rita, hermana de don Feliciano, en traje de merino negro, con escofieta blanca; y no había yo concluido de saludarla, cuando vi aparecer la tercera señora mayor, valdría más decir máxima, Doña Josefa Baraona, tía de Doña Visita, también uniformada de negro, viejísima, desdentada, pero no falta de viveza y agilidad. «Ya tenía yo el gusto de conocerle —me dijo cuando le ofrecí mis respetos—. Le vi una mañana en el locutorio de La Latina.» Y yo miraba a la puerta esperando que acabara de salir el coro de Emparanas y Baraonas mayores, pues me habían dicho mis amiguitas Valeria y Virginia que no bajaba de seis la cifra de venerables matronas que habitaban allí. Oyendo el remoto cascabeleo de un piano, esperé ansioso la presencia de María Ignacia, la señorita con quien querían casarme, tierna paloma que todas aquellas cornejas agasajaban entre sus plumas.

Debo declarar, poniendo la verdad por encima de mis antipatías, que las cuatro personas mayores eran de trato muy fino y de exquisita educación, a la antigua española. Sosteniendo con ellas un coloquio de pura fórmula, pensaba yo para mis adentros en los artificios de que ha debido valerse mi hermana Catalina para conquistar el ánimo de aquella familia, y qué grande ascendiente ha podido adquirir sobre todos para meter en sus duras cabezas, y darle allí fuerza dogmática, la peregrina idea de que yo soy el hombre designado por Dios para realizar los grandes fines de la sucesión *Emparánica*. Sin género de duda, es mi hermana mujer de extraordinario entendimiento, y de una travesura que bien puedo llamar política, pues en esa cualidad estriba el dominio de las gentes y la generación de los grandes sucesos públicos y privados. Ello es que Catalina, sorbiéndoles el seso, trata de realizar con firme voluntad la filosofía del gran Antonelli, condensada en esta fórmula: «Tu familia te procurará un buen casamiento.»

Impaciente Doña Visita por lo mucho que su niña se entretenía en los musicales ejercicios, fue en su busca, y a poco la trajo de la mano, diciéndome al presentarla: «Dispénsela usted. Quería mudarse de vestido; pero como usted es de confianza, puede verla en el trajecito de casa.» Hago acopio de toda mi sinceridad y rectitud para declarar que la primera impresión que en mí produjo la niña de Emparán fue atrozmente desagradable. ¡Válgame Dios qué niña! Y aunque en el breve espacio de una visita solo podía yo juzgar el ser físico, éste y el espiritual, representados en un solo ser, pareciéronme de lo más desgraciado que Dios ha puesto en el mundo. Es Mariquita Ignacia lo más contrario al tipo de muchachas que comúnmente vemos en todas las clases sociales, pues no hay ninguna que en la florida sazón de los dieciocho no tenga en su persona, siquier sea la misma fealdad, algún rasgo de gracia y donaire, algún tono de frescura y de seductora juventud. El cuerpo es un mentís de su edad, que en ella parece un fraude. Rara vez se revisten los verdes años de aquella gordura desatentada, contraria a todo sentimiento de proporción, pelmazos de carne distribuidos sin ninguna lógica en las partes de un defectuoso esqueleto. Abulta el seno enormemente, saliéndose del círculo natural de la doncellez, y para acabar de arreglarlo, la cintura y vientre con aquella otra zona quieren confundirse, rompiendo la esclavitud del corsé y arrollando las filas de ballenas que martirizan el pobre cuerpo. Son los brazos chicos, el cuello corto, gordezuelas y bonitas las manos, única nota bella en que puede recrearse la vista. Ella lo sabe y habla más con las manos que con la boca.

Hice un mental esfuerzo por descubrir en el rostro de María Ignacia algo que despertar pudiese admiración o agrado, y no lo encontré, bien sabe Dios que no lo encontré. En la estricta verdad me inspiro al firmar que la señorita de Emparán nació desfavorecida de todas las hadas. Deseando conceder algo, sostengo que es aceptable su rostro cuando la niña permanece con la boca cerrada; pero en cuanto descorre la cortinilla de sus labios, aparece el rojo escándalo de sus encías que todo lo afean; los dientes son desiguales, colocados anárquicamente, sin más atractivo que una limpieza tan esmerada como la de toda la casa de Emparán. Bien sabe la niña que su boca es la negación de la juventud, de la alegría y del amor, y no cesa de hacer hociquitos y muecas para tenerla siempre tapada. Hay que ver sus apuros cuando, en los incidentes de la conversación, forzada se ve a la risa franca: de aquí proviene la seriedad que la hace más desapacible. Rubios tirando a bermejos son sus cabellos, peinados con arte, y sus ojos claros, sin viveza, miran medrosos reclamando la compasión más que la simpatía. ¡Pobre María Ignacia! Yo sentía lástima de ella y de sus padre y familia, que en tan infeliz persona concentran todos sus afectos y aspiraciones.

Del trato, revelador seguro de las dotes de ingenio, poco puedo decir todavía, porque María Ignacia no pronunció en la visita más que cortadas y tímidas expresiones: su condición huraña, nacida de la conciencia de su fealdad, y el mimo que le daba toda la familia, reducían su vocabulario a la mínima expresión: las ideas no se manifestaban en ella más que en forma rudimentaria, y su palabra torpe y balbuciente no hacía nada por sacarlas a luz. Llevaron los padres y las señoras mayores la conversación al terreno más propio para que la niña pudiera lucirse un poco, el terreno de la vida mundana, paseos, teatros, modas, la esclavitud que traen tantas vanidades; pero ni por ésas... Tuve yo que hacer el gasto, y con facilidad suma traté la cuestión. Las personas mayores oíanme admiradas; y la pobre niña, que desde que entró hasta que me fui no quitó de mí sus claros ojos, escuchaba mi acento con una fijeza que al éxtasis se me parecía. Apunto esto sin vanidad, mirando a la exactitud de los hechos, y sin que mi relato signifique alabanzas de mí mismo, pues nada dije que no fuese de lo más común. Ante cualquier otro joven de mi edad habría pasado lo mismo... Por fin llegó el momento en que yo no podía prolongar la visita sin incurrir en falta de urbanidad, y me despedí. Invítome a comer la señora de Emparán para día fijo, a lo que accedí porque no podía eximirme de ello; señalome además ciertas noches de la semana en que los amigos van a jugar al tresillo y a pasar un rato en amenas charlas, y prometiendo acudir alguna vez, les expresé mis gratitudes, y él y ellas me dieron las suyas en la forma más expansiva. María Ignacia, al decirme adiós, bajó los ojos como avergonzada.

Salí de la casa de Emparán con simpatía hacia la familia, mas también con el firme propósito de oponer un inquebrantable *non possumus* a los planes de mi hermana. Sin duda, el dominio moral de Catalina sobre aquella gente se fundaba en algo de autoridad religiosa: los Emparanes debían de mirarla como a ser superior, que llevaba dentro el Espíritu santo. Pero si la bendita monja se había hecho absoluta señora del corazón de la ilustre familia, no podría por ningún medio hacerme esposo de la desgraciada, de la imposible María Ignacia.

XX

2 de mayo. No he querido que pase el día de hoy sin comunicar a mi hermana mi decidida protesta contra sus planes de matrimonio. Pero como, si le manifiesto de palabra mi negativa, es fácil que su carácter despótico caiga con abrumadora grandeza sobre mi pobre voluntad y acabe por aplastarla, he preferido escribirle. Al convento mandé esta tarde mi carta, en la cual vengo a decir con corteses y limpias expresiones, que no aceptaré la mano de la niña de Emparán aunque me den con ella todas las riquezas que el mundo atesora. Se casa uno con una mujer, a la cual no estorban sus talegas si está de buenas y bellas cualidades adornada; pero no se casa nadie con un capital personificado en una criatura que carece hasta de los atractivos más elementales. Esto sería venderse, no casarse... En fin, bien hilada va la epístola, y no sé por qué lógicos vericuetos echará para contestarla Sor Catalina de los benditos Desposorios.

Hablando de otro asunto, dos cosas me afligen esta noche: Antoñita en mayor gravedad, y mis bolsillos en absoluta limpieza. He tenido que apurar a los usureros y porfiar con ellos en la forma más humillante, para reblandecer estas rocas de la desconfianza y el egoísmo. Por fin logro extraer de sus arcas alguna cantidad en condiciones horrendas, y con ello puedo atender a una de las deudas contraídas la noche de mi catástrofe de juego. Pero aún me falta el compromiso más apremiante, por tratarse de compinches de timba, que me han fijado improrrogable plazo para cumplir. Acudo a Guillermo Aransis, que se encuentra en situación no menos ahogada que la mía, y acudo a todas las potencias infernales para que me saquen del pantano. Ni del cielo ni de la tierra viene auxilio para este infeliz. He pasado una tarde horrible y una noche peor, apretándome los sesos para que de ellos salga la chispa de una resolución salvadora. Si no estoy loco ya, poco me falta.

Mis pobres sesos dan por fin una luz, resplandor muy lejano, que indica inciertas probabilidades de éxito: ello consiste en recurrir a mi hermano Gregorio. Me armo de valor, hago acopio de argumentos aderezados con sensiblería, y por fin, esta noche abordo la cuestión ante Segismunda, pues el directo trato con mi hermano en este asunto es empresa superior a mi audacia... ¡Santo fuerte, Santo inmortal, cómo se puso mi cuñada apenas formulé mi petición! Ni me dejó concluir la frase angustiosa, trémula y anti-gramatical... Creí ver enroscarse las serpientes que tiene por cabellos, y su boca griega, volviéndose cuadrada como las de una máscara de tragedia, vomitó sobre mi pena injurias que sonaban a sordidez furiosa y a egoísmo de parientes desnaturalizados. No podré reproducir aquí sus brutales anatemas. Que cómo y con qué respondo del cumplimiento de mis obligaciones... que si creo posible hacer vida de señorito de la Grandeza sin más patrimonio que el día y la noche... que estoy deshonrando a la familia, y que he perdido la vergüenza, y acabaré en el Hospicio, si no voy a parar a la cárcel... que si no hago enmienda total trayendo a casa el dinero de los Emparanes, no espere socorro de la familia, sino desprecios y maldiciones.

Al discorde ruido que la condenada mujer hacía, no tardó en acudir Gregorio, el cual, adivinando la cuestión por la lividez de mi rostro y los após-trofes crudos de Segismunda, prosiguió la filípica con no menos ira en los denuestos. Atrevime yo a replicarle, y trabados los tres en furibunda querella, llegamos al desconcierto más escandaloso. Como dijese mi hermano que era grande enojo para él tenerme en su casa, por el continuo jubileo de acreedores que a la puerta venían con atrasadas cuentas o recibos, sin que hubiera ya palabras con que aplacarles o persuadirles a la paciencia, estalló

Segismunda en nuevas iras, abominando de los ilícitos enredos que estorbaban el casamiento patrocinado por la monja; amosqueme yo más de lo que estaba, y subido el tono y coraje de todos hasta el punto de la ronquera, corté la disputa con la resolución de renunciar a su hospitalidad y dejarles tranquilos. Nada dijo Gregorio para contenerme, ni mi designio sirvió de agua mansa para templar sus arrebatos; antes bien, parecían contentos de que yo tomara el portante. Recogí lo que podía llevar conmigo, guardé mi ropa en maletas para que fácilmente pudieran llevármela a mi nuevo domicilio, y me vine a la casa de Antoñita, donde doy testimonio de mi existencia escribiendo junto al lecho de esta pobre mujer páginas amarguísimas de mis Confesiones... ¡Dos de mayo! La fecha no puede ser más lúgubre. ¡Quiera Dios que no sea trágica!

3 de mayo. Llena está mi alma de presagios siniestros, pues me siento rodeado de sombras por todas partes, y cerca y lejos de mí veo los espectáculos más tristes que ofrece la humana vida: a mi lado, la muerte; a distancia, la deshonra posible, la probable miseria. Escribo por la mañana, tras largo insomnio, y noto que el acto de trasladar al papel mis dolorosas impresiones amansa mis penas y las hace tolerables. Parece que hay alguien que a soportarlas me ayuda, o que mis propios escritos, transmitidos a una Posteridad lejana, me dicen que la vida es larga y que en ella no pueden ser duraderos los infortunios como no lo son las dichas. Tras unos días vienen otros, y la naturaleza rehúye la uniformidad de las cosas... Vienen a mi pensamiento estas candorosas filosofías velando el sueño inquieto de Antonia, que ha entrado en un período de suma gravedad, según me ha dicho el médico enano... Si bien lo miro, no sé si estoy aquí porque debo estar, o porque no puedo estar en otra parte. Sobre esto me interrogo y, la verdad, no sé responderme categóricamente.

Avanzado el día, entran en esta casa algunas niñas de la vecindad que andan en el divertido juego de pedir para la Cruz de mayo. Vestiditas de limpio, con su pañuelo de talle cruzado a la cintura, y flores en la cabeza, se disponen a la persecución y despojo de los transeúntes. Entre ellas, una muy linda, que no tendrá más de cinco años, me hace mil carantoñas, se sube a mis rodillas, no se contenta con un cuarto ni con dos, y metiendo su manecita en mi bolsillo, me saca la única peseta que hay en él. Me resigno a tan dolorosa expoliación, y la despido con besos. Ella me dice: «caballero, usted me estrena», y se va ondulando el cuerpo con meneos graciosos. Salen tras ella las demás, después de aligerarme del cobre que poseo, y sus risotadas se pierden en la escalera. ¡Dichosa edad!

Vuelvo a coger la pluma después de un largo rato de tedioso paseo en la estancia. La pobre Antonia está muy caída de espíritu y en gran debilidad de cuerpo; pero en sus ratos de lucidez, que son pocos, no ceja en su manía proyectista: muchas ideas la atormentan, menos la de la muerte. El hecho de haber yo trasladado a su casa mi vivienda, por el deseo y el deber de cuidarla, según cree y dice, enciende en su pobre alma vivísima gratitud, y el ardor de este sentimiento, brotando del corazón a la piel, entiendo yo que es ayuda y estímulo de la naturaleza en su lucha contra la fiebre.

No pudiendo apartar mi pensamiento de otros conflictos, de intensa gravedad para mí, escribo a Guillermo llamándole a mi lado para que vea mi anómala situación, y me ayude por cualquier arbitrio extraordinario a salir del compromiso en que estoy, por la deuda de juego no saldada. Contéstame Aransis a las dos horas que se ocupa de mi asunto, y que espera resolverlo a prima noche; que de diez a once me espera en el Casino, y me encarece con vivas instancias que no falte a la cita, pase lo que pase, pues tenemos que hablar. La carta de mi amigo me hace recobrar la esperanza, y para mayor consuelo, el médico liliputiense no hace malos augurios en su visita de la noche. Puedo sin cuidado alejarme, y en posesión de mi ropa, que al mediodía me trajeron sin otra merma que un par de corbatas, un chaleco de alepín, y alguna prenda interior, me visto y salgo, dejando a Margarita bien aleccionada, y con la advertencia de que volveré pronto, infalible ardid para que esté muy alerta en su obligación.

4 de mayo. Déjame, déjame, oh ignoto público de la Posteridad, si en efecto existes y me lees; déjame que tome respiro y ataje los vuelos de mi pluma en esta parte de mis Memorias, pues tantas desdichas en ella se reúnen, que me será difícil transcribirlas con orden para que aparezcan en la serie aterradora con que me las ha deparado el Destino. Me río, pueden creérmelo, con risa que es una mixtura increíble de rabia y gozo, al sentir sobre mi cabeza esta ingente acumulación de males. ¿Son obra lógica de mi propia conducta, o fatal embestida de un espíritu diabólico que se entretiene castigando a los inocentes? ¿Quién dispone esta convergencia de todos los dolores en un solo punto?... No lo sé; pero doy en pensar que lo que llamamos Casualidad es un desconocido método de las cosas invisibles y el superior ordenamiento de las causas.

Aunque gusto más de filosofar sobre mis penas que referirlas, dejo a un lado las metafísicas y me voy a la relación de los hechos, empezando por decir que me personé en el Casino a la hora marcada por Aransis y que éste no tardó en llegar. Con lenguaje precipitado y ansioso me participó el arreglo de mi asunto, aprovechando una extrañísima coyuntura favorable que la casualidad le había deparado. Diole su abuela el encargo de llevar una cantidad de consideración a su primo el conde de Tarfe, y él ¿qué hizo? Diferir para mañana la entrega, destinando la mayor parte del dinero a sacarme del compromiso y guardando lo demás. Era, pues, indispensable que los dos revolviéramos el mundo para reponer la suma en el fatal plazo. Mucho agradecí a Guillermo el apurado socorro que me traía; pero con el reconocimiento se confundió el terror del nuevo y mayor aprieto que para el día siguiente se nos preparaba. A lo hecho, pecho: tomé el dinero; pagué incontinenti, excusándome de la tardanza con el aquel de tener en casa un enfermo grave, y mi amigo Caballero, que era mi acreedor, dejó de serlo y volvimos a encontrarnos en afectuosas relaciones ante la sociedad y ante el vicio.

Cuestionando con Aransis acerca de la responsabilidad del día próximo, propúsome mi amigo que con el dinero restante probásemos a obtener del azar lo que nos hacía falta. Fuera miedo; buscáramos nuestra solución en el desquite, pues bien podía la suerte mostrarse benigna después de tantos desdenes. Yo creí lo mismo, que si no hay bien eterno, no hay mal que cien años dure. Jugamos, y el demonio de amarillos ojos cuando uno pierde, de pupilas rojas cuando uno gana, se divirtió en balancearnos de las ansiedades pavorosas a las hondas alegrías. A la una estaba yo boyante; pero quise más, y a las dos lo había perdido todo. Busqué a Guillermo con angustiados ojos para que me favoreciera, y advertí que había desaparecido de la criminal sala. Agencié un empréstito, hice nuevas cucamonas a la fortuna, y ésta siguió tratándome como a un perro. A las tres de la mañana, apartándome de la mesa de juego, halleme sin saber cómo en un grupo compuesto de caras amigas y otras simplemente conocidas, no todas simpáticas. Entre estas caras destacose la de un hombre de mediana edad, señalado en la trinca nuestra por su índole maleante, sus dichos a veces graciosos, groseros a veces, el cual, riendo con desenfado, me dijo estas palabras: «Si quiere dinero, yo tengo para usted cuanto necesite.» El valor gramatical de las palabras era tan distinto del tono con que fueron dichas, que me sentí ofendido, y respondí en el mismo tono: «Gracias: no juego más. Celebro verle a usted tan generoso.» Y él con disparada lengua: «Lo soy con los que como usted ofrecen garantía segura, con los que cultivan mujeres ricas que les pagan las deudas.»

Tenía yo, al oír esto, apoyada mi mano derecha en el respaldo de una silla. Ciego enarbolé la silla, apuntando a la cabeza del insolente; mas interpuestos los amigos, ni la silla fue a estrellarse donde yo quería, ni pude saciar mi furor con las manos. El tumulto fue ruidoso; se arremolinaron los amigos y conocidos, unos allá, otros acá, para separarnos y agrandar la distancia, y entre tantas voces oí la de aquel bruto que, alejándose a la fuerza, chillaba: «¡Dejarme a ese *Don Líquido, Catacaldos*...!»

Llámase el tal Jiménez de Andrade, y goza fama de temerón y perdonavidas. Es de Écija o de Marchena, no recuerdo bien; ha derrochado dos fortunas; entiende de caballos más que de política, y en ésta quiere señalarse ahora, ahuecando la voz entre los progresistas exaltados y los demócratas. Frecuenta el trato de militares, jactándose de seducirles para la revolución; es, en suma, un bárbaro, que no busca más que el ruido y el escándalo para sacar su persona de la oscura vulgaridad a que pertenece... No necesito indicar que al instante determiné lavar con sangre el oprobio que aquel bestia arrojó sobre mí; yo quería matarle o que él me matara. Mis amigos hicieron suya mi causa, y como alguno expresara su inquietud por la desigualdad de la lucha entre un hombre diestro en las diferentes armas y otro que apenas manejarlas sabe, afirmé yo que tal desigualdad tendrá para mí la ventaja de proporcionarme una muerte muy expeditiva. «Estoy cansado de vivir —les dije—. Acabemos de una vez.»

Yo deliraba. Mis amigos procuraron sosegarme, y a ellos me confié para que cuidasen conmigo de poner en salvo mi honor. Quise nombrar padrino al marqués de Bedmar, amigo mío que me distingue y considera; pero no habiendo podido encontrarle a tan avanzada hora, elegí a Bermúdez de Castro y a Guillermo Aransis. Dos horas estuvieron mis amigos buscando a éste, y en casa de unas famosas *cucas* le encontraron a las tres y media de la madrugada. En el propio Casino intentaron mis apoderados un arreglo amistoso, fundados en que Andrade estaba ebrio en el momento del insulto, y creyendo que gallardamente daría explicaciones al despejársele la cabeza. Pero ya porque ésta no se despejara, ya porque su razón nada pudiera contra su brutalidad, no hubo arreglo, y Andrade insistió en que tendría el gusto de mandarme al otro mundo...

Asomaba la aurora por los balcones y ventanas del madrileño horizonte, cuando mis amigos me trajeron a esta casa, dejándome en el recogimiento que necesito para la meditación y el descanso. Las vivas emociones, el insomnio de las noches pasadas habíanme traído a tan gran quebranto de la naturaleza, que caí en el camastro como en un pozo, y dormí con sueño parecido a la embriaguez. Mediodía era por filo cuando me despertó Aransis para decirme que los padrinos del contrario son dos andaluces, Sánchez Silva y Nicolás María Rivero. A éste le conozco: es muchacho de mérito, áspero, cetrino, ceceoso en el hablar. Añade que no se ha podido conseguir de Andrade un honroso acomodamiento, el cual habría de fundarse en una satisfacción hidalga por parte de él. Digo yo que me alegro de que no haya componendas artificiosas y cobardes. Me informa Guillermo de que a pistola será el lance, y no le dejo seguir cuando quiere puntualizar las condiciones, tantos pasos, avance gradual... Las condiciones, que poco me importan, las conoceré mañana. Me basta con saber la hora, ocho en punto, y el lugar, la huerta de Moreno-Isla, cerca de la Fuente del Berro. Insiste con grande interés mi amigo en que dedique la tarde y parte de la noche a ejercitarme en el tiro de pistola, a lo cual me niego resueltamente, pues con lo que sé me bastará para matarle si los hados me favorecen, y lo que aprender pueda en tan poco tiempo no impedirá mi muerte si está ya escrita y decretada en el *fatídico* libro de los Sucesos... Vase Aransis, y al quedarme solo, siento lo fatídico en torno mío... y se me enfría todo el cuerpo. Me dejo abrigar por Margarita en un pesado mantón suyo.

XXI

No tardé en advertir que mi estoicismo era un tanto figurado, histriónico, y con esfuerzos de la razón me puse en el verdadero punto psicológico que los hechos imponían, ni medroso ni arrogante, fiado en que me ampare Dios, y desechando la insana idea de que deseo morir, fraudulento recurso teatral, cuya procedencia descubro en los afectados versos de la época. Que yo no estaba en mis cabales cuando Guillermo me habló del lugar y hora del duelo, lo demuestra que olvidé preguntarle si había resuelto el conflicto pecuniario que para hoy nos reserva el cruel Destino. Mañana me lo dirá, si estoy en disposición de oírlo... También podría suceder que me fuese a la Eternidad sin saberlo, ni importárseme un ardite de las menudencias que aquí se nos hacen montañas. Yo pregunto cuáles serán las estrellas que se vendrán abajo porque traigamos a nuestros bolsillos el dinero que a Guillermo entregó su abuelita... ya no me acuerdo para qué.

Vuelvo a tomar la pluma, ya anochecido, y como mis cavilaciones no me hacen perder la noción del método, escribo que la pobre Antoñita va de mal en peor, y que ella será motivo de que el Destino se ensañe más en mí, prolongando indefinidamente la serie angustiosa de sus furibundas estocadas. Esta tarde nos vimos y nos deseamos Margarita y yo para sujetarla cuando se arrojó del lecho, pidiendo que la vistiéramos. Quería irse conmigo a la verbena de San Antonio. «¡Si no es hoy la verbena, tonta! —le dijo su amiga—. Es mañana, que ahora andan trabucados los meses, y el 12 de junio por la tarde viene a caer mañana, que así lo dispuso el padre santo, por ser el año cuatro veces bisiesto...» Tan ardiente era la calentura que su rostro quemaba, y brillaban sus ojos como luceros. Logré calmarla, prometiéndole que iríamos juntos a la verbena, y recostado en su propio lecho sobre las mantas, para con mis brazos aprisionar los suyos, oí sus expresiones amorosas, más que nunca impregnadas de ternura. Díjome que yo le pertenecía, que juntos estaríamos hasta que nos muriésemos, y que viviríamos un sin fin de años, pues así lo había ordenado el Papa. Desde la tarde anterior intervenía en su atroz delirio la figurada persona del Sumo Pontífice, eclipsando con su grandeza las demás figuras que poblaban la mente trastornada de la pobre mujer. ¿Quién puede fijar de dónde le vienen

130

las ideas al que enloquece? Vienen quizás de pensamientos sedimentados antes de incurrir en la demencia.

—«El santo Papa —dijo Antonia dejándose arrullar— me aseguró ayer tarde, cuando vino vestidito de paisano y con ramo de azucenas, que me descasaría de Sotero para casarme contigo, y yo me alegré tanto que... Se me saltaron las lágrimas. Bien puedes estar con cuidado para abrir la puerta en cuanto llame, que esta tarde ha de volver, revestido de todos los pontificales, con capa colorada. Vendrán con él siete cardenales; no te descuides, que como la visita es motivada de las ganas que tiene de conocerte y alternar contigo, es justo que tú seas fino con él, verbigracia, y correspondas, *gitano*mío...» Cortó su locuacidad la tremenda sacudida de aquel toser que parecía partir el tórax en mil pedazos. El silbido del aire en las cavernas de su seno causaba espanto. ¡Pobre Antoñilla! ¿Por qué Dios no había de salvarla? Esto me preguntaba yo, entendiendo cada vez menos el misterioso ordenamiento de muertes y vidas.

Las primeras horas de la noche transcurren amargas disponiendo nuevas tomas de drogas prescritas por el médico chico, y más vejigatorios, que acabarán de desollar aquel pobre cuerpo martirizado... La enferma cae al fin en dulce desvanecimiento. Atacado de un furioso pesimismo, pienso en su muerte y en la mía, por bien diferentes modos de morir... Me paseo por la estancia, de un ángulo a otro, rodeando la mesilla donde están la luz y los potingues, y en este cadencioso movimiento de fiera enjaulada transcurre no sé cuánto tiempo. Por fin, me siento a escribir, apartando las medicinas que me estorban; y apenas cojo la pluma, oigo que da la hora el reloj de la Casa Panadería. Cuento las doce campanadas para cerciorarme de que paso del hoy al mañana, o de que el mañana se pone las insignias del hoy, y empiezo por consignar la fecha:

Cinque maggio. Lo escribo en italiano porque la fecha trae a mi memoria la muerte de Napoleón y la célebre oda de Manzoni. ¡Vaya, que no es floja honrilla morir el mismo día que el primer capitán del siglo! Con cierto humorismo me aplico los viriles acentos del poeta:

> *Ei fu. Siccome immóbile*
> *dato il postrer sospiro...*

Trato de penetrar el arcano de los acontecimientos que mi *Cinco de mayo* me guarda en el preñado vientre de la entidad diurna. ¿Qué sucederá?... Pienso después en que habito un mundo apartado de la ordinaria esfera de mi vida. Ninguna persona de mi familia ha parecido por aquí. O ignoran dónde estoy, o soy para ellos como un ausente, como un difunto. Hasta la presente hora no había sentido desconsuelo por este alejamiento de los míos. Mi hermano Agustín, ¿por qué no viene a verme? Y mi cuñada Sofía, ¿cómo no deja asomar por aquí sus voluminosas ubres, ya que no por afecto hacia mí, siquiera por curiosear en estos desórdenes de mi existencia? No es mala la politicómana, y alguna pena tendrá de mis infortunios. Aun Segismunda y Gregorio vienen a mi memoria despojados ya de la siniestra antipatía que nos puso frente a frente en aquella memorable tarde. Me figuro que uno y otra deploran ya los arrebatos que me obligaron a salir de su casa. De mis caros sobrinitos, que sin duda confusos y tristes preguntarán por mí, también me acuerdo, y a todos desde esta mansión de dolor envío mis ternuras...

Divagando por los espacios del mundo que dejé, me propongo estos temas de adivinación: ¿Sabrá Eufrasia lo que ocurre y dónde estoy?... Y mis amiguitas Virginia y Valeria ¿tendrán noticia de que vivo en el seno de las tempestades?... Sin duda la dama moruna lo ignora todo, porque de lo contrario no me habría faltado un recadito, carta o mensaje discreto, que bien podría ser gozándose irónicamente en mis desdichas y cantándome el *trágala*... Corre después mi pensamiento a La Latina, y veo a mi hermana inquietísima por lo que me sucede. A estas horas la bendita monja o reniega de mí para siempre, o pone velas a los santos de su predilección para que me saquen de estos malos pasos. Estoy viendo las velas, las imágenes, y a Sor Catalina de los Desposorios de rodillas en devota oración. Por estos espirituales caminos voy hacia mi buena madre, y al llegar a ella, la exaltación de mis sentimientos no me deja escribir.

A la madrugada, después de dar las medicinas a la enferma, cuidando de no despertar a Margarita, que rendida de cansancio duerme en un sillón, vuelvo a coger la pluma. Paseando se me ha ocurrido escribir una carta a mi madre, para que Guillermo se la envíe, en caso de que mi contrario se salga con la suya... No sé qué me pasa. Hace un rato veía la carta bien clara y completa, cual si escrita la tuviese delante de mis ojos, y ahora nada veo. Todas las ideas se me han ido con vuelo, rápido, como aves, como sombras, como humo, y ya no sé con qué palabras empezar ni con cuáles concluir... Mejor será que no escriba nada. ¿Para qué, si Andrade no ha de poder más que yo? Me herirá tal vez... pero matarme, nunca. Rarísimas son hoy las muertes en desafío... Protesto contra la idea de mi muerte, y el duelo sería la más estúpida de las instituciones si no se concretara a un simple alarde de valor convencional entre caballeros... Y pensando siempre en mi madre, lo que me importa, si salgo en bien de estas trapisondas, es impedir por todos los medios que a conocimiento suyo lleguen referencias de mi conducta y desarreglada vida; que ningún nacido le lleve al desengaño que habría de matarla; y el villano que lo llevare, sea mil veces maldito entre los hombres, y condenado en el Infierno por veraz a mayor suplicio que el que sufren los mentirosos.

Ya amanece. Dormiré un poquito, pues hasta las siete no vendrá Guillermo a buscarme. ¿Qué quieres que te diga, Posteridad, al despedirme de ti?... ¿Me atreveré a decir: «hasta mañana...»? Sí que me atrevo, y sí en ello miento, mándame tus quejas a la Eternidad.

XXII

6 de mayo. Amigos míos del tiempo futuro, sabed que no me mató Andrade. Imagino vuestra inquietud y la impaciencia con que aguardáis el resultado del *temido choque*, y me apresuro a tranquilizaros, declarando que vuelvo incólume a mi guarida, sin un rasguño, sin el menor desperfecto en ninguna de las partes de mi interesante persona... En cambio, mi enemigo...

Pero no quiero precipitar los sucesos, y proponiéndome que estas relaciones remeden en lo posible los procederes de la grave Historia, dejadme que refiera con pausa y método mi lance de honor, con todos sus preámbulos y secuencias.

Pues cuando llegó Aransis, serían las siete, me dispuse a salir con él, tratando de escabullirme sin que Antonia se enterase. Ni ésta debía verme, ni Margarita conocer los motivos de mi salida en hora tan temprana. Mas no me valieron mis precauciones, porque la enferma, que con sagaz atención de oreja me había sentido vestirme en la estancia próxima, me llamó con las voces más fuertes que pudo articular, y a su lecho corrí, prodigándole caricias e inventando excusas. «*Gitano* —me dijo—, ¿para qué andas en tapujos con tu *gitana*? Ya sé a dónde vas. Hoy llega de Sigüenza tu madre, y vas a recibirla... La galera de Padriz, que trae los viajeros de Sigüenza, para en la calle de San Miguel... No te descuides, *Chinito*... Has hecho bien en ponerte levita y sombrero *góndola*, porque con tu madre viene el obispo... Mira, yo que tú, a esta casa les traería, pues si tu madre viene por las ganas que tiene de conocerme, es un suponer, véame pronto, ¡caramba! Yo estaré vestida y peinada cuando vengáis... Y que no sobra tiempo... ¡Margara...!» Cuantos disparates dijo la pobre mujer, fueron por mí confirmados, para que su delirio no me estorbara la salida indispensable, y prometiéndole volver muy pronto, nos fuimos Guillermo y yo a nuestra fatal obligación.

El coche que en la puerta nos esperaba llevonos a recoger a Bermúdez de Castro en su casa; de allí nos fuimos a la huerta que había de ser teatro del lance, y por el camino me explicaron mis amigos los concertados trámites y condiciones. El aire fresco de la mañana diome serenidad y una confianza saludable, que me permitió afrontar la situación con grande entereza, ni encogido ni arrogante, en el exacto punto de la dignidad conforme a la ley de caballería. Casi al mismo tiempo que nosotros llegaron los dos médicos, y minutos después Andrade con sus padrinos. Conferenciaron aparte los amigos de uno y otro campeón, nos preparamos, se marcó el terreno de la lucha, fuimos colocados en la fatal línea, se nos dio a cada uno nuestra arma; se nos advirtió el orden de los disparos, los pasos que debíamos dar, y... ¡a matarse, caballeros! Esto no lo dijo nadie; lo dije yo en mi interior, pensando que si deplorable sería que yo matase al hombre que me había ofendido, más triste y lastimoso sería que él me matase a mí, o me hiriese, añadiendo a la injuria el daño material. Sentíame yo muy sereno y despejado, sin rencor hacia mi contrario, y sobre todas mis ideas, dominaba la de conservar mi dignidad en el curso del lance cualesquiera que fuesen sus accidentes... Dieron la señal, disparé yo apuntando muy alto, disparó él... Sentí pasar la bala silbando junto a mi oído... Avanzamos los pasos designados... vi en el rostro adusto de Andrade no sé qué hostil designio... Apunté menos alto... Disparé, pensando que me sería más sensible morir que dar muerte, y a mi disparo hizo Andrade un rápido movimiento llevándose la izquierda mano al otro brazo sin soltar la pistola. Estaba herido: diose la voz de alto; acudieron sus amigos...

Había terminado el juicio de Dios, declarándolo así los jueces del campo. Andrade y yo resultábamos igualmente caballeros, igualmente coronados de honor y dignidad, con la diferencia de que yo estaba ileso y él tenía una bala dentro de los tejidos del antebrazo... Llegó el momento de las paces por tan guerreros caminos traídas, y fui a saludar al que ya debía ser mi amigo. Antes de que sus padrinos y su médico le desnudasen el brazo derecho, Andrade me estrechó con efusión la mano diciéndome: «Ya puedo asegurarle que pronuncié aquellas palabras teniéndole a usted por otro... por otro, no sé por quién. Yo me había bebido media botella de *champagne*, y confundía nombres y caras de personas... Pronto conocí mi error; pero en estos casos, si uno se desdice le toman por cobarde; no tenía yo más remedio que sostenerme en lo dicho y aceptar el reto...» Con emoción sincera le contesté que sentía en el alma grandísima pena de haberle herido, y que debíamos atribuirlo a la fatalidad, no a mi intención...

Ya no había que pensar más que en retirarnos todos, rodeando al herido de los cuidados más exquisitos hasta dejarle en su casa. Dijeron los dos médicos que el hueso no estaba interesado, y que la bala podía ser extraída fácilmente. Hablé con el médico de Andrade, un joven muy simpático llamado Corral; y como yo expresara mi anhelo de tener prontas noticias del herido, brindose Nicolás Rivero, que médico es también, a llevármelas en el curso del día, pues a Corral no le era esto fácil, imposibilitado del tráfago incesante de sus visitas. Emparejados vinieron nuestros coches hasta más acá de la Cibeles, esquina a la calle de Barquillo, donde nos separamos por diferentes rumbos, y no eran las diez cuando volví a esta casa. Al quedarme solo con Aransis, despedidos de Salvador Bermúdez, le pregunté por el temido asunto que tras la solución del duelo recobraba el primer lugar en nuestros afanes, y no me dio respuesta categórica, pues aún estaba en tramitación, con esperanzas de un dichoso resultado. Prometió volver, y en la puerta nos separamos. Yo subí a esta jaula donde tengo mi encierro, y no pude saborear el término feliz del desafío, porque encontré a mi pobre Antoñita en tristísimo estado, sin conocimiento; a Margarita llorosa, al mediquín aturdido y rebuscando las expresiones menos aflictivas para pronosticar la catástrofe.

Con revulsivos enérgicos devolvimos a la pobrecita cordonera una premiosa vida, y en aquel regateo doloroso ayudaba yo la resurrección con las palabras más tiernas que se me ocurrían, administrándoselas en el oído para que con la virtud de ellas reviviese más pronto. Volviendo por un instante a ser sombra o remedo de lo que fue, Antonia me dijo: «El obispo es el causante de que yo no haya podido ver a mi Doña Librada.» Con disparates parecidos a los suyos teníamos que procurar su sosiego, pues las expresiones lógicas la excitaban más. Díjome el médico al salir que pues era tan apretada la situación, y la ciencia se declararía pronto impotente, dejando su puesto a la fe, debíamos preparar a la enferma para que como buena cristiana se entendiese con Dios.

Esta inhibición de la ciencia pronunciándose en retirada, me colmó de amargura; yo no sabía qué hacer, ni con qué fórmulas piadosas abordar a los que deben disponerse para el trance último. Consultada Margarita sobre el particular, puso fin a mis dudas diciéndome que en la vecindad hay un clérigo que suele asistir a los moribundos pobres. Llámase el tal don Martín, y vive en el Callejón del Infierno. Margarita le conoce y Antonia también. Propúsome la prendera preparar el ánimo de su infeliz amiga con un caritativo embuste, para que conceptuase natural la visita del clérigo, y así lo ha hecho esta tarde; véase cómo: Querida, ¿no sabes a quién me encontré en la plaza hace un ratito, cuando bajé? Pues a don Martín, que me preguntó por ti con muchísimo interés. Díjele yo que subiera a verte, y él dijo, dice: "Ahora no; cuando esté mejor. No quiero molestarla". Y yo dije, digo: "Pues mejor está, gracias a Dios y a San José bendito. Bien puede subir cuando quiera". Calló Margarita esperando el efecto de su ficción en el turbado cerebro de Antonia, y ésta, tras larga pausa, respondió: "Me alegraré que suba pronto don Martín, para que me descase de Sotero, pues ya me pesa este vejigatorio de hombre pegado a mí... ¡Y cómo apesta a vinazo!". Determinamos llamar al cura, y discutiendo estábamos Margarita y yo la ocasión de esta visita, cuando llamaron a la puerta, y entró Leovigildo, sobrino de Segismunda. Al fin, mi *cara* familia se acordaba de mí, y me enviaba por embajador aquel chico simpático, mala cabeza con excelente corazón y salidas de lenguaje muy oportunas. Por él supe que allá tenían noticia del duelo, ¿cómo no, si todo Madrid lo sabía?, y se alegraban de que yo no hubiese tenido ni un rasguño. Se hablaba mucho de mi valor en el lance, de mi arrogancia serena, y era motivo de general alegría que lo hubiese roto un hueso al señor Andrade, que presumía de comerse los niños crudos.

Díjome también que en el café de los *Dos Amigos* y en el de *Amato* ha corrido esta tarde la voz de que Andrade está dando las boqueadas, y que yo soy el héroe del día en Madrid. Contome además las historias que acerca de los orígenes del lance corrían, y en ellas he visto cuán locamente levanta el vuelo la fantasía del público. La versión más corriente era que Andrade había insultado a unas damas, y que yo, sin conocer a éstas, salí a su defensa, con exaltación de andante caballero, y de paladín del sexo débil. Eterna loa merezco yo por tal conducta y también por mi generosidad, pues habría podido matar a mi contrario con solo quererlo, como que es mi puntería tan certera que donde pongo el ojo pongo la bala, ¡anda morena!... pero me contenté con romperle el brazo derecho. Por fin entregome Leovigildo una carta que habían llevado a casa. Era de la benditísima Sor Catalina de los Desposorios, contestación a la que le escribí negándome por conocimiento propio, *ex visu et auditu*, a tragar la píldora matrimonial que propinarme quería. No se mostraba iracunda mi hermana en su respuesta, sino burlona y algo maleante, tratándome como a un chiquillo, y asegurando que no tendría yo más remedio que someterme a cuanto ella y otras personas dispusieran acerca de mí. Guapezas de monja no me afectaban mayormente: no hice caso, y con mi amigo hablé de toros, a que él era muy aficionado, y de teatros, mi predilecta afición.

En ello estábamos cuando entró Nicolás Rivero, que, si bien no disipó la inquietud que yo sentía por Andrade, deshizo en un instante el embuste contado por Leovigildo: el herido no estaba peor, y el pronóstico no era malo. La bala, adherida al húmero, sería pronto y fácilmente extraída. En esto pasó Leovigildo a ver a Antonia, a quien conocía, por ser hombre muy bien relacionado en la sociedad de manolas, y Rivero me habló un poco de política, que a la verdad no despertaba en mí gran interés. A la curiosidad que en otro orden de ideas me manifestó, hube de responder explicándole por qué concatenación de circunstancias anómalas me encuentro aposentado en esta casa; y al saber que hay en ella un caso grave de pulmonía, invocó mi amistad y su título de médico para que le permitiese verlo y darme una opinión. Accedí gustoso, y cuando volvimos a la sala, después de pulsada la enferma, y prolijamente examinada de rostro y pecho, díjome que la encontraba mal, y que hiciésemos la última prueba dándole a beber jerez superior, a ver si pega un bote la naturaleza, ya tan caída, y se levanta. Como buen vitalista, cree inútil combatir los síntomas y aun el trastorno general que los produce. La medicina no es más que el arte de ayudar a la vida, y lo que no haga ésta defendiéndose como una leona, no lo harán la Terapéutica y la Farmacia. Si esta teoría es la única eficaz en el cuerpo humano, no lo es menos en el cuerpo social... ¿Qué son las revoluciones más que pura teoría vitalista? Estas generalidades le llevaron a un nuevo despotrique político, asegurando que España está cataléptica y necesita de grandes sacudimientos que la despabilen... ¡Reformas, reformas! Es Rivero un talento viril, algo difuso, que fácilmente salta de cima en cima, con más brillantez que método... Oí con gusto su lengua ceceosa, que al despedirse me dijo: «Ya ze verá si dezpertamo al dormido y rezuzitamo al muerto... Quédeze con Dios, y hazta que noz veamos por el mundo... O en el valle de Jozafá.»

En la puerta se cruzó Rivero con un sacerdote que entraba. Saludó el andaluz, el clérigo no, y entró en mi casa como en la suya, diciéndome con fría confianza y sin ningún preámbulo de urbanidad: «¿Se muere esa niña o no se muere?...» Metiose adentro, y yo tras él, asombrado de sus extraños modos. En la desmantelada salita donde escribo nos hallamos frente a frente, y él, sin quitarse la teja, cogió un botón de mi levita y me dijo: «Aquí me tiene a la disposición de esa enferma y de usted. Yo me llamo Martín Merino, soy riojano, y no gasto cumplidos. Como tengo pocos quehaceres, volveré si ahora no es oportuno... Ya sabe Margarita dónde estoy: que me llamen a cualquier hora de la noche. Yo no duermo... quiero decir, duermo muy poco... ¿Y usted está bueno? Lo celebro... Con este tiempo variable andan los cuerpos trastornados, y las cabezas más, más las cabezas.»

XXIII

8 de mayo. La precipitada serie de acontecimientos que cayeron sobre mí, con ruido y azote de pedrisco pavoroso, me han impedido tomar la pluma.

Hoy tengo que recoger y archivar todo lo que vino con abundancia no proporcionada a la brevedad del tiempo, y he de andar despacio y atento para que me asista mi buena memoria en la reproducción exacta de tanto dolor y sorpresas tantas, así como en el orden que traían.

Enlazo este relato con el último hilo del antecedente, diciendo que aquel clérigo buscado por Margarita para la espiritual asistencia de Antonia, me pareció muy extravagante. Pasó a ver a la enferma, y hallándola dormida tornó a la sala, y como yo le invitase a tomar alguna cosa (de lo que mandé traer para reparo de mi cuerpo desfallecido), contestome: «Gracias, señor: yo no como... quiero decir, como muy poco. Hablele yo de las dificultades y sinsabores de su ministerio, y me dijo que él es pobre y que vive con gran estrechez. Como yo le indicase que debía proporcionarse una prebenda, respondió que, aunque le sobraban amigos poderosos, ni pretendía nada, ni eran de su gusto las altas posiciones eclesiásticas. *Odivi ecclesiam malignantium* —me dijo con fácil expresión latina—, *et cum impiis non sedebo*; o más claro: aborrezco la congregación de los malignos, y entre impíos no he de sentarme.» Otros muchos latines hubo de soltar en el transcurso del diálogo, y explicó su erudición con estas palabras: «Perdone usted que le hable así: me sé de memoria los Salmos del ritual, y sin quererlo, todo lo digo por boca del rey David.»

En esto entró Aransis, cuya visita deseaba yo como agua de mayo, y don Martín se fue a la alcoba llamado por Margarita. Antes que yo le preguntara, me dio mi amigo el notición de que había resuelto el conflicto pecuniario del modo más ingenioso. ¿Cómo? Le dejo hablar, y así será más fácil la explanación del caso. «Pues me sacó del compromiso nuestra amiga *Doña Manolita la Cuca*. Cuando estalló en el Casino tu cuestión con Andrade, yo no estaba allí: ya lo recordarás. Me había ido a probar fortuna en casa de las *Cucas*; allí encontré a las dos pájaras de Mora, a doña Berenguela, a las piculinas; estaban también Pepe Cruz y otros amigos: hallé todo lo de costumbre; pero no a la Fortuna, que aquella noche no quería cuentas conmigo... En mi rabia, tuve una inspiración, y cogiendo a Doña Manolita, me la llevé al gabinete amarillo, ya sabes, donde está el retrato del que dice fue su padre, el caballerizo de Carlos IV, y las vistas de los Reales Sitios; y tales discursos le eché y tan elocuente estuve, jurando que me pegaría un tiro si no me amparaba, que la conmoví, chico, figúrate, y empezó a echar suspiros y a despintarse las ojeras con el pañuelo. Díjome que no podía darme un maravedí, que lo siente en el alma, *etc., etc.* En fin, ayer al mediodía, después del duelo, volví allá con mi cantinela, y tales extremos hice, que la señora Cuca se arrancó con un rasgo de bondad heroica y me dijo: No tengo el dinero; pero ahora mismo voy a pedirlo. Si me lo dan, en tus manos estará esta tarde, Guillermito de mis entrañas... Pues ¿sabes a quién pidió el dinero y quién se lo dio?... No adivinas: tu hermano Gregorio... Mejor dicho, no fue él, sino Segismunda, quien nos ha favorecido. Por supuesto, no sabe que es para nosotros. Segismunda suele dar sus ahorros a *la Cuca*, que se los devuelve muy aumentados casi siempre... Bueno: para no cansarte, Doña Manolita, guardándonos el secreto, nos exige que le firmemos un documento, obligándonos a devolverle los cuartos el día 20, y aquí traigo el papel para que pongas tu firma junto a la mía. Conque... De aquí al 20 ya tenemos un buen respiro, y si no pudiéramos cumplir con *la Cuca*, ya nos esperará, y si no, que se la lleven los demonios.»

Pareciome la solución muy feliz, porque en catorce días bien pueden venir infinidad de contingencias favorables: que nos caiga la lotería, que encontremos un tesoro, o que lluevan doblones. Luego me contó Aransis que en la tertulia de *las Cucas* había oído rumores de tormenta, es decir, de revolución próxima. Suelen ir al cenáculo de la cuquería progresistas de los más inquietos; aquella noche estaban presentes dos tan solo, y la gravedad de los futuros acontecimientos se colige de lo que aquéllos dijeron, y más aún de la ausencia significativa de los que faltaban. «Doña Manolita —dijo por fin Aransis— me aseguró, al soltarme la mosca, que están en puerta los progresistas, porque las tropas que ahora se subleven no se pararán en pelillos, y obligarán a Su Majestad a poner en la calle a Narváez. No lo siento más que por mi abuela, que cuando Narváez no está en el poder, cree en el fin del mundo, y se pone de un humor tan endiablado, que sacarle dinero es más difícil que extraer aceite de un ladrillo.»

Reapareció el clérigo, que había echado un parrafito con Antonia, y me dijo: «No está la pobre en disposición de confesarse; pero arriba, arriba se confesará. *Revela Domino viam tuam, et spera in eo.*»

Mirábale atentamente Guillermo, examinando su cara lívida, pomulosa, sus ojos ratoniles; midiole de pies a cabeza con sagaz mirada, y al fin, evocando recuerdos, llegó a la filiación incompleta del estrafalario sacerdote. «Perdone, señor cura. ¿No he tenido yo el gusto de verle en casa de Don José de Olózaga? ¿No es su nombre...?

—Martín Merino —respondió el clérigo inclinándose—, y en casa de Pepe Olózaga me habrá usted visto... El gusto es mío: allá suelo ir algunos ratos... También conozco a Salustiano, aunque no le trato como a Pepe. Riojanos somos: ellos de Ocón, y se criaron en Arnedo, que es mi pueblo para servirles.

—Pues dígale usted a su amigo y paisano que ahora se armará de veras... Aunque él puede que lo sepa mejor que nosotros, porque estará en el ajo...

—En el ajo están todos los que miran a las cosas pequeñas y no a las grandes.

—¿Cree usted que triunfará el Progreso?

—Yo no creo nada... Y el Progreso ¿qué es? Lo que yo creo es que el mundo será de los pacíficos... *Mansueti autem haereditabunt terram, et delectabuntur in multitudine pacis.*

—Pues usted es de los mansos que triunfarán y gozarán la paz, como uno de los pocos progresistas que visten sotana. No será mala canonjía la que le darán a usted los Olózagas cuando venga la revolución.

—¿A mí?... No me hará daño. *Verba oris ejus iniquitas et dolus...*

—Pero ¿de veras no es progresista?

—Yo nada soy.

—¿Ni siquiera masón?

—*Nihil.*

—¿No cree usted que la reina dará pronto el poder a los progresistas?

—¿Yo qué sé de eso? Y pregunto... ¿quién es la reina? En los Estados no me pongan monarcas con faldas, sino Rey macho. Yo hablo siempre del Rey.

—Entonces es usted carlista.

—Yo no... Creo en un soberano.

—Y de ese soberano ¿qué opina?

—Poca cosa. *Iniquitatem meditatus est in cubili suo: astitit omni viae non bonae...* "En su cama medita iniquidades... Anda en malos pasos".

—¿Es eso salmo? ¿Y qué tiene que ver con lo que hablamos?

—Nada. Por eso lo he dicho. Sabrán ustedes que yo no hablo, quiero decir, que hablo poco.

—Y usted mismo no se entiende. ¿Está seguro, señor Merino, de tener la cabeza buena?»

Esto le preguntó Aransis, y él vacilaba en la contestación, rezongando al fin: «Buena o mala, no tengo otra.»

Callamos. Acudí a mi pobre Antonia, que me llamaba. Prometile que de ella no me separaría, y me repitió sus protestas de eterno amor en tono y estilo de niño quejumbroso. Aseguraba que ya no le dolía el pecho, y que durmiendo acabaría de curarse; tomaba aliento a cada dos palabras, en las cuales el acento infantil, de truncados términos y sílabas primarias, se iba marcando como si los minutos que transcurrían le quitasen años y días, tornándola a la edad más tierna. Cuando calló, cerrando los ojos, volví a la sala, y encontré solo a Guillermo. El cura se había ido, prometiendo volver a la tarde.

Solo y en tenebrosa tristeza estuve en la tarde del 6, pues la compañía del presbítero don Martín no era la más propia para mitigar con dulces coloquios mi pena. Hablábale yo de su ministerio, procuraba sondearle y descubrir qué clase de espíritu bajo tan extravagantes formas y estilo se escondía, y a todo me contestaba con versículos de Salmos, no siempre aplicados con oportunidad a lo que decíamos... Tan marcados vi en la pobre Antonia los signos de su próximo acabamiento, que deseché hasta las últimas esperanzas que en mi alma querían entrar. ¿A qué esperanzas, si no había remedio, como no fuera la cristiana resignación? Largo tiempo estuve a su lado, recogiendo con avaro afán cuanto me decía en fugaces, desconcertadas, infantiles expresiones: *«Tero agua... tero mimir... Daca mano tuya...»* Con modulaciones solo por mí entendidas decíame que le limpiara la boca del agua que bebía, la frente del sudor, y que no quitase de su cuello el brazo mío que le servía de almohada. Serían las cuatro cuando me dijo: *«No veo a ti, gitano... tae luz... ¿Por qué tanto oscuro?...»* La besé una y otra vez, y ella intentaba contestarme del mismo modo... Sus labios no podían ya besarme. Cayó en profundo sopor de agonía. No había nada que hacer, más que contemplar con dolor callado su muerte. Traspasado de aflicción, apoyé mi rostro en el lecho; mas don Martín me sacudió la cabeza diciéndome: «Atienda, señor: ya concluye.» Atención puse, y en unos segundos de suprema ansiedad recogí el último aliento de la pobre Antonia. El cura, de rodillas, encomendaba en alta voz el alma, y Margarita lloraba sin consuelo. El tiempo flotaba silencioso entre las cuatro y las cinco de la tarde.

Mi tribulación y desconsuelo eran grandes, pues ya no podía ver las desazones y enojos que por aquella mujer sufrí, y tan solo veía el generoso ardor de su corazón amante, su ingenua, inquebrantable devoción de mi persona, que más bien era un culto idolátrico. La lloré con el alma por el amor que me tuvo, y del cual seguramente era yo indigno. Las incongruencias sociales, contra las cuales nada podemos, fueron las causas de que aquel amor no tuviese en mí la debida correspondencia, y de que su ser y el mío no llegaran a la soberana fusión para la que sin duda habíamos nacido. ¡Pobre Antonia! Error suyo fue amarme; mayor dislate mío dar alientos a su afición. Yo no merezco piedad del Cielo por esta falta, y si aquí tienen proporcionado castigo nuestros errores, no me faltará en la vida que me resta mi parte de Infierno.

Partió el clérigo; acomodamos Margarita y yo en su lecho a la pobre muerta, la cabeza sobre mullidas almohadas, el martirizado y ya insensible cuerpo extendido y envuelto en sábanas limpias, y aun no sabíamos cómo amortajarla, porque el vil marido, entre los efectos que sustrajo se había llevado el traje negro, medias y zapatos, y las mejores prendas de ropa que la infortunada mujer poseía. Acordamos al fin que para vestirla traería la prendera ropa blanca de la suya, y lo necesario para calzarla decorosamente, y que luego le pondríamos el hábito del Carmen, por ser esta advocación de la Virgen la más firme devoción de Antonia. Las seis serían cuando salió Margarita en busca de la fúnebre vestimenta y de las velas que habíamos de encender junto al cadáver; yo, solo en la casa, quedeme sentado junto al lecho mortuorio, contemplando la marchita belleza, que aún conservaba sus lindas facciones sin la menor descomposición de líneas, como vaciadas en transparente cera. Tardó mucho Margarita en su diligencia; llamaron al fin a la puerta, y seguro de quién era, salí y abrí... ¡Dios mío, qué estupor!

La sorpresa dejome paralizado, mudo. Era Eufrasia la que ante mí apareció en traje muy sencillo, como de ir a la iglesia, con el libro de rezos en la mano. «Supe que no puede usted salir de aquí —me dijo trémula—, por... vamos...

Esa mujer enferma... he querido saber de usted... informarme... Alguien ha dicho que estaba usted herido...» Le señalé el paso, la conduje a la salita, y ella entró con recelo, temerosa de miradas impertinentes. En mi rostro debió de leer mi consternación. «¿De veras no resulta cierto lo de la herida? —me preguntó ya en la sala, negándose a aceptar el sillón que le ofrecí—. Gracias: no me siento. ¡Si me voy ahora mismo! He salido al rosario. Acabo de rezarlo en Santa Cruz, y... Por Rafaela, que todo lo sabe, supe anoche el número de esta casa, el piso, y he subido... Subo un momento con el único fin de... Me dijeron que esa señora está muy malita, en peligro de muerte, y, naturalmente, la situación de usted en esta leonera es poco agradable. Los buenos amigos deben prestarle su apoyo, ver si en algo pueden servirle... No se asombre usted tanto de verme aquí: sé que es una imprudencia, un desatino... pero antes que mandarle un recado, he querido venir en persona... ¿Y es de veras que está usted solo, enteramente solo con la enferma...?»

Díjele que estaba solo con la muerta, y por la puerta de cristales que con la alcoba comunicaba le mostré el lecho, del cual se veía la parte de los pies, y el bulto de los de Antonia cubiertos por la sábana. Grande impresión hizo en Eufrasia el ver en la penumbra los pies de la yacente estatua, como incipiente escultura en el bloque de mármol, y sin expresar su consternación más que con un ¡ay!, dejose caer en el sillón próximo, cerró los ojos, y se llevó a la frente el libro de rezos, como si con él quisiera persignarse. «Mi dolor no lo comprenderán muchos —le dije—; usted sí lo comprenderá. Antonia me amaba... No era su amor de los que se amoldan a los respetos y se someten al artificio social; era un amor que llamaríamos loco, revolucionario, que no reconoce más ley que la de sí mismo. Fue mi suplicio cuando ella vivía, y ahora que la he visto morir, es mi remordimiento. Yo no era digno de un cariño tan hondo, tan puro, tan superior a todo interés y a las conveniencias humanas. ¿Verdad que no lo merecía yo? ¿No piensa usted lo mismo?

—Ciertamente, no era usted digno... —respondió la dama morisca, echando atrás la cabeza y dejando caer sus dos brazos sobre los del sillón—. Nadie que viva en sociedad es digno... De eso... Ni esas pasiones tan a lo primitivo caben en los moldes de nuestra vida...»

En esto llegó Margarita con velas y ropas. Eufrasia turbose un poco al verla; yo la tranquilicé, asegurándole la discreción y delicadeza de la que había sido mi auxiliar en aquellas tribulaciones. Mostró la prendera el hermoso hábito del Carmen que había comprado, y Eufrasia, con un arranque de valor y piedad, que fue mayor brillo de su belleza, se levantó y me dijo: «Viva no la vi nunca... quiero verla ahora...» Antes que yo me decidiese a ser acompañante de su curiosidad, Margarita le franqueó el camino, andando delante de ella. Entraron en la alcoba. Yo vi a Eufrasia desde la sala, fijando sus miradas en el rostro marchito cuando la otra con pausa y respeto cariñoso levantó el blanco lienzo que lo cubría... Durante un corto rato, las dos mujeres no estuvieron mudas. Sus cuchicheos lo mismo podían ser comentario de admiración que afligidos rezos... Volvió a mí la manchega con el rostro mojado por las lágrimas que de sus ojos corrían; dejó el devocionario en la mesa donde yo escribo, se quitó los guantes y la mantilla, y me dijo: «Hermosa fue sin duda, y aun muerta está guapísima... ¡Pobre corazón amante! Por amar con tanta independencia y con tanta fe, despreciando el mundo y toda vanidad, merece mi simpatía... Usted y esta buena señora me permitirán... No se asombre, Pepe. Quiero amortajarla.»

XXIV

Mientras Eufrasia y la prendera se consagraban sin descanso a su piadosa obra, entró Aransis que venía a traerme dinero, tan necesario para mí en los días fúnebres como en los alegres días. «Márchate ahora mismo —le dije—, que hay aquí una señora, mi amiga, a quien no gustará que la veas.» Invocó él nuestra amistad, que no admitía secretos entre los dos, para que yo abriese un poco la mano en la confianza; mas no accedí a ello, y que quieras que no, le expulsé con recomendación enérgica de no atisbar en la calle la salida de la dama... Terminado el acto de vestir a la pobre muerta, Eufrasia volvió a ponerse mantilla y guantes. Su palidez intensa declaraba su grande emoción. «Está guapísima —me dijo—, y la toca blanca da a su rostro una expresión enteramente mística. Nunca, por mucho que viva, olvidaré esa cara, que tan muerta y callada me ha dicho cosas muy bellas... Yo también le he dicho a ella... Algo que solo se dice a los que no pueden oír... Con los oídos naturales.» Encargome luego, camino de la puerta, que en cuanto volviese yo a la vida regular fuese a verla, pues tenía que hablarme de cosa urgente: hablaríamos en mejor ocasión y lugar. Prometile ponerme a sus órdenes muy pronto, y con ella bajé, pues no quería que en escalera tan bulliciosa tuviese encuentros de gente grosera y de chiquillos importunos. En el portal nos despedimos, reiterando yo mi gratitud por su visita, y ella los honores de su amistad, que en aquel día por especial gracia éranme de nuevo concedidos.

Al subir, sentí pasos detrás de mí. Volvime y encaré con Sotero, que llevándose un pañuelo a los ojos, me dijo:

—Don José, lo supe hace un rato... por el bruto del cerero... ¡ay Jesús!, que vendió a Margarita las velas.

—Sí, hombre: la pobre Antonia, cansada de sufrir, se nos ha ido a otro mundo mejor...

—¿Y a usted le *costa* que es mejor? Yo no lo sé, ni lo sabe nadie, como se dice. En fin, yo he sido malo, y la última que hice no me la perdonó Toña.

—Sí, hombre: te perdonó. No llores por eso... ¿Necesitas algo?

—No quiero cansarle ahora. Subiré, si me necesita. De usted para mí, le digo que es mi deber velarla.

—Hombre, no; te fatigarás. Más que para velar estás tú para que te velen. Tienes cara de no haber comido desde anteayer.

—Así es, don José; pero yo nada le pido en esta circunstancia, Dios me libre... Si me apetece subir es por velarla: que yo seré todo lo perro que quieran, pero tocante a buen cristiano, lo soy como el primero.

—Eso te honra, Sotero —le dije dándole para comer—. Pero atiende antes a la necesidad de vivir... No tendría gracia que también tú te murieras ahora... Come y bebe esta noche; duermes los garbanzos, y de madrugada vienes a velar a la pobrecita Antonia... Así alternamos: yo descansaré cuando amanezca, y a fe que estoy rendido.

Tomó lo que le di, y prometiendo volver a las altas horas de la noche, se despidió con una caballerosa manifestación, la mano en el pecho, los ojos húmedos, la palabra balbuciente: «Sé cumplir el cometido de mi deber. Velaré esta noche, y mañana la llevaré hasta el propio cementerio, como se dice, camposanto, que ésta es mi obligación, don José de mi alma, como marido que soy del cadáver.»

A poco de esto, cuando ya teníamos a la pobre Antoñita enteramente ataviada de muerte, en un lujoso ataúd, llegaron otros parientes, y lloráronla todos y compadecieron su temprano fin. Era un dolor verla partir en la edad florida y dichosa. Trajeron algunas flores naturales muy lindas, con que la adornamos, poniendo en ello un cuidado y esmero tan grandes como si adornáramos a un vivo. «Aquí hacen mejor las violetas... Las rosas coloradas entre las manos... Con las rosas blancas formemos un cerquillo en derredor de la cara.»

Pasada media noche, volvió Aransis. Él y yo, en el desmantelado comedor, cenamos algo, buenos fiambres que trajo un criado suyo, y bebimos de un rico burdeos. El reparo de mi desfallecimiento me produjo un sopor intensísimo: no vi salir a Guillermo, no vi nada, porque me quedé dormido en la silla, recostando mi cabeza en el ruedo que hacían mis brazos sobre la mesa... Fue mi sueño como indigestión cerebral de las imágenes que en aquel día y los precedentes habían pasado ante mis ojos. Y como entre estas imágenes descollaba la yacente figura lastimosa de mi pobre Antoñita, vestida del hábito del Carmen y de cirios humeantes rodeada, esta visión no me abandonó en todo el espacio de mi sueño, harto parecido a la embriaguez cebándose en el cansancio. Vi el cuerpo de mi amada en un alto y aparatoso túmulo a la romana; las velas se trocaron en antorchas, y el religioso traje en túnica de vestal. Vi que todo ello se alzaba sobre un monumento de formas ondulantes y cartilaginosas, en nada parecidas a las clásicas formas de arquitectura; vi un conjunto armónico de tallos y miembros vegetales, con flores muy abiertas de monstruosa sencillez. «¿Será esto —me dije yo soñando— el tipo de un arte que, andando los siglos, vendrá potente a derrocar los tipos y módulos que hoy componen nuestra arquitectura y nuestras artes decorativas?...»

Seguramente, los funerales que en torno de este gran túmulo se hacían a la pobre cordonera eran espléndidos, con asistencia de innumerables sacerdotes de no sé qué religión, y de un gentío inmenso, cuyas voces turbaban mis oídos. Era un estruendo parecido al del mar bravo, que va y viene, azotando las rocas y plegándose con espumante ira sobre sí mismo. No podía yo entender lo que decían aquellas voces, ni supe si eran himno, plegaria, o quejumbrosa oración fúnebre... Y luego sonaron salvas, que a mí me parecieron el más natural ornamento de aquel acto. Oí un disparo, luego dos, enseguida muchos, sucediéndose y acelerándose como las notas de una tocata que empieza en *adagio* y acaba en *presto, prestísimo...* ¡Vaya un traqueteo y estallido de ingenios de guerra! En las tinieblas de mi sueño empezaba yo a sorprenderme de que las lucidas exequias se celebraran con función pirotécnica o juego de pólvora. ¿Sería esto también un arte funerario del porvenir, llamado a reformar los actuales modos de honrar a los muertos?... No sé cuánto tiempo duraron estas impresiones y ruidos disparatados... Ello es que yo iba despertando, y mis sentidos se mecían entre el sueño y la realidad sin que cesaran los disparos, o al menos sin que dejase yo de oírlos. Una mano vigorosa sacudía mi hombro, y lo primero que oí claramente fue la voz de Margarita, que decía: «No le despiertes, ganso.»

El que me despertaba era un ser de pesadilla, odioso y repugnante. Tardé un rato en reconocer al maldito Sotero, esposo de la difunta. Era él, él mismo, desfigurado por una corbata de luto mal liada a su pescuezo, las greñas en desorden, la cara sin lavar en tres días, el cuerpo en mangas de camisa, con un chaleco negro que por la holgura parecía de otra persona. Con tabernaria voz graznaba: «Despierte, despierte, don José, que hay revolución.»

«¡Revolución!» Yo me erguí en un desperezo total, queriendo sobreponerme a mi cansancio. Vi la claridad del día. No creía nada de lo que en torno de mí se hablaba. Mujeres medrosas decían: «¡Ay, señor, qué Infierno en la plaza!...» «Venga al balcón y verá...» «La tropa sublevada por aquí, y enfrente, asomando por el arco de la calle de Toledo, la tropa del Gobierno...» «Que no salga al balcón; no le suelten un tiro.» Como el tumulto que de la plaza venía no cesaba, tuve que rendirme a la evidencia. Soñoliento me asomé al balcón, y en la plaza vi un hormiguero de soldados y paisanos que parapetados tras montones de piedras hacían fuego contra otros que en el arco les atacaban. El tiroteo era tan vivo, que hube de cerrar a escape... «Por Dios, señor —dijo una mujer—, no se asome: cierre vidrios y maderas, que a un vecino del 7, que se asomó a guluzmear, le han dejado seco.»

Mandé cerrar a piedra y barro, y esperamos... ¿En qué pararía toda aquella gresca? Los parientes de Antonia y otras vecinas aquí congregadas, se complacían en ilustrarme acerca de aquel hecho político, que pronto había de ser histórico. Lo que quiere ahora el Progreso es poner la República y quitar a la reina, pues la República no es otra cosa que un Gobierno *todo de hombres*, sin Rey ni reina, ni cosa ninguna de Majestad... Según afirmó un vejete que entre las mujeres rebullía, el propio Narváez mandaba la fuerza que abrasaba a los patriotas... Éstos se defendían sin coraje, por no contar con toda la tropa comprometida, y ello acabaría mal, fusilando a medio Madrid y cargando de cadenas al otro medio... También se dijo que estas marimorenas no son de nuestra invención, y que todo viene armado de fuera, de la Europa y de las naciones extranjeras, que están toditas revolucionadas y dadas a los demonios. El Reino de Nápoles arde; el mismo Papa no ha tenido más remedio que largar una constitucioncita para sosegar a los masones; otro Rey italiano, don Carlos Alberto, va contra el Austria, para quitarle unas provincias que ya son italianas, ya tudescas; y un país que se llama la *Hunguería*, porque de él vienen los húngaros, anda también muy revuelto con un demonio de hombre, de apellido *Cosuto* (Kossuth), el cual predica la libertad, la religión libre y otras monsergas libres. La *Hunguería* y *la tierra de los austriacos* no son lo mismo, pues la una linda con las Américas, y la otra es propiamente como una familia real, por lo cual, nombrando a nuestros Reyes de antaño, se dice *la casa de Austria*...

A todos los presentes prohibí que abriesen las tres ventanas de la casa, y en la sala nos quedamos en fúnebre penumbra, mortecina claridad de los cirios, que ya gastados se derretían en gruesos cuajarones. La faz hermosa de Antoñita se descomponía de hora en hora, tiñéndose de una lividez tristísima. La contemplé largo rato, recogí sobre el rostro la plegada toca, añadí flores en derredor, y al volverme di de manos a boca contra Sotero, que mostrándome su atavío me dijo: «Vea, don José, que así no estoy decente, y que me van a criticar por no presentarme como requiere la defunción. Pedí a Dimas, el tabernero, que me prestase ropa negra, y no ha podido encontrar más que este pingo de chaleco y la corbata... Yo se lo digo al señor don José para que vea el ridículo... Mi ridículo ante la vecindad y ante la comitiva del féretro. A usted no le ha de gustar que me vean así... Soy, como se dice, el esposo de la finada, y si no estoy todo puesto de luto riguroso, pero muy riguroso, ¿qué dirán, don José, qué dirán?...

—Bueno, hombre, ya lo arreglaremos. Déjame ahora.

—Mi parecer es que debemos apañarnos como Dios manda, para que no tengan que criticar... Yo sé de un sastre que alquila ropa de entierros, y allí se puede vestir uno para toda la pompa enlutada que se ofrezca. Con que, si quiere, allá me voy... y pido precios...

—Está bien. Irás cuando se concluya la gresca en la plaza. Ahora no se puede salir... ¿Y cómo va eso?

—Parece que van ganando los de Narváez. Ya no atacan tan solo por la Sal y por Atocha, sino también por los Portales de Bringas. En una casa de la calle mayor con balcones que caen a la Plaza, junto a la Panadería, metieron tropa, y ya están largando tiros desde el piso segundo... Oiga, Don José: yo he traído mi pistola y pólvora. Si quiere que dispare desde el balcón contra los republicanistas, verá qué pronto pongo a dos o tres patas al aire.

—No, no: aquí somos neutrales. Vencerá el Gobierno. No tomemos partido ni por la revolución ni por el orden.

—Yo estoy siempre con el Orden, y por esto hay en la vecindad más de cuatro que no me tragan. En la taberna de la calle Imperial oí ayer tarde runrunes, y así como latines masónicos... Me dio en la nariz olor de chamusquina, y me traje la pistola por lo que pudiera tronar.»

Entreabierto el balcón, noté gran desorden en la plaza y que el tiroteo era menos vivo. Vi grupos que huían por la calle de Botoneras, próxima a esta casa... Pasado un rato, hallábame en expectativa de nuevos incidentes y sorpresas, cuando Margarita, muy asustada, vino a decirme que un señor había preguntado por mí en la puerta, y que sin esperar a que se le mandara pasar, habíase colado muy resuelto en el pasillo. Salí al instante, y me encontré con Nicolás Rivero, bastante desordenado de ropa, que sin ningún preámbulo, ni la menor alteración en su rostro cetrino y ceñudo, me dijo: «¿Puedo ezconderme aquí, Pepito? Me ha dicho eza zeñora que a la otra zeñora la tenemoz de cuerpo prezente. Lo ziento... Pero no podía yo zoñar mejor ezcondite.»

Ofrecile todo mi amparo con la mayor cordialidad, y me le llevé al comedor, donde podíamos hablar sin testigos: «Ezto ze acabó... Adioz mundo amargo.

—Es la primera revolución que veo en Madrid, y la verdad, me ha parecido una fiesta de pólvora. ¿Es siempre así?

—Ziempre azí... tropa contra tropa... El pobrecito pueblo en medio... ¡Pueblo crucificado!... Dígame: ¿el entierro zerá ezta tarde? Bonita ocazión para zalir y ezcabullirme... por donde ze pueda... Dizpénzeme que me alegre del entierro... La humanidá ez azí... Del llanto zale la alegría.»

Dicho esto, renegó de los que no acudieron al puesto de peligro, y tronó contra Narváez, contra Figueras, Fulgosio, Lersundi y demás instrumentos del Orden... El Orden por sí no es nada, y cuando se ejerce contra la voluntad del Pueblo, es el Desorden con insignias usurpadas... El Pueblo ama la Libertad... Solo que no le dejan manifestarlo... ¿Pues la tropa? ¿Qué es la tropa más que Pueblo con uniforme?...

Entró Sotero a decirme que los soldados de Lersundi ocupaban la plaza, y que los insurrectos huían por la calle de Toledo. Metíase aquel bestia con grosero desenfado en nuestra conversación, por lo cual hube de tenerle a raya; llevémele a un cuarto próximo, y después de prohibirle salir a la calle, ni aun con el razonable motivo de procurarse ropa de luto, le pedí su pistola; diómela con la polvorera, rezongando, y en mis manos el arma, le dije: Como suban polizontes o militares en pesquisa de algún paisano refugiado aquí, y tú pronuncies una sílaba sola delatando a este joven, te levanto la tapa de los sesos. De aquí no me sales hasta la hora del entierro, si nos permiten que sea esta tarde. Margarita alquilará la ropa de luto, la cual se pondrá Rivero, después de bien afeitado, figurando como esposo de la finada. Tú quedas relegado al puesto de *primo del cadáver*, y te vestirás con las ropas que te traerá Julián, el cordonero de la calle de Bordadores. Cuidado, Sotero, con lo que haces y dices mientras estés aquí. Ha de venir el celador del barrio para tomar nota del nombre de la difunta, *etc.*, de la hora y lugar del enterramiento: no salgas tú a recibirle; saldré yo, y diré lo que se ha de decir, lo que me dé la gana, y tú te callas, que aquí no eres nadie, ¿lo entiendes bien?... Si no nos permiten que la llevemos esta tarde, ya veré lo que se ha de hacer mañana. Y no se hable más, Sotero: silencio y obediencia, o ten por seguro que te mato.

Con gruñidos iba marcando a cada frase su bárbara sumisión a mis órdenes.

XXV

14 de mayo. Pasó la tormenta, dejando en mi alma gran destrozo, árboles caídos, caminos deshechos, ruinas y cambios lamentables. Termino las referencias del día 8, manifestando que todo lo presupuesto se hizo con arreglo al programa: en un nicho de la Sacramental de San Andrés guardamos los restos de la enamorada Antoñita, a quien debo en estas Memorias enaltecer singularmente por su devoción de amor y sus arrebatos afectivos, sin mentar sus pecados y errores, que de ellos no pudo verse libre quien tenía la pasión y la fragilidad por componentes del alma. Y el acto de conducirla a su última morada me sirvió para proporcionar fáciles medios de ocultarse al amigo Nicolás Rivero, que temía los rigores de la policía por haber metido sus narices en aquel fregado de la plaza mayor. Liquidé cuentas con Margarita, cuentas con Sotero, a quien di cuanto me pidió a condición de que no volviera jamás a ponérseme delante, y abandoné la triste casa en que apurado había tantas amarguras.

Volví fatigado al mundo y a la vida corriente, instalándome en casa de Agustín, y mi primera visita fue para Andrade, a quien encontré muy mejorado de su herida, de lo que recibí gran satisfacción. Dos amigos míos, Uhagón y Pepe Arana, en su compañía estaban, y poco después que yo entró el que con Rivero había sido su padrino, Sánchez Silva. Del ruidoso escándalo militar del día 7 hablamos los cinco, y allí me dieron exacto informe de su móvil inicial y de los pormenores que yo no había visto. Como apenas pongo atención en las cosas políticas, ignoraba el argumento del confuso drama cuya principal escena, si no la más trágica, fue representada tan cerca de mí. Había sido Ruiz de Arana testigo y actor muy principal en la marimorena, por parte del Gobierno. Él vio a los soldados de España bajar en desordenado tropel por la calle de la Montera; él corrió de una parte a otra con una sección de coraceros, llevando órdenes del capitán general Fulgosio; él le vio caer miserablemente en la Puerta del Sol, a los tiros del paisanaje; él con tesón juvenil se halló en todos los sitios donde casi era milagroso no perder la vida. No reproduzco su prolija referencia, que ha venido a ser histórica, porque, la verdad, ni a mí me interesa grandemente la detallada relación de los movimientos de la tropa leal y de la tropa rebelde, con tanto general que va y viene de calle en plaza, o de uno a otro cuartel, ni creo que la remota posteridad que esto lea con ello se divierta ni se instruya. Porque, si bien se mira, por lo muy repetidos, son estos movimientos sediciosos como los amanerados poemas de corta inspiración y de frase pedestre, y solo en el caso de que el triunfo los haga eficaces merecen la atención de las gentes. En los pronunciamientos fallidos veo yo la más tediosa sarta de aleluyas que nos ofrece nuestra historia. Mirémoslas deprisa, y pasemos a otro asunto.

Lo más triste de aquella jornada fue la muerte de Fulgosio, necio y bestial asesinato, sin gloria de él ni de sus inicuos matadores. Fue mártir antes que héroe. Y por mártires hemos de tener también a los infelices que en la misma tarde del 7 fueron fusilados a la salida de la Puerta de Alcalá... Eran de tropa, pueblo uniformado, según Rivero, y se habían batido contra el Orden con locura patriótica y militar ceguera. ¿Qué se dirían Fulgosio y estos desventurados si en el primer paso dentro de la Eternidad se encontraron y se vieron?... No se dirían nada tal vez, porque del lado allá no habrá palabra con que expresar la inmensa estolidez de lo que acá llamamos política, orden y revolución...

Hablamos los cinco del suceso y sus consecuencias, y por mi gusto no me habría entretenido en puntualizar la psicología de aquel movimiento: todo era vanidad, interés de personas, Salamanca, Buceta, lord Bullwer, Gándara, y luego una cáfila de nombres de progresistas, llenaban la histórica aleluya. Los cinco estábamos conformes en que una férrea dictadura de Narváez se nos venía encima. Pronto seríamos sometidos todos los españoles a un duro régimen penitenciario. La tormenta que habíamos visto estallar aquí era no más que un leve desorden atmosférico, anuncio de mayores desastres; y en aquel motín o pronunciamiento tan pronto sofocado, no debíamos ver más que una centella perdida de la furibunda tempestad que corría por toda Europa. En Francia, gran diluvio que anegaba el trono; en Nápoles, truenos y rayos; en Roma, centellas y exhalaciones que aterraban al Papa, moviéndole a cambiar su política de liberal en despótica; en Hungría, viento huracanado; en Austria, formidable pedrisco que derribaba el árbol corpulento de Metternich, y en las demás naciones, azoramiento y terror por el hondo ruido subterráneo que se sentía, como anunciando terremotos. Es la voz pavorosa del Socialismo, la nueva idea que viene pujante contra la propiedad, contra el monopolio, contra los privilegios de la riqueza, más irritantes que los de los blasones. Tiembla la presente Oligarquía ante estos anuncios, y no sabiendo cómo defenderse, solo pide que esta gran vindicación la coja confesada.

Fue mi segunda visita para Eufrasia, a quien encontré celebrando sesión de la *Sociedad de Socorros de Religiosas*, de que es Presidenta interina. Actuaba como secretaria Rafaela Milagro, y como *informantas* o *procuradoras* otras dos damas a quienes no conozco, y asistía como asesor un capellán de monjas, antiguo jesuita, que yo había visto antes en la casa de Socobio. Ya estaban terminando cuando yo llegué, por lo cual pude acceder a no retirarme discretamente. Contáronme las damas el gran beneficio que hacían a la religión, socorriendo a las pobres monjitas expoliadas por Mendizábal, y abandonadas de estos infames gobiernos sin creencias. Rafaela, por lo que allí oí, es el alma de la Sociedad, a la que se consagra con tanta actividad como pasión. En el arte de allegar fondos, excitando la caridad vanidosa, es maestra consumada; al verla, sus amigas tiemblan. Madrid entero conoce su labor ratonil, las monjas comen y viven... Los elogios que de la Secretaria hizo el clérigo allí presente sonábanme a panegírico de santa. Y ella, serena y modestísima, insensible a los encomios, continuaba extendiendo recibos en el pupitre cercano al sillón presidencial que ocupaba Eufrasia. Por fin, con el desfile oportunísimo de las *procuradoras* y del cura, que no abandonó el campo sin hablar pesadamente de una rifa que se proyectaba, quedeme solo con mi amiga y Rafaela.

«Siéntese usted a mi lado —me dijo la moruna, que por lo visto, o nada reservado quería decirme, o no le estorbaba la presencia de la Secretaria—. Esta tarde recibirá usted una invitación de los Emparanes para comer mañana en su casa. Ya sabe usted que allí no han entrado por el uso nuevo de comidas a la francesa, y sirven los garbanzos a la una y media... No vuelva usted a dirigirme la palabra si no acude como un doctrino al llamamiento de esa familia, Pepe. Se le disculpó a usted la otra vez por las razones que callo; pero si mañana se excusa o hace rabona, ya sabe que no habrá perdón, sino azotes, y buena mano tiene Catalina para dárselos. No le digo más sino que ayer tarde di yo a su señora hermana mi palabra de empujarle a usted hacia la plazuela de Navalón, y la seguridad de que el simpático *dandy* no se quedará a mitad del camino. Con que ya lo sabe. Me parece que ya van resultando ridículos los papeles de galán melindroso y de caballero que adora los ideales. Déjese de andar por las nubes, y bájese a la realidad. ¿Quiere más sermón? Pues se continuará esta noche en casa de mi cuñado Serafín. No falte.» Quise yo responderle; pero la Secretaria reclamó toda la atención de la Presidenta para el colosal proyecto de rifa, y me retiré teniendo buen cuidado de no preguntar por don Saturno. Temía yo que mi fórmula de urbanidad fuese como evocación que le hiciese surgir por alguna de aquellas doradas puertas.

16 de mayo. ¡Con qué ganas de solaz honesto, de desconocidas emociones, entré esta noche en la sala de mi señor Don Serafín de Socobio! A mí acudieron gozosas Virginia y Valeria, con gorjeo de pajarillos, y no me abrazaron por respeto a sus papás. Yo sentí en mi alma una onda de frescura cuando las vi, y deploré que el respeto social no me permitiera cogerlas y sentarlas en mis rodillas, una a cada lado, y darles besos inocentes. Empezaron por acribillarme con dicterios graciosos y con bromas que no carecían de malicia y picor. Dijéronme luego que cuando se corrió la voz de que en el desafío había yo perdido una pata, ambas habían llorado por el hombre y por la pata perdida, sintiendo que no pudieran ellas pegármela con cola, como la pata de una mesa. Se acordaban de mí, y sabían las cosas terribles que me pasaron por mi mala cabeza, sin que el castigo me enmendase; enteradas estaban también de que ya no tardaré en caer en la ratonera que me han armado... Contra esto hube de protestar, asegurándoles que yo no me caso con ningún bicho viviente más que con ellas, con ellas dos, Virginia y Valeria, mis dos novias hoy, mis dos mujeres mañana. Vi sus rostros pasando de la risa a la seriedad, y por igual impregnándose de no sé qué melancolía cavilosa. Callaban, y aun querían huir de mi presencia por no saber qué decirme, pues aquella broma del casorio con las dos, a entrambas lastimaba, como si fuera la única idea que cortase de raíz la membrana moral y física que las unía. Sentían quizás el desconsuelo de ser dos y no una sola... También yo me llenaba de gran confusión, no pudiendo destruir la dualidad sin matar a uno de aquellos ángeles. ¡Imposible el dualismo, imposible la unidad!

Ya muy tarde pude quedarme solo con Eufrasia en un rincón del gabinete donde Rafaela Milagro explicaba su magno plan de benéficas rifas a dos señoras ancianas y al vetusto coronel Sureda, convenido de Vergara, hombre muy dado a la protección de monjas. ¿De modo que usted —dije a mi amiga en cuanto entramos en materia—, persiste en que yo no tenga dignidad y me venda a los Emparanes?

—Esto no es venderse, Pepe —respondió mirándome cariñosa—. No tome usted actitudes de teatro ni se nos ponga *fatídico*...

—Es una venta, señora mía. Yo doy una figura regular, un carácter ameno, instrucción, hábito social, buenas relaciones, y encima de todo ello mi libertad y mi felicidad. Ellos lo toman, quiero decir, lo compran, dándome dos clases de valores: su riqueza, que es efectiva, y su hija, que es una falsificación de mujer, un valor de engañifa, un papel mojado, como si dijéramos. ¿Para qué quiero yo a María Ignacia? De todas las personas que conozco podría yo esperar que me aconsejaran esa boda, menos de usted... y ésta es mi mayor pena, Eufrasia, porque ya no tengo duda: usted me detesta. Si en algo me estimara, no sería corredora de esa venta infame.

—Yo creí que era lo contrario —me dijo bajando los ojos—. Por su mejor amiga, por su amiga franca y leal me tenía y me tengo yo al agenciarle esa colocación... No se ofenda usted de la palabra, Pepe... *Colocación*: no hay otra manera de decirlo; y yo, que no reparo en soltarle a usted las verdades más amargas, le digo que está perdido si no se coloca, y que no encontrará, créame a mí, mejor plaza que ésa, porque no la hay, ni lugar más ancho y cómodo para el descanso de toda su vida... Dé gracias a Dios y a su hermana, que es para usted como un ángel bajado del Cielo.

—Mi hermana es, sí, el ángel del comercio matrimonial, y usted otro ángel que ha venido a volverme loco... porque si en efecto me estima, no puede usted aconsejarme la entrega vil de mi persona... porque, si yo sigo su consejo, usted debe despreciarme... ¿Y cómo compagino un sentimiento con otro, el desprecio con la estimación?

—No hay tal desprecio.

—Digo y repito que usted me ha hecho perder la cabeza. Diré con don Matías: *Ho perso il boccino...* Contésteme: si yo rechazo lo que me propone, ¿qué seré para usted?

—Será usted un ingrato —replicó fijando en mí sus ojos con dulce tristeza—, porque no sabrá corresponder al grandísimo interés que por usted me tomo. Yo le aconsejo la boda porque sé que le conviene, que no hay otra salvación para usted, que no hay mejor remedio para salir del laberinto de sus deudas y reconstruir su vida sobre una base firme...

—¿Y llama base firme a un matrimonio en el cual no puede haber amor, por mi parte?

—No sigamos, Pepe —dijo la dama, viendo que en nuestra discusión, algo semejante al revolver de una madeja, se había formado un nudo difícil de deshacer—. Si nos ponemos en lo *fatídico,* no hemos hecho nada... Me da usted, créalo, una pena muy grande rechazando mi consejo... Consejo de amiga...

—Pero ¿qué amiga es usted, Eufrasia?

—La mejor —afirmó sin disimular su emoción—, la mejor, la única que ha tenido usted en su vida. Si así no lo aprecia, déjeme, no vuelva a verme más, y siga, siga en esa vida absurda, que le llevará al precipicio... Yo quiero salvarle, y usted no se deja. Bueno: ya me dará la razón algún día... Ya me dirá: «¡Qué razón tuviste, mujer... A quien no comprendí...!»

Y recelando ser oída, varió de tono, puso freno a su emoción. La vi pestañear, fruncir la boca; mas pronto compuso admirablemente sus facciones, y sonriendo me dijo: «No hablemos más esta noche, Pepe. Dejémoslo para otro día...

—¿Para cuándo?

—Vuelvo a repetirlo: ¡ingrato, ingrato!... No digo más por hoy... Mañana...»

Hizo una larga pausa meditando. El *mañana* y la pausa fueron como un balancín en que se meció mi espíritu dulcemente.

«Pues mañana...

—Acabe usted, por la Virgen Santísima —dije, mareándome un poco en el balancín.

—Déjeme usted: estoy haciendo cálculos de tiempo... Pues sí, a última hora de la tarde podremos vernos. ¿Dónde? Sorpresita tenemos... Pues al marido de *la Teresona*, criada antigua de esta casa, le hemos dado la plaza de conserje del Casino. ¿Sabe lo que es el Casino? No vaya a confundirlo con esa maldita sociedad donde se pasa usted las noches jugando, y hablando mal de todo el mundo. Hablo del *Casino de la reina*, un Sitio Real chiquito, al fin de la calle de Embajadores, con jardín muy hermoso y un poco

de templete y un poco de palacio; recreo que fue de la reina gobernadora...
Pues el otro día estuve a ver a *la Teresona*, y pasé un rato muy agradable.
Adoro los jardines, y las flores me enloquecen...

—¿Y mañana...?

—Mañana volveré allá, sí, señor...

—¿Irá usted sola?

—No puedo asegurar que vaya sola... Quizás tenga que llevar a Rafaela
Milagro.

—Bueno: ¿y yo...? Descuide usted, que antes faltará el Sol en el cielo que
yo en ese Casino, venturoso rincón del paraíso terrenal.

—No vaya usted a creer que es un Versalles, ni un Pincio, ni un Aranjuez.

—Será más bello que todo eso; solo con servir de fondo a la *belle jardi-
nière*...

—¡Ay, ay, ay!... ¡qué florido!...»

XXVI

17 de mayo. No falté, no, a la comida en casa de los Emparanes, y debo
decir que fue muy de mi gusto, y en todo, cosas y personas, hallé gratísimas
impresiones, menos en la señorita de la casa, quien, por refinada crueldad
de mi destino, hubo de acrecentar en mí la antipatía que me inspiraba.
Sentáronse a la mesa conmigo, como invitados, el coronel Sureda y el señor
de Roa, secretario que había sido del Infante don Sebastián en la Corte de
Oñate, y la siempre vistosa y guapísima Doña Genara Baraona, viuda de
Navarro, de cabello blanco como la nieve, rostro fresco y sonriente boca.
Los años no pasan por ella, o le tributan los más ricos honores viéndose
obligados a envejecerla. Es un monumento esta dama, cuya belleza va unida
a medio siglo de nuestra historia, con adherencia y comunidad de sucesos
interesantes, así públicos como privados. Desde la batalla de Vitoria, el año
13, hasta la Regencia de Espartero, el 40, la católica Genara y la profana Clío
han corrido juntas algunas parrandas, y ello se les conoce en la amistad que
las une. Así, no hay historia más instructiva y amena que la que cuenta esta
ilustre viuda cuando alguien incita su natural vanagloria de crónica viviente...

De las señoras mayores que dan lustre y dignidad a la casa, solo dos
estaban en la mesa, además de Doña Visitación, en todo el esplendor de su

atavío morado, de amplitudes y magnificencia episcopales. Las otras vestían de negro, con cofias elegantes del año 30, y de pies a cabeza eran la corrección y la pulcritud más exquisitas. Gravemente amable, como perfecto caballero de antigua cepa, estuvo conmigo el señor Don Feliciano, y su esposa le imitaba en cuanto podía, sin llegar al punto y filo de la perfecta urbanidad castellana. Las señoras mayúsculas cotorreaban, Genara quería distinguir su elegancia flexible y modernizada, y los dos personajes carlistas, muy finos, aunque algo seco el uno, demasiado charlatán el otro, completaron el lucido y decoroso cuadro. Todo, como dije, contribuyó a mi solaz y contento, menos la desgraciada niña, que a mi lado tuve, y que en el largo curso de la comida no supo responder con el menor chispazo de gracia o de ingenio a las excitaciones que por vía de tienta le hacía yo. Huraña y melancólica, ni una vez la vi reír, ni salieron de su siempre repulgada boca más que frases vulgarísimas, o desabridas observaciones. Nunca vi cortedad semejante, ni mayor indigencia de ideas, ni criatura menos mujer. Por momentos parecíame un chico gordinflón y mal educado a quien no habían podido enseñar más arte que el del silencio.

La conversación, que al principio fue bastante amena, porque Genara y los carlistas se enzarzaron en una controversia recreativa sobre el casamiento de don Carlos con la de Beira, recayó luego en temas fastidiosos. Como estamos en plena romería de San Isidro, las señoras maduras sacaron a relucir la historia del santo, y después hubo grande palique sobre el hecho de que se conservase incorrupto el cuerpo del patrón de Madrid. Aseguró don Feliciano que lo había visto, y podía dar fe de su perfecta conservación en estado de mojama, sin que ninguna parte le faltara, y nos ponderó su gigantesca estatura, como nueva demostración de la divinidad del bienaventurado labriego. Los carlistas, que me parecían algo escépticos en materias de milagrería y momias de santos, contaron anécdotas vascas muy graciosas, que no hay para qué reproducir aquí, pues de asunto más pertinente a mi persona debo ocuparme.

Ello fue que en el salón, después de la comida, cuyo suculento aliño a la española tengo que elogiar aunque sea de pasada, probé a sacar del pedernal duro de María Ignacia algunas chispas, hiriéndola por uno y otro lado de su entendimiento con el eslabón de estudiadas preguntas y proposiciones. Mas no me dio resultado la prueba, y fuera de alguno que otro rasgo de ingenuidad casi infantil, no daba lumbres la infeliz criatura con quien querían emparejarme para toda la vida. A posta me dejaron los padres con ella en un extremo de la estancia, para que la señorita, sin tener sobre sí la vista y atención de las personas mayores, pudiera despabilarse; doña Genara me miraba compasiva; los carlistas, hablando pestes del Gobierno, no nos hacían caso; y María Ignacia continuaba en el bloque ingente de su estolidez, como un grosero pedrusco diamantino en el cual no entraba la lima, ni aun el filo de otro ya bien tallado diamante. No hacía más que clavar en mi rostro, o en las guirindolas de mi pechera, sus ojos fríos, vidriosos, con una expresión de arrobamiento que me confundía, y estar pendiente de mis palabras, como si yo fuese oráculo que debía ser oído religiosamente, mas no contestado.

Incitarla quise a la risa, y sus esfuerzos por no descubrir el feo panorama de las encías daban a su boca cierta semejanza con el hociquito de no sé qué animal. Díjele, por no dejar de ser galante, que estaba muy bien vestida (y era la verdad, aunque con la perfección del traje no lograba hermosear su cuerpo), y me respondió que soy un embustero... Vamos, esto me hizo alguna gracia. Luego tuvo más de un rasgo de suprema modestia, expresada con primitiva sencillez; pero al instante destruyó el buen efecto con unos solecismos imposibles, y me preguntó con mimo quejumbroso si iba yo a misa todos los días. «Ya lo creo —le respondí—. Mi misa de ocho todas las mañanas no hay quien me la quite.» Decidiose a reír, y volvió a llamarme embustero, y después malo... De diferentes modos me dijo que yo soy muy malo, añadiendo que si encuentro quien interceda por mí, Dios me perdonará... No hubo manera de sacarla de esto... Yo me aburría, lo confieso... Vi con júbilo llegar el momento del desfile, y salí renegando de mi hermana Catalina, sobre cuya cabeza veía con gusto caer un rayo del Cielo.

30 de mayo. El largo paréntesis entre la última y la presente confesión no sea mirado como efecto de la holganza, sino de las inquietudes, amarguras y sobresaltos que en el intermedio de las dos fechas han agitado mi alma y absorbido mi tiempo, no dejándome espacio para el recreo de estas Memorias. Con la atención prisionera y esclava de los acontecimientos, ni aun el descanso del cuerpo me ha sido posible, y no pocas noches pasé de claro en claro, abrasado el cerebro por las cavilaciones... Desembarazada ya mi atención de aquellas cadenas, quiero ganar el tiempo perdido, y llenar toda esa laguna con una confesión extensa y sustanciosa.

Pues, señor, el 17 de mayo (no olvidaré nunca la fecha) se me hacían siglos las horas, esperando la de la cita que me había dado Eufrasia en el apartado Casino de la reina, y en mi loca impaciencia, incapaz de adelantar el tiempo, me adelanté yo, llamando a la puerta de aquella posesión a las cinco y media de la tarde. Entré: vi con sorpresa que la dama me había cogido la delantera, pues allí estaba ya. La vi entre la arboleda corriendo gozosa, y fui en su seguimiento: se me perdía en el ameno laberinto, pasando de la verde claridad a la verde sombra, y no encontraba yo la callejuela que me había de llevar a su lado. Llamé, y sus risas me respondieron detrás de los altos grupos de lilas. Se escondía, queda marearme. Corrí por el curvo caminillo que tenía delante, y luego sonaron las risas detrás de mí. Una voz que no era la de Eufrasia dijo: «Por aquí, don José.» Creí escuchar a Rafaela Milagro, y ello me dio mala espina, porque era un testigo sumamente importuno. Después reconocí el acento de la doncella de mi amiga. Ésta fue, por fin, la ingeniosa Ariadna, que con el hilo de sus voces me fue guiando hasta que pude verme en su presencia y rendirle mis cariñosos homenajes. ¡Qué hermosa estaba, encendido el rostro por la agitación de sus carreritas y el contento de la libertad! En su peinado advertí alguna incorrección, sin duda producida por las mismas causas. Vestía con sencillez deliciosa. Nunca la vi más interesante.

Del ramo de flores recién cogidas entresacó la morisca el más bonito capullo de rosa para ponérmelo en el ojal, y luego me dijo: «¿Verdad que es bonito este vergel? Aquí me pasaría yo todo el día si pudiera.» Satisfecha de mi admiración, que por igual a ella y a la Naturaleza tributaba yo, quiso enseñarme toda la finca, el *Sitio Real de juguete*. A cada instante se detenía para señalarme los grupos de rosas que con insolente fragancia y risotadas de colores nos daban el quién vive. Por otro lado, me mostraba los cuajarones de lilas inclinando con su peso las ramas de que pendían, como millares de hijos colgados de los pechos de sus madres; luego vi el árbol del amor, con su infinita carga de flores entre las hojuelas incipientes, símbolo de la precocidad juvenil y de la desnuda belleza pagana; vi el árbol

161

del Paraíso, de lánguidas ramas que huelen a incienso hebraico, y la acacia de mil flores olorosas... En los cuadros rastreros, los lirios de morada túnica eran los heraldos de las no lejanas fiestas del Señor, Ascensión, Corpus, y las blancas azucenas anunciaban la proximidad del simpático San Antonio.

Mil tonterías dijimos en alabanza de tan bello espectáculo. No sé si el encanto de éste era cualidad intrínseca del risueño jardín, o estado mío de alborozo. Ambas cosas serían. Después de divagar solos por aquella ondulada amenidad, llevome la dama a un templete, erigido entre verdosos estanquillos. Era de piedra y mármoles, semejante a los que hay en Aranjuez, pero de juguete, abierto por tres costados de su cuadrangular arquitectura, y decorado con bichas y quimeras al fresco, un poco deslucidas por la humedad, todo en el estilo neoimperial de Fernando VII. Allí nos sentamos. Eufrasia dejó la carga de flores que traía, señalando un grupo muy grande para sí, un ramo para mí, y apartando después otro montón de lilas y rosas, acerca del cual me dijo: «Ya sabrá usted luego para quién es esto.» Entablé sin esfuerzo ni premeditación un coloquio dulce y cariñoso, que fácilmente afluía de mí sin más estímulo que la fragancia del ambiente y el aspecto de tanta flor sobre la verde arboleda. Hablé a la moruna del religioso fervor con que yo practico el culto de su amistad, haciendo de ésta la clave de mi vida; entoné otras estrofas, y en variados metros de amor canté mis quejas por el desdén que me mostraba, y le rendí toda mi voluntad. Cuando callábamos, oíamos el zumbar de insectos y el vuelo de moscas o moscones que en el templete requerían la sombra. Por fin, en premio de mis líricos arrebatos, permitiome Eufrasia besar su mano; y ya tenía yo en la boca y en el pensamiento intención y palabras para empezar a desmandarme, cuando sentimos pasos que por lo fuertes parecían de hombre. Levantose mi amiga, dejándome todo lo suspenso que puede estar un enamorado, y saliendo a uno de los huecos del templete, dijo: «Teresona, aquí estamos.»

Salí yo también, a punto que una voz hombruna decía: «Yo pensé que estaba la señora cogiendo flores.» En la gigantesca mujer que se acercaba, reconocí, más por los andares y por la facha de osa polar que por la voz, a la estantigua que en el baile de Villahermosa se apareció tocando a retirada. Ya me había dicho Eufrasia que la mascarita compañera era su doncella Rufina. El acento vizcaíno de Teresona la hizo revivir en mi mente con el dominó negro guarnecido de picos verdes. Por segunda vez venía el odioso espantajo a cortar bruscamente mi recreo, mejor será decir mi felicidad. Y lo peor fue que no pareció Eufrasia disgustada de verla, y que, antes bien, acogía su presencia como se acoge a quien nos preserva de un peligro. En calidad de cancerbero teníala allí la dama, y sin duda le había encargado que ladrase con sus tres bocas en cuanto notara el menor riesgo de fragilidad. «Venga, venga la señora —dijo Teresona—, y verá la pollada que me sacó ayer la moñuda.» Y Eufrasia (confúndanla Venus y Cupido), para contrariarme más y darme el quiebro, alegrose o fingió alegrarse del recreo que la criada le propuso, porque al punto echó tras ella, llevándome a un corral próximo a la casa del guarda o conserje. Malditas ganas sentía yo de ver pollitos; pero no tuve más remedio que acompañar a la dama y hacerle el dúo en la admiración de la gallina conduciendo y educando a sus graciosos hijuelos.

Volvimos luego a pasear, mas por sitios elegidos sin duda con astuta precaución, para que encontrásemos a cada paso, bien a la vizcainota, bien a su marido o a la doncella, que charloteaba con un jardinero jovencito.

—Bien, señor... Adelante... «Sé apreciar, amigo mío, la lealtad de su afecto —me dijo Eufrasia respondiendo a las protestas apasionadas que de nuevo le hice—, y no le faltarán a usted ocasiones de conocer lo que vale su amiga.

—Esas ocasiones vengan pronto; pero no se me ordene lo que no puedo cumplir.

—¿Cómo que no? Hará usted todo lo que yo le mande, todo absolutamente, sin vacilar.

—Y por esa obediencia mía tan penosa, ¿tendré la recompensa que más anhelo?

—Déjese de recompensas y de bobadas. Está usted loco con la idea de que le quieren vender o comprar, y ahora quiere comprarme a mí. Yo no me vendo ni por su obediencia, que es valor muy grande, ni por nada... Al aconsejarle yo que tome a Ignacia, lo hago porque sé cuánto le conviene ese cáliz, Pepito. Es un elixir bien probado el matrimonio: con él tendrá usted la posición que merece, y la libertad que no puede esperar de esa vida falsa entre tantas esclavitudes, deudas, compromisos, el quiero y no puedo, que es el más grande suplicio de los tiempos que corren. Dese usted por convencido, y no hablemos más del asunto.

—Ni amo ni puedo amar a María Ignacia.»

Eufrasia no me contestó, y mascando un palito de rosa, miraba al suelo. «Vamos, no sea usted tonto, ni haga uso de un argumento en que no cree... No, no cree usted que eso del amor sea una razón... Fíjese usted en su situación social, y haga caso de lo que le aconsejamos las que conocemos el mundo, la vida: su hermana Catalina, que tiene la inspiración del Cielo; yo, que tengo la inspiración de mi experiencia... quiero decir, que mis desdichas me han enseñado la inmensa mentira de amor.

—Cierto —dije yo—, que debo tener muy en cuenta su opinión...

—Y la de otras. Consulte usted el caso con otras amigas... ¿Por ventura la de Torrefirme no le aconseja lo mismo?

—No, señora: me aconsejó lo contrario... Hoy no puede aconsejarme nada, porque hemos roto...

—Ya lo supe... Esa mujer no le amaba a usted, Pepe. Por no amarle ni pizca, le aconsejó tan disparatadamente. Quería su perdición, su ruina, su muerte en la sociedad y en la familia, que es lo que yo no quiero; no, Pepe, no lo quiero... Y como no deseo nada malo para usted, le aconsejo y le mando que se case... Su obediencia es una virtud que será pagada con mi amistad.

—¿Y cómo será esa amistad?

—Muy cariñosa: una amistad... tutelar —declaró después de pensarlo un ratito.

—¿Y qué más?

—Una amistad entrañable...

—¿Y qué más?

—Eterna —dijo volviéndome la espalda, para que no la viese llevarse la mano a los ojos.

—¿Eterna dice...?

—Sí, sí... Ponga usted todos los adjetivos que quiera, Pepe; siempre serán pocos... Y no hablemos más de eso, Pepe, por Dios, no hablemos más.»

XXVII

En efecto, no hablamos más del asunto; pero con sus ojos más negros que el alma de los condenados, con la lividez que los circundaba, y con el timbre opaco de su voz, picando en cosas comunes, me cantaba el poema más halagüeño para mi vanidad. Bien segura en su conciencia exterior por el amparo que le daba la guardia de sus cancerberos, y cuidando de que no la perdiesen de vista, no temía ya manifestarme su apasionada ternura por medios y signos que yo solo había de entender. Era mía; pero no sé qué voces del corazón me susurraban que mi victoria quedaría por algún tiempo circunscrita al terreno de los principios, como la entrega de una plaza psicológica.

«Volvamos al templete —me dijo con cierto donaire, en que vi algo de travesura—. Se me ha olvidado una cosa.» Y adelantándose, antes de que yo llegara la vi salir con el gran manojo de flores que apartado había sin decirme para quién era. Mandó a la Teresona que armase un lucido ramo. Paseamos de nuevo, y a mis preguntas contestó así, maravillándose de mi torpeza. «¡Ingrato! ¡No adivinar para quién son estas flores!...»

Un rayo iluminó mi mente. «Ya... De veras he sido torpe... El ramo es para la pobre Antoñita...

—Que está bien cerca.

—Hermosa idea, y más hermosa si vamos los dos a llevárselo.

—Pepe —me dijo poniendo otra vez en la mirada toda su ternura—, permítame que le eche en cara su torpeza, su... ¿cómo decírselo? No ha sido usted muy delicado. La persona en quien menos debe usted pensar para que le acompañe al llevar esas flores soy yo.

—Pero de usted ha sido la idea de adornar con ellas el nicho.

—Mía fue la idea, creyendo que era idea suya... ¿me entiende?

—Sí... En todo tiene usted razón. Debo ir solo. Pero no ahora. Es un poquito lejos, y no me esperará usted hasta que vuelva.

—Le prometo que sí le esperaré, si no se entretiene mucho. Es cerca. Coge usted el paseo de las Acacias...

—Lo cojo... Sí... pero si con cogerlo bastara... Después de cogido tengo que andarlo todo.

—¿Y qué? Luego pasará el puente de San Isidro...

—Si tuviera usted aquí su coche...

—Vendrá a buscarme luego... Pero en mi coche no debe usted ir, criatura.

—Es verdad... Bueno, amiga del alma. Voy, y cuando vuelva encontraré aquí a su esposo que viene a buscarla.

—No vendrá, tontín; yo le aseguro que no vendrá.»

Díjome que su marido y ella andaban algo torcidos, por cuestiones caseras de poca monta... No era nada: genialidades de uno y otro. Y como yo le manifestase grande anhelo de conocer la causa de aquellos moños, me dijo: «Si usted es tan bueno y tan agradecido y tan caballero que le lleva las flores a la pobre Antoñita, y las pone con muchísimo respeto y cariño sobre su sepulcro, tenga por seguro que aquí le espero y que le contaré... vamos, eso, la gacetilla doméstica que desea conocer... Para usted no debo tener secretos.»

Francamente, esto de no tener secretos para mí me entusiasmó, la verdad, me colmó de orgullo. Instándola a que reiterase su promesa, y cambiadas las generales fórmulas de contrato, salí con mi hermoso ramillete, deseando que en pujantes alas se me convirtiera. Tuve la suerte de encontrar coche de alquiler apenas andado un tercio del paseo de las Acacias, y a los quince minutos ya daba yo fondo en el cementerio. Interneme de patio en patio; algunas personas enlutadas andaban tristes y lentas por allí, cumplidas o por cumplir obligaciones semejantes a las que yo llevaba; otras se entretenían en leer doloridos o rimbombantes epitafios, y en mirar las coronas ya mustias del último noviembre.

Llegué a donde iba: un guarda, cuyo auxilio reclamé y tuve mediante propina, me trajo dos búcaros que para el adorno de los nichos allí se facilitan; dividimos el ramo en dos, y puestos en su lugar, no tan alto que necesitáramos escalera, quedó muy bonito, descollando por su lucimiento en la descarnada tristeza del camposanto. La imagen de la muerta, que ya navegaba con veloz carrera por el piélago de un inmenso olvido, y casi traspasaba sus horizontes, revivió en mi mente: la vi como si con los carnales ojos la viese. ¡La pobrecita gustaba tanto de las flores! El cierre del nicho, sin letrero aún, no tenía más que un número, tres guarismos que no decían nada; para mí eran un triste nombre y un sentimiento no apagado todavía, pero ya muy débil y casi expirante, como las luces que absorben con ansia de vivir su último aceite. ¡Infeliz Antonia! ¡Tan joven, y ya reducida a un signo de cantidad pintorreado sobre un tabiquillo de yeso!... Mirando la cifra, pensé en la discordia conyugal de Eufrasia, y en volver pronto al Casino para que mi amiga me la refiriese... Pensé también que Antonia, si su espíritu no estaba lejos de aquel depósito de su descompuesta humanidad, se alegraría de ver las flores y el *gitano* que se las ponía.

El guarda o sepulturero miraba mi obra con un guiño de ojos enteramente escéptico y casi casi burlón. «Cuidará usted de que los ramos no se caigan —le dije—. ¿Cree usted que durarán mucho?» Y él, guiñando el ojo no para el nicho, sino para mí: «Como durar, no sé... Piense que son flores... Pero yo estaré al cuidado para que no las roben; que aquí... ya sabe... Anochecen los ramitos en un nicho y amanecen en otro... Vienen algunos llorando, y el que no trae flores las toma de donde las hay... Pero yo estaré con mucho ojo... Si alguien las quitara, yo las volveré a poner en su sitio. A cada uno lo suyo... Váyase tranquilo.» Me retiré, y al atravesar el patio, volvime más de una vez a mirar si alguna enlutada de las que por allí discurrían me quitaba las flores, mejor dicho, se las quitaba a mi nicho, o sea el nicho de Antonia, para ponerlas en cualquier enterramiento de muertos extraños... Pero cuando pasé al otro patio, mis reflexiones encamináronse por vía más generosa y alta, y pensé así: «Dejemos el egoísmo a las puertas de esta morada de la igualdad... y las flores, como toda ofrenda... Sean para todos.»

En quince minutos, arreando de firme, me llevó el coche al Casino; aún era día claro cuando me vi de nuevo en presencia de Eufrasia, y dándole cuenta de mi comisión, oí de su boca plácemes sinceros por mi obediencia. Y yo: «Por mi parte cumplido está nuestro contrato; cumpla usted ahora; refiérame...» Y ella, riendo: «¿Pero de veras le prometí...?» «Prometió usted, con una fórmula agravante...» «¿Cuál, pobre niño?...» «La declaración de que no debe tener secretos conmigo...» «¿Eso dije? ¿Está usted seguro?...» «¡Eufrasia!»

—Bueno, señor don Pepe, mi amigo, mi protegido y mi criatura inocente: le contaré la gacetilla... Vámonos por aquí y demos la vuelta chica del jardín, por las lilas... Ha de saber usted que mi marido, desde que mataron bárbaramente las turbas al pobre Fulgosio, está con la bilis tan revuelta y con el genio tan amargado que no se le puede sufrir... Naturalmente, Fulgosio era un amigo muy querido: juntos sirvieron en la facción, el pobre don José como general, Saturno como intendente... Pues está el hombre poseído de un furor tan grande contra las *masas*, y contra el Progresismo y contra Bullwer, que a ratos parece que pierde la razón... Su odio más vivo es contra el Socialismo, secta que dice ha salido del Infierno, o es el Infierno mismo traído a la faz del mundo, y no hay, según él, penas ni castigos bastante fuertes para los que propagan tal doctrina. Yo, por no encalabrinarle más, le digo a todo que sí: por este lado no viene la discordia. Pero hay otra cuestión, no política, sino particular, planteada entre nosotros antes del 7 de mayo, en la cual no estamos conformes... Por mucho que usted cavile, Pepito, no encontrará la solución del acertijo. Óigala: Lorenzo Arrazola, ministro de Gracia y Justicia, que es amigo de Saturno y le debe favores, le habló, allá por abril, de la concesión de un título de Castilla. A nuestro amigo el señor Clonard le pareció de perlas esta idea, porque, lo que dice, la mejor recompensa para las personas que de otro campo han venido a reconocer a Isabel II es darles acceso hasta lo que llaman *gradas del Trono*, por medio de la investidura de nobleza y grandeza de España, y qué sé yo qué... El Rey don Francisco, a quien hablaron de ello algunos de su tertulia, se mostró muy complacido, y dijo que se contara con él... A mi marido se le encendieron de tal modo las pajarillas de la vanidad, que andaba demente con el marquesado, descrismándose para elegir el nombre de finca o lugar que había de ser el apodo heráldico...

«En fin, todos perdidos de la cabeza, menos yo, que me conservo serena, y no quiero motes ni honores ni nada de eso... Al menos por ahora... Veo que usted se asombra, Pepe: sin duda no me conoce bien. No soy vanidosa; me gustan las comodidades, la riqueza, que nos hacen alegre y fácil la vida; me gusta poseer los bienes positivos, vengan como vinieren; pero las aparien-cias chillonas no son de mi devoción... Además, yo no quiero lanzarme al mundo con un título rimbombante. Es muy pronto para mí. Parecería una provocación, un trágala... Están muy frescas en la memoria de la gente ciertas cosas que a mí me pasaron, y... No quiero, no quiero que la malicia me haga la autopsia, y empiece a sacar cosillas y a comparar, y a decir esto y esto y esto... Ya sé que otras se curarían poco de la murmuración, y corriendo ellas el velo, creerían que todo estaba bien tapadito. Yo no pienso así; sé que la sociedad es bastante desmemoriada; pero yo no lo soy... En principio, lo que se llama en principio, Pepe, no rechazo el marquesado, y para más adelante, no digo que no lo admita, y me encasquete la corona y dé a muchas dentera, y a otras les refriegue los hocicos con mi escudo; pero ahora no... Es muy pronto. Esperaremos cuatro o cinco años. ¿No cree usted que soy razonable?»

Díjele que la tengo por la misma razón, y que cada día encuentro en ella nuevos motivos para admirarla y adorarla, amén de tenerla por eminente maestra del vivir. Y ella siguió: «Pues aquí verá usted el porqué de las desavenencias entre Saturno y yo de algún tiempo acá, y del horrible altercado que tuvimos ayer. Díjome cosas que en verdad me lastimaron... Me rasguñó en lo más delicado de mi alma... Luego, por la noche, vino a mí tan manso y tan tiernecito, que me dio asco... Para usted no tengo secretos... Hoy no sabía qué hacerme, ni en qué altarito colocarme. Yo me mantuve en mis trece... Es un hombre de una vulgaridad que no se cuenta en un año... Esta tarde le dije que iba al Sacramento, y del Sacramento a las Comendadoras de Santiago, donde hay dos *señoras de piso*, amigas mías, y de allí a las Góngoras; y en vez de andar esas estaciones, me he venido aquí a rezar con mis rosas y mis lilas. Por allá andará buscándome con el señor de Clonard... Luego le diré que he venido a La Latina y a Santa Isabel... Tengo la buena costumbre de variar el itinerario de mis devociones... Así se me hace mi cruz más ligerita...»

Encantado la oí, y mi vanidad ante aquel espiritual divorcio se infló hasta no caber dentro de mí. Entre las diversas expresiones enfáticas que le dije, lo más presente en mi memoria es que me tengo por el más feliz de los mortales, admirando el pórtico de la felicidad. «Es usted un niño —me contestó ella con adorable acento al despedirme—. Por más que presuma de hombre hecho, no es más que una criatura, criatura muy esbelta y llena de atractivos, pero que todavía necesita crecer un poquito y reforzarse del entendimiento, y endurecer las ideas...» Indicome, al fin, que partiese antes de que llegara su coche, que ya estaba al caer, y me empujó hacia la puerta con un desenfado gracioso... «De aquello no se habla ya —me dijo—. Obedecerá el niño a todo lo que se le mande. Adiós... En casa de Serafín nos veremos... Adiós, adiós.»

Salí, mas no me alejé de la calle de Embajadores hasta que la vi pasar. Ya sabía la muy pícara que yo rondaba. ¿Cómo no presumirlo? Y al pasar, ya oscurecido, vi su rostro en la portezuela, y una mano que hacía el gesto de azotar... Y sus ojos negros también los vi, o me los figuré rivales de la noche y de toda la oscuridad del mundo.

XXVIII

Sigo con mi historia de estos días, y de los hechos gratos paso a los menos placenteros, de las flores a los abrojos, y de lo perfumado a lo pestilente. ¿Qué cosa existe más fea y desagradable para nuestros sentidos, tacto, vista, olfato, que el vernos privados de los precisos dineros para las atenciones de la vida, ora sean éstas de las elementales, ora de las artificiosas y superfluas que crea y fomenta nuestra estúpida vanidad? Y no era lo peor que yo careciese de aquella materia vivificante, sino que me apretasen los usureros para el pago de lo que les debía, estrechándome con tal rigor de cerco militar, que se creería que el cielo los desataba en mi persecución, como aquellos vándalos que del Norte vinieron sobre estos infelices pueblos mediterráneos. Mi insolvencia, más marcada cada día, les irritaba, trocándoles en fieras. Contra su persecución no me valían ya ni escondites, ni esquinazos, ni artes escurridizas de ningún género. Y para colmo de infortunio, mi amigo Aransis, de quien yo ampararme solía en estas guerras contra la cobranza, se hallaba en situación más angustiosa, requerido y deshonrado ante tribunales, sin apoyo material de su noble familia. ¿De la mía qué podía yo esperar? Nada más que anatemas y malas caras. Mis hermanos no podían o no querían hacer nada por mí. Sofía llegó a proponerme que huyera, que me embarcara, y no volviese a parecer más por la Corte. Ya no había manera de enmendar tantos yerros míos, ni de poner puertas al campo de mi disipación. Ya serían inútiles todas las precauciones y disimulos para mantener en mi madre la ignorancia de estos graves desórdenes. Si no lo sabía ya, sabríalo mañana o la semana próxima. Ésta era para mí la más penosa de las aprensiones, y el terror que mayormente me turbaba. Y no podía dudar que algún indiscreto, o algún avieso amigo, le llevarían el cuento. Cuantos afanes y desazones pudiera traerme mi endiablada situación, parecíanme tolerables y llevaderos ante el conflicto inmenso de que mi buena madre despertara del engañoso ensueño en que vivía. La muerte sería su despertar...

Pasaron días en ansiedad terrible y en continuo bochorno. Yo no visitaba a nadie, no me presentaba de noche en ninguna casa conocida. Esperé salir de las apreturas con nuevos dogales; mas aunque volaba por Madrid en busca de un confiado judío que me atendiese, no pude encontrarle, y llegué a creer que a todos los logreros crédulos y candorosos se los había tragado la tierra. Y mientras esto ocurría, todo el mundo me abandonaba; nadie iba en mi busca; huían de mí los amigos; las amigas no me solicitaban. Solo de Virginia y Valeria recibí, por Ramón Navarrete, un recado afectuoso que me endulzó un poquito el alma sin aliviarme de mi desazón. Segismunda iba de vez en cuando a mi casa, y como si yo fuese San Esteban, que había de lograr la palma del martirio con pedradas en el cráneo y el machacar de sesos, me decía: «Así estás porque quieres, gran mentecato. Pronuncia una palabra... Muy chiquita por cierto, la palabra más chica, solo compuesta de dos letras, y tendrás todo el dinero que necesites...» Pero no me convencía, y viendo cómo se enroscaban ante mí las serpientes de sus cabellos, y cómo sonaban con metálico timbre las voces que salían de su cuadrada boca de máscara griega, érame a cada instante más odiosa, y sus consejos me sonaban a horrible sugestión de los demonios.

Pero de pronto, hallándome en el culminante punto de mi desesperación, llegó a mí un consejo, un reclamo dulcísimo, una voz que me sacudió y volvió del revés... No puedo expresarlo de otro modo. Un rayo no me partiera como me partió y anonadó un billetito de Eufrasia, escrito en los términos más propios para destruirme y hacer de mis restos un hombre nuevo... El billete muy breve trazado con trémula mano, no decía más que esto: «Niño mío, pobre náufrago, ¿te ahogas, y aún dudas?» ¡Me tuteaba! El cariño encerrado en esta corta frase hizo explosión en mí... pudo más que mi conciencia y que todo lo del mundo... ¡Me tuteaba! Teníame por suyo... Salté de la silla, y empecé a dar vueltas por la habitación, gritando: «No dudo, ya no dudo...» Besé la carta, y me sometí como un pájaro atontado a la fascinación de los negros ojos, que en los trazos azules de la escritura me miraban... Movido de una valiente resolución salí a la puerta de mi cuarto, llamé a la criada para decirle que avisase a mi hermano, a quien yo tenía que comunicar algo muy urgente. Pero Agustín acababa de salir, y su mujer no había entrado aún...

Sentime muy solo, y desconsoladísimo de no poder comunicar a la familia mis trascendentales pensamientos.

Volví a encerrarme, y caí en profundas meditaciones. Me sentí filósofo, me sentí *pensador*, como ahora se dice, y me dio por descender con mirada sutil hacia el fondo de las cosas. Y lo primero que en la profundidad vi fue la pingüe fortuna de don Feliciano de Emparán, que por una combinación social de las más sencillas vendría pronto a mis manos pecadoras, y si no venía para el libre dominio, vendría para el prudente usufructo en una medida proporcionada a mis necesidades, apetitos y larguezas. Según datos que han llegado a mí sin que yo los busque, el ilustre señor disfruta un caudal diez veces, quizás veinte veces mayor que lo heredado de sus padres, y éstos fueron ricos. Se cuenta que Emparán *retuvo*, el cómo no lo sé, una gran parte de los valores públicos que poseían las monjas, y que anduvieron de mano en mano en la catástrofe de la desamortización. Con estos papeles, don Feliciano y otros cuyos nombres suenan mucho, realizaron un negocio facilísimo, de esos que no exigen rudo trabajo ni quemazón de cejas... Bienes de frailes compró Emparán por mano ajena, y bienes de aristócratas, que en la continua liquidación del acervo histórico pasan, por pacto de retro, o por venta al contado rabioso, de las manos que llevaron guantelete a las desnudas y puercas manos de la usura. Del amigo Emparán son las tierras del Condado de Tarfe, que ocupan casi media provincia; las dehesas de Somolinos y de Doña Sancha, en las faldas de la sierra de Gredos, y la vega de Santillán, bañada por el Tajo de arenas de oro.

Añádanse a esto las tierras patrimoniales en Azpeitia, y otras adquiridas en el valle del Oria, en Durango, en Oñate, y se formará la cabal cuenta... ¡No, no, qué tonto yo! Falta una brillante partida. ¡Diecisiete casas en Madrid! De éstas, cuatro son de corredor, para gente pobre, y como toda industria que explota la indigencia, producen renta lucida. Entre las demás, las hay antiguas sin reforma, antiguas pintorreadas que no logran rejuvenecerse, como los viejos que se tiñen, y modernas de nueva planta, bien repartidas en cuartos bonitos para empleados y pensionistas. ¡Y de todo esto voy yo a participar! Llueven sobre mí estos bienes sin que yo haya hecho nada para merecerlos... Me tranquilizo recordando la idea que en la tarde del Casino, y antes de aquella dichosa tarde, expresó Eufrasia con la serenidad y aplomo que hacen de ella un oráculo infalible. Hela aquí: «Vivamos con todo el bienestar posible; rodeémonos de comodidades, vengan de donde vinieren; evitemos la penuria, las deudas; tengamos todo lo preciso para evitar afanes; y en el seno de la opulencia bien ordenada, seamos modestos, caritativos, religiosos y todo lo buenos que hay que ser...»

El examen de la gran riqueza que yo había de disfrutar me llevó al intento de inquirir las razones de que fuese yo el elegido para Coburgo de la poderosa dinastía de Emparán. Habiendo tantos jóvenes de excelentes condiciones para cargar con María Ignacia, ¿por qué se pensó en mí, y en ello se puso tan tenaz empeño; en mí, que por mis ideas desentono bastante de la noble familia; en mí, pobre, de muy dudosa moralidad, paseante en corte, sin carrera ni oficio ni más patrimonio que mi figura, mis modales finos, mi labia, mi saber ameno, hoy más social que científico? Éste es un misterio que yo quería desentrañar, y por Dios que lo he desentrañado, como verá el lector futuro, si tiene la paciencia de seguirme en estas meditaciones.

Mi hermana Catalina... lo diré con todo el respeto del mundo... Mi hermana Catalina es el demonio... No quiere decir esto que sea mala, ni que en su privada conducta y en sus relaciones con la sociedad emplee infernales artes, ni que haya hecho pacto con el *Tartáreo Querub*, como suelen llamar los poetas a Lucifer, ni que lleve consigo peste de azufre, ni nada de eso... *Demonio* quiere decir el arte sumo de la astucia, de la trastienda y de la diplomacia para lograr lo que nos proponemos; significa el empleo habilísimo de medios espirituales para nuestros materiales fines. Es indudable la comunicación, el visiteo y confraternidad de los Emparanes, señor y señoras mayores, con Sor Catalina de los Desposorios, y con otras monjas de La Latina que no conozco, y que son sin duda mujeres de grandísimo talento para establecer y afianzar el dominio de unas almas sobre otras, para someter, en suma, las voluntades seglares a las voluntades religiosas. Y aquí debe de existir un factor desconocido, una fuerza poderosa, que entre las monjas y los Emparanes actúa como eficacísimo instrumento de captación, para que aquéllas cojan a éstos, y los tengan en la garra y se los coman vivos cuando les venga en deseo.

Ahondando, ahondando, llego a ver en la idea de mi boda un caso inicial de conciencia. Ha llegado a persuadirse don Feliciano de que una gran parte de sus bienes no son adquiridos cristianamente: cierto que no le trajo a tal convencimiento la simple acción mujeril, y que en ello hay de fijo obra de varón docto y que sabe su oficio. Pero si el docto varón y las monjitas están en espiritual connivencia, como Dios manda, resulta que, por la ley de predominio feminista, las franciscanas de la Concepción son las amas, y las que llevan y traen a mi futuro suegro y a las señoras mayores cogido y cogidas por una oreja. Veo también muy claro que mi bendita hermana, unida en apretada piña con sus compañeras, obtuvieron del opulento Emparán dones valiosos para su casa y Orden, y entre las concesiones a que se ha visto obligado don Feliciano, no ha sido la más floja la mano de la niña para persona por la comunidad designada. Sin duda, Catalina se ha hecho lenguas de mí, marcando y enalteciendo mis cualidades, y haciendo ver quizás que el Cielo mismo me designa para perpetuar, en mi coyunda con María Ignacia, la noble raza y nombre de los Emparanes de Azpeitia. Fascinados éstos, míranme como el mejor modelo de caballeros y de maridos en lo espiritual, y en lo físico como el excelso tipo caballar para el cruzamiento y mejora de una casta que en su vástago último aparece un poco y un mucho degenerada... Esto he pensado, este lógico aparato he construido para penetrar en la sima profunda donde está la verdad, y creo haber dado con ella. ¿Lo que he sacado de la hondura es la verdad, y verdad respiran las páginas que acabo de escribir?... Tú me lo dirás, ¡oh tiempo!, eterno hijo y padre de ti mismo, que en lo que nos enseñas eres siempre el revelador infalible.

XXIX

Entró mi hermano de la calle, y al punto que sentí sus pasos, le llamé y le dije: «Agustín, cuando quieras, puedes visitar a los señores de Emparán y pedirles para mí la mano de su hija María Ignacia. Mi determinación, claramente revelada por la firmeza con que la expresé, colmó de júbilo a mi hermano, que aturdido me dijo: "¡Ay, qué sorpresa tan grata me das...! Si te parece, voy ahora mismo. El llanto sobre el difunto, Pepe... ¡No vayas a arrepentirte!... Sí, sí, voy... Me pongo la levita nueva, el sombrero nuevo... Todo nuevo...".»

Entraba en aquel punto Sofía, que de labios de su feliz consorte oyó la noticia en el oscuro pasillo, y vino a mí con los brazos en cruz, y antes que yo pudiera zafarme, me cogió y estrujó contra el colchón de su exuberante pecho... Sentí en mi cuello y rostro la fofa blandura, el crujir de ballenas, y alguna de éstas me hizo daño. «¡Ay, mírame: se me saltan las lágrimas, Pepillo! ¡Qué bueno eres! No podías menos de rendirte a la razón, al justo medio de las cosas y al sentido práctico... Dispensa, hijo, que no te acompañe. Ahora mismo me vuelvo a la calle para llevar la noticia a los de la familia, a todos los amigos, todos, todos. Quiero que lo sepan, y que rabien... Alguno rabiará... Ya andan diciendo que tal y qué sé yo... ¿Pero no sabes una cosa? Ahora te lo digo a boca llena, porque si no te lo digo reviento. Extendida está ya la real cédula del título de Castilla que se concederá al señor de Emparán. Será regalo de boda del Gobierno a esa familia ilustre, firmísima columna del Trono y del Altar... Con que ya lo sabes: *Marqués de Beramendi*, y de no sé qué otra cosa muy sonada... Pues hasta luego: no quiero que nadie se me anticipe... Ese pelmazo de Agustín, que va a pedir la mano, no ha concluido de arreglarse... Voy a peinarle un poco las melenas, y a ponerle la levita bien ajustadita, para que no le haga pliegues en la espalda... ¡Ah!, se me olvidaba lo mejor, chiquillo. El título no se le concede a don Feliciano, sino a María Ignacia... Mira si la cosa es delicada... Adiós, marquesito de Beramendi.»

Se fue, se fueron marido y mujer a espaciar en la calle su loco júbilo; quedeme solo, y las meditaciones tornaron a posesionarse de mi cerebro, presentándome las diversas fases del inmenso problema de mis nupcias. Volví a preguntarme qué había hecho yo para merecer participación tan lucida en aquella colosal riqueza. ¿Qué organismo social es éste, fundado en la desigualdad y en la injusticia, que ciegamente reparte de tan absurdo modo los bienes de la tierra? Retumba en mi mente, al pensar en esto, el fragor de las tempestades que pavorosas estallan en toda Europa. Mis conocimientos de las teorías o utopías socialistas reviven en mí, y reconozco y declaro la usurpación que efectúo casándome con Mariquita Ignacia. Yo, señorito holgazán inútil para todo; yo que no sé trabajar ni aporto la menor cantidad de bienes a la familia humana, ¿con qué derecho me apropio esa inmensa fortuna? Mas ahora entiendo que es también muy dudoso el derecho de mi señor don Feliciano a poseer lo que posee. Por nacimiento se le dio lo que fue producto del trabajo de otra generación, y por combinaciones mercantiles, con algo de políticas, ha venido a sus manos lo que debe pertenecer a las clases indigentes, que dejarían de serlo si recibieran lo que les corresponde, en buena ley de Naturaleza... Recapacitando en ello, me siento *Sansimoniano*, y afirmo que el mundo es del pueblo, de todos, y que el derecho a los goces no es exclusivo de una clase privilegiada. La riqueza pertenece a los *trabajadores*, que la crean, la sostienen y aquilatan, y todo el que en sus manos ávidas la retenga, al amparo de un Estado despótico, detenta la propiedad, por no decir que la roba.

Comprendo el terror que causan estas ideas en la sociedad en que vivo. Yo, que antes no me curaba del Socialismo y solo me servía de él para producir algún frívolo chiste en las conversaciones mundanas, ahora tiemblo ante el problema, monstruo cejijunto, de grosera voz y manos rapaces. Me pone carne de gallina la idea de que una súbita y despiadada revolución venga a despojarme de todo esto que será mío, que ya casi en principio lo es. A más de poseer bienes raíces y valores públicos, tendré coches, caballos de silla (no me contento con menos de tres), casas de campo, cotos para mis cacerías... tendré para otros recreos mil y mil superfluidades, de las cuales seré despojado por el pueblo, por lo que Sofía con supremo desdén llama *las masas*. Pero bien podré yo, sigo discurriendo, prevenirme contra el desastre por medio de un feliz arbitrio que mi riqueza me permitirá realizar.

El recuerdo de mis lecturas de Fourier y Considerant me sugiere la idea de hacer un ensayo de la grande y nueva asociación humana dividida en los elementales estamentos: capital, trabajo, inteligencia. Y sobre esta sólida base estableceré un falansterio modelo, construido para la existencia cómoda de los *trabajadores* que en él han de habitar por grupos o *falanges*, conforme a las aptitudes y gustos de cada uno. Por este medio me adelanto a la revolución, la inutilizo, le corto las uñas, y... ¡Qué tonterías digo! ¡Bonito es el genio de don Feliciano y bonito corte de *fourieristas* el de las señoras mayores para permitirme tales extravagancias! Y aunque me dejaran, ¿pensaría yo en ello después de cabalgar tan a gusto en el machito del privilegio? ¡Qué delirios se me ocurren! De veras estoy loco. La revolución vendrá... La tormenta que vaga por Europa, de pueblo en pueblo, descargando aquí centellas, allá granizo, en una parte y otra eléctrico fluido que todo lo trastorna, ha de ser, andando el tiempo, furioso torbellino que arrase el vano edificio de nuestra propiedad, sin que contra él nos valgan falanges ni falansterios... ¿Tardará meses, años, lustros; tardará siglos?... Que a mí no me coja es lo que deseo, y que cuando estalle, ya estén leídas y dadas al olvido mis deslavazadas Confesiones... ¡Y con qué incongruencias nos sorprende nuestro juguetón Destino! ¡Yo que quizás habría sido revolucionario, y que sentí en mi alma vagos estímulos de rebeldía y protesta, ahora me coloco entre las víctimas de la revolución, y ya no seré pueblo justiciero, sino aristocracia justiciada, como enemigo del pobre y ladrón de propiedad! ¡Yo que había mirado con tan tiernos ojos al dulce clérigo Lamennais, viendo en él al apóstol del proletariado en nombre de Cristo, primer pobre; yo que como él llamaba *esclavitud moderna* al viejo pauperismo, y pedía la redención de los menesterosos, víctimas de un corto número de opresores y verdugos, ahora me paso con armas y bagajes a esta minoría cruel y egoísta, y sentado en la mesa de Epulón, arrojaré los huesos y piltrafas a la humanidad desheredada por inicuas leyes...!

De idea en idea, he venido a parar en que mi nueva familia querrá rehacer mi personalidad en los viejos hábitos de sus devociones y de su santurronería, así como en el continuo trato con clérigos y monjas. Eso no: ya me defenderé hábilmente, y en último caso, mi externa flexibilidad me permitirá compaginar las ideas con las obligaciones, que si París valió una misa rezada, esta conquista mía vale misa cantada con tres curas. Venga lo que viniere, ya no me arredro... Me asalta el recuerdo de las teorías de Owen, que hoy, con las de Fourier y las de Saint-Simon, levantan en el mundo amenazadoras borrascas. Rechazo con Owen todas las religiones, y establezco como fundamento moral de la sociedad la Benevolencia. Mi riqueza me hace benévolo. Imitando al filósofo inglés, erigiré una gran fábrica o manufactura a estilo de la *New Lanark*, y entre mis felices y bien alimentados obreros practicaré todas las virtudes evangélicas... Seré apóstol, seré el Verbo de la Benevolencia universal, y daré un ejemplo a mis contemporáneos y a las generaciones futuras para que sin dogma religioso aguarden tranquilas las revoluciones que se avecinan, y las deshagan como la sal en el agua... Heme aquí, señores de la Posteridad, en la mayor crisis de mi espíritu. ¡Yo que tan donosamente me burlé de la llamada Economía Política, negándole títulos y honores de ciencia, ahora ved cómo me vuelvo economista, económico,

177

o como queráis llamarme! ¡Fatal evolución, radicales mudanzas del hombre dentro del curso de su propia existencia, tan solo por las misteriosas transfusiones del oro de bolsillo a bolsillo!

...¿Pero es verdad que yo soy rico, que lo seré dentro de algún tiempo? Así parece. Pues bien: el mal camino, andarlo pronto. Con mi conciencia hecha jirones ante mí, inútil despojo que para nada me sirve ya, pienso que tendré coches, caballos de silla... tres por lo menos no hay quien me los quite... Montes para mis cacerías de reses mayores, quintas para convidar a mis amigos; palacio en Madrid, algún otro en provincias... Compraré lindas estatuas y hermosas pinturas que sustituyan a los abominables cuadros milagreros y feísimos retratos de Pontífices, que adornan los salones de mi nueva familia... Y en cuanto a María Ignacia, la llevaré a París para que los más hábiles corseteros del mundo me le arreglen aquel cuerpo imposible, aunque tengan que amputar alguna parte de él y ponérsela postiza; las modistas más hábiles harán para ella seráficos trajes y sombreros olímpicos que la hermoseen, la corrijan, la... ¡Qué delirio! No puedo seguir.

XXX

6 de junio. Al reanudar hoy el cuento de mi vida, veo que la confesión última, con la cual debo empalmar la presente, es irrespetuosa y depresiva para mi futura compañera. Pero, atento a que la sinceridad resplandezca siempre en cuanto escribo, no borraré aquellos conceptos, impresión fiel de lo que entonces pensaba y sentía. Distintas son hoy mis impresiones, y puedo manifestar que en estos días no me ha parecido mi novia tan desgraciada de figura como la describí en otra ocasión. Sea porque le han puesto algún milagroso corsé, sea porque la naturaleza, por influjo de amor, tiende a enmendar sus propias imperfecciones, ello es que, viendo ayer a María Ignacia, antojóseme regularmente formada, y casi casi un poquito esbelta; y aún me dan tentaciones de creer que se le va corrigiendo la fealdad de la boca, o que se le reduce a un simple defecto que fácilmente se disimula con la seriedad: no veo yo que sea la risa el mejor adorno del rostro humano, y antes bien entiendo que la mujer casada no tiene por qué enseñar los dientes.

Pues la causa de que la última confesión quedase interrumpida fue que entraron como avalancha mis dos cuñadas, y Segismunda se precipitó a mí para abrazarme, diciendo que quedaban olvidadas nuestras querellas y que volvíamos a la cariñosa concordia entre hermanos, como mandan Dios, la Sociedad, la familia, y no sé quién más. A poco llegó Agustín, contándonos el buen acogimiento que habían dado los Emparanes a su mensaje matrimonial. La escena fue conmovedora: el regocijo bailaba en los ojos de don Feliciano y de las señoras maduras. María Ignacia, cuando entendió que yo la pedía, estuvo si cae o no cae con el accidente. «En fin —dijo a su esposa—, para el domingo estamos todos convidados a comer... todos, y tú también, Segismunda... la familia en masa... No faltaremos... ¡Y qué casa, qué lujo, qué señorío a la antigua usanza! Vengo encantado...» Como un pavo cuando endereza el moco y se hincha rastreando las alas, salió Agustín hacia su habitación, y en apostura semejante, inflada como un globo, le siguió Sofía, dejándome solo con Segismunda (cosa convenida entre las dos), que al punto me dijo: «Ya puedes disponer, querido Pepe, de cuanto dinero necesites para quitarte esa roña indecente de tus deudas... Si quieres evitarte la molestia de tratar con esos tíos marrulleros, mándales a casa, y Gregorio se encargará de despacharles, recogiendo todo tu papelorio. De buena has escapado, hijo. Ya ves cómo tenía yo razón cuando te decía que ibas al abismo. Felizmente has hecho caso de mis consejos, y ya estás salvo. Ahora, cuando te entreguemos tus pagarés, nos firmas tú una obligación por la cantidad que resulte, y en paz. Ya nos pagarás cuando gustes...»

Parecíame bien discurrido el plan, y le di las gracias por su diligencia y el cuidado de mis asuntos. Y ella, sentándose junto a mí en el modesto canapé de Vitoria: «Pues ahora, ya que eres tú el grande, o lo serás, y nosotros chiquitos, obligado estás a mirar por tus hermanos. Tu posición de millonario y de marqués todo te lo facilita... Óyeme con atención un rato, querido Pepe. Ya ves que vamos subiendo, subiendo, no tanto como subirás tú; pero tampoco nos arrastraremos por la tierra. Agustín es el que no saldrá ya de la condición de empleado, y lo más a que podrá aspirar es a una plaza de director general en Hacienda... que es lo mismo que nada. Gregorio y yo... No digamos que somos ricos, pero vamos en camino de serlo si la Providencia sigue ayudándonos como hasta aquí. La semana pasada hemos comprado un terreno muy grande más allá de la Era del Mico, pagándolo como fanegadas de pan llevar, y dentro de algunos años, si Madrid crece y crece, como dicen que crecerá cuando haya *ferros-carriles*, lo venderemos a tanto el pie... Fuera de esto, es posible que nos quedemos con una finca muy buena en la Vega de Añover... Nos sale por una bicoca, y es tal que, poniéndole riego, será, según dicen, el Potosí del espárrago y la California del melón... Bueno, Pepe: vete un día por casa y verás qué muebles antiguos y modernos tengo allí, y qué espejos con marco de ébano, y qué tapices de Santa Bárbara... Nos hemos quedado con todo ello por un pedazo de pan, como quien dice. Te enseñaré además un magnífico collar de diamantes gordos montados en plata, y un par de esmeraldas espléndidas, procedentes de la casa de Ceriñola... Pues bien: a mí también se me suben los humos a la cabeza, y aspiro ¿cómo no? a darme un poco de lustre, no digo que hoy, no digo que mañana, porque es demasiado pronto, sino dentro de un par de años, o de tres... Eso lo dejo a tu buen juicio... No pretendo yo un título de Castilla, que eso me parece mucho para mis cortas ambiciones; pero un titulito de esos que da el Papa, y que cuestan poco dinero, sí que me convendrá, y tú, tú me lo vas a conseguir.»

La sorpresa no me dejó expresarle ni conformidad ni reprobación. Debí de estar un rato con los ojos muy abiertos, espantados, porque Segismunda, sin acobardarse, prosiguió así: «¡No es para tanto asombro, vaya! Pues qué, ¿no somos todos hijos de Dios? Tú, que pronto serás influyente y poderoso, podrás hacer lo que te digo; y no te nos endioses ahora, ni desprecies a los humildes. Cristeta me ha dicho que tú, con ponerle una carta a tu amigo Antonelli, el ministro del Papa, tendrás cuantos títulos se te antoje pedirle, y aun es fácil que el mío te lo dé *libre de gastos*, lo que sería miel sobre hojuelas. La oportunidad de la petición es cosa tuya... Otra cosa: de esto no debe enterarse Gregorio: quiero darle una sorpresa.»

No tardé en volver sobre mí, respirando de lleno el ambiente social que tanto había contribuido a la evolución de mi conciencia y de mi carácter, y benévolo y sonriente le dije: «Sí, sí, querida Segismunda: lo que ambicionas paréceme muy razonable, y cuenta con que si de mí depende la concesión del título, ya puedes empezar a usarlo. ¿Y qué, piensas bautizar tu nobleza con el nombre de esa gran finca que pronto será vuestra por pacto de retro, o por embargo?... Sea por lo que fuere, ¿fundarás en ella tu ejecutoria de nobleza pontificia?

—En ello he pensado —respondió cavilosa—; pero el título de *condes de Titulcia*, que es el nombre del lugar próximo, no me parece que suena bien... ¿A ti cómo te suena?

—¡Titulcia, Titulcia!... En efecto: como sonido es algo semejante al de la moneda falsa, o que tiene hoja... Suena también a título de sainete.

—Eso digo yo... Pues verás: devanándome los sesos, he inventado este otro título: *condes de la Vera de Tajo*.

—¡Oh!, es admirable, como invención de tu caletre. Segismunda, tú pitarás, tú serás condesa, y por mi parte, espero a que me señales el momento oportuno para escribir a Roma y empezar mis gestiones...

—Ya contaba yo contigo. Nadie como tú ha podido apreciar mis esfuerzos para engrandecer a la familia, y labrarnos una vida de comodidades: así lo hace todo el que sabe y puede... Gracias a mí, no es Gregorio un triste empleado, y mis hijos unos pobres lambiones... Ya ves qué flaca me estoy quedando de tanto como discurro para marcarle a Gregorio cada día lo que debe hacer... Y estas noches me ha quitado el sueño eso del maldito Socialismo, de que los periódicos hablan como si fuera el fin del mundo. Dice Gregorio que ese tremendo huracán que anda retumbando por las naciones quedará en agua de cerrajas; pero yo que pienso, yo que examino las cosas, veo que ello trae miga, y muy mala intención, Pepe, muy mala intención. ¡Vaya con la tecla de que todo ha de ser para todos, y de que se deben repartir por igual los bienes de la tierra! Ello será justo, pero imposible. ¿No crees tú lo mismo? ¿Quién es el guapo que nos quite lo que hemos ganado con el sudor de nuestra frente para dárselo a tanto vagabundo y a tanto perdido piojoso? ¿Y habrá por esto una revolución muy grande, la sublevación de los pobres contra los ricos, de los muchos contra los pocos? Tú que lo has estudiado en los libros, me dirás si debo tener mucho miedo, o tranquilizarme pensando que la catástrofe vendrá, sí, pero vendrá cuando los que hoy vivimos estemos ya gozando de Dios.

Díjele que por lo que he sacado de mis estudios y de la observación de lo presente, la revolución ha de venir; pero tardará un rato. Entre tanto, debemos vivir lo mejor que podamos, y criar a los hijos, el que los tenga, en la devoción de la buena vida, y enseñarles a que no humillen al pobre y a que le den cariñosamente las sobras de nuestras mesas, para que comiendo se curen de la manía de arrebatarnos lo que poseemos.

«Me parece muy bien —dijo Segismunda—: fomentemos también la religión, de la que nace la conformidad del pobre con la pobreza. ¿Para qué pagamos tanto clérigo, y tanto obispo y tanto capellán, si no es para que enseñen a los míseros la resignación, y les hagan ver que mientras más sufran aquí, más fácilmente ganarán el Cielo?

—Justo; y entre tanto ganemos nosotros la tierra...

—Que es lo más próximo... y lo más seguro.»

Poco más hablamos, y se fue, dejándome en poder de Agustín y Sofía, que con el convite en la grandiosa casa de Emparán estaban como chiquillos con zapatos nuevos. Me consultaron si el frac de mi hermano sería bastante de moda para una solemnidad tan extraordinaria, y si Sofía haría mal papel llevando el vestido color de níspero con *frunces* y adorno de galones de seda. Respondile que mis presuntos suegros y las señoras mayores saben conciliar la opulencia noble con la llaneza, y no reparan en cortes de fracs ni en colorines de vestidos, con lo que quedaron tan satisfechos.

8 de junio. He vuelto al mundo, he reanudado mis relaciones. En ningún semblante he visto el menor rasgo de irónica burla por mi casamiento. He oído muchos plácemes. Alguien me ha mirado con asombro, alguien con envidia. Solo en las caras de Virginia y Valeria encuentro una sombra de lástima mezclada de tristeza. No me hablan de mi boda, y aun noto en ellas algo como supremo esfuerzo de discreción tocante a este suceso. No pronuncian palabra alguna que suene a casorio, noviazgo, ni cosa tal. Pero su seriedad me causa pena; creería yo que me estiman menos, o que me miran como una amistad perdida para siempre. Ya no revolotean junto a mí, ya no me marean dulcemente con risueñas chanzas; ya soy para ellas un viejo... Anoche, en sueños, las he visto huir de mí, enlazadas de la mano, sin volver atrás los ojos, dejándome en una especie de dorada sepultura, amortajado en hielo...

Muchos días pasaron sin ver a Eufrasia, y la primera vez que a su lado me encontré después de la dulce entrevista del Casino, no pudo hablarme con confianza por estar presentes el señor de Roa, Cristeta y a ratos Don

Saturno, que entraba y salía estorbándonos toda comunicación. Solo pudo decirme que está contenta de mí, y que no me aparto de sus pensamientos. ¿Cuándo podré verla? Respondió a esto que al Casino no volvería... y que... ¡ay!, que acelerase mi boda todo lo que pudiese. Retireme sin comprender bien la intrincada psicología de aquella mujer, mas con esperanza de entenderla y desentrañarla pronto, algún día... Desde la sala próxima, volviéndome para mirarla, vi que en mí clavaba sus negros ojos, y en ellos se me reveló su soberano talento, su apasionado corazón... y su profunda inmoralidad...

Eran sus ojos el signo de los tiempos.

XXXI

12 de junio. Ayer empezó el día con un tremendo disgusto. Presentóseme muy de mañana una mujer desgreñada y con aspecto de loca; rodeábala un enjambre de chiquillos de diferente edad, rotos y sucios, mocosos y famélicos. Era la esposa del buen Cuadrado, y a contarme venía un infortunio que para ella es como si todo el firmamento con estrellas grandes y chicas, y el Sol y la Luna, se le hubiese caído encima. El pobre don Faustino, que movido del hambre más que del furor político, tuvo platónica participación en la trifulca de mayo, llevando recadillos y órdenes al cuartel del Hospicio, residencia del regimiento de España, había sido preso y llevado a San Francisco. Véase cómo: Una mañanita se presentó la policía en la casa, y sin más que un *véngase usted con nosotros*, se le llevaron... Creyó la pobre mujer que pronto le soltarían, como a tantos otros, por no poder probarles nada, y así se lo decía él cuando la infeliz mujer iba a llevarle la comida. «Pero ayer, ¡Cristo padre! —prosiguió ella—, va una servidora al cuartel y dicen: "¿Cuadrado? Ya está en camino para el embarque". ¡A Filipinas, Señor! Ya me le llevan, ya se fue, ya no volverá...» Y al decir esto la madre, rompieron los pequeñuelos en tan aflictivo coro de llantos y chillidos, que yo me vi precisado a llorar también.

Les consolé y socorrí, les aseguré que yo cuidaría de mantenerlos hasta que el buen Cuadrado volviese, y corrí a Gobernación con ansia de impedir iniquidad tan grande. Pero ya era tarde: ya no había medio de tirar de la cuerda para detenerla y soltar de sus nudos un solo cuerpo de los que a la proscripción conducía. Narváez era inflexible, y acordadas las deportaciones, se tapaba el rostro la clemencia, pues en todos aquellos que el Estado maldecía, echándoles de casa, estaba bien manifiesta la culpabilidad revolucionaria. ¿Qué sería de un país sin *Orden Público*? ¿Y cómo se asegura el *Orden Público* sino desprendiendo y arrojando fuera todos los miembros o partes corruptas de la enferma Nación?

¡Qué triste mañana, y qué atrevidos pensamientos en ella me asaltaron! Los escribiré otro día. Ahora doy la preferencia a la carta de mi madre, que encontré al volver a casa, y que fielmente, sin variar coma ni punto, traslado a mis Confesiones:

«Hijo queridísimo, ya lo sé; ya estoy enterada. ¡Alabanzas mil al Señor! Por lo que Catalina me dice, entiendo que de algún tiempo acá se le aparecían en sueños unos ángeles que de ti le hablaban, y juntamente le anunciaron maravillosas determinaciones del Cielo... Que el Señor lo ha dispuesto a su gusto y para sus altos fines, bien a la vista está... Digo que aquellos ángeles, y ángeles fueron aunque Catalina por modestia no los nombre, le comunicaron la voluntad de Dios, y ella procedió con arreglo al divino mandato... Perdona que no vaya esto muy bien hilado, porque la sorpresa y el contento, hijo mío, me desconciertan todo el sentido, y tanto quiero escribir, que saltan las palabras unas encima de otras, y no sé si escribo lo que pienso, o si pienso escribir lo que no escribo... Pues sí, Catalina oyó a los ángeles, y aun creo que los vio en corporal figura cuando rezaba, y al punto se dio a combinar y resolver que de la soledad de tus estudios pasaras a los afanes y obligaciones de hombre casado... Las noticias que me da tu hermana de las virtudes de esa familia, que tiene en su sala las imágenes de todos los Pontífices, me han hecho llorar... ¡Ay qué familia, y qué señores y señoras tan santos! Ello ha sido que tú fuiste a esa casa movido del ansia de tus lecturas, y en son de consultar libros antiguos y cuadros de Papas, y allí os visteis y os conocisteis tú y la virginal Ignacia, de quien tendré la honra de ser madre... ¡Oh delicias mías, oh alegría de mi vejez, oh inefable don del Espíritu santo!... Pues os visteis, y en uno y otro se encendió un amor casto, como el de los serafines. ¡Cuán grande será tu mérito, hijo mío, que solo con mirarte entendieron el señor don Feliciano y esas señoras graves que eras el niño enviado por Dios para hacer feliz coyunda con la niña! ¡Y cuán altas y nobles serán las prendas de Ignacia cuando tú, solo con verla una vez, la diputaste por esposa que el Cielo te designaba! ¡Ay!, vuelvo a llorar de alegría. Mis lagrimones caen sobre el papel; pero sigo escribiéndote, y digo que no necesito que tú y Catalina me ponderéis la belleza de Ignacia para que yo la vea tal cual es realmente, la más hermosa criatura puesta por Dios en el mundo, con la inocencia pintada en su rostro angélico, los ojos como luceros, la boca como la misma pureza entre rosas y jazmines, y el cuerpo tan gallardo que no hay palmeras ni juncos que se le puedan comparar... ¡Ay, qué abrazos te doy con el pensamiento, y a ella también, a los dos, a los dos, para que juntos recibáis los cariños de vuestra amorosa madre!... Como el Señor no ha de querer, pienso yo, que seas tan solo esposo putativo (que a sus fines no convendrá estado tan perfecto), ya estoy viendo la caterva de graciosos nietecillos... No, no puedo seguir: los extremos de alegría me han llevado a soltar la pluma y a dar por la estancia no sé cuántos paseos y aun algunos brincos. Me recojo por si alguien entra y cree que me he vuelto loca.

»Tu padre, de la sorpresa de este notición, se ha quedado como lelo, y tu hermano quiere ir a la boda. De los tantísimos millones que dicen vas a poseer, nada quiero saber yo, porque eso me importa un bledo. Ya sé que todo lo has de emplear en servicio de Dios, conforme al ejemplo que te dan los padres de la bendita Ignacia... Ya sé que como no tienes vicios, ni hábitos de lujo, ni gustas de vanidades, todos esos tesoros serán empleados en obras de religión, y ya estoy viendo el suntuoso convento que construirás para la *Concepción francisca* en Madrid. El pajarito que todo me lo cuenta y que jamás me engaña, me dice que harás otro convento de la misma Orden aquí, trayéndonos de priora a tu hermana, y otro en Atienza. Buena falta hace allí una casa religiosa de mucha santidad, que está el pueblo muy perdido... Y ya estoy viendo que con esos ríos de oro que entran en tu casa, se acabarán los pobres en Madrid, pues tu mujer y tú, mis queridos hijos, no daréis descanso a las manos en la limosna... y tanto tenéis, que os sobrará para los pobres de Atienza, donde por las malas cosechas están los labradores muertos de hambre y no saben a quién volverse... Pienso yo que, por muchos pobres que salgan, no habrá número bastante para dar abasto a vuestra caridad. ¿Verdad, hijo mío, que así es?... Ahora sí que podrá decir tu padre que se acabó el Socialismo; y por cierto que cada mañana y cada noche me ha de dar matraca con el Socialismo dichoso. Yo no le temo ya...

Vivan mis hijos, a quienes Dios concede tanta riqueza para que alivien las miserias de la Humanidad, para que les quiten de la cabeza a los pobres esa mala idea de revolucionarse por el tuyo y mío.

»Cuento con que, recibidas las bendiciones, os vendréis a pasar el verano en Atienza, que es tierra de mucha frescura. Allá iré yo a prepararos la casa, y por de pronto voy a poneros unos juegos de sábanas de hilo que la misma reina y el Rey no los tienen mejores en su real cama. Casaos; venid pronto, hijos míos... No tardéis, por si me mata tanta alegría. Yo me pasaré el resto de mi vida dando gracias a Dios por el inmenso beneficio que te ha hecho; venid, venid. Véate yo, y muérame después, que para nada sirvo ya en el mundo... No sigo; no puedo más: los lagrimones han mojado todo el papel. Recibe con ellos para ti y para María Ignacia el amantísimo corazón de tu madre. *Librada*.»

Fin de Las tormentas del 48
Madrid, marzo-abril de 1902.

Libros a la carta

A la carta es un servicio especializado para

empresas,

librerías,

bibliotecas,

editoriales

y centros de enseñanza;

y permite confeccionar libros que, por su formato y concepción, sirven a los propósitos más específicos de estas instituciones.

Las empresas nos encargan ediciones personalizadas para marketing editorial o para regalos institucionales. Y los interesados solicitan, a título personal, ediciones antiguas, o no disponibles en el mercado; y las acompañan con notas y comentarios críticos.

Las ediciones tienen como apoyo un libro de estilo con todo tipo de referencias sobre los criterios de tratamiento tipográfico aplicados a nuestros libros que puede ser consultado en Linkgua-ediciones.com.

Linkgua edita por encargo diferentes versiones de una misma obra con distintos tratamientos ortotipográficos (actualizaciones de carácter divulgativo de un clásico, o versiones estrictamente fieles a la edición original de referencia).

Este servicio de ediciones a la carta le permitirá, si usted se dedica a la enseñanza, tener una forma de hacer pública su interpretación de un texto y, sobre una versión digitalizada «base», usted podrá introducir interpretaciones del texto fuente. Es un tópico que los profesores denuncien en clase los desmanes de una edición, o vayan comentando errores de interpretación de un texto y esta es una solución útil a esa necesidad del mundo académico.

Asimismo publicamos de manera sistemática, en un mismo catálogo, tesis doctorales y actas de congresos académicos, que son distribuidas a través de nuestra Web.

El servicio de «libros a la carta» funciona de dos formas.

1. Tenemos un fondo de libros digitalizados que usted puede personalizar en tiradas de al menos cinco ejemplares. Estas personalizaciones pueden ser de todo tipo: añadir notas de clase para uso de un grupo de estudiantes,

introducir logos corporativos para uso con fines de marketing empresarial, etc. etc.

2. Buscamos libros descatalogados de otras editoriales y los reeditamos en tiradas cortas a petición de un cliente.

www.ingramcontent.com/pod-product-compliance
Lightning Source LLC
Chambersburg PA
CBHW022154240626
47153CB00007B/2664

mente se comprendía que una mayor querencia que el secarse y comer solicitaba con imperio su voluntad. «Vete, vete pronto arriba —le dijo la que sin duda era dueña de la casa—. Estás deshecha por llegar pronto, y hartarte de mimo... ¡Ay, hija! la juventud es un gusanillo que pide ilusión y tienes que dársela: si no, te come toda la vida. Más vale suspirar de joven por enamorada que de vieja por desconsolada. Aprovecha el tiempo, que vuela, hija, llevándose las ocasiones, y el muy perro se las guarda para que no puedan volver...» Más dijo, más quiso decir, revelándose en tan corto instante como habladora sin tasa; pero la otra, que ya conocía y padecer solía el torbellino de sus vanos discursos, no la dejó aquella noche asegurar la hebra, y extremando sus prisas impacientes dijo: «Señá Casta, con permiso... Déjeme subir, que vengo retrasada y estará con cuidado.»

Sin dar espacio a más razones metiose por un pasillo anguloso, saludó a una criada, acarició a dos niños que de los aposentos alumbrados y calentitos salían a verla, y por una puerta próxima a la cocina humeante pasó a otro patio más pequeño que el primero, y como aquel, húmedo, tenebroso, atestado de material de derribos, predominando los fragmentos de altares, de púlpitos y demás carpintería eclesiástica. Por la estrecha calle que las pilas de aquellos nobles vestigios dejaban al tránsito, se escabulló con ligereza hasta dar con una escalera por la cual subió, como si dijéramos, de memoria, palpando y reconociendo con manos y pies. De ladrillo y nada corto era el primer tramo. Torciendo a la derecha encontró la moza el segundo, de madera, interminable serie de peldaños temblorosos y gemebundos, sin ningún descanso, sin vuelta, todo seguido, seguido, en fatigante línea recta trazada en los senos de la pesadilla. La última parte de aquella lucha opresora con las alturas iba por descubiertos espacios. Mirando hacia abajo se veía el patio grande, parte de la calle de Rodas, y a la izquierda patios de casas domingueras, en cuyas celdas se veían claridades, y a lo largo de los corredores o en las entornadas puertas sombras movibles. Rumor de humanidad subía también, y un cuchicheo de la vida afanosa requiriendo el descanso nocturno...

Vencido el último escalón encontrose la mujer en un secadero de pieles, que antes de ser visto se denunciaba por el olor nauseabundo. Pasó la viajera, conteniendo el aliento, por los bordes del tenderete, y llegó a una como azotea, secadero abandonado y en ruinas, conservando los pies derechos que habían sostenido su techumbre. Allí se detuvo un instante para tomar resuello y meter aire limpio en sus pulmones. Vio el patio de otra casa de corredor, correspondiente a la calle de la Pasión, y por costumbre de mirar al cielo en tales alturas echó atrás la cabeza con movimiento de astrónomo. Pero el cielo, que otras noches desplegaba su soberana hermosura sobre este montón de miseria y porquería en que vivimos, aquella noche parecía espejo en que se retrataba lo de abajo, un fangal sucio, tenebroso. Arreciaba la lluvia en aquel instante, y el agua, escurriéndose aquí, goteando allá, buscando presurosa todos los caminos y conductos que la condujeran a la tierra, hacía los ruidos más extraños. En los apanzados techos mohosos corría un bullicio de arroyuelo campesino, y en las canales rotas entregábase a ejercicios de fontanería burlesca. Los absorbederos en buen uso la paladeaban antes de tragarla.

En todo esto fijó brevemente su atención la de los rojos chapines, buscando en la observación de tales ruidos un alivio al miedo que otros le causaban, como el galopar frenético de ratones en retirada, y el bufido de gatos feroces que les buscaban las vueltas en las entradas y salidas del colgadero de pellejos... Aún tenía que franquear la moza un paso difícil para llegar al término de su viaje. Pisando tablas rotas, metiose por estrecho espacio entre una medianería y un grupo de chimeneas; llegó al alcance de un ventanón de vidrios emplomados, en parte rotos y sustituidos con papeles, y al reconocerlo por la claridad que los sucios cristales transparentaban, golpeó con los nudillos como anunciando su llegada... De allí pasó a un segundo hueco, que lo mismo podía ser ventana que puerta, con un batiente de cuarterones y otro de cristalera alambrada: empujó... Entró como paloma que vuelve al nido.

Era un recinto abohardillado, como de seis varas de largo por tres de anchura; por un extremo, de elevación bastante para que personas de buena estatura pudieran estar en pie, por el otro suficiente no más para un perro de mediana talla... La entrada de la mujer fue ruidosa: en ella, como un júbilo triunfal; en el que la esperaba, como término de ansiedad expectante. El farolillo que alumbraba la mísera estancia daba la claridad precisa para determinar vagamente los objetos, y no tomar por personas las prendas de ropa colgadas de una cuerda. La moza se adelantó hacia un camastro, que más bien debiera llamarse rimero de pieles, mantas y enjalmas; de aquel diván humilde surgió el busto de un hombre, que abiertos en cruz los brazos, exclamó: ¡Cuánto has tardado, mi alma! ¡En qué ansiedad me has tenido, corazón! No me consolaba más que la idea de morirme esta noche.

—¿Morirte tú, mi *Tolomín*, sin que tu Cigüela te dé licencia?... No faltaba más... —dijo ella sin abrazarle más que con la intención—. Chiquillo, no me abraces tú... Toca, y verás que estoy hecha una esponja. Déjame que me sacuda...

Diciéndolo, de un tirón desenlazó el pañuelo de la cabeza, quitose el de manta, y ambas piezas colgó en la cuerda de que pendían otras. Luego, risueña, con gracioso brinco, llegose al camastro, y alzando una pierna mostró el chapín rojo puntiagudo: *Mia, mia* qué pinreles traigo, Tolomín.

—¡Ay, qué bonitos! ¿De dónde has sacado eso? —dijo el hombre tirando del borceguí, que chorreaba.

—Ya te contaré —replicó la moza alargando el otro pie para que lo descalzara—. Pero antes de hablar eso, tengo que contarte otras cosas... Muchas cosas, Tolomín.

Desnudos quedaron los pies de Cigüela, y mojaditos como si hubiera venido descalza. El hombre acostado le tiró de la falda, la obligó a sentarse junto a él, y le secó un pie diciéndole cariñoso: ¡Pobre *Güela*, los trabajos que ella pasa por su Tolomín!... Dame ahora el otro: están heladitos.

—Ya se calentarán... ¡Con sentarme sobre ellos...! Pero antes tengo que arreglarte un poco tu sala, tu gabinete, tu camarín y toítas estas dependencias *maníficas*, como decimos las manolas, y *maggg... Níficas*, como decimos las señoritas del pan pringado... Verás, Tolomín, qué pronto despacho.

—Mientras me ordenas el mechinal, cuéntame lo que pasa en Madrid, que ello habrá sido gordo...

—No pasa nada, hijo...

—¿Cómo que no? Yo he oído tiros.

—Estás soñando.

—Tiros de fusilería, y alguno, alguno de cañón —afirmó el hombre con sincero convencimiento—. Oyéndolos, me dije: "Ya se armó". Y como tardabas, pensé que por estar cortadas las calles no podías pasar hacia acá, y también me asaltó la idea de que te cogiera una bala perdida...

—¡Pobre Tolomín!... Dormido has oído los tiros; que quien despierto sueña con revoluciones y trifulcas, más ha de soñar cuando cierra el ojo.

—No, no: bien despierto estaba cuando oí los disparos de fusilería... y ello sonaba por esta parte: primero lejos, como en la Puerta del Sol; después más cerca, como en Puerta Cerrada.

—¡Ay, qué engañoso y qué visionero!... Te aseguro que esos tiros no han sonado más que en tu pobre magín enfermo, y que Madrid está más tranquilo que un convento de monjas... No, no es buena comparación... Más tranquilo que un cementerio...

—¿De veras no hay barricadas?... ¡Cigüela!

—Tolomín, no hay barricadas. Las habrá; consuélate con la esperanza. Las habrá... y tan altas que lleguen a los pisos terceros, si quieres... Pero lo que es hoy... ¡Bueno ha estado el día, y bonita la noche para esas bromas! Con las calles mojadas y la pólvora revenida ¿quieres tú jarana?... Las revoluciones quieren Sol, como los toros, y el patriotismo no ha de ser pasado por agua...

—Por decírmelo tú lo creo, que cuanto tú dices es para mí artículo de fe; pero yo estoy bien seguro de lo que oí... Segurísimo... ¡Pim, pam...! ¡Fuego...! ¡pim, pam...! duro y a la cabeza... ¡pim, pam!

—Ea, no te encalabrines... Te volverá la calentura.

—¡Libertad o muerte! ¡Fuego!

—Juicio, mi Capitán... No estamos tan lejos del mundo, que...

—¡Viva Isabel II!

—¡Chitón!

—¡Viva España, viva la Libertad! Todo esto va contigo, boba: la reina eres tú; tú eres España, tú la Libertad...

II

Cigüela reía. Lo primero que hizo, al acometer sus menesteres domésticos, fue sacar del bolsón pendiente de su cintura bajo la falda, dos paquetes con envoltura de papel fino cruzada de cinta roja, y ponerlos sobre una caja que servía de mesa. Descalza, diligente, iba de un punto a otro con suma presteza; y sosteniendo la conversación con el aburrido Tolomín, al deber de mirar por su existencia y su salud atendía. En el lado donde era más alto el techo, tenía un anafre, y en sitio cercano provisión de carbón, teas y una caja de fósforos. Encendió lumbre y puso a calentar agua. «¿Qué me has traído esta noche?» —preguntó Tolomín, que no quitaba ojo de los paquetes cerrados con desusada elegancia y finura.

—¡Cosa rica!... Ya lo sabrás... Antes tengo que contarte...

—¡Vaya! Pues no gastas poca solemnidad para tus cuentos... ¡Antes con antes!... ¿Pero dónde está el principio de tus historias?

—No se debe contar lo segundo sin contar lo primero —dijo Lucila risueña y un tanto maliciosa.

—Pues échame lo primero de una vez... ¿Dónde estuviste esta noche? ¿Por qué has tardado? ¿Es esto el principio, o dónde demonios está el principio de lo que tienes que contarme?

—¡El principio!... Cualquiera sabe dónde está el principio de las cosas.

—No te diviertes poco con mi curiosidad. Vamos, ¿a que te acierto de dónde son esos paquetes? Son de la repostería de Palacio.

—¡Huy... qué desatino!... ¡Vaya un zahorí que tengo en casa!

—¿Con que no son de Palacio? Pues de las monjas no son, porque esas señoras no envuelven sus regalitos con papeles a estilo de París, sino con papel viejo del que venden las covachuelas, y que parece pergamino, y a lo mejor te trae un pleito de principios del siglo pasado... Pues a ver si acierto... Dame los paquetes, a ver si por el olor...

—Luego, Tomín —dijo Lucila cogiendo una jofaina del depósito de loza que en un rincón tenía, piezas diferentes en mediano uso, alguna desportillada, todas muy limpias—. Ahora, caballero, a lavar las heridas.

—¡Ay, ay, qué fastidio! —exclamó Tomín incorporándose—. Pero tienes razón. Si me duele, que me duela. Lávame, cúrame: tus manos de madre me sanarán.

—Y para que mi pobre niño no se devane los sesos con adivinanzas —añadió Lucihuela avanzando con la jofaina, una esponja y trapos—, le diré dónde estuve esta noche... ¿No me encargaste esta mañana que me viera con mi padre?

—¡Ah, sí!

—¿Y no sabes, tontaina, que a mi padre lo han empleado en el teatro nuevo de la Plaza de Oriente?

—¡Ay... qué tonto yo! ¡no caer...! Verde y con asa... Esta noche es la inauguración...

—Y hoy los días de nuestra Soberana.

—«¿No te dije que había oído cañonazos? Pues la verdad, siento mucho que los tiros fueran por Santa Isabel y no por un bonito pronunciamiento. Créelo: más falta nos hace la Libertad que todos los santos del Almanaque, y más cuenta nos tiene una revolución bien traída que el mejor coliseo para ópera y baile.»

Penosa era la cura y el poner los nuevos apósitos, después de bien despegados los del día anterior; pero los dedos de Lucila, que en aquel caso clínico se habían adestrado, instruidos por el amor más que por la ciencia, llegaron a adquirir singular delicadeza. El bueno de Tolomín, valiente hasta la temeridad y sufrido cual ninguno en los lances de su militar oficio, era en las dolencias de una flojedad infantil y quejumbrosa. Por cualquier dolor ponía el grito en el cielo, y la sujeción a planes médicos le desesperaba. Conociendo su flaqueza, reservaba Lucila para el momento de la cura todas las referencias humorísticas que tuviera que hacerle, y al contarlas forzaba la inflexión cómica para entretenerle o provocarle a risa. Dígase, para ir construyendo todo el aparato informativo de este personaje, que las heridas eran dos: una de cuidado en la región femoral derecha, de arma blanca; la otra de bala en el antebrazo izquierdo, herida nada grave, aunque lo parecía por la proximidad de unas erosiones molestísimas en el hombro, que interesando los músculos del cuello impusieron al paciente, en los primeros días, cierta rigidez de busto escultórico.

—Ea, ¿ya empezamos con chillidos? —decía Cigüela—. La culpa tengo yo por darte tanto mimo. ¡Si no te duele!... Ya ves con qué suavidad voy levantando el trapo, después de mojarlo bien con agua templada... Otro tironcito... Ya falta poco... Pues te contaré: Loco de contento está mi padre con su destino en el Teatro que ahora se llama Real... Me ha dicho que de balde desempeñaría la plaza solo por rozarse tarde y noche con el cuerpo de baile, y por ser demandadero de las *cantarinas*, como él dice.

—No me hagas reír... ¡Ay, ay, que me arrancas la carne!... ¡Ay!... No sé cómo me río. Sigue.

—Yo no sé lo que es mi padre allí. ¿Es portero, celador? ¿Corre con la tramoya, con el gas, con la vestimenta? Vete a saber. Me ha contado que nunca creyó que hubiera en el mundo cosa tan bonita como las comedias cantadas. De todas las mentiras del mundo, dice, esta de la comedia con música y en italiano es lo que más se parece a la Gloria... Y de ello saca que mientras más grande es la mentira y más separada de la verdad, mejor nos da idea del Cielo.

—Que no me hagas reír, Lucila... ¡Ay, ay!

—En los ensayos se queda como embobado, y cuando oye la orquesta con tantos violines, todos tocando al mismo son, le entran ganas de llorar, de ponerse de rodillas, y de arrepentirse de todas las picardías que ha hecho...

—¡Ay, ay, qué gracioso!

—Dice que oyendo el habla dulce de las italianas, le entran ganas de ilustrarse para entender bien lo que dicen, y ser como ellas pulido y de mucha cortesía... Y que cuando las tales y otras cuales españolas le mandan con recados para costureras, o para los maestros de música, le entran ganas...

—¡Ay, qué risa!... Por todo le entran ganas...

—Ganas de servirlas con diligencia, y de adivinarles los mandamientos para cumplirlos, siempre que sean honrados.

—Estarán contentísimos de él...

—«Y él más contento que nadie, porque, según cuenta, en aquel puesto está, noche y día, mano a mano con todo el señorío... La ópera es el puro señorío, y el aquel más fino de las aristocracias nobles, como quien dice, porque todo allí es de familias reales, y por eso el teatro se llama Real, siendo reyes los tenores y reinas las cantarinas, o *verbigracia* tiples...»

En esto, terminados felizmente el lavado y cura, Tomín suspiró. Cesaron los fugaces dolores, y el hombre, consolado, expresaba en su mirar contento y gratitud. Lucila procedió a lavarse y jabonarse manos y brazos, después de devolver a su sitio todos los adminículos de la cura, sin interrumpir su graciosa charla, de que tanto gusto recibía el desdichado enfermo. Pues esta noche, cuando fui a ver a mi padre, me le encontré muy sofocado, por tener que acudir con un solo cuerpo a tantos puntos y menesteres.

Entré por la plazuela de Isabel II, y tuve la suerte de encontrarle en la escalera que sube al escenario. Reñía con unos tagarotes que subían trastos, y que a mi parecer estaban peneques. Subí con él y entramos en un cuartito donde había no sé cuántos hombres vestidos de frailes, fumando... Yo había corrido por Madrid desde media tarde, lloviendo a mares, las calles como lagunas, y mis zapatos, que ya venían rotos, daban por delante y por detrás las boqueadas. Los pies me dolían, me pesaban, y donde quiera que yo los ponía dejaban un charco. Uno de aquellos frailuchos, que tenía en la mano derecha el cigarro y en la izquierda la barba postiza, me miró los pies y dijo a mi padre: «¿Cómo consiente el gran Ansúrez que ande esta preciosa niña por Madrid como los patos?» Yo alargué ambos pies para que mi padre se compadeciera. «Ya te entiendo —me dijo—. Vienes a que te dé para calzado... Qué más quisiera este padre que tener a toda la plebe de sus hijos bien apañadica. Pero el dinero no abunda, lo que no quiere decir que me falten medios para remediarte. Por poco nos apuramos, hija del alma. Ven conmigo, y pisa ligero para no mojar tanto...» Llevome por unas escaleras que no tienen fin y que marean de tantas vueltas como hay que dar por ellas, y arriba de todo, atravesamos una sala donde vi sin fin de hombres vestidos de colorines... Adelante siempre: en los pasillos encontramos mujeres pintadas, feas las más, guapas muy pocas; algunas arrastrando cola; todas con alhajas de vidrio y diademas de cartón dorado. Eran las coristas. Con llave que sacó de su bolsillo abrió mi padre la puerta de un cuartón, lleno de ropas de máscara. Parecía una tienda de alquilador de disfraces. En el suelo vi un montón de zapatos y borceguíes de todos colores. Mi padre me dijo: «De esta zapatería de comedias cantadas o por cantar, escoge lo que más te guste. Nos trajo ayer todo este material un marchante que tuvo el suministro de equipos para teatros donde salen séquitos y acompañamiento de reyes, o donde figuran diablos, ninfas y personas mágicas. Pretende que el intendente de acá lo compre, y mientras se determina, me ordenaron que aquí lo metiera y guardara... Paréceme que esos chapines encarnados que acaban en punta son de la medida de tus pies. Cógelos y no repares, hija de mi corazón.» Pues vistos y examinados los chapines, me parecieron bien. Me quité la miseria de mis zapatos, y con las medias empapadas lo tiré todo en aquel montón, poniéndome los borceguíes, que me servirán mientras no tenga cosa mejor. Díjome el padre que este calzado es para unas brujas de no sé qué tragedia con solfa, en la cual sale un caballero al que las viejas malditas, amigas del demonio, le anuncian que será Rey, y él se lo cree, resultando que, por la comezón del reinar, mata a su soberano, y luego... No me acuerdo de más. «Cuando me ponía mis escarpines, me contó mi padre que él había encontrado entre aquellos trapos un coleto magnífico, como para un príncipe cazador que matara las perdices cantando, y que con la tal prenda y unos pedazos de otra se había hecho un buen chaleco de abrigo.»

Muy entretenida con este relato, el pobre Tolomín no quería que tuviese término; pero Cigüela hizo un paréntesis. Llegándose a él con otra jofaina, agua nueva y esponja distinta, le dijo con gracia: «Ahora, pobretín mío, me dejarás que te lave un poco la carátula... Luego comeremos. ¡Verás qué cosas ricas!» El Capitán hizo un mohín de protesta, plañidero. Pero ante la insistencia de la moza, cariñosamente manifestada, cedió y se dejó lavar. Con tiernas frases iba Lucila marcando la operación: «Primero los ojitos, para que no estén pintañosos... ¡Si vieras qué bonitos te los he dejado!... Pues ahora voy con la nariz, con las mejillas... ¿Y este bigotito que está lleno de pegotes?... Si supiera yo afeitarte la barba, te dejaría más guapín que un Sol... Voy ahora con las orejas: un poquitín de paciencia... Pronto acabo. Más agua, más. Eres como un santo viejo, que tu sacristana ha encontrado en un desván. Lo cojo, lo lavo... Pues entre el polvo y las moscas lo habían puesto bueno. ¿Ves? Ahora, ya eres santo nuevo, acabadito de poner en el retablo... Si tuviéramos espejo, verías qué lindo estás... ¡Y qué bien se ha portado mi nene dejándose lavar tan calladito...! Se merece un beso... Digo, dos... Digo, tres.»

—Ciento, mi alma —replicó Tomín besándola con intensa emoción.

—Ahora te paso un peine, y quedarás tan precioso como cuando te conocí...

—Comamos, alma —dijo el herido—. Tengo hambre.

—Ahora mismo. Medio minuto se tarda en poner la mesa y servir el primer plato —dijo Lucila, que retirando el servicio de lavar trajo al instante el de comer, y comenzó a deshacer los paquetes—. Pues sigo contándote. Mi padre, cuando bajábamos, luciendo yo mis zapatos de bruja, me habló así: «Hija del alma, si yo te hubiera criado desde chiquita para cantatriz, poniéndote a la solfa con buenos maestros cantores y salmistas, otro gallo a todos nos cantara... Lo que hicieras con el juego de garganta lo realzarías con el juego de ojos y toda la sal de tu rostro, que en este beaterio entra por mucho el buen palmito y el salero del cuerpo... Pero la voz es lo principal... y lo que más se paga. ¿Sabes lo que gana la señora Alboni? Pues mil y pico de duros cada mes... Echa duros, hija. ¡Mira que si yo te viera a ti ganando esos dinerales...! Pues otra: sabrás que a la señora Alboni le he caído en gracia. Dos veces me ha llamado a su presencia. ¿Para qué creerás? Pues solo para verme, para echarme unas miradas tiernas, y decirme que soy la imagen del *fiero castillano*... que si me compongo, fácilmente me tomarán por un señor duque vetusto.»

—Cigüela —dijo Tolomín soltando la risa—, eso lo inventas tú para divertirme.

—Tontín, no invento nada. A contarme iba los *rendibús* que hizo a la cantante; pero había empezado el acto segundo, y tuvimos que callarnos, arrimaditos a unos bastidores. A mis orejas llegaba un bum bum; la música no la distinguía yo del ruido; los aplausos y la orquesta me parecían la misma cosa. Este que ahora canta por lo más fino —me dijo mi padre—, es el Rey, quien parece ha tenido que ver con mi señora Alboni, quiere decirse, con la persona figurada que el papel reza y canta... Vi a la Alboni, cuando entró para adentro: es una gordinflona, una caja de música dentro de otra caja de carne... Refirió mi padre que siempre está comiendo; en su cuarto tiene dos mesas, una con las cosas de tocador, y otra con el recado de golosinas, platos de sustento, como jamón con huevo hilado y bartolillos de tantísimas clases.

—Pero no me has dicho cómo y por qué han venido a nuestra pobre mesa el solomillo lardeado y la lengua escarlata de la *prima donna*.

—Pues muy sencillo: esta señora, como toda cantante, tiene ida la cabeza. El seso se le escapa con los gorgoritos. Como es pura música, no se acuerda de nada. Al instante de mandar una cosa la olvida. Primero fue por los comistrajes un criado italiano; después la doncella... luego mi padre... los tres para un solo encargo... y cuando la señora entró en su cuarto creyó que entraba en la tienda de en casa Lhardy... Enfadándose consigo misma por su poca memoria, empezó a echar trinos y gorjeos para arriba y para abajo, que es una receta que tiene para enflaquecer, y luego, todo el sobrante de comida lo repartió entre los de la servidumbre, tocándole la partija mayor a mi padre, que me la dio a mí... Pues una vez que cogí este regalo, que con los chapines era bastante para dar por bien empleada mi noche, no quería yo más que echar a correr. Mi padre no me soltaba. "No, no te vas sin que yo te enseñe el *golpe de vista*... No verás cosa semejante hasta que ganes el Cielo". Esperamos al entreacto, y mientras corrían por el escenario dando patadas los que quitan y ponen los lienzos, mi padre me llevó al telón que sube y baja, y que en aquel momento parecía una pared. Díjome que pusiera el ojo en una mirilla con cruzado de alambres, y por allí vi todo el señorío público, que es cosa para quedarse una encandilada y trastornada por tres días. ¡Qué lujo, Tomín; qué tienda de piedras preciosas, de rasos y terciopelos, de pechos mal tapados, de encajes, de caras bonitas y caras feas, de cruces, bandas y entorchados! Era como una feria, y yo decía: Parece que todas y todos compran o venden algo... Enfrente vi a la reina vestida de color de aromo con adorno de plata, guapísima: diadema, collar de perlas, sin fin de diamantes; la reina Madre hecha un brazo de mar y despidiendo luces a cada movimiento. Mucha gente de Palacio, muchas Ministras, generalas y Mariscalas de Campo, y ellos... Coqueteando más que ellas... Visto *el golpe de vista*, como decía mi padre, ya no me quedaba nada que ver. Me fui a la calle, rompí con trabajo las filas de coches, y chapoteando me vine acá.

—Al mirar por el agujero del telón, ¿no viste alguna cara conocida?

—Vi muchas, Tomín... Madrid, que parece grande, es chico, y el que una vez ha visto su gente, la ve luego copiada en todas partes... Tienes sueño...

—Sí: me duermo... —dijo el herido abatiendo con dulce pereza los párpados—. Cigüela... Si ves que duermo demasiado, me despiertas, ¿eh?... No me vaya a quedar muerto...

III

Con una recomendación semejante se dormía todas las noches el desdichado Tomín. Si en los primeros días de su doloroso cautiverio le atormentó el insomnio, una vez descansado y convaleciente, la naturaleza en vías de reparación abandonábase a un sopor parecido a la embriaguez, solo turbado a ratos por la idea de que dejándose caer sin interrupción por la resbaladiza pendiente del sueño, iría sin pensarlo a parar en la muerte... Viéndole aquella noche al borde de la caída, Lucila o Cigüela le empujó en vez de contenerle; le pasó la mano por los ojos, le besó la frente, le acunó con suaves arrullos de nodriza, no sin decirle que durmiera descuidado: ella le despertaría cuando fuera tiempo. Al sentirle dormido, se acomodó a su vera, en lo más bajo del camastro, sentándose a la turca y reclinando su cabeza blandamente sobre el hombro sano del Capitán. Antes apagó la luz de la linterna, que a su lado tenía.

En esta postura y disposición, que apenas alteraba por no turbar el sueño del herido, se pasaba Lucila la noche, descansando algunos ratos, los más despierta, ante la presencia de sus vigilantes pensamientos que no querían dormir, ni apagarse en su caldeada mente. La oscuridad del mechinal no era completa, ni aun en noches turbias como aquella del 19 de noviembre, pues se veía el rectángulo luminoso del ventanón cuadriculado por los vidrios. En noches claras, Lucila veía y gozaba la luz difusa del cielo y alguna estrella resplandeciente. Ruidos no faltaban. La noche de referencia, los dedos de la lluvia toqueteaban sin cesar por un lado y otro de aquella frágil construcción; pero ni esto, ni el mayar de gatos trovadores, ni los golpes que daba un palo roto y colgante en el secadero, molestaban a Lucila. Sus inquietudes surgían de su propia imaginación, a veces cuando sus sentidos se apagaban en el sueño... Despertaba como de un salto, creyendo que las desvencijadas escaleras por donde a su tugurio se trepaba, crujían bajo el peso de dos, tres o más personas. Las voces se aproximaban... Eran primero un susurro, después un coro como los de las comedias cantadas.

Más de una vez se levantó, aterrada, y con menos ruido que el que pudiera hacer un gato se iba derecha a la puerta, y aplicaba el oído... Tardaba un rato la infeliz mujer en convencerse de que los rumores inquietantes eran querellas en algún patio vecino, o vocerío de borrachos en la tasca de la calle de Rodas... Cuando todo callaba, el pensamiento se iba del seguro, poniéndose a decir unas cosas, y a razonarlas con lógica tan bien urdida, que no había más remedio que creerlo. ¡Dios sacramentado, lo que decía! Pues nada, que el señor Melchor, alias *el Ramos*, y su esposa señá Casta, poseedores de aquellos endiablados tenderetes, se cansaban de ser caritativos encubridores del tapujo y lo denunciaban a la fiera policía, o permitían que algún taimado servidor lo revelara... Hasta que la luz de la mañana no despejaba su cabeza, limpia de nieblas su tormentosa mente, no recobraba Lucila la confianza en sus honrados y leales protectores.

Por estos o los otros pensamientos iba siempre a parar al examen de la tristísima situación a que había llegado, sin ver por ninguna parte remedio ni salida; todo por el amor a un hombre, razón esencial del infortunio mujeril. En proporción de su desgracia estaba el origen de ella: amor tempestuoso, irregular, semejante a un soberano desorden de los elementos; si amó a Tolomín con ternura cuando le vio y conoció fugitivo y condenado a muerte, locamente le amó después, teniéndole a su lado en lastimosa invalidez y acechado por cazadores de hombres. El Tolomín herido, enfermo, en extrema pobreza, y oculto en un albergue mísero, merecía un amor que resumiera todos los amores humanos: era, pues, para Lucila, el prójimo, el amante, el hermano, el niño desvalido, a quien la cariñosa vigilancia materna defiende de la muerte en todos los instantes. El inmenso padecer de aquella situación no había entibiado el ardiente amor de Lucila: por el contrario, la abnegación, fundiéndose con él, llegaba a constituir un sentimiento formidable, y del fondo de tanto infortunio brotaban espirituales goces. Por todos los bienes de la tierra, ofrecidos y dados en montón, no cambiara Lucila su vida de sacrificio y de protección en aquellos días, y antes muriera cien veces que abandonar al desgraciado Capitán, aun sabiendo que le dejaba en manos salvadoras. Y era mayor el mérito de su paciencia enamorada cuando se daba a pensar soluciones y no encontraba ninguna. Especiales accidentes de su vida, que aún no conoce bien el historiador, dieron a la hija de Ansúrez, dos años antes, ocasiones de valimiento en dos lugares donde residía todo el poder humano; pero ni en uno ni en otro sitio podía ya solicitar socorro. En el Convento de Franciscanas de la Concepción no querían ni verla siquiera, como no fuese allá con propósito de reingresar en la vida religiosa y de abominar de sus culpas pasadas y presentes; en Palacio, las amistades que creó y mantuvo con su leal servicio habían perdido ya toda su eficacia.

No podían faltar a Lucila, cuando conciliaba el sueño en las tristes noches del palomar, pesadillas angustiosas. Consistían siempre en la súbita presencia de la policía. Soñando que estaba despierta, veía la moza entrar en la estancia hombres con linternas, y uno de ellos se adelantaba con mal gesto y decía: «No moverse, no hacer resistencia, no negar lo que no puede negarse, que ya nos conocemos, señor Capitán don Bartolomé Gracián.» Por acostumbrada que estuviera la mujer a tan terrorífico ensueño, siempre despertaba de él sin aliento, el corazón disparado... ¡Bartolomé Gracián! Habría querido Lucila anular este nombre, suprimirlo, arrojarlo a los senos de la Nada, donde, a su parecer, están las cosas que no han existido nunca. De este modo, eliminado aquel nombre de todas las partes del Universo, quedaría en salvo la persona que lo llevaba. Jamás lo pronunciaba con el rigor de sus letras, y el familiar mote de *Tolomé* que en días felices usaba, lo fue cambiando sucesivamente en *Tolomín*, luego en *Tomín*, con tendencias a extremar la síncopa pronunciando tan solo *Min*. El apellido, aquel *Gracián* tan sonoro y expresivo, lo declaraba caducado y sin valor acústico, como perteneciente a los dominios del silencio.

Amaneció el 20 de noviembre con intermitencias de llovizna y despejo del cielo. Antes de que el herido despertara, Lucila se levantó diligente, y puso mano en la limpieza y arreglo de la vivienda mísera: a bien poco se reducía su trabajo; pero se daba el gusto de variar el sitio de algunas cosas y de sacudir el polvo de las prendas de vestir. Viendo a su amigo desperezarse, le dijo: «Min, voy a hacerte tu chocolatito.» Las primeras palabras de Tolomé fueron estas: «Dime, Cigüela, ¿ha caído Narváez?»

—Hijo, no sé... No he oído nada.

—Entonces lo he soñado yo. Sí, sí, sueño ha sido; pero tan claro como la misma realidad. Las reinas Hija y Madre despedían a Narváez, como en aquellos días del *Relámpago*; pero ahora con peor sombra para Don Ramón, porque no volvían a llamarle, y formaban un Ministerio eclesiástico... No te rías: a esto hemos de llegar, si no lo remedia quien puede remediarlo, que es el Santo Ejército. España vive siempre entre dos amos: el Ejército y la Clerecía: cuando el uno la deja, el otro la toma. ¿Duermen las espadas?, pues se despabila el fanatismo. Tan despierto anda, que me parece que estamos en puerta... ¿no lo crees así?

—Yo no entiendo de eso, hijo mío —replicó Lucila engolfada en su trajín.

—Y el propio don Ramón, o Figueras, o Lersundi, serán los primeros que saquen los batallones a la calle. Dime que sí, Lucila: dame esa esperanza.

Afirmó Cigüela todo lo que él quiso, y le regaló el oído con la confirmación de las ideas que manifestaba. No hay España sin Libertad, y no hay Libertad sin Ejército —prosiguió Tomín, enardeciéndose más a cada frase—. Al Ejército debe España sus progresos, y el tener cierto aire de familia con los pueblos de Europa... No hablen mal de las revoluciones los que son personas y llevan camisa por haberse pronunciado. ¿La sedición, qué es? El instinto de la raza española, que por no caer en la barbarie, da un grito, pega un brinco, y en su entusiasmo viene a caer un poquito más acá de la Ordenanza. Dime que piensas como yo.

—Sí, hijo, todo está muy bien pensado —y llegándose a él calzada con los borceguíes rojos y puntiagudos de las brujas de Macbeth, añadió—: *Min*, tú serás general.»

Aquel día, iniciada ya la reparación de su organismo, Bartolomé estuvo muy animado, y algunos ratos locuaz. Se desayunó con apetito, y cuando llegó la hora de la cura y abluciones de la mañana, sometiose sin remusgar a los requerimientos de su cariñosa enfermera. Quiso esta que hiciese nuevo ensayo de andar un poquito, probando el renaciente vigor de la pierna herida, y él aceptó gozoso la idea. Poco tardó Lucila en vestirle, a medias, echándole una manta por los hombros, pues no había de salir del cuarto, y puesto en pie con algún dolorcillo en los remos inferiores, comenzó el paseo. Daremos diez o doce vueltas en la Plaza de Oriente —le decía Cigüela lleván-dole bien agarradito a lo largo del tabuco—, y luego pasearemos a lo ancho, o sea desde el Teatro Real a la Puerta del príncipe. No dirás que no estás fuerte, *Min*. De anteayer a hoy ¡qué mejoría tan grande!

—Di: ¡qué progreso! Esto es progresar, Lucila... En los primeros pasos me ha dolido un poco la pierna. Ya no siento nada. En todo progreso pasa lo mismo. Duelen los primeros pasos... Oye una cosa: no te olvides hoy de traerme *El Clamor*... Me traerás también *La Nación* y *La Víbora*.

—*La Víbora* me parece que no sale ya.

—Habrá disgustado a la Camarilla... Pues me traerás otro papel cualquiera: *El Mosaico, El Duende Homeopático*. La cuestión es leer...

A la vuelta de su paseo, que le probó muy bien, recobró su actitud pere-zosa en el camastro bien mullido. Cigüela se puso a coser, preparándose para salir en busca de recursos con que prolongar un día más la existencia de ambos, problema inmenso, cuyas angustiosas dificultades ella sola conocía. Taciturna estaba la moza, el Capitán, despejado y comunicativo. Su locuacidad le llevó pronto al optimismo y al mental derroche de proyectos, contando con un risueño porvenir. Véase la muestra: «Tú me has dicho que seré general; me lo has dicho por consolarme. Tu profecía puede ser un halago, y puede ser una gran verdad... Porque... Fíjate bien, Cigüela... lo que no ha pasado todavía, pasará mañana, o la semana que viene. Narváez cae lanzado de un puntapié; triunfan las monjitas y sus valientes capellanes. ¡Viva la Inquisición!... Pero no cuentan con la vuelta; que estas partidas siempre la tienen; y el perro que han echado de casa es de mala boca, mordelón rabioso cuando lo azuzan. Corren los días, dos semanas no más, y el de Loja, con tres o cuatro generales, saca las tropas de sus cuarteles y tira con ellas por la calle de en medio. La revolución viene a poner las cosas en su lugar. El Ejército gobierna, y la Clerecía escupe... Vuelve todo a ser como Dios manda, o como manda la Libertad... Primer efecto: indulto general a los que por la Libertad y la Constitución del 12 o del 37 faltaron a la Ordenanza... Pues aquí me tienes pasando de condenado a recompensado. En estos casos, la costumbre es celebrar el triunfo concediendo a toda la oficialidad un ascenso, o dos ascensos... Casos hubo de tres. Me verías pronto restituido a lo que fui, saltando de Capitán a teniente coronel... De ahí para arriba... Figúrate. Cualquier servicio en persecución de los *rebeldes*, que rebeldes habrá con este o el otro nombre, me dará los tres galones. Luego... tú fíjate en lo que tardó Riego en subir de comandante a general...»

Hizo Lucila un gracioso mohín, como indicando que no sabía la Historia suficiente para dar su opinión de aquellos asuntos, y él continuó impávido: «Pasa tu vista por todos los generales que tenemos, y veme señalando los que en tal o cual punto de su carrera no fueron condenados a muerte, o no merecían serlo por sediciosos, por faltar a esa preciosa Disciplina. Imagina tú el cumplimiento estricto de la Ordenanza en lo que va de siglo, y dime lo que con ese cumplimiento estricto sería la Historia de España. Tendrías que decirme una cosa que ya sé, y es que con la Ordenanza virginal no habría Historia de España, o sería tan solo una página muy aburrida y muy negra de la Historia Eclesiástica.»

Recomendole Cigüela que no se ocupara de política ni pensara en revoluciones. Si estas venían, muy santo y muy bueno; pero si no querían venir, ¿a qué repudrirse la sangre por traerlas fuera de tiempo?... No podía extenderse a más largo palique sobre estas materias, porque ya era hora de lanzarse a la calle en busca de medios de vida. Mucho sentía dejarle solo; creía que no llevaba consigo más que la mitad del alma, alentada por los afanes, dejándose allí la otra mitad con los pensamientos de vigilancia y temor. ¿Pasaría algo en su ausencia? Al volver, ¿le encontraría como le dejaba?... Una y otra vez le recomendó que no se moviera de su lecho, que no cayese en la mala tentación de levantarse y salir al ventanal, que no hiciese ruido y permaneciera quietecito, leyendo las entregas descabaladas, que ella había traído, de *La Italia Roja, Historia de las Revoluciones*, por el Vizconde de Arlincourt, obra que, aun leída en sueltos retazos, debía de ser de mucho entretenimiento... Mutuas ternezas: «Adiós, adiós...» «Que vengas prontito...» «Volaré.»

IV

Una sola persona (sin contar el viejo Ansúrez y los dueños de la casa, calle de Rodas) poseía, por confianza de Lucila, el delicado secreto de aquel escondite en altos desvanes: era una monja exclaustrada con quien la linda moza tenía amistad, contraída superficialmente en el Monasterio de Jesús, reanudada con honda cordialidad fuera de la vida religiosa. En esta se llamó Sor María de los Remedios; su nombre de pila era Domiciana, y había vuelto al mundo de una manera un tanto irregular, por enferma de locura, que se estimaba incurable. El delirio que padeció consistía en la idea fija de ahorcarse, en otras manías inocentes, pero incompatibles con la vida de contemplación, en el furor de gritar y de ofender cruelmente a personas eclesiásticas muy respetables, todo lo cual determinó el designio de devolverla sin violencia ni escándalo a su padre y hermanos para que la cuidasen, y corrigieran sus desvaríos por el método doméstico, con paciencia, cariño y honestas distracciones.

Volvió, pues, Domiciana a su casa y al amparo de su familia, que era de origen extremeño, establecida en Madrid, calle de Toledo, desde tiempo inmemorial, con el negocio de cerería; y no bien tomó tierra en el hogar paterno, acomodose lindamente al vivir secular, echando, como si dijéramos, un nuevo carácter. Ansiaba morar con los suyos, ver gente, ocuparse en menesteres gratos, lucidos, y de eficacia inmediata para la vida. Pasado algún tiempo, no se mordía la lengua para decir que su temprana inclinación religiosa no había sido más que una testarudez infantil, nacida del odio a su madrastra, y fomentada por un sacerdote de cortas luces, amigo de la casa. Cayó la venda de sus ojos algo tarde, cuando ya su irreflexiva determinación no tenía remedio, y del despecho, más aún de las ganas recónditas de libertad, le sobrevino aquel destemple nervioso con ráfagas cerebrales, que se manifestaba en la necesidad irresistible de correr por los claustros, en imitar con destemplada voz los pregones callejeros, y a veces en liarse al pescuezo una cuerda con lazo corredizo. Esto ponía la consternación y el espanto en sus tímidas compañeras, pues aunque nunca tiraba del lazo lo bastante para estrangularse, hacíalo hasta ponerse roja como un pimiento y echar fuera un buen pedazo de lengua.

Lograda al fin la libertad en la forma que se ha dicho, en todo tuvo suerte Domiciana, pues como por ensalmo se le curaron aquellas neuróticas desazones, y entró en su casa en circunstancias felicísimas. La madrastra que motivó su reclusión religiosa se había muerto, y casado en cuartas nupcias el honrado cerero don Gabino Paredes, había enviudado por cuarta vez. No había, pues, mujer en la casa, y Domiciana podía campar con todo el imperio que apetecía, así en la familia como en el establecimiento. Antes de seguir, conviene dar noticia del patriarcalismo matrimonial de aquel don Gabino, varón inapreciable para rehacer una comarca despoblada por la emigración. De su primer matrimonio, que solo duró tres años, tuvo dos hijas, que el 50 vivían: la una era monja en Guadalajara, la otra casó con un cerero de la misma ciudad. De la segunda mujer nacieron siete hijos, de los cuales vivían solo Domiciana y dos hermanos que se habían ido a América. El tercer matrimonio dio de sí ocho vástagos, en seis partos, y el cuarto cinco. De estas trece criaturas solo vivían en 1850 tres varones, dos de los cuales habían seguido la carrera eclesiástica y desempeñaba cada cual un curato en pueblo de la Mancha: el Benjamín, llamado Ezequiel, trabajaba en la cerería al lado de su padre, y era un bendito, todo mansedumbre y docilidad. Había llevado al censo el buen Don Gabino cuatro mujeres y veintidós hijos legítimos... El censo de los naturales lo formaban las malas lenguas del barrio.

Si afortunada fue Domiciana al encontrarse, en su regreso al mundo, sin madrastra y con la menor cantidad posible de hermanos, no fue menos dichoso el cerero al recobrar a una hija que pronto reveló su extraordinaria utilidad. Pasados los primeros días, Domiciana se reconoció continuadora de su historia personal anterior a la vida del convento. Había sido esta como un paréntesis, como un sueño, del cual despertaba con cierto quebranto del alma, pero sintiéndose poseedora de cualidades que no eran menos positivas por haber dormido tanto tiempo. No tardó en revelar su carácter mandón y autoritario: lo estrenó desbaratando un nuevo plan casamentero de su padre, que aún se sentía, con senil ilusión, llamado a enriquecer el censo. Andando días desplegó en el gobierno de aquella industria dotes de administradora, y puso puntales a la ruina. Con tantas nupcias, partos y viudeces, con tantísimos bautizos y crianza de criaturas, y principalmente con el desbarajuste de Don Gabino en los últimos años, la cerería no se hallaba en estado muy floreciente. La concurrencia de establecimientos similares, la falta de tacto y agudeza para retener a la feligresía tradicional, y el desmayo creciente de la fe religiosa, obra del tiempo y de la política, habían traído desorden, atrasos, dispersión de parroquianos, deudas. A todo esto quiso Domiciana poner remedio con firme voluntad, practicando el axioma de «principio quieren las cosas.»

En esta empresa de reparación, la ex-monja no habría encontrado el éxito si no empleara como instrumento de autoridad un genio áspero, y fórmulas verbales de maestro de escuela. Su padre, que al principio protestaba y gruñía, se fue sometiendo con un espíritu de transacción parecido al miedo; Ezequiel y el dependiente Tomás obedecían silenciosos, y al fin, entrando grandes y chicos por el aro, todos comprendían lo saludable de aquel método de gobierno. Subía de punto el mérito de Domiciana haciendo estas cosas con apariencias de no hacer nada. Diez o doce meses habían transcurrido desde su evasión, y vivía confinada en el entresuelo, sin bajar a la tienda y taller. Los parroquianos y los amigos de casa, clérigos en su mayor parte, que solían armar su tertulia las más de las tardes a la vera del mostrador o en la trastienda, rara vez la veían, y ella no se cuidaba de que

29

formaran idea ventajosa de su regeneración mental; antes bien le convenía que la opinión dijera y repitiera por todo el barrio: «Sigue tocada la pobre... Aunque tranquila y sin molestar a nadie.» Obra lenta del tiempo fue la corrección de este juicio; al año y medio ya era público y notorio que Domiciana gozaba de excelente salud.

Observándola en la intimidad, fácilmente se descubría en la hija del cerero la mujer de iniciativa, de personalidad propia en su organismo intelectual y ético. Lejos de poner toda su atención en la industria cerera, se lanzaba con ardor a nueva granjería, partiendo de aficiones y conocimientos experimentales adquiridos en el claustro. Procedía en esto por imperiosa moción de su voluntad, y además por cálculo egoísta. Más de una vez había pensado que a la muerte de don Gabino (la cual, por ley de Naturaleza no podía estar lejana), la parte de cerería que a cada uno de los hijos tocase no habría de sacarles de pobres. Y como ella anhelaba libertad y no quería vivir a expensas de sus hermanos, procuraba labrarse con afanes de hormiga un peculio propio, que le asegurase vejez holgada, independiente. Ved aquí por qué, sin desatender el negocio de su padre, cultivaba en reservado laboratorio sus artes y preparaciones propias. Trasladó la sala al despacho de don Gabino, este a un rincón de la tienda, tras una mampara de cristales, y en la sala instaló lo que podríamos llamar herboristería o droguería, con unos trozos de anaquel que compró en el Rastro, dos hornillas, mesa alta para el filtro y pesos, y otra pequeña, por el estilo de las de los zapateros, destinada a las manipulaciones que exigían largas horas de atención y paciencia. Enorme cantidad de hierbas tintóreas, cosméticas u oficinales difundían variados aromas en la estancia, ya colgadas del techo en ramos, ya guardadas en cajoncillos. No digamos que Domiciana cultivaba la Botánica y la Química, sino que era una profesora empírica de arte herbolario y de alquimia doméstica.

Pocas personas veían a la monja en su retiro de alquimista, y la única que en él a todas horas tenía entrada era Cigüela. Amistad y confianza recíproca las unían, a pesar de la diferencia de edades. Se conocieron en *Jesús* durante tres penosos días, que fueron los últimos de Domiciana y los primeros de Lucila en el convento, y cuando salió esta, buscó amparo junto a la exclaustrada, que a su servicio la tuvo dos meses largos. En la triste situación a que había venido la hija de Ansúrez, la que fue su ama y era siempre su amiga le daba consuelos y socorro; pero no lo hacía sin echar por delante expresiones agrias, creyendo que la guapa moza necesitaba corrección moral tanto como auxilios de boca, y que los buenos consejos y las lecciones dolientes para uso de la conducta no serían menos eficaces que el chocolate o el pan. Entró Lucila en el laboratorio, y fatigada se sentó después de un breve y cordial saludo.

—¿Ya estás aquí otra vez? —le dijo Domiciana, que aunque se alegrara de verla, no dejaba de emplear esta fórmula displicente—. Pues hija, ya podías comprender que no puedo socorrerte tan a menudo... Lo que entra por cera no da más que para el gasto de casa. Muy deslucidas han sido las Ánimas este año, y nadie diría que estamos en noviembre... Pues el Adviento también se nos presenta muy mediano. ¿Qué tenemos ahora? La novena de San Nicolás de Bari, que da poco de sí. La de la Purísima será otra cosa. Ten paciencia, espérate y...

Incapaz de formular un exordio apropiado a la pretensión que llevaba, Lucila no hacía más que suspirar hondo, metiéndose en la boca las puntas del pañuelo. Y Domiciana, que jugar solía con la ansiedad de las personas que más amaba, enseñándoles el bien que pedían y guardándolo después, dio estos puntazos, con dedo muy duro, en el dolorido corazón de su amiga: «No se te puede favorecer todos los días. Vaya, vaya: tenemos aquí una historia que no se acaba nunca... ¿Pero cuándo se muere ese hombre, o cuándo lo prenden y se lo llevan a Filipinas, para que descanses tú y descansemos todos?»

Estas expresiones, dichas con fría crueldad, desbordaron la pena de Lucila, que se deshizo en llanto, arrimando su cabeza a la estantería cercana. Y la otra, cambiando el juego mortificante por el juego compasivo, le dijo, sin abandonar su tarea: «Para, para, hija, que con tanta llorera le metes a una el corazón en un puño. Ya sabes que no te dejaré marchar con las manos vacías. Domiciana tiene siempre para ti las dos, las tres onzas de chocolate, media hogaza y un par de reales de añadidura. No lloréis más, ojuelos; sosiégate, corazón...»

V

—Aunque usted se enfade, aunque usted me pegue —contestó Lucila sacando las palabras del seno de su intensa amargura—, le digo... Domiciana, le digo que no he venido por la limosna que suele darme, para un día, o para tres... Ya sé que eso, su buen corazón no me lo niega... Domiciana, no vengo a eso... Pégueme, Domiciana, pero... yo le digo que estoy atribuladísima... Un miedo horrible, un presentimiento... Imposible guardar mucho tiempo más el escondite de Tolomín... Siento los pasos de la maldita policía... los siento aquí, en mi corazón... ¡pum, pum!... ya vienen... y si cogen al pobre Tolomín, yo, Domiciana... yo... Nada; pasará una de estas tres cosas: o me muero, o me mato... O mato a alguien. Créalo usted: soy una leona; pero una leona... Figúrese una madre a la que le quitan su hijo, un niño chiquitín... Pues Tolomé perseguido, condenado a muerte, herido y enfermo, es para mí como una criatura... Hasta me parece que le he dado la vida... Y se la doy, sí: yo me hago cuenta de que se muere todos los días, y que lo resucito con mis cuidados, con mis ternuras, y con este afán grandísimo de que viva y se salve... Domiciana, se lo digo a usted aunque me pegue. Se me ha ocurrido sacar a Tolomé de Madrid, ponerle en salvo, huyendo con él a Portugal o a Francia. Vea usted lo que he pensado... Es una gran idea... Sí, dígame que sí, Domiciana, y dígame también que me ayudará a salvarle, a salir de este infierno. Vivir como vivimos es peor que la muerte... Usted me ayudará, usted me dará lo que necesito para hacer por ese hombre desgraciado lo que haría una madre y una hija, una hermana y una esposa, porque todo eso junto soy y quiero ser yo para él.

—Válgate Dios por lo enamorada —dijo la ex-monja mirándola con seriedad, en la cual no era difícil sorprender algo de admiración—. Bueno: pues dime ahora cuál es tu plan. ¿Conoces las dificultades de una fuga semejante? Tendréis que salir disfrazados. Y el dinero para esa viajata, que habrá de ser en coche, ¿dónde está? ¿Has creído que yo podré dártelo?

—Sí que podrá... Los gastos no subirán mucho, Domiciana. Le diré mi plan para que se vaya enterando. Lo primero ha de ser comprar un burro... ¿Se ríe? Todo lo tengo muy estudiadito... Un burro necesito, porque nos disfrazaremos de gitanos. La ropa no la tengo; pero sé dónde está y lo que ha de costarme, que es bien poco.

—Realmente, tú no harás mal tipo de gitana; pero él... ¿Es muy guapo?

—Mil veces he dicho a usted que es guapísimo, Domiciana, y nunca se entera.

—¿Pelinegro?

—Sí... Pero los ojos son azules. Tiene tal hechizo en el mirar —dijo Cigüela con ingenua sinceridad descriptiva—, que no puedo explicar a usted lo que una siente cuando Tomín habla de cosas que llegan al corazón...

—Ya, ya —murmuró Domiciana perdida la mirada en el espacio, en persecución de una imagen ideal, fugitiva—. Ojos azules, color trigueño... Como nuestro Señor Jesucristo... Bueno: pues te digo que no haréis Tomín y tú pareja de gitanos, y no resultando el disfraz, corréis peligro de que os sorprendan en el camino y os maten... Conozco la manera de dar a la tez el color agitanado... Para esto se emplea el sándalo rojo, mezclado con vinagre fuerte dos veces destilado, y añadiendo alumbre de roca, molido... Para lo que no hay secreto de alquimia es para trocar en negros los ojos azules... y como saques a tu hombre con ojos azules y vestido de gitano, cátate descubierta y él preso y pasado por las armas.»

Desconcertada, Lucila miró a su amiga, como pidiéndole que al rebatir y desechar una solución propusiese otra.

—Más seguro será, tontuela, que le disfraces de amolador —prosiguió la exclaustrada—. ¿No me has dicho que habla francés?

—Sí: lo hablaba de niño, y aún le queda el acento. Su madre era francesa; se apellidaba Chenier. Él dice que por el nombre materno tiene la revolución en la sangre.

—Pues el habla francesa se apareja muy bien con los ojos azules, siempre que el pelo sea rubio. Aquí tengo yo la lejía para teñir de rubio los cabellos —dijo Domiciana mostrándole un frasco que contenía sustancia opaca—. Sé hacerla, y surto a dos señoras morenas que quieren ser rubias. Tomo dos libras de ceniza de sarmientos, media onza de raíz de brionia y otro tanto de azafrán de Indias; le añado una dracma de raíz de lirio, otra de flor de gordolobo, otra de estaquey amarillo; lo cuezo, lo decanto, y ya está. Lavando el pelo de Tomín seis o siete veces, se lo pondrás rubio como el oro; le afeitas para no tener que pintar la barba y bigote, y con esto y un poco de francés chapurrado, ya le tienes de perfecto amolador. Por poco precio, puedes proporcionarte la piedra de asperón y todo el aparato. Toma tu hombre unas lecciones de ese oficio, y salís por esos pueblos, él amolando y tú tocando el chiflo para pregonar la industria...

—Tomín no puede afilar por causa de la herida en la pierna —dijo Cigüela reflexiva, argumentando en contra, pero sin rechazar en absoluto la tesis amolatoria—. Gracias que se tenga en el burro, y que podamos caminar en jornadas cortas. Yo he de ir a pie, arreando... Además, los afiladores son mal mirados en los pueblos, y si diera la gente en, creer que llevamos algunos cuartos, nos haría alguna mala partida... Si él estuviera bueno, y pudiera, de pueblo en pueblo, amolar de verdad, cobrando poco, escaparíamos bien... Desde luego es mejor idea que la de agitanarnos. Pero de seguro habrá un tapadizo más seguro. Búsquelo, invéntelo, usted que discurre tan bien y tiene la cabeza fresca. La mía es un horno, y no saco de ella más que disparates.»

Cambió el rostro de Domiciana, recobrando la orgullosa expresión de confianza en sí misma y de sábelo-todo. «Pues solución verdadera y segura no hay más que una, Lucila —le dijo levantándose—, y vas a saberla... Pero como la cosa es larga y tenemos que hablar mucho, bueno será que te quedes aquí toda la tarde... Ya no tienes que *correr* tras la pitanza, porque asegurada la tienes por mí. En pago de ella y del consejo que voy a darte para tu salvación y la de ese caballero, me ayudarás en mis tareas. Quítate el pañuelo de manta; ponte este delantal, siéntate delante de mí, coge el almirez, y entretente en moler estas dos onzas de almendras amargas, que ya están peladas, y una dosis de alcanfor, que voy a darte bien medida... Has de moler hasta que estén unidas las dos materias y formando una pasta... Yo prepararé un frasco de *Leche de rosa*, que me han encargado para hoy mismo... Trabajemos aquí las dos, y hablemos. Cuenta te tiene oírme, y más cuenta reflexionar en lo que me oigas.»

Hizo Lucila cuanto Domiciana le ordenaba, y calló esperando la solución y consejo, no sin temor y ansiedad grandes, pues siempre que su amiga hablaba en aquella forma, era para proponer actos difíciles, si por un lado saludables, por otro dolorosos. Un rato estuvo la ex-monja trasteando junto a una credencia de la cual sacó botellas y tazas con diferentes líquidos. Después, sin hablar palabra, por tratarse de una mixtura que reclamaba toda su atención, midió diferentes porciones, ya con cucharillas, ya con cazos; coló el aceite de oliva, le añadió gotas de aceite de tártago, y cuando su labor parecía vencida en su parte más delicada, dijo a su amiga: «Esta es la *Leche de rosa*, que hago con todo escrúpulo y sin omitir gasto, para una señora marquesa que la emplea como lo mejor que se conoce para la conservación de la tez. Con eso que tú mueles hago el jabón de tocador que llamamos *de lady Derby*, cosa rica, y por tanto un poquito cara. Te daré lección, si quieres; podrás hacer la *Pasta de almendras* para blanquear las manos, y el *Agua de carne de ternero para calmar los picores de la piel*... Con todo esto bien preparado y bien servido a los que saben y pueden pagarlo, se gana dinero, y se combate la ociosidad, que es la madre de todos los vicios...»

Hizo los últimos trasiegos, se lavó las manos, y parándose con los brazos en jarras junto a Lucila, la contempló risueña, y aprobó con monosílabos expresivos su trabajo. La infeliz moza majaba en el almirez con fe y aplicación, acompañando el movimiento de la mano con hociquitos muy monos, sin apartar del fondo del mortero su atención sostenida. «¡Qué bien va eso, Lucila! Cuando lo acabes, te pondré a majar, en distinto mortero, jibiones, ladrillo rojo y palo de Rodas con otros ingredientes, para tamizarlo y hacer *Polvo de coral*...»

Era Domiciana de mediana estatura, bien dotada de carnes, airosa de cuerpo, desapacible de rostro, descolorida, ojerosa, negros los ojos, la ceja fuerte y casi corrida. Si de media nariz para arriba podría su cara pretender la nota de hermosura, del mismo punto hacia abajo ganaría fácilmente el premio de fealdad por la nariz un tanto aplastada y la conformación morruda de la boca, de labio gordo tirando a belfo. No era fácil designar su edad por lo que de ella se veía: declaraba treinta y ocho años. De la vida claustral le habían quedado los ademanes y compostura señoril, en visita o ante personas extrañas, y el habla fina, correcta, en muchas ocasiones atildada. Quedábale también la costumbre de expresar su pensamiento graduando la sinceridad por dracmas y hasta por escrúpulos, según le convenía. Entre lo adquirido al reaparecer en el mundo, se notaba la asimilación de algunas voces nuevas de reciente uso social y callejero, y el cuidado de la dentadura, buena por sí y mejorada con la *Lejía jabonosa* y los *Polvos de coral*. Era un excelente muestrario de su industria. Continuaba vistiendo modestamente de negro. En visita, nunca se desmintió la monja encogida que por graves motivos de salud había tenido que volver a la casa paterna, y su conversación copiaba el prontuario de todas las muletillas de respeto para cosas y personas, así humanas como de tejas arriba. Su voz no era gangosa, sino bien timbrada y de variadas inflexiones. Lo más bello de su cuerpo eran brazos y manos.

Pues como se ha dicho, Lucila machacaba en silencio, aguardando la ansiada solución, que la maestra no quería soltar sin preámbulos. Sentose Domiciana junto a la mesa que parecía de zapatero, frente al sitio que ocupaba Lucila, y se puso a dividir en pequeñas dosis, medidas con una conchita, ciertas cantidades de polvo de rosa, de iris en polvo, de goma molida, y a guardarlas en papelillos doblados a lo boticario. Luego formó dosis más grandes de nitro, de estoraque, de clavillo y canela, midiendo con cáscaras de nuez, y cuando estaba en lo más empeñado de su trajín rompió el silencio con estas palabras, que resultaron solemnes: «Si quieres salir pronto y bien de esa terrible situación, y salvar a tu hombre y salvarte tú, en tu mano está. El camino es corto, Lucila. No hace falta más que un poco de resolución y... Fuera miedo, fuera escrúpulos. Te vas al convento, pides ver a la *Madre*; la *Madre* te recibirá gozosa; te armas de valor, le cuentas tus penas; la *Madre* te oye como ella sabe oír; tú lloras un poquito, naturalmente: la *Madre* te consuela, te anima; le dices toda la verdad, todita, Lucila: quién es ese hombre, lo que ha hecho, la crueldad con que es perseguido... y para que no se te quede nada por decir, le cuentas cómo le conociste; haces la pintura de... De... lo guapo que es, del amor que le tienes, y... Hija, como hagas esto, según yo te lo digo, ten a tu Tomín por salvado...»

Lucila estupefacta, suspensa, miraba a su amiga como si dudara de lo que oía. Los morros de Domiciana, al soltar la palabra, le hacían el efecto de una trompeta de son estridente, desgarrador.

VI

—¡Pero usted se burla, Domiciana! —le dijo al fin Lucila cuando el estupor dio paso a la expresión clara del pensamiento—. ¿En serio me aconseja que le cuente esto a la *Madre* y le pida su protección?

—Seriamente te lo digo... y tan cierto tendrás su divina protección como este es día. Yo la conozco bien. Por grande que sea la culpa de Tomín, si le pides a la *Madre* el indulto, lo tendrás... Tus planes de escapatoria son desatinados. Si no vas por el camino que te marco, tú y tu Capitán estáis perdidos... Fuera de este camino, no veas más que la muerte... ¡y qué muerte, pobrecilla!

—¡Ay, Domiciana: de una amiga como usted, que me quiere de veras, no esperaba yo ese consejo! —exclamó Cigüela triste, dolorida.

—¿Dudas que la *Madre* pueda sacarte de ese Purgatorio? El poder de la *Madre* es tal, que con escribir su voluntad en un papelito y mandarlo a donde guisan, hace y deshace los acontecimientos, así en lo grande como en lo chico. Y diciendo ella "esto quiero" no valen para impedirlo todos los Narváez del mundo con sus bufidos de mal genio, ni la caterva de monigotes viles que llaman ministros, los cuales no son más que refrendadores de lo que manda... quien manda. Ya tú me entiendes. Como la *Madre* diga: "Sobreséase la causa del señor Tomín, y désele encima jamón en dulce", ya puede estar tranquilo tu amigo... Los que hoy le persiguen, le ayudarán a ponerse las botas para que se vaya a su casa, y luego, cuando le vean paseándose libre por la calle, le harán mil carantoñas.

—Creo en el poder de la *Madre* —dijo Lucila—, creo también que sirve, pero no de balde. Si concede un favor a tal o cual persona, es a cambio de otro favor, o de que la adoren como a los santos. Nadie me lo cuenta, Domiciana; lo he probado por mí misma. Cuando empezó este martirio mío, no sabiendo a quien volverme, fui al convento a pedir protección. La *Madre* no quiso recibirme. Sor Catalina, que siempre fue conmigo muy cariñosa, me dijo que si quería protección para mí, o para persona que me interesara, debía pedirla de rodillas con todas las señales del arrepentimiento, renegando de mi libertad, dejándome encerrar y corregir con remuchísimo aquel de severidad... Buena cosa querían: cogerme, arrancarme el corazón que tengo, y ponerme otro de papel para que con él sintiera lo que ellas sienten: nada... la muerte... ¡Y por casa un sepulcro, y por ocupación el aburrimiento!... Esto no me conviene, esto no es para mí.

—Pero, Lucila —dijo la otra apoderándose de un argumento que creía de grande eficacia—, ¿tú crees que en este mundo se logran nuestros deseos sin algo de sacrificio? ¿Querías tú que la *Madre* te salvara al hombre por tu linda cara, dejándote en libertad para seguir ofendiendo a Dios?... Ponte en lo razonable, y no esperes que te saquen de este pantano sin que digas: "A cambio de la vida y de la libertad de ese hombre, ahí va la libertad mía, ahí va mi amor; doy también mi vida: a Dios me ofrezco toda entera para que Dios, por mediación de sus ministros... O ministras, devuelva la paz a un desgraciado". Esto es lo meritorio, esto es lo cristiano.

—Eso... —dijo Lucila desdeñosa, disimulando su enojo con una violenta presión de la mano de mortero sobre la pasta—, eso se lo cuenta usted a quien quiera. Lo cristiano es favorecer al prójimo sin pedirle nada.

—Veo que no tienes pizca de trastienda, Lucila; por eso eres tan desgraciada, y lo serás siempre. Si llevas al convento tus cuitas y las cuitas del caballero de los ojos azules, ¿qué ha de pedirte la *Madre* a trueque de la salvación del sujeto? Pues nada entre dos platos. Te darán cama y comida; te mandarán que confieses, no una vez, sino muchas. Ningún trabajo te cuesta confesar, ni el confesar a menudo con las penitencias consiguientes es para matar a nadie. Te sometes, te santificas, sufres un poquito, trabajas, rezas. De tu aburrimiento y soledad te consuelas pensando que el caballero está en salvo, que la policía no se mete con él, que le dan el ascenso, y vive bueno y sano, engordando y poniéndose cada día más guapetón.

—Domiciana —dijo Lucila traspasando a su amiga con la mirada—, o es usted una hipócrita y me recomienda la hipocresía, o es la mujer sin corazón, la mujer muerta, que así llamo a las que se han dejado secar y amojamar en los conventos, convirtiéndose en animales disecados como los que están en la Historia Natural. Cuando la conocí a usted en *Jesús*, la tuve yo por mujer viva; pero ahora me habla como las muertas. No sabe lo que es amor, no tiene idea de él; tiene el corazón hecho cecina, y con la uña me ha desgarrado el mío, que vive y sangra... Domiciana, no sea usted cruel, no me martirice...

—Tontuela, yo seré todo lo marchita que tú quieras; pero sé discurrir y veo las cosas con claridad —replicó Domiciana ansiosa de mortificarla—. Para que te salven al caballero ese, tienes que renunciar a él, ser mujer muerta. ¿Pues qué quieres, niña? ¿Que la religión te saque de este mal paso y encima te dé cabello de ángel y tocino del cielo? No puede ser. Si quieres que él viva, es preciso que tú te amojames... Ya sé yo lo que temes... Aunque desconozco el amor, ¡maldito amor!, he calado lo que piensas. Tú dices: "¡Pues estaría bueno que mientras yo me estoy aquí, reza que te reza y secándome y acecinándome, mi Tomín, salvado por mí, ande por esos mundos divirtiéndose con otra!". ¿Acierto?

—Eso he pensado, sí. No quiero, no, venderme a las monjas por la salvación de Tomín.

—Pues mira tú: hay un medio de conciliarlo todo. Te vas a *Jesús*... haces tu trato con la *Madre*; te encierras, te dejas disciplinar y penitenciar todo lo que quieran... Siempre con la reserva mental de volver a escaparte cuando estés bien segura de que Tomín está en salvo...

—¡Hipócrita, más que hipócrita!... ¿Y cuánto duraría esa comedia?

—Poco tiempo... quince días, un mes... ¿No tienes confianza en tu Tomín? ¿Dudas que te guarde fidelidad en plazo tan corto?... Si lo dudas, ponle bajo mi custodia en este tiempo. Yo, como mujer muerta y corazón convertido en bacalao, no debo infundirte celos. Yo seré para él como una madre, como una hermana mayor, y le trataré a la baqueta, no le dejaré respirar, leyéndole a todas horas la cartilla: "Eh, caballerito, ándese con tiento, que si antes estuvo condenado a muerte, ahora está condenado a fidelidad y gratitud, bajo mi vigilancia. Para salvarle a usted se puso en esclavitud, digamos en rehenes, con Dios, una mujer de tierno corazón. Si usted cumple como caballero, guardándole consecuencia, ella cumplirá como señora, escabulléndose lindamente de su prisión, y así volverán una y otro a juntarse". Esto le diré, y con mis exhortaciones y el cuidado que he de poner en vigilarle y seguirle los pasos, te le tendré bien sujeto... ¿Qué?... ¿te ríes? ¿No te parece sutil esta combinación?

—Demasiado sutil... —contestó Lucila con graciosa desconfianza.

—¿No me tienes por buena guardiana?

—No me fío...»

La monja ladina alargaba los morros afectando toda la seriedad del mundo. Mirábala Lucila entre burlona y asustada. En sus labios oscilaba ese mohín del niño, que no sabe si reír porque le entretienen o llorar porque le asustan. Y repitió la frase: «No me fío...» Tras una pausa en la cual Domiciana frunció su tenebroso entrecejo y dio a los morros toda la longitud posible, Cigüela, casi casi compungida, volvió a decir: «No me fío, Domiciana.»

—Pues si soy mujer muerta y corazón disecado, ¿qué temes?

—Por si acaso, Domiciana, por si acaso no fuera usted como yo creo...

—¿Esta combinación no te peta? Peor para ti... porque no hay otra, Lucila.

—Si para que la *Madre* me favorezca necesito engañarla, y birlar a la Comunidad, me quedo donde estoy. ¡Pobre Tomín!... Moriremos juntos.

—Sí, sí: a eso vais.

—Ya me dio un vuelco el corazón cuando usted nombró a la *Madre*. Desde el día en que allí estuve y me despidió Sor Catalina con las despachaderas que usted sabe, no he vuelto a parar mientes en aquella casa. Por la *Madre* siento respeto; pero nada más que respeto... Cierto que no es una mujer como las *naturales*... Algo hay en ella que es... De ella nada más; pero nunca he podido quererla...

—Yo sí —dijo Domiciana con firme acento; y la vaguedad de su mirada, perdida y parada como la de los ciegos, indicaba que su mente perseguía las imágenes distantes.

—¿De veras la quiere? Será porque ha sido buena para usted. ¿Y cree usted en las llagas?

—¿Cómo he de creer en las llagas, si sé cómo se hacen? Alguna vez ha recurrido a mí para que se las reprodujera cuando se le estaban cicatrizando. Tengo el secreto: la misma monja que reveló a Patrocinio este artificio me lo enseñó a mí, una vieja que murió cuando aún estábamos en el Caballero de Gracia: Sor Aquilina de la Transfiguración, aragonesa ella. Pues sí: sé hacer llagas. Ello es bien fácil. Tengo la *clemátide vitalba*, que el vulgo llama *yerba pordiosera*. ¿Quieres probarlo? Verás qué pronto...

—No, gracias. No me llama Dios por ese camino.

—Ni a mí. Por eso jamás me pasó por la cabeza llagarme a mí misma... Las razones que ha tenido Patrocinio para ponerse los estigmas son de un orden superior, y no debemos meternos a decir si hace bien o hace mal... Lo que en ti o en mí, que somos tan poco y no valemos para nada, sería bárbaro, pecaminoso, y hasta sacrílego, en otras personas, llamadas a empresas altas por méritos de su caletre y de su voluntad, puede ser bueno, necesario y hasta indispensable. ¿Qué dices? ¿Que no entiendes esto, bobilla?

—Yo, Domiciana, pienso siempre por derecho: creo que lo que es malo en mí, malo ha de ser en las reinas y emperatrices.

—No estamos conformes. Eres una simplona y no conoces el mundo. Corto tiempo has estado en el Convento, y eso en días en que allí había poco que aprender. Veinte años, los mejores de mi vida, pasé yo en la Comunidad, y en tiempos tales, que entonces fue la casa como un pequeño mundo, dentro del cual el mundo grande de nuestra España estaba como reproducido y encerrado. ¿Me entiendes? Pues yo, por lo que allí he visto, puedo dar fe de las grandes dotes y facultades que el Señor concedió a Patrocinio. No hay mujer como ella. Yo la admiro, por muchas razones; por otras la temo...

—Y por otras la quiere... ha dicho usted que la quiere.

—Y no me vuelvo atrás. Para que te hagas cargo de las razones de este querer mío, así como del admirar y del temer, será preciso que yo te cuente muchas cosas... ¿No te parece que ya hemos trabajado bastante?

—Yo, la verdad, no estoy cansada. Deme otra cosa que majar.

—Antes descansemos y merendemos. Hagamos un alto en nuestros afanes para cobrar fuerzas... No podrás negarme que estás desfallecida... Se te abre la boca y se te caen los párpados. Recógeme todo eso... No: yo lo recogeré mientras tú bajas a la calle, y te traes dos pares de bartolillos de la pastelería de Cosme. Toma los cuartos. Mejor será que traigas media docena: los remojaremos con un rosolí exquisito que me mandaron los de la botillería de la Lechuga, para reparo del estómago en las mañanas y en las tardes frías...»

Salió la moza diligente, y en el rato que estuvo fuera, recogió la ex-monja los ingredientes que en la mesa de trabajo había, ordenándolo todo en otro sitio. Después sacó de un estante la botella de rosolí, y dos copas. Al salir Lucila por los bartolillos, había reparado Domiciana en los rojos zapatos puntiagudos que calzaba su amiga, y cuando la vio entrar fijó más en ellos su atención, diciendo: «Has de contarme de dónde sacaste esos chapines tan majos, y luego trataremos de que me los des a cambio de otro calzado, porque te aseguro que me gustan muchísimo, y quiero ponérmelos y usarlos dentro de casa.» Contestó Lucila que dispusiese de aquella prenda y de cuanto ella poseía, y acto continuo se sentaron y cada cual la emprendió con un bartolillo, Domiciana como golosa y Lucila como hambrienta.

VII

Sirviendo a su amiga el dulce rosolí, e invitándola a no ser demasiado melindrosa en el beber, la exclaustrada dio principio con desordenado plan y gracioso estilo a sus cuentos monjiles: «Yo entré en el Convento cuando aquel mal hombre y peor Rey Fernando casó con Cristina... No: cuando ya estaban casados, y Cristina encinta de Isabel. Me movió a ser monja una tema de chiquilla tonta y cabezuda, y el odio a mi madrastra, Faustina Baranda, de esa familia de peleteros establecida en la calle mayor, y cinco años estuve en aquella vida boba sin percatarme del gran desatino que había hecho. Fue mi madrina en la profesión Doña Victorina Sarmiento de Silva, dama de la Infanta Carlota... Pues como te digo, caí de mi burro a poco de tomar el hábito y cuando ya mi locura no tenía remedio. De novicia, vi los primeros milagros de Patrocinio, que en el siglo se llamó Dolores Quiroga y Cacopardo, y las entradas del Demonio en nuestra santa casa... Terribles dudas tuve al principio; pero como ya entonces era yo muy reparona y todo lo observaba, llegando hasta no creer en ningún fantasma que no viese con mis ojos y tocara con mis manos, pronto me convencí de que el diablo intruso y visitante era un fraile de Sigüenza, que entraba por las habitaciones del Vicario y a los tejados se subía, y a los claustros y celdas bajaba. Otra novicia y yo, las dos valientes y decididas, le acechamos una noche, y corriendo tras él y agarrándole por donde pudimos, yo me quedé con un pedazo de rabo en la mano, el cual era como una cuerda forrada en bayeta roja, y mi amiga le arrancó un cuerno, que resultó ser al modo de un gordo chorizo de sarga verde, relleno de pelote... Como se confunden en mi cabeza los recuerdos y no puedo fijar bien el orden de los sucedidos, te diré que antes o después de aquellas visitas infernales recibía nuestra Comunidad en el locutorio las de don Carlos María Isidro y su mujer Doña Francisca, y con ellas las de innumerables señorones del bando absolutista, que era el de nuestra devoción. En clausura entraban cuando querían un capuchino llamado el padre Alcaraz, el padre la Hoz, que a muchas de nosotras confesaba, fray Cirilo de Alameda y otros del mismo fuste. El padre Arriaza, que luego nos pusieron de Vicario, no creía en la santidad de Patrocinio, y tuvo con ella y con la Priora no pocos altercados. Nosotras, acechando fuera de la puerta de la celda prioral, oíamos el run run de las voces, y luego veíamos salir a la Priora sofocada, a Patrocinio fresca y sonriente, desafiando al mundo entero con aquella serenidad que nos llenaba de admiración.

»Que todas allí éramos carlinas furiosas, no tengo por qué decírtelo. Adorábamos a don Carlos, y aunque en Patrocinio veíamos actos de la mayor extravagancia, creíamos en ella, por aquel don magnético que tenía y tiene para imponer sus ideas, sus propósitos y hasta sus milagros. Podían ser falsas las llagas, pero las reverenciábamos; podía ser impostora la llagada, pero embargaba los ánimos con la blancura de su rostro y con su voz meliflua, con aquel modito suave de decir las cosas y de hacerlas, con aquel amor verdadero o falso que a todas mostraba, y al cual correspondían nuestros corazones, tan necesitados de un querer entrañable en vida de tanto hastío y soledad... La queríamos, Lucila, porque cuando una es monja, no se satisface con el amor de los santos o santas de palo, y quiere santos vivos, sean como fueren. Patrocinio, mujer extraordinaria, tuvo el arte y el valor de hacerse santa viva: de este modo conquistó el afecto de sus hermanas, y de muchas personas de fuera que la visitaban con admiración, con fervor, con todo el sentimiento místico que el alma guarda y acaricia para emplearlo en lo primero que salga... ¡Pues no te quiero decir lo que nos maravilló el caso de desaparecerse Patrocinio sin que en la casa quedara rastro de ella, y aparecerse luego a horcajadas en el tejado, con el rostro tan bien encendido en un divino resplandor que parecía una celestial visión!... Bajada de aquel lugar eminente, y después de ponerse a orar nos contaba que, arrebatada por el Demonio en una nube densa, fue conducida al camino de Aranjuez, y del camino al Palacio del Real Sitio, donde había visto con sus propios ojos a la reina María Cristina en tal descompostura de ademanes, que con ella bastaba para tenerla por malísima mujer... que luego la transportaba el mismo diablete a la Sierra de Guadarrama y al Real Sitio de San Ildefonso, y allí veía y comprobaba que Isabel no podía ser reina de España; por fin, después de otras milagrosas visiones y avisos, en demostración de que don Carlos ceñiría la corona, el Demonio nos traía de nuevo a nuestra compañera montadita en la nube, y nos la ponía en el tejado, no sin algún quebranto de huesos de la monja volandera... ¡Habías de ver su cara y sus modos cuando nos contaba tales prodigios! Yo, sin creerlos, me dejaba vencer de no sé qué respeto al arte superior y nunca visto de tal mujer, y hacía coro a las alabanzas, a los regocijos, a las esperanzas de mis compañeras, que veían en todo ello días gloriosos para la Orden.

»Patrocinio, cuando no estaba en oración, se pasaba las horas en su celda escribiendo cartas. Llevaba larga correspondencia con personas desconocidas de fuera, que la tenían al tanto de todas las intrigas y diabluras masónicas... Pero un día vino el Demonio, por cierto todo vestido como un oso, y arrebatándole los papeles, salió, dejando tal peste de azufre que no podíamos respirar. ¿Era este diablo el mismo que se la llevó en una nube a los Reales Sitios? Yo entonces nada sabía. Después entendí que el segundo Lucifer era el padre Alcaraz, que había reñido con el Demonio de marras; supe también que el viaje no había sido por los aires, sino por tierra, y no a los Sitios Reales, sino al convento de Cuéllar, donde desterrado estaba el fraílón de Sigüenza, confesor que fue de Patrocinio. Bien podíamos decir: riñen los diablos y se descubren los hurtos.

»Pues ahora daré un brinco en el relato: tengo que decir lo primero que me salta a la memoria. Si no es por la traición de Maroto, no habría quien le quitara la corona a don Carlos... Patrocinio, mujer de gran pesquis, en cuanto tuvo noticia del convenio de Vergara, empezó a entenderse con los diablos cristinos, y con los *angélicos* o *isabelistas*... Mucho antes de estos días... y ahora doy otro brinco para atrás... Empecé yo a sentir en mí el hastío y la repugnancia de la vida monástica; y de tal modo se me iba sentando en el alma el desconsuelo, que no tenía un rato de paz; perdí la salud, y me entraron las murrias más horrorosas que puedes figurarte. Y es que como había visto tantos diablos que entraban y salían, y a más de los diablos, diabluras tantas dentro y fuera de la casa, me sentí también un poco diabla, y harta de convento, no vi mejor remedio que las diabluras para salirme de él...

»Déjame que pegue ahora otro brinco, no sé si hacia delante o hacia atrás, porque el encadenado de las cosas en el tiempo se me borra de la cabeza... Por aquellos días empecé a sufrir los achaquillos de no dormir, de querer pegar a dos monjas que solían hacerme burla, y el irresistible deseo de clavarle un alfiler gordo en la nalga a la Hermana que tenía más próxima. Cuando me entraba el mal, o daba satisfacción al antojo, o me entraban unos vapores que me ponían a morir... Y cátate aquí a Patrocinio procesada. Después de tanto absolutismo, vinieron al poder progresistas masónicos, y la emprendieron con nuestra santa. Del disgusto que a todas nos causaron aquellas trapisondas (y el proceso fue por los papeles que le robó el maldito diablo), yo me puse peor; me entró una tristeza tal, que en ella me hubiera consumido si no quisiera Dios enviarme una distracción, un consuelo, con que me fui recobrando, y al fin se me fortaleció el seso y me volvieron las ganas de vivir. Desde los primeros años de la vida claustral solía entretenerme cogiendo hierbas en la huerta, aprendiendo a distinguirlas y a conocer sus cualidades y virtudes. Esta, en cocimiento, es buena para las muelas; aquella, en infusión, inspira pensamientos alegres; tal otra, purga a los pájaros; cuál otra, blanquea y afina las manos.

»Y ahora otro saltito. Cuando el tribunal masónico dispuso que, para observar a Patrocinio y ver si eran verdaderas o fingidas sus llagas, la trasladasen del Convento a una vivienda particular; cuando fue llevada nuestra santa a la casa de don Wenceslao Gaviña, en la calle de la Almudena, y de allí a las Recogidas, se ordenó también desocupar el Convento del Caballero de Gracia. Al de la Latina nos mandaron, donde por ser la huerta muy chica y pobre de vegetación, no encontré el solaz que me daba la vida, y tan mala me puse, que medio muerta me despacharon para Torrelaguna. ¡Oh! allí fueron mis delicias, porque a más de encontrar abundancia de toda la maravilla vegetal que derramó Dios por el mundo, también me deparó su Divina Majestad a Sor Facunda de los Desamparados, valenciana, que es la primera sabedora del mundo en achaque de hierbas y sus virtudes, y sobre la ciencia y experiencia, poseía una divina claridad para dar razón de todo. Allí mis goces de hortelana, de herbolaria y de farmacéutica fueron tan vivos, que hasta las obligaciones religiosas se me olvidaban, y más de una vez me reprendió y castigó la Priora... Pero yo lo llevaba con paciencia; no se me ocurría clavar alfileres gordos en las caderas de nadie, y me sentía fuerte, rebosando salud...

»Y con tu permiso, pego aquí otro salto, en el espacio más que en el tiempo. Viéndome repuesta me llevaron a Madrid. ¡Adiós mi Sor Facunda del alma, adiós alegría de mi huerta y de mis queridísimos hierbatos! ¡Oh, qué tristeza me causó Madrid! En el tiempo de mi feliz residencia en Torrelaguna, habían ocurrido muchas cosas: cambio de personal y aun de casa, porque ya la Comunidad no estaba en la Latina, sino en Jesús... Por cambiar, hasta la política era otra, pues los carlinos figuraban poco, y eran amos de España los isabelinos con su reina imperante. Sor Pilar Barcones, ancianita, seguía de Priora; pero la que nos gobernaba realmente era Patrocinio, maestra y madre de todas nosotras. Con satisfacción y orgullo veíamos el sin fin de personajes que iban a platicar con ella. El señor Infante Don Francisco presentó a su hijo, ya Rey o marido de la reina; este llevó a su esposa, y tras estos egregios visitantes, iban duques, condes y Marqueses con sus mujeres y otras que no lo eran... Jubileo más lucido no se vio nunca. Patrocinio, a mi regreso de Torrelaguna, me pareció una figura enteramente celestial. ¡Qué blancura de tez, qué caída de ojos, qué majestad en las posturas, y qué modito de hablar echando las palabras como si fueran ecos de otras que sobre ella en invisibles aposentos se pronunciaran! Comprendí entonces su poder, y que reina y Rey se postraran ante ella... Tan mística era su hermosura, tan soberanos sus modos de andar, de sonreír, de llamar a una de nosotras para que se acercase, y tan dulce el timbre de su voz, que causaba en los que la veían y oían por primera vez efecto semejante al de la presencia de un ser sobrenatural. Te contaré un caso para que te maravilles. Cuando la llevaron a las Magdalenas, una monja de fe muy viva, que había oído contar sus milagros y creía en ellos como yo creo en la luz del Sol, en cuanto la vio quedose como pasmada; se le doblaron las rodillas; el rostro de Patrocinio fue para ella como un conjunto de la claridad de todos los rayos y centellas del cielo... La pobre monja dijo: "¡Ay, Jesús!", y se quedó ciega.»

—Pues esa era la ocasión —dijo Lucila prontamente—, de probar la *Madre* su santidad, porque debió llegarse a la pobre monja, y ponerle la santa mano en los ojos y decir con arrebato: "Ojos engañados, en nombre de Dios os mando que veáis".

—Algo de eso hizo Patros; pero no consta que la otra recobrara la vista, y solo al cabo de unos días empezó a ver algo por el ojo derecho, quedándose con el izquierdo a oscuras... En fin, yo te cuento el prodigio como me lo contaron, y lo que haya de verdad ya lo dirán las escrituras... Pues sigo: si me fue muy grato ver que la *Madre* me tomaba cariño, por otra parte me causó un dolor muy acerbo cierto día, diciéndome que moderara mi afición a la botánica y a la composición de menjurges caseros... Así lo llamaba, con desprecio de cosa tan útil como aquel arte mío mal aprendido. Ya ves: yo que no me había puesto tasa en la admiración de ella, ya la temía tanto como la admiraba... Disimulé un poco mis aficiones, que cada día se apoderaban más de mi pobre alma sepultada en aquella región del fastidio. Hablando yo conmigo misma o con Dios en la soledad de mi celda, me comparaba con Patrocinio; llegaba a creerme que tenía delante de mí su rostro blanquísimo, sus ojos que ven los pensamientos, sus manos de cera con los estigmas de las llagas, sombrajo entre rosado y verdoso... Y viéndola de presencia, como hechura de mi imaginación, le decía: Tú haces milagros, y yo combinaciones naturales, que son los milagros de la tierra; tú trabajas con las cosas que están por encima de las nubes, con lo invisible y espiritual; yo trabajo con plantas humildes que tú pisas creyéndolas cosa despreciable. De estas plantas extraigo zumos, de otras aprovecho las flores, las raíces, las cortezas, y preparo bebidas medicinales, ingredientes que sirvan para realzar la hermosura, o para mil usos y aplicaciones útiles de la vida que, por ser tantas, no se pueden contar. Tú haces tus arrumacos y tu arte de los cielos para dominar a las criaturas y someterlas a tu mando, para ayudar o estorbar a Reyes y ministros en el mangoneo de la dominación, o en guiar a ese ganado hombruno que, como el ovejuno y el vacuno, se deja llevar por el miedo o por el engaño. Yo no aspiro a gobernar a nadie, sino a ser útil a unos cuantos, y a emplear mis días en un trabajo modesto que a mí me sostenga y me dé mejor y más cómoda vida. Tú manipulas con lo divino, yo con la Naturaleza, y en mis milagros no entran para nada el Dogma, ni la Pragmática Sanción, ni la Legitimidad; no entran más que las hierbas de Dios, el agüita de Dios, y el fueguito de Dios...

»Esto le decía yo en mis pláticas solitarias, y aun creo (no puedo asegurarlo) que se lo dije de palabra viva, frente a frente, en alguna de las agarradas que tuvimos cuando me llamaba a su celda para reprenderme.»

VIII

Por segunda o tercera vez escanció rosolí en las dos copas, y pasando por el gaznate un buche de agua para aclarar la voz, prosiguió de este modo: «De entonces, y digo entonces por no poder marcarte la fecha, datan mis mayores trastornos. Las paredes y el techo de *Jesús* se me caían encima. Las locuras de otros días se repitieron con mayor gravedad; yo no me contentaba con dar gritos, sino que se me salían de la boca, sin pensarlo, palabras feísimas, las más feas que hay, y que yo no había dicho nunca. Pasados días me divertía mucho asustando a las monjas; mejor será decir que me vengaba. Algunas no me podían ver. El susto de más efecto era figurar que me ahorcaba, y apretándome el cordel y sacando la lengua, yo les metía un miedo horroroso... A tanto llegué con aquel desatino, que ya no me dejaban sola en mi celda, y dormía siempre con dos guardianas. Andando los meses me sosegué, no influyendo poco en ello la divina *Madre*, que muy cariñosa me amonestó y consoló, permitiéndome coger plantas y hacer con ellas apartadijos como los de los herbolarios... Pero un día, ¡ay!... Voy a contarte lo más atroz que hice, y el más estrafalario, el más ridículo y cruel de mis disparates. No sé qué día fue, ni la fiesta solemne que celebrábamos, porque en esto de fechas y festividades siempre he sido muy corta de memoria. Lo que sí recuerdo como si lo estuviera viendo es que aquel día tuvimos procesión por el claustro, a la que asistió el Rey bajo palio, con cirio, acompañado del Infante don Francisco, su señor padre y del padre Fulgencio, su confesor... Después de esto hubo refresco; se sentaron todos en el jardinillo que hay en el centro del claustro. Recordando el calor que hacía, calculo que ello era al apuntar del verano, quizás en la fiesta de la Pentecostés o de la Santísima Trinidad... Yo me acuerdo de que llevé sillas para que se sentaran los convidados. Frente al Rey estaba Patrocinio; a su derecha el Infante don Francisco, y a su izquierda un fraile que no sé si era el padre Carrascosa, confesor de la *Madre*, o fray Toribio Martínez Cuadrado. Es muy raro esto de que se me confundan en la memoria dos frailazos de época muy distante el uno del otro. La confusión será porque se parecían; ambos eran grandullones, fornidos, de anchos hombros y pecho, caderas muy señaladas; unos hombrachos como castillos, con gordura de mujeres apopléticas. Yo llevaba bandejas con refrescos, y me las traía con los vasos vacíos... En una de estas idas y venidas me entró de repente la mala idea, una idea rencorosa y asesina, que con ninguna reflexión pude dominar. Ello eran unas ganas muy vivas, muy ardientes, de ofender al buen fraile, que a mí no me había hecho daño alguno ¡pobre señor!, pero que en aquel momento me inspiró un odio mortal y una repugnancia inaudita, por el bulto que hacían sus carnazas amazacotadas. Ciega de aquel furor que me acometió como una instigación del demonio, dejé en el suelo la bandeja vacía, metí la mano bajo el escapulario, saqué un alfiler muy gordo y largo, de cabeza negra, que llevar conmigo solía, y cogiéndolo con disimulo, y llegándome bonitamente al fraile, se lo clavé en la nalga con presteza y saña, metiéndoselo hasta la cabeza... Hija, el grito que soltó Su Paternidad, y el respingo que dio, saltando del banco y echándose mano a la parte dolorida fueron tales, que al primer momento todas las monjas soltaron la risa... Bufaba el fraile; yo salí huyendo avergonzada, y aquello fue un escándalo, una tragedia... Luego me contaron que el Rey se había reído, y consolaba al padre diciéndole que el alfilerazo no había sido más que una broma, y que sin duda mi intención no fue irme tan a fondo...

»Ya comprenderás que esta barrabasada mía, hecha tan sin pensar, agravó mi situación... En el convento se hablaba de mandarme al *nuncio* de Toledo, donde hay un departamento para monjas que están mal de la jícara. Las que me querían mal me lo dijeron, y al saberlo yo, tuve el arrebato de ahorcarme de verdad, que solo me duró un ratito... En esto me llamó Patrocinio a su celda y hablamos lo que voy a contarte: "Yo me someto a todo lo que Su Caridad determine —le dije—, menos a que me lleven a una casa de Orates, pues aunque parezca loca no lo soy. El clavarle el alfiler al padre confesor fue una travesura... Él nos había dicho que el dolor es muy bueno y que debe regocijarnos. Tuve la mala idea de causarle dolor para que se regocijara... Pero no volveré a jugar con alfileres; yo se lo prometo a Su Caridad". Y ella a mí: "Hermana, está usted enfermita del caletre, y es menester curarla. Su mal proviene, según entiendo, de una fuerte inclinación a las cosas temporales, que perdura después de tantos años de vida religiosa. ¿Qué quiere decir eso de rebuscar y exprimir las plantas para comerciar con su jugo? Pues es codicia, es preferir lo humano a lo divino, y lo menudo a lo grande...". Yo repliqué: "Así es. Su Caridad está en lo cierto. Me llama lo menudo y andar a cuatro pies por la tierra. ¡Dichosas las almas que se apacientan en los campos del cielo comiendo estrellas! Yo no tengo esa perfección. Al lado de Su Caridad soy como una burra que pasta en los prados y no ve más que lo que come... Tengo la pasión de las cosas necesarias, o si se quiere, menudas, y de entretener mis manos en labores vulgares que den de comer a alguien, a mí la primera. Me gusta trabajar, hacer cosas; me gusta vender, me gusta cobrar... Si eso es pecado, soy gran pecadora; pero no demente". Y ella: "No diré que sea pecado en el siglo; aquí podría serlo. Hermana mía, yo no le deseo ningún mal; quiero para usted todos los bienes, y puesto que se ha llamado burra, le diré que este pesebre no le cuadra...". A la semana siguiente volvió a llamarme y me notificó que yo no podía seguir en el convento, y que por no dar la campanada de mandarme al *Nuncio* había escrito a mi madrina, Doña Victoria Sarmiento, para que supiera lo que ocurría, y a mi padre para que fuese por mí y se encargara de mi curación. Estas palabras de la divina *Madre* me causaron tanto gozo, que solo con oírlas se me quitaron como por milagro todos mis males de corazón y de nervios. Ve aquí por qué quiero a la *Madre*. Llorando de gratitud le di las gracias, y al despedirme me dijo con gracia: "Celebraré mucho que el trajín de *hacer cosas* y de venderlas la cure de esos arrechuchos, hermana querida. Ayude usted en la cerería al buen don Gabino, que ya debe de estar gastadito y achacoso; trabaje con él, cobre salud, y no nos olvide. Haga vida de recogimiento para que su salida no cause escándalo, y viva en concepto y opinión de enferma que busca su reparación en la casa paterna... Antes de abandonarnos, déjenos, con sus recetas, todo lo que tenga hecho de la pasta para blanquear y afinar el cutis de las manos".

»Los días que transcurrieron desde esta conversación hasta que mi padre, la *Madre*, Doña Victorina y el Vicario se pusieron de acuerdo para mi salida, los pasé en gran ansiedad. Me atormentaba la idea de que el fraile, cuyas carnes orondas traspasé con el alfiler, influyera para que, en vez de mandarme a mi casa, me encerraran en el *Nuncio*. O me perdonó mi víctima, o no quiso ocuparse de mí... En aquellos días entraste tú y te pusieron a mi servicio. Simpatizamos; me inspirabas lástima; pensé que te catequizaban para sepultarte allí toda la vida. Mi padre llegó al fin, y solté los hábitos para venirme a casa. De la fuerza del alegrón yo estaba como idiota cuando salí, y en los primeros días que aquí pasé, el ruido de la calle me ensordecía, y mi padre, mi hermano y Tomás eran como fantasmas que alrededor de mí se paseaban... Poco a poco fui entrando en la nueva vida y regocijándome más con ella. La tarde en que te me presentaste, diciéndome que te habías escapado y que en mi compañía querías estar hasta saber el paradero de tu padre, me alegré de veras: tu libertad me afirmaba en el contento de la mía... Me referiste lo del *Relámpago*, y nos reímos del gran mico que se llevaron las monjas y el padre Fulgencio... He concluido. Nada más tengo que contarte.»

Emancipada la atención de Lucila del interés del cuento, volvió a caer en el asunto que embargaba su espíritu: el amor de Tomín, su salud, su libertad. Observábala Domiciana alargando los morros. Por fin, la moza, sacando un suspiro de lo más profundo, se levantó y dijo: «Es tarde ya. Tengo que irme.»

—Pero no te hagas la desentendida. Quedaste en darme los zapatos. Ya supondrás que no los quiero de balde. Te doy por ellos unos míos casi nuevos, y unas medias que no he estrenado todavía. Mis pies y los tuyos son tan hermanos que parecen los mismos...» Al decir esto se descalzaba. «Mira: no eres tú sola la que puedes ufanarte de un bonito pie. Ven a mi cuarto y haremos el cambio.»

Llevola al gabinete próximo, y allí trocaron su calzado. Lucila iba ganando; pero la otra parecía más satisfecha, y reía mirando en sus pies las rojas chinelas puntiagudas. Luego recogió Cigüela de manos de su bienhechora lo que esta le había ofrecido: chocolate, pan, alguna golosina, y de añadidura media peseta columnaria. «Ya ves —dijo la exclaustrada contrayendo los morros—: te doy dos reales y medio.»

—No sé cómo agradecerle favores tantos, Domiciana. Si no se enfadara, si no dijera usted que me ha hecho la boca un fraile, me atrevería... ¿De veras no se enfada? Pues quisiera llevarle un poquito de ese licor... ¡Le sentará tan bien!

—¿Un poquito has dicho? Pues te llevas la otra botella que tengo. Ya me dará más Alonso. ¡Pobre Tomín, qué bien le probará! No le des más que un poquito a cada comida: esto ayuda a la reparación de fuerzas... Dime otra cosa: ¿fuma el Capitán?

—Sí que fuma cuando tiene qué. Yo recojo todas las colillas que encuentro; se las pico muy bien picaditas...

—Toma, toma otro real... Le compras un paquete de picadura, o un macito de a veinticinco... Para el fumador, no hay privación más penosa que la de este vicio. Hemos de estar en todo... Vaya, no te detengas. Adiós.»

Salió Lucila muy consolada y muy agradecida, pero también un tanto recelosa. En su alma tomaba fuerza el deseo de ser sola en cuidar y proteger al infeliz Capitán. No quería compartir con nadie su abnegación, porque partiéndola o admitiendo la abnegación extraña, creería ceder o enajenar parte de sus derechos al amor de Tomín. Temía que la gratitud del hombre tuviera que dividirse, y ella no admitía tal división, mayormente si la partija de aquel sentimiento recaía en una mujer, quien quiera que esta fuese. Cierto que la generosidad de Domiciana era desinteresada; nunca había visto al Capitán; pero podía llegar a conocerle, extremar sus beneficios, y reclamar siquiera algunos rayos de la mirada de los ojos azules... Cuando llegó a la Cabecera del Rastro, disipáronse como bocanada de humo estas vagas cavilaciones, dejando todo el espacio de su alma a la previsión y ansiosas dudas de lo que a su regreso encontraría. ¿Habría pasado algo?... Acordose entonces de los periódicos que le había encargado Tomín, y volvió atrás, muy disgustada de su mala memoria y de la tardanza que el largo rodeo en busca de los papeles le ocasionaría... Vaciló, detúvose en la calle de San Dámaso, pensando si sería más conveniente entrar tarde con los periódicos o temprano sin ellos, y al fin decidiose por lo segundo, amparándose de esta especiosa razón: «El tabaco y el rosolí bien valen los papeles... Otro día será.»

Como siempre, subió temblando por la luenga escalera que bajo sus pies gemía. Famélicos gatos la saludaron con mayidos melancólicos. La noche era plácida, estrellada, y del suelo subían el vapor y el ruido de la vida urbana, mezclados con el desagradable olor de las fábricas de velas de sebo. En las primeras noches que la pobre Lucila vivió en tan desamparadas alturas, el vaho del sebo derretido se le metía en la cabeza, y de tal modo a su mente se adhería cuanto contemplaban sus ojos, que llegó a creer que olían mal las estrellas. Pero a todo se fue acostumbrando, y la delicadeza de su olfato se embotaba de día en día... Sin aliento llegó a su desván. No había ocurrido nada: Tomín la esperaba risueño y tranquilo. Se abrazaron.

Entre los abrazos, dio Cigüela explicación de no haber llevado los periódicos, y mostrando el botín de aquel día, más pingüe de lo que Tomín pudiera imaginar, le permitió catar el rosolí, como medicamento tónico. Antes de la cura y cena, la enfermera le dio un paseíto por la estancia, durante el cual el preso estuvo ágil de remos, despabilado de cabeza, decidor de palabra. Y antes de recogerle a su descanso, le arrimó al ventanal para que contemplara el cielo. Lucila le enseñaba las estrellas más brillantes, las más hermosas... que olían a rosolí.

IX

Pasaron días, entre los cuales se deslizaron los de Navidad, confundiendo su barullo con el trajín de los ordinarios; acabose el año 50, y entró su sucesor con fríos crueles, que obligaron al vecindario de Madrid a recogerse al amor de las camillas para sacar los estrechos. ¡Y qué graciosísimos disparates resultaron de aquel juego en algunas casas! Al sacar las papeletas, todo el concurso reventaba de risa. ¡Martínez de la Rosa con la Petra Cámara; el nuncio con la dentista Doña Polonia Sanz, y la reina Madre con don Wenceslao Ayguals de Izco! Entre Navidad y Reyes, hizo Lucila no pocas visitas a Domiciana, encontrando a esta tan magnánima y dadivosa, que parecía constituirse en Providencia nata del pobre Tomín y de su atribulada compañera. Una tarde le dio, envueltos en un papel de seda, dos cigarros puros, que ella misma había comprado. A tan hermoso obsequio, siguieron: ya el cuarto de gallina, ya la perdiz escabechada, bien las lucidas porciones de garbanzos, patatas y otros comestibles. Huevos hubo un día, otro jamón, y nunca faltaban chocolate y pan. Los cuartos y las medias pesetas o pesetas, a veces columnarias, menudeaban que era un gusto, y cuando apretaron las heladas, se descolgó con una buena manta, nuevecita. Lo de menos era la limosna material, que más que esta valían el buen modo y las recomendaciones cariñosas. «¡Ay, hija, evitemos a todo trance que pase frío!... Ten cuidado, por la noche, de que no se ponga a dar manotazos, destapándose... Arrópale bien... Dale la comida con método, sin dejarle que se atraque de lo que más le guste; y el vino con medida... Para cuando pueda salir de casa, le estoy preparando un chaleco de mucho abrigo... Mira: estos cigarros que te doy son para que fume hoy uno y otro mañana. No permitas que se fume los dos en un día.»

Y Cigüela, con estas crecientes efusiones caritativas, agradeciendo mucho y recelando más. ¿Pero qué remedio tenía sino tomar lo que le daban, librándose así de la fatigosa y triste correría en busca de socorro? Atenta siempre a los actos y dichos de Domiciana, observó en aquellos días alguna variación en sus hábitos: la que no salía de casa más que para ir a misa a San Justo muy temprano, ausente estaba largas horas en pleno día. Dos veces dijeron a Cigüela en la cerería que la señora había salido, y tuvo que esperarla. Al entrar fatigada, decía la monja que la necesidad de colocar sus drogas la sacaba de su quietud y recogimiento. En todo ello resplandecía la verosimilitud; pero la guapa moza, llevada por su desamparo y la tenacidad de sus desdichas a un horrendo escepticismo, en los hechos más inocentes veía sombrajos o barruntos de nuevas tribulaciones.

Ya iban los Reyes de vuelta para su tierra de Oriente, y llevaban tres días o cuatro de camino, cuando Lucila, al entrar en la cerería, se sorprendió de ver en ella más gente de la que allí solía pasar el rato charlando. Las primeras palabras que oyó hiciéronle comprender que había caído Narváez. Ya era jefe del Gobierno don Juan Bravo Murillo. Se alegró de la noticia, pues a Narváez, visto del lado de su particular desventura, le juzgaba como el peor de los gobernantes. «Lucitta —le dijo don Gabino con la melosa inflexión de voz que para ella reservaba—, pasa al taller, que hoy es día de cera, y allá está mi hija regentando.» Corrió la moza a la trastienda, y de allí, por estrecho patinillo en que había un pozo cubierto, ganó la puerta de un aposento ahumado. Salió Domiciana a recibirla con mandilón de arpillera y el cazo en la mano, y a gritos le dijo: «Ven, mujer... Ya te esperaba. Hoy estamos de enhorabuena.» No era la primera vez que su amiga la recibía en las funciones del arte de cerero, aplicando a ellas el elemento más varonil de su compleja voluntad. Aquel día la vio Lucila más radiante de absolutismo, más fachendosa y con los morros más prominentes.

—¿Enhorabuena ha dicho usted?

—¿Pero no sabes que ha caído ese perro? Tendido le tienes ya en medio de la calle, y no volverá a levantarse, pues... quien yo me sé le pondrá el pie sobre la jeta para que no remusgue. Alégrate, mujer; ya nos ha quitado Dios de en medio al causante de la desgracia de tu pobrecito Tolomín.»

No podía la cerera extenderse en mayores comentarios, porque la cera, derritiéndose en la olla puesta al fuego, decía con su hervor que ya estaba en el punto de licuación, y que anhelaba correr sobre los pábilos. A una señal de Domiciana, Ezequiel y Tomás cogieron la olla por sus dos asas y la llevaron al centro de la estancia, junto al arillo, rueda colgada horizontalmente. De la circunferencia de este artefacto pendían los pabilos de algodón e hilaza cortados cuidadosamente por don Gabino. A plomo bajo el arillo fue puesta la paila, que debía recibir el gotear de la cera. Ezequiel ocupó su sitio, arrimando a su pecho el bañador. Iniciado el girar lento del arillo, a medida que iban llegando frente al operario los pabilos colgantes, aquel derramaba en la cabeza de estos la cera líquida que con un cazo sacaba de la olla. Los pabilos, pasando uno tras otro y repasando en circular procesión de tío-vivo, iban recibiendo la lluvia o baño vertical de cera, que pronto blanqueaba y vestía de carne los esqueletos de algodón. Domiciana no apartaba de su hermano los ojos, vigilando la obra y recomendando que los chorretazos del líquido fueran administrados con esmero, para que todos los hilos se revistiesen por igual, y engrosaran sus cuerpos sin jorobas ni buches... El arillo se aceleraba conducido por Tomás demasiado a prisa, y Ezequiel, que era en sus movimientos muy parsimonioso, dejaba pasar algunos pábilos sin echarles el riego. Pero Domiciana, templando, midiendo y coordinando las dos fuerzas, logró al fin la perfecta armonía, y el trabajo siguió su curso, remedando la eficaz lentitud de las funciones de la Naturaleza.

Lucila seguía con su mirada el paso de los pábilos, como si algo le dijera o expresara la ceremoniosa marcha, y el irse vistiendo unos tras otros, siendo cada cual punto en que concluía y principiaba la operación, imagen de las cosas eternas y del giro del tiempo. Como había entrado de la calle muerta de frío, el calor del taller la confortaba, y hastiado su olfato del tufo de sebo que respiraba en las calles del Sur, el noble olor eclesiástico de la cera le resultó sensación grata, como la de besar el anillo de un señor obispo a la salida de función solemne. El abrigo del taller y la conversación de Domiciana atrajeron a más de un tertulio de los que tiritaban en la tienda: un señor de mediana edad, vestido con buena ropa de largo uso, con todas las trazas de cesante de cierta categoría, entró de los primeros, y arrimando sus manos al rescoldo de la hornilla donde estuvo la olla, manifestó con gruñidos el regocijo del animal que satisface un apremiante apetito. «Caliéntese aquí, don Mariano —le dijo la cerera—, y quiera Dios que el Sol que ahora sale le caliente más todavía.

—En ello pienso, señora... ¿Sabe usted que en el nuevo Ministerio tenemos a Bertrán de Lis, amigo mío desde que éramos muchachos? Pienso que ahora se ha de reparar la injusticia que hicieron conmigo los hombres del 44.»

Sentose junto a Lucila, que le saludó con inclinación de cabeza: le conocía de verle en la tienda. Era don Mariano Centurión, palaciego cesante, que bebía los vientos por recobrar su plaza.

—Y no se diga de mí —prosiguió—, que soy de los hombre del 40, pues también Bertrán de Lis es del 40, y si me apuran tendré que ponerle entre los del 34, el año de la matazón de frailes... El cambiar de los tiempos me ha traído a mí a un cambio completo de dogmas. Narváez me quitó mi destino sin más fundamento que mi amistad con Olózaga, y hace poco me negó la reposición porque soy amigo de Donoso Cortés. ¿En qué quedamos? ¿A qué santo debe uno encomendarse?

En esto entró un clérigo, que se refregó las manos junto a las brasas diciendo: «Créame el amigo Centurión: son los mismos perritos del 37, con los collares que se pusieron para hacer la del 43... Pero a mí no me la dan. No me trago yo el bolo de que Don Juan Bravo Murillo viene a desembarazarnos de la Constitución y a devolvernos la sencillez clásica del Absolutismo... Para esto necesitaría traer otra gente. A estos hombres no les entra en la cabeza el Gobierno de Cristo. Mírelos usted bien, y verá que por debajo de los faldones de las casacas bordadas se les ve el rabo masónico... Ji, ji... No me fío, señor don Mariano; no veo la Moralidad, no veo la Fe...

—¡Ah! perdone el amigo Codoñera —dijo Centurión con ironía grave—. Lo que darán de sí estos caballeros en política no lo sé... pero en Moralidad han de hacer primores. Como que no vienen a otra cosa. ¡Moralidad y Economías! Y no me negará usted que todos traen divisa blanca, como procedentes de la ganadería de la Honradez.

—Eso sí: y el pueblo, que otra cosa no sabrá, pero a poner motes graciosos y oportunos no hay quien le gane, llama al nuevo Ministerio *El honrado concejo de la Mesta*.»

Los pábilos ya no se veían bajo la vestidura de cera; las velas engordaban a cada revolución del arillo, presentándose a recibir el riego, y siguiendo su paso de baile ceremonioso por todo el circuito. Sin desentenderse de la vigilancia del trabajo, Domiciana llamó junto a sí a Lucila para decirle: «Hoy no podremos charlar: ya ves. Si no estoy encima de esta gente, me harán cualquier chapucería. A mi padre dejé el encargo de darte ocho reales: compra lo que necesites para hoy; no olvides de llevarle a Tomín papeles públicos para que se entere bien de que entran a mandar los Honrados. En confianza te diré que creo en el indulto como si ya lo viéramos en la *Gaceta*... Oye otra cosa: mientras viene el indulto, convendrá que tengáis un alojamiento más seguro y decoroso, con más comodidades, donde Tomín pueda reponerse y cobrar fuerzas... De eso me encargo yo... Puedes marcharte ya si quieres. Si mañana vienes temprano y no me encuentras aquí, estaré en San Justo.»

Echó Lucila la última mirada a las velas, que seguían bañándose en cera y engrosando a cada chorro, y se fue hacia la tienda. Allí le salió al encuentro don Gabino, y empujándola hacia la rinconada donde tenía el pupitre y el cajón del dinero, le puso en la mano las dos pesetas designadas por su hija, y otra, columnaria, que de tapadillo el buen señor por su cuenta le daba. Le cerró y apretó la mano en que ella las había recibido, y alegrado su rostro con una confianza un tanto picaresca, le dijo: «Luciíta, eres tan guapa, que no está bien andes suelta por el mundo, donde te solicitarán pisaverdes sin juicio y mozuelos *de poca pringue*. Oye mi consejo: debes tomar estado. Piensa bien lo que haces. Te conviene un marido maduro, un marido sentado... Los hay, yo te lo aseguro; los hay muy respetables, algo añosos; pero que saben cumplir, y bien probado lo tienen... ¿Con que lo pensarás, Luciíta? ¿Me prometes pensarlo?

—Sí, don Gabino, lo pensaré —replicó Lucila con verdaderas ansias de perder de vista al patriarca fecundo—. Déjeme que lo piense... y muchas gracias.»

Otros dos estantiguas, que de mostrador adentro, arrimados a un brasero mustio, rezongaban críticas del *honrado* Ministerio, la despidieron con amables adioses y sonrisas de bocas desdentadas. Salió Cigüela con el corazón oprimido, no sabiendo si bendecir a Dios por la creciente abundancia de los socorros y dádivas, o maldecir su propia suerte, que la incapacitaba para la debida gratitud... Era media tarde, y vagó largo rato por Madrid haciendo sus compras, y buscando periódicos para que Tomín leyese y juzgase por sí mismo las cosas políticas. Movida de la curiosidad, y andando ya para su casa, parábase a leer algo en los papeles que había comprado, por si alguno hablaba ya de indulto a los militares condenados en Consejo de guerra. Pero nada de esto encontró, sino una palabrería ininteligible sobre la Deuda pública y sus arreglos, y noticias sobre la próxima inauguración del ferrocarril de Madrid al Real Sitio de Aranjuez. Nada le importaba a Lucila la llamada Deuda pública, que no era otra cosa que las trampas del Gobierno, y en cuanto al Camino de Hierro, admitió su utilidad pensando que siempre es bueno llegar pronto a donde se quiere ir.

Con esta idea avivó el paso, sin desviarse del recto camino. Al subir a su camaranchón aéreo, encontró a Tomín levantado, impaciente... Ya podía pasear solo; ya se desvanecían y alejaban, con los dolores de su cuerpo, las sombras de su espíritu... El día era la vida, la noche la esperanza.

X

Fue a San Justo Lucila en busca de Domiciana, como esta le había mandado; pero no la encontró. En la cerería tampoco estaba. Prescindió de ella por aquel día, y al siguiente le dio don Gabino el socorro por encargo de su hija, que andaba en ocupaciones callejeras. Otro día volvió, en ocasión de estar ausente el cerero. Ezequiel entregó a la moza, de parte de su hermana, un paquete de comestibles y dos moneditas de a real y cuartillo, agregando frases de afecto dulce, y una vanidosa ostentación de las velas que estaba rizando detrás del mostrador. «Mira, Lucila, ¿qué te parece esta obra?» Digno era en verdad aquel rizado de los sacros altares a que lo destinaba la piedad, y por la gracia y pulcritud del trabajo, competía con lo mejor que labraran manos de angelicales monjas. Verdad que las de aquel mancebo manos de monja parecían, en consonancia con su rostro lampiño y terso, con su expresión de honestidad y la inocente languidez de su mirada. La tez era del color de la cera más blanca, el cabello negro, los ojos garzos y tristes. «Mira, Lucila, mira esta que rizo y adorno para ti —dijo atenuando su orgullo con la media voz de la modestia, al mostrar una vela chica que sacó de un hueco del mostrador—. Ayer la empecé, y no quiero hacerla deprisa, para que me salga a mi gusto...

—¡Oh, qué precioso, qué maravilla! —exclamó Lucila cogiendo la vela, girándola suavemente para verla en redondo.

Admiró la moza el fino adorno que ya transformaba más de la mitad de la vela. Los pellizcos hechos con tenacilla eran tan delicados, que parecían escamas, erizadas con una simetría que solo se ve en las obras de la Naturaleza. Más abajo, el *rizado al aire*, que se hace levantando tenues virutas de la pasta con una gubia, y dándoles curva graciosa, imitaba los estambres de flores gigantescas, o las delgadas trompas con que las mariposas liban la miel de los dulces cálices. Lucila no había visto mayor fineza ni arte más soberano para embellecer la cera. Con toda su alma estimaba y agradecía la pobre mujer aquel obsequio, y sentía que no recayera en persona de posición y medios para ostentarlo dignamente. Algo de esto insinuó a Ezequiel, procurando alejar de su palabra todo lo que pareciese intención de desaire, y el hábil mancebo le dijo sonriendo: «¿Pero qué, Lucila, en tu casa no tienes altar? ¿No tienes ninguna imagen? ¿Dices que no? ¿Quieres que te regale una virgencita que fue de mi mamá?...»

Respondió Lucila que lo sentía mucho; pero que no tenía ni altar, ni casa, ni muebles dignos de aquella joya, que merecía ser guardada y manifiesta dentro de un fanal.

—Pues también te daré un fanal —dijo Ezequiel poniendo cuidadosamente la vela en una gruesa tabla agujerada, donde se ajustaba el cabo como en un candelero—. ¡Ay, qué primorosa quedará esta obra cuando la concluya! Lo que ves no es nada. Después que acabe de hacer el rizado al aire y el de tenacilla, pondré las flores. Ya tengo hechos los moldes de patata para campánulas, jazmines y narcisos, que luego pintaré de colores variados. Los aritos de talco serán de lo más fino. Y dime ahora, pues a tiempo estamos: ¿cuál es la combinación de color y metal que más te gusta? ¿Te parece que ponga azul y plata?

—Pon lo que creas más lucido, Ezequiel. ¿Quién lo entiende como tú?... Pero si te empeñas en consultarme, pon el rojo, que es el color más de mi gusto. Doble combinación de encarnado con plata y azul con oro será muy linda.

—Preciosa, como ideada por ti.»

No pudo prolongarse más el interesante coloquio, porque entró don Mariano Centurión, por cierto de muy mal talante, y al poco rato don Gabino. Este pareció sentir mucho la presencia de testigos, que le impedía disertar con Lucila acerca de sus proyectos referentes al aumento de población.

Los misteriosos quehaceres de Domiciana fuera de casa, que tan singularmente rompían el método de sus monjiles costumbres, tuvieron en aquellos días algunas horas de tregua y descanso para recibir a su protegida y platicar extensamente con ella. En su oficina de hierbas y drogas la encontró Lucila una tarde, calzada con los chapines rojos, vestida con bata nueva, de cúbica, a la moda, que en ella era radical mudanza de los antiguos hábitos. En modales y habla notó asimismo Lucila un marcado intento de transformación. «Siéntate, mujer, que estarás cansada —le dijo acercando una silla a la mesa baja—. Yo llevo unos días de ajetreo que me han ocasionado agujetas... Pero ya me voy acostumbrando.

Si aquel concepto sorprendió a Lucila, mayor extrañeza y confusión le produjo estotro, expresado al poco rato: «No te asombres tanto de verme un poquito tocada de reforma en lo de fuera. Es que cuando una llega tarde a la vida, forzada se ve a marchar deprisa, haciendo en semanas lo que es obra de años largos... Aturdida y sin saber por dónde andaba me has tenido días enteros... A la inteligencia que se ha embotado con el desuso, no le salen los filos cortantes sino después de pasarla y repasarla por la piedra... y no te digo más por hoy...»

Llegada al punto divisorio entre la confianza y la discreción, calló Domiciana. Pidiole Cigüela mayor claridad; pero la cerera se limitó a decirle: «Algún día, quizás muy pronto, no tendré secretos para ti. Espera y no seas preguntona.»

Tratando de lo que más a Lucila interesaba, dijo Domiciana: «Ten ya por asegurado tu diario sustento y el del caballero. Yo sola proveeré; yo corro con todo. ¿Me preguntas si habrá indulto?... Como indulto general, nada sé. No me consta que haya tratado de esto el señor conde de Mirasol. Pero el indulto personal de Tolomín, ya es otra cosa. No te digo que esté ya concedido, ni tramitado, ni que se haya pensado en él... Como que ni siquiera sé el nombre y apellido del que llamamos Tomín. De hoy no pasa que me lo digas, para apuntarlo en un papel... Vendrá el indulto. ¿Cuándo? No puedo decírtelo. Pero vendrá, no lo dudes. Bien pudiera ser que en favor de Tomín se interesara el director de Infantería don Leopoldo O'Donnell. Pero interésese o no, el rayo de gracia partirá de muy alta voluntad, a la cual nadie puede resistirse... Y mientras esto llega, se tratará de librarle a él y a ti de la ansiedad en que vivís; se vendarán los ojos de la policía para que no vea lo que no debe ver. ¿Me has entendido?»

Poniendo sobre todas las cosas el amor de Tomín y la salvación y salud de este, no podía menos Lucila de celebrar tan lisonjeras esperanzas, aunque en ello viera un desmerecimiento grave de su personalidad en la protección del Capitán perseguido. Alguien que no era ella cuidaba de darle sustento y comodidades; alguien que no era ella mejoraba su alojamiento; alguien que no era ella le aseguraba al fin la libertad y la vida misma. Dejaba de ser Lucila la Providencia única, insustituible, y otra tutelar bienhechora resurgía de improviso, compartiendo con ella el trono de la abnegación, o quizás arrojándola de él. Atormentada de esta idea, sintió caer sobre su corazón una gota fría cuando precisada se vio a dictar el nombre y apellido de Tolomé para que Domiciana lo escribiese. Luego sacó esta del armario en que guardaba sus selectos productos industriales un diminuto frasco, y mostrándolo al trasluz, dijo: «Conviene que vaya pensando el señor de Gracián en arreglarse y acicalarse un poco, que un buen caballero no debe olvidar sus hábitos de toda la vida. Aquí tienes aceite aromatizado para el cabello. De su bondad no dudarás cuando sepas que ha sido compuesto para persona de sangre real. Llévatelo, y úsalo para él y para ti. Lo primero es que le desenredes y le desengrases el pelo, que de seguro lo tendrá hecho una plasta. Te daré la receta para desengrasar con yema de huevo. Después de bien desengrasado, se lo cortas, que tendrá melenas de poeta muy impropias de un rostro militar... Mañana llevarás peines y un cepillo. Me dirás cómo anda el hombre de calzado, y si está, como supongo, en necesidad, tráeme la medida del pie. Hoy puedes llevarte el chaleco de abrigo, y mañana una corbata, y para ti algunas cosillas que te estoy preparando.»

Dio las gracias Lucila, y reiterando su deseo de que la protectora le encomendara algún trabajo, no solo por corresponder a sus beneficios, sino también por no estar ociosa, Domiciana le dijo sonriendo: «Trabajo te daré hasta que te canses. Pero no es cosa de mortero ni de filtro. Ven a mi gabinete y verás.» Quería la cerera que Lucila la enseñara a peinarse, pues perdida en la vida claustral la costumbre de componer con donaire su cabeza, encontrábase a la sazón muy desmañada para este artificio en que son maestras casi todas las mujeres. Y como no había transcurrido tiempo bastante desde su libertad para el total crecimiento del cabello, tenía la señora que aplicar añadidos y combinaciones que aumentaban la torpeza de sus manos. Al instante procedió a complacerla la diligente amiga, que a más de poseer en grado superior el arte de acicalarse, había tomado lecciones de peinado. El cabello de Domiciana era negro, fino y abundante, con dos ramalillos de canas en la parte anterior, que bien puestos no carecerían de gracia. Lucila, silenciosa, pasaba el carmenador pausadamente desde la raíz hasta los cabos, y en este ir y venir del peine, surgieron en su pensamiento repentinas aclaraciones de aquel enigma de la transfiguración de la exclaustrada. No pudo atajar la vehemencia con que sus ideas pasaron de la mente a los labios, y se dejó decir:

—La persona que a usted la trae tan dislocada y callejera, la que le da tanto conocimiento del mundo y con el conocimiento influencia, es Doña Victorina Sarmiento de Silva, dama de la reina, que fue madrina de usted cuando profesó, y si de monja la quería, ahora también.

—¡Qué tino has tenido! —dijo Domiciana risueña, mirándola en el espejo de pivotes que delante tenía—. Acertaste: no hay para qué negarlo.

—Las personas que manejan los palillos detrás de Doña Victorina, no puedo adivinarlas...

—Ni tienes por qué calentarte los sesos en esos cálculos, que yo a su tiempo te lo diré, bobilla. Ten discreción y juicio.»

Calló Lucila, y con paciencia peine y tragacanto, utilizando el cabello natural de su protectora y aplicando hábilmente los añadidos, rellenos y ahuecadores, armó el peinado conforme a la moda en señoras graves, sencillo, majestuoso; perfiló bien las rayas delantera y transversal, a punta de peine; construyó el rodete, abultándolo con escondidos artificios; extendió los bandós bien planchados y ondeados hasta rebasar las orejas, dejando fuera tan solo la ternilla agujerada para el pendiente; recogió los cabos en el rodete, y todo lo remató con la peineta graciosamente ladeada. Con ayuda de un espejo de mano miró Domiciana su cabeza por detrás y en redondo, y satisfecha de la obra, no fueron elogios los que hizo: «Estoy desconocida. Parezco otra, ¿verdad? ¡Lo que puede el arte!»

Al despedir a Lucila, recompensó su servicio con estas dulces promesas, que valían más que el oro y la plata: «Poco te queda ya que sufrir, pobrecilla. Vamos en camino de asegurar la vida y la libertad al pobre Tomín. Yo estoy tranquila: tranquilízate tú, y no temas nada de la policía. Lo que hay que hacer es cuidarle mucho para que acabe de reponerse... Que vaya cobrando fuerzas, animación y alegría... No dejes de venir pasado mañana para que estés aquí cuando me prueben los dos vestidos que me encargué el lunes: el uno de merino oscuro, un color así como de ratón con pintitas; el otro de seda negra. Hija, no he tenido más remedio que hacerlo; pero es para calle, o para cuando tenga que asistir a un acto religioso, procesión, Viático, consagración de obispo... No vayas a creer que andaré yo en ceremonias palaciegas... Todo lo que ahora deseche será para ti. Verás también mi mantilla nueva. Cuenta con una o dos de las que ahora uso... Ropa interior, medias, refajos, peinadores, también he tenido que comprar... Todo es preciso... Tontuela, no me mires con esos ojazos, que no te olvido nunca, y menos cuando voy de tiendas... Ya participarás... De todo un poquito para la pobre Luci...»

XI

Aunque al volver a la vida del siglo hacía Domiciana visitas frecuentes a Doña Victorina Sarmiento de Silva, con la encomienda de ofrecerle aguas aromáticas, polvos dentífricos y leche de rosa, la comunicativa amistad que entre ellas se estableció, obra lenta del tiempo, no llegó a consolidarse hasta muy avanzado el año 50. Achaques añejos turbaban la existencia de Doña Victorina, y tenían su salud en constante amenaza. Desengañada de médicos y boticas, había tomado afición al tratamiento doméstico puramente vegetal, y como Domiciana le facilitara combinaciones ingeniosas para el alivio de sus complejos males, puso en ella confianza, y de la confianza y del frecuente trato nació una cordialidad que cada día iba en aumento. Escogidas y preparadas por sus propias manos, Domiciana le administraba la brionia para los nervios, la cinoglosis para la tos, el sauce para los efectos diuréticos, la genciana para combatir la fiebre, y como últimamente se le manifestaran a la señora unos sarpullidos molestísimos, acudió contra ellos la herbolaria, preparando, con esmero exquisito, el *Agua de carne de ternero para calmar el ardor de la piel*.

Si estos servicios no produjeron por sí la intimidad, fueron sin duda sus conductores más eficaces, porque en el curso de ellos tuvo la dama ocasión de apreciar la grande agudeza de Domiciana y los varios talentos de que Dios habíala dotado largamente. Gustaba de su compañía, y no había para ella conversación más grata que la de la cerera. La historia de su reclusión monástica que Domiciana refirió a Lucila, según consta en esta relación, fue contada mucho antes a Doña Victorina con lujo de sinceridad y pormenores muy instructivos. Oyéndola y saboreándola, la señora formulaba este juicio sintético: «Tu locura, en la cual no hubo poco de fingimiento, fue tan solo lo que llamaremos contra-vocación, o irresistible necesidad de volver al siglo, de apagar el fuego místico, por encender el no menos sagrado fuego de los afanes de la vida libre y del trabajo.»

Era Doña Victorina de madura edad, ya pasada de los sesenta, y desempeñaba el puesto de camarista en Palacio desde la caída de Espartero. Tenía parentesco con la Priora de la Concepción Francisca, sor María del Pilar Barcones, y era grande amiga de la seráfica Patrocinio. Con esta habló de Domiciana, encareciendo su don de simpatía, su gran saber de cosas prácticas; y la de las llagas declaró con sinceridad que nunca la tuvo por loca *de hecho*, y que le había facilitado la salida creyendo que mejor podría servir a Dios dentro que fuera. De estas conversaciones entre las dos ilustres señoras, provino que Domiciana fuese a visitar a sus antiguas compañeras, y que después, por encargo de algunas, les suministrara líquidos o polvos de su industriosa producción; y como en tales días, que eran los del verano del 50, sufrieran algunas Madres rabiosas picazones de cuerpo y manos, por efecto sin duda del calor (aunque autores de crédito sostienen que ello entró de golpe, como contagiosa epidemia fulminante), no paraba Domiciana de preparar para ellas sus tan acreditadas *Aguas de carne de ternero*, y además, con otros fines, les llevaba la *Purificación de hiel de buey para quitar manchas de las ropas de tisú.*

Ya tenemos a Domiciana en comunicación diaria con las que fueron sus Hermanas; entraba en clausura siempre que quería, y a solas platicaba con Patrocinio en su celda, refiriendo con tanta prolijidad como gracia todo lo que en el mundo veía, y las conversaciones que pasaban por sus despiertísimas orejas. Fue creciendo y estrechándose esta comunicación, no sin que Doña Victorina, condenada por sus achaques a cierta inmovilidad, la utilizase para transmitir al convento, antes que los acuerdos políticos de *la casa grande*, los simples rumores y las más insignificantes palpitaciones del vivir palatino. No necesitaba la prestigiosa *Madre* que le contaran lo que pensaban los Reyes, pues esto ellos mismos se lo decían; pero gustaba de reunir y archivar una viva documentación humana, de accidentes, menudencias o gacetillas, que eran de grande auxilio para juzgar con acierto y enderezar bien las determinaciones... La exactitud, la sinceridad concienzuda con que Domiciana transmitía de un extremo a otro las opiniones o noticias que se le confiaban, sin quitar ni poner ni una mota gramatical o de estilo, eran el encanto de Doña Victorina, que la diputó como el mejor telégrafo del mundo, muy superior al sistema de torres de señales que en España se establecía, y aun al llamado eléctrico, que ya funcionaba entre muchas capitales europeas.

Sospechas muy cercanas al conocimiento tenía de aquel trajín telegráfico de su amada hija el buen don Gabino, y de ello se alegraba, esperando algún medro para la familia y para los amigos. Y don Mariano Centurión, desde que su olfato perruno le reveló el porqué de tantas idas y venidas, no dejaba en paz a la exclaustrada y en acecho vivía para cazarla en la casa o en la calle. De la impaciente ansiedad del desgraciado cesante dará idea este diálogo que con Domiciana sostuvo en la tienda, un día de febrero, que por más señas era el de San Blas. El despacho había sido de consideración en la pasada festividad de las Candelas, y don Gabino estaba poniendo las cuentas de lo que tenía que cobrar en las Carboneras y San Justo, en San Pedro y el Sacramento; Domiciana y Lucila, que acababan de llegar, hacían pábilos; Ezequiel y Tomás preparaban en el taller una tarea de velas... Apoyado más que sentado en un saco de cera en grumo, Centurión simbolizaba con su postura la inestabilidad de su existencia, y con su palabra el desasosiego en que vivía. «Tenga paciencia —le dijo Domiciana—, y agárrese bien a los faldones del señor Donoso, que es quien ha de sacarle adelante. Yo, tonta de mí, ¿qué puedo?

—A los faldones me agarro —replicó Centurión—; pero como no soy solo, como tantas manos acuden allí, pesamos mucho, y el hombre tiene que sacudirse... También digo y sostengo que no es mi amigo Donoso el más prepotente, porque no fue quien nos trajo las gallinas, *vulgo* Ministerio, aunque lo parezca por el discurso famoso que disparó contra Narváez en diciembre. Sin discurso habría caído don Ramón, de quien estaban hartos en Palacio, y más hartas las *Madrecitas* de Jesús... No se haga usted la asombradiza, Domiciana. Mejor que yo sabe usted que a este Gobierno lo traen para que ponga la Religión sobre la Libertad, y el Orden sobre el Parlamentarismo. ¿Cumplirá?

—Este Gobierno *honrado* —afirmó don Gabino—, bien claro lo han dicho sus órganos, viene a moralizar la Administración y a santificar al pueblo, apartándolo de los vicios. Ya se anuncian dos grandes medidas: el arreglo de la Deuda, y la supresión del Entierro de la Sardina, que es un gran escándalo popular en día como el Miércoles de Ceniza, destinado a meditar que somos polvo... Aunque no lo ha dicho, porque esto es cosa delicada, también viene este Gobierno a quitar el Militarismo, que es una de las mayores calamidades del Reino, y a poner Economías, limpiando de vagos las oficinas, y rebajando sueldos a tanto gorrón... y por último, a librarnos de la plaga de la langosta, pues en el Ministerio se ha presentado un proyecto muy útil, que el Gobierno hace suyo, y consiste en acabar con el maldito insecto cebando pavos...»

Rompió a reír Centurión, y le quitó a su amigo la palabra diciendo: «Antes digerirán los pavos toda la langosta de Andalucía y la Mancha, que nosotros las bolas que nos hacen tragar los papeles públicos. Los *honrados* no han venido para quitar el Militarismo, ni para el arreglo de la Deuda, ni para la moralidad, ni para las economías. Todas esas son pantallas del disimulado pensamiento de la *Honradez*, que es comerse la Constitución, cerrar las Cortes, o dejarlas siquiera con la puerta entornada, y abolir la imprenta libre... A esto han venido, y creer otra cosa es ver visiones. ¿Cumplirá el Gobierno?, vuelvo a preguntar. Me temo que no, como sea reacio en llevar a su lado a los hombres que abundamos en esa idea... Si don Juan, y Bertrán de Lis, y González Romero nos postergan, no faltará quien mire por nosotros. Manos blancas les condujeron a ellos a las poltronas. A esas mismas manos nos agarraremos, y ¡ay de ellas si después de levantar a los grandes no dan apoyo a los chicos!

—Este don Mariano —observó la ex-monja encubriendo su sinceridad con graciosa máscara—, es de los que creen la paparrucha de que las pobres *Madres* dan y quitan empleos. Dígame: ¿se ceba usted con esas mentiras, como los pavos con la plaga de la langosta?

—Si me cebo o no me cebo con mentiras va usted a verlo, Domiciana —replicó Centurión avanzando hacia ella, y asustando a todos con su gesto iracundo y el temblor de su boca famélica—. A fines del año pasado la Madre Patrocinio dijo: "quiero que sea Gentilhombre de Palacio don Ángel Juan Álvarez", y al instante se mandó extender el nombramiento. En enero, Isidrito Losa, protegido de la misma *Madre*, quiso una plaza de Gentilhombre, con ocho mil reales. Abrió la *Madre* la boca y al instante se la midieron. Desconsolado quedó el hermano de Isidro, Faustino Losa; pero la *Madre* le adjudicó una capellanía de honor con veinte mil reales. El sobrino de la Priora, Vicente Sanz, fraile Francisco, hipaba por un destinito de descanso. "Espérate un poco, hijo". Abre otra vez su boca la Seráfica, y hágote también Capellán de honor con veinte mil.

—Pero esos son empleos de Palacio, no del Gobierno.

—Pues de empleos de Palacio se habla. Y también digo a usted que lo mismo decreta Su Caridad en destinos palaciegos que en destinos de la Administración, y lo probaré cuando se quiera... Ahora tienen las monjas toda su atención en mejorar de vivienda, y para arreglarles el palacio viejo de Osuna en la calle de Leganitos se está gastando la Casa Real obra de dos millones de reales... Pero como no es esta bastante protección, la reina dota con veinte mil reales a toda novicia que allí tome el hábito, con lo que tenemos un jubileo de señoritas que pasan del mundo al convento para descanso de sus padres. Ocho van ya del verano acá, que le han costado al Real Patrimonio... pues ocho mil duretes. Luego decimos que aquí no hay dinero para nada, y que España es un país de tiña y piojos... La tiña la tenemos los infelices que no sabemos o no queremos arrimarnos a los cuerpos bien incensados, y contra piojos no hay remedio como el agua bendita... Deme usted una vela, Don Gabino; regáleme usted una vela de desecho, Domiciana, que no quiero ser menos que mi amigo Bertrán de Lis, el cual armó un gran escándalo el año 45, cuando Pidal quiso abolir la libertad de la imprenta, y después, viéndose olvidado y desatendido, fue y ¿qué hizo?... pues ponerse escapularios y pedir ingreso en el *Alumbrado y Vela*. A eso voy yo, como una fiera, y no me contentaré con asistir a procesiones, sino que a todas horas saldré por la calle con mi cirio, rezando el rosario, para que me oigan, para que se enteren, para ser alguien en la comparsa social; para que no me llamen *Don Nadie*, y poder comer, poder vivir... Díganme dónde están la última monja y el último capuchino para ir a besarles el borde las estameñas pardas y la suela de la sandalia sucia. Locura es querer alimentarse con las soflamas de mi amigo Donoso, forraje místico que no produce más que flato y acedías. Si a él le pagan sus discursos con embajadas y títulos de marqués, a los que le aplaudimos y vamos por ahí dando resoplidos de admiración para hinchar los vientos de su fama, nada nos dan, como no sea desaires y malas palabras. Mucha religión, mucha teología política, mucha alianza de Altar y Trono; ¿pero las magras dónde están? Yo las quiero, yo las necesito: las reclama mi estómago y el estómago de toda mi familia que es tan católica como otra cualquiera. Denme la vela, don Gabino y Domiciana... Aquí está un hombre que se declara huérfano, y sale en busca de una *Madre* que le consuele... Dígame, Domiciana, cómo llegaré a la *Madre*, y qué debo llevar, a más del escapulario y vela, y qué arrumacos he de hacer para la adoración de sus llagas, que yo pondría también en mis manos, y en toda parte de mi cuerpo donde pudieran darme el olorcito de santidad que deseo.»

Sofocado y como delirante, sin saber ya lo que decía, terminó su arenga el desesperado don Mariano, y girando sobre sus talones fue a desplomarse sobre el saco. La familia del cerero le oyó al principio con regocijo, después con lástima, al fin con pena... Todos suspiraban.

XII

Ganando fuerzas y cobrando ánimos en su lenta reparación, gracias a los cuidados y al cariño de Lucila, que así le proveía de alimentos como de esperanzas, el Capitán parecía otro en los últimos días de febrero. El renacimiento moral iba delante del físico; a medida que entraban en la zahúrda las comodidades y el buen vivir, se iba marchando la tristeza, y con las seguridades que llevaba la moza de que ya no debían temer acecho de polizontes, recobraba Gracián toda la gallardía de su persona. Una serena y tibia noche, después de cenar, sentáronse los dos en el ventanón, y abrieron los cristales para contemplar el cielo y los términos lejanos que a la claridad de la Luna desde aquellas alturas se distinguían. Ya Lucila, sin desmentir su modestia, se vestía y arreglaba esmeradamente con lo que le daba la cerera, y Tomín, por no ser menos, gustaba de componerse, para que ella viéndole se alegrara: se reían y recíprocamente se alababan. «Ya estás como antes de la trifulca, Tominillo; y si no fuera por la barba crecida, parecería que no habían pasado días por ti. La cabeza es la misma: tu pelito cortado, como lo tenías antes, y bien perfumadito, y tan suavecito. No dirás que no soy buena peluquera.

—¡Tú sí que estás guapa! —contestaba él cogiendo a su vez el incensario—. No sé si decir que estás ahora mejor que cuando te conocí. Tus ojos son no solo el alma tuya, sino el alma de todo el Universo.

—No, no, Tomín: los ojos tuyos son los que más cosas traen en su mirar... Miras, y se queda una pensando, asustada de lo grande que es el mundo... El mundo del querer, Tomín...

—Grande es. Tus ojos lo miden, y aún les sobra medida. Yo veo en ellos todas las cosas creadas... y las que están por crear.

—El querer es gloria y martirio: por eso es un mundo que no tiene fin.

—El martirio tuyo por mí, Lucila, es mi gloria. Y mi padecer, ¿qué ha sido más que la gloria tuya? Tú me has resucitado... No me digas que no eres santa, porque eso será lo único que no te creeré.»

De este tiroteo de ternezas, en elevada región de sus almas exaltadas, descendían a las ideas prácticas, y trataban del problema que ya pedía inmediata solución: cambiar de vivienda, estableciéndose en sitio más holgado y decoroso. Después de divagar un rato sobre esto, iban a parar al asunto que más embargaba la curiosidad y los pensamientos de Tomín. Había cuidado Lucila de referirle todo lo que Domiciana hacía por él, o por los dos, que en un solo sentimiento confundía el interés por entrambos; contole también las relaciones de la ex-monja con una dama de la reina. Ni a Domiciana ni a

Doña Victorina las conocía Gracián. La cerera no le había visto nunca; ignoró su nombre hasta que Lucila se lo dijo para que lo apuntara, el día mismo en que la enseñó a peinarse a la moda. ¿No podría creerse que detrás de Domiciana y de la Sarmiento existía, bien tapujadita entre sombras discretas, alguna persona que era la verdaderamente interesada en la libertad y la vida de Bartolomé? Y aquí encajaba la pregunta ansiosa de Lucila: «Dime, Tominillo, dímelo como si hablaras con Dios; repasa bien tus recuerdos; di si en ellos encuentras alguna mujer, dama de Palacio, o dama de una casa cualquiera, que en otro tiempo fue tu amiga, y ahora te protege, nos protege por mano de Domiciana.»

Revolviendo los más hondos asientos de su memoria, Tomín dijo: «Por más que cavilo, no encuentro lo que buscas, ni puedo afirmar nada... Aparece, sí, en mis recuerdos alguna mujer... ¿Dices que tiene que ser dama?

—Sí; y de influencia, de mucho poder.

—Pues entonces no... No hay nada de eso.

—Busca bien, Tomín... Y a falta de dama influyente, ¿no podrías encontrar alguna monja?

—¿Monja?... Eso ya es mas grave. No te diré que no me salga alguna monja. Pero ello es en tiempos remotos y muy lejos de Madrid, nada menos que en Mequinenza.

—La distancia no importa.

—Además... Ahora recuerdo que la monja que entonces conocí, vamos, que la sacamos del convento entre un amigo y yo, se ha muerto.

—Tú me has contado que de los veintitrés a los veintiocho años fuiste muy calavera, un galanteador tremendo... ¿Entre tantas fechorías de amor, Tomín mío, no habrá el caso de haber querido a una mujer, de haberla dejado, como se deja una prenda de ropa que ya no sirve? ¿No pudo suceder que esa mujer, viéndose despreciada, volviera todos sus amores a Dios, y escondiera su tristeza en un convento, y allí tomara el hábito?

—Por Dios, Lucila, haces preguntas y presentas casos que le confunden a uno... No, no: eso es cuento, una novela de Carolinita Coronado o de Gertrudis Gómez... Y si me apuras, no podré negar en conciencia que exista ese caso... ¡Cualquiera sabe si...! Me vuelves loco... Deja, deja que corran los acontecimientos y se cumpla el Destino... ¿Esa dama de Palacio, o esa monja que me protege, han de ser personas de gran poder?

—Así parece, Tomín... No pensaba hablarte de esto; pero ya que ha salido conversación, sabrás que hoy me ha dicho Domiciana: «Téngase el buen Gracián por indultado... La policía no se meterá con él.» Y después dijo, dice: «Pero conviene que no salga a la calle todavía. Ya se le advertirá cuando pueda salir.»

—Pues ¡viva la Libertad! ¡Respiremos, vivamos! —exclamó el Capitán levantándose como de un salto, y midiendo con mirada de hombre libre la opresora pequeñez del cuartucho.

Mientras Lucila se abismaba en tenebrosas inquietudes, el Capitán veía risueños espacios, azules como sus ojos. Hasta muy tarde estuvo desvelado, sin hablar más que de política, haciendo un formidable pisto en su cabeza con las ideas propias y las que de su lectura de periódicos había sacado en aquellos días. «¿No crees tú, Lucila, que este *Honrado concejo de la Mesta*, como dicen los guasones, viene a trasquilar al Militarismo, para que le crezca la lana a los cogullas? Esto es bien claro: se quiere arrumbar a la Tropa para que suba y medre el cleriguicio... Combatir el Militarismo significa quitarle la espada a la Nación para que no pueda defenderse. ¡El Militarismo! Así llaman a nuestro imperio, a la fuerza legítima que hemos adquirido construyendo la España civilizada sobre las ruinas de la retrógrada. Desde aquí veo yo la gran conspiración militar que se está fraguando en Madrid y en provincias para volver las cosas a su estado natural: las armas arriba, los bonetes abajo. Y cuanto más pienso en esto, más me inclino a relacionarlo con el misterio de las personas desconocidas que miran por mí. Tu idea de que me protegen monjas o damas de Palacio es un desvarío de mujer, que no penetra en el fondo de las cosas. Alma mía, aquí no hay mujerío ni monjío; el socorro y las esperanzas de libertad nos vienen de mis compañeros de armas agazapados en las logias. En la casa de Tepa estuvo y está siempre, aunque otra cosa piense y diga la policía, el centro de la eterna revindicación; aquel fuego nunca se apaga; de allí ha salido la voz que me dice: "Gracián, no desmayes; tus martirios tocan a su fin. Por ti velamos los leales; no está lejos la hora del triunfo...". Y no me contradigas, Cigüela del alma, trayéndome otra vez a colación tu resobada leyenda de la monja y la dama. ¿Sabes tú, pobrecilla, las ramificaciones que por una y otra parte de la sociedad tiene nuestra comunidad masónica? ¿Quién te ha dicho que no enlazamos nuestros hilos con hilos muy finos de conventos y palacios? ¿De dónde sacas que el señorío y el monjío no se dejan también camelar por los caballeros *Hijos de la Viuda*? ¡Tonta, más que tonta! ¿Y cuándo ha sido un disparate, como crees tú, que la misma policía nos pertenezca? ¿Qué han de hacer esos pobres esbirros, sabiendo que ya rondan la casa de Tepa todos los generales residentes en Madrid, O'Donnell, Lersundi, el mismo Figueras, y que don Ramón Narváez dirige los trabajos desde París, donde Luis Napoleón le trata a cuerpo de Rey?... ¿Dices que esto es ilusión, locura? ¿Crees que aún tengo la cabeza débil?

—¡Pobrecito mío —exclamó Lucila—, tanto tiempo encerrado en este nido de murciélagos! Cuando salgas y veas gente, y respires el aire que todos respiran, pensarás de otro modo.»

Calló el Capitán, no sin que le pusieran en cuidado las últimas palabras de su amiga. Sentada frente a él, Lucila también callaba, viendo pasar por su mente, con marcha circular de tío-vivo, una repetida procesión de monjas y damas. Del propio modo, andando y repitiéndose, iban las velas colgadas del arillo en el taller del cerero. Sobre las almas del Capitán y Lucila se posó una nube de tristeza; pero ninguno decía nada. Tomín rompió el silencio, preguntándole: «¿En qué piensas?

—Bien podrías adivinarlo, *Min* —replicó Lucila—. Pienso que a los dos no nos protegen, sino a ti solo; a mí, si acaso mientras pueda sacarte adelante; a mí no más que por el tiempo en que necesites enfermera... Me debes la vida... No lo digo por alabarme... pero ¿verdad que me la debes? Una vez asegurada tu vida, llegará el día en que conozcas a quien hoy mira por ti. ¿Será monja, será dama? Sea lo que fuere, cuando estés salvo, toda tu gratitud será para esa persona, todo tu amor para ella... ¡*Min*, ay mi *Min*! y ya no te acordarás de la pobre Cigüela... Sí, mi *Min*, no digas que no.

—Lucila, me matas... No sabes el daño que me haces —dijo Gracián apartándole las manos, que se había llevado al rostro, anegado en llanto—. ¡Olvidarte yo... Ser yo ingrato contigo! ¡Nunca!... Tú y yo unidos siempre, siempre, unidos en la felicidad como lo hemos estado en la desgracia.

—No, no... Ahora lo crees así, ahora me dices lo que sientes; pero después...

—No hay después que valga. Si eso pudiera ser, téngame Dios toda la vida en esta miseria... Que me cojan, que me fusilen. Muera yo mil veces antes que separarme de ti, corazón. ¿Qué soy yo sin ti?

—Lo que fuiste antes de conocerme.

—Me acuerdo de lo que fui, y no quiero ser aquel hombre, no quiero ser el hombre que no te conocía, que ignoraba la existencia de Lucila. Por Dios, no tengas esa idea, que es para mí peor que una idea de muerte. Todas las protectoras del mundo, si es que las hay, no valen lo que mi ángel. Lucila, no ofendas a tu *Min*, no mates a tu *Min*...»

Las ternuras que le prodigó, sincero, rendido, con alma, sosegaron a la enamorada moza, que se secaba las lágrimas diciendo: «Bueno, mi *Min*, te creo; sí, te creo... No te hablo más de eso... Ni lo pienso tampoco, mi *Min*, no lo pienso... Duérmete, descansa...»

XIII

Con las buenas prendas de ropa, nuevas las unas, las otras apenas usadas, que le iba dando Domiciana, llegó a ponerse Lucila tan bien apañadita, que daba gloria verla. Si sus extraordinarias gracias naturales adquirían realce con la pulcritud y el decente atavío, la ropa puesta sobre tal belleza resultaba mucho más linda y elegante de lo que era realmente. Por la calle veíase seguida y acosada de mozalbetes, y por todos requerida de amores. Tenía que cuadrarse a menudo, tomando los aires de arisca manola, para sacudirse de los señores de *levosa* (así solían llamar a las levitas) y de los militares de *chistera* (mote aplicado a los tricornios). Por su parte Domiciana no se descuidaba, y cada día se iba poniendo más guapetona. Peinábase lindamente; sus trajes eran elegantes dentro de la sencillez y modestia; presumiendo de pie pequeño y bonito, calzaba con fineza, y era por fin extremada en el aseo de su persona. Lucila se maravilló de ver los variados objetos que en su alcoba y gabinete tenía para la diaria faena de sus lavatorios.

La confianza entre las dos mujeres crecía y se afianzaba de día en día, llegando hasta la fraternidad. Domiciana propuso a Lucila que se tutearan, y así quedó practicado y establecido, hablándose como compañeras o amigas de la misma edad. En tanto, la exclaustrada consagraba ya menos tiempo a la preparación de ingredientes de tocador o de medicina casera, sin llegar al abandono de su industria. La cerería teníala confiada a Ezequiel y Tomás: iba y venía, contenta y orgullosa, como el que ve sus facultades aplicadas a un fin práctico con resultado eficaz. Pero no le faltaban quiebras y desazones, y una de estas era el continuo asedio del pobre cesante, amigo y azote de la casa, que habíala tomado por buzón en que diariamente depositaba el eterno memorial de sus cuitas. Don Mariano era su sombra: le cogía las vueltas en la calle, la estrechaba en la tienda y trastienda, seguíala con frescura descortés al sagrado de sus habitaciones particulares, se colaba en el gabinete, y hasta la sorprendió una vez en papillotes, preparándose para su limpieza corporal.

—Por Dios, don Mariano, respete...

—Señora, los cesantes no respetamos nada. Somos una plaga española; somos una enfermedad de la Nación, una especie de sarna, señora mía, y lo menos que podemos pedir es que se nos oiga, o que se nos rasque. Ningún español se puede librar de nuestro picor. Óigame usted y perdone.»

Un día de marzo, hallándose Lucila y Domiciana en la sala-droguería ribeteando, con prisas, una capa que habían comprado en corte para Tomín, se les presentó de improviso Centurión con aquellos modos serviles y aquel gracejo un tanto cínico que gastaba, y no hubo manera de quitársele de encima. «Soy yo, la sarna —dijo al entrar, enseñando en una rasgada sonrisa toda su dentadura—. Vengo a picar, señoras. Rásquense ustedes; óiganme.

—Vamos don Marianito —le dijo Domiciana—, que no estaba usted poco devoto esta mañana en San Justo... ya, ya.

—Hay que dar ejemplo, quiero decir, tomarlo. *Sigue las pisadas de los que van por el recto camino*, cantó el Salmista.

—Y usted no se descuida... A un tiempo pica y reza.

—Siento que no me viera usted en la iglesita del nuevo convento de las señoras Franciscas, calle de Leganitos. Allí me pasé ayer toda la tarde, y hoy en la Encarnación, donde es Abadesa una prima segunda de mi esposa, y sobrina del señor Tarancón, obispo de Córdoba, que ahora está en Madrid... Ya me inscribí en dos Cofradías. Pico todo lo que puedo... El maldito Gobierno es el que no se rasca. Y eso que en todas las sacristías me hago lenguas de la piedad de estos señores Bravo-Murillistas, que para entenderse con Roma y hacernos un Concordato, han nombrado Embajador al imponderable don José del Castillo y Ayenza. La impiedad habría mandado a un regalista; la ortodoxia manda al más rabioso de los ultramontanos. Los que tenemos memoria recordamos que en 1846, cuando se discutió en el Congreso la persona de Castillo y Ayenza, el señor González Romero le llamó *incapaz* y dijo de él horrores. Pues este González Romero que era entonces cismontano, como lo éramos todos los de la cuerda liberal, y hoy se ve encumbrado a la poltrona de Gracia y Justicia, ha elegido al mismo *incapaz* sujeto para que vaya a Roma por todo, es decir, por un Concordato. Yo me felicito: todos hemos venido a ser *ultras*.

—¡Mala lengua! —le dijo Domiciana más compasiva que iracunda—, con la hiel que usted derrama habría para poner una gran botica de venenos.

—¡Oh! señora, no derramo yo hieles ni venenos, sino cerato simple y bálsamo tranquilo —replicó Centurión—. Desde que me metí a *ultra*, me tiene usted consagrado a desmentir todos los rumores que corren contra el Gobierno, y contra Palacio y el monjío. Voy algunos ratos a los corrillos de la Puerta del Sol, donde están las peores lenguas de la cristiandad, y allí pongo de vuelta y media a los maldicientes. Sabe usted que cada semana tenemos un notic ión nuevo, pedazo de carne podrida que se arroja a los pobres cuervos para que vayan viviendo. La comidilla putrefacta de hoy es esta: Su Majestad el Rey, que no puede vivir sin visitar cuatro veces al día a las señoras Franciscas de la calle de Leganitos, se incomoda de que el público le vea pasar en coche tan a menudo, y de que la guardia de Artillería del cuartel de San Gil señale su paso con toque de corneta... ¿Y qué ha discurrido para guardar el incógnito? Pues vestirse de clérigo. Así ha podido hacer de noche sus visitas, atravesando a pie las calles...

—Eso es mentira —afirmó indignada la cerera—, y el que tal crea y diga merece que le emplumen... por tonto, más que por malo.

—Ya sé que es falsedad. ¡A quién se lo cuenta! Yo estuve en acecho dos noches, y no vi nada. Pero hay quien por haberlo soñado, asegura que lo ha visto. En las tertulias de la Puerta del Sol tenemos mentirosos de buena fe que le dan a uno espanto... Yo me seco la lengua rebatiendo sus disparates.

Hoy, por poco le pego a uno que me sostenía con toda formalidad que el Rey se entretiene en jugar a la gallina ciega con las novicias...

—¡Vaya un disparate! Hace usted bien en destripar esos cuentos ridículos. Pique usted, Hermano Centurión, pique por ese lado y se le hará justicia.

—Hermana Domiciana, yo pico; pero la justicia no llega. Ya dije a usted en qué paso mis tardes: a prima noche me tiene usted en los ejercicios de Italianos o Bóveda de San Ginés, alternando, y de allí me voy a mi casa. Nadie me verá en teatros, cafés, ni alrededor de las mesas de billar. En mi casa trabajo a moco de candil. Consagro los ratos de la noche a la Poesía, con quien algún trato tuve en mi mocedad. No me faltaba lo que llamamos estro... Dirá usted que quién me mete a poeta, y yo contesto que si somos plaga, seámoslo en todos los terrenos. ¿Ha observado usted que los poetas del día no se tienen por tales si no enjaretan una o más composiciones religiosas? Los viejos, los de mediana edad, y aun los jovencitos que rompen el cascarón retórico, nos regalan cada día, bien la *Oda al Santísimo Sacramento*, bien la *Canción a los Reyes Magos*, este *Octavas reales a San José bendito*, el otro *Quintillas a la Creación del Mundo*, cuando no un *Romance a los Misterios gozosos de Nuestra Señora*... ¡Pues no han sido poco celebradas las composiciones de mi amigo Baralt *A la Encarnación*, y de Cañete a la *Transfiguración del Señor*! Pero a todos supera el numen del insigne poeta don Joaquín José Cervino, que en su *Oda a las Bodas de Caná*, refiere el milagro con estos rotundos versos:

> *Ya linfa en hidria pura contenida,*
> *Mira en licor de Engadi convertida.*

»Pues los chicuelos que empiezan ahora, como Pepe Selgas y Antonio Arnao, también enjaretan su metrificación correspondiente sobre un tema religioso. Hasta los padres graves de la pasada era romántica, los Hartzenbusch, los García Gutiérrez, los próceres como Saavedra y Roca de Togores, y el grandullón don Juan Nicasio, se descuelgan con su *Silva al Sacrificio de Isaac*, o con un lindo *Panegírico de la Pentecostés* en alejandrinos. ¿Qué es esto más que una señal de los tiempos? No vivirían los poetas si no se arrimaran a los pesebres del Estado, y como el Estado es hoy manos y pies invisibles del cuerpo de la Iglesia, que tiene su visible cabeza en Roma, todos los jóvenes y viejos que andan por el mundo con una lira a cuestas, o la tocan para Dios y los Santos o no comen... Vea usted por dónde yo he resucitado mis antiguas debilidades poéticas; desempolvo mi lira y poniéndole cuerdas nuevas, me lanzo a tocarla con plectro y todo, y endilgo mi *Canto Épico al Centurión Cornelio*... En la invocación a la *Musa Cristiana* para que me sople, doy a entender que de aquel romano Centurión procede mi familia, y que por ello estoy obligado a cantarle con tanta gratitud como entusiasmo y fe. En *La Patria* podrá usted leer mi *Canto Épico*. He preferido este periódico porque es el que viene pegando fuerte a Narváez, Sartorius y a toda la fracción caída, que ha tenido en tal desamparo a la religión y sus ministros. ¿Ha leído usted lo que dice del donativo que hizo la reina a Narváez?

—No leo periódicos, don Mariano, ni me importa lo que digan.

—Pues el regalito fue de ocho millones, para que pudiera vivir con decorosa independencia el hombre que... Hoy hablaban de esto en la Puerta del Sol, y allí hubo quien, echando fuego por los ojos y ácido prúsico por la boca, hizo la cuenta del número de cocidos que con esos ocho millones se podrían poner en un año, para los tantos y cuantos españoles que se pasan la vida ladrando de hambre...»

Cansadas del insufrible lamentar de aquel mendigo de levita, Lucila y Domiciana le miraban esperando un punto, o punto y coma, en que pudieran meter cuña para despedirle. «Hermano Centurión —dijo al fin la cerera—, acabe ya y déjenos, que tenemos que hablar las dos de nuestras cosas, y con su salmodia nos ha levantado jaqueca.

—Como benemérita plaga española que soy, Hermana Domiciana, no tiene usted más remedio que sufrirme... No puedo retirarme mientras no ponga en conocimiento de usted algo que debe saber, y para que lo sepa he venido hoy aquí.

—¡Pues hubiera empezado por eso, Santa Bárbara!

—¡San Caralampio! Yo empiezo por el fin y acabo por el principio, a causa de tener mi pobre cerebro del revés, como es uso entre cesantes... Vamos al caso: usted sabe que la Madre Patrocinio bebía los vientos por destituir al señor Patriarca de las Indias, don Antonio Posadas Rubín de Celis...

Nunca le perdonó a este señor que se burlara de las llagas, y las calificara, como las calificó, de *farsa indigna de una nación católica*... El odio de Su Caridad levantó gran polvareda contra el Prelado, por si era o no era de la cáscara amarga. Se decía que en 1823, gobernando la diócesis de Cartagena, renunció la mitra y se fue a la emigración por no bajar la cabeza ante el absolutismo... Esto le imputaban, y de tal modo atronaron los oídos del Rey y de la reina, que al fin... usted lo sabe... le largaron el cese al Patriarca, y en su lugar fue nombrado don Nicolás Luis de Lezo, confesor de la reina Madre, el cual, se endilgó la sotana morada, antes que de Roma vinieran las Bulas... Usted sabe que lo que vino de Roma fue un soberano rapapolvo desaprobando todo lo hecho, y confirmando en su puesto al señor Posada y Rubín de Celis... Usted sabe que...

—Ya me está usted estomagando con si sé o no sé —dijo Domiciana—. Lo que yo sepa o ignore no es cuenta de nadie.

—Todo el mundo sabe que el señor Lezo, a pesar del rapapolvo, siguió con su capisayo morado, tan guapín, olvidando que ni es obispo ni nada. Nuestra graciosa reina, que de niña era muy salada, puedo dar fe de ello, y de mujer es la sal misma, le puso a don Nicolás Luis un mote graciosísimo... usted lo sabe: *el Obispo de Farsalia*...

—Bueno, ¿y qué?

—La señora *Madre* aguantó el cachete, por venir de Roma, y esperó; el señor Patriarca, ya muy viejecito, no podía ser eterno... Al fin se lo ha llevado Dios: ya está vacante el puesto. Y ahora, Hermana Domiciana, yo le pregunto a usted por si quiere decírmelo: ¿Sabe quién será el nuevo Patriarca?

—No lo sé, ni aunque lo supiera se lo diría.

—Porque la reina Cristina hace hincapié por su candidato, el de Farsalia; el Infante don Francisco se interesa por el padre Cirilo... y el Gobierno... Esta es la noticia que le traigo a usted, noticia que aparejada lleva una preguntita. El Gobierno propone al señor don Joaquín Tarancón, obispo de Córdoba, que, como he dicho antes, es tío de la señora Abadesa de la Encarnación. Me consta que una gran parte de lo que podríamos llamar *elemento eclesiástico* vería con gusto al señor Tarancón en el Patriarcado de Indias, y yo... No le digo a usted nada: casi, casi es mi pariente... Pues ahora viene la pregunta: ¿Sabe usted quién es el candidato de la *Madre*? Porque yo me pongo a discurrir y digo: "O hay lógica o no hay lógica. Si un Gobierno que tiene por dogma la perfecta obediencia a las soberanas voluntades que nos rigen, se lanza a proponer a Tarancón, ¿no quiere esto decir que Tarancón es grato a la *Madre*, y por ende a la *Hija*, o en otros términos, que Tarancón es el candidato del *Altar y el Trono*, como decimos los *ultras*?...". Con que, Hermana Domiciana, dígame si esto que pienso es la verdad, o si me falla la dialéctica; dígamelo, y hará un gran favor a un padre de familia con mujer y siete criaturas. ¿Es don Joaquín Tarancón candidato de la *Madre*?... Porque si lo es, *Patriarcam habemus*.»

Nerviosa y un tanto descompuesta le contestó Domiciana que no tenía nada que contestarle ni que decirle, como no fuera que tomara la puerta y se largase con sus historias a la del Sol, o a cualquier mentidero. Lastimado en lo vivo don Mariano, levantose afectando dignidad y dio algunos pasos hacia la salida. Mas no quiso irse sin venganza de aquel desprecio: calose el sombrero, requirió las solapas del levitón, y en actitud un tanto estatuaria, con temblor de la mandíbula y ronquera de la voz, se dejó decir: «Por no ser amable y franca, usted pierde más que yo, porque no le doy una noticia tremenda... Noticia de un suceso reservado, que lo será por algún tiempo todavía... Suceso... Noticia de un valor que usted no puede figurarse... y que ignora todo Madrid, menos unos cuantos... y yo. En castigo, no se lo digo, no. Fastídiese, rabie.

—¿También de monjas y Patriarcas?

—No... Es cosa militar... —dijo Centurión escurriéndose a lo largo del pasillo—. Cosa militar... gravísima... y no lo sabe... Fastidiarse...»

Domiciana corrió tras él murmurando: «Hermano, aguarde, oiga...»

Pero, él, impávido, desapareció en la oscuridad de la angosta escalera repitiendo: «No digo nada, nada... Fastídiese, rásquese... Cosa militar...»

XIV

—¡Pero este don Mariano...! ¿No te parece que está loco?... Y esa noticia de militares, ¿qué será?... ¿Pues sabes que me ha dejado perpleja y con ganas furiosas de saber...? Es un perro... Cuando le da por callar, molesta más que cuando nos aturde con sus ladridos... No me sorprende que sepa cosas muy reservadas... Estos cesantes rabiosos se meten en todos los rincones para olfatear lo que se guisa, y lo mismo entran en las sacristías que en las logias... Cosa de militares dijo. ¿Será alguna intentona?... ¿Tendremos en puerta un pronunciamiento...?»

Esto decía Domiciana, en frases desgranadas, que revelaban su inquietud. Con paso inseguro fue de la puerta del pasillo a la ventana; miró a la calle, y al ver que en efecto salía Centurión, volvió junto a su amiga rezongando: «Disparado sale... Va echando demonios... Esa cosa militar ¿qué será? ¿Tú qué crees, Lucila?

—¿Yo qué he de creer?... Ya te sacará de dudas don Mariano cuando vuelva.

Se puso en pie presentando la capa colgada de sus manos para que Domiciana viese el efecto del embozo. Resultaba muy bien, una prenda seria y poco llamativa, como para persona que durante algún tiempo no debía salir al público sin cierta reserva. Ya no faltaba más que acabar de coser la trencilla: la infatigable costurera se sentó de nuevo para proseguir la obra por una banda, mientras Domiciana trabajaba por otra.

—Sí que volverá, creo yo —dijo la cerera—, y si no vuelve le mandaré venir con cualquier pretexto. Hablemos de nuestras cosas.

Antes de la entrada de Centurión había Lucila dado cuenta a su amiga de las buenas condiciones de la vivienda en que se había instalado con Tomín. Se creían transportados de un infierno aéreo a un cielo terrestre. Con frase menos sintética y más vulgar expresó Lucila su pensamiento... Satisfecho estaba Tomín; sus ojos, hechos a la miseria desoladora, veían los vulgares muebles revestidos de una dorada magnificencia. Ya recobraba el apetito y el buen color; pero la inmovilidad a que todavía se le condenaba le tenía en gran desasosiego. ¿Cuándo podría salir?

Un rato tardó Domiciana en contestar a esta pregunta. Sin apartar los ojos del mete y saca de la diligente aguja, alargando los morros, dijo: «¿Qué prisa tiene? Ya saldrá. Conviene esperar un poco, hasta ver en qué para eso del Patriarca...»

La aguja de Lucila se paró, señalando el zenit. Turbación, estupor y silencio grave en el ambiente que mediaba entre las dos mujeres. ¿Qué tenía que ver la libertad de Gracián con el nombramiento del Patriarca de las Indias?

—Todas las cosas de este mundo —dijo Domiciana sin mirar a la otra—, vienen y van más enzarzadas de lo que parece. ¡Con este lío del Patriarca hay cada disgusto...! A donde quiera que una va, encuentra caras malhumoradas... y se oyen cosas que... Parece que están todos locos...

Conoció Lucila que no gustaba su amiga de aquella conversación, y puso punto en boca. Nombrando de nuevo a Tomín, Domiciana fue a parar a la promesa de solicitar para él el alta en el escalafón, y si las cartas venían bien dadas, un ascenso y pase al servicio activo. «En este caso —añadió—, ¿crees que Gracián se casará contigo?...» «¡Ay, no lo sé!» fue la única respuesta de Lucila. La cerera prosiguió así: «Nada tendría de particular que, volviendo las cosas a su nivel, Tomín se casara con una persona de su clase... Tú entonces, poniéndote en lo razonable, podrías casarte con un hombre de tu clase, y serías feliz... No te faltarían protección y ayuda en tu matrimonio.» Dijo a esto Cigüela que tenía por absurdas las ideas de su amiga, y repitió su antigua cantinela de que Domiciana no entendía palotada de amor, y que continuaba tan muerta y amojamada como cuando salió del convento.

—Estás en lo cierto —replicó la exclaustrada—, y siempre que hablo de amores, o de amoríos, salen de mi boca desatinos muy garrafales; tan ignorante soy. Conozco al hombre en diferentes condiciones de vida: en la condición de avaro, de hipócrita, de cortesano, de astuto, de religioso; en la condición de enamorado no le he conocido nunca, ni sé lo que es. ¿Quieres más explicaciones? Pues allá van. Se ha dicho, y tú lo habrás oído tal vez, que yo me metí en el convento por desesperada de amor... la historia de siempre... un novio ingrato, una niña tonta que se vuelve mística... Pues no creas nada de eso, si de mí lo has oído. En mi caso no hubo despecho amoroso. Yo me arrojé al convento huyendo de mi madrastra, como me habría tirado a un pozo; llegué a la vida religiosa enteramente ayuna de amores, sin haber tenido novio, pues los que algo me dijeron no me interesaron nada, ni nunca les hice caso. Entró, pues, en el claustro mi corazón nuevecito, intacto de pasiones, y sin saber lo que era eso. Allí dentro, ya puedes suponer que no amé más que las hierbas. Naturalmente, como tú has dicho, con aquel vivir me marchité... El amar vago, que lo mismo puede fijarse en Dios que en personas de la Naturaleza, se fue secando; la voluntad se me iba tras de las cosas, no tras del hombre... Cuando salí, ya no era tiempo de pensar en melindres, ni me lo permitían los votos que hice y de que no estaré nunca desligada... Otra cosa te diré para que lo comprendas mejor. Yo, que soy bastante despierta, sé desenvolverme muy bien en una reunión de hombres, si tengo que departir con ellos de cualquier asunto; pero delante de un hombre solo, me entra tal cortedad, que no acierto ni a decir Jesús. Me ha sucedido alguna vez encontrarme sola frente a un hombre, el cual con la mayor inocencia y sin asomo de malicia venía para tratar conmigo de un negocio de cerería, o de hierbas, o de qué sé yo... ¿Pues sabes lo que me ha pasado? Que al verme sola con él me ha entrado no sé qué desazón... Algo de repugnancia primero, de espanto después... y al fin no he tenido más remedio que echar a correr, dejándole con la palabra en la boca... Luego he tenido que mandarle recado, diciéndole que me dispensara, que me había puesto mala... Así soy yo. Y de veras te digo que muertecita está una mejor. ¿No crees que es una bendición ser así, y estar asegurada contra lo que, en mis circunstancias, no había de ser bueno?

Contestó afirmativamente Lucila, añadiendo que no se diera por asegurada tan pronto, pues no era vieja y conservaba lozanía, frescura... Recaída la conversación en Tomín y en las probabilidades de que reanudara pronto su brillante carrera, conquistando los puestos más altos, Domiciana preguntó a su amiga si era valiente el Capitán, de temple duro para la guerra.

—¿Que si es valiente? —dijo Lucila dando a su palabra tonos de entusiasmo—. Por mucho que yo te diga sobre eso no podrás tener idea de la bravura de Tomín y de su fiereza ante cualquier peligro. Cuando se emborracha de valor, no repara en si es uno o son veinte los enemigos que tiene delante.

—¡Vaya, vaya! Ahora que me acuerdo: me has dicho que es extremeño, de la tierra de Hernán Cortés y Pizarro. Todos los hijos de Extremadura son arrojados y valientes, menos mi padre que no es héroe más que para casarse.

—En Medellín, como ese Cortés, nació mi Bartolomé Gracián. Su padre, caballero noble, tiene allí bastante hacienda, ganados... Su madre, que todavía no es vieja, conserva una hermosura superior. De ella sacó Tomín los ojos azules; de su padre la tez trigueña. El hermano mayor no se separa de los padres, y es el que hoy lleva las labores. Dos hermanitas tiernas siguen a Tomín. A este, desde muy niño, le llamaba la milicia; no jugaba más que a soldados, y él era el que a los otros chicos mandaba, llevándolos a correrías del diablo, asaltos de peñas, porfías de unos bandos con otros... Entró en el ejército el año 45, si no estoy equivocada, y al poco tiempo estuvo en la guerra de Cataluña contra Tristany y Cabrera. Las acciones en que peleó, las heridas que pusieron su cuerpo como una criba, y las hazañas... porque hazañas fueron... que hizo él solo, escritas están en alguna parte, no sé donde... y pueden dar fe de ellas el general Concha, el general Pavía, y un sin fin de brigadieres, coroneles y capitanes. Ya desde la guerra de Cataluña venía Tolomé, según él mismo me contó, dado a la política, con la cabeza encendida en esas cosas del Patriotismo y de la Libertad, y no se mordía la lengua para despotricar contra los Absolutos, Carlinos, Moderados, y demás gente que no quiere Constitución, sino Cadenas; en Madrid se hizo amigo de otros que aborrecían las Cadenas, y todos juntos iban a unas reuniones escondidas en no sé qué calle, y hacían allí sus santiguaciones, que paraban siempre en armar algún enredo para salir con los soldados gritando *Libertad*, *Viva esto*, *Abajo lo otro*. Hubo en Madrid hace dos años o tres... No me acuerdo de la fecha... una trifulca muy grande en la Plaza mayor, tropa y pueblo contra tropa. Tolomín estaba en un regimiento que también debió salir sublevado, y no salió porque se echaron encima generales y jefes, y ello quedó así... Pero a mi hombre le traían ya entre ojos; su fama de liberal y algún mal querer de envidiosos o soplones le perdieron. Formada sumaria, le mandaron con dos tenientes a las Peñas de San Pedro, que es allá en la Mancha, pueblo con fortaleza, y fortaleza sin pueblo, como dice Tolomé. Mal lo pasaban allí los pobres oficiales deportados; pero Tomín, que es poco sufrido, y uno de los tenientes llamado Castillejo, de la piel del diablo, tramaron una conjura, en la que fueron entrando algunos más, para revolverse contra la guarnición y hacerse dueños de la plaza. Me ha contado él que todo lo hicieron con más arrojo que picardía, y que fue como si dijeran: «morir matando antes que morirnos de tristeza.» La noche que intentaron desarmar a la guarnición fue noche de tronada y rayos en los aires, en la tierra de furor y rabia de los hombres. Muertos y heridos muchos... Sangre corriendo... Compasión ninguna. Pudo más la guarnición, y Tomín y Castillejo, viendo perdida la batalla, escaparon favorecidos del diluvio que empezó a caer cuando unos y otros, como demonios, se estaban matando... Huyeron armados; con algún dinero que llevaban se procuraron disfraz, caballerías, y por atajos, como Dios quiso, se vinieron a Madrid. Aquí se ocultaron, y escondidos supieron que estaban condenados a muerte por Consejo de Guerra... Pues Señor: vino a parar Tomín a casa de un tratante en leñas, José Perdiguero, amigo de su familia, calle Segovia, y para más disimulo de su escondite, le pusieron su vivienda en el mismo almacén de las leñas, que da a un patio grande, y en aquel patio vivía yo con mi padre y mi hermano chico...

—Y allí os conocisteis... Vamos, ya llegó ese momento de la historia, que yo esperaba. Sigue, que ahora entra lo más bonito.

—Bien feo era aquel patio, y más el almacén; pero a mí me pareció lo más bonito del mundo... te lo digo como lo siento: hablo con el alma, Domiciana. Bonito fue todo, cuando vi a Tomín tendido sobre un montón de leña, y más cuando él me preguntó cómo me llamo... El amo, que tenía que salir al campo, me mandó que hiciera cena para aquel hombre... «para este caballero», fue como me dijo. Hice la cena, y el caballero se negó a comerla si no cenaba yo con él. Yo dije que bueno. Me sentí, puedes creérmelo, arrebatada de una compasión que me encendía toda el alma, y apenas empezamos a cenar, aquel señor me dijo: «Soy muy desgraciado.» Obsequioso y fino estuvo conmigo, sin decirme cosa ninguna que pudiera ofenderme... Yo le miraba, y cuando él me miraba a mí, tenía yo que bajar los ojos...

—De veras va siendo muy interesante la historia. Sigue, y no suprimas nada.

—Dos días pasaron así. Mi padre y mi hermanillo salían de Sol a Sol. El caballero y yo hablábamos, él a la otra parte del rimero de leña, yo a la parte de acá. Charla que charla, las tardes se me hacían horas, las horas minutos... Yo estaba como en la gloria.

—¡Y que no te diría cosas poco tiernas y...!

—Me decía... qué sé yo... vamos, lo contaré todo. Me decía que soy muy guapa... Esto lo había oído mil veces; pero nunca hice caso. Me decía que soy bella, bellísima... y más, más me decía.

—No lo calles, mujer.

—Que soy hechicera... y otra cosa más bonita...

—Dímela.

—Que tengo un alma más bella que mis ojos... Por mis ojos me veía él el alma... Yo también le veía la suya... Por fin me dijo que le quisiera, que le haría un gran bien queriéndole... que estaba dejado de la mano de Dios... Contome toda su historia: yo temblaba oyéndole. Luego me dijo que era para él grave caso de conciencia pedirme mi amor, y que antes de responder yo a su petición de amor, debía saber una cosa terrible: estaba condenado a muerte. ¿Sería yo capaz de amar a un condenado a muerte?

—Al pronto, y poniendo por delante un poco de puntillo, responderías que no.

—¡Ay, Domiciana! Si me hubiera dicho «soy rico, feliz, poderoso», le hubiera contestado con puntillo diciendo que no, que veríamos y qué sé yo... Pero diciéndome «soy condenado a muerte» le contesté que sí, con el alma, y me fui hacia él... ¡Ay, Domiciana, qué paso!... Llorando me abrazó Tomín, y yo le dije: «Que nos fusilen juntos.»

XV

Dejando correr, en una pausa breve, lágrimas dulces, lágrimas amargas, continuó Lucila su triste historia, que en algunos puntos más le causaba gozo que pena; siguió por terreno a veces llano, a veces escabroso, sin esquivar los pasos al borde del precipicio, incitada por la cerera, que le pedía sinceridad, franqueza gallarda. Contó las querellas que con su padre tuvo por el amor de Tolomín; cómo estas desavenencias la separaron al fin de Ansúrez y del hermano pequeño (el cual en aquellos días entró de aprendiz en el taller de unos boteros de la calle de Segovia, amigos de su padre); cómo unió su suerte a la del Capitán, locamente enamorada y obedeciendo a una fuerza imperiosa, irresistible; cómo fueron obsequiados por *el Ramos*, manolo viejo de ideas revolucionarias, retirado de la patriotería activa y enriquecido en su comercio de maderas viejas; cómo hallándose un día refrescando con *el Ramos* en cierta botillería de la calle de los Abades, se les apareció el teniente Castillejo emparejado con la viuda de un Capitán, y cómo, en fin, los cuatro se fueron a vivir a un piso quinto, en la calle del Azotado, con anchura de local y estrechez grande de recursos. A poco de instalarse les sorprendió de madrugada la policía, cuando estaban en el primer sueño, pues nunca se acostaban hasta después de media noche.

A tiros y sablazos les atacaron tres hombres. Defendiéronse Tomín y el teniente con gran coraje; mataron a uno; los otros dos tuvieron que huir en busca de refuerzo. Antes que volvieran, Castillejo y la Capitana se bajaron al segundo piso. Tomín fue más previsor: a pesar de hallarse herido de arma blanca en una pierna, de arma de fuego en un brazo, escapó por la bohardilla al tejado vecino, pudiendo descolgarse de un modo casi milagroso al patio de una posada de la Cava Baja. Lucila en tanto cogió calle más pronto que la vista, corrió a la posada y ayudó a su Tomín a escabullirse por la calle de Segovia abajo; tomaron resuello en un corralón de la Cuesta de Caños Viejos, y allí le vendó como pudo las heridas para contener la sangre. La situación era en extremo apurada. Gracián no podía valerse. Con rápida iniciativa ante el peligro, corrió Lucila en busca de *el Ramos*, única persona de quien podía esperar socorro, y el patriotero jubilado no desmintió en aquel caso su magnánimo corazón, ni su abolengo de sectario constitucional que había vestido el glorioso uniforme de la Milicia Urbana. Al amanecer, en un carro de cueros fue transportado el Capitán a la calle de Rodas. Sin que nadie le viese, fue subido al *nido de murciélagos*, lugar al parecer distante del acecho policiaco, y allí quedó entre los gatos y el cielo, asistido de su fiel amiga, que con su cuidado y ternura le sostuvo el alma para que no cayese en la desesperación, atajó la muerte, aseguró la vida, y restituyó a la sociedad el hombre que esta había cruelmente repudiado.

—Del valor de Gracián —dijo Domiciana, oída con tanto respeto como admiración la dramática historia—, nadie podrá dudar. Pero si él es bravo, más brava eres tú. Te has portado como mujer heroica, y aunque has pecado, creo yo que Dios te perdonará.

Lo más que hablaron aquella tarde careció de interés. Partió Lucila con la capa sin terminar, proponiéndose rematarla por la noche en su casa. Fue Domiciana con Ezequiel a San Justo, a la novena de San José, y allí vio a Centurión, que no se acercó, como de costumbre, a cotorrear con ella; tampoco la cerera hizo por él, ni quiso mostrar ganas de conversación. Ezequiel pasó a la sacristía, donde tenía más de un amigo, y solía ayudar al culto, bien endilgándose la sotana como turiferario, bien subiéndose al coro para cantar un poco con voz angélica, desafinadita. Habló un rato la cerera con un clérigo que en San Justo decía misa y confesaba, don Martín Merino, hombre impasible, de una frialdad estatuaria. A Domiciana le agradaba el tal sacerdote por la sequedad cortante con que expresaba sus pareceres, ya en cosas de religión, ya cuando por incidencia hablaba de política. Le tenía por hombre entero, de arraigadas convicciones, de notoria austeridad en sus costumbres. «¿Viene usted a la novena, don Martín? —le preguntó. Y él: «No, señora: yo salgo; he venido a ajustar una cuenta. *Aquí no toco pito* esta noche; me voy a mi casa, donde tengo mucho que hacer.» Y tomó la puerta. Chocó a Domiciana la escueta familiaridad de la frase *no toco pito*; y como el hombre solía ser tan áspero en cuanto decía, resultaba de un gracejo fúnebre en sus labios secos la expresiva locución... Terminada la novena, volvió la cerera con Ezequiel a su casa; cenaron, y de sobremesa, solos, porque don Gabino con el último bocado solía coger el sueño y se quedaba cuajadito en un sillón, hablaron del cumplimiento de ciertas comisiones encargadas aquella tarde al bendito mancebo. «Llevé el lío de ropa y los cuatro libros, y todo lo entregué al señor, en su mano —dijo Ezequiel—. Lucila no estaba en casa.

—¿Y el señor qué tal te recibió? ¿Es amable, de buena presencia?

—Tan buena, que se me pareció a Nuestro Señor Jesucristo.

—Eso no puede ser. A Nuestro Señor no puede parecerse ningún mortal, por hermoso que sea.

—Dices bien, y ahora caigo en que más que a Dios se parece al Buen Ladrón. ¿Has visto el Buen Ladrón del Calvario de San Millán... Clavado en la Cruz, y guapo él?

—¿El caballero de Lucila tiene barba?

—Sí: una barba corta y bonita... Como la del San Martín que parte su capa con el pobre.

—¿Y reparaste en el color de los ojos?

—No reparé el color; pero sí que tiene un mirar que no se parece a ningún mirar de persona.

—¿Qué dices, Ezequiel?

—Digo que ningún mirar de hombre es como el de ese señor.

—¿Serán sus ojos como de oro... Como de plata?

—Como de plata y oro en derredor de una esmeralda.

—Luego, son verdes.

—No te puedo decir que sean verdes; pero algo tienen, sí, de piedras preciosas.

—¿Serán... Así por el estilo de la piedra que llevaba en su anillo el señor obispo que ofició en San Justo el día de la Candelaria?

—No, mujer... No hay ojos de persona que sean de ese color que dices...

—Pues entonces, Ezequiel, serán azules... ¿Has visto tú esa piedra que llaman zafiro?

—No... En el talco es donde yo aprendo los colores. El talco azul, si lo pones en cera que no sea muy blanca, se te vuelve verde.

—Y dime otra cosa: cuando le diste a ese señor los libros, ¿qué hizo? ¿se alegró?

—Leyó el forro y no dijo nada. Se levantó y fue a ponerlos en la cómoda.

—¿Notaste si al andar cojeaba? ¿Es airoso, es gallardo?

—Me parece que sí. El juego de piernas, andando, es de militar, ¿sabes?... Cogió de la cómoda cigarros, como cojo yo mi cachucha... Sin reparar... y vino a mí ofreciéndome uno. Yo le dije que no fumo. Él fumó echando el humo muy para arriba, muy para arriba... Luego me preguntó si seguía yo la carrera eclesiástica... y yo respondí que eso quiere mi padre... pero que mi hermana, tú, quieres que estudie para abogado... Pues él dijo que es preciso ser militar o abogado... y que todo lo demás es vagancia pura... Habías de oírle, Domiciana: que todo está muy malo, y que tenemos aquí mucha tiranía, mucho oscurantismo y muchísima inquisición... De repente, dejó caer la mano con que accionaba, dándose tan fuerte palmetazo en la rodilla, que yo... Salté en mi taburete. Me asusté del golpe y de los ojos que el caballero puso.

—¿Es hombre de mal genio?

—De genio muy fuerte... ¡Pobre del enemigo que coja por delante, en una guerra, o en una revolución!

—¿Crees tú que pega?

—¡Vaya! Creo que pega a todo el mundo menos a Lucila.

—¿Y quién te asegura que no pega también a Lucila?

—No, eso no... ¡La quiere tanto! —dijo Ezequiel echando a torrentes de sus ojos la infantil ingenuidad.

—Por eso, porque la quiere... Los hombres pegan y las mujeres lloran... Eso es el amor, según dicen...

—Así será en los matrimonios disolutos.

—Y en todos, Ezequiel... y el llorar y el pegar no quitan para que traigan al mundo la familia...»

Aquí paró la conversación. Ezequiel tiraba de sus párpados, que el sueño quería cerrarle. Domiciana le mandó que se acostara, pues había que madrugar. Al siguiente día comenzaban las grandes tareas cereras para Semana Santa... Cerrada la tienda y apagadas las luces, la casa no tardó en quedar en silencio, turbado solo por el áspero roncar de don Gabino. Domiciana, recogida en su aposento, empezó a desnudarse. En aquella hora inicial del descanso nocturno, en que el silencio y la calma derraman tanta claridad sobre las cosas próximamente transcurridas y sobre las futuras que no están lejanas, la cerera reunía sus ideas dispersas, sintetizaba, expurgaba, desechando lo inútil, y como un hábil general distribuía sus mentales fuerzas para las batallas del siguiente día. Resumiendo sus impresiones de los hechos recientes y adivinando las que muy pronto habría de recibir, echó a rodar estos pensamientos sobre el fino lienzo de sus almohadas: «No habrá mañana poco tumulto en la *casa grande* cuando llegue yo y suelte la bomba... la bomba escrita y la bomba parlada por mi boca, diciendo: "No hay más Patriarca de las Indias que el señor don Tomás Iglesias y Barcones...". ¡Y luego me hablan a mí de la cuestión de Oriente! ¿Qué tienen que ver la cuestión del Oriente ni la del Occidente con la cuestión Patriarcal?... A Bravo Murillo se le ha metido en la cabeza que Tarancón es grato a la *Madre*, porque así se lo dijeron el marqués de Miraflores y el mismo señor González Romero... Pero estos son de los que no se enteran de nada, y cuando desean una cosa se forjan la ilusión de que los demás también la quieren... ¡Valiente ganado el de los caballeros políticos!... Andad, andad, hijos, por donde os llevan vuestros pastores, y no salgáis del caminito que se os marca... Duro ha de ser para la reina decirle a don Juan: "Mira, Juan, ese nombramiento que traes a favor de Tarancón, te lo guardas y haces de él lo que quieras... No has de ser más que mi madre, y a mi madre tengo que decirle también que se guarde su candidato, el pomposo señor Lezo, a quien yo, por mí y ante mí, nombré *Obispo de Farsalia*... Ni has de querer compararte con mi tío don

Francisco de Paula, que me traía puesto en salmuera para Patriarca al padre Cirilo, y también tiene que guardárselo para mejor ocasión. Patriarca de las Indias será don Tomás Iglesias y Barcones, y no se hable más del asunto". Esto le dirán, y don Juan se irá a comer calladito sus chorizos, y a discurrir, para cuando se desocupe del arreglo de la Deuda, la reforma de la Constitución, dejándola en los puros huesos...»

Y ya cogiendo el sueño, apagadas las ideas, dispersas las imágenes, las recogió de la blanca almohada para dormir con ellas: «Y acabada una, se arma otra... la cuestión de la Comisaría general de Cruzada... Esa sí que será gorda... Los ministros, que siempre están en babia, quieren meter en la Comisaría a ese Nicasio Gallego, que según dicen es poeta... Ya podéis limpiaros, que estáis de huevo... Y parece que los poetas ya le dan la enhorabuena al don Nicasio... Como si lo tuviera en la mano. ¡Pobres majagranzas!... Con estas peripecias no puede una pensar en sus cosas... Mañana tarea de cera. La Semana Santa, con la nueva feligresía, será muy lucida, muy lucida, y... ¡dinero, dinero!... Lindas botas con caña de tafilete verde te voy a comprar... Tomín... ¡Ay! que no me ponga a soñar ahora... Rezo un poquito: «Dios te salve...»

XVI

La nueva morada de Lucila y Tomín era un segundo piso, calle de San Bernabé, lugar ventilado y alegre, con vistas al Manzanares y lejanos horizontes que comprendían la Casa de Campo, pradera de San Isidro y término de los Carabancheles. Para escoger aquella vivienda no se fijó Lucila principalmente en su amena situación ni en los aires salutíferos que la bañaban: aunque todo esto era muy de su agrado, no se determinó a mudarse mientras el tratante en leñas, José Rodríguez, primer amparador de Gracián, y *el Ramos* de la calle de Rodas, no le dieran, con su palabra honrada, garantía de la seguridad que allí tendría el perseguido Capitán. Bajo tal fianza, accedieron ambos a compartir la casa modesta de un acomodado matrimonio. Era él propietario de tierras en la Villa del Prado, su patria, pero a la descansada vida de labrador prefería la inquieta de tratante en uvas por agosto y septiembre, y en ganado los demás meses del año. Antolín de Pablo salía cada quincena para Villaviciosa, Sevilla la Nueva, Villa del Prado y Cadalso de los Vidrios, y volvía con carneros y terneras para el matadero de Madrid. Su mujer, Eulogia Ciudad, había sido criada de una marquesa, que al morir le dejó un legadito: era persona de agrado y habla fina. Privada de sucesión, Eulogia se consolaba en la cría y cuidado de animales. Sus gatos llamaban la atención por la brillantez del pelo así como por la mansedumbre; sus perros sabían llevar y traer un cesto con recado. La casa se comunicaba por la planta baja con un corralón donde Eulogia tenía gallinas ponedoras, dos cabras, un cordero, un gamo, dos galápagos, un erizo, una jabalina de corta edad, domesticada, dos maricas también en vías de civilización, y un borriquillo. Representaban el reino vegetal dos almendros, un saúco y un albaricoquero, que un año sí y otro no cargaba enormemente de fruto.

Simpáticos fueron a Lucila y Tomín sus patronos, y para el Capitán fue una expansión gratísima el permiso que se le dio para bajar al corral, siempre que quisiese engañar allí las horas aburridas de su prisión. Cuando a sus quehaceres salía Cigüela, el prisionero cogía un libro, bajaba con ella, y la despedía en el portal diciéndole: «Yo me voy al Paraíso Terrenal, y allí me encontrarás cuando vuelvas.» Comúnmente le encontraba gozoso, distraído, con un perro a cada lado, que se habían constituido en amigos y guardianes, y allí se pasaba las horas muertas, sin leer nada, tratando de entenderse en primitivo lenguaje con las maricas.

Por la noche, en la habitación que ocupaban, la cual era muy espaciosa y alegre, Lucila le daba cuenta de lo que sabía referente al indulto, y él no ocultaba su tristeza por la prolongación de un estado que no era de cautiverio ni de libertad. Aquel auxilio que de persona para él desconocida recibía le llenaba de inquietud. «Yo no quiero agradecer mi libertad más que a ti, Cigüela —le decía—, y los recursos que no vienen de ti me enfadan y me lastiman. Si yo escribiera a mis padres, bien pronto me vendría de Medellín todo lo necesario para vivir. ¿Sabes por qué no les escribo? Por que si escribiera, mi padre vendría sin demora por mí, y su primera providencia sería llevarme consigo y separarme de mi Lucila, de mi ángel tutelar... Eso no será. Contigo siempre... O nos salvamos juntos, o juntos pereceremos... Pero también te digo que ya me cansa esta vida boba. El Paraíso Terrenal ya da poco de sí, y ahora me entretengo en dar vida real a las Fábulas de Esopo. Ya he conseguido que se entiendan el galápago y el burro, y que las maricas dejen de soliviantar a las cabras para impedir a la jabalina que vaya a pastar con ellas... El gallo es de una pedantería irresistible, y uno de los perros, el llamado *Moro*, se entiende con el carnero y el erizo para quitarle al gallo la gallina que más ama, que es una pintadita, con aires de manola...»

Opinaba Cigüela que una vez logrado el indulto, debía tratar Tomín de volver a la gracia de su familia; no veía tan difícil que los de Medellín transigiesen con la que había sido compañera y sostén del Capitán en aquel terrible infortunio. Confiaba ella en conquistar a los padres con su buena conducta, y terminaba diciendo: «Si tú me quieres, como dices, y tienes mi compañía por tan necesaria en la felicidad como en la desgracia, no necesitamos ir en busca de tus padres: ellos vendrán a nosotros.»

Esto decía la moza, y a veces lo pensaba; mas ni su pensamiento ni sus propias palabras optimistas la desviaban de su negra suspicacia. Una tarde de fines de marzo, o principios de abril (que la fecha no está bien determinada en las Historias), hallándose con Domiciana en San Justo, hubo de apremiarla con energía para que obtuviese resolución clara y pronta del dichoso indulto. Dio respuesta la protectora, como siempre, reiterando las seguridades de gracia, y encareciendo la prudencia mientras aquella no fuese un hecho. Abstuviérase, pues, el Capitán de presentarse en público, lo que no era en verdad gran sacrificio, toda vez que tenía buena casa, y disfrutaba del desahogo de un corral poblado de animalitos. A esto replicó Lucila que no podía ya sujetar a Tomín, cuyas ansias de libertad le movían a temerarias imprudencias. Por una puerta que rara vez se abría, comunicaba el corralón con los despeñaderos que desde aquellos lugares descienden hasta la Ronda de Segovia. Contraviniendo las exhortaciones de Eulogia y Lucila, el Capitán desatrancaba alguna tarde la puerta, y se daba el verde de un paseíto por los andurriales de la Cuesta de la Mona o por Gilimón. «Ayer mismo —dijo Lucila para terminar su referencia—, me dio un horroroso susto. Cree que si Tomín fuese niño no me habría cansado de pegarle. Pues llego a casa, entro en el corral, y me dice Eulogia que el señor Capitán se había ido por la puerta de abajo... Salí como un cohete... ¡Qué angustia! No puedes figurártelo... Por fin, ¿dónde creerás que le encontré? En un secadero de ropa que hay por aquella parte, no sé cómo se llama, orilla de la calle de la Ventosa. Me dijo que se aburre, que siente una querencia loca de ver gente y de hablar con todo el mundo... Le cogí por un brazo y me le llevé a casa. Yo lloraba... Prometió no volver a escaparse; pero yo no me fío... Es el valor, Domiciana, el maldito arrojo, el desprecio del peligro. Lo tiene en la masa de la sangre, y no puede con él.

—Pues para sujetarle y poner trabas a ese valor, que no viene a cuento, hay un recurso, Lucila, y es meterle mucho miedo.

—¡Miedo... A él!

—No se trata de ponerle un espantajo como a los gorriones, sino de amenazarle con peligros muy verdaderos. Dile que en estos días anda la policía muy atareada, cazando con bala o con liga, como puede, pajarracos masónicos y militares sin seso. Sepa el buen Gracián que ya han caído algunos, como él escapados de las Peñas de San Pedro. Ya están en el Depósito de Leganés algunas docenas de estos desgraciados, y cuando caigan los que quedan se formará una linda cuerda para Filipinas, que deje tamañitas a las que mandó en su tiempo el muy *crúo* de Narváez... A su casa no han de ir a buscarle; pero en la calle ¿quién responde...?

Aterrada, no pudo Lucila ni aun pedir aclaración de tan graves noticias.

—Parece que lo dudas... —añadió la otra—. Para que te convenzas... lo he sabido por el propio cosechero, don Francisco Chico... ¿No me viste ayer en la tienda hablando con un señor de lucida estatura, patillas de chuleta, viejo él, pero muy tieso, ojos vivos, nariz chafada?... Pues aquel es el jefe de nuestro ejército policiaco y el más listo pachón que ha echado Dios al mundo. Mi padre y él son amigos... A mí me considera... Rara vez llega por la tienda. Ayer vino; subió a casa y vio aquel bargueño antiquísimo que tenemos... porque Chico es un águila para dos cosas: la cacería de criminales y el compravende de cuadros y muebles de mérito.

Lucila suspiró. En rigor, alegrarse debía de aquellas amistades de los cereros con el temido y famoso Chico, y ellas daban fuerza y lógica a las seguridades de que Tomín no sería cogido en su casa. ¿Pero cómo explicarse que Domiciana no le hubiera en anteriores ocasiones hablado de aquel conocimiento? Las dudas y el recelo, como bandada de siniestras aves, revolotearon en torno suyo, y una sombra nueva se añadió a las que ya entenebrecían su alma.

Salió de la iglesia con intento de ir a su casa; pero acordándose al paso por Puerta Cerrada de que no había visto a su hermano pequeño, Rodriguín, en tantísimos días, tiró por la calle de Segovia en dirección del taller de botería donde el muchacho aprendía el oficio. Mala hierba había pisado aquel día la guapa moza, porque, no bien entró en el taller, le salió al encuentro una nueva desdicha en la figura de su señor padre, Jerónimo Ansúrez, el cual le saludó con el tremendo jicarazo, *verbigracia* noticia, de que le habían dejado cesante.

—Hija de mis entrañas —dijo el afligido y gallardo castellano, desentendiéndose de los consuelos que los maestros boteros le daban—, ya ves la mala partida de ese indecente Gobierno de los *honrados*, por mal nombre... Aquí tienes a tu padre, despedido de aquella gloria, donde estaba tan a gusto, que ya no habrá para él lugar que no le parezca infierno; aquí le tienes otra vez en mitad de la calle, con el día y la noche por hacienda y el vagabundear por oficio. Díganme todos si no es esto una marranada, dispensando, y si no nos sobra razón a los españoles para tronar, como tronamos, contra este Gobierno, y el otro y todos, y contra la pastelera alianza del *Trono y el Altar*, contra tanta cancamurria de Libertad y Constitución, y contra la birria asquerosa de Moralidad y Economía, que es pura materia, perdonando... ¿Qué hice yo para que me despidieran? ¿a quién falté, con trescientos y el portero? ¿quién dio queja de mí, si todas las cantatrices y bailadoras, así de plana mayor como de filas, me querían como a las niñas de sus ojos?... Pues ello ha sido por colocar al marido de la pasiega que le está criando el nene al sobrino de un Ministrejo, y busca buscando plaza, han visto la mía, y ¡zas!... Nación maldita, ¿por qué no te arrasaron los moros, por qué no te taló el francés y te descuajó el inglés, y entre todos no te raparon el suelo hasta que no quedara en él simiente de persona viva?»

Esta y otras imprecaciones, desahogo de su furia, fueron oídas con lástima por todos los presentes, con espanto por Lucila, que rondada se sentía de negros presagios. La desdicha del pobre Ansúrez retumbaba en el corazón de su hija como los pasos de un terrible viajero afanado por llegar pronto. Era su infortunio, el dolor de ella, más intenso que el de su padre, dolor inminente, cercano ya...

XVII

Con pena de abandonar su casa y el cuidado de Tomín, consagró Lucila la mañana siguiente a los deberes filiales. El buen Ansúrez necesitaba consuelos, tiernas palabras que le infundieran ánimo y confianza, ideas y razonamientos juiciosos para pescar otro empleo. Hija y padre disertaron, esparciendo ansiosas miradas por todas las políticas aguas que conocían. ¿A qué pescadores podrían arrimarse? Con el señor Taja, que había dado a Jerónimo su primer destino, en la portería del *Fiel Constraste y Almotacén*, no había que contar ya. El señor Zaragoza, que le había empleado en el Teatro Real, no era ya jefe político ni estaba a la sazón en Madrid, y para llegar al nuevo gobernador, don Melchor Ordóñez, no veían ningún camino. ¿A quién volverse, a quien marear y aburrir hasta obtener la credencial, concedida por la fuerza del tedio más que por la piedad? Indicadas y discutidas diferentes personas, el astuto Ansúrez, sabedor de las amistades de Lucila con Domiciana y de las excelentes agarraderas de esta en Palacio, o sabe Dios dónde, la diputó por la mejor santa en quien debía poner toda su fe. Conforme Lucila con esta opinión, quedaron en que al siguiente día se verían hija y padre con la cerera para empezar la ruda campaña. En estas y otras conversaciones se le fue a Lucila toda la mañana y parte de la tarde, porque cuando impaciente quería despedirse, su padre la cogía de los brazos y la retenía, gozoso de verla y escucharla. Rodriguín también tiraba de ella, y los maestros boteros no se cansaban de admirar su hermosura. En la botería se aposentaba Ansúrez, y allí aguardaba la visita diaria de su hija. Prometió esta no faltar ningún día, y abrazando a su padre le dejó entre sus amigos, rodeado de aquellos imponentes pellejos hinchados de viento, que tanta semejanza tenían con los hombres públicos de aquel tiempo... y de otros.

Desalada tomó Lucila el camino de su casa. Por evitar un largo rodeo y ganar tiempo, puso a prueba sus pulmones apechugando con la Cuesta de los Ciegos, que subió de un tirón hasta Yeseros y la Redondilla, y de allí en cuatro brincos se plantó en la calle de San Bernabé. Llegó a su casa pensando que Tomín estaría inquietísimo, poniendo en fábulas tristes a todos sus animales... Como exhalación pasó de la puerta al corral, donde le salió al encuentro Eulogia con cara de susto, que a Lucila le pareció una máscara, pues nunca había visto tan alteradas las facciones de su casera. Antes de que se le preguntara por el Capitán soltó la buena mujer esta bomba: «No está... No ha vuelto desde las diez de la mañana.» El primer impulso de Lucila fue rebelarse animosa contra el Destino; y sacando de su alma las primeras fuerzas con que a la lucha se disponía, respondió: «Ya vendrá... le encontraremos... ¡Qué loco es, Dios mío! No vale que una le diga... No vale que se le recomiende... Andará por ahí hecho un tonto, viendo tender ropa...» Reiterando la noticia en forma desconsoladora, Eulogia dijo que ya habían pasado más de seis horas desde que se perdió de vista; que sobre las doce, alarmada de la tardanza, había mandado a Colás (un chico de la vecina) en su busca, y que Colás volvió a la una diciendo que, recorridos todos los lavaderos, todos los secaderos, las vueltas, recodos y precipicios de la Mona y Descargas, registrada después la Ronda de Segovia de punta a punta, sin omitir taberna, figón, juego de bolos ni herradero, no había encontrado rastro del señor Capitán. Oído esto por Lucila, quedose la buena mujer paralizada del pensamiento y la voluntad, sin que su mente pudiera hacer otra cosa que medir la longitud de los espacios recorridos inútilmente por Colás. Pronto se rehízo, y apartando con una mano a uno de los perros, con otra a la jabalina, que le estorbaban el paso, más con la actitud que con la palabra dijo que ella le buscaría... Todo era posible menos la desaparición, la pérdida del Capitán, como podría perderse una de las maricas, o el gamo de pies ligeros.

Salió, pues, en loca marcha, corriendo de un lado a otro, y esparciendo su mirada por aquellos polvorientos espacios... Si en un instante creía ver a Tomín, el instante siguiente traía el frío desengaño. Decidiose a preguntar a diferentes personas que encontraba. Algunas mujeres, sentadas al Sol en la cuesta de la Mona, dijeron que le habían visto subir, a mano derecha... Otras que bajar, a mano izquierda. En la Ronda de Segovia, repitió Lucila su angustiosa pregunta precedida de señas inequívocas: «un caballero joven, de buena presencia, con zamarreta de paño azul oscuro, botas de caña verde, gorra sin visera...» Una mujer que llevaba cesta de ropa declaró por fin haber visto al caballero: viéronle pasar ella y su marido; este, que le conocía de anteriores encuentros, habíale saludado... Dos horas después, al caer de mediodía, su Fabián, que era medidor en un almacén de granos, le había visto con dos sujetos, uno de los cuales le pareció *guindiya*... No pudo esclarecer su informe la buena mujer, que solo repetía cláusulas sueltas de su marido, y apreciaciones en que ella no se fijó porque maldito lo que le interesaban. Cuando su Fabián volviese de Carabanchel Alto, adonde había ido por cebada, podría dar mayores explicaciones y noticias...

Rendida y sin aliento volvió a la casa Cigüela, y de tal modo a su espíritu se adhería la esperanza, que al subir pensaba encontrar a Tolomé. «Habrá dado la vuelta grande —se dijo—, subiendo la Cuesta de los Ciegos y entrando por la calle del Rosario, o de San Bernabé.» Nuevo desengaño al ver la cara triste de Eulogia: hasta los perros decían con su grave quietud que el Capitán no había dado vuelta grande ni chica... Ya no pensó Lucila más que en correr en busca de la cerera para comunicarle su mortal ansiedad. Sin darse cuenta de la distancia ni del tiempo empleado en recorrerla, fue a la cerería, donde se le dijo que Domiciana no había regresado aún, ni regresaría hasta después de prima noche. No quiso esperarla: angustiada voló otra vez hacia Gilimón, desoyendo la voz de Ezequiel, que con lastimero acento pueril se brindó a ser su acompañante. En el corral, mientras la casera recogía diligente a los animales menores, a otros daba el pienso y a todos prodigaba su maternal solicitud, vióse Lucila lanzada a senos profundísimos de tristeza, la cual acreció al extender la noche su lenta oscuridad. Pasado algún tiempo, Eulogia y ella subieron. Cuando entró la moza en el cuarto que habitaba, toda su entereza cayó de golpe al ver la ropa de Tomín, su cama, la mesa en que tenía libros, tabaco, un latiguillo, una caja de mixtos, papel y obleas, una herradura que había recogido en la Ronda, como signo de buena suerte, pues no le faltaban sus puntos de supersticioso... Ante estos objetos, se desató el dolor de Lucila, sin que la buena Eulogia con ninguna expresión de consuelo pudiese calmarla, y cogiendo la ropa entre sus brazos como habría cogido el cuerpo mismo del perdido Tolomé, echose de bruces sobre la cama, y en las dulces prendas vertió todo el torrente de sus lágrimas con silencioso duelo.

Inútiles fueron las instancias de las vecinas para que Cigüela cenara: no cenaría mientras Tolomín no volviese. Eulogia le daba esperanzas que no tenía, y ella las tomaba sin hallar en su pensamiento lugar donde meterlas...

Las diez serían cuando llegaron casi juntos Ezequiel y el medidor de granos Fabián, cuya mujer había dado a Lucila informes vagos del caballero desaparecido. Era un hombre de madura edad, grave, bondadoso, y su traza y modos inspiraban confianza. Eulogia le conocía, y Antolín de Pablo le apreciaba. Tan importante fue su declaración desde las primeras palabras, que en ella puso Eulogia todo su oído y Lucila toda su alma. Había visto tres veces al Capitán, la primera solo, en la bajada de la Mona, la segunda al pie del jardín del Infantado con dos hombres, que no eran amigos, porque le hablaban con malos modos... Después le vio con los mismos, o más bien llevado por ellos, en la vereda que hay entre la huerta de Barrafón y la de las Monjas del Sacramento. «Para mí que le llevaban por atajos, o como se dice, por sitios de poca gente, hacia las Cambroneras, para de allí pasar el puente de Toledo y conducirle al Depósito de Leganés...» La angustia no permitió a Lucila formular pregunta relacionada con el temido nombre de Leganés. «¿Y crees tú, Fabián —murmuró Eulogia con escalofrío—, que el Capitán está... Allá?

—Como si lo estuviera viendo —replicó el informante—. ¿A dónde sino allí podían llevarle aquellos Caifases? No pierdan el tiempo buscándole por acá, y acudan pronto... que pasado mañana sale cuerda. En Carabanchel me lo han dicho los guardias que harán la *conduta*.»

Silencio de muerte siguió a estas palabras.

—Pasado mañana sale cuerda —repitió Fabián con el acento que suele darse a las recomendaciones leales de previsión. Dudas crueles movieron el alma de Lucila, alterando en ella las fases del pesimismo. «¿Y si no está en Leganés?... ¿Si le han llevado a otro punto?...» En esto le tocó a Ezequiel expresar su mensaje, el cual era que hallándose Doña Victorina Sarmiento en peligro de muerte, Domiciana no podía separarse de su lado en toda la noche. A las ocho y media se recibió en la cerería el recado de Palacio diciendo que no la esperaran... Diferentes pensamientos, que no habría podido manifestar aunque quisiera, armaron gran alboroto en el cerebro de Lucila, que con las manos en la cabeza expresaba su enloquecedora confusión. Eulogia y Ezequiel la instaron para que comiese alguna cosa, no dejándose vencer de la debilidad en tan angustiosas circunstancias, y al fin la desolada moza probó algo de un guisote que la casera le trajo, y casi a la fuerza pasó para dentro medio vaso de vino. Despidiose Fabián llamado por sus quehaceres. Silenciosa y espantada hallábase Lucila como el que discute consigo mismo dos diferentes especies de muerte, entre las cuales forzosamente y sin dilación tiene que elegir una... Su dolorosa perplejidad vino a parar, al fin, a una determinación súbita y rectilínea. Se levantó, fue a coger su pañuelo de manta que pendía de una percha, y echándoselo por los hombros, dijo: «Me voy a Leganés... Algún medio habrá de saber la verdad... Acompáñame tú, Ezequiel. Si necesitas licencia de tu padre, vete por ella y vuelve pronto.»

Respondió el bondadoso chico que la licencia la tenía ya, pues su padre le había encomendado, al salir de casa, que si Lucíta se veía precisada *a dar pasos* a cualquier hora de la noche, o toda la noche entera, la asistiese y custodiase como lo haría el propio don Gabino, si en tan honrosa obligación se viera. No le pareció bien a Eulogia que en noche oscura y con tan menguada compañía emprendiese una mujer caminata larga y peligrosa; pero no pudo desviar a Lucila de aquel propósito, semejante a la veloz derechura de la flecha lanzada. Salieron por el corral.

XVIII

Ya embocaban a la cabecera del puente de Toledo cuando un desgarrón de las nubes, que cubrían casi totalmente el cielo, dejó ver un cuarto de Luna, con desmayada luz entre cendales, corriendo hacia los bordes grises que habrían de ocultarla de nuevo... «Lucila, mira, mira la Luna —dijo Ezequiel creyendo que podría distraer de su pena a la pobre joven, comunicándole su admiración candorosa. Pero ni lunas ni soles podían iluminar la noche oscura que en su alma llevaba la hija de Ansúrez, y siguió en silencio. Marcha sostenida y regular llevaban: con el aire que al paso de los dos imprimió Cigüela en la bajada de Gilimón, se aproximaron a la entrada de Carabanchel Bajo. Pero aquí el potente impulso de ella empezó a flaquear; se detuvo un momento mirando las primeras casas, y preguntó a su acompañante si estaban ya en Leganés.

—¡Ay! no... Esto es Carabanchel Bajo... Si quieres, descansaremos un poquito.

—No... Entre casas y donde haya gente, no nos detengamos —dijo Lucila—. Sigamos, y a la salida nos sentaremos.»

Atravesaron el pueblo, esquivando el encuentro con los escasos grupos de personas que al paso veían, y al salir de nuevo al campo, Lucila hubo de aquietar un poco su marcha. «Nos cansamos sin necesidad —observó Ezequiel—, pues ¿qué adelantas con llegar a Leganés a media noche? Andemos despacio, y si a mi brazo quieres agarrarte hazlo con confianza, que yo no me canso. Por este camino venimos Tomás y yo de paseo algún domingo, y todo este campo me lo sé de memoria.» Con lento andar llegaron a Carabanchel Alto; acelerando un poco pasaron el pueblo, y al rebasar de las últimas casas, Lucila, sin aliento, echando en un suspiro toda esta frase: «no puedo más, *Zequiel*... Aquí me siento», cayó al pie de un árbol. El cerero acudió a levantarla, cariñoso, diciéndole que un poco más arriba encontrarían mejor y más cómodo asiento, y puesta ella en pie, bien asida la mano del mancebo, siguieron despacio, él sosteniéndola, ella dejándose llevar, hasta que les brindaron descanso unos troncos de negrillo apilados en el suelo y protegidos de una maciza pared en ruinas.

—Estoy muerta de cansancio —dijo la moza después de recobrado el aliento.

—Pues tómate el tiempo que quieras para recobrar fuerzas, porque aún hay algunas horitas de aquí al amanecer... Y si te entra sueño y quieres dormir, no tengas miedo a nada; yo velo y estoy al cuidado.

—Mira, *Zequiel*, mira aquella lucecita que allá lejos se ve... por esta parte... por donde te señala mi dedo... ¿Será aquello Leganés?

—Por esa parte cae el pueblo; pero el cuartel está más arriba. Entre el cuartel y el pueblo hay unas casas muy grandes del duque de Medinaceli donde van a poner Hospital de locos.

—Casa de locos... —dijo Lucila—. Pues que sea grandecita, pues bien de gente hay que la ocupe...»

Dicho esto, permanecieron silenciosos, Ezequiel a la izquierda de su amiga, mirando a las lejanías oscuras donde se divisaban, no ya una sola luz, sino tres o cuatro formando como una constelación. Requirió Lucila los bordes de su pañuelo de manta para abrigarse, y como expresara su desconsuelo de ver al muchacho sin capa ni ningún abrigo, dijo él: «Yo nunca tengo frío ni calor. No te ocupes de mí y abrígate bien, que tú eres más delicada.» Así lo hizo Lucila, y a la media hora de estar allí, el abrigo, el descanso, la soledad, rindieron su fatigada naturaleza, llevándola sin sentirlo a una sedación intensísima... Su pena se recogió en el fondo del alma, ahuyentada momentáneamente por la reparación física; la inercia impuso un paréntesis de la vida para seguir viviendo... Dio dos o tres cabezadas. «Lucila —le dijo el cerero, inmóvil—, si quieres descansar tu cabeza sobre mi hombro, aquí lo tienes... A mí no me incomodas... Descarga tu cabeza y duerme un poquitín...» La moza no respondió... Por instintivo abandono, vencida de un sopor más fuerte que su propósito de estar desvelada, dejó caer la cabeza sobre el hombro del mancebo y quedose dormida. Desde que sintió el dulce peso, Ezequiel fue un poste, más bien almohadón en figura de persona: respiraba con pausa y ritmo, para que ni el menor movimiento turbase el reposo breve de su infeliz amiga. La inocencia del muchacho despierto no era menos bella que la de la mujer dormida.

El sueño de Lucila, que en realidad fue como una embriaguez de cansancio, duró apenas un cuarto de hora. Despertó sobresaltada, creyéndolo de larga duración. «¡Si apenas has dormido el espacio de tres credos! —le dijo Ezequiel—. Duerme más y descansa, que yo velo: yo velo por los dos... y estoy al cuidado... Como si quieres echarte bien envueltita en tu pañuelo, y apoyando la cabeza en mis rodillas...

—No, no, *Zequiel*... Yo no tengo sueño. Fue un momento no más, como si de la fuerza de mis pesares perdiera el sentido. Se moriría una si alguna vez, por un ratito, no se borrara de nuestro pensamiento el mal que sufrimos, y no se escondiera el dolor... *Zequiel*, duerme tú ahora si quieres, que yo velaré.

—No: rezo y velo yo, que debo estar al cuidado.»

Hablando a ratitos, o entregándose cada uno por su cuenta a la contemplación del cielo y de la noche, escapados hacia el infinito exterior para recaer luego en el interno infinito que cada cual en sí mismo llevaba, pasaron horas no contadas ni medidas, porque ni ellos tenían reloj, ni campanadas lejanas venían a marcarles los pasos del tiempo. Tampoco sabían leer la hora en los astros, y estos... Malditas ganas tenían aquella noche de ser leídos.

Engañada por su deseo de acelerar el tiempo, creyó ver Lucila un viso de aurora en el horizonte, y dispuso continuar la marcha. «Ya viene el día, *Zequiel*... Sigamos. No nos será difícil averiguar si está Tomín en el Depósito. Y si está, tenemos que volver corriendo a Madrid para dar los pasos y ver de sacarle...

—Con alma y vida mirará Domiciana por él —dijo el cerero gozoso, ingenuo—. ¡Pues no le quiere poco en gracia de Dios!... Y eso que nunca le ha tratado... Verdad que le conoce como si le hubiera visto mil veces, y sabe cómo tiene los ojos, y lo arrogante que es... Tanto le has hablado tú de Tomín, que sin verle le ha visto. Domiciana es muy buena: a ti te quiere muchísimo, y todo su empeño es proporcionarte un buen matrimonio. Al Capitán le quiere porque le quieres tú. Yo le dije un día que fuese conmigo a ver a Tomín, y ella me dijo, dice: "no voy, porque Lucila es muy celosa y podría metérsele en la cabeza cualquier disparate". Yo le contesté que tú no pensabas nada malo de ella, pues harto sabes que es monja, y que no tiene licencia del Padre eterno para enamorarse de un hombre...»

Lucila, que aún permanecía sentada, pensó que llevaba de compañero a un ángel del Cielo.

—Si quieres —dijo el muchacho—, sigamos nuestro camino. Despacito, podremos llegar, creo yo, cuando esté amaneciendo... Pues Domiciana me dijo eso: "No quiero que Lucila padezca celos por mí... Podría suceder que el Capitán, al verme, fuera conmigo rendido y galante, como corresponde a un caballero. No dejaría de apreciar mi señorío y buena educación, no dejaría de ver que si no soy hermosa, tampoco espanto por fea... Los hombres de gusto aprecian mucho, en nosotras, los modales y el hablar finos... Por esto quiero estar apartada de Bartolomé... para que esa pobrecilla Luci no se arrebate". Esto me dijo, y en ello verás lo mucho que te estima.

—Sí que lo veo, y lo agradezco de veras —indicó Lucila poniéndose en marcha—. Tu hermana, desde que anda en tratos con gente de Palacio, se compone y acicala. Con su buen ver, y con la gracia de su conversación, haría conquistas si quisiera.

—Pero no le hables a ella de conquistas de hombres —dijo Ezequiel ajustando su paso al de Lucila—, que eso no le cuadra, ni mi hermana es mujer que falte a sus votos por nada de este mundo. En ella no verás el coquetismo de otras que se emperifollan al cuento de gustar a los caballeros. Lo que hace mi hermana es adecentarse, porque tiene que andar entre personas de la aristocracia fina... Ella para sí tiene el gusto del aseo, que ya es como una tema; tanto, que algunos días no se pueden contar las cubas que el aguador sube a casa para sus lavoteos...»

Algo más habló el ángel en el caminar lento por la carretera polvorosa, y momentos hubo en que molestó grandemente a Lucila el batir de las blancas alas de su compañero: en un tris estuvo que de un manotazo le arrancase las plumas... Callaba la moza para que él moderase sus expansivas manifestaciones, y andando, andando, vieron casas, mulos, personas. Como Ezequiel anunció, llegaban al término de su viaje a punto de amanecer. Guió el mancebo hacia un edificio grande y aislado que a derecha mano se parecía, y cerca de él vieron grupos de mujeres que volvían hacia el pueblo. Hallándose a corta distancia del grande edificio, con trazas de convento, oyeron toque de cornetas y tambores. A Lucila le saltó el corazón. Hablaba el Ejército, que para ella era como si Tomín hablase; y estando en esto, parados los dos en espera de algo que determinara sus resoluciones, creyó Cigüela oír su nombre. Volviose, y entre los bultos de personas que pasaban vio que se destacaba una mujer, toda envuelta en cosa negra como una fantasma. Por segunda vez sonó la voz, agregando otras palabras al nombre: «Lucila, Lucila, ¿no me conoce? Soy Rosenda.»

Ya... Era *la Capitana*, amiga del teniente Castillejo, compinche de Bartolomé Gracián en políticas trapisondas. Al reconocerla y contestar al saludo, advirtió Lucila que tenía el rostro bañado en lágrimas, y que revelaba en sus facciones y en su fúnebre actitud una gran tribulación.

—Vengo, ya usted supondrá —murmuró Lucila, que al punto se contagió del lagrimeo—, vengo porque... Pasado mañana... Digo, mañana, sale la cuerda.

—Hija, no —replicó la Capitana ahogándose—: la cuerda salió ya.

—¿Cuándo?

—Hoy... hará un cuarto de hora. ¡Mala centella para el Gobierno! —exclamó Rosenda, que era en su lenguaje un poquito amanolada—. En los hombres no hay ya vergüenza... Las mujeres tendremos que hacer alguna muy sonada... pasear por las calles en un palo mondongos de ministros...

¿De veras no cree usted que haya salido la cuerda? Por allí va... ¿Ve usted aquella nube de polvo, como las que se levantan cuando pasa un ganado? Pues allí van...»

Miró Lucila hacia el punto lejano que Rosenda le señalaba, y vio en efecto, la columna de polvo, como una cabellera desgreñada en sus extremos. Iluminada por el resplandor de la aurora, que a cada instante era más vivo, la nube blanquecina andaba lentamente. No se veían los hombres conducidos al destierro: se veía solo una cresta de polvo que en su camino les acompañaba. Lanzó Cigüela un rugido, y antes de que en otra forma expresara su inmenso dolor, Rosenda le dijo: «¿Por qué ha venido usted, si Bartolomé no va en la cuerda?

—¡Que no va! ¿Está usted bien segura?...

—Les he visto a todos uno por uno, anoche y esta madrugada, en el mismísimo Depósito... Infierno lo llamo. Las cosas que he tenido que hacer para que el comandante me dejara entrar no puedo decirlas ahora... Pues verá usted: militares van seis... Mi pobre Castillejo, Zamorano, Socías... ¿se acuerda usted de Socías? Angulo, el de Provinciales de Cuenca, y dos que trajeron ayer de Guadalajara. Los demás son gente de pluma: van en la cuerda porque llamaron ladrones a los ministros, o porque repartieron papelitos en los cuarteles. Van también dos extranjeros que parecen *gringos*, y un *franchute*. ¡Ay, qué infame tropelía! ¡Llevar a hombres cristianos en traílla, como a perros con rabia para echarlos al agua! ¡Lástima que todas las mujeres de corazón no nos volviéramos perras rabiosas!... ¡No eran mordidas, Señor, no eran mordidas las que habíamos de pegar!... ¡Ay, mi Castillejo! ¡Pobrecito de mi alma!» Decía esto mirando la cabellera de polvo, que alejándose se achicaba ya, y removida del vientecillo de la mañana desparramaba en el aire sus guedejas.

XIX

—Con lo que dice esta señora —indicó Ezequiel a su amiga, satisfecho—, ya puedes estar tranquila. Demos gracias a Dios. Tomín no va en la cuerda.

Sintiendo su alma casi libre del horrendo peso que había traído consigo desde Madrid, Cigüela no podía llegar a un estado de completa tranquilidad y menos de alegría. Porque aun descartado el hecho tristísimo de la deportación de Gracián, el problema seguía ofreciendo a la pobre mujer aspectos pavorosos. ¿Dónde estaba el hombre? El cúmulo de probabilidades, todas muy negras, que esta interrogación ponía frente a Lucila, incitándola a escoger la más lógica, era motivo suficiente para que la paz no reinara en su alma. De que Tolomín no había ido en la cuerda se convenció escuchando de nuevo el informe de la Capitana, autorizado por un teniente de servicio en el Depósito, hombre compasivo y amable que las acompañó cuando se retiraban al pueblo... Vio, pues, Lucila claramente que su afán continuaba en Madrid, y allí habría de padecerlo hasta que Dios la curara o la matara.

Cuando se desvaneció en el horizonte la nube de polvo, señal de que los presos iban ya cerca de Getafe, las dos mujeres, desconsoladas por la desaparición de sus hombres, echaron suspiros, la una en dirección de la cuerda, la otra hacia los mismos Madriles, y al punto se percataron de que nada tenían que hacer en aquel sitio. «Vámonos al pueblo —dijo la Capitana, bostezando de sueño y hambre—; yo estoy con lo poco que comí ayer al mediodía.» Demostraciones de desfallecimiento hizo también Lucila, secundada por Ezequiel; y el teniente, que en aquel caso estaba obligado a ser galante, las invitó a matar el gusanillo en una venta próxima. Aceptaron las mujeres, y poco después sus pobres cuerpos se reparaban del grande ajetreo de la noche, ya que del vivo dolor no podían sus almas repararse. Durante el desayuno, que el teniente proveyó con liberalidad, se desató la Capitana en denuestos contra *el ladronazo de Bravo Murillo*, que quería ser más *crúo* que Narváez... Esto no podía permitirse a un *facha*, a un *Don Levosa*, personaje *de poco acá*; y los de Tropa debían volverse todos contra él, negando el derecho del paisanaje a mandar a los españoles. Cigüela, interrogada después por su amiga, tuvo que relatar el cómo y cuándo de la extraña desaparición de Gracián. El teniente le conocía desde la campaña de Cataluña, en que sirvieron juntos, y a un tiempo encomiaba su bravura en la guerra y su temeridad en las intentonas políticas.

Repuestas de su quebranto físico, las mujeres hablaron de volverse a Madrid. Rosenda propuso que, si no se encontraba calesa, se buscara un carro en que podrían ir tumbadas, como sacos de patatas o seretas de carbón. Mientras iba Ezequiel a esta diligencia, la curiosa Capitana pidió a Lucila noticias de aquel joven tan modosito y guapín que la acompañaba, y satisfecha su curiosidad, dijo: «¿Con que cerero? Ya pensé yo para entre mí que ese *descosío* tenía que ser de iglesia. Bien pensado está eso de arrimarse a lo eclesiástico, que en estos tiempos no hay otro camino... ¡Ay, bien se lo dije a mi Castillejo! Él no me hacía caso... Ocasiones tuvo de ampararse de la clerecía. Yo le abrí camino, por un señor cura, mi amigo, que está en el Vicariato general Castrense; pero Castillejo no quería... Por poco reñimos... Y ya ve las resultas de ser tan arrimado a la libertad de religión, de los cultos *ateístas*, o como se llame... ¡A Filipinas! ¿Y hasta cuándo, Señor?... ¿Sabe usted lo que digo? Que maldita sea esta Nación.»

Encontrado el carro, y despedidas del Oficial las tristes mujeres, emprendieron su regreso a Madrid. «Acuéstense en estas sacas —les dijo Ezequiel—, y duerman tranquilas; que yo velo y estaré al cuidado.» Tumbáronse a su comodidad; pero solo en esto se cumplieron las indicaciones del mancebo, pues él fue quien, rendido de la mala noche, se durmió como un cesto, y ellas, velando, hablaban de sus cosas. Referidos por Cigüela ciertos antecedentes de la desaparición de Tomín, dijo con agudeza la Capitana: «Este es un caso, amiga mía, en que yo tengo que preguntar: *¿quién es ella?* Me da en la nariz olor de mujerío... Gracián es un real mozo... Sé por Castillejo que a muchas enloqueció solo con mirarlas. En Madrid, hija, pasan cosas que si se cuentan nadie las cree... Va usted a oír un sucedido que pasó en Lorca, mi tierra. Érase un oficial muy simpático que estaba preso por mor de un desafío. Entre dos mujeres, que al parecer no le conocían, la una muy rica, le sacaron de la cárcel, sobornando a los guardias, y se le llevaron a un campo lejos, lejos... La rica, que era viuda y fea, apareció al año en Murcia con un niñito de pecho; poco después llegó el oficial con el canuto de la absoluta, y se casaron... Ate usted este cabito y aprenda... No dude usted que si hay robos de mujeres por hombres, y testigo soy yo, pues mi marido siendo alférez me robó a mí lindamente de la casa de mis padres, como quien coge del árbol una pera o melocotón; si hay, digo, casos mil de muchachas robadas por varones, casos se han visto, aunque son menos, de caballeros arrebatados por señoras... Indague usted, Lucila, y haga por descubrir la verdad... ¡Ay, si eso a mí me pasara, y supiera yo dónde está la ladrona!... ¡No eran bofetadas, no eran azotes en semejante parte, no eran estrujones hasta quedarme con el moño en la mano, y no era zapateado sobre sus costillas hasta dejarla como una pasa!»

—¡Robado por una mujer!... ¡Imposible! —exclamó Lucila, que aunque bregaba en su magín con un pensamiento semejante, no lo tuvo por absurdo hasta que lo oyó expresado por extraña boca. Le sonaron las historias y comentarios de Rosenda a cosa trágica, compuesta para causar lástima y terror a las gentes, como lances de teatro inventados por los poetas... Y le pareció aún más extraño que tales cosas le pasaran a ella, criatura insignificante y pacífica, pues las tragedias eran siempre entre reyes o personas de elevada alcurnia... Recordó entonces lo que su padre le refería de los dramas cantados, y de las bellezas grandilocuentes de la ópera... Su inmensa desdicha, con las nuevas formas que tomaba, se le iba volviendo cosa de canto, o por lo menos de verso, que viene a ser la música parlada.

Nada más, digno de ser contado, ocurrió en el viaje, que tuvo su fin después de mediodía. Dejolas el vehículo junto a la Puerta de Toledo, y a pie hicieron su entrada en la Corte, despidiéndose la Capitana en la esquina de la calle de la Ventosa, para seguir hasta la Cava de San Miguel, donde moraba una tía suya... Al entrar la buena moza en su casa, grande ansiedad, negra con tornasoles de esperanza, embargaba su espíritu. ¡Estaría bueno que hubiera parecido Tomín, que le encontrara sano y salvo, creyendo que ella era la extraviada y no él!... Pero esta ilusión tardía, triste como flor de cementerio, se desvaneció al entrar en el corral y ver la cara de Eulogia, que no dijo nada lisonjero. Rápidas preguntas cambiaron una y otra. «¿Ha ocurrido algo; ha venido alguien?...» «Nadie ha venido: no sé nada. ¿Dices que no ha ido en la cuerda?...» «No va en la cuerda. ¿Ha venido alguien?...» «Nadie, mujer...»

Toda la tarde estuvo Cigüela muy abatida y lacrimosa... Por la noche se salió de la casa sin que Eulogia la viese, y dejándose llevar de una atracción irresistible bajó a la Ronda: su memoria, eficaz auxilio de su locura, le reprodujo la relación que la noche anterior hizo Fabián de los lugares donde había visto a Tolomín, conducido por dos hombres, y se lanzó por solares y callejuelas entre tapias, recorriendo o pensando recorrer los mismos sitios por donde aquel fue, perdiéndose al fin de toda vista humana. Era una conmemoración, un viacrucis por estaciones que ignoraba si conducían a la casa de Pilatos, al Gólgota, o a otro nefando lugar, peor que todos los Calvarios... Llegó a verse entre tapias, que eran guardianas de árboles raquíticos y de unos caserotones destartalados, siniestros: en alguno de estos vio luces... Pasó junto a un lavadero; vio un altozano que más bien parecía montón de escorias, las cuales bajo los pies sonaban como huesos, y al subirse a él distinguió más caserotones de formas absurdas, más árboles escuetos, y vapores lejanos, como humos de caleras o resuello de hornos. En lo más alto de aquel montículo, sintió imperioso anhelo de llamar al perdido Capitán, con la crédula ilusión de que este le respondería, y soltando toda la voz, se puso a gritar ¡Tolomín!... Entre grito y grito dejaba un espacio... Aguzaba el oído, creyendo que de la inmensidad distante vendría un *¿qué?*... Pero no venía nada... Los pulmones fatigados y la garganta enronquecida, ya no podían más. Bajó Lucila del montículo, y arrimada a una tapia, la voz, no ya vigorosa y tonante, sino plañidera, con angustioso timbre, dijo: «*¡Min!*...» Recorrió como unas treinta varas clamando *Min*, en son parecido al balar del cabritillo... Cada vez más tenue hasta que se extinguió en un *Min* casi imperceptible, como si a sí misma se lo dijera... Cuando volvió a su casa, cerca de media noche, Eulogia creyó que su pobre huéspeda se había dejado en el paseo la razón.

Si no volvía loca, enferma sí que estaba: en la cama hubieron de meterla contra su voluntad, acudiendo a calmar con mantas y botellas de agua caliente el intenso frío precursor de horrible calentura. Por no ser fácil encontrar médico en la vecindad a tal hora, llamose a un veterinario, habitante en la misma casa, el cual, viendo muy arrebatado el rostro de Lucila y que de su cabeza echaba fuego, ordenó una sangría. No creyó prudente Eulogia administrársela. A la mañana siguiente fue un físico de tropa, muy entendido, y aprobado lo que había hecho la casera, diagnosticó el caso como grave, de lenta resolución... En efecto: bien malita y casi a dos dedos de la muerte estuvo Cigüela, delirando furiosamente por las noches, y de día como alelada, diciendo mil desatinos y sin conocer a nadie: en los ratos de alivio, su entendimiento no daba de sí más que estas preguntas: «¿Quién ha venido?... ¿Qué se sabe?... ¿Domiciana...?» Eulogia le contestaba: «Sí, sí: ha venido la señora cerera... La primera vez no quiso pasar: no venía más que a enterarse. La segunda vez le dije que estabas sin conocimiento... llegó a esa puerta y miró... No quiso entrar... parecía medrosa, muy medrosa... Te miraba desde la puerta, y dijo... "Cuidarla mucho. Si muere, avísenme...". También ha venido tu padre... Muy triste de verte enferma, alegre porque ya le han colocado... Está muy agradecido a Doña Domiciana... No bien abrió la boca, la señora se puso la mantilla y salió a la calle en busca del remedio. Al día siguiente ¡pumba! el destino. Esto es servir con prontitud y equidad.»

—Domiciana tiene influencia; digo, se la prestan. Es una culebra que lleva de aquí para allá los recados de las águilas... Otra cosa: ¿en qué oficina está mi padre ahora?

—No le han metido en ninguna cosa del Gobierno, oficina ni *viceversa* teatro, sino en una casa particular, y por ello está tu padre más contento. Ha entrado a servir a ese que regenta toda la policía, el don Francisco Chico, que prende criminales y espanta masones...

—Entonces, mi padre estará al cuidado de las horcas.

—No, que el destino que tiene no es más que limpiar el polvo a los cuadros, cornucopias, urnas y tapices que el don Francisco tiene en una gran casa de la Plaza de los Mostenses... Y por quitar el polvo y cuidar de aquellos almacenes, le dan a tu padre ocho reales y casa. Dice que no hay en Madrid destino de más descanso. Si satisfecho estaba el hombre en el Teatro Real, gozando de tanta música y baile, ahora salta de gozo porque come y vive con poco trabajo, entre tantas cosas lindas y nobles... ¿Qué te parece, mujer, de la colocación de tu padre?»

Lucila no respondió más que con un áspero rechinar de dientes.

XX

Hallándose mejorada, recibió Lucila las visitas de su hermano y de su padre, el cual reiteró su contento por el buen acomodo que tenía en la casa del jefe de los guindillas; pero no habló nada de Domiciana. Esta preterición de la protectora le pareció a Cigüela un delicado tributo de Ansúrez al dolor de su amada hija. Sin duda el *fiero castillano* comprendía o sabía que las que fueron amigas hallábanse ya a un lado y otro de un espantoso abismo. No quería él meterse a medir la sombría cavidad, y callaba. Con interés real o fingido escuchó después Lucila las descripciones que hizo su padre de los primores cuya limpieza le estaba encomendada, y tomando pie de esto se procuró personales informes del señor Chico: si en su casa tenía el mal genio que desplegaba en la persecución de gente mala; si recibía con buenas palabras o con bufidos a las personas que iban a verle. Las opiniones de Ansúrez sobre estos particulares eran vagas. Desconocía completamente a su amo en las funciones policiacas. Solo de pensar que ante él se veía como delincuente, como sospechoso, siquiera como testigo, le entraban temblores y se le descomponía todo el cuerpo. Terminó recomendando a su querida hija que no pensara en tal sujeto, *al cuento* de averiguar por él cosas que valía más dejar en el estado que tenían, cuidándose menos de descubrirlas que de olvidarlas. Esto fue, en sustancia, lo que el innato filósofo celtíbero dijo a su amada Lucila.

La Capitana Rosenda, que también a la guapa moza visitaba muy a menudo, no le habló nunca con tan filosófico tino como el viejo castellano. Divagaba locamente en su charlar, a las veces gracioso. Deportado Castillejo, se había ido a vivir con una tía suya, en la Cava de San Miguel, señora de circunstancias, que tenían dos loros, una cotorra y cuatro jilgueros... En la misma casa, piso principal bajando del cielo, vivía el desesperado cesante don Mariano Centurión, cuya familia se comunicaba con la de la tía de Rosenda por ser esta y la *Centuriona* del mismo pueblo. Los niños bajaban; la señora pajarera subía, y don Mariano, cuando no tenía con quién desfogar, le contaba sus desventuras a la Capitana. Por él supo que la cerera se empingorotaba cada día más. En coche salía por Madrid, y en coche llegaban *personajas* a platicar con ella. Vestía muy elegante, los morros le habían crecido, y con ellos y con su entrecejo, cuando iba por la calle, parecía decir: «quítense, quítense, que paso yo.» Rosenda la había visto salir una mañana de la Vicaría. Llevaba una falda con volantes, y tan ahuecada, que no cabía por la calle de la Pasa. Una manola que tuvo que meterse en un portal para darle paso, le dijo con desgarro insolente: «Madama, cuando paran los faldones guárdenos usté la cría...» Y otra vez: «Está tan echada a perder la cerera, que el mejor día la vemos de Ministra. ¿Pero no sabe usted lo que dicen? Pues que ha pedido a Roma dispensa de votos para casarse... Con influencias todo se consigue en la Curia Romana, y ella cuenta con el Embajador Castillo y Ayensa, con el nuncio de acá, con las *madres*, los *padres* y el Rey marido. Y se saldrá con la suya, que esta gente tiene la Santísima Trinidad en el bolsillo... ¿Qué... usted no lo cree?» Y el mismo día: «Si le dicen a usted, Lucila, que el desaparecerse Bartolomé es cosa de sus padres, y que estos, por medio de la policía, le cogieron para llevársele a Medellín y esconderle allá, no haga caso. El padre de Bartolomé, don Manuel Gracián, no se ha movido de Medellín, y tiene a su hijo por cosa perdida. Lo sé por un sobrino de don Manuel, tratante en ganado de cerda, con perdón. A Madrid llegó la semana pasada; le conocí cuando estuvimos de guarnición en Don Benito...» Y al día siguiente: «No esté usted tan alicaída, ni tome estas cosas con demasiada calentura... Ya parecerá el buen mozo cuando menos se piense. Calma, y ojo a la cerera, pues por los pasos de la gallina se ha de llegar a la nidada... Como esta es luz del Sol, el Capitán está en la misma situación que estaba: solo que ahora el encierro es más riguroso, y no faltarán guardianes y centinelas...»

—Rosenda, por los clavos y las espinas de Nuestro Señor Jesucristo —dijo Lucila ronca de ira—, no me diga usted eso; no me encienda la sangre más de lo que la tengo... Mire que del corazón a la cabeza me suben llamas, y que le pido a Dios que me mate de enfermedad, no de ira. Rosenda, lo que usted dice no tiene sentido...»

Esto dijo y esto pensaba, aunque en el caos de su mente y en el delirio a que la conducía la tremenda desgarradura de su corazón, pensaba también otras cosas, de peregrina originalidad, algunas muy semejantes a lo que había expresado la Capitana. Todo su afán era examinar una tras otra las probables versiones del suceso, y escoger la más lógica después de bien pasadas por el tamiz dialéctico. Dígase en mengua del entender suyo, que a veces designaba por más lógica la más absurda.

Y tres días después, volvía con nuevos datos la tremenda cronista: «¿No le dice a usted nada el que la cerera no parece por aquí, y cumple mandando al avefría de su hermano con un recado y unas pesetillas envueltas en un papel? ¡Tan amigas antes, y ahora no viene a verla! Es el miedo... Es la conciencia. Tan valentona para todo, y ahora se asusta de un cordero... Pues conmigo no le valía el esconderse... Bendito sea Dios, que soy de caballería, y si el que me la hace huye de mí, ya sé yo ir a buscarlo y ajustarle la cuenta. Mujeres como su amiga son poco para mí, y de esas necesito yo cuatro lo menos para enjuagarme la boca. No es mal trote el que yo le daría por encima de todos sus huesos... Le quitaría yo todo el pelo artificial, y si las muelas son naturales, pronto tendría que llevarlas postizas... ¡Ay! me figuro al pobrecito Bartolomé en la esclavitud de esa tarasca... Ya estará el hombre asqueado de aquellos morros como los de una vaca, y hará cualquier brutalidad por libertarse... Cogidito le tiene, y bien sujeto, con la amenaza constante de la espada que llaman de *Demonocles*, que es la sentencia del Consejo de Guerra, colgada sobre su cabeza. Porque el indulto será con su cuenta y razón, y ella lo da o lo quita según cumpla o no cumpla el bendito Bartolo... Mucho se adelantaría si supiéramos dónde ha metido la gavilana el gallito que se llevó entre sus uñas puercas.»

—Pronto lo sabré yo —dijo Lucila con el aplomo que le daban sus inquebrantables resoluciones—. Ya estoy buena; Dios me ha hecho la gran merced de dejarme con vida después de este horrible padecer... y con la vida me va dando salud y fuerza, señal de que no quiere que yo me deje pisotear... Estos días saldré a la calle, iré a buscar trabajo, pues de algún modo he de vivir...

—¿Trabajo ha dicho, para una mujer pobre y sola? Diga que va en busca de miseria... ¡Afanes, vida de perros! ¿para qué? ¿para un mal comer y para que se rían de una? Siga usted el consejo de una desengañada, que ha visto lo que dan de sí trabajitos y honradeces de poca lacha. Lo que tiene usted que hacer es vestirse decentita y bien apañadita, y darse aire por ahí, para que su mérito sea como quien dice, público. En los tiempos que corren no le aconsejaré que se vaya por los paseos y sitios mundanos, sino que frecuente dos o tres iglesias y haga en ella sus devociones, a la mira de los señores buenos, de asiento y juicio, que no por pertenecer a cofradías y ser buenos rezadores se olvidan del culto de Santa Debilidad... pues el hombre siempre es hombre, aunque peque de beato... Si no tiene usted ropa decente, más claro, si no quiere ponerse la que le dio la cerera, yo le facilitaré cuanto necesite, y aunque soy de más carnes y corpulencia, usted, que es buena costurera arreglará mis vestidos a su talle... Aquí me tiene usted a mí, que escarmentada de andar con loquinarios, barricadistas y patrioteros, que cuando no están presos los andan buscando, me voy por las mañanas muy bien arregladita, como viuda consolable, a San Justo o la Almudena, y por las tardes a las Cuarenta Horas de San Sebastián o San Ginés, parroquias de feligresía muy buena, superior. De seguro que allí me ven y estiman caballeros viudos respetables, de cincuenta y pico, o de los sesenta largos, que desean hablar con mujer ya sentada... No le digo a usted más... Piénselo, y escoja sus caminitos. Como la quiero a usted, por cincuenta coros de arcángeles le pido, amiga mía, que no se meta en trabajillos de aguja, quemándose las pestañas por dos reales y medio al día, porque en ese trajín se morirá de hambre, y se perderá con un albañil o un zapatero, que es la peor perdición que puede salirle.»

No expresó Lucila su conformidad con estas exhortaciones; pero tampoco las rechazó. Aceptado y agradecido el ofrecimiento de ropa, el mismo día le llevó la Capitana no pocas prendas, en cuyo arreglo se puso a trabajar para poder usarlas cuanto antes... Por fin se echó a la calle, y recorrió las que a su parecer frecuentaba Domiciana en su diario trotar de Palacio a la cerería o al Convento. No la encontró nunca. Acechando en la calle de Toledo, vio que la exclaustrada llegaba por la noche a casa en coche de dos caballos. El mismo coche iba en su busca al siguiente día y a variadas horas... Divagando topó Lucila una tarde con Centurión, que puso en su conocimiento pormenores de indudable interés. La señora Sarmiento de Silva estuvo en efecto malísima; algunas noches Domiciana dormía en Palacio; y tanto se había remontado en su orgullo la misteriosa hija de don Gabino, que era preciso echarle memoriales para poder hablar con ella dos palabras. Últimamente, apiadada o aburrida, le había prometido colocarle en la Comisaría de Cruzada, ya que en Palacio no podía ser hasta mejor ocasión... Al despedirse del cesante, tomó Lucila el camino del Rastro, ávida de comprar algunas cosillas que le hacían mucha falta.

Una mañana fresca, luminosa y risueña, en que un Sol artista iluminaba los alegres colorines de la calle de Toledo, y sobre la variedad infinita de gamas chillonas derramaba el oro y la plata, acechó Cigüela la cerería, desde la acera de enfrente, ocultándose entre la muchedumbre que sin cesar pasaba. Por una naranjera cuyo espionaje había comprado en días anteriores, supo que Domiciana estaba en casa. Llegó tempranito en carruaje de dos caballos. Sin duda pasó la última noche en la vela y guarda de Doña Victorina. Sabido esto, continuó la moza su vigilancia hasta que vio salir a don Gabino y perderse calle arriba. Segura de que Ezequiel quedaba al cuidado de la tienda; contando con que Tomás estaría en el taller, entró decidida... «Dichosos los ojos —le dijo Ezequiel, encantado de verla—. Lucila, ¡qué soledad sin ti!» Fue la moza, en derechura, hacia la puerta que con la escalera comunicaba. El chico la contuvo expresando temor. «Aguarda. Ha dicho Domiciana que no suba nadie.» Viéndole en actitud de interceptarle el paso, la mano puesta en la llave, Cigüela le desarmó con una frase cariñosa que al mismo recelo habría inspirado confianza. «Tontín, conmigo no va eso. Mi amiga es Domiciana, hoy como siempre. Vengo a pedirle un favor... ¿No sabes que estoy desamparada?» Vacilaba el mancebo. Para ganarle por entero, Lucila empleó una sonrisa pérfida; le pasó la mano por la cara, diciendo estas palabras de pura miel: «Déjame, rico.»

Cedió *Zequiel*, y en aquel momento alguien que había entrado en la tienda daba golpes en el mostrador. «Vete a despachar, rico... —murmuró Lucila, y bonitamente quitó la llave, la puso por dentro, cerró con cuidado para no hacer ruido... Guardó la llave... Con paso de gato se deslizó escalones arriba, diciendo: «No sale; no me ha sentido cerrar la puerta. Está dormida.»

XXI

La cerera, que nunca se acostaba de día aunque hubiera hecho noche toledana, habíase despojado de sus ropas mayores, quedándose en las menores, que reforzó con un *desabillé* holgadísimo en forma de brial, de lana azul guarnecido de seda negra. Quitado el corsé para que los pechos descansaran en libertad, estirándose a su gusto, y sustituido el calzado duro por las blandas chilenas rojas, se acomodó en un sillón de su alcoba. Al poco rato, medio pensando en lo pasado, medio imaginando lo futuro, empezó a descabezar un sueñecillo... En él estaba cuando hirió sus oídos el ligero son rasgado de la cerradura de abajo... Se estremeció; abrió los ojos, los volvió a entornar, diciéndose: «Es Ezequiel que cierra... Le mandé que cerrara.»

Al oído de la señora adormilada no llegó ruido de pisadas gatunas en la escalera y pasillo. Más que por efectos de sonido, por efectos de luz se le sacudió aquel sopor. La menguada claridad solar, como de entresuelo, que alumbraba el gabinete, a la alcoba llegaba tan reducida, que si la interceptaba en la puerta un cuerpo de persona, era casi nula. La oscuridad que proyectó el bulto de Lucila fue para la cerera un brusco despertador que le dijo: «Despabílate, que hay moros en la costa.»

Dudó por un instante la exclaustrada si era realidad o sueño lo que veía. Conoció a Cigüela, como a un espectro ya familiar; mas como era espectro nada le dijo; no hacía más que mirarlo, aterrada, esperando que se desvaneciera... que al fin los espectros, después de asustar un poco, acaban por desvanecerse. «¿Duermes, Domiciana? —dijo Lucila avanzando, y la voz de la guapa moza sonó con tan extraña alteración de su timbre ordinario, que la cerera la desconoció. La voz de esta sonaba también muy a hueco, al decir tras una breve pausa: «Lucila, ¿eres tú?»

—Yo soy. ¿Ya no me conoces? —murmuró Lucila con la misma voz de secreteo lúgubre—. ¿Creías que me había muerto?»

Ya no hubo duda para Domiciana. Lo que veía no era espectro, sino persona. La realidad de esta poníala en el duro caso de afrontar la situación para ver de sortearla. No había escape. Era Lucila, en su propio ser, y a juzgar por el tono y por la forma insidiosa de su entrada en la alcoba, seguramente venía de malas. Domiciana tuvo miedo... El miedo mismo le sugirió el empleo de frases de concordia, fingiendo naturalidad: «Mujer, qué cara te vendes... Siéntate... Pensaba ir a verte... Yo muy ocupada, hija.»

—Para que no te molestaras he venido yo —dijo aproximándose Lucila—. Necesitaba preguntarte una cosa... una cosa que se te ha olvidado decirme, ya supondrás... Acortemos conversación. Vengo a que me digas dónde está Tomín.»

Había previsto Domiciana la tremenda reclamación de su amiga. Quiso hacer frente al conflicto por medio de fórmulas evasivas, de expresiones conciliadoras, de paliativos mezclados con promesas... El gran talento de la cerera se equivocó por aquella vez. «Ven aquí... hablaremos... ¡Pobrecilla...! Te contaré —le dijo levantándose, en actitud de llevarla al gabinete.» «No, de aquí no sales... Aquí hablaremos todo lo que sea preciso —contestó Lucila deteniéndola con mano vigorosa. En aquel momento, viendo más cerca el inmenso peligro, la cerera evocó su sangre fría para sortearlo, ya que no pudiese acometerlo de frente. ¿Por qué no hemos de salir a la sala? Allí estaremos mejor... Bueno, pues si quieres... Aquí... Verás... Me alegro de que hayas venido, porque así...»

Lucila, mirándola frente a frente, y poniéndole la mano en el pecho, le soltó con voz iracunda toda la hiel de su alma: «Mala mujer, dime al momento dónde está Tomín... Quiero saberlo... Vengo a saberlo... No me voy sin saberlo... Y como te niegues a decírmelo, Domiciana... te mato.»

Creyó Domiciana que el *te mato* era un decir, pues arma no veía... «Mujer, no escandalices —le dijo—. No hay para qué tomar las cosas de esa manera. Yo te explicaré... Pero sosiégate... No escandalices.»

Con solo un ligero impulso de la mano que Lucila le había puesto en el pecho, Domiciana dio un paso atrás y cayó en el sillón. «Si no escandalizo... y aunque escandalizara, aunque tú chillaras, no te valdría. He cerrado con llave la puerta, y no vendrán a defenderte... Porque yo te mato, Domiciana; he venido a matarte... Siempre y cuando no me contestes a lo que te pregunto: ¿Dónde está Tomín? Porque tu amiga, la que conociste cordera, es ahora leona. Días hace que toda la sangre se me ha subido a la cabeza... Yo era buena; tú me has hecho mala como los demonios... Al infierno voy; pero tú por delante...»

—¡Lucila, por Dios...!

—¡Traidora! Tú me has enseñado la maldad, y como traidora entro también en tu casa... Por mala que yo sea, no seré nunca tan mala como has sido tú conmigo, tú, que me has engañado con limosnas y con palabras de cariño para entontecerme y robarme lo que es mío... lo que nunca será tuyo... vieja ladrona.

—¡Lucila, Lucila...! —exclamó la cerera cruzando las manos, abrumada.

—Me has robado lo que no podías tener más que por el ladronicio... porque soy joven, soy hermosa, y vale más un cabello mío que toda la fisonomía de tu rostro sin gracia, y más sal echo yo de una mirada que tú de todo tu cuerpo y persona de animal en celo... Monja salida, hembra sin corazón, boticaria, intriganta, encomiéndate a Dios, sí no me contestas al instante.»

Diciendo esto, de entre los pliegues de un manto de talle que llevaba cruzado sobre el pecho, sacó un largo cuchillo de afilada y espantable punta. Vio Domiciana la hoja que brillaba como un rayo, vio la vigorosa mano que empuñaba el mango, y se tuvo por perdida. Encomendó a Dios su alma... Mas en aquel instante, el poderoso talento de la cerera y el grande esfuerzo de voluntad que hizo concurrieron a darle una fuerza resistente ante la agresiva fuerza de su rival, ciega, disparada, fácil de desarmar con una palabra y un gesto que la hirieran en lo vivo.

Con un inspirado grito en que puso toda su alma, detuvo Domiciana el impulso trágico, y fue así: «Lucila, amiga y hermana, no mates a una inocente. Cálmate, y sabrás... lo que quieres saber del hombre que te adora.» La vacilación de Lucila en el momento de oír esto fue la primera ventaja de la cerera, débil ventaja, pero que habría de ser más considerable si aprovecharla sabía. Para ello necesitaba Domiciana condensar en un punto toda su voluntad, dirigiéndola con el soberano talento que le había dado Dios. Por lo que hasta aquí se conoce de la vida de esta mujer singular, se habrá comprendido que eran extraordinarias su penetración y astucia. Poseía en alto grado el sentido de las circunstancias, el repentino idear y el rápido resolver ante un conflicto. Si estas cualidades bastaran para gobernar a los pueblos, habría sido Domiciana una gran mujer de Estado... Pues en aquel inminente peligro, la hoja desnuda en la mano de Cigüela, el alma de ésta embravecida, vio que entre la vida y la muerte había menos espacio que el grueso de un cabello, y menos tiempo que la duración de un relámpago. Relámpago fue este razonamiento: «Muerta soy si me achico... Sálveme mi entereza... Sálveme medio minuto de talento mío y de vacilación de ella.» Prosiguió en alta voz:

—Déjame que hable, y mátame después si quieres. Yo no temo la muerte... Sé morir por la verdad... ¿Qué es eso de matar sin oír? Mis explicaciones han de ser largas.

—Pues abrévialas todo lo posible. ¿Dónde está Tomín?»

Repitió la pregunta con menos fiereza que la primera vez. Otra ventaja pequeñísima de la cerera; pero ventaja... Rápidamente la aprovechó, como perfecto estratégico. «¡Pobre Cigüela! veo que tu amor por Tomín no desmerece del que él te tiene a ti...» Lucila la miró perpleja sin mover la mano en que el arma tenía. Con genial inspiración, Domiciana hizo un quiebro repentino, caudillo que ordena un movimiento de sorpresa. «Oye una cosa, y espérate un poquito, si de veras es tu intención matar a tu amiga, que tanto te ama: ¿Verdad que todo tu furor es porque han pasado mucho días sin que yo te viera, sin que yo te llamara...? Dímelo, confiésalo... ¿Verdad que es por esto?»

—Huías de mí porque yo era tu conciencia, porque me tenías miedo, porque el mirarte había de ser para ti como si Dios te mirara, porque tienes el alma negra, y los malos como tú no quieren que les vean los buenos, los engañados, los burlados. Habla pronto, respóndeme a lo que te pregunto... Mira que estoy frenética, mira que no te dejo hasta que me digas lo que sabes, o me entregues tu sangre, toda tu sangre.»

Desventaja de Domiciana, y no floja. Vio el punto culminante del peligro, la muerte, y acudió con un recurso heroico y de extrema agudeza. Necesitaba para emplearlo de un valor casi sobrehumano y de un fingimiento de serenidad que era el supremo histrionismo. Pero no había más remedio. Se trataba de no perecer. «Bestia —dijo abriendo los brazos y mostrando indefenso su pecho—, si quieres matarme, aquí estoy. Ni sé ni quiero defenderme... ¿Para qué sirve esta miserable vida humana? Para ver tanta infamia, tanta ingratitud... para que las personas que miramos como hermanos quieran asesinarnos...»

—Hermana te fingiste, pero no lo eras —dijo Cigüela con pérdida de energía.

—Y ahora resulta que soy mala —prosiguió Domiciana con avidez de aumentar la pulgada de terreno que la otra le diera—. ¡Mala yo, que a ti y a Gracián favorecí; mala yo, que a él le he salvado la vida, no tanto por él como por ti, sabiendo que te ama; mala yo, que no miro más que a conseguir que se case contigo...!»

Excediose un tanto en la maniobra lisonjera, y de este exceso tomó ventaja Lucila, que aunque muy crédula en situación normal, en aquella tiraba instintivamente a la desconfianza. «Domiciana —dijo apretando el mango del cuchillo—, si crees que ahora jugarás también conmigo, te equivocas... No vengo por dedadas de miel, sino por verdades. Las verdades te las sacaré de la boca, o te dejaré seca... Soy mala ya... y no perdono.

—Lucila —replicó la otra con rápido pensamiento—, ¿cómo he de decirte verdades si no quieres oírme? Para decirte las verdades necesito hablar, referirte muchas cosas. Te juro por lo más sagrado que nunca dejé de quererte, ni de interesarme por ti... ¿No lo crees? Peor para ti y para tu alma. Yo tengo mi conciencia tranquila; no temo la muerte; pero por mucha que sea mi serenidad, ¿cómo quieres que hable y me explique, en cosas tan delicadas, viendo delante de mí un puñal, y oyendo decir *te mato, te mato*? Una cosa es no temer la muerte, y otra es el asco de ver una derramada su propia sangre, y la dentera que dan esos cuchillos, y el ver a una persona tan querida poniéndose al nivel bajo de los matachines y rufianes, de la última gentuza del Avapiés... Mujer, si eres realmente mala, no lo parezcas mientras estés delante de mí.

—Si quieres que yo te crea, explícate pronto —dijo Lucila perdiendo a escape terreno—. Te da miedo el cuchillo. ¿Pues no me dijiste "mátame"?

—Sí: yo acepto la muerte... Pero mi resignación al martirio no me quita la repugnancia de verte como una *chulapona*, como una maja torera de las más indecentes...»

Comprendiendo con segura perspicacia el efecto que hacía, apretó de firme en esta forma: «No me espanta el odio, no temo el extravío ni la locura de un enemigo; rechazo, sí, las malas formas, la grosería, la chabacanería, la estupidez bajuna. No puedo acostumbrarme a verte a ti, tan linda, tan señorita de tu natural, convertida en gitana asquerosa, en charrana mondonguera, tan diferente a ti misma... No puedes hacerte cargo, hija mía, de lo ridícula que estás, y de lo repulsiva y fea...»

—No te cuides tanto de como estoy, y contéstame, Domiciana —dijo la guapa moza apoyando en la cama la mano en que tenía el cuchillo—. A mí no me importa estar fea o bonita, pues solo quiero ser justiciera.

—¡Justiciera, y empiezas por amenazar antes de oír!

—Amenazo; pero eso no quiere decir que no escuche. Si para explicarte con claridad es estorbo el cuchillo, aquí lo dejo... ya ves...

—Está bien —dijo Domiciana, que sin mirar la mano vio el arma muy distante de esta—. ¡Si para matarme tienes tiempo! Pero no lo harás, pobrecilla, porque con lo que voy a decirte quedarás convencida y te avergonzarás de haberme ofendido bárbaramente.

—Domiciana —dijo Lucila sin darse cuenta del progresivo enfriamiento de su furor homicida—, loca entré en tu casa, y tú vas a volverme más loca de lo que vine... Dices bien: tengo tiempo de matarte. Como yo vea que me burlas, de mí no escapas. Te lo juro, por Dios te lo juro, que si hay justicia en el cielo, también debe haberla en la tierra. Dejo el cuchillo y te escucho.

—No basta que lo dejes; es menester que arrojes lejos de ti lo que deshonra y mancha tu mano honrada —dijo Domiciana cogiendo el arma con rápido movimiento, y arrojándola por detrás de la cama, próxima a la pared. Solo de esta la separaba el preciso espacio para que el cuchillo, lanzado con ojo certero, cayese al suelo en lugar donde Lucila no podía recobrarlo fácilmente, porque bajo el lecho hacían barricada infranqueable un cofre chato y dos cajas de ingredientes químicos.

XXII

Desarmada Lucila, Domiciana se vio salvada, y celebró mentalmente su triunfo sin dar a conocer su alegría. Menos cauta la otra y de escaso talento histriónico, dejó ver su desconsuelo por la distancia entre su mano y el arma. «Me ha cortado la acción: ya no me tiene miedo —dijo para sí clavando sus miradas en la cerera—. Pero no le vale... La mataré otro día si me engaña, para que no engañe a nadie más.»

Recobró Domiciana el timbre neto de su voz, de la cual solía decir Centurión: «Es dulce y dura como el azúcar piedra.» Con dureza dulce, dijo la exclaustrada: «Amiga querida, debiera yo ser un poco severa contigo, pues lo que has hecho, en verdad que no te recomienda; pero te quiero tanto, que sin sentirlo me voy al perdón... Ahora sabrás, ahora te contaré... verás quién es y cómo se porta esta tu amiga, esta mala mujer, a quien querías matar...» Dejó el sillón con ademán de vencer la pereza, y cogiendo del brazo a Lucila le dijo: «¿No te aburres de esta oscuridad?...» La guapa moza, sacudiéndose el brazo, siguió detrás de Domiciana, que al pasar al gabinete ampliaba la frase: «La oscuridad me entristece, y tú más... Con tus tonterías. Ven acá. Sentémonos aquí, y despéjense nuestras cabezas...»

Los pocos pasos que había entre alcoba y gabinete llevaron a Domiciana desde el mundo del miedo al de la seguridad. La luz benéfica, el ruido de la calle, la confortaron, como conforta la realidad después de oprimente pesadilla. La idea del tremendo peligro pasado aún estremecía sus carnes; el recuerdo de cómo lo conjuró con un prodigioso rasgo de inteligencia la colmaba de vanagloria. «¡Qué lista soy! —se dijo—. He sabido engañar a la misma muerte, que ya me tenía cogida. Con la argolla al cuello, he convencido al verdugo... para que se estuviera quieto y no apretara... Si esto no es talento, que venga Dios y lo vea.»

Al pasar de la penumbra del dormitorio a la luz del gabinete, tuvo Lucila clara conciencia de que Domiciana, con heroica maña más potente que la fuerza heroica, se había hecho dueña del campo de combate. Mas no por esto se acobardó la moza, que firme en su plan justiciero esperaba llevarlo adelante de una manera o de otra. ¿Y por qué había de ser la muerte el mejor instrumento de justicia? ¿No había instrumentos más eficaces que realizaran el fin de justicia sin manchar la mano del juez? Pensando en esto y antes que la exclaustrada rompiera el silencio, le dijo: «Si has tenido arte para desarmarme, no creas que te libras de mí. Por lo ocurrido en tu alcoba se ve bien claro que no soy mala, que me doy a razones, y que si entré a matarte fue por arrebato y furia de venganza... Cosa natural... Una es mujer, es una joven... tiene corazón, sangre... Bueno: pues te digo con toda franqueza que si motivos tengo muchos para odiarte, también te debo gratitud, no por los socorros de aquellos días, que eran traicioneros como el beso de Judas, sino por lo de hoy... Tú, por tu defensa, me has quitado de la cabeza el matarte, que habría sido grande atrocidad, un bien para ti porque te ibas al descanso, al Purgatorio quizás, puede que al Cielo, y mal para mí, que ya estaba perdida, y la cárcel, quizás el palo, no había quien me lo quitara...»

Con lástima la miraba ya la cerera. «¡Cuitadilla! —dijo para sí—. Ya no tiene más arma que estas teologías que ni pinchan ni cortan. Se deja coger como una pobre pulga, y si quiero la estrujo entre mis dedos.»

Lucila prosiguió así: «Domiciana, más baja te veo despreciada que muerta.»

—Y yo te digo que lo mismo te quiero alucinada que con sentido —dijo la otra trasteándola con suprema habilidad.

—Pues si me devuelves el sentido, si con razones y explicaciones que vas a darme me convences de que eres buena y de que yo no he sabido comprenderte, la que quiso matarte te pedirá perdón... Será capaz... Si fuese menester... De dar la vida por ti...»

Y Domiciana, mirándola y moviendo la cabeza con acento de maternal tolerancia, se regaló a sí misma este mudo juicio acerca de su rival: «De esta simple haré yo lo que quiera. Alma de Dios, corazón inocente, toro que obedece al trapo... tú sola te amansas, tú sola te entregas... Consérveme Dios la inteligencia para con ella merendarme a estos corazones arrebatados...» Y luego, en alta voz: «Lucila, hermana mía, yo no te ofendí; yo no soy responsable de que se desapareciera Tomín. Sobre el poder que yo tenía y tengo, se levantó cuando menos lo pensábamos, un poder superior... Siéntate, ten calma; no te impacientes. Yo, de algunos días acá, estoy mal del pecho... No sé qué me pasa... Tengo que tomar aliento a cada cuatro sílabas... y si hablo mucho rato sin parar, me quedo como ahogada...»

Estas últimas indicaciones no tenían más objeto que ganar tiempo. Después del gran esfuerzo intelectual para esquivar el inmenso riesgo de morir asesinada, la cerera necesitaba de un colosal derroche de inteligencia para levantar el artificio de figurados hechos ante el cual se desplomaran los agravios de Lucila; érale preciso construir una historia y presentarla luego con tal riqueza de lógicos razonamientos y tal encanto narrativo, que a la misma verdad imitase y a la misma incredulidad convenciese. Esto, ni aun para tan hábil maestra del pensamiento y de la palabra era cosa fácil: necesitaba serenidad, algo de reflexión de filósofo, algo de inspiración de artista, y para estos algos hacían falta los del tiempo... Favorecida por el Cielo aquel día, cuando acabó de decir que la fatigaba el mucho hablar llamaron a la puerta de abajo. Esto fue muy de su gusto; contaba ya con que alguien de la familia echase de ver que la puerta estaba cerrada por dentro, y llamara con alarma impaciente. Así fue: arreciaron los golpes. Domiciana dijo: «Mira en qué ocasión vienen a interrumpirnos. Ahora caigo en que cerraste la puerta. Más vale que abras, pues si no, se asustarán, y con razón. Creerán lo que no es, y... hasta puede suceder que echen abajo la puerta.» Vaciló Cigüela. ¿Pero qué hacer podía la infeliz más que abrir? A merced estaba de su enemiga.

Entraron y subieron don Gabino y Ezequiel, inquietos, y anticipándose a sus manifestaciones, Domiciana les dijo: «Mandé a esta que cerrara porque teníamos que hablar, y me sabía muy mal que nos interrumpieran. ¿Quién ha venido?»

—Ha estado el amigo Centurión —dijo el cerero recobrando su tranquilidad—, pero se ha cansado de esperar...

—Y ahí tienes el coche; viene a buscarte —anunció el mancebo, que dirigía las locuciones a su hermana y las miradas a la hija de Ansúrez.

—Tengo que vestirme. Lucila, ¿has visto que vida llevo? Apenas descanso un ratito, ¡hala otra vez!

—Si comes tú en Palacio —dijo don Gabino acaramelando la mirada—, Luci comerá con nosotros.

—Quería yo llevarla conmigo. Pero si ella prefiere quedarse... ¿Verdad que está Cigüela más guapa?

—En la guapeza de esta joven no cabe más ni menos. Es como la bondad de Dios —declaró don Gabino, reblandeciendo la expresión de sus ojos, que eran manantiales de ternura, y alargando la boca, húmeda como el hocico de un becerro—. Si Cigüela come con nosotros, traeremos dos platos de casa de Botín, y de la pastelería huevos moles o huevo hilado, lo que a ella más le guste.»

Encandilado, moviendo los brazos en forma de un batir de alas de ángel, Ezequiel aprobaba con mudo entusiasmo.

—Mucho se lo agradezco, señor don Gabino —dijo Lucila—; pero... Otro día comeré con ustedes. Hoy no puede ser. ¿Verdad, Domiciana?

—Hija mía —dijo la cerera con admirable afectación de cariño—, tú dispones lo que gustes. Has reconocido hace poco que soy para ti como una hermana, como una madre... Después que hablemos otro ratito, quédate a comer. Estás en tu casa.»

Oyendo esto, no sabía Cigüela si admirarla por su ingenio, o tronar indignada contra tan cruel ironía. Pensó que sería justicia y además un desahogo muy placentero, arrancarle el moño y chafarle los morros de una o más bofetadas. En un tris estuvo que lo intentara. Midió la acción y vio que cabía perfectamente dentro de sus facultades, pues le bastaban las manos para despachar a la cerera, reservando las extremidades inferiores para don Gabino, a quien tiraría al suelo de una patada. A Ezequiel le derribaría solo con el aire que hiciera en toda esta función. Mas para esto siempre había tiempo. Convenía esperar...

En aquel punto entró la asistenta que a la familia servía, mujer de gran talla, bigotuda, con todo el aire de un cabo de gastadores, y después de un breve saludo al ama, llevando consigo el cesto de la compra ya repleto, se fue a la cocina. Creyérase que Domiciana, viéndose asegurada por aquella guardia formidable, recobraba en absoluto su tranquilidad. Despidió a su padre y hermano, encargándoles que a nadie dejaran subir, y sintiéndose bien custodiada y defendida, pues el son del almirez le sonaba como los tambores de un ejército próximo, dedicose a su vestimenta con todo sosiego. Quedó la otra en el gabinete, mientras la cerera trasteaba en la alcoba, donde lo primero que hizo fue sacar el puñal del abismo en que había caído y esconderlo en lugar seguro. Lucila la vio salir risueña apretándose el corsé, y sin decir nada la ayudó en aquella operación. En este tiempo, pudo la exclaustrada levantar en su fecundo caletre el andamiaje de la soberbia historia que tenía que construir, y apenas encaró con su enemiga, echó en esta forma los que a su parecer eran sólidos cimientos:

—Tomín fue apresado por la policía y encerrado en Santo Tomás. Yo lo supe un día después... ya puedes figurarte mi disgusto... Naturalmente, acudí al instante. No me permitieron verle.

—¡Domiciana, por la salvación de tu alma —exclamó Lucila con solemne acento—, por las promesas de Nuestro Señor Jesucristo, en quien tú y yo creemos y esperamos, aunque seamos pecadoras, dime la verdad! ¿De veras no has visto a Tomín? Júramelo, júrame que no le has visto...

—Aguárdate, tonta, y no precipites mi relación. He dicho que no le vi en aquel momento; luego sí... Ten paciencia. Decía yo que acudí a salvarle. No conté contigo porque estabas enferma. ¿A qué aumentar tu desazón, tu desconsuelo?... Habría sido matarte... Pasaron dos días en mortal ansiedad. Supimos que se trataba de aplicar al pobre Capitán la pena terrible... ¿sabes? la sentencia del Consejo de Guerra. Tres señoras, tres, éramos a pedir misericordia por él. Doña Victorina y yo... y la de Socobio, que se nos agregó el segundo día... Eufrasia, hoy marquesa de Villares de Tajo: no la conocerás por este nombre.

—La Socobio —dijo prontamente Lucila—, conspiró hace dos años por los del *Relámpago*.

—Pues ahora conspira por Narváez; es el más firme apoyo del *Espadón* en la Camarilla de la reina... Sigo contándote. Al tercer día, después de haber hablado con O'Donnell, que nos dio seguridades de que no sería fusilado el Capitán, fui a ver a este... Doña Victorina no podía ir; fui yo sola.

—¡Y le viste...!

—Le vi... y entre paréntesis, como me habías ponderado tanto su hermosura, y creía yo encontrarme con un Adonis, o con el dios Apolo, la verdad, no vi en él nada de particular... un hombre como otro cualquiera. Entré... Con él estaba la Socobio, que sin darme tiempo a exponer lo que me había dicho O'Donnell, saltó y dijo: «Ya no tiene usted que ocuparse de nada. Yo lo arreglo todo... Es cosa mía...»

—¿Y Tomín?

—En el corto rato que allí estuve, no habló más que de ti... En pocas palabras me dio las gracias por los favores que os hice, y luego: ¿qué es de Lucila, qué hace Lucila... Está buena Lucila?... y vuelta con Lucila. Bien echaba por los ojos el amor que te tiene.

—¿Y después...?

—Volví al siguiente día... Dijéronme que el Capitán estaba libre... Había ido por él la Socobio, y se le había llevado en su coche... ¿A dónde? Esta es la hora que no he podido saberlo.»

XXIII

La historia contada por Domiciana con acento tan firme que parecía el de la propia Clío, produjo en el cerebro de Lucila efectos muy extraños, pues si tales hechos encontraban en él como una nube de incredulidad sistemática que los empañaba y oscurecía, de los mismos hechos brotaban rayos de verosimilitud que esclarecían lentamente los espacios de aquella nube. ¿Era mentira que parecía verdad, o una de esas verdades que se adornan con las galas del arte de la mentira verosímil?

—¿Y por qué —preguntó Lucila con viveza ruda—, por qué al saber que Tomín estaba libre, no fuiste a decírmelo?

—Porque me aterraba el tener que darte una mala noticia —dijo Domiciana parando el golpe con gran destreza—. Lo era la de aquella libertad, que tuve por una nueva esclavitud. Decirte que Tomín estaba en poder de la Socobio era como decirte: «despídete de él por mucho tiempo.»

—Por algún tiempo, quieres decir.

—Claro: terminado el secuestro, Tomín volverá a ser tuyo.

—¿Has dicho que esa Eufrasia conspira por Narváez?

—Por Narváez y Sartorius. El Gobierno la teme; mas no puede nada con ella, porque se ha hecho uña y carne de la reina, y es su confidente y amiga. Se trata de combatir y anular esta influencia, expulsando para siempre de la Cámara Real a la Socobio; en ello trabaja la persona que más influye en el ánimo de Isabel... ya puedes figurarte de quién hablo...

—¿Y qué importa que la Socobio sea o deje de ser amiga de la reina?

—Esas amistades torcerán más el arbolito, que bastante torcido está ya.

—No será la Eufrasia peor que otras, peor que tú. Dijo la sartén al cazo... Palaciegas de este bando y del otro, damas santurronas, damas casquivanas, monjas aseñoradas, y señoras afrailadas, todas son unas, y todas tuercen el árbol, porque torciéndolo, se suben a él para coger fruta... ¡Valiente ganado estáis!... Pero en fin, dejando eso, que no me importa, ¿sostienes lo que has dicho?... ¿que la Socobio hizo escamoteo y se llevó a Tomín...? ¿No temes que yo hable con esa señora, y que ella me diga que la escamoteadora has sido tú?

—Si hablas con ella, no te dirá una palabra, y te mandará a paseo. Es gran diplomática. ¿Crees que una persona tan lista se franquea con el primero que llega? ¿Quieres probarlo? Nada más fácil: en Aranjuez la encontrarás. Ya sabes que allá se ha ido la Corte hace tres días. Ahora tienes ferrocarril. Por catorce reales puedes ir en segunda... Dos horas menos minutos.

—¿Y cómo es que estando la Corte de jornada, aquí se queda Doña Victorina, y tú con ella?

—Porque Doña Victorina sigue mal de salud, y no le convienen las humedades del Real Sitio... Y hay otra razón: mi amiga y yo somos un cuerpo de ejército destinado a ocupar esta plaza y a vigilar en ella los movimientos del enemigo. Tememos... para que veas si te confío cosas delicadas... tememos que los narvaístas nos ganen el corazón de la *Madre*... Lucila, ya sabes que estos secretos quedan entre nosotras.

—Si el poder de la *Madre* es tan grande, porque con su misticismo y sus llaguitas hace creer que es enviada del Cielo, ¿qué teméis de una disoluta como la Socobio, que ni tiene llagas, ni habla con el Espíritu santo?

—Se la teme porque es otra especie de santa, o por lo menos sacerdotisa de un santo que no está en el Almanaque, de un santo que siempre tuvo, tiene y tendrá tantos devotos como personas hay en el mundo...

—El Amor. ¡A quién se lo cuentas!

—Y dentro de ese culto infame, gentil, la Socobio es al modo de gran teóloga o *Santo padre*, al modo de profetisa, definidora y taumaturga... y también tiene sus llagas o cosa parecida para imponer veneración... Se entiende con el dios de esta baja idolatría, y trae recados de él para las criaturas...

—Domiciana —dijo Lucila gozosa de ver a su amiga en aquel terreno—, confiésame la verdad y todo te lo perdono. Confiésame que tú también eres un poco, o un mucho, sacerdotisa de ese dios de los gentiles, que tú también a la calladita adoras al ídolo... porque eres mujer...

—Yo no. Ya sabes que no siento en mí esa devoción —dijo la exclaustrada metiéndose en su concha—. Yo abomino de tales dioses gentílicos... He hablado de ello por explicarte la influencia de la Socobio sobre una mujer joven, linda, y por poderosa caprichosa, y por buena fácil a la maldad... O hemos de poder poco, o apartaremos a Eufrasia del Trono...

—Del Trono y el Altar: dilo como lo decís en los papeles públicos... Déjate de hipocresías, y ya que hablas de eso, habla con claridad. Tú y tu bando no miráis a que nuestra reina sea buena, sino a que seáis vosotras las únicas que le suministren sus diversiones. Así la tenéis más cogida. Entre visiones celestiales por un lado y terrenales por otro, no se os puede escapar.

—Hija, no hables así de nosotras, que tiramos siempre a la virtud y la honradez... Pero equivocándote, lo que has dicho revela talento.

—Esto que llamas talento, no lo es, Domiciana. Lo que yo sé, el corazón me lo enseña... Pues te digo que me alegraré mucho de que con toda vuestra virtud seáis derrotadas por la Socobio, por esa gentil, por esa idólatra...

—¡Ah! no creas que estamos tranquilas —dijo Domiciana, tirando siempre a ganarse la voluntad de Lucila y a desarmarla con las confidencias verdaderas o falsas—. Esa maldita manchega es de la piel del diablo. Hace meses, y cuando más descuidados estábamos, nos dio una paliza tremenda... Llamamos paliza a la derrota que sufrimos en un asunto que creímos de los de clavo pasado; tan fácil nos parecía resolverlo a gusto de la *Madre*. Pues verás: Vacó la Comisaría general de Cruzada, que es plaza muy lucida, enorme golosina de clérigos; el Gobierno quería meter al poeta don Juan Nicasio; la *Madre* hipaba por el padre Batanero, que a sus muchos títulos unía el de haber sido carlistón. Los moderados presentaron a don Manuel López Santaella, arcediano de Cuenca. De nada nos valió el tocar con tiempo todas las teclas, porque esa perra se nos anticipó a mover los títeres de Roma, donde su marido tiene relaciones y gran amaño por el negocio de *Preces*; y nada... que nos ganó la partida, y quedaron satisfechos Narváez y Sartorius, y nosotras burladas... Para que la *Madre* no chillara, le dieron dedada de miel presentando al Capuchino fray Fermín de Alcaraz, el diablo de marras, para la mitra de Cuenca... Ahí tienes un triunfo del sacerdocio gentil sobre este otro sacerdocio de ley. Eufrasia se quedó riendo, y Santaella pescó la Comisaría. ¿Tienes noticia del famoso pasquín? Por cierto que cavilando en quién podría ser autor de aquella chuscada, di en sospechar de Centurión, y tanto hice y tanto le estreché que al fin me confesó que él puso al pie de la estatua de Isabel, en la plaza del mismo nombre, el letrerito de que tanto se habló en Madrid: *Ni Santo él, ni Santa ella*.

A este punto, ya Domiciana estaba vestida. Pero no quería partir sin ver a su cara enemiga en completo desarme físico y moral. Sus confidencias eran el plateado que a las píldoras ponía para que no amargasen, y en las píldoras se mezclaban sustancia de verdad y la mentirosa sustancia fina que usan los diplomáticos en las relaciones internacionales. Verídico era mucho de lo que dijo referente a Eufrasia, y sobre el sólido fundamento de estos hechos, asentó con gran maestría el artificio del rapto del Capitán por la Socobio. Quedose Lucila meditabunda, arrastrando sus miradas por el suelo y por las rayas de la estera frente a la silla baja en que se sentaba. Interrogada por la cerera sobre la causa de tan hondo meditar, dijo la guapa moza: «Me estoy devanando los sesos para recordar qué persona conozco yo, o debo conocer, que es muy íntima de esa señora Doña Eufrasia. Fue mi padre, cuando andábamos locos en busca del empleo, quien me nombró a tal persona, y dijo: "no hay aldaba como esa, si se acordara de nosotros y quisiera servirnos..."»

—¿Persona de la intimidad de...? No puede ser otra que el marqués de Beramendi.

—Ese... Ese mismo señor. Yo le conocí en Atienza, cuando todavía no era marqués... A mi padre encontró un día en la calle, en Madrid, no sé cuándo, meses ha, y le preguntó por mí. Yo... Si le veo, no le conozco, no me acuerdo...

—Pues si has pensado que ese señor podría servirte para entrar en amistad con Eufrasia, no sabes lo que te pescas. No es hoy íntimo de ella: lo fue... Hace tiempo le atacaron unas melancolías que parecían principio de locura. Su mujer tomó la resolución de sacarle de Madrid, y a Italia se fueron él y ella con el niño que tienen. Sé todo esto por los suegros de Beramendi, los señores de Emparán, que a menudo visitan a Doña Victorina... Pues en Italia se estuvieron todo el año pasado y largos meses de este. No hace mucho que han vuelto, y no sé que el Marquesito haya pegado otra vez la hebra con la Socobio... Dices que tu padre le encontró y habló con él... Fue sin duda antes del viaje a Italia, si no fue el mes pasado.

—No, no: debió de ser antes del viaje... Por lo que mi padre me dijo, el nombre de ese caballero se relaciona en mi cabeza con el de Doña Eufrasia, que hoy es marquesa.

—De Villares de Tajo... Si dudas de mí, vete a ver a esa señora. Puede que se confiese contigo; yo lo dudo mucho... pero quién sabe. Esa lagarta no entrega sus secretos al primero que llega.

—Naturalmente —dijo Lucila, que en aquel instante recobró todo su candor—, si sabe que Tomín me quiere, y tiene que saberlo, porque él mismo se lo habrá dicho, me recibirá con una piedra en cada mano.»

Aprovechando aquel estado de inocencia, soltó Domiciana la mentira final, la que había de ser cúspide y remate del gallardo artificio que había levantado. No creyó prudente emplear la última pieza de su grande obra hasta que llegase el oportuno momento. Este llegó. Dijo la señora: «Para concluir, Lucila, para que te convenzas de que debes dar por concluso ese negocio, sabrás que la Socobio no ha hecho lo que ha hecho por adorar al Capitán en sus propios altares, sino que lo ha llevado como en holocausto, fíjate bien, a otro altar de más altura, donde oficia el Supremo Sacerdocio de esos dioses gentílicos... ¿No lo entiendes? ¿Quieres que te lo diga más claro?»

—Sí lo entiendo. Mas para que yo crea eso, que parece cuento de brujas, dime dónde está Tomín, dónde le tienen guardado para esos holocaustos malditos...

—¡Vete a saber...! —rezongó la cerera un tanto desconcertada—. Guardado lo tendrán como lo tuviste tú.

—Según eso, sigue condenado a muerte.

—Claro. Boba, el indulto vendrá después, cuando ya la devoción gentil se acabe por cansancio, o por cualquier motivo, y entonces le verás restituido a su jerarquía, comandante, pronto coronel... y caminito de general. Hay casos, Lucila... ¿Pero aún dudas?

—Sí, siempre dudo... pero no te negaré que lo tengo por posible. Mi padre, hombre de pueblo, sin instrucción, que piensa muy al derecho y tiene un talento natural que ya lo quisieran más de cuatro, me ha dicho muchas veces: "No hay cosa, por desatinada que sea, que no pueda ser verdad en este país, mayormente si es cosa contra la justicia y contra la paz de los hombres... Aquí puede pasar todo, y la palabra *increíble* debe ser borrada del libro ese muy grande donde están todas las palabras, porque en España nada hay que sea mismamente increíble, nada que sea mismamente..." ¿cómo se dice?

—Absurdo. Tu padre tiene razón. Los españoles, hija... De varones hablo... Son la peor gente del mundo, y no hay cristiano que los entienda ni los baraje. Se les da lo bueno, y lo tiran; les hablas con juicio, y dicen que estás loca. Progreso aquí significa andar para atrás como los cangrejos, Libertad correr tras de un trapo colorado, Orden pegar sin ton ni son, y decir Gobierno es como decir: "no hay quien me tosa". Mucho ganaría esta Nación si se dejara gobernar por mujeres listas, que las hay... A esos hombrachos que no sirven para nada y reniegan de que una monja se meta en cosas de Gobierno, les diría yo: callaos, imbéciles, y no echéis roncas contra la *Madrecita*, pues no merecéis otra cosa.»

Sumergida Cigüela en profunda abstracción, nada decía. Sentada, el codo en la rodilla, la frente sostenida en tres dedos de la mano derecha, los ojos fijos en el halda de su vestido, dejaba caer su pensamiento al sondaje de profundos abismos. Domiciana, que vio en su enemiga señales de confusión, de batalla tortuosa entre afectos, todo ello contrario a la derechura de las resoluciones violentas, acabó de recobrar su aplomo. Había vencido; con soberano talento, con pases y quiebros de extraordinaria sutileza, había logrado encadenar a la fiera... Ya podía pasarle sin ningún riesgo la mano por el lomo. «Amiga querida —le dijo levantándose—, yo no puedo detenerme más. Si quieres venir conmigo, ven; si quieres quedarte, comerás con mi padre y con Ezequiel. Te repito que estás en tu casa.»

Lucila, sin mirarla, sin cambiar de su postura más que la mano, que de la frente bajó a sostener la quijada, le dijo: «Gracias, Domiciana. Yo me voy también.»

—¿Y dudas aún que soy tu mejor amiga?

—Ya no dudo ni creo —dijo la guapa moza en pie, suspirando—: ya el dudar y el creer, como el temer y el desear, son para mí la misma cosa... En nadie ni en nada tengo fe... Estoy pensando que la vida y la muerte... todo es lo mismo... y que en este mundo y en el otro, hay la misma maldad, porque malo es todo lo que antes era nada y ahora es... lo que es... No me entiendo... Adiós, Domiciana...»

Suelta la mantilla, salió; tomando carrera al llegar al pasillo, precipitose por las escaleras abajo. La cerera vio en aquella salida fugaz, como ciertos mutis de la escena, una reproducción del arrebato con que Lucila se había presentado en la alcoba; pero como iba en retirada, no fue grande su inquietud. Con todo, rodando después de coche por calles y plazuelas, camino de sus obligaciones, apartar no podía de su pensamiento los horrendos pesares de la que fue su amiga, ni la tenacidad con que a ellos se aferraba, rebelde al consuelo. «Me equivoqué —se decía—, pensando que entre las heridas del alma y su reparación no ponía el tiempo tanto de sí... Cada día aprendemos algo... Me da lástima esta pobre, y me da miedo. Menester será curarla o amarrarla.»

XXIV

Como animal derrotado y herido, a la fuga se lanzó la hija de Ansúrez, sin reparar en las frases melosas que a su paso veloz por la tienda se le dijeron, y en la calle corrió, tropezando con transeúntes y vendedores, ignorando hacia dónde caminaba, pobre bestia huida. Creyérase que alejarse quería de sí propia, o que en la rapidez de la marcha veía como una forma o procedimiento de olvidar... Sin darse cuenta de su itinerario, pasó por Puerta Cerrada, calle del nuncio, hizo un breve descanso en el Pretil de Santisteban, bajó a la calle de Segovia; metiose luego por la calle del Toro a la Plazuela del Alamillo; tiró hacia la Morería vieja, y en las Vistillas tomó resuello... Apoyada en la jamba de una de las enormes puertas del caserón del Infantado, echó mano con furia a su propio pescuezo, diciéndose: «Me ahogaría; lo merezco por tonta, por estúpida y cobarde. Debí matarla, fue gran burrada compadecerla, y darle tiempo a que con sus despotriques me enfriara la voluntad de hacer justicia... ¡Y se ha reído de mí... Se ha quedado riendo, y yo sin cuchillo...! no sé ya cómo me quitó el cuchillo... Pero si fui con la idea de matarla, con toda la justicia de Dios dentro de mí, ¿por qué no la maté?... ¡Perra traidora!... ¡Y aún está viva, y gozando de su robo!... ¡Sabe Dios a dónde habrá ido en el coche!... Merezco su desprecio, merezco todo lo que me pasa. Me caigo de boba... Entré águila y he salido abubilla... Me ha engañado con mil embustes dichos como ella sabe... Abogada como ella y ministrila como ella, no han nacido, no. Engañará al demonio, a Dios mismo engañará... Lucila, eres digna de que esa ladrona, después de robarte las guindas y de comérselas, te arroje los huesos al rostro. Aguanta y límpiate, triste pava... Escóndete donde nadie te vea.»

En su delirio, tuvo la feliz idea de esconderse en su casa. Aquella noche, Antolín de Pablo, recién llegado de su excursión por los pueblos, le confortó el ánimo con hidalgas ofertas de hospitalidad. Si no quería recibir ya los socorros de la cerera, y gustaba de mantenerse honrada, allí tenía su casa, allí no le faltaría lecho en que dormir y un panecillo con que matar el hambre. Donde comen dos comen tres, y alabado el Señor que a él y a su buena Eulogia les daba medios de mirar por el prójimo. Este generoso proceder fue gran consuelo para Cigüela, tan infeliz como hermosa. Por la noche, dormida con pesado sopor, soñó que se ocupaba en la sabrosa faena de matar a Domiciana. Sobre el cuerpo yacente de la cerera descargaba golpes y más golpes con el fiero cuchillo, clavándoselo hasta el mango; pero no conseguía dar fin de ella, ni aquella vida se dejaba rematar. La víctima recibía sonriente las puñaladas, cual si su cuerpo fuera un saco relleno de paja o serrín, y de él no salía sangre... ¿Dónde demonios estaba la sangre de aquella mujer? ¿Habíasela sacado para hacer con ella un elixir de amor, un bebedizo con que emborrachar a Gracián y filtrar en su ser el olvido y la degradación?... Lucila se cansó de acuchillar a su enemiga, y el cuerpo de esta coleaba siempre, siempre...

Al día siguiente, recobrada del furor homicida, se apoderaron de su espíritu las historias contadas por Domiciana. Cierto que el odio a esta no se extinguía; pero las historias tomaban en la mente de la guapa moza cuerpo y aires de cosa real. Nada de aquello era inverosímil. Bien podía resultar que fuese verdadero. El efecto buscado por la exclaustrada no se había hecho esperar, y su ingenioso artificio formaba un estado anímico ya indestructible. Dentro de sí llevaba Cigüela razones y aparatos lógicos, hechos bien tramados, que unas veces lucían como verdades, otras se apagaban en dudas dejando siempre algún destello. Momentos había en que reconstruidas las famosas historias con elementos de realidad, las vio Lucila como novela verosímil; horas hubo, en los días siguientes, en que fueron para ella como el Evangelio.

Si con delicada piedad Eulogia la socorría, no gustaba de que estuviera ociosa. Mañanas o tardes la tenía lavando ropa en la artesa, y luego tendiéndola en las cuerdas del corral. En costura y plancha invertían las dos no poco tiempo, y por la noche, cuando estaba en Madrid Antolín de Pablo, solían jugar a la brisca o al burro. Entre San Antonio y San Juan, tuvieron que ir Antolín y su mujer a la boda de una sobrina carnal de él, en la Villa del Prado, y llevaron consigo a la huéspeda, que se reparó de sus quebrantos en veinte días de vida campestre. Allí le salieron amadores sin cuento; de los pueblos vecinos acudían a verla los mozos y a celebrar su hermosura. Con buen fin le hablaron muchos, y otros con fines equívocos, que se habrían trocado en buenos, si ella pusiera de su parte algo de amoroso melindre; pero ninguno de aquellos requerimientos venció la frialdad y desvíos de la guapa moza, que era como linda estatua en quien faltaba el fuego de los deseos y el estímulo de la ambición. Para que ninguno de los inflamados pretendientes se quejase, Lucila rechazó también, no sin gratitud, los obsequios y finas proposiciones de un labrador muy rico de aquellas tierras, viudo y entrado en años, que de ella se prendó con amor incendiario, y en una misma frase expuso su petición de afecto y su oferta de inmediato matrimonio. Contestó Lucila negativamente, con razones que al pobre señor dejaron tan confuso como lastimado.

A poco de este memorable suceso, regresó la joven a Madrid con sus patronos, y a medio camino, en el alto que hizo la tartana a la entrada de

Navalcarnero, oyó Lucila de boca de Antolín este sustancioso sermón: «Pues, hija, si apuestas a boba no hay quien te gane. ¡Hacerle *fu* al amigo Halconero, riquísimo por su casa, y más bueno que rico!... No sabes tú lo que te pierdes. ¿Qué pero le pones, alma de cántaro? ¿Que peina canas y va para Villavieja? Pues no podías soñar proporción más al auto de tus circunstancias. Cásate, simple, con Vicente Halconero, que es hombre sano, y ya verás como no tardas en tener familia, con lo que has de distraerte y apagar todo el rescoldo que te queda de tus pesadumbres. Y aún tendrás tiempo ¡cuerpo de San Casiano! de ser una viuda joven, que tu marido, en ley natural no debe vivir mucho. Ea, tontaina, yo le diré al amigo que aunque le has dicho que no, por el punto, que se dice, luego soltarás el sí...» Reforzó Eulogia esta homilía con argumentos aún más especiosos, y ya en Madrid, volviendo a la carga, se admiraban de que Lucila estuviese tan rebelde, no teniendo más que el día y la noche. Tanto le dijeron, y memoriales tan llorones envió desde el pueblo el bendito señor, que al fin la moza, sin abrir camino a las esperanzas, propuso y suplicó que le dieran para pensarlo todos los días que restaban hasta fin del año corriente. «Pero, chica —le dijo Antolín—, considera que el hombre no es niño, y que la esperanza es un pájaro que no gusta de anidar en las cabezas canas.» No hubo manera de apear a Lucila de la transacción propuesta; en ello quedaron, y notificado al buen señor el emplazamiento, se puso tan alegre, según decían, que le faltó poco para echarse a llorar del gusto.

Al volver a la Villa y Corte, encontró Lucila en ella los ardores del verano, y mayor soledad y tristeza. Las aliviadas penas se recrudecieron en el paso del sosiego campestre al bullicio urbano. Agitada fue de nuevo por furores de venganza, y por el prurito loco de revolver el mundo en busca de la verdad. Con la verdad se contentaría, ya que el hombre no pareciese. Por la Capitana, que algún día la visitaba, supo que la cerera se había ido con Doña Victorina a San Ildefonso, donde estaba la Corte. La ausencia de su enemiga fue un motivo de sosiego para Lucila. ¡Qué descanso no verla más ni saber nada de ella! Así cayendo irían sobre su memoria esas capas de polvo que traen el lento olvidar, la renovación pausada de las ideas. De este modo se llega, por gradación suave, a ver y apreciar el reverso de las cosas.

En el curso de aquel verano, el estado de melancolía en que se fueron resolviendo las amarguras de Cigüela, llevaba su espíritu a las expansiones religiosas. No había consuelo más eficaz, ni mejor arrullo para dulcificar y adormecer los dolores del alma. Oía misa en la Orden Tercera o en San Andrés, y algunas mañanas corríase hasta San Justo, donde entraba con la confianza de no ver a la cerera. Confesó y comulgó más de una vez en San Pedro y en San Isidro. Su padre, el veterano Ansúrez, acompañarla solía en estas devociones elementales, de dulce encanto para las almas doloridas. Más de una vez se tropezó Lucila con Rosenda, que diferentes iglesias frecuentaba, y de su mal humor coligió que no había sido muy dichosa en sus cacerías, sin duda por el sacrilegio de intentarlas en lugar sagrado. En San Justo, ya muy avanzado agosto, se encontró una tarde a Ezequiel, vestido de monago: palideció el muchacho al verla, y después, en el blanco cera de su rostro aparecieron rosas... «¡Qué guapa estás, Luci! —le dijo—. Nos contaron que te casabas con un señor muy rico, de ese pueblo de donde vienen las buenas uvas. ¿Es cierto?» Negó Lucila, y el cererillo le dio noticias que no la interesaban: que don Gabino había tenido un ataque a la vista, quedándose medio ciego; que Domiciana seguía en La Granja, y que don Mariano estaba colocado en la Comisaría de Cruzada, con ocho mil reales. Luego se acercó a ella don Martín Merino, y la saludó secamente, recordando haberla visto con la cerera. «¿Es esta señora la amiga de Doña Domiciana Paredes?... Por muchos años... yo bueno... ¿y en casa?... ¡Qué calor!...» Esto dijo, retirándose con la fórmula vulgar: «Vaya: conservarse.» Díjole después Ezequiel que don Martín era un buen sacerdote que cumplía muy bien su obligación. Domiciana le prefería con mucho a los demás confesores que en San Justo había: últimamente, con don Martín se confesaba, y él también, por recomendación expresa de su hermana. Trabajillo le costó acostumbrarse, porque el señor Merino era muy rígido, no ayudaba, no hacía preguntas, y el penitente tenía que ir desembuchando pecado tras pecado por orden de mandamientos, pasando muchas vergüenzas, hasta que no quedara nada en el buche, pues de otro modo no había absolución. Y ya es uno un poco hombre, Lucila —decía con inocente orgullo—, y cuesta, cuesta el rebañar bien la conciencia, sacando a pulso todo, todo, hasta los malos pensamientos, hasta las tentaciones que son y no son... Bueno. Pues hablando de otra cosa, te diré que mi padre, que ya no ve el pobre, pregunta por ti, y cuando le decimos que no sabemos nada, se le cae una lágrima... Vete a verle, mujer, que aunque él padezca un poquito por no poder verte el rostro, se consolará con oírte la voz...»

¡Fecunda creadora es la madre Fatalidad! La idea de que Domiciana tuvo por confesor a don Martín arrastró hacia el austero sacerdote toda la atención de Lucila. Pensaba mucho en él; fue a San Justo movida del afán de observar su fisonomía; y viendo, no sin cierto terror, al depositario de aquella negra conciencia, al que había sido como espejo en que el alma de la traidora se mirara, dio en cavilar si no habría medio de hacer salir de nuevo a la superficie del cristal las imágenes que en él se habían reproducido. Pero esto era imposible. No hay confesor que revele los pecados que se le confían. «Este lo sabe todo —se decía la moza, oyéndole la misa—. Este conoce la historia infame, y cuando se vuelve para decirnos *Dominus vobiscum*, paréceme que veo a Domiciana en sus ojos negros de pájaro de rapiña, penetrantes.» Un día que don Martín, bajando del presbiterio, la miró de lejos con fijeza casi desvergonzada, Lucila, estremeciéndose, dijo esto dentro de su pensamiento: «Sí, don Martín: yo soy, yo soy la víctima de aquel crimen, soy la pobre mujer engañada, robada. Esa ladrona, esa farisea, esa Judas, me quitó lo que yo amaba más que mi propia vida, mi único bien, mi único amor, y quitándomelo me ha dejado tan sola como si toda la humanidad se hubiera concluido... ¿Verdad que fue gran felonía, y una maldad de esas que no tienen perdón? ¿Verdad que era justicia matarla?... ¿Verdad que no debí flaquear cuando llegué a ella con el cuchillo, y que fui muy necia en salir dejándola viva?» Y en su delirio, creyó Cigüela que el clérigo, al retirar de ella su mirada, le decía: «Sí, mujer: Domiciana merecía la muerte. ¿Y tú, zanguanga, por qué no la aseguraste bien?»

XXV

Desde su campestre residencia en la Villa del Prado, escribía don Vicente Halconero cartas dulzonas a la que llamaba su prometida, y esta puntualmente les daba respuesta, poniendo en ella lo menos posible de ortografía, lo más de sinceridad y una fría expresión de gratitud y afecto. No quería engañarle con fingidos entusiasmos, y en todas sus cartas le abría, como si dijéramos, la puerta de aquel compromiso para que se retirase cuando fuera de su gusto. Pero el buen labriego no pensaba en abandonar un campo tan florido, y en cada epístola que enjaretaba se ponía más tierno y dulzacho, como si mojara la pluma en el arrope de aquella tierra.

Avanzaba septiembre cuando el viejo Ansúrez manifestó a su hija que ya le aburría y descorazonaba el empleo en casa del señor Chico, no porque allí el trabajo le rindiera, ni por el adusto genio del amo, sino porque se veía mal mirado del pueblo y de toda la vecindad. El aborrecimiento de la gente de Madrid al cazador de ladrones y perdidos, recaía en los servidores que de ello no tenían ninguna culpa; a tanto llegaba la inquina *ciudadana*, que de él, Jerónimo Ansúrez, huían más de cuatro, y le miraban con miedo y repugnancia como si fuera criado del verdugo. Quería, pues, *presentar la dimisión de su cargo*, y habiendo conocido ya la vanidad y *poca pringue* de todos estos emplellos, era su anhelo buscarse la vida con independiente trabajo, en un comercio de cosa que él entendiera. Proporción de establecerse se le ofrecía, que ni cogida por los cabellos. Se traspasaba la tienda de granos para simiente y de huevos, calle de las Maldonadas, y él podría quedarse con aquel tráfico sin más que aprontar cuatro mil reales que pedían por el traspaso. Cierto que ni él tenía tal suma ni su hija tampoco; pero bien podían pedirla prestada, y no había de faltar quien abriera la mano, por la seguridad de un buen interés o la participación en el negocio. Aunque su padre no lo dijo claramente, Lucila le caló la intención, la cual no era otra que tratar del préstamo con Antolín de Pablo. Resueltamente se desentendió la moza de semejante embajada, y por aquel día no se habló más del asunto. Conviene advertir que Lucila había cuidado de no poner en autos a su padre de las intenciones y fines del rico don Vicente Halconero: temía que el *celtíbero*, de la fuerza del alegrón, se lanzase a explotar tempranamente la generosidad del opulento villano.

Continuaba Cigüela parroquiana de San Justo, prefiriendo a las demás esta iglesia por la singular atracción del clérigo, a quien suponía viviente archivo de aquella historia lamentable. «Aquí está quien sabe la verdad —se decía—. Me agrada el sentirme cerca de esta verdad, aun sabiendo que no ha de querer descubrirse. Siempre que me mira este maldito cura, feo y antipático, creo que le gustaría quitarse el velo. Es ilusión, locura mía.» Una mañana la saludó al paso don Martín: «Yo bien, gracias... Mucho calor... ¿Qué se sabe de Doña Domiciana? ¡Cuánto tiempo que no parece por aquí!... ¿Qué dice usted... que ya no son amigas? ¡Vaya por Dios! Las mujeres por cosa grande riñen, y por cualquier nadería hacen las paces... Hoy furiosas enemigas, mañana comiendo en un mismo plato... Ea, conservarse.»

Otro día que se encontraba en San Justo, allí fue Ansúrez en su persecución, y viéndola saludada por don Martín, le dijo: «Hija del alma, lo que menos sospechas tú es que estamos tan cerca de nuestro remedio. ¿Ves ese sacerdote tan áspero, y de tan mal cariz que a mí se me parece al verdugo que había en Zaragoza el año 43? ¿Lo ves? Pues es hombre de posibles, y coloca su dinero a interés, que no digo sea mismamente módico. Lo sé por quien le debe y no puede pagarle, de lo que resulta que está el buen cura furioso, y por eso tendrá esa cara de vinagre... Pues óyeme: Al ver que te saludaba con aire de estimación, pensé y dije que si vas y le pides para tu señor padre, que quiere poner un comercio, cuatro, o aunque sean seis mil reales, con la formalidad de pagaré en regla, y réditos consecuentes y puntuales, cierto es que veo el dinero en tus manos, que es como decir en las mías... Con que atrévete, y verás a tu padre en su tienda de las Maldonadas... ¿Qué? ¿Sientes cortedad?... Entendí que te confiesas con él.»

—No me confieso porque me da miedo... No es de los que la llaman a una por ese aquél de la bondad cristiana... Vamos, que no me gusta para confesor... Sabe historias que me tocan muy de cerca; las sabe por confesión de otras personas; me parece que si con él me confesara, se me trastornaría el sentido y le diría: "no vengo a entregar mis pecados, sino a que usted me entregue los de otros...". Esto es un disparate. Pero yo me conozco... y por eso no me acerco a su confesonario.

—Hija de mis entrañas, no seas simple. Arrímate a la reja, y haz una confesión neta y clara, que a él le maraville por tu tribulación, por tus ansias de enmienda y de no volver a pecar. Entre col y col, le dices que tienes un padre amantísimo que se ve en grandes aflicciones, sin explicar porque sí ni porque no... Te absuelve... Quedáis amigos; eres su hija de confesión... te considera, te tiene lástima por lo que le dijiste de lo atropellado que anda tu buen padre. Dejas pasar dos días, y luego le pedimos una entrevista en su casa, que es ahí en el pasadizo de la Plaza mayor; nos vamos los dos allá, y verás como no salimos con las manos vacías.»

Protestando de que es gran sacrilegio confesar con la idea de pedir dinero al confesor, Lucila opuso resistencia a los planes de su padre. Después dijo que se tomaría tiempo para pensarlo, y que, si se determinaba, había de ser sin previa confesión... Por nada del mundo mezclaría las cosas sagradas con las mundanas, ni la conciencia con los intereses.

—Bueno, hija muy adorada, perla de mi familia: te dije lo del confesonario, porque en todas las cosas nunca está de más abrir cualesquiera caminos para los fines que buscamos, y eso al alma no daña; ni el confesar que te propuse era con el fin único de los intereses, sino para que con la limpieza de tu conciencia prepararas al sacerdote a estimarte más. Total, que de un tiro matabas dos pájaros; con una sola acción sacabas dos provechos: tu alma purificada y mi bolsillo guarnecido. Ya ves...»

Parte de aquella noche pasó Lucila en cavilaciones sobre lo propuesto por su padre, y de cuanto pensó resultaba el propósito de avistarse con Merino. ¿Qué perdía en ello? Podría suceder que hablando los dos se espontaneara el hombre, en una distracción de la conciencia, o que aun callando, con pausa brusca o con instintivo gesto diese a conocer la verdad. Quería, pues, aproximarse a la esfinge, y contemplar sus labios de bronce, por si de ellos alguna revelación al descuido caía... Hablaría con el clérigo, pero sola: la presencia de su padre la estorbaba. Ante todo, érale preciso prevenir a don Martín, pidiéndole hora para la audiencia, y este trámite quedó cumplido a los tres días de la expresada conversación con Ansúrez. Tal era la impasibilidad del viejo cura, que no manifestó sorpresa ni disgusto de la visita que se le anunciaba: sin duda penetró el objeto aparente de ella, que era solicitud de préstamo. Contestó a Lucila que fuese cualquier mañana, o cualquier tarde antes de las siete, hora en que infaliblemente cenaba y se recogía.

Llegaron día y hora: una tarde, cuando se aproximaba el ocaso, fue Lucila a la Plaza mayor con su padre; este se quedó dando vueltas alrededor del caballote de Felipe III, y la moza penetró en el siniestro pasadizo, que oficialmente se llamaba *Arco de Triunfo*, y por mote popular *Callejón del Infierno*. Entrando por la única puerta numerada que allí se veía, subió hasta el segundo piso poco menos que a tientas, pues ni había luz en la escalera, ni a esta llegaba la claridad del día declinante. Tiró de un cordón mugriento... Abrió la puerta una doméstica joven, fea y sucia... y apenas nombró la visitante al señor don Martín, vio que este surgía de las sombras de la casa, y le oyó decir: «Pase, joven, pase. Dominga, traerás luz.»

Tras don Martín entró Lucila en una estancia chica, con ventana que daba al callejón. Había en ella un derrengado sofá de paja, una mesa camilla con cubierta de hule negro y raído, y faldón de bayeta verde; en el rincón próximo una papelera con libros apilados en la parte superior; entre la mesa y la pared una silla, enfrente otra. El esterado era de empleita con rozaduras; en las paredes no había ninguna estampa ni cuadro; sobre la mesa, al lado izquierdo de don Martín, papeles manuscritos sujetos con un pedazo de mármol que debió de ser peana de una figura, tintero de loza con dos plumas clavadas en los agujeros laterales, polvorera de cobre y un pedazo de paño negro; el breviario, arrimado al lado derecho, encima de otro libro de cubierta roja; un almanaque con las hojas muy sobadas, un bote de hojalata con tabaco, librillo de papel de fumar. Todo allí revelaba pobreza y avaricia.

A una indicación de Merino se sentó Lucila en la silla del lado exterior de la mesa, y sentado él entre la mesa y la pared, quedaron frente a frente. La sotana verdinegra que el clérigo usaba dentro de casa era prenda antediluviana que le envejecía más. Lucila le vio más feo que en la iglesia, más sucio, abandonado y desapacible. Abrió el cura la conversación con estas palabras: «Hoy me ha dicho el chico de la cerería que su hermana está para llegar.» Lucila no dijo nada: se alegraba de que don Martín relacionara siempre la persona de la criminal con la de la víctima, pues ni una sola vez, al hablar a esta dejaba de nombrar a la cerera maldita. ¿No podría esperarse que de la tangencia de personas en el cerebro del cura resultara un abandono del secreto?... «Y a propósito de Doña Domiciana —prosiguió Merino—, voy a enseñarle a usted los tres regalitos que me hizo antes de irse a La Granja.» De un cajón de la papelera próxima fue sacando y mencionando los objetos que mostró a Lucila. «Vea usted: una caja con bolitas de jabón, alumbre y trementina, para quitar manchas de la ropa negra, y remediar el lustre que llamamos de ala de mosca... Vea usted: un rollo de cerillo fino para alumbrarse en la escalera cuando uno entra de noche... Y por último, este cuchillo...» Lo desenvainó para mostrarlo a Lucila, que en todo su cuerpo sintió repentina frialdad al reconocerlo. «Es precioso —dijo don Martín, satisfecho de poseer aquella joya—. Vea usted qué punta más afilada... Es fino de Albacete, con grabados árabes en las costeras; el mango muy bonito... Era una lástima que esta magnífica hoja no tuviese su vaina correspondiente. En busca de ella me fui al Rastro algunas tardes, y al fin, mirando en este puesto y en el otro, me encontré esta que le viene tan bien como si con ella hubiera nacido... Y no me costó más que dos reales... Vea usted... Lo he limpiado... Siempre es bueno tener uno alguna defensa, por lo que pudiera ocurrir.»

La idea que a Lucila embargaba le sugirió con celeridad eléctrica esta pregunta: «don Martín, ¿no le dijo Domiciana de dónde sacó este puñal, o cómo fue a sus manos?»

—Es un arma muy buena, la hoja de temple fino, el mango muy bien labrado —dijo el clérigo guardando el cuchillo y sin parar mientes en la pregunta de la joven. Esta la repitió con más énfasis.

—Si me dijo algo, ya no me acuerdo —contestó Merino con indiferencia real o fingida—. Se lo encontró probablemente...

—Pero usted sabe que Domiciana es muy mala... Ese cuchillo, lo mismo pudo ser suyo para matar, que de alguien que quiso matarla.»

En aquel momento entró la doméstica con un candil que apestaba. Iluminando de frente el rostro amarillo y huesudo del presbítero, sus ojuelos brillaron, fijos en la moza, y con su más bronco acento le dijo: «Señora, ¿en qué puedo servirla?» Desconcertada por esta invitación a seguir la derecha vía, el pensamiento y la palabra de la guapa moza se lanzaron por un despeñadero. «Pues verá usted, don Martín: como Domiciana es tan mala, yo... Digo, mi padre... Es que quiere establecerse, tomar una tienda de granos y huevos... y... El cuento es que no tiene posibles... Si no fuera Domiciana lo que es, una mujer infame y traidora, yo estaría en buenas relaciones con ella... y siendo amigas ella y yo, no había por qué molestarle a usted...»

—Acaba, hija, acaba —dijo Merino impaciente, tuteándola, con lo cual expresaba lo que la linda joven había desmerecido a sus ojos en el momento de declararse necesitada de dinero—. ¿Y cómo se te ha ocurrido venir a mí para esa necesidad? ¡Anda! creen que tengo yo el oro y el moro... No, hija: si en algún día dispuse de fondos, entre tramposos y estafadores me han limpiado, cree que me han dejado como una patena. ¿Qué dinero ha de tener nadie en un país donde no hay justicia, donde no se castiga a los bribones, donde los más altos dan el ejemplo de la inmoralidad y el ladronicio?

—¡Oh! sí, don Martín, los más altos son los peores —dijo Lucila con arranque—. ¡Quién había de creer que Domiciana... que todavía no ha dejado de ser esposa de Cristo... porque esos votos no los rompe nadie, ¿verdad?... quién había de creerla capaz de una tan villana acción!... No se queje usted de que le hayan robado algún dinero, porque eso, el vil metal, ¿qué supone?...

—¡Que no supone! —exclamó el clérigo con extraordinario brillo en su mirada—. Los ahorros de toda mi vida, los cinco mil duros que a la Lotería gané, lo que me daba la Capellanía de San Sebastián, todo me lo han ido quitando con engaños y malos procederes.

—Quiero decir que esas pérdidas, aunque sean muy grandes, no se pueden comparar con otras... Con que le quiten a una el corazón... El corazón y el alma, señor don Martín... Por eso dije que el dinero no supone nada... El dinero no es más que una basura. Todo el que hay en el mundo, si fuera mío, lo daría yo por que me devolvieran lo que me ha quitado Domiciana... ¿Y a quién reclamo yo? ¿Quién me hará justicia?

—La justicia está en manos de los fuertes, y los fuertes no la usan más que en provecho propio, y en vituperio y perjuicio del humilde, del pobre, del limpio de corazón. Pero los fuertes caerán algún día... vaya si caerán... No hay ídolo de barro que resista a un buen empujón... Muchos que nos espantan por poderosos, nos harían reír si de un golpe los tiráramos al suelo y viéramos que son armadura de caña forrada de papeles; y más nos reiríamos si al hacerlos rodar de una patada, viéramos que ya por dentro, por dentro... Se los van comiendo los ratones... ¿Usted me entiende?»

Decía esto el maldito viejo iluminando con la luz siniestra de sus ojos el rostro impasible, amarillo, de una rigidez estatuaria de talla vieja despintada y cuarteada. Lucila le miró, observando el marcado resalte de los pómulos que a la luz brillaban, redondos, con un deslucido barniz de santo viejo; observó también las dos grandes arrugas que descendían de la nariz chata hasta unirse con las comisuras de los delgados labios, y la extensa curva que estos formaban cayendo por sus extremidades... No entendía bien Lucila el lenguaje gráfico de aquel rostro, en el cual algo había de momia con vida, y lo que más claramente pudo descifrar en él, a fuerza de deletrearlo, era un inmenso desdén de todo el Universo.

XXVI

Y no fue poca sorpresa de Lucila el oírle pasar, casi sin transición, de las lúgubres consideraciones antedichas a esta vulgar pregunta: «¿Y ese hombre, ese padre de usted, qué cantidad necesita?» Respondió la moza que de cuatro a seis mil reales... y añadió que el negocio de la tienda de huevos y semillas era de seguro rendimiento... «Es mucho, mucho dinero —murmuró Merino sacando el labio inferior y arqueando más la boca—. ¡Seis mil realazos!... Digo, digo... Eche usted reales... y en estos tiempos en que el dinero anda escondido para que no lo cojan las uñas moderadas... El poquito que ha escapado de esas uñas, tiénelo la soldadesca. Entre abogados y militronches, están dejando en los huesos a esta Nación... Pues no puedo, no puedo servirles...»

—Mi padre cumplirá bien; por eso no lo haga —dijo Lucila creyendo que no aflojaba la mosca sin hacerse de rogar—. Y dispénseme que no empezara por hablarle de mi padre; pero desde que Domiciana me hizo aquella trastada, he perdido el tino, y hablo todo al revés. A usted le consta lo mala que es la cerera, ¿verdad, don Martín? ¿Quién lo sabe como usted?

—Me hablabas de tu padre...

—Decía que mi padre es hombre formal. Mi padre cumple.

—¿Y por qué no ha venido contigo, o no viene él solo? Si yo le hago el préstamo, él será quien me garantice, no tú; a él podré confiarle mi dinero, no a ti, que lo gastarás alegremente con tenientes o capitanes... ¡Ah! vosotras las enamoradas trastornáis a los hombres y les apartáis de su obligación; por vosotras, por vuestros perifollos, y el lujo... *Asiático* que gastáis, están ahora los hombres públicos tan corrompidos; vosotras tenéis la culpa de todo este ladronicio... y luego os quejáis cuando os quitan algo.

—Yo no he trastornado a nadie; yo no he gastado lujo; yo no quiero más que paz, y el amor de un hombre...

—No sueñes con amor de hombre, ni con paz, ni con ningún bien, mientras no haya justicia y se dé a cada cual lo suyo... Espérate a que el mundo se arregle como es debido, y a que caigan todas las farsas y rueden los ídolos...

Mientras eso no llegue, ¿qué hablas ahí de amor de hombre, si ahora, según estamos, nada es de nadie, y no se sabe a quién pertenece el hombre, ni la mujer tampoco? Donde no hay justicia, donde todo es iniquidad, ¿qué sacas de lamentarte? Escribes tus chillidos en el viento para que jueguen con ellos los pájaros... Todo es aquí tiranía, todo es dominio de los malos sobre los buenos, opresión del pobre por el rico, y del débil por el fuerte... ¿Dónde está el tuyo y el mío y el de cada cual? Los mandones le quitan a uno la camisa, y encima hay que darles las gracias porque no nos han quitado los calzones. Deja tú que todo se estremezca, y el día del derrumbamiento recobrarás lo tuyo, yo lo que me pertenece... Eso es.» Sin transición, saltó con esto: «Vaya, joven, ¿no te parece que hemos hablado bastante? Dile a tu padre que venga cualquier día... Esta es buena hora: hablaremos, y... ya se verá...»

Lucila, que ya sentía un si es no es de temor, viendo el acento rencoroso que ponía en sus divagaciones, se despidió con las fórmulas corrientes, sin meterse en más dimes y diretes con la esfinge. Salió Dominga con el candilón, pues la escalera era como boca de lobo, y al llegar al pasadizo del Infierno, Cigüela se dijo, resumiendo la visita: «Bien se ve que conoce toda la historia y los enredos de Domiciana... Puede que también sepa dónde y cómo le tienen escondido... Pero no lo dirá... Estas cosas de amores y de hombres robados le interesan poco, nada... y las mira como cosa de juego... No piensa más que en el aquel de lo malo que está todo, y en el latrocinio del Gobierno, y en que moderados y militares no son más que sanguijuelas que le chupan a España toda la sangre...»

Reunida con Ansúrez en la Plaza, le refirió la visita y las impresiones que en ella recibiera, que no eran malas en lo tocante al préstamo. Pensaba Cigüela que el clerizonte soltaría los cuartos; mas era preciso regatearle, que el hombre, en su tacañería y desconfianza, se fingía escaso de recursos para obtener mayor ventaja en el negocio. El viejo *celtíbero* acompañó a Lucila hasta su casa, y al retirarse se las prometía muy felices. Pero en los días siguientes, resultó que de tan buenas esperanzas había que quitar la mitad de la mitad. Para efectuar el préstamo había que esperar a que pagara un cliente moroso, que ya tenía fuera de tino al señor don Martín, pues ni devolvía el *principal*, ni aflojaba los réditos de un año vencido. Todo se volvía prometer y dar largas, sin que le valieran al clérigo amenazas de demanda judicial. El deudor se reía. Por fin, hubo esperanzas fundadas de arreglo, pagando por el tal una señora, tía suya, y rebajando intereses. Si en efecto se cobraba, se realizaría el nuevo préstamo, obligándose Ansúrez a responder con todos sus bienes, y a más con la tienda que habían de traspasarle.

Entretanto que estas cosas del orden económico iban pasando, observaba Lucila que el grande afán suyo inextinguible por la pérdida de Tomín, ocupaba y desocupaba las regiones más grandes de su alma con cierto flujo y reflujo, como el del Océano que llena y vacía con el lento ritmo de las mareas. Tan pronto la pena honda se aliviaba, y la dolorida mujer entreveía reparación probable; tan pronto la pena tomaba mayor fuerza, colmando el alma hasta rebosar; y cuando subía de este modo la hinchada marea de su aflicción, Lucila deseaba la muerte, y aun acariciaba la idea de procurársela por su propia mano. Solo la muerte era verdadero y eficaz descanso. Solo el sueño eterno le daría paz, ya que no le diera el ver a Tomín en la región de allá, donde dormidos vivimos de nuevo... Lo más extraño era que este recrudecimiento del dolor recaía sobre la hija de Ansúrez cuando la Providencia enviaba sobre ella sus bendiciones.

Los obsequios cada día más valiosos de don Vicente Halconero no llevaban ciertamente a Lucila por el camino del alivio. Eulogia no se cansaba de amonestarla con severidad o con burlas. «No sé qué más podrías desear. Viene Dios a verte y le pones cara de alcuza. ¡Vaya un orgullo! Te llueven tortas y torreznos, y en vez de ponerte a bailar, lloriqueas... Yo pienso en la vida que te esperaba con ese maldito Capitán si no te lo quitan de en medio... Y aun con indulto y todo, valiente pelo habrías echado de militara...» Sin negar que Eulogia tuviera razón, Cigüela también la tenía, que razones hay siempre para todo... Claro que no desconocía la inmensa gratitud que al señor Halconero debía, y se declaraba indigna de tanta bondad. ¡Vaya con el rico albillo que mandó don Vicente en aquel agosto y en aquel septiembre, escogidos por él los racimos más hermosos, los más dorados, de uvas transparentes, finas, dulces! Al albillo acompañaba el arrope superior, hecho en casa del rico hacendado con todo esmero, y pollos y capones que en aquellos amplios corrales se criaban. Para el próximo noviembre anunciábase ya el esquilmo suculento de la matanza, y para diciembre irían los corderos lechales, amén de la muchedumbre de caza, y castañas y nueces.

Pero estas ricas ofrendas valían menos que otras del magnánimo señor. Había ordenado a Eulogia y Antolín que por cuenta de él fuera provista la guapa moza de todo lo correspondiente a una señorita de clase acomodada; que se encargasen a una buena costurera vestidos honestos y al gusto de Lucila, agregando cuanto de ropa interior decente necesitase para completar su atavío, todo esto sin lujo, mirando solo a la buena calidad y finura de las telas, y al esmero de las hechuras. Un día se encontró la joven en su cuarto un tocador de caoba modestito y elegante, con todos los accesorios de porcelana y adminículos para su arreglo y limpieza, y a la semana siguiente apareció como por magia un corpulento armario para ropa con un gran espejo en la puerta, mueble precioso que fue el pasmo de toda la vecindad. Dígase que todo esto agradó mucho a Lucila, y elevó hasta lo increíble su gratitud.

Pero aún faltaba lo más hermoso de la generosidad del don Vicente, la cual ya tocaba en los linderos de lo sublime, y fue que dispuso en carta muy extensa lo que se copia para mejor conocimiento: «Quiero que sin dilación se le ponga un maestro pendolista, que le enseñe el trazo de buena letra, y todo lo tocante a la ortografía y al uso de puntos y comas como es debido. No sea ese maestro un mequetrefe, sino hombre que sepa el oficio, maduro, y de bien probada honestidad, y la letra que le enseñe sea por Torío, no por Iturzaeta, y nada de esto que llaman bastardilla y rasgos a la inglesa. Póngasele también preceptor que le enseñe la Geografía, y la Aritmética hasta la regla de tres no más; y de Gramática nada, que eso es estudio baldío. Désele de añadidura algún conocimiento de Historia Sagrada y profana, pero no mucho, nada más lo preciso; y el Catecismo, por de contado, con las obligaciones del buen cristiano. Escójanse pasantes graves y circunspectos, sin reparar el coste... y que no sean del estado eclesiástico. De otra clase de enseñanza, tal como baile y música, nada; que todo este recreo de mozuelas se deja fuera de la puerta del santo matrimonio.»

De cuanto regalaba y disponía el buen Halconero, estas órdenes, reveladoras de un interés profundo y de un cariño intenso, fueron las que más hondamente penetraron en el alma de Lucila. Eulogia le dijo: «Dios viene a ti;

Dios ha hecho de la más desamparada la más amparada; y a la más pobre la rodea de bienes, y a la más triste le pone corona de felicidades. Dale las gracias, y dile: "Señor, hágase tu voluntad...".»

Voluntad de Dios era sin duda, y manifiesta con tales signos, no había medio de rebelarse contra ella. En la red de estos beneficios tan hermosos como delicados, se veía cogida, sin evasión posible. Ya su compromiso no podía ser condicional, ni estar sujeto a definitiva resolución en un marcado plazo, ya debía darse por prometida y aún más por otorgada... En todo enero del año siguiente, según se decretó en la Villa del Prado, sería Lucila la señora de Halconero.

El cual anunció su viaje a Madrid para noviembre. Dos veces había estado en Madrid durante el verano, y Lucila le miraba como uno de tantos pretendientes, del cual más distante estaba cuando más cerca le tenía. Pero cuando vino Halconero en noviembre, ya era otra cosa. Aplicando al caso toda su buena voluntad, vio en el que ya era su presunto marido menos fealdad y desagrado que en otras ocasiones viera; vio en extraordinaria magnitud su bondad, reflejada no solo en sus nobles actos y dichos oportunos, sino hasta en su figura... Esta no le pareció a Lucila tan rechoncha y maciza como cuando en el pueblo se ofreció por primera vez a su atención, y los cuajados ojos de don Vicente, redondos, claros y casi siempre húmedos, revelando parentesco con ojos de peces sacados de las aguas, ya tenían cierto brillo y aun vislumbres de gracia, efecto sin duda del amor, que en el alma escondida tras ellos había hecho su nido. En suma, que aunque el noble espíritu de don Vicente se hallaba prisionero dentro de una gordura que iba en camino de la obesidad, Lucila no le encontraba absolutamente despojado de gallardía. Cierto que era una gallardía muy relativa, y casi casi puramente convencional. Halconero tenía la cabeza blanca, el rostro encendido, redondo, afeitado, la dentadura sana, los labios sensuales, la nariz aguileña, la frente despejada, y el ánimo, en fin, pacífico, amoroso, propenso a los arrebatos de ternura, así como el entendimiento claro, aunque tirando a lo imaginativo. Lucila vio en él un marido del tipo paternal, y creyó firmemente que reinaría en su corazón por la bondad y el tutelar cariño.

XXVII

Halconero había venido a la Corte de paso para tierras de Guadalajara, en donde pensaba arrendar pastos para la trashumación de sus merinas. Detúvose en Madrid solo cuatro días, con ánimo de permanecer más tiempo a la vuelta, y por estar más cerca de su presunta felicidad se aposentó en la posada de *San Pedro*, en la Cava Baja. Bien aprovechadas fueron las cuatro noches: en ninguna de ellas dejó de llevar al teatro a Eulogia y Lucila, armonizando el gusto de ellas con el suyo, pues los lances de la escena le divertían e impresionaban grandemente. Vieron y gozaron en *El Drama* (Basilios) *La Escuela de los maridos*; en *Variedades*, *García del Castañar*, y en *El Circo*, la preciosísima zarzuela *Jugar con fuego*. Aunque por no contrariarle, Cigüela no decía nada, le causaba cierta inquietud el frecuentar sitios públicos, temerosa de encontrar en ellos personas que con sus dichos o solo con su presencia la trastornasen. Ya por aquellos días estaba la joven muy metida en el tráfago de sus estudios, los cuales, por el múltiple beneficio que le causaban, eran entretenimiento saludable y bálsamo instructivo.

Partió don Vicente para sus diligencias de ganadero y labrador, y quedó Lucila compartiendo su tiempo entre las lecciones y el corte y hechuras de su nueva provisión de ropa. Con Eulogia iba alguna vez de tiendas; acompañábala también Ansúrez, que, harto ya de verse mal señalado por servir al impopular Chico, se había despedido, y no tenía más ocupación que vagar por calles, visitando amigos, o arrimándose a los corrillos de este y el otro mentidero. Atendido por Lucila en su primera necesidad, que era el comer, no se apuraba gran cosa por la cesantía. Sabedor ya de que le tendría por suegro el rico labrador de la Villa del Prado, casi bailaba de contento por la feliz y casi milagrosa colocación de su querida hija; pero a él no le petaba el vivir a lo parásito, yedra pegada al tronco de un yerno; gustaba de la independencia, y no había de parar hasta establecerse. A ello le animaba el buen cariz de sus negociaciones con Merino, para el consabido préstamo. Si en la quincena que siguió a la visita de Cigüela, el adusto clérigo le había mareado y aburrido con largas y promesas, que hoy, que mañana, ya parecía que iban las cosas por mejor camino. No se descuidaba el buen *celtíbero* en tener siempre bajo la mano al sacerdote prestamista; y si no le divertía visitarle en su triste y lóbrega casa, gustaba de acompañarle algunas tardes en su paseo, que era infaliblemente por la Cuesta de la Vega, saliendo alguna vez por el Portillo, y metiéndose en el polvoroso plantío que llaman *La Tela*. Hablaban del mal Gobierno y de lo perdido que está el país. «Es Don Martín tan filosófico —decía Jerónimo—, que se queda uno con la boca abierta oyéndole. Gran meollo tiene todo lo que dice... Solo que cuando uno está en el punto de cogerle la idea, el hombre se arranca por latines, y... A oscuras me quedo.»

En un comercio de telas de la Concepción Jerónima se encontraron una mañana Lucila y Rosenda, esta trajeada tan a la moda, que solo con ello declaraba el reciente hallazgo de su remedio. A las preguntas de Lucila contestó que en efecto tenía el mejor arrimo que ambicionar pudiera, en circunstancias y condiciones inmejorables. «¿Quién...?» —preguntó Lucila. «No puedo decirlo —replicó la Capitana—. Hice juramento de no revelarlo a nadie, ni a las personas más íntimas. Y antes reventará que faltar a lo jurado, porque en ello me va *el ajuste*, que es superior. Valiente necia sería yo, si por boquear más de la cuenta perdiera esta ganga.» Celebrando Lucila lo que su amiga le contaba, limitó su indiscreción a preguntar si la pesquería había sido en la iglesia, conforme a los planes de marras... «En la novena del Rosario —contestó Rosenda—, eché mis primeros anzuelos... Picó en la novena de Santa Teresa, y saqué el pez en las mismísimas *Ánimas*... y no me pregunte usted más.» Hablaron inmediatamente de trapos para la estación, y de las nuevas evoluciones de la moda. «Esa tela *marrón* con rayas le irá muy bien para traje de señora rica de pueblo. Hágaselo usted con faldetas, el cuerpo muy abierto por delante, con camisolín bordado, alto, honestito. Aquí encontrará usted un organdí precioso, o si no, *barege*. La manteleta es de rigor.» Enterada ya Rosenda del proyectado casamiento de su amiga con un ricacho viejo, siempre que la veía se extremaba en felicitarla. Dios había trocado todas sus desgracias en beneficios, su pobreza en abundancia, y su esclavitud en la más preciosa de las libertades.»

Dos días después de esta entrevista, volvieron a verse en el mismo comercio, no ciertamente de un modo casual, sino porque Rosenda, advertida de los tenderos que esperaban a Lucila para cambiar un retal por otro, allí la cogió descuidada, sorprendiéndola con este jicarazo: «Despache usted a su padre con cualquier pretexto, para que podamos irnos solitas a dar una vuelta por la calle. Tengo que decirle cosas de remuchísima enjundia.» Tembló Cigüela como el pájaro herido; y atontada despidió al viejo y aceleró sus quehaceres en la tienda. En la calle las dos, Rosenda le dijo: «No se encampane usted con lo que voy a notificarle, ni pierda su serenidad. Prométame por cien mil coros de serafines que ha de ser juiciosa. ¿Lo promete?... Pues allá va. Una persona, que no necesito nombrar, ha visto a Bartolomé Gracián.»

La impresión de Lucila fue de intenso frío. Dando diente con diente, pudo balbucir estas cortadas expresiones: «No me engañe... ¿Está segura? ¿Y esa persona le conoce bien?... ¿Sería él de verdad?... ¡Oh! siento una pena horrible... una alegría loca... ¿Con que vive? ¿No le han matado?... Pero no es alegría lo que siento; es pena, y pienso que ha de matarme.»

—No dudes que es él... La persona que le ha visto le conoce como nos conocemos tú y yo —dijo la Capitana, que, para inspirar mayor confianza y explicarse con desahogo, inició el tratamiento de *tú*, necesario ya entre dos amigas—. ¿Pero qué... te pones mala? No, borrica: tómalo con calma, y que este notición no te saque de tus casillas...

—Rosenda, no me mandes que tenga calma —dijo Lucila aceptando el tratamiento familiar sin darse cuenta de ello—. Me has removido toda el alma, sacando arriba lo que ya estaba debajo de todo, y parecía que se iba ahogando... ¿Le ha visto ese señor?... ¿dónde... Dónde?

—Serénate. Si te pones muy nerviosa y empiezas a soltar chispas, me callo.

—No, no: háblame... Di... Ya me veo corriendo por un precipicio, y aunque quiera volver atrás no puedo. Puede más la pendiente que yo. ¿Dónde?...

—Por hoy punto en boca... Tu padre no puede tardar con los paquetes de horquillas y el tarro de pomada. Además, como te excitas tanto, estamos llamando la atención en medio de la calle. Arrimémonos a esta rinconada... Solo puedo decirte hoy que el pobre Gracián no debe de andar bien de salud. Parece que está enfermo, aburrido...

—¡Ay, qué dolor! ¿Y se sabe... Esto sí podrás decírmelo... Se sabe si sigue debajo del poder de la *boticaria*?

—Eso no lo sé hoy, pero es seguro que lo sabré esta noche. Oye lo que te digo. Vete mañana a mi casa. Vivo calle del Factor, número 6, piso segundo. Apúntalo bien en tu memoria. Toda la mañana estoy solita... ¿No sabes dónde está mi calle? ¿Sabes la parroquia de San Nicolás?... Pues por allí. No tiene pérdida. Vas mañana... Me encuentras sola, y hablamos... Verás qué casa tan linda tengo, y qué mueblaje... todo nuevecito, acabado de comprar... Y ahora, chitón, que aquí viene ya papá Jerónimo. Te espero. Con él irás, y allí nos le sacudiremos mandándole a casa de mi modista, que vive donde Cristo dio las tres voces...»

Nada más hablaron. Lucila volvió a su casa sin saber por dónde iba, ni enterarse de lo que por el camino le contaba el buen Ansúrez, cosas políticas de interés, que la inatención de la guapa moza convirtió en insignificantes. Todo el alivio ganado perdíase súbitamente, y la honda enfermedad del ánimo, sentimientos despedazados, dignidad ofendida, ideas fuera de quicio, razón deshecha en locura, recobraba de golpe su aterrador imperio. Por la noche, el insomnio renovó en ella los suplicios de los días más tristes de su existencia, y el sueño la sumió en las tenebrosas cavidades de la idea trágica. Cuchillo en mano, daba muerte a la *boticaria* una y cien veces, sin acabar nunca de matarla... Por la mañana, fatigada del insomnio y del sueño, que tan vivamente reproducían su amor como sus odios, trató Lucila de confortar su alma ideando alguna contingencia placentera, que bien podía resurgir en los acontecimientos que se avecinaban. «Si encuentro a Tomín —se dijo—, y me propone que huyamos sin pérdida de un instante, me iré *con lo puesto*... A donde él quiera. Si fuese menester que volviéramos al mechinal indecente de la calle de Rodas, iría sin vacilar, apechugando con toda la miseria que Dios quisiera mandarnos... y si hubiéramos de ir lejos, a un monte cerrado, a una cueva separada de todo el mundo, también iría con él... Como si me llevara a un desierto, de esos en que hay tigres y leones... No me importa que haya leones y panteras, con tal que no haya Domicianas.»

Arregló las cosas y dispuso sus diligencias de aquel día en forma que su salida y tardanza no inquietaran a Eulogia, y a hora conveniente, salió con su padre en dirección de la parroquia de San Nicolás, en cuyas cercanías vivía la endiablada Rosenda. Ávida de llegar pronto, aceleró su marcha, y como Ansúrez, sofocado, la incitase a moderar la andadura, díjole que urgía el arreglo de cierto vestido en el término de la mañana, y que se preparara a llevar recados a puntos distantes... Entre los innúmeros desatinos, engendro de su loca pasión, que pasaban vertiginosos por la mente de Lucila, prevalecía el que formuló de este modo: «¡Estaría bueno que ahora se me presentara Tomín en casa de Rosenda; que Rosenda le hubiera encontrado y allí le tuviera escondidito para darme la gran sorpresa! Ello no será; pero bien podría ser... Cosas más raras se han visto.»

Entró en la casa con sobresalto semejante al de las personas muy nerviosas cuando saben que sonarán tiros, y por segundos esperan la detonación y fogonazo. Apenas se fijó en la limpia vivienda de su amiga, mujer arreglada y de gusto, que había tenido el arte de dar aspecto risueño a una casa viejísima. Los muebles eran flamantes, de clase barata con apariencia; las esteras de lo más fino, y la alfombra de la sala y gabinete, del tipo industrial, a la moda, colores vivos que durarían muy poco. Preparado había Rosenda la copa de aljófar con cisco bien pasado, y a ella se arrimó Lucila para calentar sus manos ateridas, con mitones. Aunque ya usaba manguito, no podía acostumbrarse a llevar las manos metidas siempre en él... Le costaba entrar por los hábitos del señorío. Despachado Ansúrez a los recados distantes, quedaron solas. Ponderaba Rosenda su casa y sus muebles, y aun quiso llevar a su amiga a que viera la cocina, despensa y otras piezas. Pero la guapa moza, impaciente y con su imaginación en esferas muy distantes, lo dio todo por visto y admirado, diciéndole: «Luego lo veré. Ya supondrás que vengo muerta de curiosidad, que he pasado una noche terrible, que no viviré hasta saber...»

—Pues aquí tienes a tu amiga —dijo Rosenda sentándose a su lado—, con ganas de traerte al buen entender, y de apartarte de los malos caminos. ¡Ay, hija! ayer tarde, cuando vine a casa, me pesaba, créelo, haberte dicho lo que te dije... Mejor habría sido reservarlo para después, y echar por delante el consejo que ahora te doy tocante al orden de las cosas. Por cien mil coros de arcángeles te pido que te fijes, que me hagas caso, y te percates bien... Allá voy... Lo primero que tienes que hacer es acelerar tu casamiento por los medios que puedas... Todo el tiempo que ganes en rematar la suerte con Halconero, es tiempo ganado en tu bienestar y en tu independencia... Y ahora viene la segunda parte: en cuanto te cases, y tengas a ese magnífico buey bien cuadrado, empiezas con él una brega superior, muleta por aquí, muleta por allá, para que el hombre abandone la vida del campo y venga a establecerse contigo en Madrid... Bien sé que por de pronto ha de cerdear. Es un viejo gañán, que no podrá vivir lejos de los montones de estiércol... pero una mujer... Es una mujer... y en Luna de miel lo puede todo... Te aburre el campo, te entristece; las aguas gordas de aquella tierra te revuelven los humores... te pones malísima, pierdes la salud, y hasta podría ser que se te malograra el fruto... Figúrate cuántas razones puedes emplear para convencer a tu marido, cuántos mimos echarle y cuántas banderillas ponerle...»

Absolutamente contrarias a estas ideas eran las de Lucila. Le gustaba el campo, y en su soledad y augusto sosiego, esclavizando la atención con amenos quehaceres, pensaba llevar su alma mansamente a un bienestar tranquilo. Pero como Rosenda no quería satisfacer su curiosidad, si antes no prometía someterse y adaptarse a las sabias reglas de la filosofía del vivir, la guapa moza, como el sediento que entrega toda su voluntad por un vaso de agua, le dijo: «Haré todo lo que me aconsejas, Rosenda... Y ahora, sepa yo pronto: ¿Han vuelto a verle? ¿Dónde le han visto?... ¿Qué ha pasado, qué más pasará?»

XXVIII

—Pues empiezo —dijo Rosenda poniéndose todo lo grave que podía—, por darte una noticia que no sé si será buena o mala para ti... El amigo Bartolomé está en poder de la Socobio. Domiciana, que ha sufrido varias derrotas, saliendo como Doña Victorina con las manos en la cabeza, se ha quedado compuesta y sin novio... No pudo dar al galán lo prometido, que era el indulto, la rehabilitación y un ascenso, dos con pase a Cuba...

—¿Pero dónde está... Dónde? Quiero verle y que me vea.

—No pienses en eso... Yo miro por ti más de lo que tú crees. Te contaré una escena, mejor dicho una conversación que ayer hubo en Palacio. La sé como si la hubiera oído yo misma. Eufrasia, que ahora no se separa de la reina... ya sabes que Su Majestad ha entrado en meses mayores: se espera su alumbramiento para Navidad... Eufrasia, digo, en una sala que está junto a la galería, entre el despacho de Su Majestad y la oficina donde trabajan los de Secretaría particular, se enchiqueró con un general joven, muy nombrado, don Juan Prim. ¿Le conoces? Da que hablar porque es de mucho sentido, y marrajo, de los que dejan el trapo y van al bulto... Hace días echó en las Cortes un discurso tan fuerte que tembló todo el Ministerio, y a don Juan Bravo se le indigestaron los chorizos. Pues entre otras cosas, dijo el hombre que hemos vuelto a los tiempos de *Carlos II el embrujado*, que nos están llenando la nación de frailes y monjas, que no hay libertad, y que este moderantismo es una farsa para que se redondeen cuatro mamalones... No lo dijo así... En fin... pidió mil gollerías, y declaró que él es partidario del *naufragio universal*, de la libertad *disoluta* de la imprenta, del *ateísmo libre*, y del ciudadano libre, o del respeto al individuo *suelto del derecho particular*... vamos, que no sé decirlo... Pues por este discurso y por lo mucho que se merece el señor de Prim, conde de Reus, se le tiene miedo, y se determinó mandarle a Puerto Rico... Como te digo, trató de ver a la reina; no pudo ser, por causa del estado... Hizo por Eufrasia, que le recibió en aquella salita, y allí le estuvo poniendo varas, y él tomándolas... que si ella es lista, él se hace el blando para pegar más fuerte. Estas varas de que te hablo no son cosa de amores, no vayas a creer, sino de política. Prim, asegurando que dará la vida por la reina, amenazaba con tramar una revolución, si no se entra por el camino libre, y no se da carpetazo a ese proyecto... tú lo sabrás, eso que llaman golpe de Estado... que es dar un bajonazo a la Constitución, y arrastrarla con las mulillas... Eufrasia, diciéndole que eso del golpe de Estado no es más que conversación de Puerta de Tierra, trató de traerle al bando Narvaísta... Prim hacía *fu*... Decía que esto de mandarle segunda vez a Puerto Rico es una partida serrana; pero que irá para que no se diga. Entonces la Socobio le echó mucho incienso al conde: le dijo que la reina estima su valor y su lealtad, y que cuenta con él para una combinación progresista en cuanto tenga tiempo y ocasión de desentenderse del moderantismo, polaquería, o como se llame. Y luego de pasarle todas estas lindezas por los morros, le pidió al general un favor... y aquí entra lo que a ti te interesa... El favor consistió en que pidiese al ministro de la Guerra el pase a Puerto Rico del Capitán Gracián, no sé si como ayudante o como agregado al Cuartel general. Prim dijo que con mil amores lo haría, y despidiéndose, tomó soleta.

—¡A Puerto Rico! —exclamó Lucila levantándose de un brinco, y despidiendo lumbre de sus lindos ojos—. Yo con él... Me llevará... Quiero verle, Rosenda, quiero verle... Haremos las paces... Se olvidará todo; le perdonaré...

—Eh... ¿qué es eso? Yo no he de permitir que hagas ningún disparate, ni que se te malogre el matrimonio, que ha de hacerte feliz, libre. ¡Cigüela, chiquilla mal criada y sin juicio!, si una amiga pérfida te metió en tantas amarguras, de ellas te sacará otra amiga que no es pérfida, sino leal, y sabe mucho... Siéntate, y no hables de irte a Puerto Rico, pues para ti no hay más Puerto Rico que la Villa del Prado...

—Déjame que disparate, y que me ciegue y me trastorne. ¿Quién te asegura que la vida feliz viene por el lado juicioso? —dijo Lucila, en pie, desconcertada—. Debemos obedecer al corazón... que nunca nos engaña.

—¿Y si te dijera yo que nos engaña casi siempre? Toma ejemplo de mí, que he sabido dar de lado a los loquinarios y cabezas de motín, haciendo por los hombres de peso... ¡Y tú que vas a casarte con un viejo rico, tú que te has sacado el premio gordo de la Lotería, hablas ahora de tirarlo por la ventana, porque te lo manda el corazoncito!

—Pues si no me dejas hacer el disparate gordo, déjame que hable con esa señora de Socobio, y le diga...

—¿Qué has de decirle tú, bobalicona?... No te haría maldito caso... Para hablar con ella tendrías que ir a Palacio, donde está casi siempre.

—A su casa iría yo... A Palacio no voy por nada de este mundo.

—¿Ni por Tomín?

—Por Tomín quizás.

—¿Y por qué tienes ese horror a Palacio si no lo conoces?

—¿Que no lo conozco? —dijo Lucila sentándose de nuevo junto a la copa—. Como tú tu propia casa... ¡Ay, Rosenda! tú no has vivido en la *Casa Grande*, yo sí. Con los ojos cerrados subo y bajo yo por todas sus escaleras, y me meto por todos sus pasillos, y voy de sala en sala, como no sean las que habitan los Reyes. Conversaciones como esas que me has contado entre la Eufrasia y el general Prim, he oído yo muchas, porque también yo, aquí donde me ves, he sido un poco duende... A mí me han puesto escondidita entre cortinas para que oiga las conversaciones, y he llevado y traído recados con cifra... Y para que acabes de convencerte de que he sido algo duende, y de que lo soy todavía... ¿quieres que te adivine una cosa?

—¿Qué...? —murmuró Rosenda entre risueña y asustada—. Adivina lo que quieras.

—Pues te digo que hoy, aquí, hablando contigo he descubierto quién es la persona que te favorece... Tú me has dicho que el nombre de esa persona es un secreto... Yo me lo guardaré; yo te aseguro que por mí no se sabrá. Te diré tan solo cómo lo he adivinado. He visto aquí una sombra de ese sujeto, una sombra no más.

—¡Qué dices, mujer! —exclamó asustada la Capitana, mirando a las paredes, creyendo que había, por descuido, algún indicio personal, retrato tal vez.

—No te asustes, Rosenda —dijo Lucila risueña—: la sombra la he visto en ti, en tu voz... ¿Por qué empleas ahora una porción de términos de toros, que antes no te oí nunca?... Es que ahora tienes cerca de ti, oyéndola sin cesar, a persona que habla con esos terminachos, y a esa persona la conozco yo. Pero mi adivinanza no es completa... Son dos hermanos que se parecen en la figura, y más en el modo de hablar. Uno de los dos tiene que ser. Con que... ¿he acertado?

—Acabaras —dijo la Capitana soltando también la risa—... Tienes razón... Se me ha pegado... Vaya, pues sí... Es uno de los dos hermanos. Aciértame ahora cuál.

—Ayúdame tú un poquito. Los dos son cazurros, beatos, rezadores, esquinados, y muy amigos de meterse en lo que no les importa. De cara ninguno de los dos es bonito; de cuerpo allá se van. Solo se diferencian en que el uno bizca un poco de los ojos y el otro un mucho de los pies... quiero decir, que anda como los loros...»

Rompió a reír la maliciosa Rosenda con toda su alma, y entre las risas pudo decir a borbotones: «Ese... Ese... El que pisa como las cotorras... Con los pies así... para dentro... ¡Ay qué gracia me ha hecho!»

—Acerté: don Francisco Tajón. Luego te daré señas que... No son mortales, pero pudieron serlo.

—Cuidado, chica, que no quiere que se sepa...

—Descuida. Pues ese señor me conoce, lo mismo que su hermano. Háblale de mí, y te dirá si sé yo andar por Palacio... Si conozco los enredos y el laberinto de aquella casa. Déjame que te cuente: de esto hace tres años, y fue en una de las épocas de mi vida que recuerdo con más disgusto. Llegué a Madrid con mi padre y mis hermanos pequeños, muertos todos de miseria y en el mayor desamparo, sin más esperanza que una carta de recomendación para la monja Sor Catalina de los Desposorios. La carta era de un caballero muy cumplido a quien conocimos en Atienza. Pues la monjita fue nuestra salvación: por ella colocaron a mi padre en la mayordomía de los Lavaderos del príncipe Pío.

—Sí, sí, que eran del señor Infante don Francisco... Administrador, don Enrique Tajón, el hermano mayor: son tres hermanos.

—Tres. El don Enrique se parece poco a los otros dos... Pues sigo: mes y medio estuvimos allí. Luego llevaron a mi padre al servicio de los Escolapios de Getafe, y a mí a Palacio, al servicio del señor don José Tajón.

—El que bizca de los ojos.

—Casado él, empleado en la *Etiqueta*. Con su esposa y dos hijos, de los que yo era niñera, vivía en el piso segundo, subiendo por la escalera de Cáceres, primer cuarto a mano derecha. Todo lo que diga de lo buena que era la señora, es poco; todo lo que diga de lo falso, enredador y embustero que era él, sería no decir nada. ¿Te incomoda que hable de estos señores con tanta libertad?

—A mí no. Despáchate a tu gusto.

—Respetaré a tu don Francisco, que también es de encargo, loco por los toros, loquito por las hembras, en privado, que en público no hay mojigato que le gane en hacer zalemas delante de un altar...

—No me hagas reír, mujer —dijo Rosenda, más movida a regocijarse que a incomodarse—. Estoy en que exageras un poquito. Tu tirria contra los Tajones es señal de que te hicieron algún daño.

—Quisieron hacérmelo, sí... Les aborrezco porque no tenían miramiento para una muchacha sola y sin defensa de padre ni hermanos. Los dos quisieron abusar de mí: fácilmente podía yo defenderme de don José, amparándome de la señora y de los niños; pero el don Francisco, que, como sabes, está separado de su mujer, me dio más guerra y cuidado mayor, porque me llevaba con engaños a este o el otro lugar apartado, de los muchos que hay en aquella casona. Una tarde me vi tan a punto de perdición, que para salvarme no tuve más remedio que agarrar un candelero de bronce que a la mano encontré, y darle con él en semejante parte de la frente. Le pegué con tanta gana, que el hombre perdió el conocimiento, y marcado quedó para toda su vida...

—¡Ay! no me hagas reír... Sí, sí: la señal del candelero tiene en la frente, aquí... En el sitio del asta derecha... ¡Qué risa! Me dijo que aquel golpe fue de una caída que dio en la sacristía de la Encarnación, estando subido a una escalera para ponerle a San José vara con azucenas naturales... No es mala puya la que tú le pusiste...

—Yo también me río... Bueno es que una se divierta un poco después de tantas pesadumbres... El pobre señor quedó escarmentado, y luego decía: "¡Vaya unos derrotes que me gasta esta novilla!".

—Saladísimo... Adelante.

—Por haberme hecho Dios bien parecida, cuantos hombres había en Palacio se propasaban, créelo. Todos me adoraban, todos me hacían mil embelecos, todos me largaban declaraciones, todos por de pronto querían fiesta... En fin, que yo era buena, y muchos me tenían por mala... Si supiera yo distinguir bien los uniformes, te diría todas las clases de hombres, desde señores a criados, que se emperraban en hablar conmigo. Pero nunca llegué a conocer por los cintajos y colorines los cargos de tanto farfantón. *Jefes de oficio* me escribieron cartitas, y también *Ujieres de Cámara* y *de Saleta*; *Llaveros* y *Porteros de banda* me tiraban besos al aire; un *Tronquista* me aseguró que se mataba si no le daba el *Sí*; un *Portero de vidrieras* y un *Delantero de Persona* hicieron lo mismo, y de rodillas se me puso delante un día uno a quien yo creí *Carrerista* vestido de paisano, y luego resultó que era *Sangrador de Cámara*.

—Pues, hija, no estarías poco orgullosa.

—Di que me tenían mareada y aburrida. Sigo mi cuento. Pues verás: mi amo el señor Tajón, don José, andaba en aquel estúpido enredo, que luego se llamó del *Relámpago*, y a mi padre y a mí nos traía de correvei-diles, cursando las órdenes. Dentro de Palacio fui yo cartero, espía, soplona; me mandaban a charlar con las azafatas, en sus ratos de descanso, para saber quién entraba en las habitaciones reales a las horas que no son de entrada, y quién salía cuando no se debe salir; me obligaban a esconderme detrás de un tapiz o entre roperos para escuchar conversaciones... Y luego encomiendas y recados en la calle, por ser yo quien con mayor disimulo podía llevarlos. ¡Hala! a la Escuela Pía de San Antón, a San Ginés, con cartas para el coadjutor, a una casona de la calle de Fuencarral, a la zeca y a la meca, vestidita de moza de rumbo, y con dinero para alquilar una calesa si me cansaba... También iba al Convento de Jesús, y de allí traía entre dulces alguna carta bien disimulada... Un día, fíjate en esto, que es lo más gordo, y la más fea acción que por mandato de aquella gente tengo sobre mi conciencia... habían enviado las monjas carne de membrillo dentro de una tarterita de plata. Al disponer la tartera para devolverla, me llamaron los hermanos Tajón y una camarista, nombrada, si no recuerdo mal, Doña Candelaria, y llevándome a un cuarto que está en la galería principal, como se entra al comedor de ordinario, me dijeron que llevase al Convento la tartera... Envuelta la vi en un paño de damasco, como solía venir. La descubrieron y destaparon para que yo viese que estaba vacía... Luego, el señor Tajón, don José, sacó del bolsillo un paquetito forrado en papel y cruzado con cintas verdes. Abultaba como un libro pequeño. Díjome que me guardara en el seno el paquetito. La camarista, que como mujer podía meter la mano donde meterla no pueden los hombres, me desabrochó y colocó el paquetito muy bien acomodado entre mis pechos, de tal modo, que luego de abrochada no se me conocía el contrabando. Hecho esto me leyeron bien la cartilla. Yo tenía que ir al Convento a llevar la tartera, y al entregarla en el torno pediría ver a Sor Catalina de los Desposorios. Se me abriría la puerta, y una vez en presencia de la *Madre*, en manos de esta pondría lo que yo en mi sagrario llevaba. La *Madre* me daría otra vez la tartera con algo dentro, que era como señal o recibo de la llegada feliz del embuchado. Volví a Palacio con la tartera llena de tocino del cielo, y los Tajones, que me aguardaban con el alma en un hilo, me felicitaron y diéronme cinco duros.

XXIX
—Duendecillo, ¿querrás hacerme creer que no supiste lo que llevabas?

—No lo supe. Verás: al caer de aquella tarde, cuando no hacía una hora que yo había vuelto con la tartera llena de tocino del cielo, el señor Tajón me mandó a Getafe para que allí estuviese con mi padre hasta que se me ordenara venir. Mucho me dio que cavilar tal determinación. ¿Será por esto? ¿será por lo otro? Yo sospechaba... Algo veía yo; pero nada con claridad. Pues señor: viene de repente el gran tronicio de aquella mojiganga que llamaron del *Relámpago*... Empiezan a prender gente, y los primeritos que caen son mis señores y el tuyo, y me los mandan desterrados qué sé yo dónde. Mi padre y yo nos vimos perdidos, porque a los Escolapios de Getafe no les llegaba la camisa al cuerpo, temiendo que allá podría llegar la quema... A Madrid nos vinimos. Mi padre se escondió en casa de unos boteros amigos suyos de la calle de Segovia; yo, no sabiendo qué hacerme, pues a Palacio no había de volver ni atada, pensé que no hallaría refugio mejor que el Convento, y allí me metí... Ya te contaré otro día mi vida en *Jesús*, donde la mayor desdicha fue hacer mi primer conocimiento con esa perra *boticaria*... Hoy, por completar esta historia mía palaciega, bien triste, te diré que en el Convento, andando días, supe que la noche del *tocino del cielo*... Así marco yo aquella fecha condenada... hubo en Palacio rebullicio y mucho miedo, del cual nada me tocó, gracias a Dios, por estar yo en Getafe... Por orden del señor mayordomo mayor se registraron muchas viviendas del piso segundo... Porteros y azafatas, y hasta damas fueron registradas, obligándolas a enseñar el pecho y a levantarse las enaguas, mismamente como registran a las cigarreras al salir de la fábrica, por si se llevan tabaco escondido...

—Ya era tarde para esos registros... ¡ay qué risa! Hija, para contrabandista no tienes precio.

—Te lo aseguro, Rosenda: no supe lo que llevaba... pienso que no sería cosa buena. Déjame que suspire un poco. El recordar mi vida de Palacio me pone aquí un peso, una opresión...! Nunca he sido más inútil que en aquel tiempo; nunca me he sentido más sola; nunca me han aburrido tanto las máscaras, pues máscaras me parecían cuantas personas traté en aquella casa... Tanto me amarga este recuerdo, que no he contado los lances de aquella mi vida boba más que a dos personas: a Tomín, a poco de conocerle, y hoy a ti. A la *boticaria*, nada o muy poco de esto le conté, porque con esa maldita nunca tuve yo verdadera confianza... Siempre la temía, siempre de ella desconfiaba... No sirvo yo para esa vida de los palacios grandes, grandes... Las personas me parecen figuras que han salido de los tapices, y que hablando y moviéndose siguen siendo de trapo... En todo no ves más que vanidad, mentira, y todo se te confunde y se te vuelve del revés; llegas a no saber si los criados parecen señorones o los señorones parecen criados.

—¡Quita allá, tonta...! —dijo la Capitana con franco regocijo—. Cada una debe mirar por su adelanto... Pues a mí me gustaría meterme en esa vida. Para eso he nacido yo, para vivir con suposición entre personas encumbradas, para pasar el rato curioseando, viendo lo que se traen estos y los otros, y poniendo mis manos en cualquier enredillo... Verían en mí un capeo superior... Pronto me buscarían para las suertes de más cuidado.

—No te compongas, Rosenda. Tu Don Paco no te llevará a la *Casa Grande*, si antes no enviuda y se casa contigo.

—Es de la Cofradía del *Qué Dirán* y de la santísima Opinión.

—¡Quién les había de decir a los Tajones, cuando los desterraron, que pronto habían de volver a sus puestos y a sus intrigas! —dijo Cigüela cavilosa—. Esto prueba que en esa casa no hay idea de justicia, ni formalidad para nada. Solo una persona sería justa si la dejaran, y es la reina; pero no la dejan: la tienen metida en un fanal pintado de mentiras para que no vea la justicia ni la verdad. Así anda todo...»

Cayó en tristes meditaciones, de las que con trabajo la sacó su amiga. «Ya ves tú si soy desgraciada —dijo la pobre mujer suspirando—. Ni en Palacio hay justicia, ni yo me veo con fuerza para entrar en busca de ella. ¡Valiente caso me harían!... No hay salvación para mí.»

—Todo es posible, querida mía —le dijo Rosenda—, si sigues por el caminito que yo te señalo. Lo primero, casarte, antes hoy que mañana... Después estableceros en Madrid; después libertad...

—¡No, Rosenda, no hay libertad que valga, ni casorio, ni nada de eso! —exclamó Lucila en una erupción repentina de su pena latente—. Yo no me caso... No puedo, no quiero engañar a ese buen hombre... Prefiero la miseria, y todos los males que pudieran venir sobre mí.» Se levantó, y con las manos en la cabeza recorrió la estancia con incierto paso, diciendo: «Que no me caso, que no, que no... Pues Tomín está vivo, tengo que consagrarme a buscarle... Has de decirme pronto si es don Francisco Tajón quien le ha visto, y dónde, y has de decirme cuándo saldrá Tomín para Puerto Rico... Tú sabes más, más de lo que me has dicho, Rosenda; te lo conozco en la cara, te lo leo en los ojos...»

—Si quieres que yo sea tu amiga —dijo la otra, que para sosegarla fue tras ella, y la enlazó del brazo—, no me pidas cosa ninguna contraria a lo que creo tu bien. Y no vuelvas a decir disparate como ese de "no me caso", porque... Ya sabes que gracias a Dios soy de caballería; y que las gasto pesadas... Con que... ándate con tiento.

—Dime dónde está Tomín; dímelo pronto —exclamó Lucila, con todo el brío de voluntad que su renovada pena le daba—. Mira, Rosenda, que yo, gracias a Dios, soy de artillería; mira que no veo, que no puedo ver nada por encima de lo que es mi pasión, mi ser, mi vida... Dímelo pronto.

—No quiero; no sé nada... A ver quién puede más.

—Rosenda, no eres amiga —gritó Lucila alzando la voz con tonos iracundos—, o lo eres también falsa y traidora, como la *boticaria*... Si no me contestas a lo que te pregunto, hablaré con el señor Tajón.

—¿Sí...? Me parece bien —replicó Rosenda, que ideó desarmarla con un chiste—. Pero ven prevenida: tráete un candelero de bronce... para igualarle el testuz, marcándole el sitio del pitorro izquierdo...»

No producía Rosenda con su humorismo todo el efecto que buscaba; pero algo se amansó Lucila oyendo aquellos disparates. «No bromees —le dijo—, que esto es muy serio.» Insistió la moza, con la terquedad de los enamorados, tan parecida a la de los locos. No pudiendo la otra calmar su ansiedad con negativas, se formó rápidamente un plan de respuesta que al propio tiempo satisficiera los anhelos de su amiga, y la desviara de la torcida senda. Mujer de cabeza ligera, o si se quiere ligerísima, desmoralizada y sin otra mira ya que ir derivando su frivolidad hacia el positivismo y el vivir regalado, no era mala persona en el fondo, y su viciada naturaleza ocultaba un corazón bueno. Viendo cuán fácilmente se levantaban en el alma de su amiga las llamadas del mal extinguido incendio, sintió pesar de haber atizado el fuego con la noticia referente a Tomín. La mejor enmienda de su error no era desmentir o retirar lo dicho, sino agregarle alguna caritativa falsedad que a la buena moza le quitara el gusto y la intención de arriesgadas aventuras. Como Domiciana, levantó un artificio lógico, pero con idea benévola y mirando al bien de la infortunada mujer. «Pues te empeñas en saberlo —dijo—, en Palacio está el hombre, con destino, que ahora no recuerdo; pero me informaré... Ya ves que allí es mayor locura que en parte alguna pretender cogerle, como se coge un perrito extraviado, y llevártele contigo. Piensa en los estorbos que allí te saldrán, en el sin fin de personas odiosas y antipáticas que encontrarías.»

Calló Cigüela, vencida de estas razones, y su dolor, imposibilitado de manifestarse en actos, se condensó en lo íntimo... A los sollozos siguió un llorar ardiente, sin tregua. Rosenda la consolaba, ya con nuevas razones, ya con cuchufletas... «Si quieres, cambiamos: dame a don Vicente con Tomín detrás de la cortina, y yo te doy a mi don Paco con su pisar de loro...»

—¿Ves, ves lo desgraciada que soy? —decía Lucila cuando el llanto le permitió el uso de la palabra—. A donde quiera que voy, Dios me dice: "alto; de aquí no se pasa...". Dos caminos tengo: o matarme o casarme... No sé cuál es peor.

—Yo no vacilaría... Me casaría primero... y después a pensar en matarme... pero sin prisa, que estas cosas deben hacerse después de bien maduradas...

—Pero antes de casarme ¿no te parece que debo dar algunos pasos, a la calladita, por ver de ponerme al habla con Tomín?... ¡Le escribiré una carta!

—¡Escribirle! —contestole Rosenda con buena sombra—. No es mala idea; pero debes aguardar a que tu maestro te enseñe la letra bien clara y la perfecta ortografía...

—No te burles... ¿Y no será fácil cogerle cuando salga para Puerto Rico?... Todo está en averiguar la hora de salida, y... Pero nada de esto puedo hacer sin que me ayude alguien...»

Interrumpidas por Ansúrez, que bruscamente llegó, las dos mujeres callaron. Lucila limpió sus lágrimas, mientras Rosenda se enteraba de los recados que traía el buen *celtíbero*.

Despachó este en cuatro palabras, ávido de desembuchar las graves noticias que de la calle traía. «Prepárense —les dijo en el tono solemne que usaba—, para saber del grande suceso que a estas horas va retumbando por todo el mundo, de pueblo en pueblo. ¿Están preparadas? Pues oigan: El señor don Luis Napoleón, que era, como se dice, presidente de la República de los franceses, ha dado un puntapié a la Constitución de allá, y se quiere nombrar a sí mismo... Aciértenlo... pues Emperador de la Francia... que es como ser sucesor del otro Napoleón, que fue *Primero*... y lo que yo no entiendo es que no habiendo tenido *Segundo*, tengan ahora *Tercero*.»

Oyó Lucila con desprecio la noticia, pues maldito lo que le importaba que cayesen Repúblicas y se levantaran Imperios; pero Rosenda, a quien algo se le alcanzaba de tales cosas, dijo que si el señor Ansúrez no venía bebido, y era verdad la especie, ello era muy grave, y traería cola...

—¡Cola! —exclamó Ansúrez—. Tan grande será, que por mucho que arrastre, no le veremos el fin. En la Puerta del Sol, junto al Principal había tanta gente que aquello parecía el pregón de la Bula, y en los corrillos leían un parte escrito que ha venido de París por los signos de las torres, el cual dice que Emperador es ya el caballero, o lo será pronto, porque falta todavía el requisito de ser votado por toda la plebe de Francia... Según lo que por ahí corre, es ahora seguro que vuelve a mandarnos el de Loja, quiéranlo o no Palacio y las monjitas, porque el Napoleón, don Luis, es gran amigote de Narváez... Como que a comer y cenar le convidaba todos los días, y andaban siempre de bracete por los paseos *y bolívares*... Esto se dice, y si es verdad, yo me alegro, porque ya se va poniendo esto muy al son de la clerecía. Bueno es que se muden las tornas, y cambien las aguas, para que lo seco se moje y lo mojado se seque; bueno será que se limpien muchos comederos, y se llenen otros que ha tiempo están vacíos...

—¡Ay! no, amigo Ansúrez —dijo Rosenda con cierta inquietud—: deje usted los comederos como están... ¿Pero se dice por ahí que tendremos trastornos?

—Y tales serán que lo alto se suba más, y lo bajo se precipite hasta los profundos abismos; pues sabido es que cuando Francia estornuda, España dice *Jesús*, como que las dos naciones están tan unidas por fuera y por dentro como la nariz y la boca... En fin, señora, ya sabe lo que ocurre, y mi hija y yo nos vamos, que es hora ya de tocar a retirada.»

Despidiose Lucila de su amiga y partió con su padre, abatida, silenciosa, llevando en sí algo para ella de más peso y magnitud que el nuevo Imperio que a punto estaba de levantarse. Recorrido habían ya largo trecho, cuando Lucila, parándose, dijo al *celtíbero*: «Padre, cuando yo estaba en el Convento, siempre que venían noticias de alguna trifulca en Francia, decían las *Madres*: "esos demonios de franceses nos van a traer acá un cataclismo". Usted, que con su talento natural ve tan claras todas las cosas, dígame: ¿cree que habrá en España cataclismo?»

—Hijita, deja que pueda hacerme cargo de lo que resulte en Francia de ese voto que ha de dar la plebe. El echar a rodar Napoleón el Trono de la República, para poner las gradas del Imperio, quiere decir que no se quieren las pasteleras libertades... ¿Pues qué hará en vista de esto el Progreso...? Sacará clavos con los dientes antes que humillarse... Veremos, y vengan días, de donde podamos sacar el juicio de las cosas.

—Porque yo quiero que haya cataclismo, padre, mucho cataclismo; que los injustos caigan y sean pisoteados por los sedientos de justicia; que los que cometieron tropelías sean hechos polvo, y que los buenos se alegren. Justicia quiero, y habiendo justicia, habrá paz. ¿Esto cómo se llama? ¿Se llama *República*; se llama *Imperio*?»

XXX

El efecto que causó en el alma de Lucila la noticia, dada por Antolín de Pablo, de que Halconero llegaba, lo más tarde, al cabo de dos días, fue de verdadera consternación. ¿Por qué volvía? ¿No era mejor que se quedase por allá?... La prometida esposa se conturbaba con la idea de verle, y metiendo su exploradora mano en el corazón, tocaba frialdad, aborrecimiento. Del anunciado regreso de don Vicente la consolaba la idea y presunción de que a su llegada hubiese un poco de cataclismo.

A su padre, que a verla iba diariamente, le dio un interesantísimo encargo: «¿No tiene usted conocimientos en el Ministerio de la Guerra? ¿No conoce a un cabo que está en las oficinas?... ¿Sí? Pues averígüeme... Ello es muy fácil, padre, y hasta los gatos del Ministerio deben saberlo... Averígüeme cuándo sale el general Prim para Puerto Rico.»

—Va de Capitán general; le embarcan porque se pasa de valiente... Es, según se dice, hombre de mucha idea...

—Y eso es lo que estorba.

—No sé por qué. Yo tengo mucha idea, y no me mandan a ninguna parte.

—Porque no temen a los humildes. El reino de los humildes está muy lejos.

—¡Y tan lejos...! Ni aunque uno se suba encima de los encumbrados puede alcanzar a ver dónde está ese reino.»

Llegó Halconero: viéndole y tratándole, se calmó la fiebre de Lucila, y las aberraciones disparatadas de sus sentimientos. No le aborrecía, ¡pobre señor! ¿Cómo aborrecer a quien le había hecho tantos beneficios, y aun mayores e inapreciables se los prometía? Gustoso de aprovechar el tiempo en la Villa y Corte, Halconero fue a visitar el nuevo Congreso, llevando por delante, naturalmente, a Lucila y Eulogia, bien apañaditas. Habíale dado las papeletas el señor don Matías Angulo, diputado por Navalcarnero, como él propietario rico y persona sencilla y de las mejores intenciones, así en política como en todo. En la admiración de aquel lujoso monumento elevado a la Soberanía Popular, pasaron los tres una mañana, y desde los salones de Sesiones y de Conferencias hasta la Biblioteca, salas para Secciones, taquígrafos, etc., nada se les quedó por examinar. Admiraba Eulogia con preferencia las ricas alfombras, Lucila los altos techos con pinturas, y don Vicente perdía el tino ante la profusión de terciopelo encarnado... Visitaron asimismo el *Museo de Artillería* y la *Historia Natural*, y no continuaron por otros barrios de Madrid su instructivo zarandeo, porque Lucila se resistió, sin dar de su negativa razones claras, a visitar las *Reales Caballerizas* y la *Armería Real*... Se fatigaba, se le iba la cabeza, según dijo... Pensando que el teatro la distraería más que los Museos, propuso don Vicente ir a ver *la Adriana*, obra muy hermosa de la que se hacían lenguas cuantos la habían visto. Representábase en los *Basilios*, y era el éxito mayor de la temporada corriente. En efecto: allá fueron una noche, y no puede describirse la emoción de los tres ante el interesante drama; con el río de lágrimas que derramaron las mujeres, competían los pucheros del hombre, queriendo echárselas de valiente. A Lucila le llegó al alma el caso de la pobre cómica, tan bien representada por *la Teodora*, a quien envenena una princesa su enemiga (que también era un poco *boticaria*), con el simple olor de un ramillete. Le pareció la comedia cosa real, y la emoción duró en su alma muchos días.

Siguió a esto un período de compras, en las cuales nada se hacía sin que Lucila diera su *exequatur*, previo examen de las cosas. De tienda en tienda iban los tres; mirando y escogiendo lo que se diputaba mejor dentro de la modestia, adquirió Halconero cama de matrimonio, de bronce dorado, según los mejores modelos de una industria moderna, y colchón *de muelles elásticos*, que eran última novedad. Tras este tan necesario y útil mueble, se compró un espejo grandecito, un juego de reloj y floreros, un veladorcito *maqueado*, vajilla de porcelana, y juego de café, con maquinilla de reciente invención para hacerlo en la misma mesa. Con estos goces inocentes de preparativo nupcial estaba el buen señor en sus glorias. Antes de Navidad partió para su pueblo, dejando determinado que volvería después de Reyes, *ya para casarse*. La boda sería entre San Antón y la Candelaria.

Ansiosa de sostenerse inexpugnable ante los arrebatos de su propio corazón enamorado, Cigüela no salía más que para oír misa, en San Andrés, y se propuso no volver a poner los pies en casa de Rosenda. No aviniéndose esta con el desvío de su amiga, fue a verla, mostrándose en la visita como la misma discreción y la prudencia en persona. A pesar de no encontrarse presente Eulogia, la Capitana no nombró a Tomín, ni dijo cosa alguna que con el perdido caballero tuviese relación. No se atrevió Lucila a preguntarle; pero leyendo en los ojos de Rosenda, entendió que algo sabía esta, y no quería decírselo por no perturbar el ánimo de su amiga... Lo agradecía, y al propio tiempo lo deploraba. Temía saber, saber ansiaba. ¿Cómo armonizar deseos tan contrarios? Cuando partió la maliciosa Capitana, la presunta esposa de Halconero se decía: «Me ha dado olor a sepulcros... En los ojos de Rosenda he visto una cosa que se parece al último renglón de un libro triste... Ya veo claro. Tomín ha salido para Puerto Rico... ¿Y dónde está ese condenado Puerto Rico? De aquí allá ¡cuántas llanuras y montañas de agua!»

Esta idea embargó su ánimo por muchos días, idea de duelo, seguida de efusiones dolorosas de un cariño inextinguible, que derivaba hacia las esferas de Ultratumba; porque en verdad, ¿qué cosa más parecida a la muerte que un viaje a Puerto Rico? Y la cantidad de agua que entre Tomín y su amada se extendía, era la expresión más sensible del infinito de la ausencia. Lloraba Lucila sobre aquellas turbias aguas, que se movían con ritmo y balanceo semejantes al navegar de las almas de este mundo al otro... En tal situación de espíritu, consolándose con el desconsuelo, y meciéndose en lo infinito, sorprendieron a la infeliz mujer sucesos de interés general, y otros de su particular incumbencia. El feliz parto de la reina, con público regocijo, fiestas, iluminaciones, no fijó tanto su atención como las cuatro palabras que le dijo

167

el buen Ansúrez una tarde: «Querida hija, por fin te traigo despachado el encargo que me diste, y es que... tocante a la fecha de salir para Puerto Rico el señor general Prim, no hay fecha ninguna, porque el señor general ya no va a Puerto Rico.»

Palideció Lucila. Por las inmensas aguas no iba Tomín. ¿Pero quién aseguraba que no fuera más tarde, con otro general, solo tal vez?... Examinando probabilidades, en sombría cavilación, vino a parar en que todo era posible y todo imposible. No prestó atención a las lamentaciones de su padre contra el clérigo Merino, que no acababa de arrancarse al ofrecido préstamo, bien porque no hubiera realizado la cobranza del crédito antiguo, bien por marrullería y ganas de fastidiar. Esta última versión le parecía razonable, pues de sus conversaciones con él, en los solitarios Paseos por la *Tela*, había sacado la presunción de que era don Martín hombre cerrado a la benevolencia y malo de por sí, amigo de martirizar: el único deleite de sus ojos era ver el ajeno sufrir, y ninguna música le gustaba como el rechinar de dientes del hombre desesperado... Sin llegar a la desesperación, Ansúrez deploraba que estando tan cerca el matrimonio de su hija, no pudiera él festejarlo con tienda abierta, para que se dijese que el padre de la novia era un comerciante establecido en la calle de las Maldonadas. ¡Y que no haría poco servicio al señor Halconero anunciando la venta en comisión, y al por mayor, del fruto de sus feraces tierras!... Encomiando el rico *género*, todo Madrid diría: «¡Cebada de Halconero, huevos de Halconero, uvas de Halconero!...»

En Navidad y en Reyes vio Lucila a Rosenda, y en los ojos de ella, así como en su acento y actitudes, observaba la misteriosa reserva que traducida con buena voluntad al lenguaje corriente, quería decir: «Sé muchas cosas, pero las callo; mi deber es callarlas.» Por la delicadeza y corrección que le imponía la proximidad de su boda, no se determinó a preguntarle. Nada podía sacar del reservado escondrijo que llevaba en su mente la Capitana, urraca codiciosa que escondía las ideas y noticias que a Tajón robaba... Pasó Cigüela en melancólicas dudas algunos días, y razonaba su estado anímico en esta forma: «No quiero más que saber, saber... ¿Se habrá muerto *Min*? ¡El silencio de Rosenda dice tantas cosas! Dice muerte, dice vida y nuevas traiciones... Ya doy en creer que el traidor es él, y para perdonarle, necesito saber la verdad... ¿Cómo he de perdonarle, si no sé...?» Hervían

168

estas ideas en su mente, cuando se encontró de manos a boca con Ezequiel: ella salía de San Andrés, donde había oído misa, y él entraba con un gran manojo de velas... Requerida por el mancebo, retrocedió la moza, y sentada en un banco próximo a la puerta, esperó a que se desocupara de su carga para hablar con él.

—¿Qué querías decirme...? Cuéntame...

—¿No te has enterado de que Domiciana se ha ido a vivir a Palacio?... Allí la tienes de camarista suplente, con un sueldazo... Le han dado una habitación muy grande, subiendo por la escalera de Cáceres, el primer cuarto a mano derecha...

—Lo conozco, conozco ese cuarto. He vivido en él... ¿Y qué más?... No me tengas en ascuas... Acaba pronto.

—Pues mi padre está cada vez peor de la vista.

—¡Pobrecito! Eso no me importa. ¿Se ha llevado tu hermana los muebles de tu casa?

—Algunos... Parece que le dan el cuarto amueblado. Se llevó, eso sí, manojos de hierbas, y los morteros, los filtros...

—Ya... En Palacio practicará la *botiquería*... ¿Y qué tal... tiene la casa bien puesta?

—No la he visto; lo primero que nos encargó fue que no pareciéramos por allá.

—¿Qué me dices, Ezequiel?

—¿Verdad que es una ingratitud...? Mi padre está muy triste, pero muy triste. Gracias que algunas tardes, en coche, viene Domiciana a verle, y con esto se consuela el pobre.

—¿Ha llevado tu hermana a su servicio la criada que teníais?

—¿La Patricia? Allá se la mandamos; pero la despidió más pronto que la vista... No quiere a nadie de nuestra casa. ¿Ves qué esquiva y qué testaruda? Ni que tuviéramos la peste...

—No conoces tú a tu hermana, *Zequiel*. Si os mantiene lejos de su nueva casa, y no quiere que vayáis a visitarla, será que allí esconde algo, algo que no debéis ver vosotros, ni nadie...

—Puede que tengas razón. De algún tiempo acá, todo lo que hace mi hermana es muy raro... Mi padre suele decir como rezongando: "Dios la perdone".

—No la perdonará —exclamó Lucila con acento de ira, olvidándose de que estaba en la iglesia—. *Zequiel*, si me averiguas lo que Domiciana oculta en su casa de Palacio, te doy... No sé qué te daría. Pídeme lo que quieras...

—Lucila, sabes que te quiero mucho. ¿Qué no haría yo por ti? Sueño contigo, y pienso que mi mayor felicidad sería tenerte siempre a mi lado. El otro día, hablando de ti con mi padre, le dije que si ibas tú por allí, te dijese, como cosa suya, lo mucho que te quiero... Mi padre se echó a reír y me contestó con una frase que me lastimó mucho. Dijo, dice: "tú eres poco hombre para Lucila". Eso es faltarle a uno. Yo no seré todavía bastante hombre; pero voy siéndolo cada día más... Pues dime ahora qué tengo que hacer para averiguarte lo que deseas.

—Ir a la casa que habita tu hermana, en Palacio; entrar en ella atropellando por todo, registrar bien las habitaciones, ver, observar...

—Sí que lo haré, y a todo el que quiera estorbarme el paso, le daré un empujón... Pues déjame ahora que te diga lo que tienes que darme en pago de ese favor... El caso es que aquí no puedo decírtelo, porque estamos en la iglesia, y me da reparo... Salgamos a la calle, vámonos por la Costanilla, y te lo diré... Aquí siento más vergüenza que en la calle.»

Salieron. Lucila era una máquina que funcionaba inconsciente y con la mayor rapidez en todo lo que condujera a la satisfacción de su curiosidad. Al llegar al extremo de la Costanilla, entrando en la plazoleta de San Pedro, Ezequiel, que iba silencioso junto a su amiga, se paró, y más pálido que la cera de su taller le dijo: «Luci, yo pensaba pedirte... y perdóname si es desacato... pensaba pedirte por este favor... que me dieras un beso; pero ahora veo que es muy poco, Luci, es muy poco un beso: debes darme lo menos tres... O cinco...»

—Y más, muchos más —dijo Lucila ardiendo en curiosidad, y movida también a lástima intensa del pobre muchacho candoroso—. Si me traes la verdad que busco, te daré tantos besos como palabras necesites para contármelos, tantos como pasos has de dar de aquí a Palacio y de Palacio aquí.

—¡Ay, qué buena eres, y qué agradecido quedaré, Luci! —dijo el pobre chico casi llorando—. Iré corriendo. Pero... para que yo vaya con más ánimos, ¿por qué no me das uno a cuenta? Por ser el primero, ha de saberme... Como el cuerpo de Nuestro Redentor, cuando uno comulga.

—Sí que te lo doy. Toma uno, toma dos, toma más... —dijo Lucila besándole, como besan las madres a los chicos para convencerles de que deben ir a la escuela.

—No más —dijo al fin Ezequiel embebecido y asustado—. Pasa gente... pueden fijarse, y si lo sabe el que va a ser tu marido... ¡Jesús!

—Pues ve pronto... yo te acompaño hasta la calle de Segovia... y en la subida de la Ventanilla, ¿sabes?... Allí te espero... No, no... para que me encuentres más fácilmente, y no haya equivocación, te espero en las Monjas del Sacramento.

—Allí... Vamos, Luci.»

XXXI

Hízose todo conforme a programa. Media hora llevaba la moza de invocar al Santísimo, a la Virgen y a todos los Santos, con fervoroso rezo, para que en aquella terrible incertidumbre le concedieran el consuelo de la verdad, cuando vio entrar a Ezequiel. Venía muy abatido, la consternación y el miedo pintados en su angelical rostro. Con ansioso mirar le devoró Lucila, y como notara en él cierta dificultad para la articulación de la palabra, le sacudió el brazo, diciéndole: «Habla pronto, tontaina... ¿qué has visto?»

—Nada —balbució el cererillo—. Siento no traerte... No poder decirte... Lucila, no me quieras mal porque no haya sabido... No pude, Lucila... Tú sabes qué genio gasta Domiciana... Llegué, llamé... Déjame que tome resuello. Del disgusto no puedo respirar... Pues...

—En fin —dijo Lucila a punto de estallar en cólera—, que no has hecho nada... que has sido un ganso, un idiota, un avefría...

—Déjame que te cuente... Abriéronme la puerta, y cuando yo estaba diciéndole a la criada que me abrió si podía ver a mi hermana, salió... ¿quién creerás que salió?

—¿Quién, quién, pavo del Paraíso?... Acaba pronto.

—Domiciana; y apenas había yo abierto la boca para decirle... lo que tenía que decirle, me la tapó con estas palabras que me dejaron yerto: «¿No te he dicho que aquí no tienes que venir para nada? ¿Harás alguna vez lo que yo te mando? ¿No comprendes que si te digo: "Ezequiel, haz esto", tu deber es callar y obedecerme?» Y diciéndolo, me cogía por un brazo y me ponía de la puerta afuera... Yo no sabía lo que me pasaba.

—Vámonos de aquí —dijo Lucila, que se sintió leona, y temía que su furor estallara en el recinto sagrado. Agarró al mancebo por un brazo, y tirando de él, más bien arrastrado que cogido, le sacó a la calle. Torciendo hacia el Sacramento, Ezequiel proseguía: «Me despidió con un tira y afloja de palabras tiernas y de amenazas. "Hermanito mío, ¿qué más quisiera yo que tenerte siempre a mi lado? Algún día será, y ese día no está lejos... Esta casa no es mía, y no siendo mía, menos puede ser tuya... Vete corriendo por donde has venido, y que no te vea yo por aquí, mientras no se te llame... Adiós, y a casa... Anda, hijo, anda". Esto me dijo, y yo... Lucila, perdóname por no haber podido hacer tu encargo... Yo no sirvo, yo no sirvo para esto... No he cumplido, y debo devolverte los besos que me diste.»

Llegaban ya a la Plazuela del Cordón. Despechada Lucila y fuera de sí, viendo que el cererillo aproximaba su rostro al de ella en ademán de besarla, le rechazó con vigoroso empujón, diciéndole: «Sinvergüenza, vete de ahí... Déjame, pavo de agua... ¡Vaya que atreverse...! ¡Si te ve mi marido...! ¡no era puntapié...!»

El pobre chico permanecía frente a ella, suspenso, afligido... Mirándola con inmenso desconsuelo, sus labios se plegaron, se llevó los cerrados puños a los ojos. «Echa a correr para tu casa, mostrenco —dijo la moza amenazándole con la mirada fulgorosa y con el gesto—. Vete, vete, si no quieres que te lleve yo por delante, sacudiéndote el polvo de las costillas...» Apenas dijo esto, y viendo la humildad y amargura del pobre muchacho, aquel noble corazón que fácilmente pasaba del arrebato fogoso a la piedad entrañable marcó un movimiento de compasiva aproximación al pobre cerero. «Hijo mío, perdóname —le dijo—. Como estoy tan rabiosa, he descargado contigo, que no tienes culpa... Vaya, no llores... Ya me pagarás los besitos otro día... Aquí no puede ser... Ya ves que pasa gente. Mira: dos señores sacerdotes. ¡Qué dirían...! Ea, a tu casa, y yo a la mía.» Sin esperar a más razones ni cuidarse de si Ezequiel partía, se precipitó velozmente por la bajada del Cordón. Ciega y disparada, fue al taller de boteros donde trabajaba su hermano y vivía su padre, dejando a éste recado urgente de que se avistara con ella en su casa lo más pronto posible. Llamábale con premura sin saber claramente para qué. Su pensamiento desbocado saltaba de las resoluciones más lógicas a las más absurdas; y al propio tiempo, de su mente no se apartaban hechos y personas de grande valor en la vida de la infeliz mujer. La boda estaba próxima, pues corrían los últimos días de enero, y aquel dichoso acontecimiento se había fijado para el 3 de febrero, día de San Blas. Como el 3 caía en martes, y en ello no había reparado don Vicente ni Eulogia, seguramente trasladarían el casorio al miércoles 4. Todo esto pensaba Lucila camino de su casa, haciendo un tremendo revoltijo de las cosas positivas y las imaginarias. «Tengo que componer mi carátula —se decía—, para no entrar en casa tan sofocada. Debo de ir como un cangrejo; mis ojos serán lumbre... Subiré despacio esta cuesta, y luego, al llegar a Puerta Cerrada, compraré los clavitos dorados para colgar láminas que me encargó Vicente, y compraré la cinta de seda y la cinta de algodón... ¡Buena se pondrá Eulogia si no llevo todo eso!... ¡Sabe Dios, sabe Dios si llegaré a casarme! Lo que puede suceder, en la mente de Dios está. Dios me depara mi venganza...»

Al entrar en su casa, disimulando lo mejor que pudo su turbación, encontró a Don Vicente con un sacerdote, su amigo y algo pariente, a quien había llevado con propósito de presentarle a su futura. Era don Francisco Pradel, párroco de San Justo, que se mostró con ella muy amable y le dio mil parabienes. Ya la conocía de verla en su parroquia. Al despedirse aseguró que sería para él muy satisfactorio imponerles el santo yugo... Poco después, de las hidalgas manos del novio recibió Cigüela un alfiler de pecho con cuatro brillantitos y en medio un buen rubí, una pulsera, pendientes con perlitas, y otras joyas lindas y modestas. La gratitud y un temor que de lo hondo le salía inundaron de lágrimas sus ojos. Halconero estuvo a punto de llorar también. Lo que espantaba a Lucila era el miedo de ser ingrata... «Voy creyendo que soy un monstruo —se decía—, y yo no quiero ser monstruo: Señor, justiciera sí, monstruo no.»

Con pretexto, ciertamente bien motivado, de probar un cuerpo en casa de la modista, salió al siguiente día con su padre, a primera hora de la tarde del sábado 31 de enero. Llegando a la calle mayor, junto a la Almudena, preguntó Ansúrez a su hija si no sería conveniente, ya que de pasear se trataba, bajar a la *Tela*, donde estaría de fijo tomando el Sol el amigo don Martín. Entre los dos le darían el último tiento. Contestó Lucila que había salido con el propósito de ir a Palacio. Subirían al segundo piso, donde habitaban personas a quienes ella tenía que visitar.

—¿Y tardaremos mucho? —preguntó Ansúrez un tanto receloso.

—Eso sí que no lo sé —replicó ella—. Podremos despachar en un santiamén, o tardar mucho, según...»

Entraron en la Plaza de Armas, por el gran arco de la Armería: con paso no muy vivo, porque Ansúrez iba sin gusto y como si le arrastraran, recorrieron la línea entre el arco y la puerta lateral de Palacio. Vacilaba el *celtíbero*; su hija le cogió del brazo, y en esto, vieron a un señor que de la *Casa Grande* salía. Si ellos se quedaron como alelados mirándole, el señor plantado en la puerta, les echó la vista encima con esa curiosidad arrogante y descortés de quien tiene por oficio atisbar las caras para descubrir las intenciones. Era don Francisco Chico, que por la estatura no merecía tal nombre, viejo, seco y estirado, con patillas bordando la quijada dura, el pelo entrecano, la actitud como de perro que olfatea. Lo más característico de su rostro, lo que le hacía inolvidable para cuantos una sola vez le veían, era la chafadura de su nariz en el arranque de ella, señal indeleble de una tremenda pedrada que le dieron en Miguelturra, su pueblo, por querellas locales de pandilla. Perteneció don Francisco al bando de los llamados *Valerosos*, y cumplía como campeón terrible: alguna vez, si a muchos pegó de firme, también hubo de tocarle la china. Del bandolerismo villanesco pasó a las gestas del contrabando, en tierra firme y mar salada, y ya mocetón le metieron en la policía de Madrid, donde llegó por su astucia y su valor indomable al puesto de jefe, que desempeñó más de cuarenta años. Era hombre terrible, de sagaz inteligencia para tan ingrato servicio, y a los poderosos inspiraba confianza, como a los débiles espanto. Llegó a ser al modo de institución, personificando los arrestos insolentes de la Seguridad Pública, y el odio con que el pueblo pagaba las vejaciones justas o arbitrarias que sin cesar sufría.

Quedaron, como se ha dicho, suspensos Lucila y su padre, sin atreverse a dar un paso más, invadidos del terror que Chico infundía: avanzó este hacia ellos con firme paso, y en la forma destemplada que era en él habitual interpeló al *celtíbero*: «Hola, Jerónimo... ¿se puede saber qué buscas tú por aquí?» Volviole Cigüela la espalda, y se llevó las uñas a la boca para mordérselas. Trémulo, descubriéndose, Ansúrez contestó: «Señor, veníamos paseando, y como uno está tan orgulloso de que nuestros queridos Reyes se alberguen en palacio tan magnífico... Nos llegamos a ver y admirar ese gran patio... Y como españoles que adoramos a nuestra reina, veníamos a visitarla y a echarle nuestros homenajes. Triste pueblo somos, y nuestros homenajes y visitas no pueden ser otros que mirar desde la calle las ventanas del cuarto donde mora la perla de las reinas.»

—Anda, que pareces la cabeza parlante —dijo Chico, requiriéndole, con el movimiento marcado por su bastón, a que siguiera su paseo por lugar distinto del patio—. Otro que mejor hile las palabras no conozco... ¿Y esta joven es tu hija?» Volviose Lucila hasta darle de cara, pero sin mirarle. «¡Pues no es la niña poco vergonzosa! Anda, ¿qué te han hecho las uñas para que así las maltrates y te las comas?... Bonita eres; pero no hagas mañas, que se te va toda la gracia. Paseen por la *Tela*, o por la Virgen del Puerto, que aquí no se les ha perdido nada... Jerónimo, mucho cuidado conmigo; y tú, pimpollo, no andes en malos pasos, que voy y se lo cuento al amigo Halconero... ¡Largo!»

Con una mirada, que en Ansúrez infundía más ganas de correr que una carga de caballería, les echó hacia el arco grande. Al paso que tomó Jerónimo hubo de ajustarse Lucila. Miraron hacia atrás, y vieron al temido polizonte plantado en el propio sitio, atento al camino que seguían. «Es mi don Francisco un águila para las intenciones —dijo Ansúrez medroso—. ¿Qué se habrá creído ese prepotente?... Pueblo somos, pero pueblo honrado, y nada de más haría la Serenísima Señora reina en permitir que nos llegáramos a su trono para besarle la Real mano.» Abrumada bajo la fatalidad, que cruel, o piadosamente, quién lo sabe, atajaba sus propósitos, Lucila no decía nada, y siguió a su padre hasta donde quiso llevarla; llegaron al Cubo de la Almudena, y andando, andando cuesta abajo, por un portillo derrengado pasaron a una especie de alameda, cuyos árboles raquíticos, enanos y sedientos parecían increpar al Sol con el gesto rígido de sus ramas desnudas. El suelo blanqueaba de puro polvo. A un lado y otro, en trozos de sillería que hacían oficio de bancos, se veían parejas de soldado y criada, o solitarios y melancólicos paseantes. El sitio era desapacible, sin otros encantos que el espléndido Sol, y el despejado horizonte que mirando hacia la parte del río, Casa de Campo y Sierra, se veía. Un cielo claro, limpio, desesperante de extensión azul sin accidente de nubes, coronaba la tristeza luminosa de aquel gran paisaje, del más puro Madrid.

—Mira, mira —dijo Ansúrez a su hija señalándole un bulto negro que subía, figura tan escueta como los enfilados árboles—: aquí tenemos al don Martín de mis pecados.

—¿Y me trae usted aquí para ver a ese viejo loco...? —dijo Lucila desolada, colérica—. Yo me voy, padre... ¿Por dónde salgo de este páramo indecente, de este Infierno de polvo?

—Aguarda, hija... Ya el señor Merino nos ha visto. Viene hacia nosotros.»

Acercábase el clérigo despacio, impasible, y su rostro adusto, pomuloso, no expresaba más que el desdén de toda criatura. Su enorme sombrero de teja, chafado y mugriento, oscurecía sus facciones, dándoles un tinte terroso, de adobes viejos caldeados por el Sol de cien años. Iba levantando polvo, que le blanqueaba los zapatos y los bajos de la sotana. Recogía el manteo en el brazo izquierdo, y con el derecho hacía un pausado movimiento de sembrador.

—Buenas tardes —dijo al ponerse al habla—. Yo bien... ¿y en casa?... ¿Viene la moza de paseo?... Bueno. ¿Con que nos casamos, eh? Y con un hombre rico... No es mala suerte... Aprovecharse, que todo se acaba, y hombres ricos van quedando pocos.» Contestó la joven con las palabras precisas para no ser descortés, y se sentó en un pedazo de sillería. Había muchos por allí de forma curva, como pedazos del brocal o pilón de una destruida fuente.

No tenía Lucila gana de conversación, y hasta le enfadaba oír lo que los demás hablasen. No lejos de ella, en otro sillar, se sentó don Martín; Ansúrez permaneció en pie; y creyendo ver en el clérigo disposiciones a la benevolencia, le instó a que de una vez se clareara, tocante al préstamo, para saber a qué atenerse. «A eso voy, a eso iba —replicó el cura extravagante—; pero antes os diré otra cosa. Ya sabéis... y con los dos hablo, hija y padre...

ya sabéis que estamos abocados al cataclismo. Oiréis por ahí que vuelve Narváez. No lo creáis... Narváez no volverá más... El maldito moderantismo es cosa concluida. ¿Quién vendrá? Vendrán todos y no vendrá nadie. ¿Quién mandará, quién obedecerá? Nadie y todos...»

XXXII

—Si lo que anuncia don Martín —declaró Ansúrez—, quiere decir que veremos el fin de las rapiñas, bendígale Dios la boca. Pero a mí me dice mi razón natural que la barredera de bolsillos no se acabará mientras vengan tantos inventos nuevos de comodidades y regalo del vivir, porque ellos traen las tentaciones, y los hombres de acá, que han visto cómo triunfan y gastan los extranjeros ricos, quieren ser como ellos. La tierra no lo da, que si la tierra lo diera, todos nadaríamos en la bienandanza; y estando secos los pechos de la gran madre, el hombre fino y agudo, que apetece buena vida porque el cuerpo y hasta la mesma ilustración se lo piden, por ley natural deja crecer sus uñas todo lo que se le merma la voluntad de trabajar. Loco es en España el que fíe del trabajo para vivir a gusto, que de su sudor no ha de sacar más que afanes, y ser el hazme reír de los que manipulan con lo trabajado. Tres oficios no más hay en España que labren riqueza, y son estos: bandido, usurero y tratante en negros para las Indias. Yo de mí sé decir que habiéndome pasado la vida sobre la tierra, echando los bofes, sin fruto, ahora no miro más que a reunir comerciando un capitalejo de mil duros: me basta. Prestando dinero al interés de ciento por ciento, que hay quien lo tome y quien lo pague, hágome con una renta igual a mi principal, que será el mejor alivio de una vejez honrada.

—Alto ahí —dijo don Martín, saliendo por un instante de su impasibilidad—, que a interés mucho más módico que el ciento, he colocado yo mis ahorros, y todo me lo han quitado los malos pagadores, amparados por la curia maldita... El usurero se cae también a los profundos abismos, como caerán el militar insolente que oprime a la Nación, el contratista que le chupa la sangre, el ministro que ampara tantas contumelias; caerán la hipocresía y la falsedad que han corrompido la honradez y buena fe de la Nación española... y debajo de todos, porque caerá el primero, veréis a Narváez, con toda su infernal caterva de generales... ¿Habéis oído contar las comilonas y orgías de Palacio, y las que el sátrapa daba en su casona de la calle de la Inquisición con el dinero que a manos llenas le regaló Isabel para sus lujos? Pues mientras los cortesanos se hartan en banquetes, el pueblo cena pan seco, y por no tener para carbón, que vale, como sabéis, a catorce reales, no puede ni calentar agua para hacer unas tristes sopas... Desde que tomó Narváez las riendas, España no es más que un laberinto de todos los males, y ahí tenéis al empleado que se merienda al contribuyente, al policía que nos encarcela al menor descuido, y al militar que por un triquitraque saca el chafarote y acuchilla a los ciudadanos. Habéis visto que somos víctimas de tantos vejámenes, atropellos y contumelias; que el robo es la suprema ley, pues no solo se roban riquezas, sino personas. Los hombres roban la mujer que les agrada, y las mujeres al hombre que les peta. Y la Justicia para castigar estos crímenes ¿dónde está?

—No se ve la Justicia, no se ve la ley —dijo Lucila, que gradualmente se interesaba en la conversación—. Pero la Justicia ha de estar en alguna parte, señor don Martín.

—A eso iba, a eso voy... Coged todos los candiles que hay en el mundo, encendedlos, recorred con ellos el suelo de España buscando la Justicia, y no la encontraréis. Ella y la Verdad se han escondido... y para encontrarlas, más que candiles hace falta otra cosa.

—La Verdad y la Justicia —dijo Ansúrez—, están en el corazón de los poderosos; pero muy escondidas adentro, debajo de pasiones y de mil cosas malas...

—El corazón de los poderosos —agregó Merino agarrándose a la idea del *celtíbero*—, tiene dentro la Justicia y la Verdad; pero como está tan empedernido, no hay modo de llegar a él para sacar las virtudes. Claro que tienen que salir, porque si no, se acabaría el mundo...

—Peor que acabarse, porque sería el Infierno —dijo Lucila—, y siendo el mundo Infierno, nos condenamos antes de morirnos.

—Condenados los que no delinquimos.

—Condenados malos y buenos: esto no puede ser.

—La Justicia y la Verdad tienen que salir —dijo Ansúrez—; pero ya verán ustedes cómo no salen. Cuando más, asomará una puntita de ellas... A menos que venga un hombre tan grande y tan sabio que sea como redentor que nos manden del otro mundo...»

Sin perder su impasibilidad más que por segundos, don Martín expresó esta idea: «El hombre que por la Providencia venga destinado a desatar este nudo, ha de reunir en sí solo el mérito que tuvieron Moisés, Numa y Augusto... y aún es poco. Hay que agregar el mérito de Ciro, Semíramis y Alejandro... No sabrán ustedes quién fue Numa, ni quién Ciro y la gran Semíramis; pero poco importa que no lo sepan...»

Ansúrez y Lucila le oían con la boca abierta. «Pienso —dijo el *celtíbero*—, que al hombre, remediador de los males de España, o sea médico de esta enferma Nación, no podemos imaginarlo reuniendo en un sujeto a todos los talentos del mundo, pues aún sería poco material para formar el gran seso que aquí necesitamos. Imaginarlo debemos como dotado de santidad, de un fuego divino, que no puede encender más que el Espíritu santo, según reza la Sacra Teología.»

—La Teología —dijo Merino con marcado desdén—, será dentro de mil años no más que lo que es hoy la Mitología para nosotros... ¿Sabéis lo que es la Mitología? Dioses, semidioses y héroes, todos movidos de las pasiones del hombre. Pues en eso concluirá la Teología... El que a España regenere necesitará, más que talento y más que el brillo de la llamada santidad, de un inmenso valor... Desprecio de la vida propia así como de las ajenas... Ea, yo me voy...» Dio dos pasos y se paró para completar su pensamiento: «Ese valiente que necesitamos, bien merecerá el nombre de Mesías. Él traerá la Justicia y la Paz. ¿Cómo? Dichoso el que lo vea, y puede que vosotros lo veáis... ¡Paz y Justicia!, amigas siempre inseparables, porque donde no hay justicia no hay paz... y si lo dudáis, preguntádselo a Moisés, el cual, para hablar de estas cosas, empezaba por invocar a los cielos y la tierra: *Audite caeli quae loquor, audeat terra eloquia oris mei...* Si no sabéis latín, es lo mismo. Quiere decir: *Oiga el Cielo, óigame la tierra.*»

—Oigamos lo que se le ha traspapelado en la memoria —díjole Ansúrez cogiéndole del manteo, cuando ya iba en retirada—. Se olvida del negocio de los dineros que ha de prestarme. ¿Es hecho o no es hecho?» Se embozó Merino en el manteo; y dando la media vuelta casi sin mirar al *celtíbero*, o mirándole de soslayo, le dijo: «Anda y que te dé los cuartos tu yerno, que es bastante rico...» Sin añadir palabra, mirada ni gesto, siguió su pausada marcha hacia el Portillo.

—¿Sabes lo que se me está pasando por la intención? —dijo Ansúrez a su hija, mirando los dos al clérigo que se alejaba—. Pues coger una piedra... Recordar mis tiempos de muchacho... y ¡ran! darle en la misma corona... Ahora que se quita el sombrero...

—Déjele, déjele... que bien se ve lo perverso que es —replicó Lucila—, y la poca o ninguna sustancia que de él puede sacarse... Habla de traer la Verdad, y él que la tiene en el cuerpo ¿por qué no la echa fuera?... Vámonos de aquí... Yo estoy mala... No sé lo que tengo... Miedo, repugnancia... ¿Por dónde vamos a casa? ¿Está muy lejos?

—Menos de lo que tú crees. Metámonos por el Portillo de las Vistillas, que está dos pasos de aquí, y en un periquete subiremos hasta San Francisco.»

Así lo hicieron. Lucila respiró con desahogo del alma al entrar en su casa. «En este rincón humilde —se decía—, nunca, nunca, después que se fue Tomín, me ha pasado nada desagradable. Personas y cosas, todo aquí es bueno, y todo se sonríe al verme. Hasta los animales del corral, que en aquellos días tristes me enfadaban, ahora son mis amigos: los quiero.» Resultado de esta meditación fue el propósito de asentir a cuanto resolviesen los que llamaba *suyos*, Eulogia y Antolín, y más suyo que nadie el bonísimo don Vicente... Por la noche, fue Jerónimo convidado por Antolín a cenar, y de sobremesa le dijo Halconero que abandonara todo proyecto de poner tienda; que llevara su vejez a un trabajo sosegado, mirando a la salud más que a las riquezas; y pues era hombre práctico en labranza, viniérase con su hija al pueblo, y allí se le daría plaza descansada de mayoral o mayordomo, según la ocupación que más le cuadrase. Conmovido Ansúrez, echó por aquella boca las retahílas de su gratitud, y Lucila una lagrimita, de las dulces, ¡ay! que no habían de ser amargas todas las que derramaba... Tratando de la boda, se puso a discusión el punto de si, descartado el martes, como día nefasto, convenía retrasar al miércoles, o anticipar al lunes. «Que lo decida la novia» —propuso Halconero; y ella, prontamente, sin vacilar, decidió: «Mejor antes que después.» Tal idea vista por dentro en su fatigada mente, era de este modo: «Si ello ha de ser, mientras más pronto, mejor. Tengo miedo a estar libre.»

Pasaron el domingo en familia todos reunidos. Determinó Halconero que el casorio se celebraría tempranito en San Justo, eligiendo esta iglesia para complacer a su amigo, paisano y algo pariente, don Francisco Pradel; y aunque Lucila no veía con buenos ojos semejante elección de templo, porque el recinto de San Justo estaba para ella plagado de tristezas, y allí encontraría ideas suyas que deseaba perder de vista, no se atrevió a votar en contra por no serle posible explicar las razones de su repugnancia. Ampliando el programa, se acordó que después de la ceremonia religiosa, y de oír misa y asistir a la función de las Candelas, irían de gran almuerzo a casa de Botín, y de allí a Palacio a ver la función de Corte en la Capilla Real. Esta parte del programa sí fue rechazado por la novia en términos tan vivos que nadie se atrevió a insistir en ello. Por nada del mundo se metería en las apreturas de Palacio. «Total, ¿para qué? Para no ver nada.» Y pues la reina con toda su Corte habría de ir después a la iglesia de Atocha para la presentación de la Princesita, mejor sería que desde la calle, en sitio seguro o en un balcón, vieran el paso de la comitiva. Aceptada fue por don Vicente esta sensata proposición: también a él, por causa de no estar nada flaco, le enfadaban las apreturas.

Las primeras luces del 2 de febrero de 1852, día que había de ser memorable por diferentes motivos, encontraron a Lucila despierta, arreglándose: no le daba poca prisa Eulogia, que en madrugar dejaba por perezoso al mismo Sol. Las siete y media serían cuando vestida estaba ya la novia; a las ocho le puso Eulogia la mantilla... Celebrada fue por cuantos en tal ocasión la vieron, la soberana hermosura de Lucihuela Ansúrez. Con su trajecito negro, y en derredor del rostro pálido las sombras del cabello fundiéndose con el nimbo oscuro de la mantilla, era realmente una diosa del Olimpo con disfraz de española y madrileña... A las ocho y diez salieron... A las ocho y media, ya estaban en la sacristía de San Justo, y a las nueve menos minutos, la diosa y mártir era ya, ante Dios y los hombres...

XXXIII

...esposa de Vicente Halconero, rico labrador de la Villa del Prado, ¡oh suerte, oh dicha, y admirable dictamen de la Providencia!

En la capilla de los Dolores oyeron los esposos misa rezada, que dijo don Martín Merino, y en verdad que necesitó Lucila de toda su voluntad para oírla con devoción, porque entre su pensamiento y el oficiante, que al mismo Cristo representaba, se interponían recuerdos, imágenes e ideas que ella quería expulsar de sí para el resto de sus días. Siempre que el adusto sacerdote al pueblo se volvía para decirnos que el Señor está con todos, con el pueblo en fin, la recién casada bajaba los ojos... En una de estas, no los bajó tan a tiempo que dejara de ver la brillante mirada del clérigo riojano que le decía: «Sé la historia... ¿Quieres que te la cuente?...» Cuando le vio partir para la sacristía, Lucila daba vueltas en su cerebro a esta idea: «¡Vaya con mis locuras! En todo pensará este pobre señor menos en mí y en Domiciana.» Empezó luego la función de las Candelas, en la que vieron también a Don Martín de asistente al culto, con sobrepelliz. Creyó Lucila que desde el presbiterio la miraba el maldito cura... Mas no era para decirle que sabía la historia, sino para repetir la terrible frase de otro día: «Domiciana merecía la muerte. Zanguanga, ¿por qué no la aseguraste bien?»

Terminada la función, vieron salir a Don Martín llevándose, como es costumbre en tal día, la vela que había ostentado en la función. Pasó junto al matrimonio sin saludar a Lucila ni a nadie, seco, ceñudo, con una cara y gesto propiamente aterradores. Ansúrez se fue a él y le dijo: «don Martín, salude a los amigos, que por el maldito dinero no hemos de indisponernos los que bien nos estimamos.» Y Merino: «¿Estáis de bodorrio? Ahora iréis de comistraje.» Y Ansúrez: «Si quiere participar, tendrá la presidencia.» Y Merino, en la cuerda más baja de la sequedad amarga y del satánico desdén: «Que les aproveche... Yo me voy a mi casa... Cada cual a lo suyo.»

Superior almuerzo les dio el amigo Botín. Ansúrez, que en aquel caso venturoso veía la mejor ocasión y estímulo para su hablar bien hilado y nutrido de ideas graves, les divirtió con amenos discursos. Contenta estaba Lucila, viéndose rodeada de tanto cariño y respeto, y sintiéndose a tan considerable altura en la escala social, que desde allí volvía los ojos hacia su antiguo ser y apenas lo vislumbraba. Un trozo de su existencia se iba quedando atrás, como siglo que muere para dejar a otro siglo el puesto del tiempo. En la poquita Historia que le había enseñado su maestro (que también con buenas tragaderas al banquete asistía), los siglos eran diferentes unos de otros, y cada cual tenía su cariz, carácter y mote singulares. Se heredaban y se sucedían, como cuando muere el Rey y se corona Rey nuevo. Pues de este modo entendía Cigüela que se le iba un pasado triste, y se le entronizaba un porvenir risueño... Consta en las crónicas de estos acontecimientos que después de una larga sobremesa en que los plácemes en prosa y verso halagaron los oídos y el alma de la hija de Ansúrez, vieron todos que la ocasión llegaba de tomar sitio en la calle mayor para ver el Cortejo Real; y abandonados los manteles, llenos de migas de pan, de huesos de aceitunas y de manchas de vino, el profesor de Lucila, hombre de luces y un poquito pedante, tomó la delantera diciendo: «Vamos a ver pasar la Historia de España.»

Buscando sitio donde pudieran ver bien, con retirada segura, se fueron a la Plazuela de San Miguel, y aunque allí había ya gran muchedumbre de mirones formando apretadas filas detrás del cordón de tropa, hicieron cuña, metiéndose entre la masa, hasta llegar a donde tocar podían las mochilas de los soldados... Pasó tiempo, más tiempo del que en el popular programa ponía límites a la paciencia, y la Historia de España no pasaba. La hoja del inmenso libro no quería volverse. El pueblo, no pudiendo ver la página nueva, se divertía inventándola... Por toda la masa corría un rumor de inquietud, de fastidio, rumor también de conjeturas...

Dadas y bien dadas las dos, y transcurridos después de la hora larga serie de fugaces minutos, la impaciencia llegó a su colmo, y las conjeturas tomaban giros disparatados. De improviso, a todo lo largo de la carrera pasó una ráfaga... Venía de la Plaza de Oriente, doblaba la esquina de la Almudena y hacia la Puerta del Sol seguía, moviendo todos los ánimos... Las cabezas se volvían de un lado para otro, se agrietaba la masa, se descomponían grupos para formar grupos nuevos, y hasta la disciplinada fila de tropa osciló y se quebró en algunas partes. ¿Qué ocurría? La ráfaga pasó silbando, y en cada trinca de personas dejaba suposiciones absurdas. Se movió un gran oleaje, en preguntas: «¿Qué pasa?... ¿Qué ha pasado?... ¿Verdad que pasa algo?» Y con este oleaje chocaba otro de indecisas y turbadas respuestas: «Nada: que al Rey le ha dado un síncope... Nada: que la reina se ha puesto mala... Nada: que ya no bajan a Atocha...»

Nueva ráfaga, más vibrante, con sordo ruido de tormentas, de estremecimientos del aire. El pueblo echaba chispas... La masa se resquebrajaba, buscando espacio para disolverse y correr; con su tremenda expansión rompía el enfilado rigor de la carrera, como el agua hinchada rompe sus cauces. En segundos corría la ráfaga enormes distancias, y a su paso los miles de almas se daban y quitaban su estupor, para transmitirlo con inaudita velocidad... La afirmación, la duda, la negación, el *Dicen*, el *¿Qué?*, el *No puede ser*, corrían como el restallar de un temporal de granizo.

—¡Que han matado... A... la reina! —exclamó Halconero volviéndose asmático del estupor, de la pena, de la indignación—... Imposible... No lo creo.

En aquel punto, un hombre, que parecía de policía, soltaba tembloroso una breve arenga en el círculo de gente que le rodeaba: «Señores, calma... No ha sido nada. Matarla no; no han matado a Su Majestad... Ha sido intento, como decimos, conato... Herida leve de Su Majestad...»

Y un teniente, no lejos de allí, también arengaba: «Señores, orden... ha sido un sacerdote loco, un infame cura... Orden...»

—Ha sido un cura, un cura... —dijo la voz de la Historia corriendo por toda la masa y encarnándose en ella—. Con un cuchillo... ha sido un cura, un cura...

—¡Don Martín! —exclamó Lucila horrorizada llevándose las manos a la cabeza; y el agudo *celtíbero* repitió con firme acento: «¡Don Martín!»

En medio de la llamarada de ardientes comentarios que la noticia levantó en el grupo de su familia y amigos, echó Lucila con satisfactorio convencimiento este combustible: «Aún no se sabe la verdad... Esperemos... El cuchillo no iba contra la reina, sino contra Domiciana... ¡A saber...! ¡Muerta Domiciana! ¡Justicia al fin!»

Descuajada la muchedumbre, se desmenuzó en puñados de gente que querían correr hacia Palacio. Era la gente mucha, estrechos los caminos. Al rugido del pueblo se mezclaba el son de tambores y cornetas de la tropa deshaciendo la formación. El *¡Viva la reina!* era un bramido continuo, que prolongándose en las bocas, hacía vibrar el aire y retemblar el suelo... Y en tanto, el profesor de Lucila, hombre agudo y un poco zahorí, aplacaba la curiosidad de su discípula y del buen Halconero, asegurándoles que la narración del atentado y los pormenores del castigo del infame cura se verían en las *Memorias*, felizmente ahora continuadas, del simpático Fajardo-Beramendi.

Fin de Los duendes de la camarilla
Madrid, febrero-marzo de 1903.

Libros a la carta

A la carta es un servicio especializado para

empresas,

librerías,

bibliotecas,

editoriales

y centros de enseñanza;

y permite confeccionar libros que, por su formato y concepción, sirven a los propósitos más específicos de estas instituciones.

Las empresas nos encargan ediciones personalizadas para marketing editorial o para regalos institucionales. Y los interesados solicitan, a título personal, ediciones antiguas, o no disponibles en el mercado; y las acompañan con notas y comentarios críticos.

Las ediciones tienen como apoyo un libro de estilo con todo tipo de referencias sobre los criterios de tratamiento tipográfico aplicados a nuestros libros que puede ser consultado en Linkgua-ediciones.com.

Linkgua edita por encargo diferentes versiones de una misma obra con distintos tratamientos ortotipográficos (actualizaciones de carácter divulgativo de un clásico, o versiones estrictamente fieles a la edición original de referencia).

Este servicio de ediciones a la carta le permitirá, si usted se dedica a la enseñanza, tener una forma de hacer pública su interpretación de un texto y, sobre una versión digitalizada «base», usted podrá introducir interpretaciones del texto fuente. Es un tópico que los profesores denuncien en clase los desmanes de una edición, o vayan comentando errores de interpretación de un texto y esta es una solución útil a esa necesidad del mundo académico.

Asimismo publicamos de manera sistemática, en un mismo catálogo, tesis doctorales y actas de congresos académicos, que son distribuidas a través de nuestra Web.

El servicio de «libros a la carta» funciona de dos formas.

1. Tenemos un fondo de libros digitalizados que usted puede personalizar en tiradas de al menos cinco ejemplares. Estas personalizaciones pueden ser de todo tipo: añadir notas de clase para uso de un grupo de estudiantes,

introducir logos corporativos para uso con fines de marketing empresarial, etc. etc.

2. Buscamos libros descatalogados de otras editoriales y los reeditamos en tiradas cortas a petición de un cliente.

www.ingramcontent.com/pod-product-compliance
Lightning Source LLC
Chambersburg PA
CBHW022155240626
47153CB00007B/2676